TOUTES les matières

Tle ST2S

Objectif BAC

STSS
Mina OUMASSAOUD

CHIMIE
Luc RÉJAUD
Marie-Pierre REY-NONY

BIOLOGIE ET PHYSIOPATHOLOGIE HUMAINES
Chrystelle MÉNARD

PHILOSOPHIE
Yohann DURAND
Nathalie NIEUVIARTS

MATHÉMATIQUES
Marie-Sophie CUTTAZ
Cédric CLIMENT
Alain VIDAL

HISTOIRE-GÉOGRAPHIE EMC
Alain PROST

ANGLAIS
Caroline GARNIER

ESPAGNOL
Oscar TORRES VERA

hachette
ÉDUCATION

Sommaire

TON KIT RÉUSSITE BAC

sur la chaîne YouTube « Objectif BAC Hachette »

39 tutos vidéos pour mieux comprendre les points-clés du BAC, signalés dans l'ouvrage par le logo COMPRENDRE EN VIDÉO

Biologie et physiopathologie humaines

Vidéo 1 : L'hérédité autosomale récessive

Vidéo 2 : La régulation de la fonction testiculaire

Vidéo 3 : Le régulation du fonctionnement hormonal chez la femme

Vidéo 4 : La réponse immunitaire

Philosophie

Vidéo 5 : Les transitions et la conclusion

Vidéo 6 : Le rôle des sous-parties

Vidéo 7 : Rédiger l'introduction d'une dissertation

Vidéo 8 : La problématique et le plan

Vidéo 9 : Analyser un sujet de dissertation

Améliorer son expression écrite avec *Projet Voltaire*

Vidéo 10 : Accord du participe passé avec l'auxiliaire « être »

Vidéo 11 : Avec l'auxiliaire « avoir », le participe passé ne s'accorde jamais avec le sujet

Vidéo 22 : Accord du participe passé avec l'auxiliaire « avoir » selon la place du COD ou suivi d'un infinitif

Vidéo 13 : Les noms qui se terminent par « -é »

Vidéo 14 : « Je veux », « je peux », « je vaux »

Vidéo 15 : Dans quels cas écrit-on « ces » ?

Vidéo 16 : « La plupart » est suivi du pluriel

Vidéo 17 : Dans quels cas écrit-on « prêt » ?

Vidéo 18 : Dans quels cas écrit-on « -cueil » ?

Vidéo 19 : Accord de « ci-joint » ou « ci-annexé »

Vidéo 20 : « Parmi », sans s

Vidéo 21 : Où sont les doubles consonnes dans « appeler » ?

Vidéo 22 : « -onnel » avec deux n et « -onal » avec un n

Vidéo 23 : Quand faut-il mettre un s à « vingt » ?

Vidéo 24 : Quand faut-il mettre un s à « cent » ?

Vidéo 25 : Jamais de s à « mille »

Vidéo 26 : « 1,5 kilomètre », sans s

Vidéo 27 : « M. » ou « Mr » ?

Vidéo 28 : « J'ai été » ou « je suis allé » ?

Vidéo 29 : « Après qu'il a »

Vidéo 30 : Les quatres missions

Vidéo 31 : Il les apportes

Vidéo 32 : qui me permettrons

Vidéo 33 : Malgré que

Vidéo 34 : Une demis-journée

Vidéo 35 : leurs apporter

Vidéo 36 : J'attend

Vidéo 37 : Je les ai contacté

Vidéo 38 : Cette emploi

Vidéo 39 : Je concluerai

hachette
ÉDUCATION

Sciences et techniques sanitaires et sociales

LES MÉTHODES

Présentation des épreuves du Bac

1 L'épreuve écrite

Épreuve écrite
Durée : 3 heures.
Coefficient : 16

A Ses caractéristiques générales

• L'épreuve écrite est l'une des épreuves de spécialités terminales qui a lieu courant mars.
• L'épreuve de sciences et techniques sanitaires et sociales porte sur les programmes de sciences et techniques sanitaires et sociales des classes de première et de terminale.

B Sa structure

• **L'épreuve comprend deux parties** qui portent chacune sur tout ou partie du pôle thématique développé dans les programmes des classes de première et de terminale.
– **La première partie « mobilisation des connaissances »** est composée de une à deux questions, sans document, portant sur des thèmes différents des programmes et nécessitant la mobilisation réfléchie de connaissances en lien avec les capacités exigibles.
– **La deuxième partie « développement s'appuyant sur un dossier documentaire »** prend appui sur un questionnement relatif aux thèmes des programmes. Le dossier documentaire est composé de textes, de graphiques, de tableaux statistiques, etc. Il comporte au maximum cinq documents et n'excède pas cinq pages. Il est demandé au candidat de traiter le sujet :
• en exploitant les documents du dossier, en adoptant une démarche méthodologique rigoureuse ;
• en faisant appel à ses connaissances ;
• en développant une analyse, une argumentation ou une synthèse.

C Les critères d'évaluation

• L'épreuve évalue particulièrement **les capacités exigibles du pôle thématique**, ainsi que les compétences transversales suivantes :
– mobiliser les connaissances du programme ;
– analyser, argumenter et synthétiser ;
– exploiter les documents avec pertinence (en particulier : sélectionner, trier et hiérarchiser les informations) ;
– rédiger avec clarté et rigueur.
• L'évaluation tiendra compte de la qualité de l'expression et de la structuration de la réponse.

D La notation

• Cette épreuve est **notée sur 20 points**, répartis en 6 points pour la partie « mobilisation des connaissances » et 14 points pour la partie « développement s'appuyant sur un dossier documentaire ».

E Conseils méthodologiques pour réussir l'épreuve

Conseils généraux
• Vérifiez que vous disposez du sujet entier.
• Prenez connaissance **distinctement** des deux parties de l'épreuve.
• Composez les deux parties séparément. Chacune de ces deux parties est indépendante.

- Prêtez attention à structurer vos réponses et soigner votre expression.
- Il est possible de composer, c'est-à-dire d'élaborer une introduction, un développement et une conclusion, notamment pour la partie 2 de l'épreuve, mais ce n'est pas une obligation.

Conseils spécifiques à la partie 1 Mobilisation des connaissances

- Prenez le temps de bien **analyser la consigne** pour comprendre l'attendu : devez-vous expliquer, présenter, comparer, argumenter, etc.
- Repérez les **mots-clés de la question** et les **points de connaissances** auxquels vous pourrez vous référer.
- **Limitez-vous bien à la question posée** tout en gardant en tête qu'il faudra plus que la restitution de simples notions, définitions, etc.
- **Organisez vos idées, vos arguments** afin de faire apparaître une logique, un « fil qui se déroule » de votre écrit.

Conseils spécifiques à la partie 2 Développement s'appuyant sur un dossier documentaire

- **Repérez le thème et/ou le questionnement général** de cette partie 2.
- **Lisez l'ensemble des questions.**
- **Analysez**, avant de lire les annexes, **chaque question du sujet** au brouillon en décortiquant le verbe de consigne (ex. : présenter, citer, justifier), et les autres mots-clés.
- **Relisez entièrement deux fois le sujet pour bien vous imprégner du contexte**, mieux assimiler les consignes, et faire le lien avec les connaissances à mobiliser.
- Puis commencez à répondre à chaque question :
– **dans un premier temps au brouillon**, avec tout d'abord des éléments de connaissances puis des éléments d'annexes en lien avec la question ;
– **dans un second temps**, au propre sur la copie, en commençant par introduire les notions clés de la question, puis en insérant la réponse rédigée et structurée.
- **Sautez une ligne entre chaque question** pour aérer le devoir et rédigez idéalement une phrase de transition entre chaque question traitée s'il y a une relation de continuité entre les questions.
- Relisez l'ensemble de votre copie pour vérifier l'orthographe.

2 L'épreuve orale de contrôle (épreuve de rattrapage)

A Ses caractéristiques générales

- L'épreuve orale de contrôle poursuit les mêmes objectifs que l'épreuve écrite terminale et porte sur le même programme.

> Épreuve orale
> **Temps de préparation :** 30 minutes.
> **Épreuves :** 30 minutes

B Son déroulement

- Au début de la préparation, l'examinateur vous soumet deux questions. Ces questions sont relatives à deux parties différentes du programme et l'une des deux s'appuie sur l'exploitation d'un ou plusieurs documents.
- L'épreuve consiste en un entretien avec l'examinateur. Cet entretien porte sur les deux questions qui ont fait l'objet de la préparation.

1 Santé publique et politiques : approche historique

17/01/24

La santé publique s'est construite progressivement en France en lien, notamment, avec les multiples épidémies et crises sanitaires qui ont touché la population. L'approche curative a longtemps été mise en avant ; l'importance de la prévention a pris de l'ampleur par la suite avec le concept de promotion de la santé, mis en avant dans la charte d'Ottawa de 1986. Une première grande politique de santé publique voit le jour en 1902, suivie d'une seconde de grande envergure en 2004.

1 L'approche historique de la santé publique

A Aux origines

- Pendant très longtemps, **la peur des contagions**, notamment, a entraîné une **confusion entre santé publique et ordre public**. Les États intervenaient pour limiter l'extension des maladies infectieuses, ce qui conduisait parfois à une privation de liberté. Cela pouvait, en effet, provoquer l'isolement des contagieux, voire l'enfermement des malades.
- **La santé publique a souvent été associée à la salubrité publique**. Les « pestes » sont à l'origine de la plupart des réglementations et des institutions sanitaires nationales et internationales de la médecine moderne.
- **L'apparition et l'instauration de la santé publique**, en France, se font progressivement au fur et à mesure de l'importance grandissante prise par les préoccupations à l'égard de la santé.
- On situe généralement **la naissance d'une santé publique** au sens strict du terme dans le courant du XVIIIe siècle avec la période préindustrielle dans les sociétés occidentales.

B La santé publique à partir du XVIIIe siècle

- **Au XVIIIe siècle**

– **La médecine sociale est en plein essor grâce à l'intervention active de l'État.** La médecine urbaine se développe avec la croissance des villes pour prendre en charge la gestion des eaux usées, améliorer la qualité de l'air, etc.

– **Durant la Révolution française, l'État est reconnu comme responsable de la protection de la santé du peuple**.

- **Au XIXe siècle**

– On assiste à l'**ascension de l'hygiène publique** en lien avec les ravages sanitaires de l'époque. Ces derniers ont induit, notamment, un paupérisme de la population.

– **La science se développe avec, notamment, la reconnaissance de l'hygiénisme en 1820.** Le cadre et les conditions de vie de la population s'améliorent une législation sanitaire voit le jour.

– C'est à cette époque que naît la **révolution « pastorienne »** (Louis Pasteur) avec la reconnaissance du rôle pathogène des microbes.

> **Définition**
>
> **Hygiénisme :** courant de pensée qui découle en partie des découvertes et analyses de Louis Pasteur. Il repose sur l'imbrication de plusieurs disciplines (médecine, santé publique, épidémiologie, urbanisme, architecture, etc.) et vise à améliorer dans l'ensemble la qualité de vie de la population en prenant en compte les conditions socio-sanitaires.

17/01/24

2 L'évolution de la politique de santé et des objectifs de santé

A Au xxe siècle

• **La santé publique se développe grâce à la première loi relative à la protection de la santé publique en 1902 :**
– adoption de dispositions en matière de vaccination ;

> **Exemple**
> Le gouvernement décide de rendre obligatoire l'injection contre la variole, premier vaccin mis au point par le médecin anglais Edward Jenner à la fin du xviiie siècle. Le but : sauver un maximum de vies en faisant rapidement entrer la pratique vaccinale dans les mœurs des Français.

– déclaration obligatoire des maladies ;
– création de règlements sanitaires.

> **Exemple**
> Dans toute commune, le maire est tenu, afin de protéger la santé publique, de déterminer un règlement sanitaire, après avis du conseil municipal ; il prendra la forme d'arrêtés municipaux.

• **En 1920, le premier ministère chargé de la santé voit le jour** : il s'agit du ministère de l'hygiène, de l'assistance publique et de la prévoyance publique qui ne dispose toutefois pas de réels moyens financiers et humains.

• **En 1945 s'esquisse le premier système de prévention et d'éducation sanitaire** avec la création des Centres régionaux d'éducation sanitaire et du Centre national d'éducation sanitaire. L'évolution de l'éducation pour la santé illustre le mouvement de « balancier » entre le dispositif curatif et préventif dans l'histoire des politiques sanitaires. Cela met en exergue une prise de conscience hésitante et tardive de l'importance de l'éducation pour la santé dans les politiques de santé publique.

• Vers le milieu du siècle, la médecine curative prend son essor avec de réels progrès en biomédecine caractérisés par l'apparition :
– des antibiotiques (1940) ;
– de la dialyse rénale (1944) ;
– de l'assistance respiratoire (1952) ;
– de la contraception orale (1960) ;
– de la greffe de rein (1963), puis du scanner (1971).

• **C'est à cette période aussi que se développent, à grande échelle, les industries pharmaceutiques**, avec notamment le marché des neuroleptiques, des médicaments liés aux troubles du métabolisme ou encore les stéroïdes.

• **Dès les années 1980**, l'émergence de la pandémie du sida puis l'apparition d'une politique de sécurité sanitaire face aux crises sanitaires répétées (crise de la vache folle en 1996, fièvre aphteuse en 2001, grippe aviaire en 2004, grippe H1N1 en 2009, etc.) justifient **l'importance accordée de nouveau à la santé publique en matière de prévention, de sécurité et veille sanitaires et de principe de précaution**.

> **Le saviez-vous ?**
> **Le principe de précaution** est défini pour la première fois dans la loi du 02 février 1995 (loi Barnier). Ce texte dispose « que l'absence de certitudes, compte tenu des connaissances scientifiques et techniques du moment, ne doit pas retarder l'adoption de mesures effectives et proportionnées visant à prévenir un risque de dommages graves et irréversibles à l'environnement à un coût économique acceptable. » (article L. 200 du Code rural). Depuis 2005, ce principe est inscrit dans la Constitution française à l'article 5 de la charte de l'environnement.

17/01/24.

• **En 1986, la charte d'Ottawa reconnaît et légitime la promotion de la santé**. Elle proclame que **la promotion de la santé a pour but de donner aux individus davantage de maîtrise de leur propre santé et davantage de moyens pour l'améliorer**. La promotion de la santé ne relève donc pas seulement du secteur de la santé : elle ne se borne pas seulement à préconiser l'adoption de modes de vie qui favorisent la bonne santé ; son ambition est le bien-être complet de l'individu.

B Le début du XXIe siècle : le démarrage de la seconde politique de santé publique

• C'est au début du XXIe siècle qu'est mise en place la seconde grande politique de santé publique (par la loi du 9 août 2004) avec une reconnaissance pleine de la responsabilité de l'État en matière de santé de la population et par la fixation d'objectifs pluriannuels et évaluables.

• Dans ce cadre, les pouvoirs publics mettent en place des plans pluriannuels de santé publique.

Exemple

Le plan National de Santé Publique Priorité Prévention (PNSP) 2018-2021, le plan National Santé-Environnement 4 (PNSE4) 2021-2025, le plan national nutrition santé (PNNS) 2019-2023.

• À cette occasion, les pouvoirs publics reconnaissent la nécessité d'élaborer une **stratégie nationale de santé** : elle constitue le cadre de la politique de santé en France.
– Elle est définie par le gouvernement et se fonde sur l'analyse dressée par le Haut Conseil de la santé publique sur l'état de santé de la population, ses principaux déterminants, ainsi que sur les stratégies d'action envisageables.
– Elle réaffirme le principe porté par l'Organisation Mondiale de la Santé (OMS) selon lequel la santé doit être un objectif de toutes les politiques publiques menées en France et dans le monde.

• Au plan national, **la stratégie constituera le fil conducteur de toutes les mesures et de tous les plans et programmes à venir**.

• Les politiques touchent à divers domaines :
– la promotion de l'alimentation et de l'activité physique et la prévention des pathologies chroniques ;
– la lutte contre l'antibiorésistance ;
– la promotion de la vaccination ;
– l'accès et la prise en charge de soins, etc.

• Ainsi, en 2019, **la priorité prévention est accordée à l'alimentation, à la nutrition et à l'activité physique**.

La stratégie nationale de santé 2018-2022

Elle s'articule autour de quatre axes déclinés en onze domaines d'action prioritaires et 43 objectifs d'amélioration de la santé et de la protection sociale. La politique de santé de l'enfant, de l'adolescent et du jeune constitue un volet spécifique comportant sept objectifs prioritaires. Enfin, deux autres volets déterminent deux objectifs propres à la Corse et quatorze à l'outre-mer.

2 La politique de santé et ses différents échelons

La réduction de la mortalité prématurée et des disparités régionales en matière de santé est le cheval de bataille de la **loi du 9 août 2004** qui, pour la première fois, affirme la **responsabilité de l'État** dans la définition de la politique de santé. Depuis, la **stratégie nationale de santé fixe les priorités du gouvernement en matière de santé pour une durée de cinq ans. Elle vise à optimiser la coopération entre tous les ministères mobilisés sur les questions de santé et à affirmer l'enjeu à l'échelle nationale**.

1 La notion de politique de santé

A L'approche conceptuelle

• Selon l'OMS, **l'élaboration de politiques, de stratégies et de plans sanitaires nationaux est un processus complexe et dynamique**. Sa nature précise varie d'un pays à l'autre en fonction du contexte politique, historique et socio-économique.

• **La politique de santé repose selon l'OMS, sur un processus qui englobe** :
– la participation de tous les acteurs de santé ;
– une analyse de situation et une définition des priorités ;
– une intégration des services sociaux ;
– une planification efficace à différents niveaux ;
– un financement et une budgétisation ;
– un suivi et une évaluation des résultats.

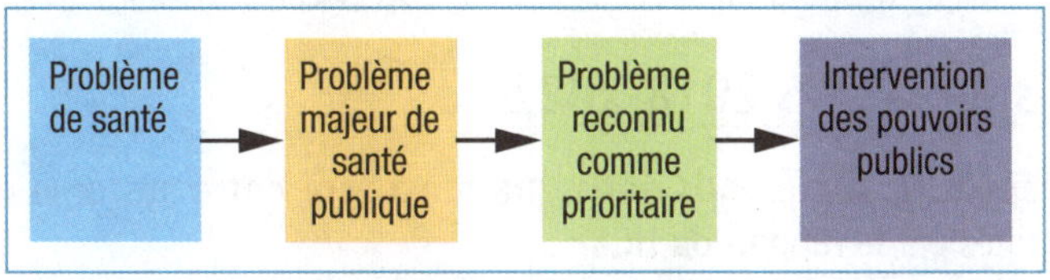

▲ La reconnaissance d'une priorité de santé publique

B La notion de politique de santé

• « **La Nation définit sa politique de santé selon des objectifs pluriannuels** » : l'article L. 1411-1 du Code de la santé publique proclame solennellement, depuis la loi de 2002, la nécessité de la définition d'une politique de santé au niveau national. Le texte, modifié par la loi de 2004, ajoute même, pour lever toute ambiguïté sur le rôle de l'État, que « la détermination de ses objectifs, la conception des plans, des actions et des programmes de santé mis en œuvre pour les atteindre ainsi que l'évaluation de cette politique relèvent de la responsabilité de l'État ». L'innovation de la loi de 2004 a été de prévoir une loi quinquennale fixant « les objectifs de la politique de santé publique ».

Le saviez-vous ?

La politique de santé publique comprend, entre autres, les champs suivants :
• la gestion des urgences sanitaires ;
• la régulation organique et financière du système de santé ;
• la promotion de priorités sanitaires (plans, programmes…) ;
• l'accès et la qualité de l'offre de santé (égal accès aux soins…) ;
• l'organisation de la démocratie sanitaire (droits, débats, transparence…).

2 La stratégie nationale de santé 2018-2022

A La notion de stratégie nationale de santé (SNS)

• La SNS fixe les lignes directrices de la politique menée par le gouvernement en matière de santé pour les cinq prochaines années.

• Elle repose sur des plans et des programmes nationaux et, dans les territoires, sur les projets régionaux de santé placés sous l'égide des agences régionales de santé (ARS).

B Son processus d'élaboration

Étape	Explication
Acte I – Le diagnostic	Le Haut Conseil de la santé publique (HCSP) remet à la ministre son analyse de l'état de santé de la population, de ses déterminants et des stratégies d'action envisageables pour l'avenir.
Acte II – La définition des priorités et le lancement des concertations	• La ministre fixe des axes stratégiques et sollicite la contribution des autres ministères concernés. • Elle lance une concertation menée par les directeurs du ministère auprès des représentants du secteur de la santé, des élus et des usagers. • Un premier projet de stratégie nationale de santé est rédigé.
Acte III – La consultation publique	• Un premier projet de stratégie est mis en ligne sur Internet pour que les Français puissent poster leurs réactions et propositions. • La Conférence nationale de santé (CNS) et le Haut Conseil de la santé publique (HCSP) sont saisis sur le projet pour formuler un avis.
Acte IV – L'adoption de la stratégie nationale de santé	• Le Comité interministériel de la santé, qui rassemble l'ensemble des ministres concernés, est réuni sous l'autorité du Premier ministre. • Le gouvernement adopte définitivement la stratégie nationale de santé, publiée sous la forme d'un décret.

Ministère des solidarités et de la santé, www.solidarites-sante.gouv.fr, 18 septembre 2017.

C Les défis de la SNS 2018-2022

• Elle vise à répondre aux grands défis que rencontre notre système de santé, notamment ceux identifiés par le rapport du HCSP :
– les risques sanitaires liés à l'augmentation prévisible de l'exposition aux polluants et aux toxiques ;
– les dangers d'exposition de la population aux risques infectieux ;
– les maladies chroniques et leurs conséquences ;
– l'adaptation du système de santé aux enjeux démographiques, épidémiologiques et sociétaux.

3 Les échelons de la politique de santé

A Au niveau national

• Le ministère chargé de la santé. Le rôle du ministère, et particulièrement de la Direction générale de la santé (DGS) qui lui est rattachée, est de mesurer l'état de santé de la population française dans toutes ses composantes. Puis, il définit les priorités de santé, conçoit et évalue les plans de santé publique.

• **Les autres ministères.** Ils peuvent être impliqués en fonction des thématiques concernées.

• **Les autres acteurs.** Les acteurs comme les collectivités territoriales, la protection sociale, les agences de santé et les associations de professionnels ou d'usagers interviennent dans le cadre de l'expertise, de la coordination, du financement ou de la mise en œuvre des plans.

Missions	Acteurs
Décision et pilotage	Ministère chargé de la santé (DGS)
Concertation	• Conférence nationale de santé (CNS) • Comité national de santé publique (CNSP)
Expertise et évaluation	• Haut Conseil de la santé publique (HCSP) • Comité d'animation du système d'agences (CASA), créé en 2008, qui réunit trimestriellement les agences sanitaires nationales (Santé Publique France, ANSM, Anses, ABM, EFS, IRSN, EPRUS), les opérateurs mixtes (INCa) ou de recherche (Inserm), etc. • Haute Autorité de santé (HAS)
Coordination	Comité national de santé publique (CNSP)
Mise en œuvre	• Agences régionales de santé (ARS) et administrations déconcentrées • Assurance maladie • Santé Publique France

▲ Synthèse de l'organisation nationale (missions et acteurs)

B Au niveau régional

• **Les agences régionales de santé (ARS).** Le pilotage de la mise en œuvre régionale de la politique nationale de santé a été placé, par la loi HPST du 21 juillet 2009, entre les mains des directeurs régionaux d'ARS, en liaison avec les préfets.

• **Le Conseil de surveillance.** Il est composé de représentants (représentants de l'État, des partenaires sociaux, de l'assurance maladie, des élus, des usagers et des personnes qualifiées) et de membres siégeant avec voix consultative (représentants du personnel de l'agence, directeur général). Il est présidé par le préfet de région.

• **La Conférence régionale de la santé et de l'autonomie (CRSA).** C'est une instance de démocratie sanitaire, qui permet des prises de décision concertées.

4 Les influences européenne et internationale

A Au niveau européen

• **L'Union européenne (UE) complète les politiques de santé nationales** en aidant les États membres à atteindre des objectifs communs et à mutualiser leurs ressources.

• Elle crée des normes et réglementations européennes pour les produits et services de santé.

B Au niveau international

• **L'Organisation mondiale de la santé (OMS) réunit les principaux experts de la santé dans le monde** pour émettre des recommandations servant de références internationales pour améliorer la santé des populations partout dans le monde. Ainsi, parmi les documents de référence internationale, la Classification internationale des maladies permet à tous les pays de se référer à une norme commune pour notifier les maladies et repérer les évolutions en matière de santé. L'OMS a également établi des normes sur la qualité de l'air et de l'eau, deux ressources fondamentales pour toute vie.

3 La démocratie en santé

La **démocratie en santé** est une démarche associant l'ensemble des acteurs du système de santé dans l'élaboration et la mise en œuvre de la politique de santé, alliant esprit de dialogue et de concertation (avec les agences régionales de santé).

1 L'encadrement législatif

- La loi du 4 mars 2002, relative aux droits des malades et à la qualité du système de santé, a mis en avant cette notion de démocratie sanitaire. Elle **reconnaît les droits attachés à la personne dans ses relations avec le système de santé**.
- La loi « Hôpital, patients, santé et territoires » (HPST) du 21 juillet 2009 **institue les conférences de territoire et les conférences régionales de santé et de l'autonomie**.
- La loi de modernisation de la Sécurité sociale (LMSS) du 26 janvier 2016 **crée plusieurs nouveaux droits concrets pour les patients, notamment le droit à l'oubli pour les anciens malades et le droit pour les citoyens de se défendre collectivement**.

Le saviez-vous ?
Le droit à l'oubli est le droit pour une personne qui souhaite souscrire une assurance de ne pas déclarer une ancienne pathologie grave (**ex.** : un cancer) à l'issue d'un délai de dix ans après la fin du protocole thérapeutique (ce délai étant réduit à cinq ans lorsqu'il s'agit de cancers de mineurs).

2 La place de l'usager

- **La Conférence nationale de la santé (CNS) réalise chaque année un rapport sur le respect des droits des usagers du système de santé**.

Les instances de représentation

Individus/Instance	Description
Représentants des usagers	Ces représentants siègent dans les ARS, les CRSA, les conférences de territoires et les commissions de conciliation et d'indemnisation.
Associations de patients et d'usagers	Elles apportent une **aide** psychologique, financière et juridique aux personnes malades et à leur entourage.
Commission des usagers (CDU)	Elle permet de veiller au respect des droits des usagers et de faciliter leurs démarches lors de difficultés.

3 Le rôle des agences régionales de santé (ARS)

- **La participation des usagers.** Les usagers participent aux instances de gouvernance des ARS telles que le conseil de surveillance, la conférence régionale pour la santé et l'autonomie (CRSA) ou encore les conférences de territoires.
- **L'organisation de débats publics.** Les débats publics organisés par les ARS ont vocation à rassembler une grande variété d'acteurs : professionnels de la santé et du secteur médico-social, acteurs institutionnels, associations, représentants de collectivités territoriales, citoyens, etc.

4 Les composantes du système de santé

Pour prendre en charge les risques santé comme la maladie, la France, comme d'autres pays, s'est dotée d'un système de santé. Ce dernier peut être défini, selon l'Organisation mondiale de la santé (OMS), comme « **l'ensemble des organisations, des institutions et des ressources dont le but est d'améliorer la santé [...]** ».

1 La notion de système de santé

A La définition

• **Le système de santé est composé d'un ensemble de ressources et de services mis en œuvre pour atteindre les objectifs de la politique de santé**. On y retrouve des activités de santé à visées curative et préventive.

• Le système de santé s'étend à **toutes les dimensions de la vie sociale** et pas seulement à la prise en charge médicale.

• **Il repose sur la prise en compte des besoins de santé de la population** en respectant coûts et égalité d'accès aux soins.

Le saviez-vous ?
Selon l'OMS, un système de santé remplit essentiellement quatre fonctions : la prestation de services, la création de ressources, le financement et la gestion administrative.

B Les caractéristiques du système de santé français

• **En France, le système de santé reste largement piloté par les pouvoirs publics**. En effet, **l'État** est le garant de son organisation et de son fonctionnement.

• **Le système de santé français s'appuie sur une offre de soins multiple. Celle-ci repose, en effet, sur la coexistence d'acteurs publics et privés**, y compris dans le secteur hospitalier qui est composé de trois types d'établissements :
– les hôpitaux publics ;
– les hôpitaux privés à but non lucratif ;
– et les établissements privés à but lucratif (comme les cliniques).

• Le système se compose aussi de professionnels à statuts différents : des professions libérales de santé et l'existence d'une fonction publique hospitalière.

• La loi du 24 juillet 2019, relative à l'organisation et à la transformation du système de santé, modifie le mode d'accès aux études médicales, pharmaceutiques, odontologiques et maïeutiques (sage-femme) en supprimant le *numerus clausus* dès 2020.

• La loi de modernisation du système de santé (LMSS) de 2016 a fixé quatre priorités :
– renforcer la prévention et la promotion de la santé ;
– faciliter au quotidien les parcours de santé ;
– innover pour garantir la pérennité de notre système de santé ;
– renforcer l'efficacité des politiques publiques et la démocratie sanitaire.

2 Les composantes du système de santé

Composantes	Principaux rôles
Décideurs (pouvoirs publics)	• Assurent l'organisation du système tant au niveau national (ministère de la santé) que régional (agences régionales de santé – ARS) ou départemental (conseils départementaux dans le domaine de l'action sanitaire et sociale). • Apportent des recommandations ou avis (Haut Conseil de la santé publique, Institut national de veille sanitaire, Agence nationale d'appui à la performance des établissements de santé et médico-sociaux, etc.). • Contrôlent et votent (Parlement, avec les lois de financement de la sécurité sociale et l'Objectif national des dépenses d'assurance-maladie – ONDAM, la Cour des comptes et l'Inspection générale des affaires sociales – IGAS).
Offreurs (établissements de santé, professions de santé, réseaux de santé, structures de prévention)	• Fournissent des actes de santé (soins, préventions), des services. • Remplissent les missions du service public (accès aux soins, continuité et permanence des soins, etc.).
Producteurs de biens et de services en santé (industrie pharmaceutique)	• Produisent les biens et services en santé. • Répondent à des impératifs économiques de marché.
Financeurs (Sécurité sociale, organismes de complémentaire, ménages, etc.)	• Financent le système de santé, couvrent les dépenses. • Participent à la gestion (administrative et financière) du système de santé.
Utilisateurs (bénéficiaires)	• Bénéficient des services et biens de santé. • Participent à la gestion du système à travers différentes instances de démocratie en santé.

3 Les principaux acteurs du système de santé

5 La gouvernance du système de santé

Le système de santé nécessite une gouvernance. La **gouvernance** regroupe l'ensemble des instances décisionnaires, d'information et de contrôle qui permettent d'assurer le **bon fonctionnement et la surveillance** du système de santé, *via* les mesures mises en œuvre.

1 L'État, acteur décisionnel et pilote

• **Le ministère de la santé et des solidarités prépare et met en œuvre la politique du gouvernement dans les domaines, notamment, de la santé publique et de l'organisation du système de santé**.

• **Les Agences régionales de santé (ARS) sont les acteurs du pilotage du système de santé et de la mise en œuvre de la politique de santé publique dans chaque région**. Elles disposent des ressources de l'État et de l'assurance maladie.

2 Les différents acteurs de la gouvernance par échelons

National	Régional	Local
• Ministère des solidarités et de la santé • Parlement	• Agence régionale de santé (ARS)	• Délégation territoriale de l'ARS • Conseil municipal

3 La loi du 24 juillet 2019 et la stratégie « Ma santé 2022 »

• **La loi du 24 juillet 2019 relative à l'organisation et à la transformation du système de santé a défini la stratégie « Ma santé 2022 »**. Le ministère de la santé se fixe comme priorités :
– **de prendre en compte les inégalités dans l'accès aux soins**, avec de plus en plus de Français qui connaissent des difficultés à accéder à un médecin dans la journée et sont parfois contraints de se rendre aux urgences par défaut ;
– **de tenter de répondre aux aspirations des professionnels** à mieux coopérer entre eux, à disposer de davantage de temps pour soigner leurs patients et à être formés autrement.

• **5 chantiers prioritaires** ont été fixés par le ministère :
– **la qualité des soins et la pertinence des actes** (mettre fin aux actes ou examens inutiles et mieux organiser les prises en charge) ;
– **l'organisation territoriale** (lutter contre les déserts médicaux) ;
– **les modes de financement et de régulation** (mettre en place un système de financement incitant à la prévention et soutenant la coopération entre les professionnels) ;
– **les ressources humaines et la formation** (permettre l'accès de jeunes de tous horizons aux métiers de la santé pour diversifier les profils et les passerelles entre formations) ;
– **le numérique** (favoriser la coopération entre les professionnels libéraux, hospitaliers et médico-sociaux grâce à des outils numériques performants).

6 Le financement du système de santé

Depuis 2004, les établissements de santé sont financés par la **tarification à l'activité** (T2A).

1 La T2A et les sources de financement

• **La T2A est le mode de financement des hôpitaux français.** Elle consiste à payer les établissements en fonction de leurs activités réelles.

• **D'après la Drees, la dépense courante de santé est ventilée en cinq postes :**
– **la Sécurité sociale** ;
– **l'ensemble de l'État et les collectivités locales** ;
– **les ménages** ;
– **les mutuelles, les sociétés d'assurance et les institutions de prévoyance** ;
– **les autres financements privés.**

Le saviez-vous ?
La **réforme du financement est l'un des chantiers majeurs de « Ma santé 2022 ». Le ministère de la santé a fixé ses objectifs en la matière** : passer d'un système qui favorise la multiplication des actes et de l'activité à un **financement incitant à la prévention, soutenant la coopération entre les professionnels et réaffirmant la qualité** comme objectif premier de la prise en charge.

2 La régulation du système de santé

A Les outils de la régulation

• Cette régulation est assurée par des « outils » dont la loi de financement de la Sécurité sociale (LFSS) votée chaque année depuis 1997, avec entre autres :
– l'Ondam (Objectif national des dépenses d'assurance-maladie – seuil de dépenses à ne pas dépasser, par principe), et qui fixe le budget prévisionnel des différents régimes ;
– les conventions d'objectifs et de gestion (COG) conclues entre l'État et les caisses nationales de Sécurité sociale.

B Les acteurs de la régulation financière

Principaux acteurs	Rôles
Parlement	• Vote les lois de financement de la Sécurité sociale (LFSS) avec l'Ondam. • Contrôle l'équilibre financier.
Gouvernement	• Met en place des objectifs de maîtrise des dépenses (prépare la LFSS). • Propose des mesures pour le redressement des comptes publics.
Comité d'alerte des dépenses de l'AM	• Alerte. • Propose des solutions de rationalisation.
Haute autorité de santé (HAS)	Donne des avis sur les remboursements.
Union nationale des caisses d'AM (Uncam)	• Donne des avis sur les projets de LFSS. • Définit les prestations pouvant être remboursées.
Agence régionale de santé (ARS)	Intervient dans la gestion des dépenses de médecine de ville.
Union nationale des professionnels de santé (Unps)	Émet des avis sur les projets de réforme.

7 L'organisation du système de soins

Le système de soins est l'organisation de la réponse aux besoins exprimés des patients. Il se compose de l'offre de soins et de la demande de soins. Les établissements et professionnels de santé sont les principaux acteurs du système de soins.

1 Quelques notions

A Le territoire de santé

• **Le territoire de santé est défini comme l'unité géographique de base pour la répartition des activités de soins.**

• Il permet de réguler l'offre régionale du système de santé.

B La planification sanitaire

• **La planification sanitaire repose sur la prévision des ressources et des services requis pour atteindre les objectifs déterminés en matière d'organisation sanitaire** (entre la demande et l'offre de santé).

• **La planification sanitaire, d'abord nationale, s'est progressivement régionalisée** dans le cadre des dynamiques de la décentralisation et pour mieux orienter les choix en fonction des besoins et de l'offre de santé. L'ARS est l'autorité régionale unique de décisions commune à l'hospitalisation publique et privée.

• **Le projet régional de santé (PRS)**, réformé par la loi de modernisation du système de santé de 2016, est désormais constitué :
– d'un cadre d'orientation stratégique (COS) ;
– d'un schéma régional de santé (SRS) ;
– et d'un programme régional relatif à l'accès à la prévention et aux soins des personnes les plus démunies (PRAPS).

• **Le schéma régional de santé (SRS)** est établi pour une durée de cinq ans, à partir des besoins sanitaires, sociaux et médico-sociaux identifiés par un diagnostic local. Il prévoit pour l'ensemble de l'offre de soins et des services de santé, des prévisions d'évolution et fixe des objectifs opérationnels.

2 Les composantes du système de soins

Acteurs	Rôles
État	• Financer et organiser l'offre de soins. • Favoriser une couverture homogène du territoire national.
ARS = gouvernance du système de soins au niveau régional	• Définir et mettre en œuvre la politique régionale d'offre de soins hospitaliers et médico-sociaux. • Réguler l'offre de médecine de ville.

Acteurs		Rôles
Établissements de santé		Assurer les missions de soins (diagnostic, surveillance et traitement des maladies) et de prévention.
Services extra-hospitaliers	Réseaux de santé	Favoriser l'accès aux soins, la coordination, la continuité ou l'interdisciplinarité des prises en charge sanitaires.
	Maisons de santé	Assurer la prise en charge globale et multidisciplinaire du patient.
	Maisons médicales de garde	Délivrer des prestations de médecine générale, fonctionnant uniquement aux heures de la permanence des soins.
	Services de soins à domicile	Assurer à domicile la prise en charge sanitaire des personnes en évitant l'hospitalisation.
	Centres de santé	Accueillir des malades ambulatoires. Ils dépendent des collectivités locales ou d'organismes à but non lucratif comme les mutuelles ou associations.
Professionnels de santé		Réaliser les activités de soins et de prévention.

3 Le parcours de soins

A La notion de parcours

• Face à l'évolution permanente du système de santé et afin d'optimiser la prise en charge des usagers, un parcours de soins est mis en place.

• **Le ministère de la santé définit un parcours de soins comme la prise en charge globale du patient et de l'usager dans un territoire donné au plus près de son lieu de vie**, avec une meilleure attention portée à l'individu et à ses choix. Un parcours nécessite l'action coordonnée des différents acteurs de la santé, avec la prise en compte des déterminants de la santé dont les facteurs sociaux, environnementaux mais aussi les systèmes de santé et les services sociaux. En font notamment partie l'hygiène, le mode de vie, l'éducation, le milieu professionnel et l'environnement.

• **Le parcours comprend deux contraintes : la dimension temporelle** (une prise en charge continue de l'usager) **et la dimension spatiale** (sur le territoire de vie et à proximité de son domicile).

Focus sur la notion de parcours

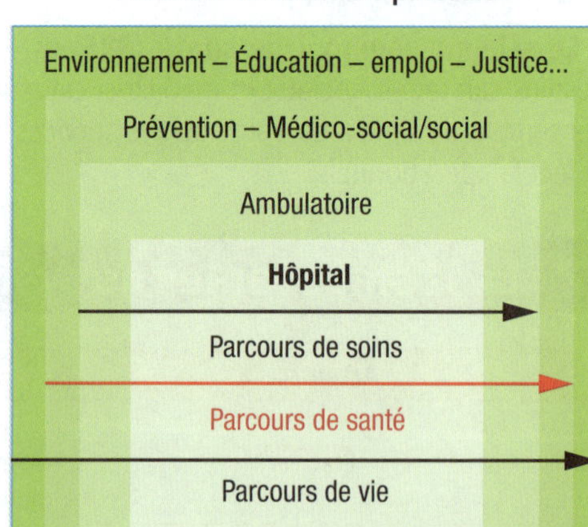

Secrétariat général des ministères chargés des affaires sociales (SGMCAS).

B Le parcours de soins

• **Le parcours de soins repose sur la prise en charge d'un patient par les acteurs du système sanitaire hospitalier et ambulatoire.**

• Il comprend les soins de premiers recours (soins de proximité), l'hospitalisation évitable (urgences), l'hospitalisation à domicile, les soins de suite et de réadaptation, l'unité de soins de longue durée (USLD – unité rattachée à un hôpital destinée à des patients en perte d'autonomie qui nécessitent des soins permanents) et les établissements d'hébergement des personnes âgées dépendantes (EHPAD).

4 La permanence des soins

A Définition

• **La permanence des soins (PDS) est l'organisation de l'offre de soins, libérale (PDSA) et hospitalière (PDSES), visant à assurer la continuité et l'égalité de l'accès aux soins**, notamment aux heures habituelles de fermeture des cabinets médicaux ; son objectif est de répondre aux demandes de soins non programmés.

B Le rôle des ARS

• Les agences régionales de santé (ARS) ont aussi pour mission d'organiser le système de soins en région.

• Elles organisent la permanence des soins.

C Les principaux acteurs de la permanence des soins

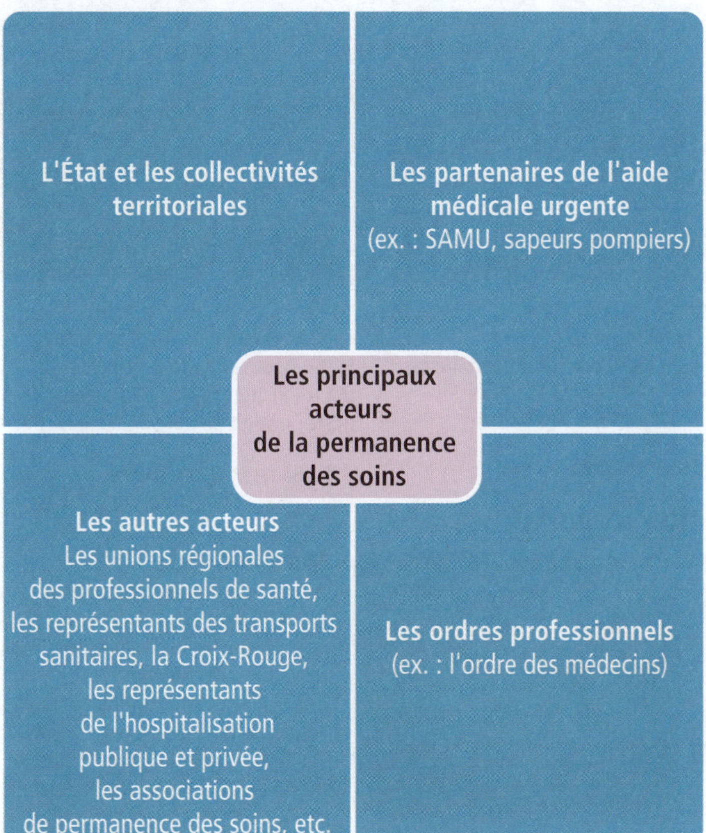

8 Les dispositifs du système de veille sanitaire

La **veille sanitaire** repose sur la récolte d'informations émanant des organismes spécialisés pour observer et contrôler l'état de santé de la population afin d'alerter les autorités compétentes en cas de risque pour la santé publique. La loi de 2016 instaure l'Agence nationale de santé publique dénommée « **Santé publique France** (SPF) », regroupant l'InVs, l'Inpes et l'Eprus. Cette agence a pour missions l'alerte, la veille et la surveillance, la prévention et les interventions en situation de crise.

1 Les principaux acteurs de la veille sanitaire

A À l'échelon national

La Direction générale de la santé (pilotage de la politique et de l'organisation de la sécurité sanitaire)	Les directions des autres ministères (gestion des risques sanitaires spécifiques)	Le Haut Conseil de la santé publique (expertise pluridisciplinaire nécessaire à la gestion des risques sanitaires)	Les autorités et agences de sécurité sanitaire (pour évaluer les risques, produire des avis d'expertise, des recommandations de bonnes pratiques, voire pour certaines des mesures de police sanitaire)
			Pôle Population SPF
			Pôle environnement ANSES, ASN, IRSN
			Pôle Produits de santé et pratiques HAS, ANSM, ABM, INCA, EFS

Légende des sigles

ABM : Agence de la biomédecine

ANSES : Agence nationale de sécurité sanitaire de l'alimentation, de l'environnement et du travail

ANSM : Agence nationale de sécurité du médicament et des produits de santé

ASN : Autorité de sûreté nucléaire

EFS : Établissement français du sang

HAS : Haute autorité de santé

INCA : Institut national du cancer

IRSN : Institut de radioprotection et de sûreté nucléaire

SPF : Santé publique France

B À l'échelon régional

L'Agence régionale de santé	Les structures régionales de vigilances et d'appui
	Pôle Population CIRE
	Pôle environnement CAP-TV
	Pôle Produits de santé et pratiques CRPV, CEIP-A, CRH-ST, SRA, CPIAS, OMEDIT

Légende des sigles

CAP-TV : Centres antipoison et de toxicovigilance

CEIP-A : Centres d'évaluation et d'information sur la pharmacodépendance et d'addictovigilance

CIRE : Cellule d'intervention en région

CPIAS : Centre d'appui pour la prévention des infections associées aux soins

CRH-ST : Coordonnateurs régionaux d'hémovigilance et de sécurité transfusionnelle

CRPV : Centres régionaux de pharmacovigilance

OMEDIT : Observatoires des médicaments, dispositifs médicaux et innovations thérapeutiques

SRA : Structure régionale d'appui

2 Les dispositifs de veille et de sécurité sanitaires

A Le dispositif d'alerte sanitaire

• **Un système d'alerte sanitaire implique la mise en œuvre des actions suivantes** :
– le recueil des signaux de toute nature ;
– la vérification du signal ;
– l'évaluation de la menace (en analysant et interprétant les données disponibles) ;
– la transmission de l'alerte au niveau national, voire international.

• **L'agence Santé Publique France est chargée de surveiller l'état de santé de la population et de déclencher l'alerte sanitaire, si besoin.**

• **Le ministère de la santé définit l'organisation de la veille sanitaire en trois niveaux** :
– **l'organisation du recueil et du traitement des signalements par les ARS** ;
– **la mise en place par les ARS d'une réunion régionale de sécurité sanitaire** ;
– **la mise en place d'un réseau régional de vigilance et d'appui, animé par les ARS.**

B Les plans d'action

• **Au niveau national**, le gouvernement veut mieux anticiper les urgences et les crises sanitaires. C'est pourquoi un certain nombre de plans nationaux de préparation aux épidémies et aux catastrophes sont élaborés.

• **Au niveau régional**, chaque PRSP (Plan régional de santé publique) comprend obligatoirement un « plan d'action relatif à l'alerte et à la gestion des situations d'urgence sanitaire » appelé PRAGSUS. Ils contiennent deux volets : l'un organise l'alerte, l'autre est consacré à la gestion des urgences sanitaires.

• **Au niveau local**, le plan ORSEC définit l'organisation des secours et le recensement des moyens publics et privés existants.
– De plus, le SAMU et la cellule d'urgence médico-psychologique sont des acteurs clefs du dispositif de premiers secours.
– Dans chaque établissement de santé, le plan blanc définit le protocole à suivre en cas de situation d'urgence sanitaire.

Le saviez-vous ?
Pour faire face à la crise sanitaire liée à la Covid-19 et freiner la propagation du virus, la loi d'urgence du 23 mars 2020 a introduit provisoirement l'instauration de l'état d'urgence sanitaire.
Des mesures ont été prises comme le confinement de la population, le couvre-feu, le pass sanitaire, les réquisitions et le contrôle de prix.

C Les agences européennes de veille et de sécurité sanitaires

• Au niveau européen, il existe six agences de différents domaines :
– l'autorité européenne de sécurité des aliments ;
– l'agence européenne du médicament ;
– l'agence européenne de l'environnement ;
– l'agence européenne pour la sécurité et la santé au travail ;
– l'agence européenne des produits chimiques ;
– le centre européen pour la prévention et le contrôle des maladies.

3 L'organisation générale de la gestion d'une crise sanitaire

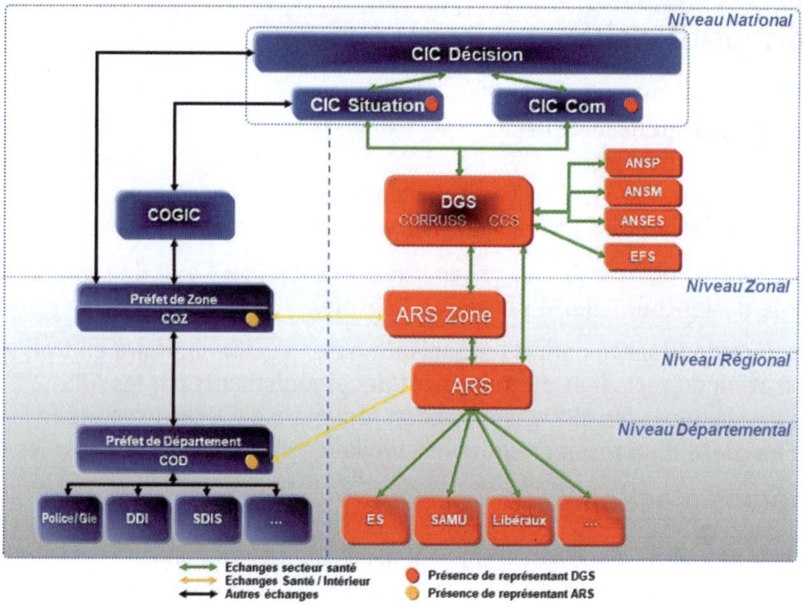

Ministère de la santé et des solidarités, 2019.

Légende des sigles

CIC : cellule interministérielle de crise
COD : centre opérationnel départemental
COGIC : centre opérationnel de gestion interministérielle des crises
COZ : centre opérationnel de zone
DDI : directions départementales interministérielles
Gie : groupe interarmes embarqué
SDIS : service départemental incendie et secours

4 Le CORRUSS

A Une équipe pluridisciplinaire

- **Le centre opérationnel de régulation et de réponse aux urgences sanitaires et sociales (CORRUSS) est en charge d'une veille nationale**, mais aussi à l'échelle mondiale, pour répondre le plus tôt possible à toute alerte ou urgence sanitaire.
- **Ce centre rassemble une multitude de professionnels du secteur de la santé** (médecins, pharmaciens, experts en santé publique, gestionnaires de crise, etc.) **mais aussi d'autres secteurs** comme des juristes.

B Une organisation graduée (de la gestion courante à celle d'une crise exceptionnelle)

- D'après le ministère de la santé, **le CORRUSS intervient selon trois niveaux d'action** :

– « Niveau 1 : veille opérationnelle » pour la gestion courante des alertes sanitaires ;
– « Niveau 2 : CORRUSS renforcé » avec une équipe exclusivement dédiée à la gestion d'un évènement particulier ayant un impact sanitaire significatif ;
– « Niveau 3 : activation du centre de crise sanitaire » en situation sanitaire exceptionnelle, avec mobilisation d'une équipe pluridisciplinaire.

9 Les dispositifs d'accès aux soins pour tous *

Pour le ministère de la santé, la notion d'accès aux soins est associée au fait d'avoir recours à un service ainsi qu'à la fréquence d'utilisation. Ainsi, tout citoyen est en droit de prétendre à des soins même primaires, au regard de la responsabilité de l'État français et aux principes fondamentaux régis par la Déclaration universelle des droits de l'homme et du citoyen de 1789. **L'accessibilité aux soins est la capacité matérielle d'accéder aux ressources sanitaires et aux services de santé.** L'accessibilité se veut principalement territoriale et financière.

1 Accès aux soins et réduction des inégalités de santé : des priorités de santé publique

A La stratégie nationale « Ma santé 2022 » du ministère des solidarités et de la santé

• « **Ma santé 2022** » distingue :
– **les soins de proximité**, c'est-à-dire les soins les plus courants, au plus près des lieux de vie des patients, dispensés par les professionnels de santé ambulatoires et dans les futurs hôpitaux de proximité, qui se coordonneront entre eux ;
– **les soins spécialisés**, dispensés à la fois par des médecins spécialistes libéraux et par des équipes hospitalières disposant des compétences et des infrastructures garantissant la qualité et la sécurité des soins ;
– **les soins ultraspécialisés**, nécessitant des compétences particulières et des plateaux techniques de pointe. Ceux-ci seront concentrés dans quelques établissements – centres hospitaliers universitaires (CHU), centre de lutte contre le cancer (CLCC), certains centres hospitaliers – pour utiliser des compétences et des moyens techniques rares et spécifiques à des fins de recherche et d'excellence.

B Les relations entre l'accès aux soins et la réduction des inégalités de santé

• **Le coût des soins est un facteur de renoncement particulièrement important pour les publics les plus précaires** dont la part des dépenses non contraintes (hors logement, habillement, nourriture et transport) est plus faible et dont le budget disponible pour les dépenses de santé est plus réduit.

• **L'accès aux soins est devenu une préoccupation croissante pour les pouvoirs publics.** De plus en plus d'individus, notamment au sein des catégories sociales les plus modestes, déclarent renoncer à des soins médicaux pour des raisons financières.

• **Les dépenses de santé sont les plus inégalement réparties** : les ménages les plus riches dépensent pratiquement six fois plus pour leur santé que les ménages les plus pauvres (selon l'Insee). Afin de limiter l'effet prix sur la santé des publics précaires, les politiques publiques destinées à faciliter l'accès aux soins ont consisté à mettre en place différents dispositifs (PUMA, Complémentaire santé solidaire – CSS) permettant d'offrir à ceux qui ne peuvent pas en bénéficier des niveaux de couverture équivalents à la Sécurité sociale ou aux complémentaires santé.

C La loi du 9 août 2004 relative à la santé publique

• La loi relative à la santé publique met en évidence **deux objectifs** :
– **réduire les obstacles financiers à l'accès aux soins** pour les personnes dont le niveau de revenu est un peu supérieur au seuil ouvrant droit à la CMU ;
– **réduire les inégalités devant la maladie et la mort** par une augmentation de l'espérance de vie des groupes confrontés aux situations précaires.

D La loi du 26 janvier 2016 relative à la modernisation du système de santé

• **La loi du 26 janvier 2016 vise l'accès aux soins** avec :
– la généralisation du tiers payant ;
– la création d'un numéro d'appel unique pour joindre un médecin de garde ;
– la mise en place de tarifs sociaux pour les lunettes et les prothèses dentaires et auditives ;
– le Pacte territoire santé, qui permet de lutter contre la désertification médicale.

2 Les mesures de la stratégie « Ma santé 2022 »

A Les hôpitaux de proximité

• La réforme des hôpitaux de proximité est l'aboutissement d'un certain nombre de travaux et constats menés depuis 2012.

• Ces hôpitaux ont pour objectif de rendre effectif pour tous l'accès aux soins, notamment en matière de soins de premiers recours.

• Selon le ministère de la santé, un établissement peut être hôpital de proximité s'il réunit obligatoirement trois conditions :
– s'il détient une autorisation en médecine délivrée par l'ARS ;
– s'il n'est pas autorisé en chirurgie ou en obstétrique ;
– si l'activité de médecine n'excède pas un seuil plafond.

Définition

Les hôpitaux de proximité sont des établissements de santé, publics ou privés :
• localisés sur un territoire de proximité, c'est-à-dire proches de la population qui disposent ainsi aisément des services de base ;
• accueillant des populations vulnérables comme les personnes âgées, des personnes en situation de pauvreté, etc., caractérisées par leurs fragilités de mobilité et d'accès aux soins ;
• dont le territoire présente une faible densité médicale (ex. : certains territoires ruraux ou zones urbaines sensibles).

B Les principales mesures pour la lutte contre les déserts médicaux

• Alors que la densité médicale baisse fortement, l'accès aux soins pour tous et partout sur le territoire devient un véritable enjeu de santé publique.

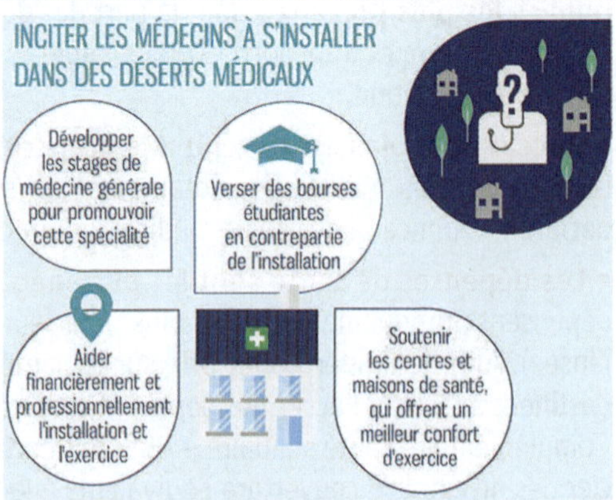

Les principales mesures à destination des professionnels de santé de « Ma santé 2022 »

Ministère des solidarités et de la santé, « Ma santé 2022 : un engagement collectif », 2019.

- Le ministère de la santé souhaite favoriser la coopération entre professionnels de santé : se développent ainsi les maisons de santé. Les soins de ville doivent désormais être coordonnés dans le cadre d'un projet de santé de territoire. L'intérêt de l'exercice partagé est de permettre la fourniture de soins de proximité mais aussi les soins hyperspécialisés (qui nécessitent des moyens particuliers comme un matériel de pointe ou rattachés à un protocole ciblé).

C Les communautés professionnelles territoriales de santé (CPTS)

- **Les CPTS regroupent des professionnels de ville, du 1er et du 2nd recours,** qui s'organisent avec les établissements de santé et médico-sociaux d'un même territoire pour répondre aux besoins de santé de leur bassin de population. **La finalité est de permettre une coopération entre les équipes hospitalières et les professionnels libéraux.**
- Les CPTS visent à mieux assurer la prise en charge des différents degrés de soins : les missions de base (médecine, consultations spécialisées) et d'autres adaptées au projet médical de territoire (urgences, activité périnatale, équipes mobiles, etc.).
- Pour lutter contre la désertification médicale, des postes à exercice partagé ville/hôpital ont été créés : les praticiens hospitaliers contractuels à temps partiel exerceront à mi-temps en ambulatoire dans les zones prioritaires afin de garantir le continuum de soins et de répondre aux besoins locaux de santé.

D L'expérimentation des SAS (services d'accès aux soins)

- Le Service d'Accès aux Soins est expérimenté depuis le 1er janvier 2021 et doit être généralisé en 2023. Il vise à répondre à la demande de soins urgents, non programmés et à améliorer l'orientation et la prise en charge des patients.

E Le numérique, au service de la qualité et de l'accès aux soins

• **Les principales mesures liées à la prise en compte du numérique dans le système de soins** consistent :
– **à permettre à chaque Français de disposer d'un espace numérique de santé** depuis janvier 2022. Mon espace santé vient remplacer le Dossier médical partagé (DMP) ;
– **à accroître le recours à la télémédecine** ;
– **à renforcer l'usage des outils numériques** pour mieux s'organiser, dégager du temps médical et permettre aux professionnels de santé de disposer de services numériques adaptés ;
– **à intégrer le numérique à l'hôpital** (programme HOP'EN) **et dans les territoires de santé** (programme e-Parcours) ;
– **à optimiser la production et l'utilisation des données de santé** ;
– **à veiller à la conciliation éthique/numérique** ;
– **à promouvoir l'innovation en e-santé**.

3 Les autres dispositifs

Les PASS (permanences d'accès aux soins de santé)	• Ce sont des cellules de prise en charge sanitaire et médico-sociale, à destination des personnes démunies, pour leur permettre un accès aux différentes structures de santé (établissements de santé, réseaux de santé, etc.). • Elles sont implantées au sein des hôpitaux afin de disposer des différents moyens, notamment matériels (service de radiologie, laboratoire de biologie médicale, pharmacie, etc.). • Les missions des permanences d'accès aux soins de santé s'inscrivent dans le PRAPS du projet régional de santé.
Les PRAPS (programmes régionaux relatifs à la prévention et aux soins)	• À destination des personnes en situation de précarité, les **PRAPS** ont été institués par la loi du 29 juillet 1998. Ils visent l'accès à la prévention et aux soins de ces personnes. • Ils sont inscrits dans les **projets régionaux de santé (PRS)**, mis en œuvre par chaque ARS.
La PUMA (protection universelle maladie) et la CMU-C (couverture maladie universelle complémentaire)	• Créée par la loi LMSS de 2016, la **PUMA** remplace la CMU de base. Elle garantit à toute personne qui travaille ou réside en France de manière stable et régulière, de bénéficier d'une prise en charge de ses frais de santé de manière continue tout au long de la vie. • Créée en 1999, la **CMU-C** est maintenue et reste gratuite. Elle permet l'accès aux soins, notamment sans avance de frais. Elle assure la même fonction qu'une complémentaire santé, sous conditions de plafond.
La Complémentaire santé solidaire (CSS)	L'État a mis en place la CSS visant à aider à l'accès à une complémentaire santé (elle remplace depuis novembre 2019 la CMU-C et l'ACS). Cette aide est ouverte aux personnes dont les revenus se situent sous un seuil de plafond variant en fonction de la composition du foyer.
L'AME (l'aide médicale d'État)	Instaurée le 1er janvier 2000, l'**AME** assure la couverture du panier de soins primaires aux étrangers en situation irrégulière qui ne peuvent être affiliés à un régime de Sécurité sociale.

10 Le rôle de la protection sociale dans le système de soins

La protection sociale, emblématique en France, regroupe des acteurs et des dispositifs chargés de protéger les individus contre la réalisation de risques sociaux et, le cas échéant, d'en limiter les répercussions sur les plans sanitaire, social et financier.

1 Vue d'ensemble des acteurs de la protection sociale

La Sécurité sociale (avec l'assurance maladie)	**Les régimes complémentaires** (ex. : les mutuelles)
L'Unédic (union nationale pour l'emploi dans l'industrie et le commerce)	**L'État et les collectivités territoriales** (aide sociale)

2 La protection sociale et le financement des dépenses de santé

A La Sécurité sociale, principal financeur des dépenses de soins

• D'après la Drees, la Sécurité sociale est, avec la prise en charge de près de 75 % de la dépense, **le principal financeur de la consommation de soins et biens médicaux (CSBM)**. Elle prend en charge la quasi-majorité des dépenses hospitalières et plus de deux tiers des soins de ville et des dépenses de biens médicaux (médicaments, optique, etc.).

B Les complémentaires santé et la prise en charge des « petits risques »

• Ces organismes complètent la prise en charge du financement de la Sécurité sociale et interviennent notamment dans celle du « petit risque » qui se révèle coûteux pour bon nombre de Français (optique, dentaire, audioprothèses).

C L'État et sa participation

• L'État ne participe qu'à hauteur très limitée. Il investit dans les dépenses relatives à **la prévention, la formation et la recherche médicale** mais également pour la **prise en charge des soins des plus précaires** (*via* la complémentaire santé solidaire – CSS – ou l'aide médicale d'État – AME).

3 Le dispositif « 100 % Santé »

• L'offre « **100 % Santé** » garantit un ensemble de prestations de soins et d'équipements dans trois secteurs : l'audiologie (aides auditives), l'optique (lunettes de vue) et le dentaire (prothèses dentaires).

• Les bénéficiaires pourront choisir parmi une liste de services et d'équipements, sans avance de frais. **L'objectif est d'améliorer l'accès à des soins de qualité, de lutter contre le renoncement à ces soins et de mettre l'accent sur les actes de prévention**.

11 La place de la personne dans le système de santé

Un certain nombre de législations ont souligné l'importance de la place et du rôle des usagers dans le système de santé.

1 L'usager, acteur du système de santé

• **La loi relative aux droits des malades du 4 mars 2002 est une des lois phares qui a œuvré pour la pleine reconnaissance des droits des patients**. Cette loi, qui reprend les demandes des représentants des usagers et des patients, a notamment permis :
– d'unifier les droits édictés dans les législations ou textes juridiques préexistants ;
– d'offrir des temps et des espaces d'expression des usagers et d'instaurer un dispositif de conciliation et de règlement amiable des accidents médicaux et des infections nosocomiales.

• La représentation des usagers dans les instances de santé leur garantit une réelle place dans l'élaboration des politiques de santé et l'amélioration de la qualité des soins.

2 La loi de modernisation du système de santé

A Le renforcement des instances de la démocratie en santé

• Ce renforcement s'est manifesté par :
– la création des conseils territoriaux de santé (→ **Fiche 3**, p. 14) ;
– la représentation obligatoire des usagers dans les instances de gouvernance des agences sanitaires nationales ;
– le remplacement de la commission de relation avec les usagers et de la qualité de la prise en charge (CRUQPC) par la commission des usagers dans les établissements de santé ;
– la formation et l'indemnisation des représentants des usagers.

B La création de nouveaux droits

• **L'usager dispose aujourd'hui de nouveaux droits :**
– celui d'être informé sur le coût global de son hospitalisation lors de sa sortie ;
– le droit à l'action de groupe ;
– l'accès aux données de santé des proches dans le respect du secret médical ;
– le droit à l'oubli pour les anciens malades.

3 France Assos Santé

• **France Assos Santé est l'organisation de référence créée pour représenter les patients et les usagers du système de santé et assurer la défense de leurs intérêts.**

• **Son objectif est de favoriser l'application de la démocratie sanitaire et la participation des usagers au système de santé**, avec l'aide des agences régionales de santé.

Exercices d'entraînement

Exercice 1 ★ 10 min

Corrigé p. 68

Reliez chaque acteur à son rôle principal dans le cadre de l'organisation nationale de la politique de santé (un rôle peut être associé à plusieurs acteurs et un acteur peut tenir plusieurs rôles).

Ministère des solidarités et de la santé •	• Coordination
Agences régionales de santé •	• Expertise et évaluation
Conférence nationale de santé •	• Mise en œuvre
Haut conseil de santé publique •	• Concertation
Comité national de santé publique •	• Décision et pilotage
Haute autorité de santé •	

Exercice 2 ★★ 20 min

Corrigé p. 68

Justifiez la création d'un diplôme universitaire « Formation professionnelle continue à la démocratie en santé pour les représentants des usagers » par l'Université des Patients.

Dispositif d'auto-formation « l'organisation de la démocratie en santé »

La démocratie sanitaire s'organise à travers la réelle implication des représentants des usagers et des acteurs de la santé. L'acquisition d'un certain nombre de savoirs fondamentaux est apparue comme un prérequis incontournable pour leur permettre de faire entendre leur voix et leur point de vue au sein des instances. […]

Ainsi, la Conférence Régionale de la Santé et de l'Autonomie (CRSA) d'Île-de-France a conclu à la nécessité de mettre en place une plateforme de formation sur les rôles des différents acteurs, institutions, dispositifs existants, au moyen de fiches techniques à disposition.

Depuis près de 10 ans, l'Université des Patients forme et diplôme des personnes malades chroniques. À la rentrée 2016, elle crée et anime le premier diplôme universitaire, intitulé « Formation professionnelle continue à la démocratie en santé pour les représentants des usagers », ouvert à toutes personnes malades et professionnels désirant assurer la représentation des usagers au sein de différentes instances.

La finalité de ce projet est de contribuer à la promotion et au développement de la démocratie en santé à l'échelle régionale, voire nationale.

L'objectif principal de ce projet est de mettre à disposition des représentants des usagers et des professionnels de santé un programme d'auto-formation, sans condition d'inscription et gratuit, leur permettant une meilleure connaissance et pratique de la démocratie en santé et des instances dans laquelle elle s'exerce.

« Parcours de santé, vos droits », www.solidarites-sante.gouv.fr, 10 février 2020.

Exercice 3 ★★ 20 min

Corrigé p. 68

Relevez les arguments justifiant la nécessité de revoir le financement des activités de soins par la tarification à l'activité (T2A).

Un système de tarification basé sur le parcours du patient est aujourd'hui pertinent.

Au pied du mur, notre système de santé est soumis à une triple transition : démographique, le vieillissement de la population s'amplifiant chaque année ; épidémiologique, les progrès de la médecine transformant certaines pathologies mortelles en maladies chroniques ; technologique, grâce aux progrès réalisés sur les diagnostics, traitements et suivis thérapeutiques. Parallèlement, la situation financière des hôpitaux se fragilise, aboutissant à un paradoxe : les opportunités offertes par les innovations technologiques semblent creuser les déficits au lieu de produire, comme dans d'autres pays, une amélioration de la qualité, de l'organisation et du coût de la prise en charge des malades.

Si la tarification à l'activité (T2A) s'avère adaptée pour le financement d'activités standardisées comme la chirurgie, les professionnels de santé se retrouvent parfois dans des situations absurdes où des innovations, pertinentes pour le patient et le système de santé au niveau global, sont financièrement pénalisantes pour ceux qui les déploient à un niveau microéconomique.

Ainsi, pour certaines indications du cancer du sein, les techniques de radiothérapie peropératoire permettent d'économiser près de trente séances de radiothérapie post-chirurgie, en réalisant une seule irradiation pendant l'opération. Outre l'amélioration du confort pour le patient, cette nouvelle approche thérapeutique pourrait permettre d'engendrer des économies substantielles pour l'Assurance-maladie... Or, aujourd'hui, les établissements qui souhaitent déployer ce progrès thérapeutique se retrouvent dans une impasse budgétaire, en se privant des recettes T2A de trente séances de radiothérapie externe.

« La tarification au parcours pour les pathologies chroniques impliquant médecine de ville et hospitalière apparaît pertinente »

De même, la coopération entre établissements et/ou professionnels de santé, ou les efforts pour réduire les actes et prises en charge inutiles sont autant de pratiques vertueuses, développées par quelques précurseurs, mais peu ou pas valorisées dans le système actuel. Ainsi, des dépenses de transport sanitaire, à l'heure où télémédecine et consultations à distance permettraient d'en réduire la facture de façon substantielle.

Dans ce contexte, l'instauration d'une tarification au parcours pour les pathologies chroniques impliquant médecine de ville et hospitalière apparaît pertinente.

Collectif de professionnels de santé, Tribune du *Monde*, 3 avril 2019.

Exercice 4 ★ 5 min

Corrigé p. 68

Reliez chaque type de parcours à sa définition.

Parcours de vie •	• Il inclut la prise en charge hospitalière et ambulatoire.
Parcours de soin •	• Il inclut le parcours de soin et la dimension préventive et sociale.
Parcours de santé •	• Il inclut le parcours de santé et toutes les dimensions de vie.

12 L'approche historique des politiques sociales

Les prémices des politiques sociales se traduisent par des actions de solidarité familiale et religieuse. Les politiques sociales prennent leur essor avec l'implication des pouvoirs publics et des institutions.

1 Les grandes lignes

A Le contexte

- **Les premières actions « sociales » reposent à l'origine sur une solidarité privée** : la charité chrétienne et la famille.
- **Le point de départ des politiques sociales semble être les politiques du travail** (protection des salariés des industries naissantes de l'époque), **les assurances sociales, les politiques de l'emploi et de la formation professionnelle.**

B Le positionnement difficile de l'État français

- **L'État français n'a su que peu se positionner dans le champ social.** Ainsi, d'autres acteurs ont pris progressivement plus de poids, lié aux premières politiques sociales. Les organisations syndicales et patronales ont pendant très longtemps été les seuls acteurs du système social français.
- **Après la création de la Sécurité sociale en 1945, les systèmes de prise en charge se sont multipliés** avec le maintien de régimes de Sécurité sociale comme les régimes spéciaux et l'apparition de nouveaux régimes.
- **La décentralisation au début des années 1980 a vu des acteurs publics autres que l'État s'impliquer dans les politiques sociales : il s'agit notamment des départements et des communes.**

2 La solidarité dans l'évolution des politiques sociales

A Durant l'Ancien Régime

- **Durant le Moyen Âge, la solidarité dépend principalement de la charité chrétienne avec l'influence de l'Église et la participation de la solidarité familiale.**

B De la Révolution à la fin du XVIIIe siècle

- La notion de liberté anime l'ensemble des révolutionnaires. L'édifice de l'Ancien Régime s'écroule.
- **C'est à cette époque que naissent les bureaux de bienfaisance**, ancêtres des Centres communaux d'action sociale (CCAS). La loi de 1796 prévoit la bienfaisance pour les pauvres.

C Le XIXe siècle

- La première moitié du XIXe siècle correspond à la période de la révolution industrielle. Les conditions de travail et l'isolement sont les causes de la grande misère de la population.

• La Révolution de 1848 et la répression sanglante qui l'accompagne amènent la classe ouvrière à agir. On assiste à une multitude de grèves, d'organisations et de caisses de secours mutuels. **C'est l'apparition de la « question sociale ».**

• Différentes avancées ont lieu, comme l'autorisation des grèves en 1864, la tolérance des syndicats (reconnus en 1884) mais aussi en 1893 avec la protection contre les grandes épidémies et la création de l'aide médicale gratuite.

> **Le saviez-vous ?**
> C'est à la fin du XIXe siècle que se développent les politiques sociales avec la naissance de **l'État-providence**. Au sens large, l'État-providence renvoie à l'ensemble des interventions économiques et sociales de l'État. Dans un sens plus restreint, il correspond uniquement à l'intervention de l'État dans le domaine social, particulièrement à travers le système de protection sociale.

D Le XXe siècle

• **C'est à cette époque que se multiplient les institutions et les politiques sociales.** L'État est désormais qualifié, depuis la fin du XIXe siècle, d'**État-providence**.

• **La Sécurité sociale naît en 1945**, après notamment la création d'aides sociales comme celle à destination des personnes âgées pauvres (minimum vital en 1905), dans un contexte de reconstruction du pays après la Seconde Guerre mondiale. **Elle est l'un des acteurs clés des politiques sociales par ses actions extra-sanitaires (au-delà de la prise en charge de soins).**

• **En outre, le préambule de la Constitution de 1946 reconnaît un certain nombre de droits sociaux aux citoyens, droits toujours en vigueur. La déclaration universelle des droits de l'homme de 1948 leur reconnaît aussi des droits :**
– toute personne a droit à un niveau de vie suffisant ;
– toute personne a le droit à la sécurité matérielle en cas d'évènements imprévus ou subis comme la perte de l'emploi ;
– la maternité et l'enfance ont droit à une aide et à une assistance spéciales.

• **Avec la montée du chômage et de la pauvreté dans les années 1980, différentes catégories de politiques sociales vont se développer** (**exemples** : politique familiale, politique de lutte contre la pauvreté).

• **De son côté, l'État incite les collectivités territoriales à intensifier leur implication avec un transfert de compétences en matière d'aide sociale.**

• **Progressivement, l'intervention sociale évolue vers une logique de développement social local.**

E Le début du XXIe siècle

• **Ce début de siècle est marqué par une multitude de politiques sociales mises en place à destination de publics particuliers ou dans des domaines précis.**

Quelques législations et politiques sociales marquantes

Domaine/Public cible	Législations/Politiques/Plans
Personnes âgées/ vieillesse Personnes handicapées	• Loi du 20 juillet 2001 : création de l'APA (allocation personnalisée pour l'autonomie). • Loi du 30 juin 2004 relative à la solidarité pour l'autonomie des personnes âgées et des personnes handicapées : création de la CNSA (caisse nationale de solidarité pour l'autonomie). • Loi du 11 février 2005 relative à l'égalité des droits et des chances et à la participation des personnes handicapées.

Domaine/Public cible	Législations/Politiques/Plans
Politique de la ville/ Logement	• Loi du 13 décembre 2000 relative à la solidarité et au renouvellement urbain imposant une proportion de logements sociaux dans les villes. • Loi du 1er août 2003 dite « loi Borloo » et plan de cohésion sociale de 2004 créant l'ANRU (agence nationale de rénovation urbaine) avec une volonté de réduire les écarts de développement et les inégalités entre les territoires. • Loi du 5 mars 2007 instituant le DALO (droit au logement opposable : droit permettant aux personnes mal logées d'être reconnues prioritaires. • Plan Espoir Banlieue de 2008. • Loi du 21 février 2014 relative à la cohésion sociale. • Loi du 23 juillet 2018 dite Élan (évolution du logement, de l'aménagement et du numérique) qui vise entre autres à « construire plus, mieux et moins cher » et à répondre aux besoins de chacun et à favoriser la mixité sociale.
Enfance	• Loi du 6 mars 2000 créant la fonction de Défenseur des enfants. • Loi du 2 janvier 2004 créant l'observatoire national pour l'enfance en danger. • Loi du 5 mars 2007 portant sur la réforme de la protection de l'enfance. • Une stratégie nationale pour la protection de l'enfance 2018-2022 avec un Pacte pour l'enfance (dont le parcours des 1 000 premiers jours sera proposé à tous les parents du quatrième mois de grossesse et jusqu'aux deux ans de l'enfant, pour les accompagner non seulement sur les questions de santé, mais également sur les aspects éducatifs et de soutien à la parentalité). • Stratégie nationale de prévention et de lutte contre la pauvreté 2018-2022.
Pauvreté/Exclusion	• Loi du 1er décembre 2008 généralisant le RSA (revenu de solidarité active). • Loi du 1er janvier 2016 créant la Prime pour l'activité (remplaçant le RSA). • Stratégie nationale de prévention et de lutte contre la pauvreté 2018-2022.

3 Les 4 groupes d'États-providence

• Jack Hayward a mis en évidence en 2019 **quatre groupes européens d'États-providence** qui, tous, cherchaient à atteindre le plein-emploi et la réduction des inégalités mais qui se distinguent par des approches différentes.
– Les **États-providence nordiques** ont été, dès le départ, et demeurent, à cet égard, les plus complets et égalitaires. Ils visent à couvrir les droits sociaux des individus et reposent sur une forte imposition.
– Le **modèle anglo-américain néolibéral** prône une logique libérale et n'intervient que pour la prise en charge des plus miséreux, avec la mise en place de programmes sous condition de ressources (à l'exception partielle de l'éducation et de la santé) afin de limiter les avantages sociaux et de réduire l'imposition.
– Le **modèle de l'Europe continentale** très lié à l'emploi, favorise les travailleurs intégrés disposant d'un emploi sûr et de droits sociaux aux dépens des exclus – en particulier les jeunes et les personnes âgées – qui ne profitent pas de la sécurité apportée par l'emploi. La France et l'Allemagne illustrent ce modèle.
– Le **modèle des pays ex-communistes d'Europe centrale** qui sont passés d'un État-providence protecteur à un système néolibéral d'assurance sociale. Ce modèle précaire entraîne un accroissement de l'insécurité et est source d'inégalités sociales.

13 L'élaboration d'une politique sociale

Pour lutter contre les problèmes sociaux et les inégalités touchant la population, des politiques sociales sont élaborées, en cohérence avec la devise républicaine, pour rendre la société plus équitable.

1 L'identification d'un problème social

A La notion de problème social

- **Un problème social est une situation qui remet en question la solidarité et la cohésion sociale. Elle est souvent perçue comme « indésirable » par la société** dans la mesure où cette condition représente une menace pour l'individu ou la collectivité.
- C'est une situation considérée comme étant incompatible avec les valeurs, notamment républicaines, et qui doit interpeler les pouvoirs publics.

B Les principales problématiques sociales

- La **précarité** est, selon Joseph Wresinski dans un rapport de 1987, « l'absence d'une ou plusieurs des sécurités, notamment celle de l'emploi, permettant aux personnes et familles d'assumer leurs obligations professionnelles, familiales et sociales, et de jouir de leurs droits fondamentaux ».
- La **pauvreté** couvre, selon le Conseil européen, les personnes dont les ressources (matérielles, culturelles et sociales) sont si faibles qu'elles sont exclues des modes de vie minimaux acceptables dans la société.
- L'**exclusion** se traduit par un processus qui mène à des ruptures sociales : l'individu ne peut jouir de ses droits et participer pleinement à la vie sociale. L'exclusion se caractérise par une mise à l'écart de la société et est multifactorielle.

2 La reconnaissance d'une priorité sociale

A Les modes de reconnaissance

- La reconnaissance des problèmes sociaux peut se faire par une **institution, un mouvement social**, etc.
- D'autre part, les **études sociologiques** permettent de mieux comprendre les phénomènes de société.
- La reconnaissance par les **pouvoirs publics** correspond à la phase finale du processus, suivant souvent la nécessité de mener un diagnostic.

B Les principales phases de la reconnaissance d'une priorité sociale

- étape 1 : Mobilisation de personnes ou groupes de personnes face à une situation problématique
- étape 2 : Relais de cette mobilisation par les groupes de pression, les médias, l'opinion publique
- étape 3 : Reconnaissance par les pouvoirs publics
- étape 4 : Réalisation de diagnostics et études pour mieux analyser le problème social par les pouvoirs publics
- étape 5 : Proposition de réponses au problème soulevé avec la mise en place de dispositifs

C Le rôle du diagnostic

- Les décideurs politiques doivent hiérarchiser leurs priorités d'action. De ce fait, il est nécessaire pour fixer des priorités sociales, d'identifier ces besoins : pour cela, un diagnostic est réalisé.

3 La construction d'une politique sociale

A Les principales étapes de l'élaboration

Diagnostic – Analyse des besoins sociaux (ABS) → Formulation de priorités, d'objectifs → Conception et mise en oeuvre de la politique → Suivi et évaluation de la politique sociale

B L'importance du diagnostic, de l'analyse des besoins sociaux (ABS)

- D'après le Code de l'action sociale et des familles, « les Centres communaux d'action sociale procèdent annuellement à une **analyse des besoins sociaux** des publics qui relèvent d'eux ».
- Le diagnostic social est une « photographie » d'une population sur un territoire ciblé à un instant donné. Cet outil permet d'identifier les besoins sociaux et de repérer les écarts entre ces derniers et les réponses existantes. Le diagnostic est indispensable pour la réalisation d'un projet d'action. Il permet par la suite de fixer des priorités d'action adaptées à la situation locale et de proposer des remédiations cohérentes.

Le saviez-vous ?

La méthodologie de l'ABS est constituée **de 5 phases** :
- **phase 1** : recueil de données démographiques, sociologiques et économiques ;
- **phase 2** : évaluation de l'offre et de la réponse locale ;
- **phase 3** : analyse partagée des besoins sociaux ;
- **phase 4** : recherche de partenariats potentiels ;
- **phase 5** : communication des résultats de l'ABS.

14 Les caractéristiques des politiques sociales

La politique sociale correspond à **l'ensemble des actions mises en œuvre par les pouvoirs publics pour améliorer le bien-être social et assurer les droits sociaux des citoyens.** Il existe une diversité de politiques sociales s'adaptant aux enjeux et priorités sociaux.

1 La diversité des politiques sociales

POLITIQUES SOCIALES

Politiques familiales	Compenser les charges liées à l'éducation
Politiques contre la pauvreté	Lutter contre l'exclusion
Politiques en faveur des personnes âgées	• Soutenir financièrement • Aider au maintien à domicile
Politiques en faveur des personnes en situation de handicap	• Compenser les charges liées au handicap • Mettre en place des mesures d'accompagnement et d'insertion
Politiques en faveur de l'insertion professionnelle	• Favoriser l'insertion professionnelle • Soutenir financièrement

2 La pluralité des approches

Type d'approche	Définition	Exemple
Approche globale	Ensemble de la population	Politique en faveur de l'accès aux soins
Approche catégorielle	Intervention auprès d'un groupe de personnes ayant un besoin particulier ou se trouvant dans une situation particulière	Politique en faveur des personnes en situation de handicap
Approche sectorielle	Intervention dans un domaine particulier	Politique de lutte contre la pauvreté
Approche transversale	Intervention dans plusieurs domaines	Politique de la ville

3 Les niveaux d'organisation des politiques sociales

Échelon national	Échelon local
• L'**État** peut intervenir pour la proposition et la mise en place d'une politique sociale, en fonction des priorités politiques actuelles. • Il est garant de la cohésion sociale et de la justice sociale.	• Très souvent, l'application des politiques sociales se fait au niveau local par des acteurs clés (**collectivités territoriales et acteurs privés comme les associations**). • Les politiques sociales sont présentes dans chaque territoire : **région, département, commune**. On parle de **territorialisation des actions**.

15 La notion d'action sociale

On entend par **action sociale l'ensemble des mesures et actions** mises en place par les pouvoirs publics mais aussi par les organismes privés à but non lucratif (comme les organismes de Sécurité sociale ou encore les associations de solidarité), **qui visent à améliorer les conditions de vie des individus et à lutter contre les inégalités sociales**. En ce sens, l'action sociale se traduit par une diversité des prestations et des actions. Elle est à distinguer de l'aide sociale.

1 La distinction entre aide sociale et action sociale

A L'aide sociale

• **L'aide sociale regroupe un ensemble d'actions et de prestations, à la charge des collectivités publiques**, et en particulier du département, chef de file en la matière. L'octroi d'une aide sociale ne nécessite pas la contribution préalable des bénéficiaires dès lors que ces derniers se trouvent dans une situation de besoin et de difficultés sociales et satisfont aux conditions légales d'admission.

• Elle représente une **obligation pour la collectivité publique et un droit pour l'individu** (l'enveloppe budgétaire dédiée est obligatoirement présente dans le budget des collectivités publiques). Elle est mise en œuvre par les collectivités locales (surtout à l'échelon départemental) et l'État et son financement repose sur la solidarité nationale.

B L'action sociale

• Selon Michel Borgetto, **l'action sociale** est un **ensemble d'interventions** qui, mises en œuvre par divers acteurs, viennent compléter l'aide sociale légale, l'améliorer ou en élargir la portée. À la différence de cette dernière, elle ne constitue (sauf exceptions) **ni un droit pour ses bénéficiaires, ni une obligation stricte** pour ses promoteurs. Elle repose sur des interventions hétérogènes (elle peut déboucher sur l'octroi de prestations, la création d'équipements collectifs, etc.), elle est **pluri-institutionnelle** (elle peut émaner de l'État, de collectivités locales, d'organismes de sécurité sociale, de personnes privées, etc.) et, surtout, une **liberté d'initiative** est laissée aux acteurs publics et/ou privés impliqués.

2 Les acteurs de l'aide et de l'action sociales en France

Le saviez-vous ?

D'après la Drees, l'aide et l'action sociales sont principalement mises en œuvre par les **collectivités locales** : par les départements pour l'aide sociale légale et extralégale et par les communes et intercommunalités pour l'action sociale facultative. Les **organismes de protection sociale mettent en œuvre des actions sociales,** notamment pour la prévention. L'État détient également quelques compétences en matière d'aide sociale.

16 Le périmètre de l'intervention sociale

L'intervention sociale est transversale et touche une population diverse : les personnes âgées, les personnes en situation de handicap, les enfants et les jeunes en difficulté, les personnes en difficulté sociale, les migrants, etc.

1 Une multitude de secteurs concernés

- **L'intervention sociale suppose une approche pluridisciplinaire et touche à nombre de domaines :** social, éducatif, socioculturel, médico-social, etc.
- **Elle repose sur la solidarité et fait interagir une multitude d'acteurs** du secteur public mais aussi du secteur privé, notamment associatif.

2 Les enjeux liés au travail social

A La relation au développement local

- **Le travail social suppose une relation au développement local** : les acteurs impliqués œuvrent auprès des populations cibles, à tisser les liens sociaux, à lutter contre les phénomènes de mise à l'écart et d'exclusion.

B L'importance de l'implication des personnes « usagers »

- **Le travail social repose sur une démarche de participation active** pour une prise en compte optimale de l'individu dans sa globalité, avec son histoire et ses caractéristiques.
- **L'objectif est de favoriser l'expression de la personne**, en tant que citoyen (doté de droits et de devoirs).

> **Le saviez-vous ?**
> **Les domaines principaux du travail social auprès de la population** sont au nombre de 4 :
> - l'accès aux droits (revenus, allocations, etc.) ;
> - la protection des personnes vulnérables (mineures ou majeures) ;
> - la prévention de l'exclusion sociale et professionnelle (prévenir les expulsions, le surendettement, etc.) ;
> - l'accès ou le maintien dans le logement.

3 Les formes d'intervention sociale

A L'intervention sociale d'aide à la personne

- Selon le Haut conseil du travail social, « c'est une démarche volontaire et interactive, menée par un travailleur social qui met en œuvre des méthodes participatives avec la personne qui demande ou accepte son aide, dans l'objectif d'améliorer sa situation, ses rapports avec l'environnement, voire de les transformer. »

B L'intervention d'intérêt collectif

- Ce type d'intervention repose sur la dynamique de groupe, rendue effective par l'implication de la population aux actions locales et/ou la résolution de problématiques spécifiques. En font partie l'action communautaire ou le développement social local.

17 Les modes et modalités d'intervention sociale

Il existe **deux modes d'intervention en matière de politiques sociales : l'assistance, l'accompagnement social** et, plus récemment, **le développement social.** Ces modes cherchent, de plus en plus, l'implication et la participation des publics visés, voire de la population locale.

1 Les différents modes d'intervention sociale

A L'accompagnement social

• Avec la montée de la pauvreté et le nombre de plus en plus élevé des situations d'exclusion observées au début des années 1980, **l'accompagnement social** (dont l'origine latine renvoie à la notion de « compagnon ») connaît un véritable essor.

• **Cette démarche de l'intervention sociale recherche l'implication de la personne dans une relation d'engagement auprès du travailleur social.** Son objectif est d'apporter une aide à la personne en vue d'améliorer sa situation sociale sans pour autant faire à sa place. Il s'agit ainsi de lui permettre de participer activement à son projet de changement, sans être dans l'assistanat.

• Il s'agit d'un **processus dynamique** dans lequel s'inscrivent l'usager, le professionnel social ainsi que de multiples partenaires. Ce processus fait appel à la volonté et à **l'adhésion de l'usager**.

B Le développement social

• **Le développement social local renvoie à l'ensemble des dispositifs et actions entrepris sur un territoire ciblé, visant à favoriser la cohésion sociale, la qualité de vie des habitants et l'implication de ces derniers.** Il vise le mieux-être de la population locale et part d'une dynamique de projet.

Analyse des besoins de la population locale (diagnostic) → Conception et réalisation d'un projet ciblé → Évaluation du projet et retour d'expérience

▲ La démarche du développement social

2 Les modalités d'intervention

A L'évolution de la place de l'usager

• L'individu, usager des actions publiques, a vu sa place évoluer : **simple bénéficiaire, il est depuis quelques temps, devenu un acteur à part entière.**

• Il participe au diagnostic, en donnant son avis (lors d'enquêtes), en faisant état de ses besoins. Mais il s'implique aussi dans le cadre de projets de démarche participative et communautaire, en participant à la conception des actions. Il devient ainsi acteur de sa vie sociale, de son bien-être et de la cohésion sociale.

B L'importance du « territoire de projet »

• **Le « territoire de projet » renvoie à un espace de vie délimité s'appuyant sur plusieurs dimensions : sociale, économique et culturelle.** Il est le résultat, entre autres, des politiques d'aménagement.

• **Ce territoire nécessite l'implication de tous.** En effet, Georges Gontcharoff de l'Adels (association pour la démocratie et l'éducation locale et sociale) a précisé qu': « il n'y a pas de territoires sans projet des acteurs qui les habitent. Le territoire est alors déterminé par le réseau des acteurs qui sont capables de travailler ensemble à un projet global de développement ».

• **Le développement social urbain (DSU), développé dans le cadre des politiques de la ville, vise à améliorer la qualité de l'habitat et de l'environnement sur un territoire urbain tout en réduisant les écarts de développement entre les quartiers.**

Les trois axes du DSU

Les quartiers	Les publics prioritaires	Les dispositifs d'insertion

• « Le plan local d'urbanisme favorise l'émergence d'un projet de territoire partagé. Il prend en compte les politiques nationales et territoriales d'aménagement et les spécificités d'un territoire » (article L. 121-1 du Code de l'urbanisme). Les usagers peuvent contribuer, par leur collaboration, à l'élaboration et à la modification de ce plan.

3 La relation triangulaire

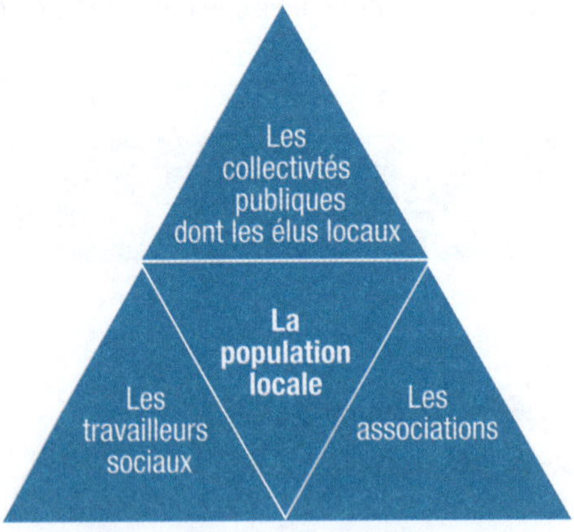

• La mise en place d'actions relevant du développement social local nécessite une forte participation des différents acteurs partenaires et doit être territorialisée.

• La population locale a une place essentielle lors des différentes phases de l'élaboration de projets territoriaux. Elle est sollicitée et partie prenante lors de l'analyse des besoins, du diagnostic local, de la conception et du montage du projet, pendant la réalisation des actions ainsi que lors de l'évaluation du projet mis en œuvre.

18 L'étude de dispositifs de lutte contre l'exclusion

La loi du 29 juillet 1998 d'orientation relative à la lutte contre les exclusions, en son article 1, « tend à garantir sur l'ensemble du territoire **l'accès effectif de tous aux droits fondamentaux** dans les domaines de l'emploi, du logement, de la protection de la santé, de la justice, de l'éducation, de la formation et de la culture, de la protection de la famille et de l'enfance. »

1 Le cadre politique

A Le contexte et les constats du ministère des solidarités

- La France compte **9 millions de personnes pauvres**, dont près de **3 millions sont dans une situation de privation matérielle grave.**
- Parmi eux, les jeunes et les enfants sont particulièrement touchés, avec **3 millions d'enfants pauvres** et un taux de **pauvreté des jeunes qui a fortement augmenté** ces dernières années.
- Si le système social parvient à contenir le développement de la pauvreté, il est insuffisant pour en prévenir les causes et permettre d'en sortir.
- Ce diagnostic a conduit à l'élaboration de **la stratégie de lutte contre la pauvreté** en 2018.

B Une élaboration collective

C Les cinq engagements fixés par le gouvernement

- **Engagement n° 1** : l'égalité des chances dès les premiers pas pour rompre la reproduction de la pauvreté.
- **Engagement n° 2** : garantir au quotidien les droits fondamentaux des enfants.
- **Engagement n° 3** : un parcours de formation garanti pour tous les jeunes.
- **Engagement n° 4** : vers des droits sociaux plus accessibles, plus équitables et plus incitatifs à l'activité.
- **Engagement n° 5** : investir pour l'accompagnement de tous vers l'emploi.

2 La contractualisation, une nouvelle démarche partenariale

A Un engagement écrit entre l'État et les départements

• Afin de mettre en œuvre de manière optimale cette stratégie nationale, l'État a fait le choix de promouvoir la **contractualisation**, c'est-à-dire la passation de contrats, notamment d'objectifs, entre le gouvernement et les départements (chefs de file de l'aide sociale).

• L'association des départements de France (ADF) a ainsi émis le vœu de contractualiser les objectifs, avec des résultats à atteindre et des indicateurs de suivi. Ces acteurs locaux disposent ainsi librement des moyens pour atteindre les objectifs conjointement fixés.

• Ces conventions prévoient un engagement de l'État et des départements sur deux volets : une partie socle, commune à tous les départements, et une partie laissée à l'initiative des départements qui vise à financer les projets spécifiques.

B L'importance du territoire local

• **L'échelle du département semble être la plus adaptée et la plus propice** pour permettre l'application des engagements de la stratégie nationale de prévention et de lutte contre la pauvreté.

• Depuis les lois sur la décentralisation, les départements sont les acteurs clefs de l'aide sociale, de l'application des dispositifs d'insertion et un acteur incontournable de l'action sociale.

3 Des acteurs à différents échelons

Échelon national	Échelon local
Caisse Nationale des Allocations Familiales (CNAF)	Conseils des usagers
Agence Nouvelle des Solidarités Actives (ANSA)	Entreprises sociales

4 L'exemple de deux dispositifs

A « Les petits déjeuners à l'école »

• En 2019, l'État a lancé une mesure visant à encourager et soutenir l'organisation de petits déjeuners à l'école, dans les territoires prioritaires.

Raisons de cette mesure	On compte **3 millions d'enfants pauvres, soit 1 enfant sur 5**. Parmi eux, des centaines de milliers n'ont pas accès à leurs droits fondamentaux en matière de logement, d'alimentation et de santé. Selon le rapport de Jean-Paul Delahaye, « Grande pauvreté et réussite scolaire », **13 % des enfants scolarisés en réseau d'éducation prioritaire (REP et REP+) arrivent à l'école le ventre vide.**
Objectifs	• Réduire les inégalités, dès le plus jeune âge. • Permettre aux enfants de ne pas commencer la journée le ventre vide, accroître leur capacité de concentration et favoriser les apprentissages.
Acteur pilote	Le pilotage de la mesure est assuré par les **ministères de l'Éducation nationale et de la Jeunesse** et **de l'Alimentation et de l'agriculture**.
Acteurs associés	**La commune, l'équipe éducative de l'école, une association**, ou un partenariat entre ces acteurs, toujours **en lien avec les parents**.

Territoires et population cibles	Elle est **destinée à tous les territoires dans lesquels un besoin social est identifié** : REP et REP+, mais aussi, par exemple, dans les quartiers de la politique de la ville (lorsqu'ils ne sont pas intégrés à l'éducation prioritaire) et certaines zones rurales.
Principes de mise en œuvre fixés	Les petits déjeuners doivent être **équilibrés et de qualité**, servis dans le respect des **règles de sécurité et d'hygiène alimentaire, ouverts à tous les enfants** et accompagnés d'une action **d'éducation à l'alimentation** et d'une sensibilisation des parents au rôle du petit déjeuner.
État de la mise en place	• Une première phase de déploiement a été lancée **à partir du mois de mars 2019** dans **26 départements** relevant des académies d'Amiens, Lille, Montpellier, Nantes, Reims, Toulouse, Versailles et La Réunion. Près de **100 communes, 400 écoles et 40 000 élèves en sont bénéficiaires.** • **À la rentrée de septembre 2019**, c'est **plus de 100 000 enfants** qui ont bénéficié de la mesure, dans tous les territoires identifiés. Près de **300 000 enfants** ont pu en bénéficier durant l'**année 2021-2022**.
Budget alloué	Le budget consacré à la mesure s'élève à **6 millions d'euros** en 2019. Près de 40 millions d'euros ont été déployés pour la rentrée de 2021.

B La « garantie d'activité » à destination des bénéficiaires du revenu de solidarité active (RSA)

• La stratégie nationale prévoit d'investir pour l'accompagnement de tous vers l'emploi. Dans ce cadre, l'objectif est de proposer une orientation réelle et adaptée pour l'ensemble des allocataires du RSA, le plus rapidement possible et dans un délai d'un mois au plus.

Raisons de cette mesure	Les politiques d'emploi et d'insertion actuelles ne sont pas à la hauteur. Pour les allocataires du RSA, les garanties minimales prévues par la loi en matière d'insertion ne sont aujourd'hui pas mises en œuvre : – 45 % d'entre eux ne sont pas orientés dans les six premiers mois ; – 17 % ne le sont pas du tout ; – la moitié des allocataires orientés ailleurs qu'à Pôle emploi n'ont pas de contrat d'engagement valide ; – et le taux de retour à l'emploi des allocataires du RSA s'établit à seulement 10 % par an environ ; – enfin, un allocataire sur deux n'a pas de contrat d'engagements avec la collectivité chargée de son suivi.
Acteurs pilotes	• Ministères : le ministère de la santé et des solidarités, le ministère du travail, le ministère de la cohésion des territoires et des relations avec les collectivités territoriales • Pôle emploi • L'association des départements de France (ADF)
Acteurs associés	• Les départements • Les CAF (branche famille de la Sécurité sociale) • Les opérateurs publics ou privés intervenants en matière d'insertion et d'emploi
Territoires et population cibles	• Départements de France • Bénéficiaires du RSA et toutes les personnes éloignées de l'emploi
Principes de mise en œuvre fixés	• Dispositif d'accompagnement déployé dans le cadre des conventions État-département pour 300 000 personnes et qui reposera sur deux piliers, l'accompagnement global porté par Pôle emploi et la garantie d'activité départementale. • Prévision d'un contrat d'engagements réciproques entre l'allocataire et le référent de parcours.
État de la mise en place	Au cours de l'année 2021, 104 014 personnes sont entrées en accompagnement global dont 55 648 bénéficiaires du RSA.

19 Les dispositifs sociaux : cadre et financement

L'aide et l'action sociales en France représentent 10 % des dépenses de protection sociale et relèvent, pour moitié, de la responsabilité des départements. En 2020, **4,5 millions de prestations d'aide sociale** ont été délivrés par ces collectivités locales pour 6,4 % de la population française.

1 Le cadre institutionnel des dispositifs sociaux

A L'aide sociale, du ressort des départements et de l'État

• Depuis les premières lois de décentralisation en 1982-1983, **l'aide sociale est principalement gérée et mise en œuvre par les conseils départementaux.**

• Par ailleurs, la loi du 13 août 2004 relative aux libertés et responsabilités locales consacre **le département comme chef de file de l'action sociale**.

B L'action sociale mise en œuvre par les communes et intercommunalités

• À moins que le département leur délègue certaines compétences, les communes ne sont pas responsables de l'aide sociale.

• En matière d'action sociale, elles sont, en revanche, tenues à certaines obligations.

• Les communes et les regroupements de communes interviennent dans divers domaines comme la petite enfance, l'insertion sociale et professionnelle des personnes en situation de handicap, l'aide et l'accompagnement aux jeunes et aux personnes âgées, l'accès aux soins des populations vulnérables, etc. D'autres secteurs sont aussi concernés par l'action sociale : le transport, l'urbanisme, le sport, l'environnement, la culture, etc.

• **Les trois formes d'intervention des communes et intercommunalités** :

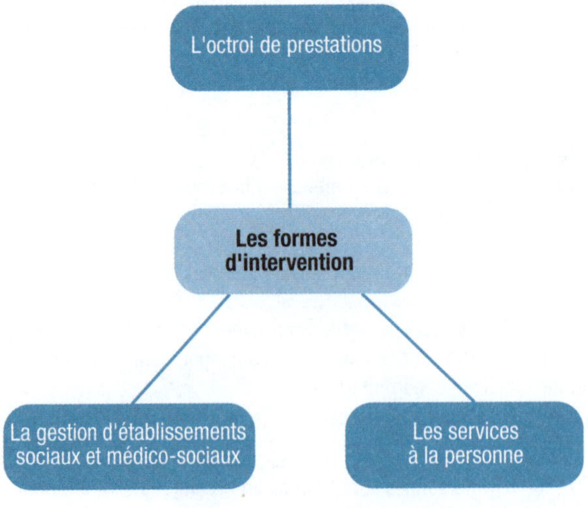

Le saviez-vous ?

Selon la Drees, l'action sociale peut prendre plusieurs formes : la **mise en œuvre d'actions** dans des secteurs spécifiques ou **l'attribution de prestations** telles que des aides financières remboursables ou non, des bons alimentaires, des tarifs réduits, etc.

2 Le financement des dispositifs sociaux

A Le poids des dépenses de l'aide et de l'action sociales (selon l'étude de la Drees en 2022)

• Principalement mises en œuvre par les départements et par l'assurance maladie, l'aide et l'action sociales représentent 78 milliards d'euros, soit **9,6 % des dépenses totales de protection sociale en 2020.**

B Les multiples sources de financement

• **La moitié de ces dépenses sont à la charge des départements et le tiers est financé par les organismes de Sécurité sociale.**

• **Les communes et l'État participent au financement, mais pour des montants moindres.**

• En 2014, plus de huit communes françaises sur dix, représentant 98 % de la population française, et plus de 80 % des intercommunalités développaient au moins une forme d'action sociale.

La répartition des dépenses d'aide et d'action sociales par financeur en 2020

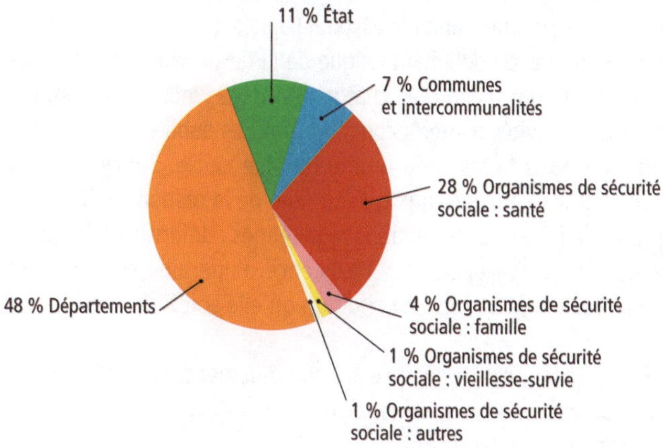

Notes : des travaux méthodologiques sur la répartition des dépenses relatives au risque famille doivent encore être réalisés et pourraient amener une révision des poids respectifs des communes et de la branche famille de la Sécurité sociale dans l'aide et l'action sociales. Les dépenses des institutions sans but lucratif au service des ménages (ISBLSM) ont été ventilées dans les dépenses des différents acteurs.

Lecture : en 2020, les dépenses des départements représentent 48 % des dépenses totales d'aide et d'action sociales.

Champ : France métropolitaine et DROM.

DREES, Comptes de la protection sociale et enquête Aide sociale, édition 2022.

• D'après le baromètre d'opinion de la Drees, les Français soutiennent massivement les transferts publics en direction des personnes les plus vulnérables. Une forte majorité d'entre eux (64 % en 2018) souhaitent que le revenu de solidarité active (RSA) soit augmenté. Les deux tiers des Français sont par ailleurs favorables à une prise en charge de la perte d'autonomie par les pouvoirs publics.

Part des personnes éligibles n'ayant pas recours à certaines prestations

	Minimum vieillesse*	Revenu de solidarité active**	Assurance-chômage***
% de non-recourants (personnes éligibles ne percevant pas cette prestation)	50 % des personnes seules en 2016	34 % en 2018	30 % en 2018-2019

Sources : * Les dossiers de la DREES n° 97 (mai 2022) ; ** Les dossiers de la DREES n° 92 (février 2022) ; ***Document d'études n° 263 DARES (octobre 2022).

Exercices d'entraînement

Exercice 1 ★ 5 min

Corrigé p. 68

Répondez par « Vrai » ou « Faux » aux affirmations suivantes en justifiant votre réponse quand cette dernière est fausse.

1. Les premières actions « sociales » sont d'origine publique. ❑ Vrai ❑ Faux
2. La Sécurité sociale a joué un rôle clef dans le champ social. ❑ Vrai ❑ Faux
3. Les bureaux de charité étaient les ancêtres des CCAS. ❑ Vrai ❑ Faux
4. La loi du 1er décembre 2008 a créé le RSA. ❑ Vrai ❑ Faux

Exercice 2 ★★ 20 min

Corrigé p. 68

1. **En vous appuyant sur le texte, expliquez la notion d'État-providence.**
2. **Indiquez les raisons de la crise de l'État-providence depuis près de 40 ans.**

Comment l'État-providence s'est construit au xxe siècle.

Le Président Emmanuel Macron s'est fixé une « priorité » ambitieuse pour l'année qui vient : « Construire l'État-providence du xxie siècle. » S'il n'existe pas de définition unique de l'État-providence, toutes se rejoignent autour d'une intervention de l'État pour prendre en charge des risques individuels (protection sociale) ou pour permettre l'accès à des activités d'intérêt commun (services publics).

Cette conception est apparue en Europe dans la seconde moitié du xixe siècle. Sur le fond, la promotion d'une protection collective s'oppose aux libéraux qui, au nom de la responsabilité individuelle, entendent limiter l'intervention de l'État à ses fonctions régaliennes : défense, diplomatie, justice, police, monnaie et finances publiques. Par exception, l'existence d'une aide sociale n'est pas incompatible avec l'État gendarme des libéraux, mais à condition qu'elle soit individualisée et intervienne en ultime recours. [...]

Depuis le choc pétrolier de 1979, l'État-providence est en crise. Idéologiquement, sa légitimité est contestée par le renouveau du libéralisme économique. Financièrement, sa viabilité se heurte à l'accroissement plus rapide des dépenses que des recettes.

La libéralisation des services publics, à travers le démantèlement des monopoles d'État, a remis en cause un premier volet du modèle hérité de la Libération. [...]

Laurent de Boissieu, *La Croix*, 10 juillet 2018.

Exercice 3 ★ 10 min

Corrigé p. 68

Remettez dans l'ordre les étapes suivantes de la reconnaissance d'une priorité sociale.

Reconnaissance par les pouvoirs publics.
Mobilisation de personnes face à une situation problématique.
Proposition de réponses au problème.
Réalisation de diagnostics et études pour analyser le problème.
Relais par les groupes de pression, les médias, l'opinion publique.

Exercice 4 ★★ 20 min

Corrigé p. 68

Relevez les principaux enseignements tirés du diagnostic social de la Métropole Rouen Normandie, entre l'infra-urbain et les quartiers prioritaires de la politique de la ville (QPV).

Diagnostic social infra-urbain et des quartiers prioritaires de la Métropole Rouen Normandie

La Métropole Rouen Normandie (MRN) comprend 16 quartiers prioritaires de la politique de la ville (QPV), répartis sur un nombre de communes particulièrement important pour une agglomération de cette taille. Sur les 71 communes du territoire, 14 comprennent un QPV. [...] Ces QPV, qui regroupent 10 % de la population de la métropole rouennaise, se distinguent par les difficultés économiques et sociales qui touchent leurs habitants. En effet, la pauvreté y est plus marquée et le niveau de vie plus faible que dans l'ensemble de la MRN, et que dans l'ensemble des quartiers prioritaires de France métropolitaine. Les quartiers de Château Blanc et des Hauts de Rouen font partie des 90 QPV les plus pauvres au niveau national, mais d'autres quartiers de la métropole peuvent, pour autant, être relativement moins défavorisés en termes de revenus. Par ailleurs, en comparaison avec les habitants de la MRN, les revenus des ménages des QPV proviennent moins souvent de revenus d'activités et plus souvent de prestations sociales. Ces populations connaissent également davantage de problèmes d'insertion professionnelle. Les habitants des QPV sont moins diplômés que ceux de la MRN, plus souvent touchés par le chômage et les emplois qu'ils occupent sont plus souvent précaires. En revanche, il n'y a pas plus de chômage de longue durée dans les QPV. En outre, les familles monoparentales, structures familiales souvent plus fragiles, et les familles nombreuses, sont plus présentes dans les quartiers prioritaires. Dans les QPV, huit établissements scolaires sur dix sont classés en réseau d'éducation prioritaire (REP). Les jeunes y terminent plus tôt leur scolarité que leurs homologues de la MRN ou s'orientent davantage vers les filières professionnelles ou technologiques. Le taux de retard scolaire est également plus important dans les QPV et le taux de réussite au brevet plus faible. Ce n'est toutefois pas systématique, les élèves scolarisés au Parc du Robec ont ainsi un parcours proche de celui des élèves de la MRN et un taux de réussite au brevet plus élevé. [...]

Insee Dossier Normandie, Extraits de la synthèse du « Diagnostic social infra-urbain et des quartiers prioritaires de la Métropole Rouen Normandie », www.insee.fr, 25 juin 2019.

Exercice 5 ★ 10 min

Corrigé p. 69

Répondez par « Vrai » ou « Faux » aux affirmations suivantes en justifiant votre réponse quand cette dernière est fausse.

1. L'intervention sociale repose sur une approche pluridisciplinaire. ❑ Vrai ❑ Faux
2. Le travail social repose sur une assistance à la personne. ❑ Vrai ❑ Faux
3. L'accès aux droits est un domaine du travail social. ❑ Vrai ❑ Faux
4. Le travailleur social ne peut agir qu'auprès d'une personne. ❑ Vrai ❑ Faux

20 Le projet dans son contexte

Selon l'Afnor (Association française de normalisation), un projet est « un processus unique qui consiste en un ensemble d'activités coordonnées et maîtrisées, comportant une date de début et de fin, entrepris dans le but d'atteindre un objectif conforme à des exigences spécifiques, incluant des contraintes de délais, de coûts et de ressources ».

1 La notion de projet

A Les origines d'un projet

• Le projet peut avoir pour origine :
– **une demande populationnelle** (issue des attentes des habitants) ;
– **une commande institutionnelle** en vue de répondre à des missions ou à une demande hiérarchique ou politique ;
– **une initiative de professionnels et/ou d'une population identifiée.**

B Les caractéristiques d'un projet

• Tout projet s'inscrit dans une perspective de changement de la situation constatée de départ.

• Un projet présente **plusieurs caractéristiques** :
– la **présence d'un questionnement, d'une problématique** ;
– **le caractère unique du résultat recherché** ;
– **une démarche organisée et claire** (progression, enchaînement) ;
– **une dimension collective** (travail en équipe, différents intervenants et structures impliqués) ;
– **un caractère temporaire** : une fois le projet achevé, la démarche est terminée.

C La notion d'appel à projets (APP)

• Dans le cadre des appels à projets, la collectivité publique (l'État, la collectivité locale) a identifié une problématique mais n'a pas défini la solution attendue.

• **Un appel à projets émane d'une collectivité publique** (ex. : un conseil régional) qui définit, pour un projet de grande envergure, un cadre (à l'aide d'un cahier des charges) avec une thématique et un objectif.

• **Cet APP s'adresse à un opérateur privé** (ex. : une association) **qui doit assurer, après avoir été retenu, la conception, la planification et la réalisation des actions du projet**.

• La structure remportant l'APP bénéficie d'un soutien financier pour concevoir et mettre en œuvre un projet, dans le cadre fixé par la collectivité publique.

• Les **objectifs d'un APP** sont :
– **la recherche d'une efficience par la mise en concurrence des candidats** (privilégier le rapport coût/efficacité) ;
– **une meilleure adéquation entre les besoins des usagers et les réponses proposées** ;
– **le développement de l'innovation par la liberté d'initiative.**

2 Les contextes du projet

Vue d'ensemble des principaux contextes

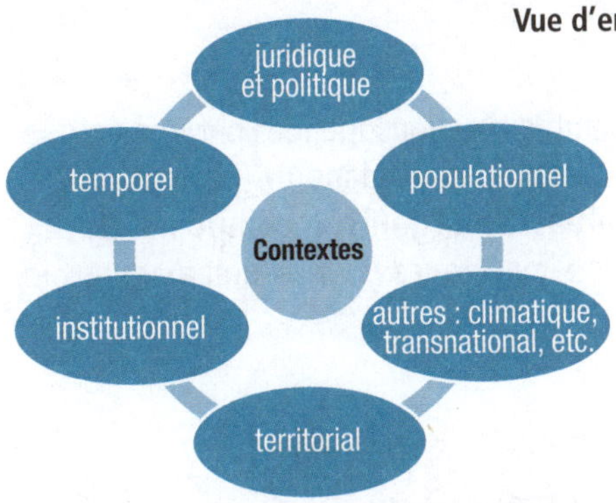

> **Le saviez-vous ?**
> Dans le cadre d'un projet, les professionnels du secteur doivent respecter une certaine **éthique**, c'est-à-dire une morale, et respecter les valeurs fondamentales aux individus et à la vie en société. Un certain nombre de textes souligne cette éthique comme les chartes : la charte du patient hospitalisé et la charte de la bientraitance. Ils évoquent les principes érigés comme essentiels (respect de la personne dans son intégrité, la bientraitance des personnes âgées et en situation de handicap, etc.).

A Les contextes juridique et politique

- **Les projets du secteur sanitaire et social présentent des spécificités** du fait des publics qu'ils touchent et des problèmes particuliers qu'ils abordent touchant souvent à la vie privée et à l'intimité de la personne.
- **Des textes juridiques interviennent pour assurer la mise en œuvre des projets** tout en veillant à la protection des personnes et à l'exercice notamment de leurs droits comme la loi du 2 janvier 2002 rénovant l'action sociale et médico-sociale et la loi du 4 mars 2002 relative aux droits des malades.
- **Le projet s'inscrit très souvent dans un contexte politique**, c'est-à-dire qu'il trouve sa source dans un texte juridique, un plan de santé ou une priorité nationale ou locale. Il est ainsi rattaché à une politique publique nationale et/ou locale (politique sanitaire et/ou sociale).

B La population cible (Public cible)

- **Il s'agit des caractéristiques de la population potentiellement concernée par le projet.** On parle de « public cible ». Ces caractéristiques sont démographiques, sociales, économiques ; elles comprennent également la situation en matière de niveaux de santé, etc.

C Le contexte territorial

- **Le projet s'applique à un territoire** dont l'échelle varie en fonction du type de projet et de la priorité établie : territoire national, régional, départemental, communal, etc.

D Le contexte institutionnel

- **Pour permettre sa conception, le projet est porté par une organisation**, c'est-à-dire une structure organisée, composée notamment d'un ensemble de ressources : humaines (acteurs), matérielles, financières, de communication.

E Le contexte temporel

- **Un projet s'inscrit toujours dans le temps.** Il dispose d'une date de début et, potentiellement, d'une date de fin. Sa durée, limitée, peut aller de quelques mois à plusieurs années.

F Les autres contextes

- Le projet s'inscrit dans d'autres contextes : climatique, transnational (européen, international), etc.

> **Le saviez-vous ?**
> Il existe différents types de projets dans le secteur sanitaire et social : le projet de recherche, le projet d'étude, le projet d'action, le projet d'organisation, le projet personnalisé ou individualisé, le projet d'établissement, etc.

21 Les étapes de la démarche de projet

Une démarche de projet se traduit par un ensemble d'actions menées par une équipe de travail (équipe projet) pendant une période prédéfinie dans un objectif précis. Cela se traduit par la mise en œuvre d'une **démarche organisée composée de six grandes étapes**. Chaque étape a un sens et une importance pour assurer au mieux le bon déroulement du projet et sa réussite.

1 Vue d'ensemble de la démarche de projet

Étape 1 Analyse de la situation - étude préalable	→	**Étape 2** Détermination des priorités et fixation des objectifs	→	**Étape 3** Conception du projet	→	**Étape 4** Réalisation du projet	→	**Étape 5** Évaluation du projet	→	**Étape 6** Valorisation du projet

2 L'étude de chaque étape

étape 1 Analyse de la situation – étude préalable (étude d'opportunité)

• **C'est la phase exploratoire qui permet d'identifier les besoins, les problèmes**.

• **Elle repose sur le recueil d'informations sur une thématique particulière**. L'analyse de ces informations collectées permet de connaître la situation et de dégager des besoins grâce au diagnostic.

• C'est une phase essentielle, qui **conditionne la viabilité du projet**.

étape 2 Détermination des priorités et fixation des objectifs

• Les besoins mis en évidence ne pourront pas tous être pris en compte, du moins dans le même temps. **Il convient donc de les hiérarchiser afin de dégager des priorités d'action**. Le choix doit tenir compte des ressources, des financements, etc.

• **Les objectifs indiquent le sens du projet et formulent le but à atteindre**. Il existe **trois niveaux d'objectifs** :
– **objectif général** : but de l'ensemble du projet ;
– **objectif spécifique** : il précise un aspect de l'objectif général ;
– **objectif opérationnel** : il est concret, mesurable, et permet d'atteindre l'objectif spécifique.

étape 3 Conception du projet

• **La conception du projet consiste à prévoir tous les éléments nécessaires au bon déroulement du projet** : l'organisation, les différentes activités à mettre en œuvre avec le plan d'actions, le suivi, les besoins et ressources et l'inscription dans le temps.

étape 4 Réalisation du projet

• **La réalisation du projet est sa mise en œuvre concrète en suivant la planification prévue selon un calendrier et des modalités qui ont été fixées**.

• Le suivi consiste à comparer, en temps réel, l'avancée du projet en fonction des éléments établis lors de la planification.

étape 5 Évaluation du projet

• **L'évaluation du projet commence au moment de l'élaboration du projet**. Dès la définition des objectifs, ce que l'on veut évaluer et les critères à retenir doivent être définis.

• Elle permet d'avoir une idée des effets de l'action, de l'implication des partenaires dans le projet, etc.

étape 6 Valorisation du projet

• La valorisation du projet, qui passe par la communication, se fait souvent par le biais d'un rapport final, qui contribue à légitimer l'action. Elle favorise la promotion du projet.

• **La communication du projet se fait à trois moments clés** : lors de son élaboration, pendant l'action et après l'action.

• Le projet fait l'objet d'une médiatisation avec la diffusion d'informations par le biais de supports variés (rapport, fiche-projet, etc.), aux différents acteurs et personnes intéressés.

3 Les intérêts de la démarche de projet

• La démarche de projet permet :
– **de renforcer l'efficacité du travail** par une organisation adaptée et spécifique à la situation et aux objectifs posés ;
– de **développer la cohésion entre les acteurs d'un projet** ;
– de **favoriser l'innovation et les prises d'initiative** ;
– de **responsabiliser les acteurs** par l'octroi de rôles et de tâches spécifiques ;
– d'**optimiser les moyens employés** ;
– d'**assurer une coordination des actions à entreprendre**.

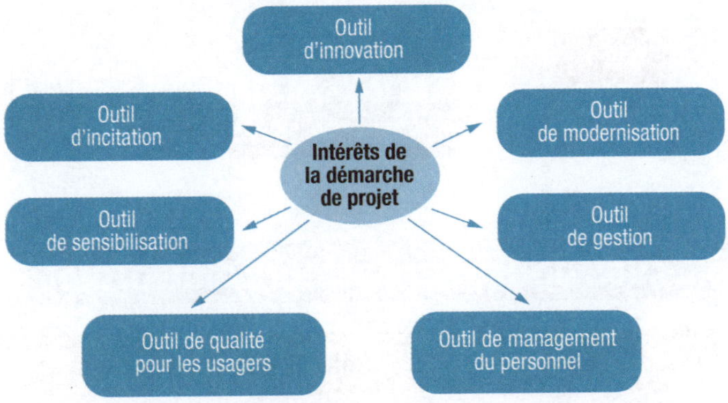

4 Les contraintes au projet et à sa démarche

• **Tout projet comporte des contraintes**, telles que des limites de temps ou de financement. Il peut même arriver qu'elles le rendent irréalisable. Par conséquent, **ces contraintes doivent être identifiées dès le début du processus, et comprises par tous**.

• La plupart des organisations travaillent sur la base de ressources et de budgets limités. Les projets sont soumis à des contraintes similaires. Un nouveau projet pourrait nécessiter une utilisation importante des ressources ; il faut donc s'assurer que celles-ci sont à disposition.

22 Les différents acteurs du projet

La démarche de projet va mobiliser de nombreux acteurs tout au long du processus : commanditaire, comité de pilotage, équipe de projet, experts-partenaires, etc., ceci, tant dans la phase de diagnostic qui doit être partagé par le plus grand nombre, que dans la phase de mise en œuvre effective du plan d'actions.

1 Les acteurs

• **Tout projet nécessite des acteurs** pour permettre la mise en place de la démarche, à chaque étape. **Les acteurs sont toutes les personnes qui vont participer à l'élaboration du projet, à son suivi, à son évaluation et à sa valorisation.**

Vue d'ensemble des acteurs du projet

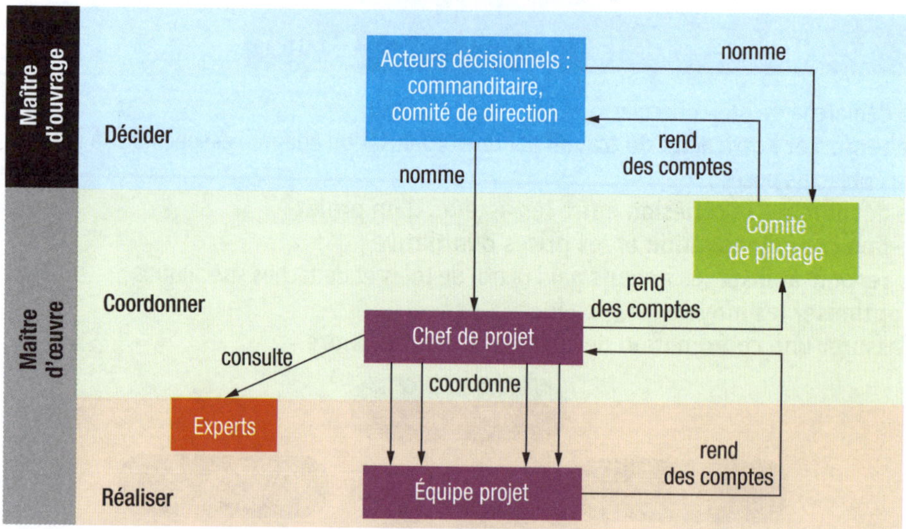

2 Les rôles des principaux acteurs d'un projet

Acteurs	Rôles principaux
Commanditaire	• Initialiser et cadrer le projet : objectifs, orientations, ressources (humaines, matérielles, financières).
Comité de pilotage	• Suivre et valider les étapes du projet.
Chef de projet	• Coordonner et mobiliser l'équipe projet.
Équipe projet	• Assister, seconder et conseiller le chef de projet. • Exécuter les tâches assignées pour atteindre les objectifs fixés.

23 L'étude préalable au projet

Le point de départ d'un projet est le plus souvent l'observation d'un problème par un ou des professionnels, élus ou habitants d'un territoire donné. **La démarche de projet commence ainsi par une étude préalable**, nécessaire à toute conception de projet : l'analyse de situation, communément dénommée le diagnostic. Cette étape permet de cerner l'origine du projet à monter et d'en poser les bases.

1 L'importance de cette étape

A Ses raisons

- Avant de mettre en place un projet, il faut le concevoir, réfléchir à la raison de son existence.
- Le projet existe pour résoudre un problème, remédier à une situation, répondre à un besoin. **Ce problème ou ce besoin est mis en évidence par un diagnostic.**
- Ainsi, **une étude préalable est nécessaire pour adapter le projet au contexte et le rendre pertinent**.

B Un état des lieux

- **Le diagnostic est un état des lieux de la situation du territoire choisi, de la population ciblée, de l'organisation, de la structure porteuse du futur projet, etc.**
- **Il met en lumière l'état des besoins, de l'existant et permet de poser un cadre.**

2 Les quatre phases de l'étude

A Vue d'ensemble

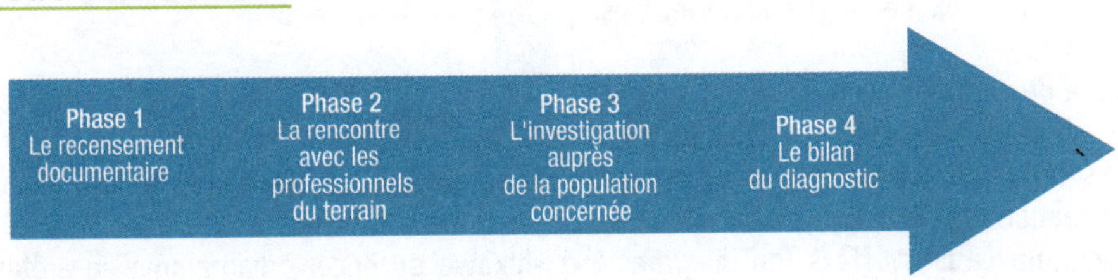

B Le détail de chaque phase

- Le **recensement ou l'analyse documentaire** se traduit par la recherche des statistiques, rapports, enquêtes disponibles sur la communauté ou le problème ciblé.
- La **rencontre avec les professionnels du terrain** (extérieurs à la structure porteuse) permet de recueillir des données plus qualitatives.
- **L'investigation auprès de la population concernée** complète les précédentes démarches réalisées et fournit des données plus sociologiques. Elle permet, d'une part, de mesurer l'écart

entre les besoins exprimés et les besoins réels et, d'autre part, de contribuer à instaurer une dynamique participative. En effet, la participation de la population est une contribution indispensable pour mener à bien un projet. (→ **Fiche 28**, p. 65)

• Le **bilan du diagnostic** est indispensable pour faire un retour à la population concernée et aux professionnels qui ont participé au diagnostic ou qui sont concernés par la ou les problématique(s) soulevée(s). Ce bilan peut être l'occasion de déterminer une priorité d'action, dans le cadre de l'étape 2 de la démarche de projet.

Le saviez-vous ?
La restitution du diagnostic (son bilan) peut se faire sous la forme d'un **rapport** mais aussi dans le cadre d'une **réunion** ou encore d'un **débat**. La trame écrite peut également être diffusée *via* la structure porteuse et les réseaux sociaux.

3 L'identification de la situation problème

A L'utilisation de méthodes et d'outils de recueil de données

• **Ces méthodes permettront d'obtenir des données spécifiques**.

• **Différentes techniques** sont possibles :
– l'entretien (avec guide d'entretien ou questionnaire) ;
– **le *focus group* ou groupe de parole** ;
– **le questionnaire** à diffuser à un public ou groupe d'individus précis ;
– **l'observation au moyen d'une grille** ;
– **la recherche ou analyse documentaire** avec prise de notes, sélection de documents, etc.

B L'identification et l'analyse des causes

• Les données récoltées vont être analysées et exploitées afin de cibler le problème ou besoin. Cette étude permettra aussi d'étudier la gravité des problématiques, leurs causes d'apparition, les carences soulignées, etc.

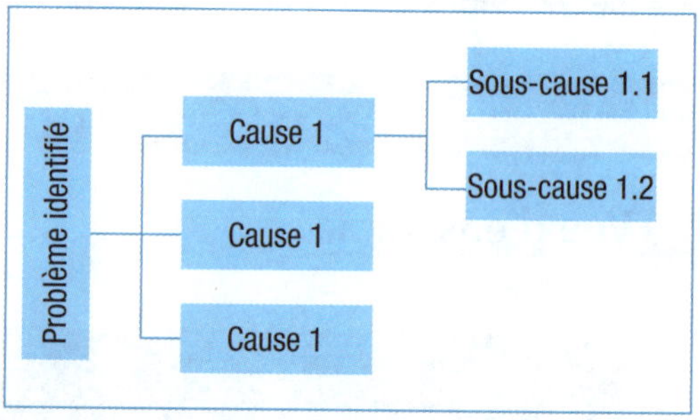

• Il existe **plusieurs méthodes et outils** pour identifier les causes :
– le ***brainstorming* ou remue-méninges** : cette méthode permet de rechercher les causes d'un problème et d'y apporter des solutions ;
– l'**arbre des causes** est un outil qui permet de visualiser les différentes causes d'un problème sous la forme de branches (voir ci-dessus). Il permet aussi de mieux comprendre la genèse de la situation problématique, de l'événement ;
– le **schéma causes-effets** (ou diagramme d'Ishikawa ou encore diagramme en arêtes de poisson) permet de classer les différentes causes selon la typologie des 5M : matériel, milieu, main-d'œuvre (correspondant aux acteurs, dont le personnel), matière(s) (correspondant au public visé, aux bénéficiaires), méthode(s). Le schéma permet aussi de trouver par la suite des solutions adaptées ;

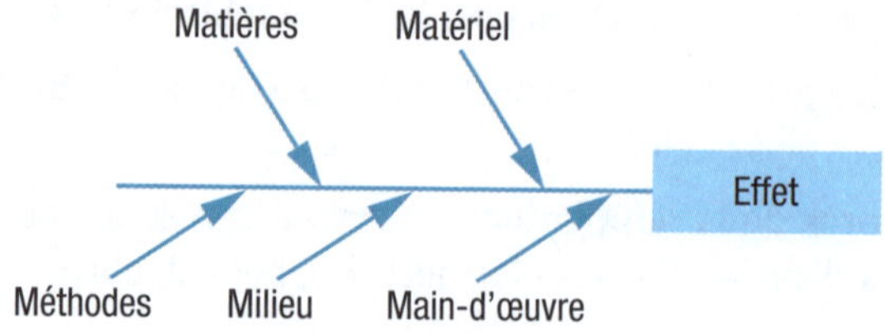

– la **méthode de résolution de problème ou questionnement « QQOCQCP »** (Qui ? Quoi ? Où ? Comment ? Quand ? Combien ? Pourquoi ?) permet aussi d'analyser un problème, en cherchant notamment ses causes.

Qui ?	• Le public. • Les acteurs et intervenants (personnel, partenaires, etc.).
Quoi ?	Le problème ou le besoin.
Où ?	Le territoire concerné.
Comment ?	La méthode, les moyens matériels et techniques, la procédure.
Quand ?	• Le moment ou la période d'apparition. • La durée.
Combien ?	Les dépenses, les coûts.
Pourquoi ?	Les causes du problème ou le besoin identifié.

4 Des exemples de questions pour optimiser le diagnostic

• **Un certain nombre de questions peuvent être posées afin de mieux cerner le problème et d'obtenir une analyse plus fine de la situation.**
– Est-ce que le problème à l'origine entre dans une politique nationale, régionale, locale ? Et, si tel est le cas, qu'est-ce qui fonde cette politique ?
– Quels sont les acteurs à associer à la phase d'élaboration et/ou au développement du projet ?
– Quels moyens sont disponibles (aides humaines, financières et/ou matérielles) ?
– La demande, le problème et les besoins sont-ils partagés par les usagers en premier lieu mais aussi par différents partenaires ?
– Quelles sont les causes du problème/besoin ?
– Comment s'appuyer sur ce qui est déjà réalisé ou sur des actions qui ont montré leur intérêt sur un autre territoire ?
– Comment s'assurer de la faisabilité du projet par la suite, en réponse au problème ou besoin analysé ?

5 Les autres outils dans le cadre de l'étude préalable

A L'arbre à problème

Causes	Problème	Conséquences	Solutions envisagées

B L'identification des acteurs

Acteurs	Rôles	Apports au futur projet	Intérêts pour le futur projet	Risques pour le futur projet

C Le tableau des ressources existantes disponibles

Ressources humaines	Ressources matérielles	Ressources financières

24 La formulation des objectifs et la conception d'un projet

La réalisation de l'étude préalable a permis de poser un diagnostic qui a fait émerger plusieurs problèmes pour lesquels un plan d'action est envisageable.

1 La nécessité de prioriser et de formuler des objectifs

• Pour tout projet, après avoir réalisé un état des lieux (diagnostic), **il est nécessaire de déterminer des priorités et de fixer des objectifs**, ce qui constitue l'étape 2 de la démarche de projet.

A La détermination de priorités d'action

• Il est indispensable de faire le choix des problèmes et besoins, diagnostiqués en étape 1, auxquels on va essayer d'apporter une solution. Ce choix repose sur **quatre critères** :
– **l'importance du problème** (la fréquence, la gravité mais aussi la perception du problème par les populations) ;
– **l'acceptabilité socioculturelle du problème ou de l'intervention** ;
– **la connaissance des facteurs de risques** ;
– **la capacité et la légitimité à intervenir**.

• À ces critères s'ajoutent également les différentes ressources disponibles dont, notamment, les ressources financières.

• **La formulation d'une problématique peut aider à poser le cadre du projet** au regard de la population cible et pour les partenaires potentiels.

B La fixation d'objectifs

• **Un objectif est la formulation d'un but à atteindre**. Il indique le sens du projet et explicite les résultats escomptés de ce dernier.

• La fixation des objectifs est nécessaire :
– pour clarifier et structurer le projet ;
– pour éclairer les partenaires ;
– pour attirer les financeurs ;
– pour favoriser la mobilisation des ressources et des acteurs ;
– pour vérifier la faisabilité du projet.

Le saviez-vous ?
Un objectif doit être « **SMART** » : spécifique, mesurable, accessible, réaliste et fixé dans le temps.

• Il existe **trois types d'objectifs** qui permettent de structurer le projet, visualisables à l'aide d'un **arbre à objectifs** :
– **l'objectif général**, qui correspond au but de l'ensemble du projet ;
– **l'objectif spécifique**, qui décline un aspect de l'objectif général ;
– **l'objectif opérationnel**, qui est plus concret et permet d'atteindre l'objectif spécifique. Il correspond à une action du projet et est mesurable.

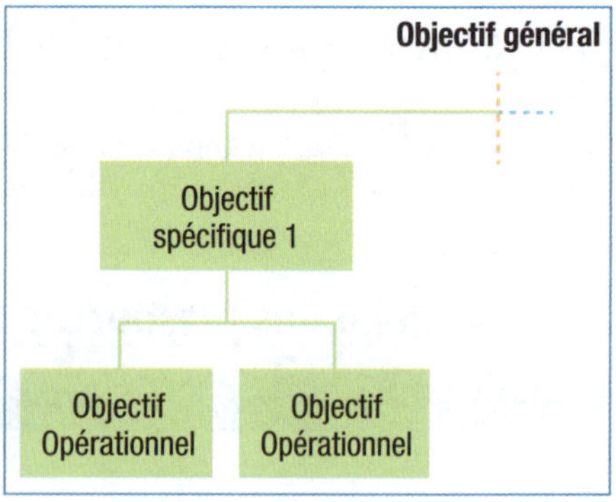

2 La phase de conception du projet

• Cette phase correspond à étape 3 de la démarche de projet.

A La notion de planification

• **La planification est l'organisation dans le temps de la réalisation d'objectifs** dans un domaine précis, avec différents moyens mis en œuvre et sur une durée et avec des étapes précises.

B L'élaboration d'un plan d'actions (ou plan opérationnel)

• **Un plan d'actions (ou plan opérationnel) se traduit par la transcription des objectifs opérationnels en actions du projet selon une planification.**

• Pour chacun des objectifs opérationnels, il faut :
– **repérer les activités à mettre en œuvre et les répertorier** en précisant les dates de début et de fin ;
– **ordonner les activités chronologiquement ;**
– **identifier les étapes préalables à chaque activité ;**
– **spécifier clairement les responsabilités de chaque acteur et répartir les tâches.**

Objectifs	Activités	Acteurs	Ressources matérielles	Partenaires	Échéance	Coût	Ajustement

▲ Exemple de plan opérationnel

C Les outils de la conception-planification

• **Le diagramme de PERT. Cet outil de type tableau permet de visualiser que chaque action se divise en tâches, ordonnées les unes par rapport aux autres.** Il vise à suivre l'avancement du projet et à communiquer. On y retrouve très souvent deux dates de réalisation prévisionnelle par action : une au plus tôt et l'autre au plus tard comme prévision.

• **Le planning ou diagramme de GANTT.** Il s'agit ici d'élaborer un planning des étapes pour permettre de respecter les délais de réalisation des actions. **Le diagramme de GANTT représente graphiquement l'avancement du projet.** À chaque tâche représentée en ordonnée est associé un temps sur l'axe des abscisses qui précise le début et la fin de la tâche.

Le saviez-vous ?

Pour planifier les actions, le plus simple au départ est de partir de la date butoir, de l'échéance ultime, et donc de remonter le temps pour raisonner en « **rétro-planning** ». Chaque plan d'actions doit être bâti sur mesure, en fonction des **objectifs, des moyens d'action et des contraintes** du projet.

25 La mise en œuvre et le suivi d'un projet

Après avoir conçu le projet, on passe à sa réalisation effective, c'est-à-dire à sa mise en œuvre accompagnée de son suivi (étape 4 de la démarche de projet).

1 La mise en œuvre du projet avec son suivi

A La réalisation du plan d'actions prévisionnel

- **Cela consiste à réaliser le plan d'actions, à suivre la réalisation de ces actions et à mettre en évidence les écarts dans la perspective d'une prise de décision.**
- Une fois la conception du projet finalisée et ce dernier démarré, sa mise en place doit être soutenue et ajustée par un suivi continu.

B Le suivi du projet et ses objectifs

- **Le suivi du projet est l'une des activités de la gestion de projet, une fois le projet lancé.**
- Idéalement prévu dès la phase de conception, il est affiné tout au long de la mise en œuvre, ce qui rend le système efficace et pertinent.
- **Il permet non seulement d'analyser et d'ajuster le projet à des moments précis, mais aussi de favoriser la communication entre les différents acteurs du projet.**
- Le but précis est de vérifier progressivement l'avancement du projet à partir d'une amorce de résultats et d'identifier les résultats suivants à obtenir pour rester sur la trajectoire prévue (la planification) en termes de performances, de coûts et de délais.
- Il a aussi pour intérêt de réunir les acteurs afin de faire le bilan des travaux en cours et de réajuster ceux à venir, si nécessaire.
- L'organisation régulière de revues de projet est fondamentale pour favoriser la réussite du projet.
- **Sans la communication, le suivi de projet perd la moitié de son efficacité.**

2 Les outils de suivi de projet

A Vue d'ensemble

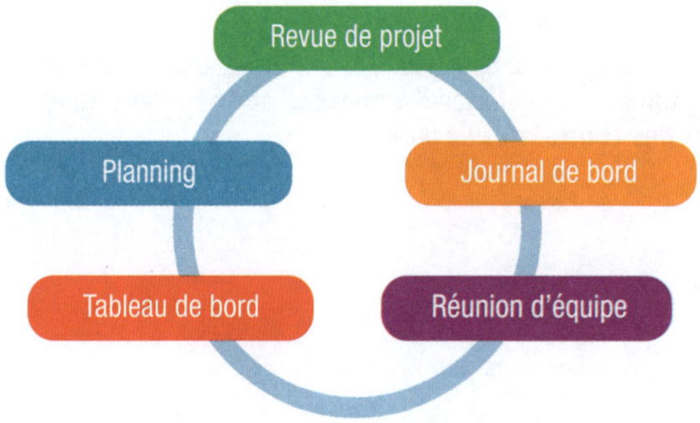

> **Le saviez-vous ?**
> Le **comité de pilotage (Copil)** est une **instance de réflexion, de régulation et de décision.** Il permet, en se réunissant sur des temps forts, de valider collectivement les grandes orientations, de poser les objectifs du projet et de le faire évoluer. Il permet également de faire le point sur les travaux des équipes. Le Copil réunit ainsi les partenaires de l'action et les éventuels financeurs, et veille à la viabilité ainsi qu'à la pertinence du projet. Il se réunit à intervalles réguliers tout au long du projet.

B Les outils en détail

Outil	Intérêt
Réunion d'équipe	• Elle est organisée entre le chef de projet et les membres de l'équipe projet. • Elle permet de faire des bilans à mi-parcours et des réajustements, si nécessaire.
Journal de bord	C'est un registre tenu à jour qui permet de garder une trace des informations communiquées, des problèmes rencontrés, des décisions prises, des responsables désignés pour mener à bien les actions, et de la date de réalisation de chaque action.
Tableau de bord	C'est un outil de communication qui permet au chef de projet de rendre compte à sa direction et aux partenaires de l'état d'avancement du projet.
Revue de projet	• C'est une réunion spécifique au suivi de projet, un moment privilégié d'échange entre tous les acteurs. • Son but précis est de valider l'avancement du projet par l'obtention de résultats et de vérifier les performances, les coûts et les délais.
Planning	C'est un outil utilisé pour visualiser l'organisation des tâches.

Exemple de journal de bord

Action	Responsable(s)	Date de réalisation	Ressources mobilisées	Observations
1 : …				
2 : …				
3 : …				

3 L'importance de la communication

• La mise en œuvre d'un projet peut faire intervenir des partenaires géographiquement éloignés, qui ne peuvent communiquer que par courrier électronique ou par téléphone.

• **Afin que le partenariat soit efficace et conduise à des échanges de qualité, il est important de prévoir des réunions et des temps d'échanges de pratique**. Le contact direct est, en effet, essentiel pour faciliter la bonne mise en œuvre du projet et multiplier les possibilités d'apprentissages mutuels.

• **La communication tout au long du projet favorise la mise en œuvre adaptée des actions et facilite la relation entre les partenaires.**

• Il est essentiel d'effectuer un suivi de la progression du projet et des réalisations lors de réunions présentielles, permettant ainsi d'identifier les dysfonctionnements des activités et d'encourager les partenaires à y apporter des modifications.

26 L'évaluation d'un projet

L'évaluation d'un projet est pensée dès le début du projet. En effet, cette étape, indispensable à tout projet, est transversale, c'est-à-dire qu'elle se déroule tout au long du projet, de l'élaboration du diagnostic à la fin du projet. Elle permet de vérifier l'atteinte des objectifs du projet.

1 La notion d'évaluation

A Une étape essentielle à tout projet

• **L'évaluation permet de juger la qualité du projet à travers les différentes étapes de sa mise en place.**

• Elle peut être décrite comme le processus de collecte d'informations et la définition de critères visant :
– **une évaluation des résultats obtenus** ;
– **une explication des résultats** ;
– **une meilleure planification des projets à venir.**

• **Trois conditions doivent être réunies pour optimiser l'évaluation** :
– **la planification de la conception et de la réalisation de l'évaluation ;**
– **une bonne définition de ses objectifs ;**
– **une bonne planification de l'évaluation.**

> **Le saviez-vous ?**
> L'évaluation se fait tout au long de la démarche de projet :
> • après chaque étape, il y a une **évaluation en continu** ;
> • en fin de projet, une **évaluation finale** confronte les résultats obtenus aux objectifs initiaux, concrets et mesurables. Plus les objectifs sont concrets, plus il est facile de les évaluer.

B Les objectifs de l'évaluation

• Tout projet est évalué :
– pour mesurer les résultats, les effets des actions ;
– pour vérifier l'atteinte des objectifs ;
– pour éclairer les prises de décision ;
– pour améliorer les projets à poursuivre ;
– pour communiquer avec d'autres institutions sur le projet mis en œuvre.

C Les formes de l'évaluation

Évaluation interne
(réalisée par l'équipe projet)

Avantages
• Bonne connaissance du projet par les évaluateurs
• Peu coûteuse
• Prise en compte rapide des résultats de l'évaluation

Inconvénient
• Absence de neutralité

Évaluation externe
(réalisée par un tiers expert)

Avantages
• Objectivité des évaluateurs, extérieurs au projet
• Expertise et savoir-faire reconnus des évaluateurs

Inconvénients
• Coût, démarche onéreuse
• Faible appropriation : les résultats connus peuvent entraîner une résistance au sein de l'équipe projet

2 Le processus d'évaluation

A Vue d'ensemble

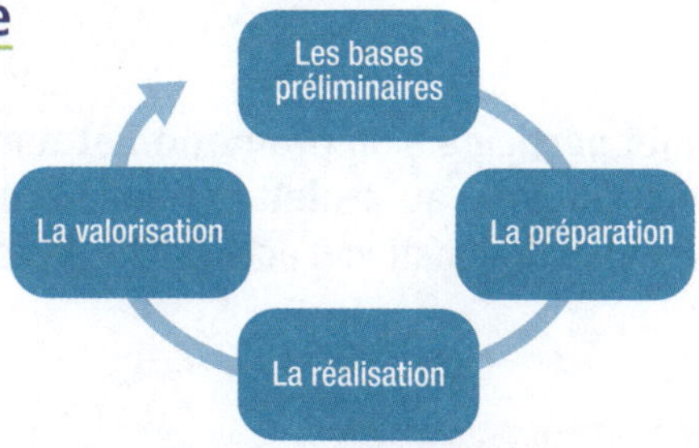

B Les principales étapes de l'évaluation

étape 1 **Les bases préliminaires**	• Constituer un comité de pilotage. • Formuler des questions (ex. : sur quels points évaluer ? Comment ? Avec quels moyens/outils ? Etc.).
étape 2 **La préparation**	• Définir les objectifs de l'évaluation. • Choisir les méthodes, outils et indicateurs d'évaluation.
étape 3 **La réalisation**	• Recueillir les données. • Analyser les données. • Rédiger un rapport.
étape 4 **La valorisation**	• Communiquer les résultats de l'évaluation. • Prendre en compte les recommandations tirées de l'évaluation.

3 Les outils et indicateurs de l'évaluation

A Les outils

• **Plusieurs outils sont utilisés pour permettre l'évaluation :**
– **les entretiens** avec des guides d'entretien ou des questionnaires ;
– **les questionnaires de satisfaction ;**
– **les grilles d'observation ;**
– **les tableaux de statistiques ;**
– **les tableaux de bord ;**
– **les rapports** qui recensent les résultats de l'évaluation.

• **Le rapport d'évaluation constitue la trame écrite de cette étape de la démarche de projet.** Il recense la méthodologie suivie, les résultats obtenus et les conclusions et recommandations.

B Les indicateurs

• **Un indicateur évoque une unité de mesure, un élément mesurable ou observable.** Il peut être **qualitatif ou quantitatif.** Un indicateur qualifie ou quantifie la satisfaction d'un critère.

27 La valorisation d'un projet

La valorisation du projet participe à sa promotion et renforce l'adhésion des acteurs et de la population cible au projet. Elle repose sur la maîtrise des techniques de communication et la désignation d'acteurs chargés de cette valorisation et de cette mise en écho.

1 La notion de valorisation

A Une étape pour donner plus de légitimité au projet

• **La valorisation d'un projet vise à faire connaître le projet, ses résultats, les acteurs impliqués ainsi que les partenariats fondés.** Elle permet de rendre aussi accessible à un grand nombre l'histoire du projet et ses perspectives d'avenir.

B L'indispensable communication

• **La communication est, à la fois, l'action de communiquer et la manière de communiquer.**

• Dans le cadre des projets impliquant de nombreux acteurs et services, **il est recommandé d'établir un plan de communication en début de projet** pour faciliter la communication pendant le projet. **La communication est un élément fondamental dans la réussite d'un projet**, que ce soit lors de sa conception, pendant sa réalisation, lors de son évaluation et, enfin, pour sa valorisation.

• **Elle permet**, entre autres :
– **l'échange d'informations** ;
– **la mobilisation des acteurs**, notamment des partenaires ;
– **une gestion de projet efficace** ;
– **l'optimisation des relations au sein de l'équipe projet et avec les autres acteurs de la conduite de projet** ;
– **la promotion du projet** ;
– **l'information sur les résultats du projet.**

C Les formes et moyens de la valorisation-communication

Formes	Moyens
Communication orale	Groupes de travail, réunion, revue de projet, conférence ou visioconférence, colloque, bouche-à-oreille, etc.
Communication écrite	• Compte-rendu, rapport, note, journal de bord, fiche de synthèse, fiche projet, etc. • Dépliant, tract, revue de presse, pages de site Internet, etc.
Communication visuelle et audiovisuelle	Tableau, tableau de bord, graphique, schéma, vidéo, affiche, réseaux sociaux, etc.

2 Les bénéficiaires de cette valorisation

- Le public cible et, plus largement, la population
- L'équipe projet et les autres acteurs de l'organisation porteuse
- Les partenaires, notamment les financeurs
- Les médias

28 La place de la population cible dans la démarche de projet

La participation de la population cible à un projet est de plus en plus recherchée. En effet, cadre, l'association des « habitants-usagers » est notamment valorisée pour une éthique et un gain d'efficacité au projet mené.

1 L'approche « habitants-usagers »

A La participation : un droit

• La participation en promotion de la santé est un « processus social où un groupe d'individus va prendre part à l'identification de ses besoins, aux processus décisionnels et à l'établissement des mécanismes pour répondre à ses besoins » (association Promotion Santé Suisse, 2019).

• Réaffirmée et développée dans les différentes chartes et déclarations, la notion de participation a sans cesse évolué, par exemple dans le domaine de la santé, passant du principe de « participer à sa santé » à « développer son pouvoir d'agir sur sa santé » pour parvenir à « agir sur le système de santé ». Ainsi, la déclaration de Rotorua de 2019 reconnaît le droit de « **promouvoir la démocratie participative** ».

> **Le saviez-vous ?**
> **La déclaration de Rotorua de 2019** est un texte rédigé par un collectif de chercheurs, de professionnels et de décideurs qui invite, entre autres, à « établir une gouvernance, des systèmes et des processus collaboratifs, efficaces, responsables et inclusifs à tous les niveaux afin de promouvoir la participation, la paix, la justice, le respect des droits de la personne […] »

• **Le contexte institutionnel national prône cette participation :**
– ces dernières années, **la stratégie nationale de santé et les plans ou projets nationaux et régionaux en lien avec la santé portent tous une attention à la participation des habitants-usagers-citoyens** ;
– **la charte de la participation du public-dialogue environnemental de 2017 (élaboré par le ministère de la transition écologique et solidaire) proclame que toute personne doit pouvoir participer à l'élaboration d'un projet qui la concerne.** La participation du public est un élément incontournable de l'élaboration de la décision, nécessaire à l'amélioration de sa qualité et de sa légitimité. Elle constitue un facteur déterminant dans la construction de la confiance entre les acteurs, notamment par sa contribution à une plus grande transparence.

B Les atouts de cette participation

• **Inclure pleinement et activement la population est gage** :
– **d'éthique ;**
– **d'efficacité ;**
– **d'enrichissement et d'innovation ;**
– **de prise en compte d'un besoin ou d'une demande social/e.**

2 Les différentes formes de participation de la population cible

Information | Consultation | Implication | Collaboration/co-construction | Co-décision

Exercices d'entraînement

Exercice 1 ★ 10 min

Corrigé p. 69

Répondez par « Vrai » ou « Faux » aux affirmations suivantes en justifiant votre réponse quand cette dernière est fausse.

1. Un projet répond toujours à un besoin. ❏ Vrai ❏ Faux
2. Un projet suppose une démarche organisée. ❏ Vrai ❏ Faux
3. Un projet s'inscrit dans un contexte politique, c'est-à-dire dans une politique publique sanitaire et/ou sociale. ❏ Vrai ❏ Faux
4. La connaissance du territoire n'est pas indispensable à un projet. ❏ Vrai ❏ Faux
5. Les collectivités publiques peuvent recourir aux appels à projets. ❏ Vrai ❏ Faux

Exercice 2 ★ 10 min

Corrigé p. 69

Remettez dans l'ordre les étapes de la démarche de projet.

Conception du projet
Évaluation du projet
Valorisation du projet
Analyse de situation – Étude préalable
Détermination de priorités et fixation des objectifs du projet
Réalisation du projet

Exercice 3 ★ 10 min

Corrigé p. 69

Distinguez, parmi les propositions suivantes, les atouts des contraintes de la démarche de projet.

- Innovation
- Prise d'initiative
- Absence de communication
- Coordination
- Distance géographique
- Adaptation et qualité des actions

Exercice 4 ★ 10 min

Corrigé p. 69

Reliez l'acteur du projet à son rôle principal.

Chef de projet •	• Suivre et valider les étapes du projet.
Commanditaire •	• Exécuter les tâches assignées dans le cadre du projet.
Comité de pilotage •	• Coordonner et mobiliser l'équipe projet.
Équipe projet •	• Initialiser et cadrer le projet.

Exercice 5 ★ 10 min

Corrigé p. 69

Entourez, parmi les méthodes et outils suivants, ceux qui peuvent être utilisés dans le cadre de l'étude préalable à tout projet.

- L'entretien
- Le tableau de bord
- Le questionnaire
- Le *focus group* ou groupe de parole
- La recherche documentaire
- L'arbre des objectifs
- Le diagramme de Gantt
- L'observation sur le terrain

Exercice 6 ★★ **20 min** *Corrigé p. 69*

Présentez le projet évoqué dans le document et son évaluation durant l'année 2016-2017 sous la forme d'une fiche, en incluant les rubriques suivantes : nom du projet, acteurs du projet, objectif du projet, public cible, actions du projet, méthode d'évaluation, principaux résultats de l'évaluation.

Évaluation du programme Unplugged expérimenté dans le Loiret

Unplugged est un programme européen de prévention universelle de l'usage des substances psychoactives (SPA) en milieu scolaire. Il est mis en œuvre depuis 2013 dans le Loiret par l'Association pour l'écoute en addictologie et toxicomanies (Apléat, Orléans). Son évaluation a été menée par Santé publique France en partenariat avec la Mildeca[1] durant l'année scolaire 2016-2017.

Cette synthèse a pour objectif d'en présenter les principaux résultats.

L'objectif d'Unplugged est de réduire l'expérimentation et la consommation de SPA (cigarettes, ivresses alcooliques, cannabis) chez les collégiens de 11 à 14 ans.

Le programme :

- est délivré en classe par un enseignant préalablement formé ;
- est constitué de 12 séances d'1 heure sur le rythme d'une séance par semaine, dont 3 séances axées sur les substances psychoactives ;
- adopte une stratégie d'intervention fondée sur le développement des compétences psycho-sociales et sur l'amélioration des connaissances sur les produits et leurs effets ;
- utilise des méthodes interactives (jeux collectifs, mises en situation, débats, jeux de rôle). Son adaptation dans le Loiret a pour particularité d'introduire durant la première année une coanimation des 12 séances entre l'enseignant et un professionnel de la prévention formé à Unplugged. [...]

Les résultats montrent que le programme Unplugged a un effet bénéfique sur chacun des indicateurs de consommation récente. Pour un participant, le fait d'être dans le groupe Unplugged (comparativement au groupe Contrôle appelé également *baseline*) diminue la probabilité, lors du suivi à 8 mois, d'avoir consommé une cigarette, d'avoir été ivre ou d'avoir consommé du cannabis dans les 30 derniers jours.

D'autre part, le programme diminue la probabilité d'avoir expérimenté chacun des comportements de consommation entre la *baseline* et le suivi à 8 mois.

La méthode d'évaluation s'est faite sur 1 091 collégiens (âge moyen = 12,3 ans ; 51,1 % de filles) ayant répondu aux 3 temps de l'étude en 20162017 dans 12 collèges du Loiret (66 classes de la 6e à la 4e). Comparaison du groupe « Unplugged » (classes recevant le programme à évaluer) avec le groupe « Contrôle » (classes ne recevant aucune intervention de prévention structurée), avec une même distribution de la variable niveau de classe (6e, 5e et 4e) dans les 2 groupes.

Le recueil des données s'est fait grâce à un questionnaire en ligne autoadministré pour les élèves (passation collective en groupe « classe » dans la salle informatique du collège) et fiche remplie par les animateurs à la fin de chaque séance du programme.

« Synthèse du rapport d'évaluation du programme Unplugged dans le Loiret », www.santepubliquefrance.fr, 7 juin 2019.

1. **Mildeca** : Mission interministérielle de lutte contre les drogues et les conduites addictives.

Politiques et dispositifs de santé publique

Exercice 1

Énoncé p. 31

Comité national de santé publique	Coordination
Haut conseil de santé publique Haute autorité de santé	Expertise et évaluation
Agences régionales de santé	Mise en œuvre
Conférence nationale de santé Comité national de santé publique	Concertation
Ministère des solidarités et de la santé	Décision et pilotage

Exercice 2

Énoncé p. 31

Le diplôme universitaire « Formation professionnelle continue à la démocratie en santé pour les représentants des usagers » créé par l'Université des Patients répond à la demande de la CRSA d'Île-de-France de mettre en place une plateforme de formation sur les rôles des différents acteurs, institutions, dispositifs existants, au moyen de fiches techniques. Ce diplôme universitaire gratuit et ouvert à tous vise à une meilleure connaissance et pratique de la démocratie en santé et des instances dans lesquelles elle s'exerce.

Exercice 3

Énoncé p. 32

Les arguments justifiant la nécessité de revoir le financement des activités de soins par la T2A relèvent, d'un côté, un triple constat : le vieillissement de la population, les progrès de la médecine transformant certaines pathologies mortelles en maladies chroniques, et les avancées en matière de diagnostics, traitements et suivis thérapeutiques. De l'autre, la situation financière des hôpitaux se fragilise.

La T2A ne semble pas du tout être adaptée dans le cadre :

• des innovations thérapeutiques pouvant améliorer la qualité de vie du patient, son traitement et permettre des économies significatives à l'Assurance maladie ;

• d'un parcours de soins pour les pathologies chroniques justifiant la coopération efficiente entre acteurs de santé, incluant les nouvelles technologies médicales comme la télémédecine.

Exercice 4

Énoncé p. 32

Parcours de vie	Il inclut le parcours de santé et toutes les dimensions de vie.
Parcours de santé	Il inclut le parcours de soin et la dimension préventive et sociale.
Parcours de soin	Il inclut la prise en charge hospitalière et ambulatoire.

Politiques sociales et dispositifs d'action sociale

Exercice 1

Énoncé p. 48

1. Faux : elles sont d'origine privée (charité chrétienne et entraide familiale). – 2. Vrai – 3. Vrai – 4. Vrai

Exercice 2

Énoncé p. 48

1. L'État-providence correspond à l'intervention de l'État pour prendre en charge des risques individuels (protection sociale) ou pour permettre l'accès à des activités d'intérêt commun (services publics).

2. Depuis près de 40 ans, l'État-providence est en crise pour les raisons suivantes :

• sa légitimité est contestée par le renouveau du libéralisme économique ;

• sa viabilité se heurte à l'accroissement plus rapide des dépenses que des recettes ;

• les services publics font l'objet d'une libéralisation.

Exercice 3

Énoncé p. 48

❶ Mobilisation de personnes face à une situation problématique

❷ Relais par les groupes de pression, les médias, l'opinion publique

❸ Reconnaissance par les pouvoirs publics

❹ Réalisation de diagnostics et études pour analyser le problème

❺ Proposition de réponses au problème

Exercice 4

Énoncé p. 49

Les principaux enseignements tirés du diagnostic social de la Métropole Rouen Normandie, entre l'infra-urbain et les QPV sont les suivants :

• les QPV représentent 10 % de la population rouennaise et sont touchés par des difficultés économiques et sociales : pauvreté plus importante et niveau de vie plus faible qu'en MRN ;

• les revenus des ménages des QPV proviennent moins souvent de revenus d'activités et plus souvent de prestations sociales ;
• les populations des QPV connaissent davantage de problèmes d'insertion professionnelle : moins diplômées que celles de la MRN, plus souvent touchées par le chômage et les emplois qu'elles occupent sont plus souvent précaires ;
• les familles monoparentales et les familles nombreuses sont plus présentes dans les quartiers prioritaires ;
• les jeunes des QPV terminent plus tôt leur scolarité que leurs homologues de la MRN ou s'orientent davantage vers les filières professionnelles ou technologiques. Le taux de retard scolaire est également plus important dans les QPV et le taux de réussite au brevet plus faible.

Exercice 5

Énoncé p. 49

1. Vrai – 2. Faux : le travail social repose sur l'implication et le rôle actif de l'usager concerné.
3. Vrai – 4. Faux : le travailleur social peut agir auprès d'une personne ou auprès d'un groupe (dimension collective).

Méthodologies appliquées au secteur sanitaire et social

Exercice 1

Énoncé p. 66

1. Faux : un projet peut partir d'une demande ou d'une commande institutionnelle. – 2. Vrai

3. Vrai – 4. Faux : la connaissance du territoire permet de tenir compte des spécificités et des besoins locaux et d'identifier les leviers et freins à tout projet. – 5. Vrai

Exercice 2

Énoncé p. 66

❶ Analyse de situation – Étude préalable

❷ Détermination de priorités et fixation des objectifs du projet

❸ Conception du projet ❹ Réalisation du projet

❺ Évaluation du projet ❻ Valorisation du projet

Exercice 3

Énoncé p. 66

Atouts	Contraintes
• Innovation • Prise d'initiative • Coordination • Adaptation et qualité des actions	• Absence de communication • Distance géographique

Exercice 4

Énoncé p. 66

Acteurs	Rôles
Chef de projet	Coordonner et mobiliser l'équipe projet.
Commanditaire	Initialiser et cadrer le projet.
Comité de pilotage	Suivre et valider les étapes du projet.
Équipe projet	Exécuter les tâches assignées dans le cadre du projet.

Exercice 5

Énoncé p. 66

• L'entretien
• Le questionnaire
• Le *focus group* ou groupe de parole
• La recherche documentaire
• L'observation sur le terrain

Exercice 6

Énoncé p. 67

Nom du projet	Unplugged
Acteurs du projet	Apléat, 12 collèges (professeurs volontaires formés), Santé publique France (chargée de l'évaluation)
Objectif du projet	Réduire l'expérimentation et la consommation de SPA chez les collégiens de 11 à 14 ans.
Public cible	Collégiens de 11 à 14 ans de 66 classes (de la 6e à la 4e)
Actions du projet	12 séances d'1 heure sur le rythme d'une séance par semaine, dont 3 séances axées sur les substances psychoactives.
Méthode d'évaluation	Comparaison du groupe « Unplugged » avec le groupe « Contrôle » (*baseline*). Recueil des données par questionnaire en ligne autoadministré pour les élèves et fiche remplie par les animateurs à la fin de chaque séance du programme.
Principaux résultats de l'évaluation	Diminution de la probabilité, lors du suivi à 8 mois, d'avoir consommé une cigarette, d'avoir été ivre ou d'avoir consommé du cannabis dans les 30 derniers jours et d'avoir expérimenté chacun des comportements de consommation entre la *baseline* et le suivi à 8 mois.

Sujet du Bac

Épreuve de STSS

Corrigé p. 74

Première partie – Mobilisation des connaissances (sur 6 points)

1. Distinguer la notion de risque sanitaire de celle de crise sanitaire. Expliquer et illustrer cette distinction par des exemples de son choix.
2. Caractériser les modes d'intervention sociale pour agir sur les problèmes sociaux.

Deuxième partie – Développement s'appuyant sur un dossier documentaire (sur 14 points)

En quoi la promotion de l'activité physique et la lutte contre la sédentarité sont-elles un enjeu de santé publique ?

1. Justifier le fait que la lutte contre l'inactivité physique et la sédentarité constitue un problème majeur de santé publique.
2. Montrer comment les politiques publiques à différents échelons reconnaissent ce problème comme priorité de santé publique.
3. Présenter le projet de création de « maisons sport-santé » qui visent à promouvoir une pratique physique et sportive accessible à tous.

Liste des annexes

Annexe 1 L'activité et l'inactivité physiques et la sédentarité
Annexe 2 Présentation de l'étude Esteban 2014-2016 (volet « Activité physique et sédentarité ») et ses principaux constats
Annexe 3 Pourcentage d'adultes passant trois heures et plus devant un écran par jour, selon le sexe et le diplôme – comparaison ENNS 2006/Esteban 2015
Annexe 4 La lutte contre l'inactivité physique et la sédentarité dans les politiques publiques
Annexe 5 Les maisons Sport-Santé : objectif de 500 ouvertures d'ici 2022

Annexe 1 : l'activité et l'inactivité physiques et la sédentarité

L'activité physique se définit comme « tout mouvement corporel produit par la contraction des muscles squelettiques et qui entraîne une dépense d'énergie supérieure à la dépense de repos ». Elle englobe ainsi l'activité physique effectuée durant les loisirs, les jeux, l'éducation physique, les sports, les déplacements, les activités professionnelles, ou encore les tâches ménagères. Toute activité physique a des effets bénéfiques sur la santé. Un minimum d'activité est ainsi recommandé pour maintenir ou améliorer les capacités cardiorespiratoires et fonctionnelles et limiter les risques de maladies non transmissibles.
Les recommandations mondiales sur l'activité physique pour la santé sont actuellement :
• pour les enfants et adolescents de 5 à 17 ans, « d'accumuler au moins 60 minutes par jour d'activité physique d'intensité modérée à soutenue » ;
• pour les adultes, de « pratiquer au moins, au cours de la semaine, 150 minutes d'activité d'endurance d'intensité modérée ou au moins 75 minutes d'activité d'endurance d'intensité soutenue, ou une combinaison équivalente d'intensité modérée et soutenue » (par périodes d'au moins 10 minutes). Selon une relation de dose-effet, toute activité physique supplémentaire (au-delà de ces recommandations) apportera un bénéfice supplémentaire pour la santé. On parle d'inactivité physique lorsque la personne n'atteint pas

les recommandations en matière d'activité physique.
En 2009, l'inactivité physique a été identifiée comme étant le quatrième facteur de risque des maladies non transmissibles, impliquée dans plus de 3 millions des morts évitables. L'inactivité physique est ainsi responsable de 6 à 9 % de la mortalité toutes causes dans le monde et 6 % des maladies coronariennes, 7 % du diabète de type 2, 10 % des cancers du sein, 10 % des cancers du côlon et 9 % des morts prématurées seraient attribuables au seul fait d'être inactif.
Au niveau mondial, un adulte sur quatre manque d'exercice et plus de 80 % des adolescents n'ont pas une activité physique suffisante. [...]
La sédentarité, quant à elle, se définit par tout comportement caractérisé par une dépense énergétique inférieure à 1,6 METs (Équivalent métabolique ou *Metabolic Equivalent Task*) incluant la position assise ou allongée. Elle est à considérer de manière indépendante de l'(in)activité physique. Il est, en effet, possible d'être physiquement actif tout en accumulant des comportements sédentaires et ce, sur une même journée. La sédentarité est ainsi un facteur de risque spécifique des maladies non transmissibles qui se surajoute à l'inactivité physique. Dans la littérature, la sédentarité est approchée par différents indicateurs, tels que le temps total passé assis au cours d'une journée, le temps quotidien passé devant la télévision ou encore le temps d'utilisation d'un ordinateur sur son temps de loisirs. Tous sont associés à une augmentation des risques cardiométaboliques en cas de durées quotidiennes croissantes. [...]

Santé Publique France, *Étude de santé sur l'environnement, la biosurveillance, l'activité physique et la nutrition (Esteban) 2014-2016* (extraits), 13 février 2020.

Selon l'Organisation mondiale de la santé (OMS), la sédentarité est à l'origine chaque année de 2 millions de décès dans le monde et de nombreuses pathologies chroniques. De même, l'inactivité physique est responsable d'environ 10 % des décès en Europe. Le coût de la sédentarité est chiffré à 67,5 milliards de dollars (61 milliards d'euros) par an, soit 53,8 milliards de dollars de dépenses de santé et 13,7 milliards de dollars de perte de productivité. Le ministère des sports (Bureau du sport professionnel et de l'économie du sport) a chiffré le coût de la sédentarité à 17 milliards d'euros par an pour la France, dont 14 milliards pour les dépenses de santé.

Ministère des sports, *Stratégie Nationale Sport Santé (SNSS) 2019-2024* (extrait), 3 juillet 2019.

Annexe 2 : présentation de l'étude Esteban 2014-2016 (volet « Activité physique et sédentarité ») et ses principaux constats

L'étude Esteban a notamment étudié le niveau d'activité physique et de sédentarité, afin de compléter les informations recueillies lors de l'Étude nationale nutrition santé (ENNS) conduite par Santé publique France en 2006 et 2007. Menée tous les 7 ans environ, Esteban permettra de suivre l'évolution de nombreux paramètres de santé sur le long cours et de repérer certains phénomènes émergents. Les dernières données indiquaient les points suivants :

- l'inactivité physique et la sédentarité gagnent du terrain dans la population française.
- Les femmes sont les plus concernées : en 10 ans, la proportion de femmes physiquement actives a baissé de 16 %.
- Plus d'une femme sur 5 cumulent sédentarité et inactivité physique.
- 53 % des femmes et 71 % des hommes atteignaient les recommandations de l'OMS en matière d'activité physique. Il n'y avait pas de différence selon le niveau de diplôme.
- Les niveaux d'activité physique sont encore faibles et la sédentarité plus élevée chez les enfants en 2015.

– 51 % des garçons et 33 % des filles de 6-17 ans atteignaient les recommandations de l'OMS en matière d'activité physique en 2015.
– Les plus jeunes (6-10 ans) étaient davantage actifs et on observe une nette baisse de l'activité physique passé l'âge de 10 ans, davantage marquée chez les filles.
– Aucune évolution significative de cet indicateur n'a été observée depuis 2006, malgré une tendance à une amélioration du niveau d'activité physique des adolescents de 15-17 ans sur la période.
– En parallèle, le temps passé devant un écran a considérablement augmenté. La proportion de jeunes passant 3 heures ou plus devant un écran chaque jour atteignait 45 % chez les 6-10 ans, 70 % chez les 11-14 ans, 71 % chez les filles et 87 % chez les garçons de 15-17 ans.

Ces résultats soulignent la nécessité de promouvoir l'activité physique et de réduire la sédentarité de la population, à tout âge.

Sante Publique France, *Étude de santé sur l'environnement, la biosurveillance, l'activité physique et la nutrition (Esteban) 2014-2016*, 13 février 2020.

Annexe 3 : pourcentage d'adultes passant trois heures et plus devant un écran* par jour, selon le sexe et le diplôme– comparaison ENNS 2006/Esteban 2015**

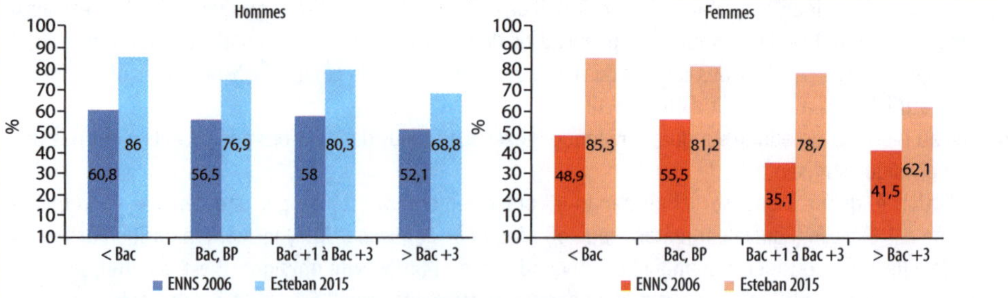

* incluant le temps de télévision, ordinateur et console de jeux en dehors d'une activité professionnelle.

** Le diplôme rend compte du diplôme d'enseignement général ou technique le plus élevé que la personne ait obtenu. Il est exprimé en 4 classes : < Bac (aucun diplôme, certificat d'études primaires, CAP, BEP, BEPC, brevet élémentaire, brevet de compagnon) ; Bac, BP (baccalauréat général, technologique ou professionnel, brevet professionnel ou de technicien, BEA, BEC, BEI, BEH, capacité en droit) ; Bac + 1 à Bac + 3 (diplôme de 1er cycle universitaire, bac + 3, licence, BTS, DUT, DEUG, diplôme des professions sociales ou de la santé, diplôme d'infirmier) ; > Bac + 3 (diplôme de 2e ou 3e cycle universitaire – y compris médecine, pharmacie, dentaire –, master, doctorat, diplôme d'ingénieur, diplôme d'une grande école).

Santé Publique France, *Étude de santé sur l'environnement, la biosurveillance, l'activité physique et la nutrition (Esteban) 2014-2016,* 13 février 2020.

Annexe 4 : la lutte contre l'inactivité physique et la sédentarité dans les politiques publiques

En décembre 2017, la France a adopté la stratégie nationale de santé 2018-2022 (SNS). La promotion de la santé et la prévention sont au cœur de cette stratégie. Une alimentation saine et une activité physique régulière participent de ces actions de prévention. [...]

Dans ce contexte global renouvelé, le PNNS 2019-2023, coordonné par le ministère des solidarités et de la santé, est essentiellement axé sur la promotion d'une nutrition satisfaisante pour tous les groupes de population, avec un accent particulier pour les groupes défavorisés/à moindre niveau d'éducation. [...]

« Manger bouger », ce sont deux verbes qui se suivent et qui se conjuguent à l'impératif de la prévention. Les Français en ont bien conscience et sont prêts à s'engager dans cette approche. [...] La nutrition en est un pilier essentiel depuis l'enfance jusqu'au grand âge. Malgré les progrès enregistrés depuis vingt ans dans la lutte contre l'expansion des pathologies liées à la nutrition, il est indispensable de renforcer les actions pour inverser les tendances, réduire la fréquence de l'obésité et de la dénutrition, limiter celle de l'hypertension artérielle et ses conséquences cardiovasculaires ou encore la survenue du diabète de type 2 et des cancers liés à une mauvaise nutrition. En France, près de la moitié des adultes et 17 % des enfants sont en surpoids ou obèses. Les inégalités sociales et territoriales se creusent et la nutrition en est un indicateur implacable. Ainsi, près d'un quart des enfants dont les parents ont un niveau de diplôme inférieur au baccalauréat sont en surpoids alors qu'ils ne sont que 10 % chez les parents dont le diplôme équivaut au moins à la licence. [...]

C'est pourquoi nous devons nous fixer des objectifs à la hauteur des enjeux de santé publique. C'est le défi de ce 4e Programme national nutrition santé (PNNS 4), dont les ambitions visent à augmenter l'activité physique et réduire la sédentarité, améliorer les consommations alimentaires et les apports nutritionnels en tenant compte des enjeux de développement durable, car nos habitudes d'alimentation ont un rôle dans la lutte contre le changement climatique. [...]

Il faut aussi permettre à chacun de trouver le goût et le plaisir de marcher ou de faire du vélo, dans un environnement qui, grâce aux interventions locales, rend favorable la pratique d'une activité physique agréable, facile et sécurisée. [...]

Objectifs du PNNS 4 se rapportant à l'activité physique et la sédentarité

• **Augmenter l'activité physique (AP)** dans la population adulte de sorte que 80 % de la population adulte atteint un niveau d'activité physique **au moins modéré** (au moins 30 minutes d'activité physique d'endurance d'intensité modérée à élevée au moins 5 fois par semaine ou au moins 3 jours avec une activité physique intense d'au moins 25 minutes par jour).

• **Diminuer la sédentarité** dans la population de façon à **réduire de 20 %** le nombre d'adultes passant **plus de trois heures par jour devant un écran** en dehors de leur activité professionnelle. […]

Ministère des solidarités et de la santé, *Programme National Nutrition Santé 4 (PNNS) 2019-2023* (extrait), 20 septembre 2019.

La Stratégie Nationale Sport Santé (SNSS) 2019-2024 s'inscrit pleinement dans les orientations de la Stratégie Nationale de Santé et du Plan National de Santé Publique. Son ambition est de promouvoir l'activité physique et sportive comme un élément déterminant, à part entière, de santé et de bien-être, pour toutes et tous, tout au long de la vie. Elle vise aussi à développer le recours à l'activité physique adaptée à des fins d'appui thérapeutique, ainsi qu'à mieux protéger la santé des sportifs et renforcer la sécurité des pratiques. La SNSS 2019-2024 s'appuie sur des objectifs quantifiés qui participeront, en lien avec le PNNS 4 2019-2023, à réduire les inégalités sociales et territoriales de santé. Des indicateurs définis au regard de ces objectifs permettront d'analyser lors d'études menées tout au long de leur mise en œuvre et en fin de programme, le niveau de leur atteinte.

Cette stratégie s'articule ainsi autour de 4 axes :

• la promotion de la santé et du bien-être par l'activité physique et sportive ;
• le développement et le recours à l'activité physique adaptée à visée thérapeutique ;
• la protection de la santé des sportifs et le renforcement de la sécurité des pratiques et des pratiquants ;
• le renforcement et la diffusion des connaissances.

L'Organisation Mondiale de la Santé (OMS) a recommandé une action urgente des gouvernements pour atteindre les cibles définies dans le Plan d'action mondial 2013-2020 pour la prévention et la lutte contre les maladies non transmissibles, qui sont les premières causes de mortalité dans le monde. L'OMS a également lancé un plan d'action mondial 2018-2030 pour l'activité physique et la santé et une stratégie européenne sur l'activité physique 2016-2025 a été mise en place par le bureau européen de l'OMS. L'Union européenne définit également des cadres d'intervention pour les politiques publiques en matière de promotion de l'activité physique. Un Plan d'action européen pour une politique alimentaire et nutritionnelle 2015-2020 a été élaboré et encourage une approche pangouvernementale « santé dans toutes les politiques ».

Ministère des sports, *Stratégie Nationale Sport Santé (SNSS) 2019-2024* (extrait), 3 juillet 2019.

Annexe 5 : les maisons sport-santé : objectif de 500 ouvertures d'ici 2022

L'objectif de développement de l'activité physique et sportive (APS) est notamment d'attirer et de s'adresser à des publics aujourd'hui éloignés de la pratique. À cette fin, la dimension santé par l'activité physique et sportive doit être davantage valorisée.

Ainsi, il convient de proposer des espaces nouveaux ou organisés pour répondre aux différentes attentes exprimées, en termes de pratiques d'activités physiques et sportives pour maintenir son capital santé.

Ces espaces s'adressent aux personnes qui ont pris conscience de la nécessité d'une pratique d'activité physique et sportive, à celles qui ont besoin de pratiquer (prévention primaire, secondaire ou tertiaire), comme à celles qui jusqu'à présent considéraient cette pratique comme ne les concernant pas. Dans une logique d'accès à une pratique d'activité physique et sportive pour tous, ces espaces, au-delà de la réponse qu'ils apportent, déploient des actions qui permettent d'aller au-devant de la population et de l'amener à une telle pratique. […]

Dans ce cadre, La « maison sport-santé » doit ainsi permettre :

• d'amener un large public à faire un premier pas dans un programme d'activité physique et/ou sportive ou à renouer durablement avec une telle activité, dans la perspective de l'amener vers une pratique régulière, autonome ou en structure sportive classique, traduisant un changement durable de comportement ;
• de faciliter le recours à l'activité physique adaptée pour les personnes atteintes de maladie chronique ;
• de contribuer à assurer l'accompagnement des personnes atteintes d'affection de longue durée orientées consécutivement à une prescription médicale d'activité physique adaptée par leur médecin traitant.

Ministère des solidarités et de la santé, Appel à projets (AAP) relatif aux « maisons sport-santé (extrait), 2 août 2019.

CORRIGÉ

Première partie – Mobilisation des connaissances

Question 1

Dans le cadre des préoccupations de santé publique, on distingue le risque sanitaire et la crise sanitaire. Ces deux expressions touchent au domaine de la sécurité et de la veille sanitaires.

Un risque sanitaire diffère d'une crise sanitaire. Un risque sanitaire est défini, en effet, comme un danger plus ou moins prévisible. Il correspond à la probabilité que survienne un événement nuisible à la santé d'un individu ou d'un groupe d'individus. On parle de « risque individuel » lorsque c'est la personne elle-même qui a une conduite à risque. C'est le cas observé pour une conduite addictive ou un comportement à risque. On évoque un « risque collectif » lorsqu'un nombre important de personnes est concerné par la menace. On retrouve, dans cette catégorie, les cas suivants : les épidémies, les altérations environnementales comme la pollution de l'air ou encore les risques d'accidents thérapeutiques liés à un usage de médicament(s).

Une crise sanitaire présente une situation de réalisation d'un risque sanitaire car :

- sa prévision était peu probable, voire impossible, avec une situation confuse ;
- sa réalisation a des conséquences importantes, plus ou moins graves sur la population ;
- elle induit un effet anxiogène sur la population, avec une perte de confiance et de crédibilité envers les décideurs, et elle déstabilise les pouvoirs publics, les décideurs.

La France a connu des situations de crises sanitaires remplissant les conditions évoquées plus haut comme la crise du sang contaminé dans les années 1980, le scandale de l'amiante, la canicule de 2003, l'épidémie de Chikungunya, l'affaire du Mediator, etc.

Récemment, depuis janvier 2020, une épidémie de Coronavirus COVID-19 s'est propagée depuis la Chine. Le virus identifié est un nouveau Coronavirus. L'OMS a déclaré la situation d'urgence et de crise sanitaires.

Question 2

En France, différents modes d'intervention sont mis en œuvre pour faire face aux problèmes sociaux touchant les individus. Ils sont prévus et employés dans le cadre des politiques sociales :

- **l'assistance** qui repose sur une aide à destination d'une partie de la population en difficultés. Elle vise à porter secours aux personnes démunies, en situation de pauvreté, etc. ;
- **l'accompagnement social** qui est un mode impliquant pleinement l'usager comme acteur. Il vise à favoriser l'autonomie des personnes. C'est un mode utilisé dans le cadre d'une prise en charge d'une personne par un travailleur social ;
- **le développement social** renvoie à l'ensemble des dispositifs et actions entrepris sur un territoire ciblé, visant à favoriser la cohésion sociale, la qualité de vie des habitants et l'implication de ces derniers. Il vise le mieux-être de la population locale.

Deuxième partie – Développement s'appuyant sur un dossier documentaire

1. L'inactivité physique et la sédentarité se révèlent être des problèmes majeurs de santé publique dans nos sociétés.

■ La distinction de ces deux préoccupations de santé publique

L'inactivité physique et la sédentarité, deux notions distinctes mais qui peuvent être corrélées, sont un problème de santé publique à l'échelle nationale mais aussi aux échelles européenne et mondiale. Ces deux préoccupations de santé publique constituent une priorité majeure.

L'inactivité physique est définie comme une situation pour laquelle la personne n'atteint pas les recommandations de l'Organisation mondiale de la santé (OMS) en matière d'activité physique, c'est-à-dire :

- pour les enfants et adolescents de 5 à 17 ans, « d'accumuler au moins 60 minutes par jour d'activité physique d'intensité modérée à soutenue » ;

- pour les adultes, de « pratiquer au moins, au cours de la semaine, 150 minutes d'activité d'endurance d'intensité modérée ou au moins 75 minutes d'activité d'endurance d'intensité soutenue, ou une combinaison équivalente d'intensité modérée et soutenue ».

La sédentarité est définie par tout comportement caractérisé par une dépense énergétique inférieure à 1,6 METs (Équivalent métabolique) incluant la position assise ou allongée.

Il est possible d'être physiquement actif tout en accumulant des comportements sédentaires sur une même journée.

Ces problématiques sanitaires en croissance touchent toutes les tranches d'âge et toutes les classes sociales.

■ L'importance du problème : l'épidémiologie

Données mondiales (d'après l'OMS et l'Agence nationale Santé publique France)

En 2009, l'inactivité physique a été identifiée comme étant le quatrième facteur de risque des maladies non transmissibles, impliquée dans plus de 3 millions des morts évitables. L'inactivité physique est ainsi responsable de 6 à 9 % de la mortalité toutes causes dans le monde et 6 % des maladies coronariennes, 7 % du diabète de type 2, 10 % des cancers du sein, 10 % des cancers du côlon et 9 % des morts prématurées seraient attribuables au seul fait d'être inactif.

La sédentarité est à l'origine chaque année de 2 millions de décès dans le monde et de nombreuses pathologies chroniques.

Un adulte sur quatre manque d'exercice et plus de 80 % des adolescents n'ont pas une activité physique suffisante.

Données européennes (selon l'OMS)

L'inactivité physique est responsable d'environ 10 % des décès en Europe.

Données nationales (selon les études ENNS 2006-2007 et Esteban 2014-2016)

- **Une disparité selon le sexe** : les femmes sont les plus concernées. En 10 ans, la proportion de femmes physiquement actives a baissé de 16 %. Plus d'une femme sur 5 cumulent sédentarité et inactivité physique. Ainsi, 53 % des femmes et 71 % des hommes atteignaient les recommandations de l'OMS en matière d'activité physique en 2016.
- **Un problème de santé publique en expansion et qui touche dès le plus jeune âge** : les niveaux d'activité sont faibles et la sédentarité est plus élevée chez les enfants en 2016. Seuls 51 % des garçons et 33 % des filles de 6-17 ans atteignaient les recommandations de l'OMS en matière d'activité physique en 2015. Les plus jeunes (6-10 ans) étaient davantage actifs et on observe une nette baisse de l'activité physique passé l'âge de 10 ans, davantage marquée chez les filles.
- **Un excès du temps passé devant les écrans qui croit avec l'avancée en âge chez les jeunes** : la proportion de jeunes passant 3 heures ou plus devant un écran chaque jour atteignait 45 % chez les 6-10 ans, 70 % chez les 11-14 ans, 71 % chez les filles et 87 % chez les garçons de 15-17 ans. **Chez les adultes**, le phénomène « écrans » concerne en moyenne plus les hommes que les femmes, quel que soit le niveau de diplôme. Ainsi, 80,1 % des hommes qui ont un niveau Bac + 1 à Bac + 3 regardent plus de 3 heures par jour un écran contre 78,7 % des femmes de même niveau (à l'exception des personnes de niveau bac-BP où la tendance est inversée).
- **Inactivité physique et sédentarité, en lien avec la malnutrition** : près de la moitié des adultes et 17 % des enfants sont en surpoids ou obèses. Près d'un quart des enfants dont les parents ont un niveau de diplôme inférieur au baccalauréat sont en surpoids alors qu'ils ne sont que 10 % chez les parents dont le diplôme équivaut au moins à la licence.

■ Les conséquences économiques liées à l'inactivité physique et à la sédentarité

À l'échelle européenne

Le coût de la sédentarité est chiffré à 67,5 milliards de dollars (61 milliards d'euros) par an, soit 53,8 milliards de dollars de dépenses de santé et 13,7 milliards de dollars de perte de productivité.

En France

Le ministère des sports (Bureau du sport professionnel et de l'économie du sport) a chiffré le coût de la sédentarité à 17 milliards d'euros par an pour la France, dont 14 milliards pour les dépenses de santé. Il est ainsi à noter les coûts importants des pathologies associées telles que les cancers, le diabète, l'obésité, les maladies cardio-vasculaires, etc.

2. L'inactivité physique et la sédentarité constituent une priorité de santé publique à différents échelons.

■ La reconnaissance d'une priorité majeure de santé publique par l'OMS

L'OMS reconnaît cette préoccupation comme une « épidémie mondiale » et met en place des programmes de santé publique visant à promouvoir la pratique d'activités physiques et sportives et les bons comportements en matière de santé.

L'agence mondiale a mis en place un Plan d'action mondial 2013-2020 pour la prévention et la lutte contre les maladies non transmissibles, qui sont les premières causes de mortalité dans le monde. L'OMS a également lancé un plan d'action mondial 2018-2030 pour l'activité physique et la santé et une stratégie européenne sur l'activité physique 2016-2025 a été mise en place par le bureau européen de l'OMS.

■ La prise en compte par l'Union européenne

L'Union européenne définit également des cadres d'intervention pour les politiques publiques en matière de promotion de l'activité physique. Un plan d'action européen pour une politique alimentaire et nutritionnelle 2015-2020 a été élaboré et encourage une approche pangouvernementale.

■ La reconnaissance par les pouvoirs publics français avec les stratégies nationales et les plans nationaux

- La Stratégie nationale de santé 2018-2022 (SNS) a été adoptée en décembre 2017. La promotion de la santé et la prévention sont au cœur de cette stratégie, avec l'importance soulignée de l'activité physique régulière.
- Le plan national nutrition santé 2019-2024 (PNNS 4) vise notamment à augmenter l'activité physique et réduire la sédentarité. Il fixe des objectifs dont certains sont spécifiques à l'activité physique et à la sédentarité :

– augmenter l'activité physique (AP) dans la population adulte de sorte que 80 % de la population adulte atteint un niveau d'activité physique au moins modéré ;

– diminuer la sédentarité dans la population de façon à réduire de 20 % le nombre d'adultes passant plus de trois heures par jour devant un écran en dehors de leur activité professionnelle.

- La Stratégie nationale sport santé (SNSS) 2019-2024 vise à promouvoir l'activité physique et sportive comme un élément déterminant, à part entière, de santé et de bien-être, pour toutes et tous, tout au long de la vie. Cette SNSS s'appuie sur des objectifs du PNNS 4.

3. Dans le cadre de la SNS 2018-2022 et de la SNSS 2019-2024, un certain nombre d'actions sont prévues pour favoriser et promouvoir la pratique d'activité physique et /ou sportive à des fins de prévention ou curatives auprès de toute la population française.

Ainsi, un appel à projet de Maisons sport-santé (MSS) a été lancé conjointement par le ministère des solidarités et de la santé et le ministère chargé des sports. Elle repose entre autres sur les 4 axes de la SNSS à savoir : la promotion de la santé et du bien-être par l'activité physique et sportive, le développement et le recours à l'activité physique adaptée à visée thérapeutique, la protection de la santé des sportifs et le renforcement de la sécurité des pratiques et des pratiquants.

■ La mission des MSS

- Accès et pratiques d'activités physiques et sportives pour maintenir son capital santé.

■ Leurs objectifs

- Amener un large public à faire un premier pas dans un programme d'activité physique et/ou sportive ou à renouer durablement avec une telle activité.
- Faciliter le recours à l'activité physique adaptée pour les personnes atteintes de maladie chronique.
- Contribuer à assurer l'accompagnement des personnes atteintes d'affection de longue durée orientées consécutivement à une prescription médicale d'activité physique adaptée par leur médecin traitant.

■ Les publics concernés

- Les MSS s'adresseront à toute la population et notamment aux personnes :

– qui ont pris conscience de la nécessité d'une pratique d'activité physique et sportive ;

– à celles qui ont besoin de pratiquer (prévention primaire, secondaire ou tertiaire) ;

– à celles qui jusqu'à présent considéraient cette pratique comme ne les concernant pas.

LE GRAND ORAL

L'épreuve du Grand oral

Grand oral
Préparation : 20 minutes
Épreuve : 20 minutes
Notation : sur 20 points
Coefficient : 14

1 Descriptif de l'épreuve

A Les modalités de l'épreuve

• **L'épreuve du Grand oral est une des épreuves terminales du baccalauréat.** Elle vous donne l'occasion « de montrer [votre] capacité à prendre la parole en public de façon claire et convaincante » *(BO du 13 février 2020)*. Vous montrerez ainsi que vous êtes capable de **mettre les savoirs acquis au service d'une argumentation et d'une réflexion sur le parcours envisagé après le Bac**.

• **Vous serez évalué par deux professeurs.** L'un d'eux représente l'enseignement de spécialité STSS, l'autre votre second enseignement de spécialité ou l'un des enseignements communs.

• **Durant l'année de Terminale, vous formulez et préparez deux questions** en rapport avec une étude en STSS sur un fait d'actualité sanitaire ou sociale, une question ou un projet du champ de la santé ou du social. Lors de cette étude, l'élève doit obligatoirement se questionner sur une démarche de projet qu'il aura été amené à croiser lors de ses recherches.

B Le déroulé de l'épreuve

• Le jury choisit l'une des deux questions, transmises sur une feuille signée par l'établissement scolaire et par le professeur de STSS.

Préparation (20 minutes)		Mettre en ordre ses idées, éventuellement élaborer un support de présentation sur une feuille qui vous est fournie (le support lui-même n'est pas noté).
Épreuve : 20 minutes	étape 1 **Présentation de la question (5 minutes)**	Vous devez : • justifier le choix de la question (intérêt, enjeu) ; • expliquer la démarche suivie et les choix faits en termes d'outils et de méthodes ; • développer et répondre à la question. L'exposé se fait sans notes.
	étape 2 **Échange (10 minutes)**	• Le jury vous interroge pour vous conduire à préciser et à approfondir votre pensée et pour évaluer la solidité de vos connaissances et vos capacités argumentatives. • Les questions portent sur les parties du programme de STSS en lien avec la question-support présentée.
	étape 3 **Échange sur le projet d'orientation (5 minutes)**	• Vous expliquez en quoi la question traitée éclaire votre projet de poursuite d'études, voire votre projet professionnel. • Vous exposez les différentes étapes de la maturation de votre projet et la manière dont vous souhaitez le mener après le baccalauréat. • Le jury mesure votre capacité à conduire et exprimer une réflexion personnelle témoignant de votre curiosité intellectuelle et de votre aptitude à exprimer vos motivations.

2 Les compétences évaluées

1. **Les connaissances rattachées à l'enseignement de STSS.** Durant l'exposé, vous devrez **mobiliser les connaissances et compétences en lien avec votre thème et les deux pôles de STSS**. Lors de l'échange, le jury reviendra sur les notions que vous avez convoquées afin de vérifier que vos connaissances sont solides.
2. **La capacité à argumenter.** Le jury attend des **arguments fondés sur des connaissances** et étayés par des **exemples pertinents**.
3. **La maîtrise de l'oral.** Vous devrez faire preuve des **qualités d'un orateur** (élocution claire, voix posée, pertinence du lexique employé, etc.). Durant l'échange, le jury attend de vous une **qualité d'écoute** et une **attitude respectueuse** ; une **implication personnelle** ; une **réactivité aux questions**, etc.

À savoir
Lors de la présentation de la question, vous parlez debout face au jury. Ensuite (étapes 2 et 3), vous pouvez choisir d'être debout ou assis.

LE GRAND ORAL

Se préparer tout au long de l'année

1 Huit conseils pour réussir l'exposé

1. **Arrêtez le plus tôt possible le choix de votre thème en fonction de votre projet d'orientation.** Ne fixez pas encore la formulation des questions.
2. Seul ou en groupe, **rassemblez, classez, analysez les informations** qui vont nourrir non seulement votre exposé mais aussi les réponses aux questions du jury.
3. **Prenez le temps de réfléchir à la formulation de vos deux questions-supports** tout en bâtissant le plan de vos deux exposés qui doit être cohérent et progressif.
4. **Évitez les plans décousus, les listes d'arguments ou d'exemples sans liens.** Précisez vos exemples : expérience réalisée en classe, rencontre d'un professionnel, etc.
5. **Soignez en particulier votre introduction**, vous montrerez que vous dominez les enjeux de la question et que vous avez su dégager les grandes perspectives qui y répondent.
6. **Préparez l'introduction et la conclusion ensemble**. La conclusion doit répondre à la question posée au départ.
7. Vous devez parler sans notes ! **Rédigez donc au préalable vos deux exposés** afin de disposer d'un support pour vos entraînements.
8. **Lisez à voix haute votre exposé pour en évaluer la longueur** afin de l'ajuster au temps imparti. Entraînez-vous à le présenter sans pour autant donner l'impression de le réciter.

2 Des astuces pour un entretien serein

• **Un entretien qui prolonge l'exposé.** Mettez de côté des connaissances que vous réserverez à l'entretien, de **nouveaux arguments**, des exemples que vous n'avez pas présentés. **Imaginez les questions** que le jury peut vous poser et préparez les réponses.

• **L'entretien sur votre choix d'étude.** Comme pour la première partie de l'entretien, **imaginez les questions et préparez les réponses**. Réfléchissez au **lien entre votre thème et vos perspectives d'orientation**, à la façon dont vous pouvez présenter vos choix d'étude.

Objectifs	Nos astuces
J'améliore ma diction !	• Pratiquez des exercices d'articulation. • Lisez régulièrement des textes à voix haute pour gagner en fluidité et en assurance.
Je prends confiance en moi !	• Participez davantage en classe et développez vos réponses de façon claire et précise. • Exprimez-vous lors de réunions, à table avec vos proches, sur les sujets qui vous intéressent. • Pratiquez la lecture à voix haute après avoir écouté des discours d'orateurs célèbres.
Je mets au point mon exposé !	• Lisez vos exposés à voix haute afin de voir s'ils sont adaptés au temps imparti (5 minutes). • Lisez-les avec le ton adapté, pour améliorer votre style. • Mémorisez vos exposés de façon à les restituer avec spontanéité. • Multipliez les occasions de présenter vos exposés, à vos professeurs mais aussi à vos proches. • Travaillez régulièrement en groupe et, à tour de rôle, jouez un des professeurs ou le candidat.
J'apprivoise mon image !	• Parlez devant votre miroir pour corriger vos gestes. • Enregistrez-vous, filmez-vous à plusieurs reprises pour traquer les tics de langage, les maladresses, les postures peu assurées, etc. et constater vos progrès !

Bien choisir les deux questions-supports

Il est préférable de **rechercher le thème que vous allez traiter dès le début de l'année** et d'arrêter assez tôt (mais avec discernement !) celui qui vous intéresse. Vous disposerez ainsi de temps pour effectuer les recherches nécessaires, préparer votre exposé, vous entraîner, etc.

1 Les critères de choix

• **Chacune de vos questions devra se rattacher à votre enseignement de STSS.** À partir d'un thème lié à la spécialité STSS, vous construirez deux questions-supports (QS) résultant de votre démarche d'étude. Chaque QS fera l'objet d'éléments de réponse argumentés.

• **Vos deux questions-supports devront prendre en compte les deux critères suivants :**

1. Éclairer un des enjeux du programme de Première et de Terminale de STSS.
2. S'inscrire dans une réflexion liée à votre projet d'orientation puisque, durant la seconde partie de l'entretien, vous serez amené à justifier le choix de votre thème dans le cadre de ce projet.

2 La démarche

• **Choisissez les domaines dans lesquels vos questions vont s'inscrire :**
– Quel aspect de la spécialité STSS vous intéresse le plus ?
– Quelles études envisagez-vous de poursuivre l'an prochain ?
– Quel métier pensez-vous exercer ?

• **Pour éveiller la curiosité de votre jury, votre sujet doit commencer par vous intéresser vous-même :**
– Quels sont vos centres d'intérêt, vos loisirs ?
– Dans quelle mesure croisent-ils la spécialité STSS ?
– À quelles causes, à quels engagements êtes-vous sensible ?

> **Rappel**
> Vous pouvez discuter du choix de vos questions avec des camarades de classe. Mais soyez prudents : ce travail en équipe ne doit pas conduire à un exposé partagé car le jury valorise une réflexion personnelle.

• **Demandez conseil à vos professeurs**, à vos amis, à votre famille. Soumettez-leur vos idées et écoutez leurs propositions. Vous pourrez affiner au fil des semaines la formulation de vos questions, mais pour éviter tout stress inutile, ne revenez pas sur les thèmes choisis au départ.

Exemples de questions-supports non liées au même thème

QUESTION 1 **Pourquoi la littératie en santé, c'est-à-dire l'aptitude à comprendre et à utiliser une information en santé, est-elle un facteur clef de l'amélioration de la santé et du bien-être ?**

PREMIÈRE PARTIE Votre exposé — 5 min

Les raisons de mon choix — 1 min

• La littératie en santé est un sujet peu connu en France qui peut expliquer un grand nombre d'inégalités de santé.
• Je souhaite présenter le rôle de ce déterminant et son incidence sur la santé multidimensionnelle, tant à l'échelle individuelle qu'à l'échelle collective.

Mon développement 3 min

- Explication de la notion de « littératie » en santé. Elle désigne les connaissances, la motivation et les compétences permettant d'accéder, de comprendre, d'évaluer et d'appliquer de l'information dans le domaine de la santé (définition émise par un consortium de huit pays européens).
- Illustration du lien entre les niveaux de littératie en santé et l'impact sur les déterminants de la santé : impacts sur les comportements de santé, le recours aux services de santé, l'engagement et l'*empowerment* (capacité donnée à un individu d'agir pour sa propre santé et de participer à la prise de décision dans les domaines de la vie, afin de développer son autonomie).
- Effets positifs sur la santé individuelle et collective : meilleure compréhension des messages santé, comportements favorables à la santé, meilleur accès aux soins, démarche de capital santé (promotion de la santé), réduction des coûts de la santé, réduction de la mortalité et de la morbidité, etc.

Ma réponse à la question 1 min

Illustration avec un projet d'ateliers sociolinguistiques pour les populations allophones. L'accès à la littératie en santé améliore les indicateurs de santé et sociaux et œuvre pour la justice sociale et l'équité en matière d'accès à la « bonne » santé.

DEUXIÈME PARTIE Échange avec le jury 10 min

Questions possibles du jury

- Quels sont les freins au développement de la littératie en santé au sein d'une population ?
- Pourquoi l'accès et la bonne compréhension des « messages santé » sont-ils des déterminants favorables à la santé de l'individu et à la santé collective ?
- Quels acteurs santé peuvent, selon vous, permettre à la population d'accéder et de comprendre l'information dans le domaine de la santé ?

QUESTION 2 En quoi la lutte contre la pauvreté est-elle multidimensionnelle et implique-t-elle diverses modalités d'intervention ?

PREMIÈRE PARTIE Votre exposé 5 min

Les raisons de mon choix 1 min

- La pauvreté constitue un problème social, qui touche un grand nombre de personnes en France.
- Je souhaite montrer la nécessité d'intervenir à plusieurs niveaux pour lutter efficacement et réduire ce fléau social.

Mon développement 3 min

Illustration avec un projet territorial de lutte contre la pauvreté.

- Définitions multiples de la pauvreté, ne se limitant pas qu'à la pauvreté monétaire.
- Constat de la situation en France et de son évolution : illustration par des indicateurs et données chiffrées.
- Les réponses apportées à l'échelle nationale (la stratégie nationale de lutte contre la pauvreté, le rôle de la protection sociale et notamment de la Sécurité sociale et de l'Aide sociale, etc.) mais aussi à l'échelle locale (collectivités territoriales, travailleurs sociaux, associations de solidarité, etc.).
- La lutte contre la pauvreté implique des modalités d'interventions plurielles : aides sociales (ex. : aides financières), accompagnement social, participation active de l'individu et de la population locale.

Ma réponse à la question 1 min

Lutter contre la pauvreté en France suppose de lutter contre plusieurs formes de pauvreté et pas seulement sur le plan monétaire. Une politique transversale est nécessaire et suppose l'implication d'acteurs, tant publics que privés.

DEUXIÈME PARTIE Échange avec le jury 10 min

Questions possibles du jury

- Quels rôles peuvent jouer localement les travailleurs sociaux en matière de lutte contre la pauvreté ?
- Quel impact la pauvreté peut-elle avoir sur la personne, ses proches ?
- Sur quelles données vous êtes-vous appuyé(e) pour répondre à votre question ?

Chimie, biologie et physiopathologie humaines

COMPRENDRE EN VIDÉO Retrouvez tous nos tutos vidéos sur notre chaîne YouTube « Objectif BAC Hachette ».

LES MÉTHODES

Présentation des épreuves du Bac

1 L'épreuve écrite

Épreuve écrite
Durée : 4 heures
Coefficient : 16

• L'épreuve comporte deux parties indépendantes, **chacune notée sur 20 points** :
– **une partie Chimie** d'une durée de 1 heure et de coefficient 3 ;
– **une partie Biologie et physiopathologie humaines** d'une durée de 3 heures et de coefficient 13.

A La partie Chimie (durée : 1 heure)

Le programme

• La partie Chimie porte :
– sur le thème 1 délesté de la question « Comment les polluants de l'air et de l'eau sont-ils gérés ? », le thème 2 délesté de la question « Quels enjeux sanitaires sont révélés par l'analyse de la composition des milieux naturels ? » et le thème 3 délesté des parties « De la molécule au médicament » et « L'usage responsable des produits cosmétiques » ;
– sur le programme de l'enseignement de spécialité « physique-chimie pour la santé » de la classe de première, lorsque le thème scientifique s'y prête, et sans qu'il soit le support exclusif du sujet.

Les critères d'évaluation

• L'épreuve permet d'évaluer :
– les compétences de la démarche scientifique, notamment en termes d'analyse, d'argumentation et d'esprit critique en confrontant le modèle et l'expérience, en éprouvant les ordres de grandeurs et maîtrisant les mesures et les unités ;
– les compétences de communication écrite à partir de supports variés (texte, schéma, graphe, photo, tableau) en utilisant une syntaxe correcte et un langage scientifique approprié ;
– l'acquisition d'une culture citoyenne et individuelle responsable acquise dans le contexte du programme autour des questions de santé et leurs connexions avec l'environnement, l'alimentation ou les produits courants de consommation.

La structure de l'épreuve

• La partie Chimie comporte **deux exercices indépendants**, dans lesquels vous êtes amené(e) à :
– mobiliser les notions et contenus du programme incluant le champ de l'expérience ;
– vous approprier un document (texte, schéma, graphe, photo, tableau) pour répondre à une demande d'analyse, d'interprétation et d'argumentation ;
– proposer ou interpréter un protocole ou un résultat expérimental, incluant des mesures et une analyse simple de l'incertitude sur ces mesures ;
– utiliser ou proposer à bon escient un modèle ou une loi physico-chimique et reconnaître les grandeurs physico-chimiques ;
– effectuer un calcul simple, commenter un ordre de grandeur, maîtriser l'usage des unités ;
– rédiger une synthèse ou une analyse prospective dans un langage clair et approprié ;
– maîtriser les représentations scientifiques simples : graphes, tableaux, schémas (incluant les représentations chimiques).

B La partie Biologie et physiopathologie humaines (durée : 3 heures)

Le programme

• L'épreuve porte sur **au moins deux chapitres** issus :
– du programme de l'enseignement de spécialité de biologie et physiopathologie humaines de la classe de Première ;
– et de la partie biologie et physiopathologie humaines du programme « chimie, biologie et physiopathologie humaines » de la classe de Terminale.

Attention !
Concernant les chapitres de Terminale, les années paires, l'épreuve ne portera pas sur le thème « Appareil reproducteur et transmission de la vie ». Les années impaires, le thème « Système immunitaire et défense de l'organisme » ne fera pas partie du périmètre de l'épreuve.

Les différentes compétences évaluées

- L'épreuve permet d'évaluer les compétences suivantes :
– mobiliser les connaissances du programme et le vocabulaire scientifique et médical ;
– analyser des documents et interpréter des expériences ;
– argumenter scientifiquement et faire preuve d'esprit critique ;
– établir la relation structure-fonction aux différents niveaux : cellules, tissus, organes et appareils ;
– à partir d'un cas clinique, identifier une pathologie majeure, expliquer le principe de son diagnostic et présenter ses traitements ;
– rédiger avec clarté et rigueur.

La structure de l'épreuve

- Le sujet comporte des **questions liées ou indépendantes pouvant s'appuyer sur des documents de différents types** (clichés d'imagerie médicale, photos, schémas, textes scientifiques, tableaux ou graphiques, etc.).
- Les questions appellent des réponses rédigées, structurées et argumentées. Elles peuvent nécessiter des applications numériques, la réalisation et l'exploitation de tableaux, de graphiques et/ou de schémas.

Les conseils pour réussir l'épreuve écrite

- Prenez le temps de lire le sujet en entier avant de commencer votre rédaction. Repérez les mots-clés et les éventuelles indications contenues dans l'énoncé qui vous aident à répondre à certaines questions.
- Écrivez brièvement sur votre brouillon vos réponses au fur et à mesure de votre lecture.
- Répondez précisément à chaque question. Vérifiez que vous avez répondu à tout ce qui vous était demandé, au sein d'une même question.
- Dans le cas d'une justification, vous devez expliquer pourquoi vous avez écrit cette affirmation.
- Vos schémas doivent être légendés et titrés, même si ce n'est pas précisé dans l'énoncé.
- Vos réponses doivent être rédigées et structurées en utilisant le vocabulaire scientifique et médical. Elles doivent, par ailleurs, être grammaticalement correctes.
- Une analyse doit comporter une observation, une description du document (expérience, graphique, tableau) dont vous pourrez ensuite dégager les éléments importants et donner une interprétation. N'oubliez pas de conclure.

2 L'épreuve orale de contrôle

A Le contenu

Épreuve orale
Temps de préparation : 30 minutes
Épreuves : 30 minutes

- Ses objectifs et son programme sont identiques à ceux de l'épreuve écrite.
- Vous tirez au sort un sujet composé de deux questions. Au moins l'une des deux est relative au programme de Terminale. Des documents peuvent aussi être mis à votre disposition.
- Vous traitez les deux questions préalablement préparées sous la forme d'un exposé durant 15 minutes maximum. Cet exposé est suivi d'un entretien de 15 minutes avec les examinateurs de chimie et de biologie et physiopathologie humaines.

B Les conseils pour réussir l'épreuve orale

- Repérez les mots-clés et les éventuelles indications contenues dans les questions.
- Rédigez brièvement vos réponses sur votre brouillon.
- Utilisez, si nécessaire, des schémas afin d'expliciter vos réponses.
- Utilisez un vocabulaire scientifique et médical.
- Soyez attentif(ve) aux questions posées par le jury.
- Prenez le temps de réfléchir quelques secondes avant de répondre.

1 Les effets d'une transformation chimique

Une transformation chimique est décrite par une **équation bilan**, qui précise les proportions dans lesquelles les réactifs réagissent et les produits sont formés. Pour comprendre le principe de l'alcootest ou optimiser le fonctionnement d'un airbag, il faut s'appuyer sur les équations bilans des transformations chimiques associées.

1 Le principe de l'alcootest

A Établir l'équation bilan d'une réaction d'oxydo-réduction

• **Un couple d'oxydo-réduction est constitué d'un oxydant et d'un réducteur.** L'oxydant peut **capter** des électrons, le réducteur peut en **céder. On associe à ce couple une demi-équation électronique, qui précise les coefficients stœchiométriques pour chaque espèce (l'oxydant et le réducteur),** c'est-à-dire les proportions dans lesquelles oxydant, réducteur et électrons interviennent.

Exemple de demi-équation électronique

Pour le couple $Fe^{3+}(aq)/Fe^{2+}(aq)$: $Fe^{3+}(aq) + e^- \rightleftharpoons Fe^{2+}(aq)$

1 ion Fe^{3+} capte 1 électron pour donner 1 ion Fe^{2+}.

• **Lors d'une réaction d'oxydo-réduction**, les électrons sont **échangés** entre l'oxydant d'un premier couple et le réducteur d'un deuxième couple. Pour établir l'équation bilan, on combine les demi-équations électroniques de façon à éliminer les électrons.

Important
Il ne doit **JAMAIS** rester d'électrons dans une équation bilan d'oxydo-réduction.

Méthode **Équilibrer une réaction d'oxydo-réduction**

Écrire l'équation bilan de la réaction d'oxydo-réduction qui se produit entre l'éthanol $CH_3CH_2OH(aq)$ et les ions dichromate $Cr_2O_7^{2-}(aq)$. On donne les deux demi-équations électroniques :

- équation 1 : $CH_3CH_2OH(aq) + H_2O \rightleftharpoons 4H^+(aq) + 4e^- + CH_3COOH(aq)$
- équation 2 : $Cr_2O_7^{2-}(aq) + 14\ H^+(aq) + 6e^- \rightleftharpoons 2\ Cr^{3+}(aq) + 7\ H_2O$

étape 1 **Multiplier les coefficients stœchiométriques de chaque demi-équation électronique** pour obtenir le même nombre d'électrons échangés. Ici, on multiplie ceux de l'équation 1 par 3 et ceux de l'équation 2 par 2 (on a ainsi 12 électrons échangés dans les deux équations) :

$3\ CH_3CH_2OH(aq) + 3\ H_2O \rightleftharpoons 12\ H^+(aq) + \boxed{12e^-} + 3\ CH_3COOH(aq)$

$2\ Cr_2O_7^{2-}(aq) + 28\ H^+(aq) + \boxed{12e^-} \rightleftharpoons 4\ Cr^{3+}(aq) + 14\ H_2O$

étape 2 **Faire la somme, membre à membre, des demi-équations** : les électrons s'éliminent.

$3\ CH_3CH_2OH(aq) + 2\ Cr_2O_7^{2-}(aq) + 16\ H^+(aq) \longrightarrow 3\ CH_3COOH(aq) + 4\ Cr^{3+}(aq) + 11\ H_2O.$

B Mettre au point un alcootest

• **L'alcootest permet de contrôler le taux d'alcool** contenu dans l'air expiré d'un automobiliste, par exemple. Ce taux étant proportionnel au taux d'alcool dans le sang, on peut ainsi savoir si l'automobiliste respecte la loi.

• **Principe** : on s'appuie sur l'équation bilan établie à l'étape 2 en page précédente.
– Si l'automobiliste a consommé de l'alcool (éthanol), l'air expiré en contient.
– Cet éthanol va réagir avec les ions dichromate de couleur jaune orangé pour donner des ions chrome de couleur verte.
– Si la quantité d'alcool dépasse une valeur limite, tous les ions dichromate sont consommés et la couleur jaune orangé disparaît : le test est positif et le conducteur est en infraction s'il conduit.

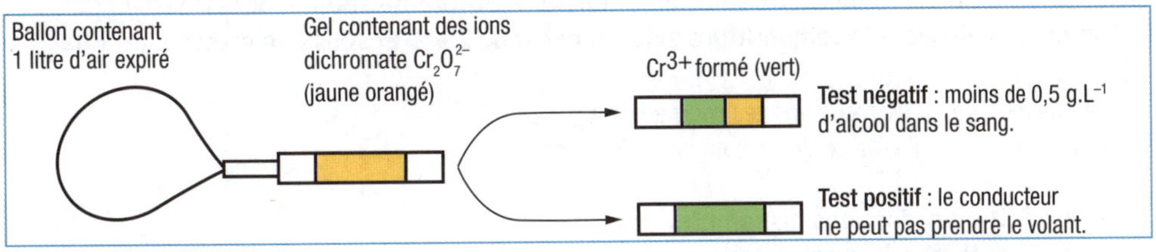

▲ Le principe de l'alcootest

Application

Calculer la quantité d'ions $Cr_2O_7^{2-}$ à mettre dans le tube de l'alcootest.

Principe : s'il y a plus de n_0 mole d'éthanol par litre d'air expiré, la couleur jaune orangé doit disparaître, donc tous les ions $Cr_2O_7^{2-}$ doivent être consommés.

Solution

On s'appuie sur l'équation bilan établie à l'étape 2 précédente (p. 84) :

- On voit que 3 mole d'éthanol réagissent avec 2 mole de $Cr_2O_7^{2-}$.
- Donc 1 mole d'éthanol réagit avec $\frac{2}{3}$ de mole de $Cr_2O_7^{2-}$ et n_0 mole d'éthanol nécessitent $\frac{2}{3}n_0$ mole de $Cr_2O_7^{2-}$.
- En conclusion, en introduisant $\frac{2}{3}n_0$ mole de $Cr_2O_7^{2-}$, tous les ions $Cr_2O_7^{2-}$ seront consommés si l'air contient plus de n_0 mole d'éthanol : la couleur due aux ions $Cr_2O_7^{2-}$ disparaîtra.

2 Comprendre la physico-chimie de l'airbag

A La chimie de l'airbag

• **Un airbag est un coussin gonflable. Deux réactions chimiques se produisent** dans l'airbag au signal d'un capteur montrant une perte de vitesse du véhicule. Ces réactions libèrent un gaz, le diazote $N_2(g)$, qui gonfle l'airbag :
– **réaction 1** : $10\ NaN_3(s) \rightarrow 10\ Na(s) + 15\ N_2(g)$
– **réaction 2** : $10\ Na(s) + 2\ KNO_3(s) \rightarrow K_2O(s) + 5\ Na_2O(s) + N_2(g)$

Le saviez-vous ?
L'airbag était au départ utilisé dans les sondes spatiales, pour amortir les chocs lors de l'alunissage.

Au signal de l'accéléromètre, un détonateur enflamme les pastilles d'azoture de sodium $NaN_3(s)$, un explosif.

Les réactions chimiques résultant de la décomposition de $NaN_3(s)$ produisent le diazote gaz $N_2(g)$: l'airbag se gonfle.

▲ Le fonctionnement d'un airbag

B La physique de l'airbag

- **Le diazote gaz N_2(g) doit être libéré en quantité suffisante** pour gonfler l'airbag.
- Un airbag a un volume d'environ 70 litres pour le côté passager.

Méthode **Calculer la masse d'azoture de sodium nécessaire au gonflement de l'airbag**

En faisant un bilan de matière, calculer la masse d'azoture de sodium nécessaire au gonflement de l'airbag si la température extérieure est de 25 °C et sous une pression de 1 bar.

Données

Volume molaire du diazote dans ces conditions : $V_m = 24{,}8$ L.mol^{-1}.
Masse molaire de l'azoture de sodium : M = 65 g.mol^{-1}.

étape 1 **Exploiter les données disponibles :**

- le gaz N_2(g) doit remplir un volume de V = 70 L.
- Comme n mole de gaz occupent le volume $V = n \times V_m$, **il faut** $n = \frac{70}{24{,}8} = $ **2,8 mole de N_2(g).**

étape 2 **Exploiter les équations bilans : on exploite les équations bilans 1 et 2** (p. 84) dans lesquelles N_2(g) est un produit. À partir de 10 mole de NaN_3(s), on forme 15 + 1 = 16 mole de N_2(g) de manière proportionnelle :

On divise par 16.
On multiplie par 2,8.

10 mole NaN_3(s) ⟶ 16 mole N_2(g)
$2{,}8 \times \frac{10}{16}$ mole NaN_3(s) ⟶ 2,8 mole N_2(g)

Pour former 2,8 mole de N_2(g), il faut donc $2{,}8 \times \frac{10}{16} = $ **1,75 mole de NaN_3(s).**

étape 3 **Calculer la masse d'azoture de sodium nécessaire :**
on calcule la masse de NaN_3(s) :
masse (g) = masse molaire (g.mol^{-1}) × quantité de matière (mol), **soit m = 1,75 × 65 = 113,75 g de NaN_3(s).**

En pratique
Le volume de stockage de NaN_3(s) est beaucoup plus petit que le volume de stockage d'un gaz comprimé !

Exercices d'entraînement

Exercice 1 **Test de connaissances** ★ 5 min *Corrigé p. 204*

1. Dans une équation bilan d'oxydo-réduction, il peut y avoir des électrons.
a) Vrai b) Faux

2. Dans une demi-équation électronique, il peut y avoir des électrons :
a) Vrai b) Faux

3. La réaction qui se produit dans un éthylotest est une réaction :
a) acido-basique. b) d'oxydo-réduction. c) autre.

4. Un airbag contient :
a) un gaz comprimé. b) un liquide. c) un solide.

5. Le diazote N_2(g) est, pour l'homme, un gaz :
a) toxique. b) non toxique.

Exercice 2 Écrire une équation bilan ★ 5 min

Corrigé p. 204

Établir l'équation bilan de la décomposition de l'azoture de sodium NaN_3(s) de l'airbag en sodium Na(s) et N_2(g).

Exercice 3 Équation bilan d'oxydo-réduction ★ 5 min

Corrigé p. 204

À partir des demi-équations électroniques fournies, écrire les équations bilan des réactions d'oxydo-réduction observées :

1. lors du titrage du diiode I_2(aq) par l'ion thiosulfate $S_2O_3^{2-}$(aq).

2. lorsqu'une lame de fer Fe(s) est plongée dans une solution d'acide chlorhydrique (H^+(aq), Cl^-(aq)).

Données

Demi-équations électroniques :
$I_2(aq) + 2\ e^- \rightleftharpoons 2\ I^-(aq)$
$Fe^{2+}(aq) + 2\ e^- \rightleftharpoons Fe(s)$
$S_4O_6^{2-}(aq) + 2\ e^- \rightleftharpoons 2\ S_2O_3^{2-}(aq)$
$H^+(aq) + e^- \rightleftharpoons \frac{1}{2}\ H_2(g)$

Exercice 4 L'éthylotest chimique ★★★ 25 min

Corrigé p. 204

L'équation de la réaction se produisant entre les ions dichromate et l'éthanol en milieu acide (les ions H^+ sont en excès) est :

$$3\ C_2H_5OH(aq) + 2\ Cr_2O_7^{2-}(aq) + 16\ H^+(aq) \longrightarrow 3\ CH_3COOH(aq) + 4\ Cr^{3+}(aq) + 11\ H_2O.$$

Les deux couples redox mis en jeu lors de cette réaction sont :

$$Cr_2O_7^{2-}(aq)/Cr^{3+}(aq) \text{ et } CH_3COOH(aq)/C_2H_5OH(aq).$$

1. Les ions dichromate jouent-ils le rôle d'oxydant ou de réducteur dans cette réaction ? Justifier la réponse en complétant la demi-équation électronique suivante avec les électrons, à placer du bon côté de la flèche :

$$Cr_2O_7^{2-}(aq) + 14\ H^+(aq) + \dots \longrightarrow 2Cr^{3+}(aq) + 7\ H_2O + \dots.$$

2. Au cours de la réaction, l'éthanol subit-il une oxydation ou une réduction ? Justifier de la même manière que précédemment :

$$C_2H_5OH(aq) + H_2O + \dots \longrightarrow CH_3COOH(aq) + 4\ H^+(aq) + \dots$$

En France, la concentration massique d'éthanol dans le sang d'un automobiliste doit être inférieure à la valeur limite $C_{max} = 0{,}50\ g.L^{-1}$. La masse d'éthanol contenue dans un litre de sang est deux mille fois supérieure à celle contenue dans un litre d'air expiré.

3. On considère un automobiliste ayant une concentration massique de $4{,}0 \times 10^{-4}\ g.L^{-1}$ d'éthanol dans l'air qu'il expire. Quelle est la concentration massique d'éthanol dans le sang de cet automobiliste ? Est-il en infraction ?

4. Calculer la quantité de matière d'éthanol présente dans un litre d'air expiré par un automobiliste qui serait à la limite de l'infraction.

5. En déduire la quantité minimale de dichromate, en mole, que doit contenir le tube de l'éthylotest pour que le test fonctionne.

Donnée

Masse molaire de l'éthanol : $M_{éthanol} = 46\ g.mol^{-1}$

CHIMIE, BIOLOGIE ET PHYSIO. HUMAINES

Exercice 5 Décomposition de l'eau oxygénée ★★★ 20 min Corrigé p. 204

La réaction de décomposition de l'eau oxygénée H_2O_2 produit du dioxygène gazeux et de l'eau. Elle est catalysée par le chlorure de fer (III). Pour vérifier le titre d'une solution d'eau oxygénée, on réalise le montage décrit ci-dessous. On introduit dans un ballon un volume Vo égal à 20,0 mL de solution d'eau oxygénée de concentration Co inconnue et on ajoute le catalyseur, ce qui déclenche la réaction.

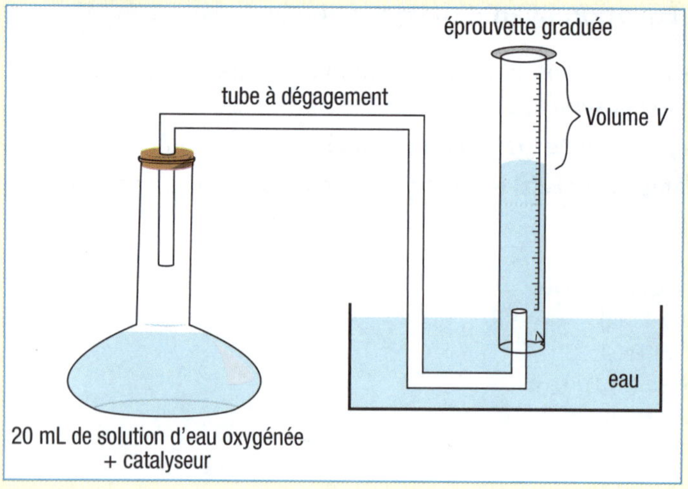

On donne les demi-équations électroniques associées à l'eau oxygénée, qui est à la fois un oxydant et un réducteur :

$H_2O_2(aq) \rightleftharpoons O_2(g) + 2H^+(aq) + 2\ e^-$ $\qquad$ $H_2O_2(aq) + 2H^+(aq) + 2\ e^- \rightleftharpoons 2\ H_2O$

1. **Écrire l'équation bilan de la réaction de décomposition de l'eau oxygénée.**
2. **Expliquer le principe de l'expérience et décrire ce qui est observé.**

Quand le niveau du liquide dans l'éprouvette n'évolue plus, on mesure un volume V = 42,0 mL.

3. **Déterminer le nombre de mole de dioxygène libéré lors de la réaction. On donne le volume molaire V_m du dioxygène dans ces conditions : V_m = 24,1 L.mol^{-1}.**
4. **Vérifier que la quantité de matière initiale en H_2O_2 dans les 20 mL de solution valait 3,5.10^{-3} mole. En déduire la concentration molaire en eau oxygénée Co.**

2 La dégradation, la conservation et l'analyse des aliments

La conservation des aliments est un enjeu sanitaire fondamental. Il faut, tout d'abord, identifier les facteurs influençant le vieillissement d'un aliment pour optimiser ses conditions de conservation. Il est, ensuite, important de contrôler la qualité de l'aliment en mettant en œuvre des protocoles précis de dosage.

1 La dégradation des aliments : l'exemple du beurre

A La composition du beurre

- **Le beurre est constitué à 82 % de matière grasse**. Cette matière grasse est un mélange de différents triglycérides, de cholestérol et de vitamines liposolubles (principalement de la vitamine A, de la vitamine D et de la vitamine E).

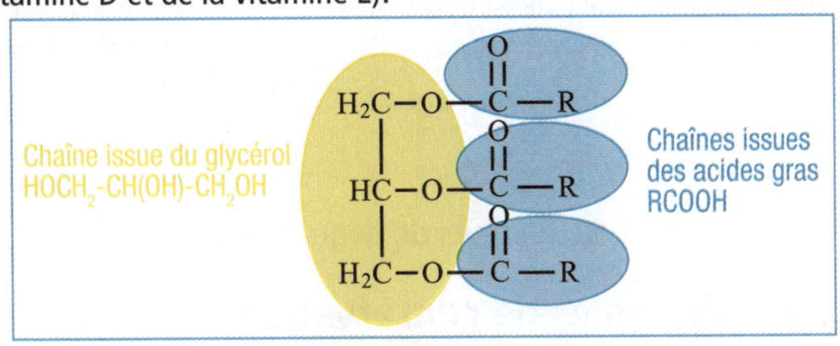

▲ Constitution d'un triglycéride

- **Les triglycérides sont des composés** formés à partir d'acides gras et du glycérol.
- Ces acides gras peuvent être des **acides gras saturés** (palmitique, butyrique), qui représentent environ 60 % des matières grasses, ou **insaturés** (oléique, linoléique).

B L'un des responsables du goût rance du beurre

- **Que se passe-t-il quand le beurre rancit ?** L'acide butanoïque est la principale molécule responsable du goût rance. Cet acide a une odeur désagréable et un seuil de perception bas, de l'ordre de la dizaine de $\mu g.m^{-3}$. Il n'est pas présent dans les graisses animales ou dans les huiles végétales, mais dissimulé dans les triglycérides.

> **Le saviez-vous ?**
> L'acide butanoïque est aussi appelé **acide butyrique** justement parce qu'on le trouve **dans le beurre rance**.

- Les triglycérides peuvent s'hydrolyser et **libérer l'acide butanoïque** selon le schéma suivant :

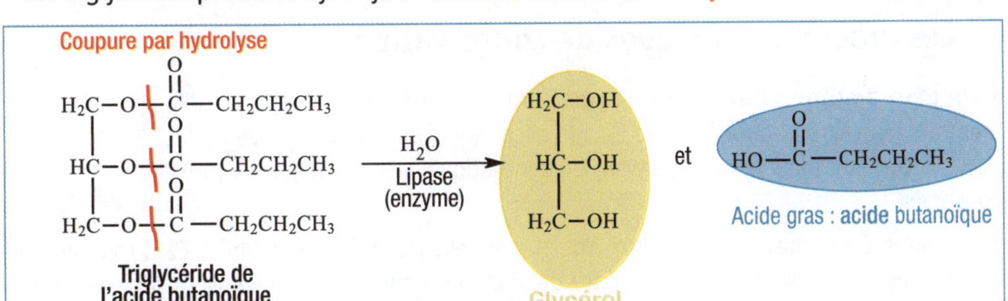

▲ Hydrolyse du triglycéride de l'acide butanoïque

- Le beurre peut également **se dégrader par oxydation**, en réagissant avec le dioxygène de l'air.

2 La conservation alimentaire

A Les trois facteurs principaux de dégradation des aliments

• **Observons ces trois expériences** pour mettre en évidence les trois facteurs :

Lait conservé à 30 °C	Pomme conservée sous deux atmosphères différentes	Beurre conservé dans son papier et beurre laissé à l'air libre
	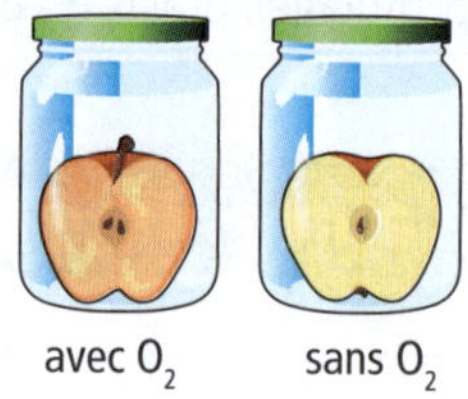	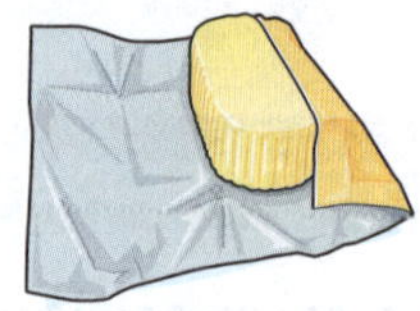
Un des constituants du lait s'oxyde, le lait « caille ». La **température** est un facteur d'influence de l'oxydation du lait.	Seule la pomme placée en présence de dioxygène s'est oxydée. Le **dioxygène de l'air** est responsable de l'oxydation.	La partie de la plaquette protégée par l'emballage n'a pas évolué alors que la partie laissée à la lumière a jauni. La **lumière** est un facteur qui accélère l'oxydation du beurre.

Trois facteurs de dégradation

B Les procédés physiques de conservation

• Ce que l'on peut faire **pour optimiser la conservation des aliments** :

– **ralentir la dégradation : réfrigération** des aliments lors du transport, **conservation par le froid** (réfrigérateur : température de 4 °C) ;

– **inhiber l'activité de certains microorganismes** : conservation après traitement à chaud (stérilisation, pasteurisation) ou après déshydratation, c'est-à-dire élimination de l'eau (lyophilisation, salage) ;

– **limiter l'oxydation par le dioxygène** en chassant l'air : certaines denrées peuvent être conservées sous vide ;

– **diminuer la vitesse de l'oxydation** en conservant les aliments dans des contenants opaques, à l'abri de la lumière.

Exemple On conservera l'huile dans une bouteille en verre teinté.

C Les procédés chimiques de conservation

• **On peut ajouter à l'aliment un agent antioxydant**. Cet additif alimentaire peut être naturel (comme l'acide ascorbique, aussi appelé vitamine C, contenu dans le jus de citron) ou synthétique, selon l'aliment à conserver.

> **Savoir se repérer sur une étiquette**
> Un agent antioxydant a un code allant de E300 à E321.

• **On peut également ajouter un agent conservateur** (codes E249 à E252) comme les nitrites pour protéger les produits à base de viande contre les bactéries responsables du botulisme (*Clostridium botulinum*).

3 Le contrôle de la qualité chimique des aliments

A Le contrôle de la fraîcheur d'un lait

• **Le lait frais contient peu d'acide lactique**. Lorsqu'on ouvre une bouteille de lait, les bactéries présentes dans l'air s'y introduisent et dégradent lentement le lactose en acide lactique. Le lait devient impropre à la consommation lorsque la concentration massique en acide lactique dépasse 1,8 g/L.

• Pour vérifier la fraîcheur d'un lait, on peut exploiter les résultats du dosage de l'acide lactique.

Méthode **Exploiter les résultats du dosage de l'acide lactique**

On a dosé un volume V_L = 25,0 mL de lait et on a trouvé une quantité de matière en acide lactique de $6{,}25.10^{-4}$ mol. Le lait est-il consommable ?

Donnée

Masse molaire de l'acide lactique : 90 $g.mol^{-1}$.

étape 1 **Calculer la masse d'acide lactique.**

La masse d'acide lactique dans les 25,0 mL de lait est $m = 6{,}25.10^{-4} \times 90 = 5{,}62.10^{-2}$ g.

étape 2 **Calculer la concentration massique en acide lactique.**

Cela donne une concentration massique en acide lactique, en $g.L^{-1}$, de : $\left(\frac{5{,}62 \cdot 10^{-2}}{25{,}0}\right) \times 1\,000 =$ 2,25 $g.L^{-1}$.

2,25 $g.L^{-1}$ est supérieur à 1,8 $g.L^{-1}$: le lait est impropre à la consommation.

B Les dose journalière admissible (DJA) et dose journalière tolérable (DJT)

• Une DJA et une DJT se rapportent à une substance précise, présente dans l'alimentation et/ou dans l'eau potable.

• **La dose journalière d'une substance est la quantité de cette substance que peut ingérer un homme, par jour, au cours de sa vie, sans aucun risque appréciable pour sa santé.**

• **Deux définitions de doses toxicologiques de référence** existent :
– les DJA sont utilisées **pour des substances qui ont une raison de se trouver dans les aliments** (et non des polluants) telles que des additifs alimentaires ;
– les DJT sont utilisées **pour des substances qui ne devraient pas se retrouver dans les aliments**, telles que les **résidus de pesticides**. On estime un seuil de tolérance à partir d'études toxicologiques.

• **Unité** : la DJA et la DJT s'expriment en milligrammes de substance par kilogramme de masse corporelle.

Méthode **Effectuer des calculs à partir de la DJA**

La saccharine est un édulcorant utilisé dans les produits *light*. Sa DJA est de 5 mg/kg de masse corporelle.

Évaluer la masse de saccharine qu'un adulte peut consommer quotidiennement.

Un individu de 60 kg peut consommer 60 × 5 = 300 mg, soit 0,3 g de saccharine par jour au cours de sa vie sans risque appréciable pour sa santé.

Exercices d'entraînement

Exercice 1 Test de connaissances ★ 5 min

Corrigé p. 204

1. Dans le procédé de conservation sous vide, on chasse l'air pour éliminer :
a) le dioxygène. b) le diazote. c) l'argon.

2. Pour conserver un aliment plus longtemps, on peut ajouter de l'acide ascorbique qui est :
a) un anti-réducteur. b) un antioxydant. c) ni l'un ni l'autre.

3. L'acide ascorbique est aussi appelé :
a) la vitamine B. b) la vitamine C. c) la vitamine D.

4. La DJA est la dose journalière admissible d'une substance exprimée :
a) en mg de substance par mètre de taille corporelle.
b) en mole de substance par kg de masse corporelle.
c) en mg de substance par kg de masse corporelle.

Exercice 2 Les procédés de conservation ★ 5 min

Corrigé p. 204

Ingrédients
Jambon, sel, dextrose de blé, arômes, antioxydant: ascorbate de sodium, conservateur: nitrite de sodium.

Valeurs nutritionnelles
Pour 100 g: énergie : 633 kJ – 151 kcal / Protéines: 21 g, soit 30 % des ANC* ** / Glucides: 1 g dont sucres 0,1 g / Lipides: 7 g dont acides gras saturés 2,6 g / fibres alimentaires < 1 g / sodium 0,7 g soit sel 1,8 g.
* Apports nutritionnels conseillés.
** Pour une personne dont les besoins quotidiens sont de 2 100 Kcal.

Conservation
À conserver entre 0 °C et + 4 °C. Conditionné sous atmosphère protectrice.
À consommer rapidement après ouverture.
À consommer jusqu'au / N° de lot: voir ci-dessus.

Repérer sur cette étiquette les différents procédés de conservation et les classer entre procédés physiques et procédés chimiques.

Exercice 3 Le décryptage d'une étiquette ★★★ 10 min

Corrigé p. 205

On donne les étiquettes de deux boissons, un jus d'orange à gauche, et une boisson à base de thé aromatisé, à droite.

Est sans conservateur et sans colorant.

INFORMATION NUTRITIONNELLE POUR 100 mL:	
VALEUR ÉNERGÉTIQUE :	202 kJ, 47 kcal
PROTÉINES :	0,7 g
GLUCIDES (dont sucres) :	11 g (11 g)
LIPIDES :	0 g
ACIDES GRAS SATURÉS :	0 g
FIBRES ALIMENTAIRES :	0 g
SODIUM :	< 0,01 g
VITAMINE C :	18 mg (30 %*)

* AJR: APPORTS JOURNALIERS RECOMMANDÉS.

CONSEIL: pour une qualité optimale, conserver à l'abri de la chaleur et de la lumière. Après ouverture, conserver au froid et consommer rapidement. Agiter avant d'ouvrir. Servir frais.

BOISSON RAFRAÎCHISSANTE À L'EXTRAIT DE THÉ ET AROMATISÉE À LA PÊCHE.

Ingrédients: eau, sucre, sirop de glucose-fructose, acidifiant: acide citrique, extrait de thé (1,4 g/L), jus de pêche à base de concentré déshydraté (0,1 %), arôme, antioxygène: acide ascorbique.

Valeurs nutritionnelles moyennes par 100 mL

- Énergie : 30 kcal/126 kJ
- Protéines : 0 g
- Glucides : 7,4 g
  - dont sucres : 7,4 g
- Lipides : 0 g
  - dont acides gras saturés : 0 g
- Fibre alimentaire : 0 g
- Sodium : 0,02 g

1. Identifier, grâce aux étiquettes, l'antioxydant présent dans chacune de ces deux boissons.

2. Pourquoi est-il pourtant écrit, sur l'étiquette de gauche, que la boisson est « sans conservateur » ?

3. **À partir de l'étiquette de gauche, déterminer la quantité de vitamine C apportée par un litre de ce jus d'orange.**

4. **Calculer l'AJR (apport journalier recommandé) en vitamine C et la quantité de jus d'orange qu'il faudrait consommer pour couvrir la totalité des apports, si cette boisson en était la seule source.**

Exercice 4 La DJA d'aspartame ★★ 10 min

Corrigé p. 205

L'aspartame est un édulcorant de formule semi-développée :

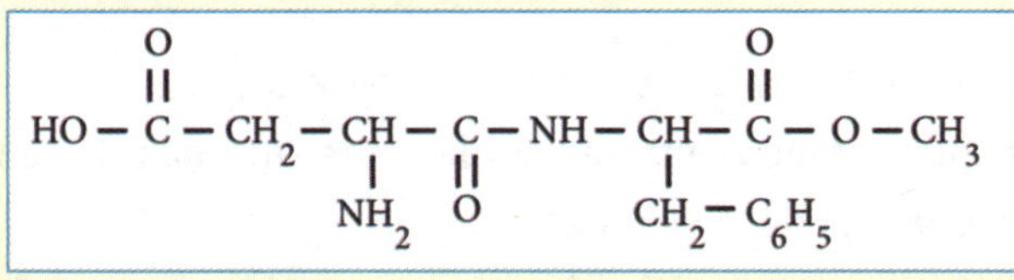

Une canette de 33 cL d'un soda allégé contient 0,2 g d'aspartame. La DJA de cet édulcorant est de 0,04 g par kilogramme de masse corporelle.

1. **Donner la signification du sigle DJA.**

2. **Déterminer la masse d'aspartame maximale qu'un adulte mesurant 1m70 et pesant 60 kg peut consommer par jour.**

3. **En déduire le nombre maximal de canettes de cette boisson que cet adulte peut consommer quotidiennement.**

4. **Calculer la concentration molaire en aspartame dans la canette de boisson allégée.**

Données

Masses molaires : M(H) = 1,0 $g.mol^{-1}$
M(C) = 12,0 $g.mol^{-1}$
M(N) = 14,0 $g.mol^{-1}$
M(O) = 16,0 $g.mol^{-1}$

Exercice 5 Fermentation butyrique et fromage ★★★ 20 min

Corrigé p. 205

Dans les fromages, l'acide butanoïque est produit par fermentation de l'acide lactique $C_3H_6O_3$ (aq) du lait en présence de la bactérie *Clostridium tyrobutyricum*. Cette fermentation, dite « butyrique », est modélisée par la réaction totale d'équation :

$$2\ C_3H_6O_3\ (aq) \rightarrow C_4H_8O_2\ (aq) + 2\ CO_2\ (g) + 2\ H_2\ (g)$$

Les premiers signes de fermentation butyrique sont généralement visibles après 6 à 10 semaines d'affinage. Cela se manifeste par un goût rance et, très souvent, par un gonflement, voire un éclatement des fromages. Le phénomène peut conduire à la destruction de toute une production.

1. **Justifier le gonflement des fromages lors de la fermentation butyrique.**

2. **Écrire la formule brute de l'acide butanoïque. Quel autre nom donne-t-on à cet acide ?**

3. **En exploitant l'équation bilan, vérifier que la fermentation de 2,0 g d'acide lactique conduit à la formation d'environ 1 g d'acide butanoïque.**

4. **Déterminer le volume de gaz CO_2 qui serait libéré lors de la fermentation de ces 2,0 g.**

Données

- Masses molaires :
acide lactique : M_1 = 90,0 $g.mol^{-1}$
acide butanoïque : M_2 = 88,0 $g.mol^{-1}$
CO_2 : M_3 = 44,0 $g.mol^{-1}$
- Volume molaire du gaz dans ces conditions : V_m = 24,7 $L.mol^{-1}$

Exercice 6 L'analyse d'un beurre ★★★ 20 min Corrigé p. 205

Un beurre est rance si le pourcentage en masse d'acide butanoïque qu'il contient est supérieur ou égal à 4 %.

On peut doser l'acide butanoïque contenu dans un beurre avec le protocole suivant :

- introduire 8,0 g de beurre fondu dans un bécher, ajouter un grand volume d'eau distillée ;
- agiter fortement afin de dissoudre la totalité de l'acide butanoïque dans l'eau ;
- titrer la solution obtenue par une solution d'hydroxyde de sodium de concentration $C = 4{,}0.10^{-1}$ mol.L^{-1}. Suivre le titrage en mesurant la conductivité de la solution en fonction du volume versé ;
- repérer le volume V_E versé à l'équivalence, à la rupture de pente.

1. Que signifie « le pourcentage en masse d'acide butanoïque dans le beurre est de 4 % » ?

2. Repérer sur la courbe fournie le volume V_E.

3. À partir de la relation $n_{acide} = C \times V_E$, calculer la quantité de matière d'acide butanoïque n_{acide} présente dans le beurre.

4. En déduire s'il s'agissait ou non de beurre rance.

Donnée

Masse molaire de l'acide butanoïque : 88,0 g.mol^{-1}.

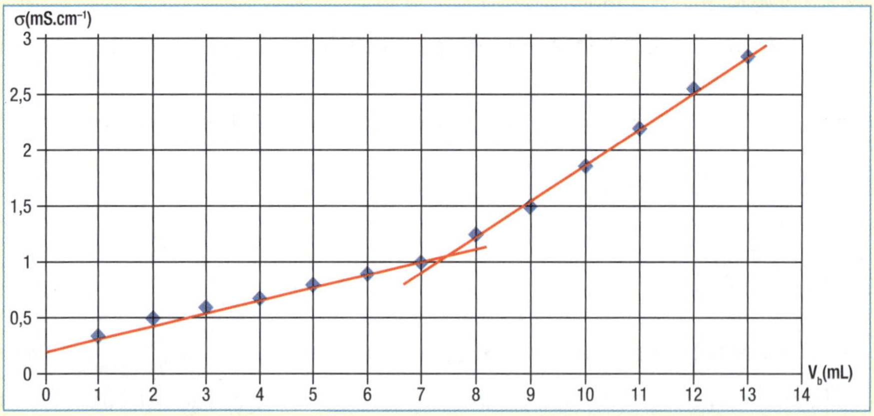

▲ Suivi conductimétrique du titrage de la solution de beurre

3 Le contrôle de la qualité de l'eau

Des solides ioniques ou moléculaires ainsi que des gaz peuvent se dissoudre dans l'eau et en faire varier les propriétés. Quelles sont les différences entre ces eaux : eau potable du robinet, eau minérale du commerce, eau déminéralisée et eau distillée du laboratoire ? À quels usages sont-elles destinées ?

1 La solubilité de substances dans l'eau

A La dissolution d'un solide ionique dans l'eau

• **Un solide ionique** est constitué **d'ions de charges opposées**.

Exemple Le chlorure de sodium NaCl(s) (sel de cuisine) est constitué des ions Na^+ et Cl^-.

À noter
Un solide ionique est **électriquement neutre**, donc il contient autant de charges positives que de charges négatives.

• **Si les deux ions n'ont pas le même nombre de charges**, ils ne seront pas présents dans les mêmes proportions dans le solide.

Application Quelle est la formule du carbonate de sodium, solide ionique formé à partir des ions carbonate CO_3^{2-} et des ions sodium Na^+ ?
Solution
Il faut 2 fois plus d'ions Na^+ (une charge positive) que d'ions CO_3^{2-} (deux charges négatives) : le solide ionique est donc Na_2CO_3(s).

• **Un solide ionique se dissout aisément dans l'eau.** Les ions sont alors en solution aqueuse, solvatés (c'est-à-dire entourés de molécules d'eau) comme le montre le schéma ci-contre. On écrit :

$$NaCl(s) \rightarrow Na^+(aq) + Cl^-(aq)$$

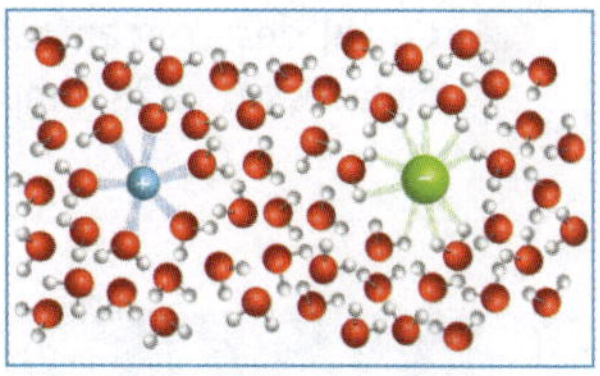

▲ Ions Na^+ et Cl^- solvatés

• **Définition.** À une température donnée, il y a une quantité maximale de solide que l'on peut dissoudre dans un litre d'eau : c'est la **solubilité**. On l'exprime en g.L^{-1} ou en mol.L^{-1}.

Exemple La solubilité du chlorure de sodium dans l'eau, à la température de 20 °C, est de 358,5 g.L^{-1}.
On réalise les expériences suivantes, à 20 °C, les deux béchers contenant chacun 1 litre d'eau.

Expérience ❶

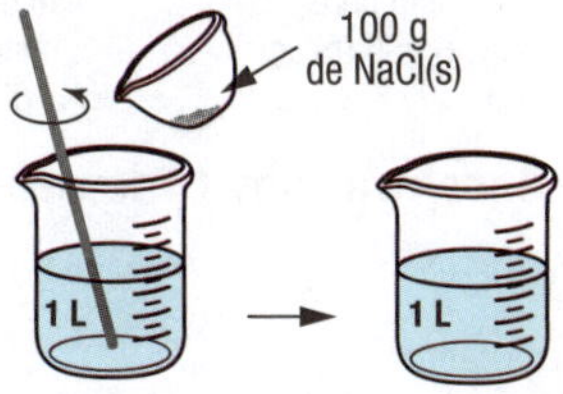

100 g < 358,5 g : tout le solide s'est dissous.

Expérience ❷

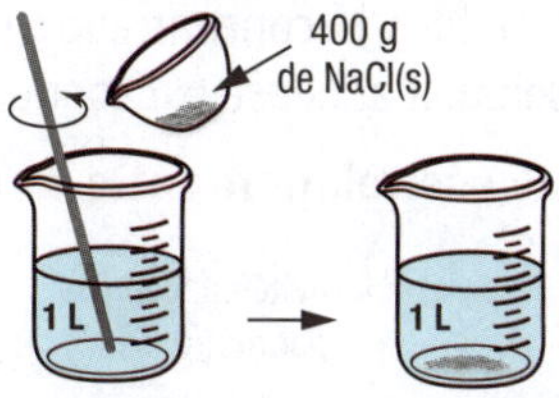

400 g > 358,5 g : il reste du solide, au fond du bécher, qui ne se dissout pas. La solution est dite « saturée » en NaCl solide.

B La solubilité d'un composé moléculaire dans l'eau

• **Des solides non ioniques** peuvent également se dissoudre dans l'eau. Leur plus ou moins grande solubilité dépend des interactions entre l'eau et le composé.

Exemple La solubilité de l'acide benzoïque $C_6H_5COOH(s)$ dans l'eau à 20 °C est de 2,9 $g.L^{-1}$.

C Concentrations ioniques molaire et massique d'un ion

• **Définitions.** (Rappels du programme de 1re ST2S)

Concentration ionique molaire C_i de l'ion *i* :

$$C_i = \frac{n_i}{V}$$

- C_i : en $mol.L^{-1}$
- n_i : quantité de matière de l'ion *i* (mole)
- V : volume de la solution (L)

Concentration ionique massique t_i de l'ion *i* :

$$t_i = C_i \times M_i$$

- t_i : en $g.L^{-1}$
- C_i : en $mol.L^{-1}$
- M_i : masse molaire de l'ion *i* ($g.mol^{-1}$)

Méthode — Calculer les concentrations ioniques molaires et massiques des ions dans l'expérience ❶ précédente (p. 95)

étape 1 **Bilan de matière** : tout le solide ionique NaCl(s) s'est dissous ⇒ la quantité de matière de Na^+ en solution (n_{Na^+}) est égale à la quantité de matière de NaCl(s) introduite (n_{NaCl}). De même, la quantité de matière de Cl^- est égale à n_{NaCl}.

étape 2 **Quantité de matière de solide dissous** n_{NaCl} : $n_{NaCl} = \frac{m_{NaCl}}{M_{NaCl}}$, soit $n_{NaCl} = \frac{100}{58,5} = 1,7$ mol.

étape 3 **Calcul des concentrations ioniques molaires** : volume de la solution :

$$V = 1 \text{ litre} \Rightarrow C_{Na^+} = 1,7 \text{ mol.L}^{-1} \text{ et } C_{Cl^-} = 1,7 \text{ mol.L}^{-1}.$$

étape 4 **Calcul des concentrations ioniques massiques** : on multiplie ces valeurs par les masses molaires $M_{Na} = 23$ $g.mol^{-1}$ et $M_{Cl} = 35,5$ $g.mol^{-1}$

$$t_{Na^+} = 1,7 \times 23 = 39,1 \text{ g.L}^{-1} \qquad t_{Cl^-} = 1,7 \times 35,5 = 60,3 \text{ g.L}^{-1}$$

2 La conductivité d'une solution aqueuse ionique

• **Définition. La conductivité d'une solution aqueuse** mesure son aptitude à conduire le courant électrique, par déplacement d'espèces chargées (les ions). On la note généralement σ (sigma) ; son unité est le $S.m^{-1}$ (Siemens par mètre). Plus la concentration en ions est importante, plus la solution aqueuse est conductrice.

eau pure
$\sigma = 0,055$ $\mu S.cm^{-1}$

eau de source minéralisée
$\sigma = 800$ $\mu S.cm^{-1}$

• Il existe une **relation entre la conductivité σ et les concentrations C_i** des ions *i* de la solution :

$$\sigma = \sum_{i \text{ ions}} a_i \times C_i$$

- σ : conductivité en Siemens par mètre ($S.m^{-1}$)
- a_i : constante dépendante de l'ion *i*

Exemple Pour une solution d'ions Na^+ et Cl^-, la conductivité s'écrira :

$$\sigma = a_{Na^+} \times C_{Na^+} + a_{Cl^-} \times C_{Cl^-}$$

3 Décrypter l'étiquette d'une eau

A Eau distillée et eau déminéralisée : quelles différences ?

	Eau distillée	Eau déminéralisée
Comment l'obtenir ?	Par distillation de l'eau (chauffage jusqu'à l'ébullition, puis condensation des vapeurs obtenues).	Élimination des ions présents à l'aide de membranes spécifiques.
Quelles sont ses caractéristiques ?	Elle ne contient plus d'ions, ni de bactéries.	Elle ne contient plus d'ions mais peut contenir des bactéries.
Pour quels usages ?	Usage médical : lavages, dilution.	Utilisée dans les appareils ménagers sensibles au calcaire (carbonate de calcium) comme les fers à vapeur et les bouilloires.

B Les critères de potabilité d'une eau

• **Définition. Une eau potable** est une eau que l'on peut boire sans risque pour la santé.
La norme SANP07202001A (arrêté du 11 janvier 2007 relatif aux limites et références de qualité des eaux brutes et des eaux destinées à la consommation humaine) fixe les teneurs limites à ne pas dépasser pour un certain nombre de substances nocives et susceptibles d'être présentes dans l'eau (notamment les germes pathogènes, pesticides, métaux lourds, nitrates, phosphates, hydrocarbures, etc.).

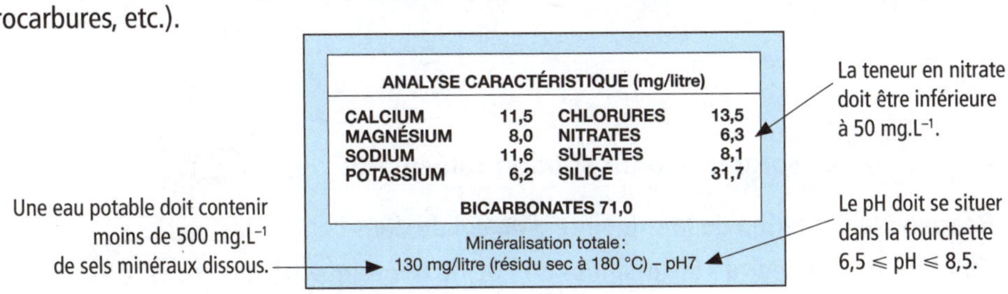

▲ Composition d'une eau minérale

Exercices d'entraînement

Exercice 1 Test de connaissances ★ 5 min

Corrigé p. 205

1. Quelle est la formule du solide ionique formé à partir des ions Mg^{2+} et Cl^- ?
a) $MgCl(s)$ b) $Mg_2Cl(s)$ c) $MgCl_2(s)$

2. Quelle est la formule du solide ionique formé à partir des ions Na^+ et CO_3^{2-} ?
a) $NaCO_3(s)$ b) $Na_2CO_3(s)$ c) $Na(CO_3)_2(s)$

3. La conductivité de l'eau de mer est plus faible que celle de l'eau pure.
a) Vrai b) Faux

4. L'eau déminéralisée est potable.
a) Vrai b) Faux

Exercice 2 Les noms des solides ioniques ★ 10 min Corrigé p. 205

1. **Nommer les solides ioniques suivants et écrire leurs équations de dissolution dans l'eau.**

a) $KCl(s)$

b) $Na_3PO_4(s)$

2. On peut lire sur l'étiquette d'un premier produit acheté dans une droguerie « bicarbonate de soude, $NaHCO_3(s)$ ». **Donner le nom correct de $NaHCO_3(s)$.**

3. Voici les caractéristiques d'un deuxième produit appelé « cristaux de soude ».

a) **Donner la formule chimique du carbonate de sodium.**

b) **Donner la formule chimique réelle de la soude.**

c) **Proposer une explication à la confusion entre ces deux composés.**

Caractéristiques
Conditionnement : 500 g.
Composition : n° index : 011-005-00-2 carbonate de sodium.

Exercice 3 La solubilité d'un solide moléculaire ★ 5 min Corrigé p. 206

1. **Rappeler la définition de la solubilité d'un solide dans l'eau.**

2. **En utilisant la valeur de la solubilité de l'acide benzoïque donnée dans le cours (p. 96), déterminer la quantité de matière maximale d'acide benzoïque que l'on peut dissoudre dans 50 mL d'eau à la température de 20 °C.**

Donnée

Masse molaire de l'acide benzoïque : 122 $g.mol^{-1}$.

Exercice 4 Solubilité dans l'eau et température ★★ 20 min Corrigé p. 206

La solubilité du sulfate de magnésium dépend de la température : elle est de 260 g de sulfate de magnésium $MgSO_4(s)$ dans 1 L à la température de 4 °C et de 700 g à la température de 90 °C.

1. **Définir la solubilité du sulfate de magnésium dans l'eau. Qu'observera-t-on si, à la température de 4 °C, on essaie de dissoudre 500 g de sulfate de magnésium dans 1 L d'eau ?**

2. **Calculer, à cette température, la concentration molaire en ions magnésium et en ions sulfate dans la solution (dite « saturée » en $MgSO_4(s)$).**

3. **Calculer les concentrations ioniques massiques en ions magnésium et en ions sulfate dans une solution saturée en $MgSO_4(s)$, mais cette fois à la température de 90 °C.**

Données

Masses molaires $M(Mg) = 24{,}3\ g.mol^{-1}$ $M(S) = 32{,}1\ g.mol^{-1}$ $M(O) = 16{,}0\ g.mol^{-1}$

Exercice 5 Conductivité de solutions ★★★ 30 min Corrigé p. 206

La conductivité σ (en Siemens par mètre : $S.m^{-1}$) d'une solution ionique contenant les ions A^+ (ou A^{n+}) et les ions B^- (ou B^{n-}) peut se calculer en utilisant la relation (1) : $\sigma = a_A \times [A^+] + a_B \times [B^-]$, a_A et a_B étant des constantes caractérisant les ions considérés.

1. Expliquer pourquoi une solution obtenue par dissolution de glucose $C_6H_{12}O_6$(s) dans l'eau n'est, *a priori*, pas conductrice.

2. En réalité, on mesure une très faible conductivité. Pourquoi ?

3. On prépare deux solutions : la première notée S_1 en dissolvant 0,1 mol de chlorure de sodium NaCl(s) dans 500 mL d'eau, et la deuxième notée S_2 en dissolvant 0,1 mole de carbonate de sodium Na_2CO_3(s) dans 500 mL d'eau.
Prévoir quelle solution aura la plus grande conductivité.

4. a) Pour S_1, calculer la concentration en ions chlorure et sodium en $mol.L^{-1}$ puis en $mol.m^{-3}$.

b) D'après l'unité de a_A et a_B, quelle unité faut-il choisir pour les concentrations pour appliquer la relation (1) ? Déterminer numériquement la valeur de la conductivité de la solution S_1.

c) Écrire l'équation de dissolution du carbonate de sodium solide dans l'eau. Vérifier numériquement que la conductivité de la solution S_2 est de 47,6 $mS.cm^{-1}$.

Données

- Masses molaires :

NaCl : 58,5 $g.mol^{-1}$ Na_2CO_3 : 106,0 $g.mol^{-1}$

- Conductivité molaire des ions à 298 K :

$a_{Na^+} = 5{,}0\ mS.m^2.mol^{-1}$ $a_{Cl^-} = 7{,}6\ mS.m^2.mol^{-1}$ $a_{CO_3^{2-}} = 13{,}8\ mS.m^2.mol^{-1}$

Exercice 6 Le décryptage d'une étiquette ★★★ 20 min Corrigé p. 206

La composition pour un litre d'une solution de réhydratation, lue sur une étiquette, est donnée dans le tableau suivant :

Constituant	Grammes/litre
glucose	13,5
chlorure de sodium	2,6
chlorure de potassium	1,5
citrate trisodique	2,9

Constituant	mmol/litre
sodium	77
chlorure	65
glucose	75
potassium	20
citrate	10

1. Sachant que l'ion citrate a pour formule $C_6H_5O_7^{3-}$, proposer une formule pour le solide ionique appelé « citrate trisodique » et donner l'équation de sa réaction de dissolution dans l'eau.

2. Calculer la quantité de matière en ions sodium apportée par le chlorure de sodium.

3. Vérifier que la quantité de matière en ions sodium apportée par le citrate trisodique vaut $3{,}4.10^{-2}$ mol.

4. En déduire la concentration totale en sodium en mmol/L : les données du tableau sont-elles cohérentes ?

Données

Masses molaires :
citrate trisodique : 258,0 $g.mol^{-1}$ KCl : 74,5 $g.mol^{-1}$ NaCl : 58,5 $g.mol^{-1}$ Na : 23,0 $g.mol^{-1}$

4 Caractériser la qualité de l'air

Le dioxygène indispensable à la vie est une composante essentielle de l'air que nous respirons, mais de nombreux autres gaz peuvent y être présents. Quels sont les grandeurs et les outils qui permettent de caractériser la composition de l'air ?

1 La composition de l'air

A La fraction molaire et le pourcentage molaire

- **L'air que nous respirons est composé essentiellement de diazote**, de formule chimique N_2, et **de dioxygène**, de formule chimique O_2. D'autres gaz sont présents en plus faible quantité comme du dioxyde de carbone (CO_2), de l'eau (H_2O) ou des gaz rares (exemple : l'argon).
- **La fraction molaire ou le pourcentage molaire** sont utilisés pour décrire précisément la composition de l'air.
- **Définition.** La **fraction molaire** du gaz *A* dans un mélange de plusieurs gaz, notée x_A, est :

quantité de matière du gaz *A*

$$x_A = \frac{n_A}{n_{totale}}$$

quantité de matière totale de gaz

La fraction molaire n'a pas d'unité.

- **Définition.** Le **pourcentage molaire** est obtenu en multipliant la fraction molaire par 100 ; il s'exprime en %.

Composition de l'air		
Gaz	**Fraction molaire**	**Pourcentage molaire**
N_2	0,78	78 %
O_2	0,21	21 %
Autres (Ar, Ne, CO_2, etc.)	0,01	1 %

B La mise en évidence de quelques gaz

- **Des tests chimiques** mettent en évidence la présence de certains gaz dans l'air.

Dioxyde de carbone CO_2	Test à l'eau de chaux		On identifie un dégagement de dioxyde de carbone en faisant buller ce gaz dans de l'eau de chaux qui se trouble à son contact.
Dioxygène O_2	Test de la buchette incandescente		On identifie un dégagement de dioxygène en présentant une allumette incandescente à l'orifice du tube à essais, elle s'enflamme.

Eau H_2O	Test au sulfate de cuivre anhydre	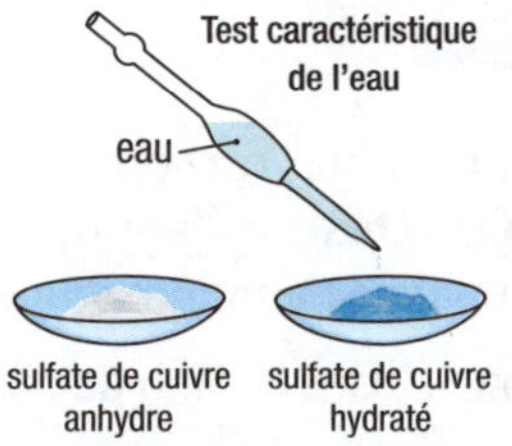	On identifie la présence d'eau avec du sulfate de cuivre anhydre qui bleuit à son contact.

2 Le déficit en dioxygène

A L'hypoxie

- **L'hypoxie correspond à un apport insuffisant en dioxygène** par rapport aux besoins des tissus de l'organisme. Avant de pouvoir être utilisé au sein de l'organisme, le dioxygène doit être apporté par la respiration de l'air qui nous entoure, puis transporté au sein de la circulation sanguine et distribué aux différents tissus.
- **Les causes de déficit en dioxygène sont nombreuses** ; elles peuvent être d'origine médicale (maladie) ou d'origine physique (**exemple** : raréfaction du dioxygène de l'air en altitude).

Ce déficit peut être résorbé grâce à un apport de dioxygène à l'aide d'un masque et d'une bouteille de dioxygène. Celui-ci est stocké dans des bouteilles de divers volumes sous haute pression (200 bars, la pression atmosphérique étant de 1 bar).

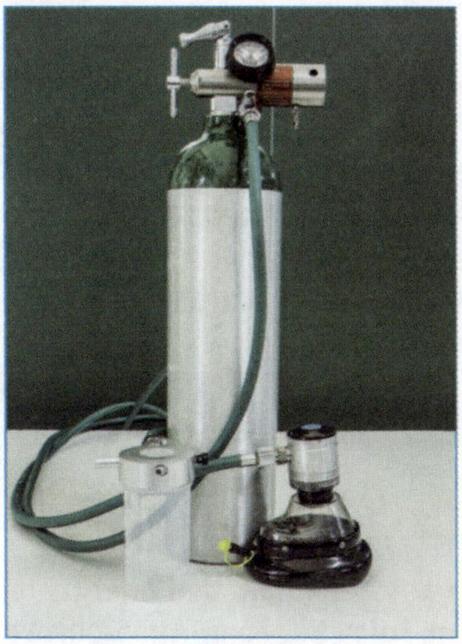

▲ Bouteille de dioxygène médical

B La loi des gaz parfaits

- La quantité de dioxygène, présente dans une bouteille et susceptible d'être libérée, peut être calculée avec **la loi des gaz parfaits**. Cette loi relie P, la pression du gaz exprimée en Pascal (Pa), V, le volume du récipient qui le contient, exprimé en m^3, n, la quantité de gaz en mole (mol), et T, la température en Kelvin (K).
- **Loi des gaz parfaits** : **P.V = n.R.T**

R est la constante des gaz parfaits ; elle vaut 8,31 J.K^{-1}.mol^{-1}.

Rappel

Quelques conversions utiles à l'utilisation de la loi des gaz parfaits

Unité de pression : 1 bar = 10^5 Pa.

Unité de volume : 1 L = 10^{-3} m^3.

Unité de température : T(K) = t (°C) + 273.

Application

Utiliser la loi des gaz parfaits : calculer la quantité de dioxygène présente dans une bouteille d'oxygène médical de 5 L, sous pression 200 bars, à 20 °C.

Solution

Attention aux unités !

$$n = \frac{PV}{RT} = \frac{200 \times 10^5 \times 5 \times 10^{-3}}{8{,}31 \times (20 + 273)} = 41 \text{ mol}$$

3 Le monoxyde de carbone

• **La combustion normale d'un combustible carboné** (bois, charbon, gaz naturel, gaz butane, mazout de chauffage) libère du CO_2. **Lorsque l'apport en dioxygène est insuffisant**, la combustion est incomplète et il y a formation de **monoxyde de carbone** (CO).

• Le CO présent dans l'air est inhalé, il passe dans le sang au niveau des poumons tout comme le dioxygène.

• **Une grande partie du CO absorbé va se fixer à l'hémoglobine** dans les globules rouges et former de la **carboxyhémoglobine** ou HbCO.

• **L'affinité du CO pour l'hémoglobine est 210 à 260 fois plus forte que celle du dioxygène** : même présent en quantité infime dans l'air, le CO se liera préférentiellement à l'hémoglobine du sang à la place du dioxygène.

• **La quantité de carboxyhémoglobine formée** dépend :
– de la concentration de CO dans l'air ;
– de la durée d'exposition ;
– du degré d'activité de la victime ;
– de l'état de santé de la victime (problèmes cardiaques, affections respiratoires).

4 Les gaz à effet de serre (GES)

A L'effet de serre

• **Les deux tiers de l'énergie en provenance du soleil sont absorbés par l'atmosphère, les sols et l'océan.** Atmosphère et surface terrestre émettent en retour un rayonnement infrarouge que les nuages et les gaz à effet de serre (GES) absorbent et réémettent en grande partie vers le sol.

▲ L'effet de serre : rayonnements émis et absorbés

• **L'effet de serre naturel** (grâce auquel la température moyenne à la surface de la terre est de 15 °C au lieu de – 19 °C) est **accentué par l'activité humaine** qui crée et modifie la quantité de GES dans l'atmosphère.

• Parmi les gaz à effet de serre, on trouve :
– **la vapeur d'eau** : sa présence est due au phénomène naturel d'évaporation. Plus la température augmente, plus sa quantité augmente, ce qui renforce l'effet de serre ;
– **le dioxyde de carbone** : c'est l'activité humaine et l'utilisation du carbone fossile (pétrole, charbon, etc.) qui est responsable de l'augmentation importante de CO_2 dans l'atmosphère depuis deux siècles ;
– **le méthane** : l'agriculture intensive a entraîné l'augmentation de ce GES (digestion des ruminants, fermentation).

B Le cas particulier de l'ozone

• **L'ozone est une molécule de formule brute O_3.** Ce gaz est naturellement présent à 20 km d'altitude dans l'atmosphère (stratosphère).

• En plus d'être un **gaz à effet de serre**, l'ozone des couches stratosphériques de l'atmosphère absorbe les rayonnements ultra-violets les plus énergétiques. Il s'agit d'un **filtre naturel** qui protège les êtres vivants de ces rayons.

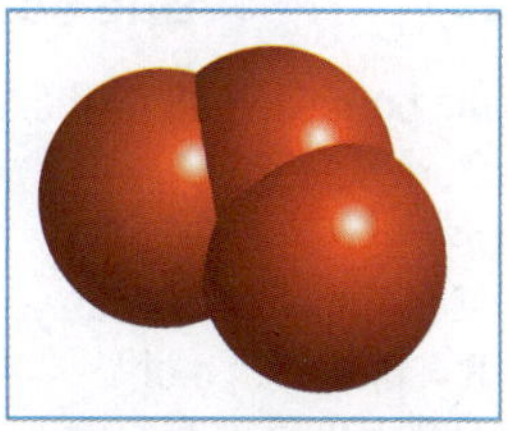

▲ Ozone O_3

• Il est aussi produit dans les basses couches de l'atmosphère (troposphère) par l'activité humaine et principalement les transports. Inhalé, l'ozone est un **gaz toxique dangereux pour la santé**. Il entraîne une irritation des voies respiratoires (nez, gorge, etc.) et des yeux. À très forte dose, il entraîne des détresses respiratoires, de fortes toux et des crises d'asthmes.

Exercices d'entraînement

Exercice 1 Test de connaissances ★ 5 min

Corrigé p. 206

Vrai ou faux ?

1. **Si la fraction molaire en dioxygène dans l'air est 0,21, alors il y a 2,1 moles de dioxygène dans 10 moles d'air.**
2. **Pour mettre en évidence la présence d'eau, on utilise une buchette incandescente.**
3. **La loi des gaz parfaits s'écrit n.P.V = R.T**
4. **Le monoxyde de carbone remplace le dioxygène dans l'hémoglobine.**
5. **L'ozone a pour formule chimique O_3.**

Exercice 2 La composition de l'air expiré ★★★ 15 min Corrigé p. 206

Dans 100 L d'air expiré, on trouve en moyenne 16 L de dioxygène, 78,6 L de diazote, 0,9 L de vapeur d'eau et 4,5 L de dioxyde de carbone. Ces volumes sont mesurés à la pression $P = 10^5$ Pa et à la température t = 25 °C. On donne $R = 8{,}31\ J.K^{-1}.mol^{-1}$ et T(K) = t(°C) + 273.

1. **Rappeler la loi des gaz parfaits.**
2. **Déterminer les quantités de matière de chaque gaz dans le mélange.**
3. **Calculer la fraction molaire en dioxygène dans le mélange.**

Exercice 3 Une bouteille de dioxygène médical ★★ 15 min Corrigé p. 207

Une bouteille B05 de dioxygène contient 5 litres de gaz sous une pression de 60 bars et à la température de 15°C.

Données

Masse molaire du dioxygène $M = 32\ g.mol^{-1}$
$R = 8{,}31\ J.K^{-1}.mol^{-1}$
T(K) = t(°C) + 273

1. **Calculer la masse de dioxygène présente dans la bouteille.**
2. **Déterminer le volume de dioxygène disponible si tout le gaz est détendu à la pression de 1 bar et à la température de 15 °C.**

Exercice 4 Intoxication au CO ★ 10 min Corrigé p. 207

Avec un pourcentage de 0,04 % de CO dans l'air, les symptômes sont des maux de têtes violents et il y a danger de mort après trois heures. En cas d'intoxication, le patient est mis sous oxygène. La demi-vie du CO (T½), temps mis pour que la concentration de carboxyhémoglobine dans le sang chute de moitié, est de trois à quatre heures pour un adulte en bonne santé. L'administration d'oxygène au masque raccourcit la T½ à 30-40 minutes et le traitement par oxygène hyperbare la réduit à 15-20 minutes.

1. **Donner la fraction molaire en monoxyde de carbone correspondant à un pourcentage de 0,04 %.**
2. **Expliquer l'action du CO sur l'organisme.**
3. **Le caisson hyperbare a un volume de 20 m³, il est rempli de dioxygène pur à une pression de 2,5 bars. Calculer la quantité de dioxygène nécessaire pour remplir le caisson à une température de 20 °C.**

Données

$R = 8{,}31\ J.K^{-1}.mol^{-1}$
T(K) = t(°C) + 273

Exercice 5 Les gaz dans l'atmosphère ★ 10 min Corrigé p. 207

1. **Définir l'effet de serre.**
2. **Citer deux gaz à effet de serre.**
3. **Quel est le rôle bénéfique de l'ozone ?**

5 La pollution des milieux

Un polluant est une substance qui, introduite dans un écosystème, contribue, à partir d'une « certaine concentration », à en dégrader la qualité et à perturber son bon fonctionnement. Des normes sont nécessaires pour quantifier cette « certaine concentration ».

1 Quantifier l'effet d'un polluant

A L'effet d'un polluant sur la santé : l'exemple du plomb

• **D'où vient le plomb ?** Il provient essentiellement des anciennes canalisations d'eau, des anciennes peintures.

• **Les effets du plomb sont dangereux pour la santé** : le plomb est toxique pour le système nerveux central, le système rénal, etc., notamment chez les enfants (saturnisme infantile).

• **Les mesures prises pour abaisser la plombémie sont multiples** : suppression de l'essence au plomb, remplacement des canalisations en plomb et traitement des eaux potables, information des propriétaires et des locataires sur les risques liés au plomb.

> **La norme relative au plomb**
>
> **La plombémie**, qui mesure la quantité de plomb dans le sang, doit être **inférieure à 0,5 µmol.L^{-1}**. Toute plombémie supérieure à cette valeur doit faire l'objet d'une déclaration à la direction départementale de l'action sanitaire et sociale (DDASS).

B L'effet temporel d'une exposition au plomb

• On distingue **toxicité aiguë** (absorption en une seule prise d'une dose élevée de poison) **et toxicité chronique** (absorption en plusieurs prises de doses peu élevées de poison).

> **Définition**
>
> **Dose létale DL 50 :** quantité de matière active qui, administrée en une seule fois par ingestion ou voie cutanée, entraîne la mort de 50 % des animaux soumis à l'expérience.

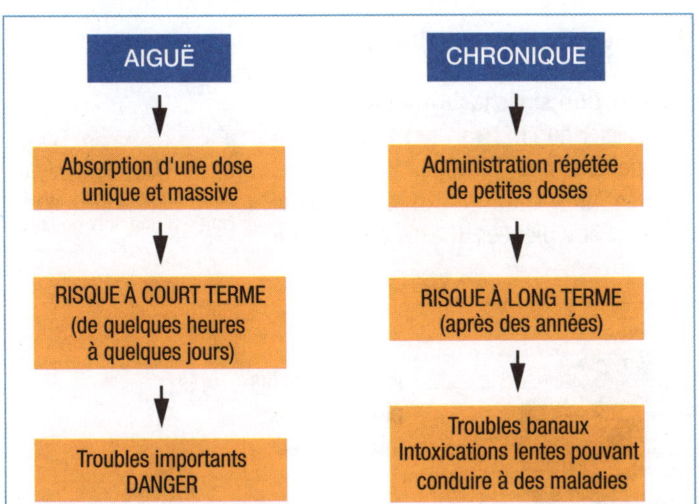

▲ La différence entre toxicité aiguë et toxicité chronique

• Pour les abeilles, les doses de pesticides ingérées sont inférieures à la DL 50… mais finissent par les tuer : **ce n'est pas seulement la dose** qui fait le poison.

2 La pollution de l'eau

A Macropolluant ou micropolluant ?

• **Un macropolluant** est un polluant dont les quantités maximales admises sont de l'ordre du $mg.L^{-1}$.

> **Exemples** Les matières en suspension (particules insolubles dans l'eau), les matières organiques (biodégradables comme les excréments, non biodégradables comme les solvants) et les dérivés azotés et phosphorés (ions nitrate NO_3^-, urée $CO(NH_2)_2$) à la base des engrais agricoles.

• **Un micropolluant** est un polluant toxique à très faible concentration : les quantités maximales admises sont de l'ordre du microgramme par litre ($\mu g.L^{-1}$), voire du nanogramme par litre ($ng.L^{-1}$), c'est-à-dire 10^{-6} $mg.L^{-1}$.

> **Exemples** Les métaux lourds (cadmium, mercure, plomb, chrome), les pesticides, les résidus médicamenteux.

B Suivre l'évolution d'un polluant de l'eau

• Le diagramme ci-dessous illustre l'exemple du suivi du polluant « plomb » dans l'eau.

> **À savoir**
> Teneur maximale en plomb dans de l'eau destinée à la consommation humaine : 10 $\mu g.L^{-1}$
> (depuis le 25 décembre 2013).

Méthode de prélèvement réglementaire, dite « aléatoire »

- **Comment ?** Prélever un échantillon d'un litre d'eau soutiré en une seule fois, sans faire couler d'eau préalablement.
- **Quand ?** Au cours de la journée, durant les heures habituelles d'activité.
- **Où ?** Les lieux de prélèvements sont choisis de manière aléatoire.

▲ La réglementation pour réaliser des prélèvements d'eau

C Deux méthodes de dépollution de l'eau

• **Première méthode : par absorption sur charbon actif**

– Pour dépolluer l'eau, on peut utiliser du **charbon actif**, qui est un matériau poreux constitué essentiellement de carbone.

– Un grain de charbon actif contient un **réseau de pores** (trous) qui permet aux molécules de polluant d'être piégées. **Il agit comme un filtre.**

> **Le saviez-vous ?**
> On peut faire du charbon actif à partir du bois, mais aussi de la coque d'une noix de coco.

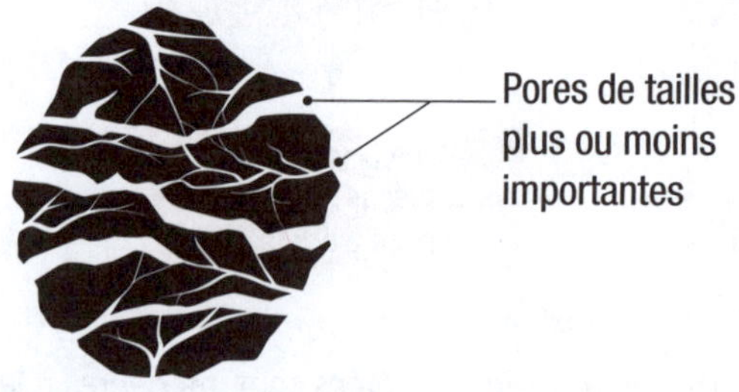

▲ Intérieur d'un grain de charbon actif

- **Deuxième méthode : par oxydation par l'ozone**

– L'ozone est le gaz de formule chimique O_3. C'est un oxydant très puissant, connu notamment pour sa toxicité (responsable des alertes aux « pics d'ozone » en période estivale).

– Cependant, utilisé dans des conditions contrôlées, il se révèle très utile : **l'ozone peut oxyder des polluants de l'eau**, les transformant en espèces inertes, non nocives pour l'environnement.

> **Exemple d'utilisation** Dépollution d'eaux de rejets industriels contenant des polluants comme le benzène ou des solvants chlorés.

3 La pollution de l'air

A Différencier un polluant primaire d'un polluant secondaire

- On distingue, d'une part, les polluants primaires, qui sont des espèces chimiques polluantes en elles-mêmes directement émises dans l'atmosphère, et, d'autre part, les polluants secondaires. Ces derniers correspondent aux produits de la réaction des polluants primaires avec certaines espèces chimiques naturellement présentes dans l'atmosphère. Ils sont eux-mêmes polluants.

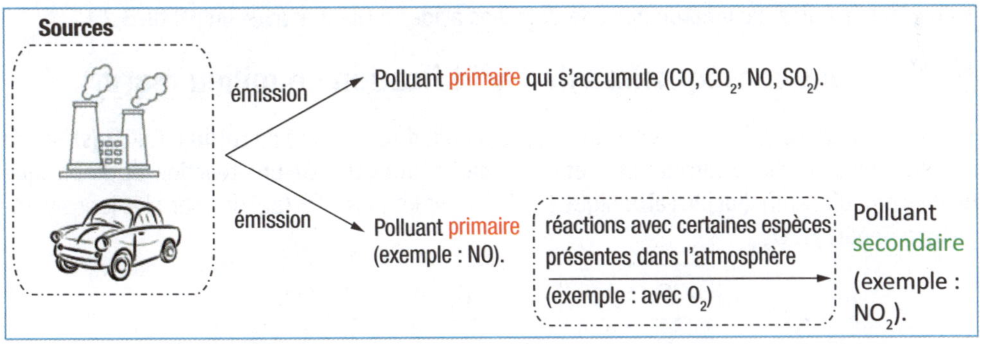

▲ Polluants primaires et secondaires

B Le contrôle d'un polluant de l'air : les valeurs réglementaires

Valeurs limites données pour un individu qui serait fortement exposé pendant une durée déterminée, allant de l'heure à trois jours, et qui ne serait plus exposé par la suite.

Risque pour la santé humaine **des groupes particulièrement sensibles** : des informations immédiates et adéquates sont données.

Risque pour la santé de **l'ensemble de la population** ou de dégradation de l'environnement : mise en place de mesures d'urgence.

Dioxyde de soufre – SO_2 Décret n° 2010-125 du 21 octobre 2010	
Valeurs limites	125 µg/m³ en moyenne journalière à ne pas dépasser plus de 3 jours par an.
	350 µg/m³ en moyenne horaire.
Objectif de qualité	50 µg/m³ en moyenne annuelle.
Seuil d'information et de recommandations	300 µg/m³ en moyenne horaire.
Seuil d'alerte	500 µg/m³ en moyenne horaire sur 3 heures consécutives.

▲ Les valeurs réglementaires et les recommandations de l'OMS pour le dioxyde de soufre

4 L'acidification de l'eau par dissolution de gaz

A Pourquoi l'eau de pluie est-elle acide ?

• Le pH de l'eau distillée (eau pure) est de 7,0 alors que le pH d'une **eau de pluie** est de 5,6. **Cette acidification est due à la dissolution d'un gaz**, le dioxyde de carbone $CO_2(g)$, dans l'eau :

dans l'air (↓ $CO_2(g)$) — dans l'eau (↓ $H_2CO_3(aq)$)

$$CO_2(g) + H_2O \rightarrow \boxed{H_2CO_3(aq)} \longrightarrow \text{pluie acide}$$

Remarque

C'est une **pollution transfrontière :** les pluies acides peuvent être générées, *via* le déplacement des nuages, à des milliers de kilomètres du lieu d'émission du $SO_2(g)$.

• Un autre gaz contribue à l'acidification de l'eau : le dioxyde de soufre $SO_2(g)$, issu de l'industrie, des moteurs des véhicules à essence. L'acide sulfurique H_2SO_4 est un acide plus fort que l'acide carbonique.

$$SO_2(g) \xrightarrow{O_2(g)} SO_3(g) \xrightarrow{H_2O} \boxed{H_2SO_4(aq)} \longrightarrow \text{pluie très acide}$$

• En 2009, la Chine a connu un épisode de pluies acides à Dianbai avec un pH de 3,2 !

B L'une des conséquences de l'acidification en milieu marin

• **Les coquilles calcaires des crustacés** contiennent du carbonate de calcium $CaCO_3(s)$, solide ionique constitué d'ions calcium Ca^{2+} et d'ions carbonate CO_3^{2-}. Or, une réaction acido-basique peut se produire entre l'acide carbonique $H_2CO_3(aq)$ et les ions $CO_3^{2-}(aq)$, formant les ions hydrogénocarbonate $HCO^-_{3(aq)}$:

$$\boxed{H_2CO_3(aq)} + \boxed{CO_3^{2-}(aq)} \rightarrow 2HCO_3^-(aq)$$

• Sous l'effet de l'augmentation des émissions de $CO_2(g)$ et donc de l'acidification des océans, le solide ionique $CaCO_3(s)$ se dissout progressivement, **fragilisant les coquilles des crustacés**.

solide ionique constituant la coquille des crustacés ($CaCO_3(s)$) — acide carbonique ($H_2CO_3(aq)$)

$$CaCO_3(s) + H_2CO_3(aq) \rightarrow Ca^{2+}(aq) + 2\,HCO_3^-(aq)$$

Exercices d'entraînement

Exercice 1 Test de connaissances ★ 5 min *Corrigé p. 207*

1. L'intoxication au plomb est appelée :
a) le neptunisme. b) le saturnisme. c) le plutonisme.

2. La toxicité d'un polluant auquel un individu est exposé est liée :
a) à la fréquence d'exposition. b) à la quantité de polluant. c) aux deux.

3. Un polluant secondaire :
a) est formé à partir d'un polluant primaire. b) est de plus faible toxicité qu'un polluant primaire.

4. Lesquels de ces gaz sont responsables de pluies acides ?
a) N_2 b) CO_2 c) SO_2

Exercice 2 Interpréter une courbe d'évolution ★★ 10 min

Corrigé p. 207

Pour mettre en évidence la dépollution par le charbon actif, on réalise l'expérience suivante : on met en solution dans un bécher un colorant organique, le bleu de méthylène (de couleur bleu foncé). Au temps *t* = 0, on introduit dans le bécher du charbon actif et on place l'ensemble sous agitation magnétique. On suit l'évolution de la concentration en bleu de méthylène au cours du temps.

		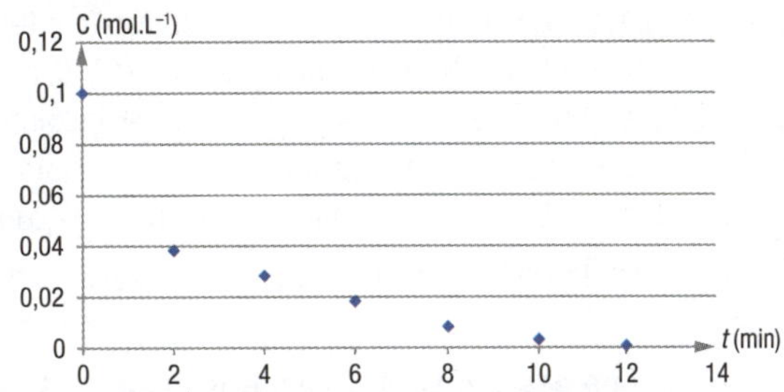
Bécher à $t = 0$	Bécher à $t = 15$ minutes	Évolution de la concentration en bleu de méthylène en fonction du temps en minutes

1. **Expliquer le principe de cette méthode de dépollution.**

2. **Évaluer graphiquement le temps nécessaire à la décoloration de 80 % du bleu de méthylène initialement présent.**

Exercice 3 Les voies de pénétration ★ 10 min

Corrigé p. 207

Dans le schéma ci-dessous sont indiquées les différentes voies de pénétration d'une substance toxique dans l'organisme.

Proposer pour chacune un exemple concret de situation d'exposition.

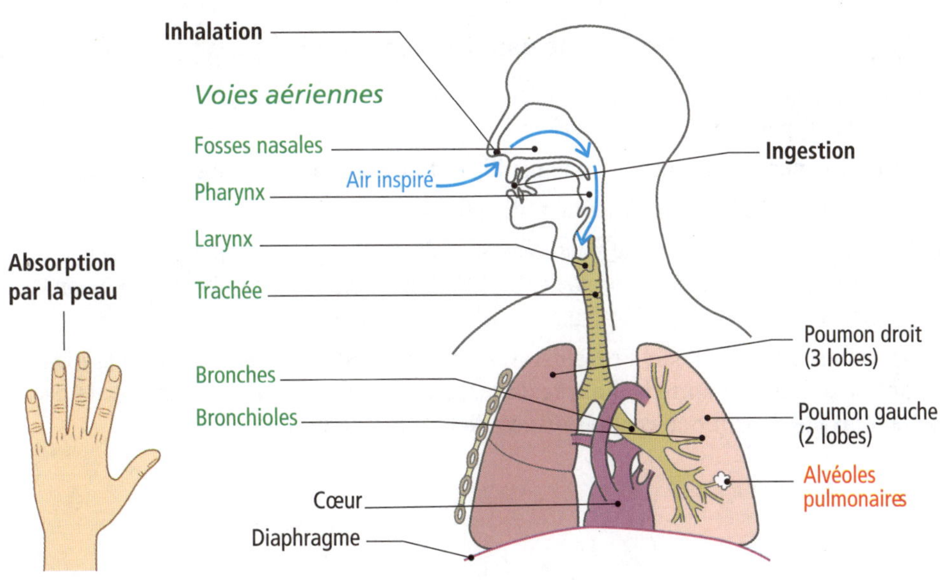

Exercice 4 Les normes de rejet ★★★ 20 min *Corrigé p. 207*

On veut limiter les émissions de dioxyde de soufre dans les effluents gazeux d'une usine. La valeur limite est fixée à 350 $\mu g.m^{-3}$.

1. Quelle quantité de matière de dioxyde de soufre maximale doit-on mesurer, lors d'un contrôle, dans un m^3 d'effluent gazeux ?

Le protocole de dosage du dioxyde de soufre contenu dans l'effluent gazeux est le suivant : on fait barboter 1 m^3 de gaz à analyser dans 250 mL d'eau distillée afin de dissoudre tous les gaz solubles dans l'eau. La solution obtenue, incolore, est transférée dans un erlenmeyer puis dosée par une solution de permanganate de potassium $K^+(aq)$, $M_nO_4^-(aq)$, de concentration $C_1 = 1{,}0.10^{-4}$ $mol.L^{-1}$. On observe un changement de couleur pour un volume V = 18,6 mL.

2. Quelle est la nature de la réaction se produisant lors du dosage ? Écrire son équation bilan.

3. Pourquoi ne pas choisir une réaction acido-basique comme réaction support du dosage ?

4. Que signifie « faire barboter un gaz » ? Quel est le changement de couleur observé lors du dosage ?

5. Exploiter le résultat du dosage pour trouver la concentration en dioxyde de soufre dans le prélèvement et conclure.

Données

Demi-équation électronique pour les couples redox utiles :

(1) $SO_2(aq) + 2\ H_2O \rightarrow SO_4^{2-}(aq) + 4\ H^+(aq) + 2\ e^-$

(2) $MnO_4^-(aq) + 8\ H^+(aq) + 5\ e^- \rightarrow Mn^{2+}(aq) + 4\ H_2O$

Masse molaire de SO_2 : 64 $g.mol^{-1}$

En solution aqueuse, l'ion permanganate $MnO_4^-(aq)$ est violet alors que l'ion manganèse $Mn^{2+}(aq)$ est incolore.

Exercice 5 L'acidification d'une eau distillée ★★ 15 min *Corrigé p. 208*

De l'eau fraîchement distillée et laissée à l'air libre dans un bécher, à 25 °C, voit son pH diminuer progressivement puis se stabiliser à la valeur 5,7.

1. Rappeler comment on obtient l'eau distillée et quelles sont ses caractéristiques.

2. Quel est le pH d'une eau fraîchement distillée ?

La dissolution lente et progressive dans l'eau distillée du dioxyde de carbone présent dans l'air permet d'expliquer la diminution constatée du pH. Le couple dioxyde de carbone dissous/ion hydrogénocarbonate est $H_2CO_3(aq)/\ HCO_3^-\ (aq)$.

3. Quel est le couple de l'eau à considérer ici entre $H_2O/HO^-(aq)$ ou $H_3O^+(aq)/H_2O$? Écrire la réaction se produisant entre le dioxyde de carbone dissous et l'eau. Justifier que la dissolution du dioxyde de carbone conduise à une diminution du pH de l'eau distillée.

6 Utiliser les ultrasons pour analyser un écoulement sanguin

L'échographie Doppler est un examen utilisé en imagerie médicale. Il permet d'étudier les écoulements sanguins dans les veines et dans les artères, et de déceler des anomalies, comme des rétrécissements d'artères. Pendant une grossesse, il permet aussi d'analyser la circulation du sang chez le bébé, ainsi que dans le placenta.

1 Le principe de l'échographie

• **Les ondes sonores sont des ondes mécaniques :** elles se propagent uniquement dans des milieux matériels ; elles ne peuvent pas se propager dans le vide.

• **Les ultrasons sont des ondes sonores** de fréquence supérieure à 20 kHz. C'est ce type d'onde qui est utilisé lors d'un diagnostic médical par échographie.

• **Le principe de l'échographie** est le suivant :
– une onde est émise par une sonde (émetteur) ;
– elle se réfléchit sur un obstacle (paroi, membrane, os, globule rouge, etc.) ;
– elle revient au niveau de la sonde qui détecte cette onde réfléchie appelée « écho ».

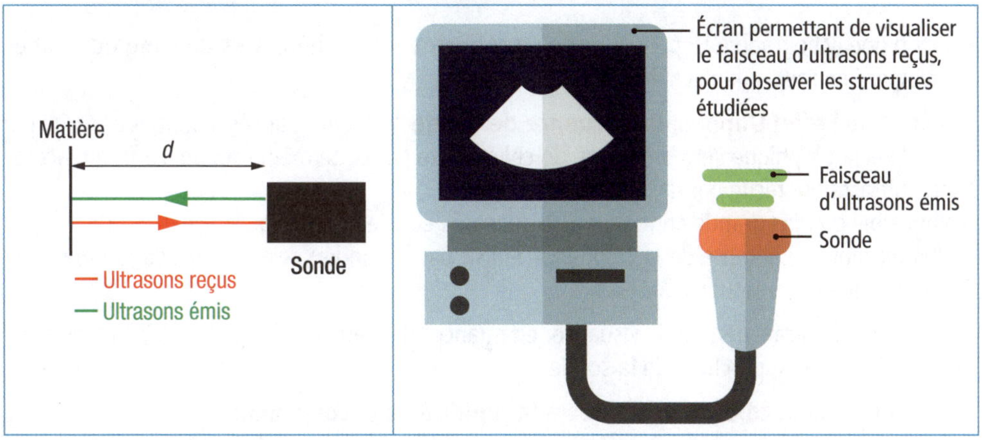

▲ Réflexion d'une onde ultrasonore lors d'une échographie

• Si on appelle **c** la vitesse de l'onde dans le milieu où elle se propage, la durée Δt qui sépare l'émission de l'onde et la réception de l'écho par la sonde est :

$$\Delta t = 2\frac{d}{c}$$ avec d la distance qui sépare la sonde de l'obstacle.

• Cette durée correspond au temps nécessaire à l'onde pour parcourir un aller-retour.

Méthode **Calculer le temps de parcours d'un ultrason**

Une onde ultrasonore se propage dans un milieu graisseux à la vitesse $c = 1\,500$ m.s^{-1}.
Quelle est la durée mise par l'onde pour parcourir 10 cm ?

Solution
Comme $c = \frac{d}{\Delta t}$, on a $\Delta t = \frac{d}{c} = \frac{0,1}{1\,500} = 0,7.10^{-4}$ s.

2 L'effet Doppler

• **Lorsque l'émetteur et le récepteur d'une onde sont en mouvement l'un par rapport à l'autre**, on parle d'**effet Doppler** : la fréquence reçue est différente de la fréquence émise.

• Ce phénomène est bien connu, par exemple, dans le cas des sons d'une sirène qui ne sont pas perçus de la même façon si la voiture qui porte la sirène se rapproche ou s'éloigne.

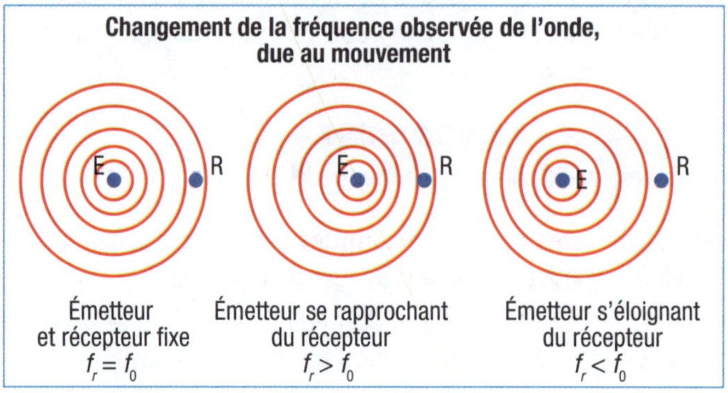

▲ L'effet Doppler

3 Le couplage échographie Doppler

• Lors d'une échographie Doppler, **l'onde se réfléchit sur les hématies du sang** qui sont en mouvement en raison de l'écoulement sanguin.

• **Du fait de l'effet Doppler, la fréquence de l'onde réfléchie** par ces hématies et reçue par la sonde échographique sera différente de celle émise par cette même sonde. La fréquence de l'onde ultrasonore reçue par la sonde pourra être :
– plus faible ou plus grande en fonction du sens de l'écoulement sanguin ;
– plus ou moins différente de la fréquence émise par la sonde : cela dépend de la vitesse de l'écoulement sanguin étudié.

• L'imagerie médicale permet de visualiser en nuances de bleu et de rouge des écoulements qui s'éloignent ou se rapprochent de la sonde.

• **L'intensité de la coloration est liée à la rapidité de l'écoulement.**

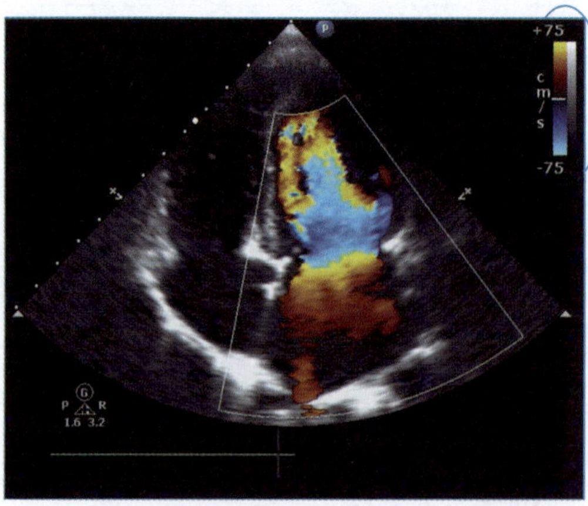

Vitesse de l'écoulement sanguin (gamma rouge, donc positive : les flux qui se rapprochent de la sonde ; gamma bleue, donc négative : les flux qui s'éloignent de la sonde)

• Le praticien peut détecter une anomalie de flux sanguin grâce à cet examen.

Exercices d'entraînement

Exercice 1 Test de connaissances ★ 5 min

Corrigé p. 208

Vrai ou faux ?

1. Les ultrasons ne se propagent pas dans le vide.

2. La durée de parcours Δt d'une onde ultrasonore se propageant sur une distance d, dans un milieu à la vitesse c, est $\Delta t = c \times d$.

3. Si une onde est reçue par un récepteur qui s'éloigne de la source, la fréquence perçue est plus faible que celle émise.

4. L'échographie Doppler permet de mesurer la vitesse d'un écoulement sanguin.

5. Plus l'écoulement sanguin est rapide, plus la différence entre la fréquence émise par la sonde et la fréquence de l'écho est faible.

Exercice 2 L'échographie ★★ 15 min

Corrigé p. 208

Lors d'une échographie, on place une sonde en contact avec la peau du patient et on observe une zone de son corps. La sonde émet des salves d'ultrasons qui se réfléchissent sur les surfaces séparant deux milieux différents. Dans le corps humain, les ultrasons se propagent à une vitesse $c = 1\,500$ m.s^{-1}.

1. Quelle distance parcourt une onde ultrasonore dans le corps humain en 50 µs ?

2. Au bout de quelle durée la sonde reçoit-elle une onde qu'elle a émise et qui s'est réfléchie sur un os situé à 4,5 cm ?

3. Lors d'une échographie-Doppler cardiaque, comment la fréquence des ultrasons est-elle modifiée si les globules rouges s'approchent de la sonde ?

4. En première approximation, la vitesse d'écoulement sanguin (v), la fréquence de l'onde émise par la sonde (f_e), la variation de la fréquence (Δf) et la vitesse de propagation de l'onde (c) sont liées par la relation : $\Delta f = \dfrac{2v}{c} f_e$

Quelle est la vitesse de l'écoulement sanguin si la variation de fréquence observée par la sonde échographique est de 333 Hz ? La sonde émet une onde de fréquence 5 MHz.

Exercice 3 L'échographie du cerveau ★★ 20 min

Corrigé p. 208

On a schématisé ci-contre le principe d'une échographie des deux hémisphères du cerveau (a). Cette investigation est susceptible d'être utilisée pour détecter une asymétrie du cerveau qui peut être due à la présence d'une tumeur. L'enregistrement montre, à gauche, le signal émis ; trois échos, ceux correspondant au côté droit et au côté gauche du crâne, sont indiqués (b).

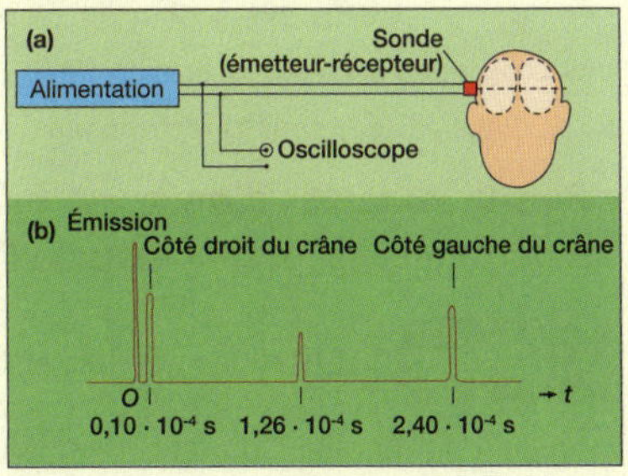

1. À quoi correspond le troisième écho de l'enregistrement ?

2. Calculer la dimension transversale de la boîte crânienne.

3. Déterminer les dimensions transversales des hémisphères cérébraux. Sont-ils symétriques ?

Donnée

On considère que la vitesse de propagation des ultrasons est égale à 1 540 m.s^{-1} en tout point du cerveau.

7 Des ondes électromagnétiques pour le diagnostic médical

L'interaction entre la matière et une onde électromagnétique permet de faire de l'imagerie médicale, c'est-à-dire de créer une représentation visuelle de l'organe étudié à partir des mesures physiques réalisées.
Les radiographies sont obtenues en utilisant des rayons X alors que les clichés d'IRM nécessitent des ondes radio.

1 Les caractéristiques d'une onde électromagnétique

• **Contrairement aux ultrasons, les ondes électromagnétiques** peuvent se propager dans le vide **et** dans des milieux matériels. La lumière visible, les rayonnements ultraviolets ou infrarouges et les rayons X sont des radiations électromagnétiques.

• **Les ondes électromagnétiques sont caractérisées par leur fréquence f et leur longueur d'onde λ dans le vide.** Elles se propagent, dans le vide, à la vitesse $c = 3 \times 10^8$ m.s^{-1}.

• **Dans un milieu matériel, la vitesse de propagation d'une onde électromagnétique est plus faible que dans le vide.** Dans l'air, la vitesse de propagation d'une onde électromagnétique est presque égale à c.

• La longueur d'onde, λ, est reliée à la fréquence de l'onde f ou à la période $T = \frac{1}{f}$ par les relations :

$$\lambda = c.T \qquad\qquad \lambda = \frac{c}{f}$$

• Le spectre électromagnétique est très étendu, **il est divisé en sept domaines** qui vont des rayons gamma aux ondes hertziennes.

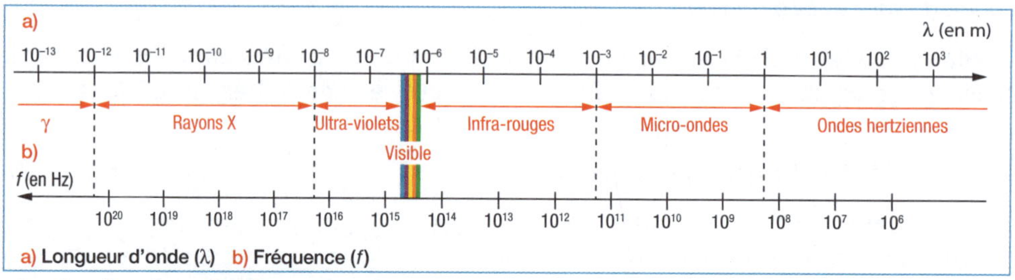

▲ Les domaines des ondes électromagnétiques

• **Plus la longueur d'onde est faible** (ou plus la fréquence est élevée), plus le rayonnement électromagnétique **transporte de l'énergie**.

Méthode Utiliser la relation entre la fréquence et la longueur d'onde

Calculer la longueur d'onde dans le vide d'une onde électromagnétique de fréquence 5.10^{17} Hz et donner le domaine auquel appartient cette onde.

Réponse
On calcule la longueur d'onde, soit $\lambda = \frac{3 \times 10^8}{5 \times 10^{17}} = 6 \times 10^{-10}$ m $= 0{,}6$ nm
Il s'agit de rayons X.

2 Les rayons X

A L'interaction entre la matière et les rayons X

• **Les rayons X**, de longueurs d'onde comprises entre 10^{-3} nm et 10 nm, sont des rayonnements plus énergétiques que les radiations ultraviolettes ; ils sont utilisés lors des **diagnostics médicaux par radiographie**.

> **Le numéro atomique Z**
> Un élément chimique est caractérisé par son numéro atomique Z (**exemple** : le carbone ⟶ Z = 6).

• L'absorption des rayons X par la matière est d'autant plus grande :
– que l'épaisseur traversée est grande ;
– que le numéro atomique Z de l'élément est élevé ;
– que la longueur d'onde λ du faisceau de rayons X est faible.

B Le principe de la radiographie

• Le faisceau de rayons X est émis en direction de la zone du corps humain à examiner.

• **Les rayons X sont absorbés de manière différente selon la nature des tissus** rencontrés. Ainsi, l'intensité du faisceau en sortie sur le détecteur est variable en fonction des organes qu'il a traversés.

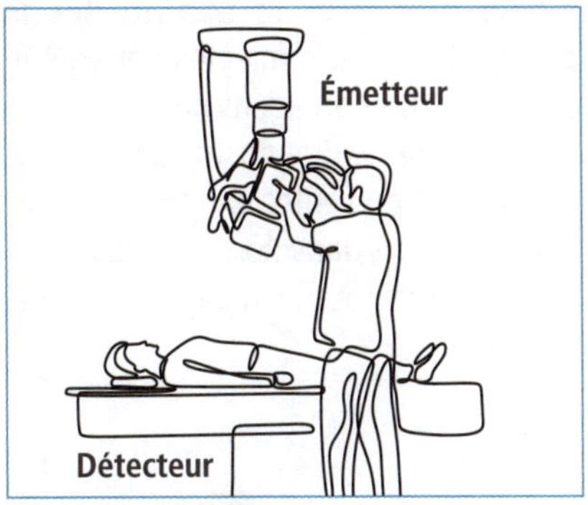

▲ Examen radiologique

• **Le taux d'absorption des rayons X est élevé pour les os, moyen pour les tissus mous et faible pour la graisse**. En effet, les os sont riches en éléments calcium, phosphore et magnésium qui ont des numéros atomiques plus élevés que les constituants des autres tissus (essentiellement du carbone, de l'oxygène, de l'hydrogène).

• **Sur une radiographie :**
– une zone sombre est une zone où l'intensité des rayons X qui a atteint le détecteur est grande ;
– une zone claire est une zone où l'intensité des rayons X qui a atteint le détecteur est faible.

• **Plus la zone est claire, plus les rayons X ont été absorbés par les tissus traversés :** les os apparaissent donc plus clairs que les tissus mous.

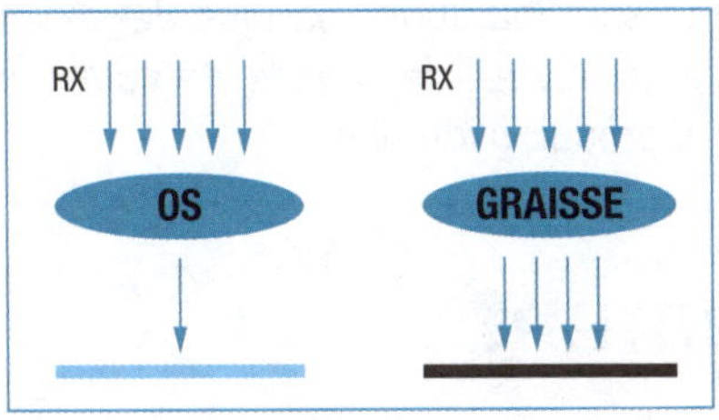

> **Définitions**
> **Radiographie :** diagnostic médical à l'aide de rayons X.
> **Radiothérapie :** traitement curatif à l'aide de rayons X.

• **Lors d'une prise de radiographie, l'exposition aux rayons X est brève et diffuse** contrairement à la radiothérapie externe, destinée à détruire une tumeur cancéreuse, pour laquelle l'exposition est ciblée et répétée sur les cellules malades.

• **Sur une radiographie conventionnelle, on ne détecte que de forts contrastes** (supérieurs à 4 %) distinguant les os des organes, par exemple. Lorsque le contraste est insuffisant, on utilise des produits contrastants, par exemple l'iode ou le sulfate de baryum $BaSO_4$.

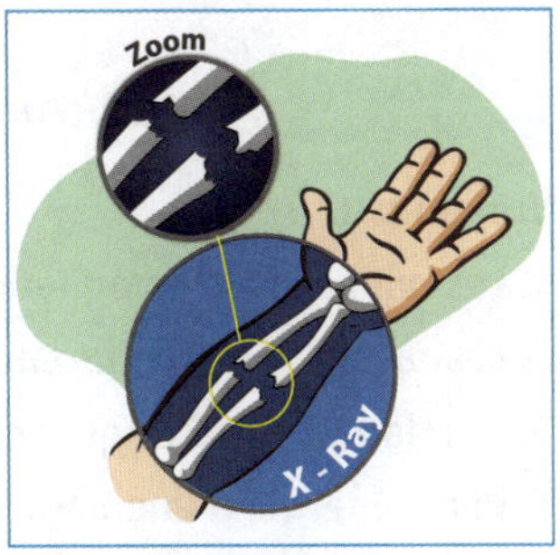

▲ Radiographie d'une fracture

Méthode **Interpréter un cliché radiographique**

Les os apparaissent clairs sur un cliché radiographique, ce qui permet de détecter facilement des fractures.

3 L'imagerie par résonance magnétique (IRM) nucléaire

• **L'imagerie par résonance magnétique (IRM) nucléaire** utilise aussi une onde électromagnétique mais il s'agit de radiations peu énergétiques, à savoir des ondes radios dont les fréquences sont typiquement plusieurs dizaines de MHz (10^7-10^8 Hz, ce qui correspond à des longueurs d'onde de quelques mètres).

• **Pour améliorer la qualité des images obtenues en IRM**, on utilise **des agents de contraste** qui sont injectés par voie intravasculaire au patient avant l'examen. Les critères de choix pour un bon agent de contraste sont :
– d'améliorer le diagnostic des tumeurs ;
– de ne pas présenter une trop grande toxicité pour l'homme ;
– d'être stable dans l'organisme ;
– d'avoir une durée d'élimination par l'organisme courte et compatible avec la durée de l'examen.

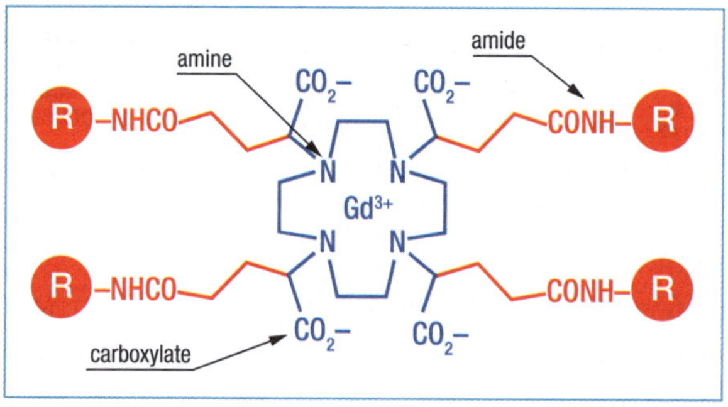

▲ Un exemple de produit de contraste à base d'ion gadolimium Gd^{3+}

• On y reconnaît des fonctions acide carboxylique sous leur forme basique, des fonctions amine et des fonctions amide. Dans le radical R greffé au niveau de l'amide, de nombreuses autres fonctions peuvent être introduites pour rendre le produit hydrophile.

Exercices d'entraînement

Exercice 1 Test de connaissances ★ 5 min

Corrigé p. 208

Vrai ou faux ?

1. **Les ondes électromagnétiques ne se propagent pas dans le vide.**
2. **Les rayons X sont plus énergétiques que les rayons infra-rouges.**
3. **La relation entre fréquence *f*, longueur d'onde λ et vitesse de propagation *c* est $\lambda = c \times f$.**
4. **Plus l'énergie d'une onde électromagnétique est élevée, plus sa fréquence est élevée.**
5. **Les ondes radio sont utilisées en imagerie par résonance magnétique (IRM).**

Exercice 2 Les ondes électromagnétiques ★ 10 min Corrigé p. 208

1. Rappeler la relation entre la longueur d'onde dans le vide, la célérité de la lumière et la fréquence d'une onde électromagnétique.

2. Le domaine des rayons X concerne les ondes électromagnétiques de longueurs d'ondes comprises entre 10^{-8} m et 10^{-12} m.
Déterminer les fréquences correspondantes.

3. Les ondes radios sont des ondes électromagnétiques de fréquence inférieure à 5.10^{8} Hz.
Quelles longueurs d'ondes décrivent de telles ondes ?

Donnée

$C = 3.10^{8}$ m.s^{-1}

Exercice 3 Interpréter un cliché radiographique ★★ 15 min Corrigé p. 209

Le cliché du bassin d'un patient opéré d'une double prothèse de la hanche est donné ci-dessous.

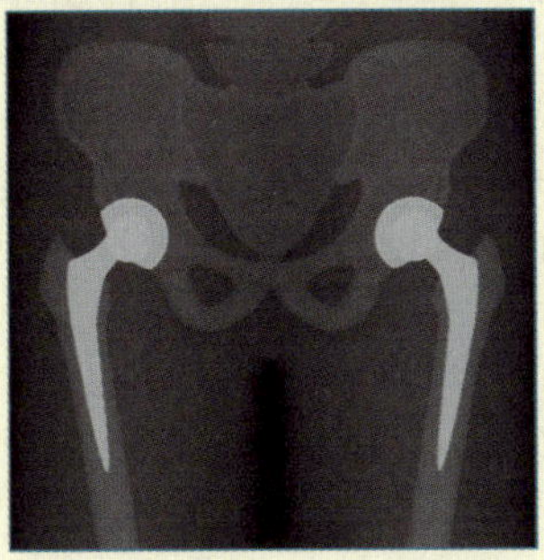

À l'aide des données regroupées dans le tableau suivant, interpréter le cliché radiographique en termes de contrastes :

Principaux éléments chimiques entrant dans la composition des os	Principaux éléments chimiques entrant dans la composition des muscles	Principaux éléments chimiques entrant dans la composition de la prothèse
Oxygène (Z = 8) Hydrogène (Z = 1) Carbone (Z = 6) Calcium (Z = 20) Magnésium (Z = 12)	Oxygène (Z = 8) Hydrogène (Z = 1) Carbone (Z = 6) Azote (Z = 7)	Carbone (Z = 6) Hydrogène (Z = 1) Titane (Z = 22) Fer (Z = 26) Chrome (Z = 24)

Exercice 4 Les rayonnements utilisés en médecine ★★ 10 min Corrigé p. 209

1. Placer sur l'échelle ci-dessous en A et B les rayons X et les ondes radios.

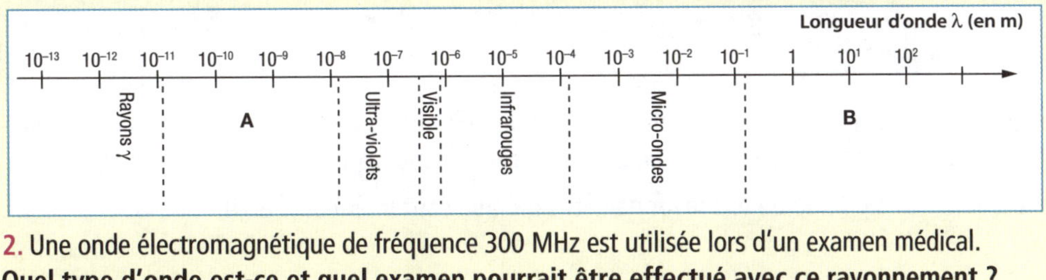

2. Une onde électromagnétique de fréquence 300 MHz est utilisée lors d'un examen médical.
Quel type d'onde est-ce et quel examen pourrait être effectué avec ce rayonnement ?

3. Expliquer le principe de la radiographie.

Donnée

$C = 3.10^{8}$ m.s^{-1}

8 La médecine nucléaire

La médecine nucléaire est une spécialité médicale définie par l'utilisation de médicaments radiopharmaceutiques. On étudie la biodistribution dans l'organisme de ces médicaments au cours du temps. La médecine nucléaire permet d'obtenir des informations uniques sur le fonctionnement normal ou pathologique de l'organisme. En plus de ce rôle diagnostique, elle a également un rôle curatif.

1 La composition d'un atome

• **Un atome** est constitué **d'un noyau** (contenant les protons et les neutrons) **et d'électrons**. Le noyau d'un atome est noté $^{A}_{Z}X$ où Z est le numéro atomique (caractéristique de l'élément chimique) et A le nombre de masse.

> **La composition du noyau**
> Le noyau contient Z protons et A-Z neutrons.

• **Des isotopes** sont des noyaux qui ont le même nombre de protons Z et qui diffèrent par leur nombre de neutrons.

> **Exemple**
> L'élément carbone ($Z = 6$) possède 3 isotopes : $^{12}_{6}C$, $^{13}_{6}C$ et $^{14}_{6}C$.

2 La radioactivité

• **Certains noyaux (noyau père) ont la particularité d'être instables** ; ils se désintègrent en donnant de nouveaux noyaux (noyau fils) :

	Radioactivité α	Radioactivité $\beta-$	Radioactivité $\beta+$
Particule émise	Noyau d'hélium appelé particule α	Électron appelé particule $\beta-$	Positon appelé particule $\beta+$
	$^{4}_{2}He$	$^{0}_{-1}e$	$^{0}_{+1}e$
Équation générale	$^{A}_{Z}X \rightarrow {}^{A-4}_{Z-2}X + {}^{4}_{2}He$	$^{A}_{Z}X \rightarrow {}^{A}_{Z+1}X + {}^{0}_{-1}e$	$^{A}_{Z}X \rightarrow {}^{A}_{Z-1}X + {}^{0}_{+1}e$
Exemples de désintégration radioactive	$^{238}_{92}U \rightarrow {}^{234}_{90}Th + {}^{4}_{2}He$	$^{192}_{77}Ir \rightarrow {}^{192}_{78}Pt + {}^{0}_{-1}e$	$^{18}_{9}F \rightarrow {}^{18}_{8}O + {}^{0}_{+1}e$

• Lors des désintégrations radioactives, les noyaux fils sont dans un état excité (haut en énergie). En se désexcitant, ces noyaux émettent un rayonnement γ de très grande énergie.

• Les longueurs d'onde de tels rayonnements gamma sont inférieures à 10^{-4} nm.

3 Les unités utilisées

A La source radioactive

- **L'activité, notée A, d'une source radioactive est égale au nombre de désintégrations par seconde**. Elle s'exprime en becquerels (Bq).
- **La période ou demi-vie** d'un noyau radioactif, notée T ou $t_{1/2}$, est la durée au bout de laquelle son activité est divisée par 2. Si on connaît l'évolution de l'activité en fonction du temps, on peut déterminer graphiquement cette durée.

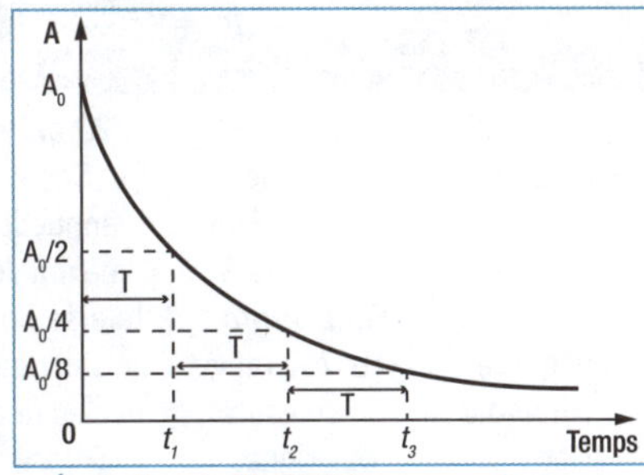

▲ Évolution de l'activité au cours du temps d'une source radioactive

Méthode — Déterminer graphiquement la demi-vie d'un radio-isotope

Connaissant la courbe d'évolution de l'activité en fonction du temps, on reporte l'activité A_0 et l'activité $A_0/2$ sur la courbe et on lit les instants correspondants $t_0 = 0$ et t_1 : la demi-vie est obtenue en calculant $T = t_1 - t_0 = t_1$.
On remarque que la demi-vie peut aussi être obtenue entre t_1 et t_2 ou entre t_2 et t_3.

B L'exposition d'un organisme

- **L'activité par unité de masse corporelle** est le rapport de l'activité de la source à la masse corporelle du sujet. Elle s'exprime en MBq/kg.

- Lorsqu'un organisme est exposé à une source radioactive, il reçoit de l'énergie à la suite de cette irradiation. La dose, notée D, est le rapport de l'énergie reçue (en joules) à la masse de l'organisme (en kg). Elle s'exprime en gray (Gy).

$$D = \frac{E}{m}$$

Dose (Gy) ; Énergie (J) ; Masse (kg)

- Les effets biologiques, résultant de la dose absorbée par un organisme vivant, varient selon la nature et l'énergie des rayonnements ainsi que selon sa radiosensibilité. Ces effets se mesurent en sievert (Sv), unité qui traduit un équivalent de dose, noté ED. FQ est un facteur de pondération qui dépend de la nature du rayonnement impliqué (photons, électrons, particules alpha, etc.).

$$ED = D \times FQ$$

Équivalent de dose (Sv) ; Dose (Gy) ; Facteur de qualité

			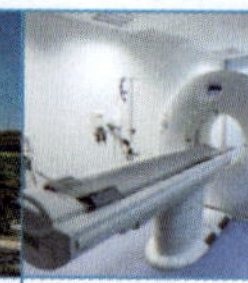			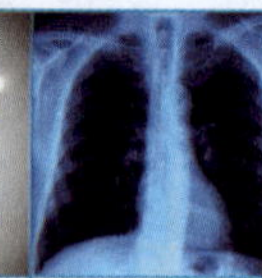
> 1 000 mSv *Stade du mal* du rayon. Le pronostic vital est engagé. Les liquidateurs exposés durant l'accident de ***Tchernobyl*** à 6 000 mSv sont tous morts.	***400 mSv*** Dose de rayonnement par heure à ***Fukushima***. Dès 250 mSv, on constate des signes pathologiques.	***20 mSv*** Dose annuelle maximale tolérée pour un salarié du nucléaire en France.	***10 mSv*** Dose reçue lors d'un scanner.	***~ 2,4 mSv*** Dose moyenne annuelle de rayonnement naturel pour un Français.	***1 mSv*** Dose annuelle maximale recommandée de rayonnement artificiel.	***0,1 à 0,3 mSv*** Dose reçue lors d'une radio des poumons.
				~ 3,4 mSv Dose moyenne annuelle de rayonnement pour un Français.		

▲ Exemples d'équivalent de dose (ED)

CEA, OCD, OMS.

C L'application à la médecine nucléaire

• **Des marqueurs radioactifs sont utilisés en imagerie médicale**. Ce sont généralement des produits radiopharmaceutiques qui incorporent dans leur formule un atome dont le noyau est radioactif. C'est l'émission par cet atome d'un rayonnement qui permet de suivre à la trace le parcours dans le vivant de ce traceur.

> **Définition**
>
> **Curiethérapie :** thérapie dans laquelle un implant contenant une source radioactive est placé à proximité de la tumeur, dans l'organisme.

• **En médecine diagnostique, les doses sont faibles**. La période du radioélément doit être suffisamment longue pour permettre de suivre le processus biologique étudié et de procéder à l'examen, mais être aussi assez courte pour éviter une irradiation inutile. La scintigraphie (marqueur technétium 99) est l'examen le plus irradiant.

• **En radiothérapie** (irradiation externe, curiethérapie), **les doses sont élevées et localisées** (quelques dizaines de grays).

• **En médecine nucléaire**, la manipulation de sources radioactives implique d'importantes **précautions de protection** : écrans de plomb, chambres ou salles d'examens blindées.

• **Pour le personnel soignant :** temps de présence dans les zones de travail limité, port de détecteurs mesurant les doses auxquelles ils sont soumis (dosimètres).

• Les zones de travail où des rayonnements ionisants sont utilisés sont signalées à l'aide des symboles suivants :

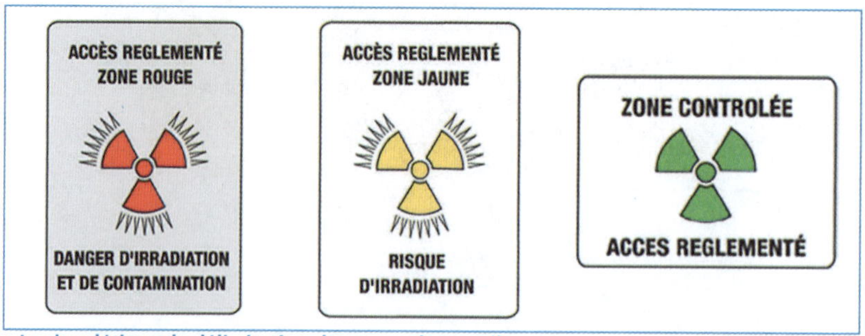

▲ La signalétique de délimitation des zones de travail sous rayonnements ionisants

Exercices d'entraînement

Exercice 1 Test de connaissances ★ 5 min

Corrigé p. 209

Vrai ou faux ?

1. Des isotopes ont le même numéro atomique.
2. Lors d'une désintégration α, il y a émission d'un noyau d'hélium ${}^{4}_{2}He$.
3. Les rayonnements γ sont moins énergétiques que les rayons X.
4. Au bout d'une durée de 2 demi-vies, l'activité d'un échantillon est nulle.
5. L'utilisation de marqueurs radioactifs est sans danger pour le personnel soignant.

Exercice 2 La composition des noyaux ★ 5 min

Corrigé p. 209

À l'aide du tableau périodique, compléter le tableau ci-dessous :

Noyau	${}^{12}_{6}C$			
A			56	18
Z			26	
N		13		
Élément		Carbone		Fluor

Exercice 3 La désintégration radioactive ★ 5 min

Corrigé p. 209

Pour chaque équation de désintégration radioactive, indiquer de quel type de radioactivité il s'agit.

a) ${}^{40}_{19}K \rightarrow {}^{40}_{20}Ca + {}^{0}_{-1}e$

b) ${}^{140}_{55}Cs \rightarrow {}^{140}_{56}X + {}^{0}_{-1}e$

c) ${}^{238}_{94}Pu \rightarrow {}^{234}_{92}U + {}^{4}_{2}He$

d) ${}^{15}_{8}O \rightarrow {}^{15}_{7}N + {}^{0}_{+1}e$

Exercice 4 La période d'un radioisotope ★★ 10 min

Corrigé p. 209

On dispose de résultats de mesures relatifs à la décroissance de l'activité de deux sources radioactives.

1. Déterminer graphiquement les périodes des radionucléides correspondant à ces deux courbes.
2. Tracer la courbe d'un radionucléide de période 100 minutes et d'activité initialement égale à 12.

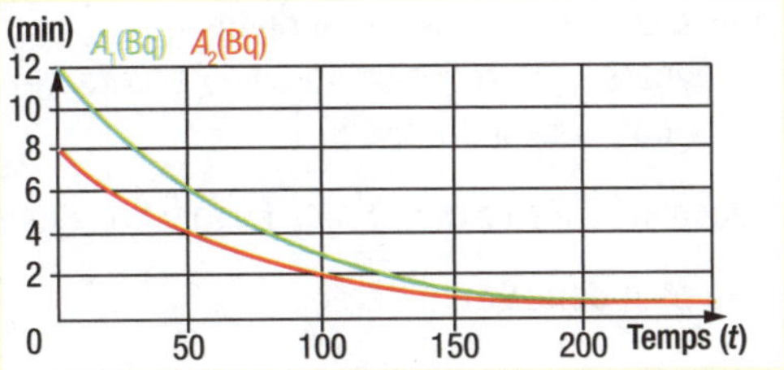

9 L'analyse d'un milieu

L'analyse d'un milieu permet de mettre en œuvre le contrôle qualité des aliments et des produits mis sur le marché. Un dosage sert à déterminer la concentration C d'une espèce chimique présente dans une solution.

1 Le dosage par titrage

A Le principe

• **Un dosage par titrage direct** est un dosage utilisant une transformation chimique.

• On verse progressivement une solution de B à l'aide d'une burette graduée dans une solution de A de volume V_0 mesuré précisément.

• **On cherche à repérer l'équivalence** du titrage : c'est le volume V noté V_{eq} tel que A et B aient été **introduits en proportions stœchiométriques**. La relation à écrire à l'équivalence est reliée à l'équation bilan de la réaction support du titrage.

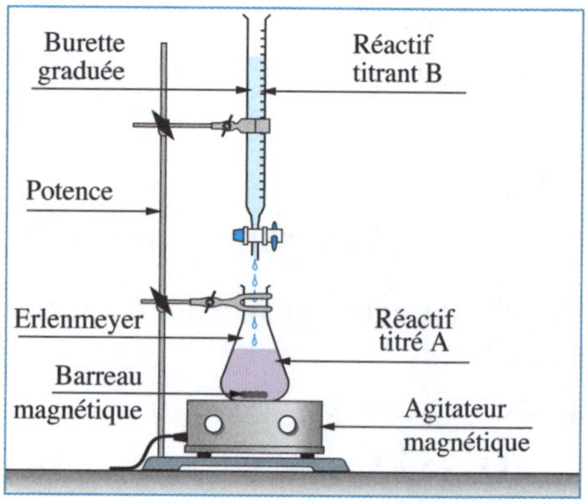

• **Relation fondamentale à écrire à l'équivalence pour la réaction de titrage :**

$$\alpha\,A + \beta\,B \rightarrow \text{produits}$$

$$\frac{C_0 \cdot V_0}{\alpha} = \frac{C \cdot V_{eq}}{\beta}$$

- C_0 : concentration du réactif dosé
- V_0 : volume prélevé de réactif dosé (A)
- C : concentration du réactif titrant
- V_{eq} : volume de réactif titrant (B) versé à l'équivalence

B Titrage avec suivi conductimétrique

• **Chaque ion conduit le courant différemment**. La conductivité σ de la solution peut varier lors du titrage. σ varie si la concentration des ions varie au cours du titrage.

– Dès que l'équivalence est dépassée, la conductivité varie encore, cette fois en raison uniquement de l'ajout d'ions titrants, non consommés.

– Pendant le titrage, la conductivité s'écrit : $\sigma = \sum_{ion} a_i c_i$. En fonction des valeurs des constantes a_i, l'évolution de la conductivité peut donc être différente.

Exemple **Dosage de l'acide chlorhydrique par une solution d'hydroxyde de sodium**

La réaction de titrage est : $(H_3O^+,Cl^-)_{(aq)} + (Na^+,HO^-)_{(aq)} \rightarrow 2H_2O + (Na^+,Cl^-)_{(aq)}$

Les constantes caractéristiques des ions sont :

a_{H3O+}	a_{Cl-}	a_{Na+}	a_{HO-}
35,0 $mS.m^2.mol^{-1}$	7,6 $mS.m^2.mol^{-1}$	5 $mS.m^2.mol^{-1}$	19,8 $mS.m^2.mol^{-1}$

- **Avant l'équivalence du titrage** : les ions H_3O^+ sont consommés par les ions HO^-, des ions Na^+ sont ajoutés avec les ions hydroxydes HO^-.

Bilan des ions : $H_3O^+ \downarrow$ $Cl^- \rightarrow$ $Na^+ \uparrow$

Comme $a_{H3O+} > a_{Na+}$, la disparition des ions H_3O^+ n'est pas compensée par l'apparition des ions Na^+ : la conductivité de la solution diminue.

- **Après l'équivalence**, on ajoute des ions HO^- qui ne réagissent plus car il n'y a plus d'ions H_3O^+ ; des ions Na^+ sont ajoutés avec les ions HO^-.

Bilan des ions : $HO^- \uparrow$ $Cl^- \rightarrow$ $Na^+ \uparrow$

La quantité d'ions augmente, la conductivité augmente.

L'allure des variations de la conductivité en fonction du volume de soude versé est donnée ci-dessous :

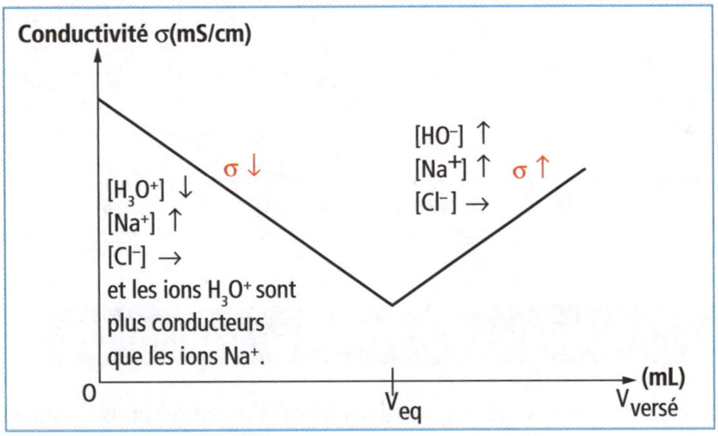

▲ Courbe obtenue lors d'un titrage par suivi conductimétrique de l'acide chlorhydrique par la soude

- L'équivalence se repère à **l'intersection des deux droites** : le volume versé est V_{eq}.

2 Le dosage par étalonnage

- **Un dosage par étalonnage utilise une grandeur physique proportionnelle à la concentration :**

étape 1	étape 2	étape 3
On mesure, pour des solutions de concentrations connues en espèce A, une grandeur physique (conductivité, absorbance) qui dépend de la concentration de cette espèce.	On trace la représentation graphique (courbe d'étalonnage) de l'évolution de la grandeur mesurée en fonction de la concentration de A.	On mesure ensuite cette même grandeur pour la solution de concentration C inconnue en A ; la valeur de C est alors déduite de la courbe d'étalonnage.

• **Pour réaliser une gamme étalon (étape 1)**, il est nécessaire de faire des dilutions d'une solution mère de concentration $C_{mère}$.

$$C_{fille}.V_{fille} = C_{mère}.V_{mère}$$

• C_{fille} est la concentration de la solution obtenue en mettant un volume $V_{mère}$ de solution mère dans une fiole jaugée de volume V_{fille}.

Dosage conductimétrique	Dosage spectrophotométrique
Technique utilisée dans le cas de solutions ne comportant qu'un seul électrolyte.	Technique utilisée dans le cas de solutions ne comportant qu'une seule espèce absorbant à la longueur d'onde choisie.
Loi de Kohlrausch $\sigma = k.C$ σ en siemens par mètre ($S.m^{-1}$) et C en $mol.L^{-1}$	Loi de Beer-Lambert $A = k.C$ A sans unité et C en $mol.L^{-1}$
En mesurant la conductivité σ_0 de la solution S_0, on en déduit, grâce à la courbe d'étalonnage, la concentration molaire C_0 de la solution S_0.	En mesurant l'absorbance A_0 de la solution S_0, on en déduit, grâce à la courbe d'étalonnage, la concentration molaire C_0 de la solution S_0.
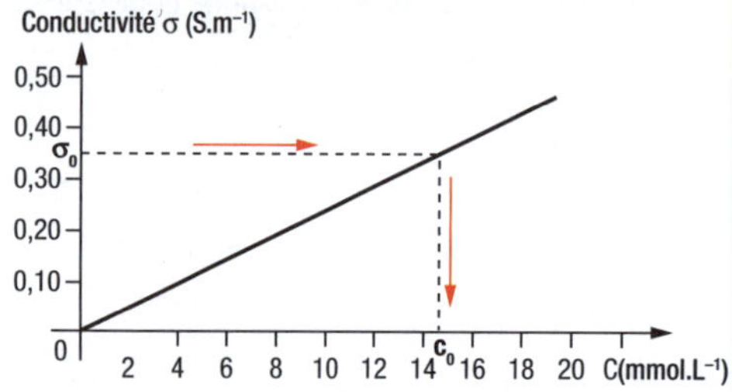 	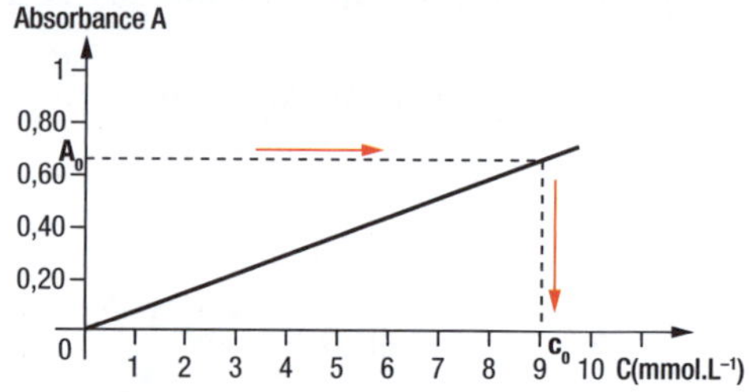

3 Les enjeux révélés par l'analyse d'un milieu

• **La présence de substances chimiques** dans un milieu naturel ou biologique est détectée par son analyse.

• **Les doses détectées sont comparées à des normes** fixées par des règlementations : pour les rejets industriels, il existe des concentrations limites pour chaque substance susceptible d'être rejetée dans un milieu naturel.

• Un polluant, par exemple, peut être présent dans un milieu à une dose inférieure **au seuil de sa détection**. Ne pas le détecter ne signifie donc pas qu'il est absent. Grâce aux avancées technologiques, les seuils de détection des substances sont de plus en plus bas.

• **Des doses faibles associées à des durées d'expositions longues** peuvent être aussi, voire plus, dangereuses pour la santé qu'une exposition courte avec une dose plus forte. Cet effet est dû à la bioaccumulation de ces substances.

• **La vitesse de dégradation** d'une substance toxique ou **d'élimination** d'un produit par l'organisme doit aussi être prise en compte dans l'analyse du risque sanitaire ou environnemental.

Exercices d'entraînement

Exercice 1 Test de connaissances ★ 5 min Corrigé p. 209

Vrai ou faux ?

1. La relation à l'équivalence du dosage des ions hydroxyde (concentration $[HO^-]$ et volume prélevé V_{HO-}) par les ions oxonium (concentration $[H_3O^+]$ et volume équivalent V_{H3O+}) selon la réaction d'équation $HO^- + H_3O^+ \rightarrow 2H_2O$ est :

$$[HO^-].V_{HO^-} = 2\,[H_3O^+].V_{H3O+}$$

2. Pour diluer une solution S_1 par 10, on peut prélever 10 mL de solution et compléter à 100 mL dans une fiole jaugée.

3. Lors du suivi conductimétrique d'un titrage, la conductivité augmente tout au long du titrage.

4. Lors d'un dosage spectrophotométrique par étalonnage, il faut réaliser plusieurs mesures d'absorbance.

5. Plus la dose d'une substance toxique est faible, plus les risques sanitaires sont faibles.

Exercice 2 Le dosage de l'acidité d'un vinaigre ★★ 15 min Corrigé p. 209

Un vinaigre à 8° contient 8 g d'acide acétique (CH_3CO_2H, masse molaire M = 60 g.mol^{-1}) dans 100 mL de vinaigre. On dose 10 mL d'un vinaigre dont on cherche à évaluer le degré par une solution de soude (Na^+,HO^-) de concentration 1,0 mol.L^{-1}. L'équation de la réaction de titrage est $CH_3CO_2H + HO^- \rightarrow CH_3CO_2^- + H_2O$ et le volume équivalent est obtenu à 14 mL.

1. Calculer la concentration molaire en acide acétique dans le vinaigre.

2. En déduire la concentration massique et le degré du vinaigre.

Exercice 3 La qualité d'un lait ★★★ 30 min Corrigé p. 210

Le lait de vache est un liquide biologique de densité 1,03. Il est constitué de 87 % d'eau, de 4,7 % de lactose et de 3,5 à 4 % de matières grasses (proportions en masse). Un lait frais est légèrement acide, son *pH* est compris entre 6,6 et 6,8. Cependant, le lactose subit naturellement une dégradation biochimique progressive sous l'effet des bactéries et il se transforme en acide lactique. En conséquence, plus le *pH* du lait est faible et moins il est frais.

L'industrie laitière utilise le degré Dornic pour quantifier l'acidité d'un lait. Un degré Dornic (1 °D) correspond à 0,1 g d'acide lactique par litre de lait.

Pour être considéré comme frais, un lait doit avoir une acidité inférieure ou égale à 18 °D.

- Masse molaire de l'acide lactique ($C_3H_6O_3$) : 90 g.mol^{-1}.
- Couples acide/base : acide lactique $C_3H_6O_3$/ion lactate $C_3H_5O_3^-$ et H_2O/HO^-.
- Constantes caractéristiques des ions à 25 °C :

Ion	HO^-	Na^+	$C_3H_5O_3^-$
k_i(mS.m^2.mol^{-1})	19,8	5,0	4,0

Un technicien dose l'acide lactique présent dans un lait à l'aide d'une solution aqueuse d'hydroxyde de sodium ($Na^+_{(aq)} + HO^-_{(aq)}$) à 0,1 mol.L^{-1}. Il prélève 100 mL de lait. L'équivalence du dosage est obtenue lorsque le volume de soude versée est de 21,0 ± 0,1 mL.

1. L'acide lactique réagit avec les ions hydroxyde pour donner des ions lactates et de l'eau.

Écrire l'équation de la réaction support du titrage.

2. Écrire la relation à l'équivalence.

3. Indiquer parmi les courbes de suivi conductimétrique suivantes quelle est la courbe que le technicien a obtenue.

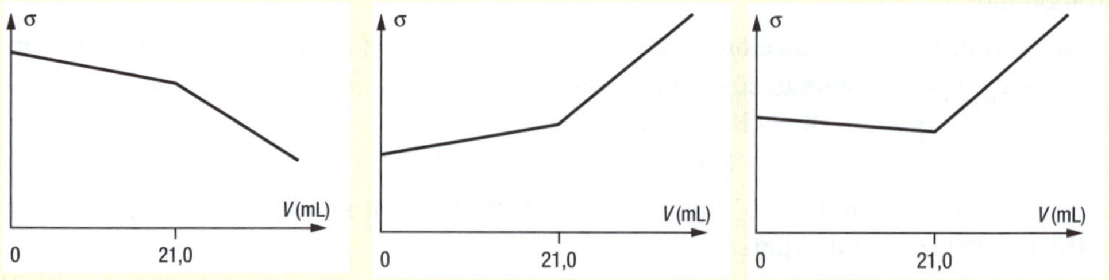

Proposition A | Proposition B | Proposition C

4. Calculer la concentration massique en acide lactique présent dans le lait. Le lait dosé est-il frais ?

Exercice 4 Le dosage par étalonnage ★★★ 30 min

Corrigé p. 210

L'eau de Dakin est un antiseptique utilisé pour le lavage des plaies et des muqueuses. L'étiquette du flacon mentionne que pour un volume V = 100 mL, il y a 0,0010 g de permanganate de potassium ($KMnO_4$).

Données

Masses molaires en $g.mol^{-1}$: O : 16 ; K : 39 ; Mn : 55.

1. Afin de réaliser une échelle de teintes, on prépare un volume V_0 = 500 mL d'une solution mère S_0 de permanganate de potassium à la concentration molaire en soluté apporté $c_0 = 0{,}01$ $mol.L^{-1}$.

Calculer la masse de permanganate de potassium solide à peser pour préparer cette solution par dissolution.

2. La solution S_0 permet de préparer une échelle de teintes constituée par cinq solutions dont on mesure l'absorbance A à la longueur d'onde 530 nm.

Solution	S_1	S_2	S_3	S_4	S_5
Concentration c ($mol.L^{-1}$)	1.10^{-4}	8.10^{-5}	6.10^{-5}	4.10^{-5}	2.10^{-5}
Absorbance A	0,221	0,179	0,131	0,088	0,044

Tracer la courbe représentant A = f(c).

3. L'absorbance de l'eau de Dakin à la longueur d'onde λ = 530 nm est 0,14. À cette longueur d'onde, et pour les concentrations des espèces chimiques de l'eau de Dakin, on admettra que seul le permanganate de potassium intervient dans la mesure de l'absorbance.

En déduire la concentration molaire c_{exp} en permanganate de potassium apporté de l'eau de Dakin.

4. **À partir des données de l'étiquette, calculer la concentration molaire c en permanganate de potassium apporté de l'eau de Dakin et comparer au résultat expérimental. Pour cela, on calculera l'écart relatif que l'on exprimera en pourcentage.**

10 La structure chimique des protéines

La composition des protéines (c'est-à-dire l'enchaînement des acides aminés qui les constituent) ainsi que leur structure dans l'espace sont essentielles pour comprendre leurs actions dans l'organisme.

1 Les briques des protéines : les acides α-aminés

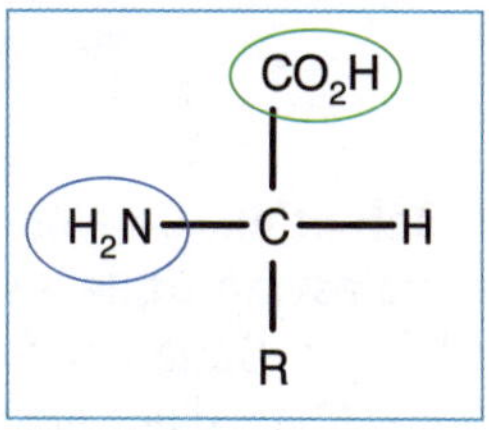

• **Un acide α-aminé** est une molécule organique qui comporte un groupe **acide carboxylique** et un groupe **amine** portés par un même atome de carbone.

• L'atome de carbone est aussi lié à un atome d'hydrogène et à une chaîne latérale (R) dont la nature dépend de l'acide aminé.

• En plus de ces deux fonctions, les acides α-aminés les plus courants peuvent contenir d'autres fonctions sur la chaîne latérale (R) telles que des fonctions **alcool**, **acide carboxylique** ou amide.

Exemples

Asparagine (Asn)	Sérine (Ser)	Acide aspartique
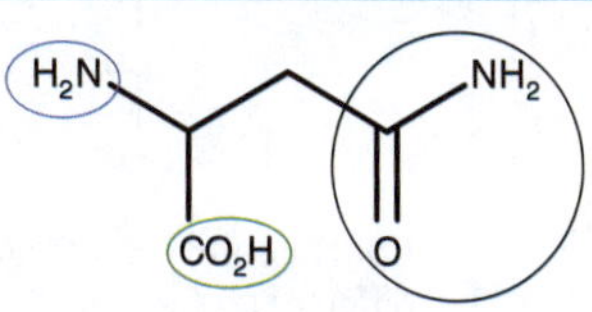	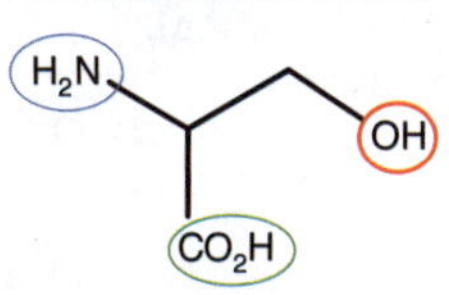	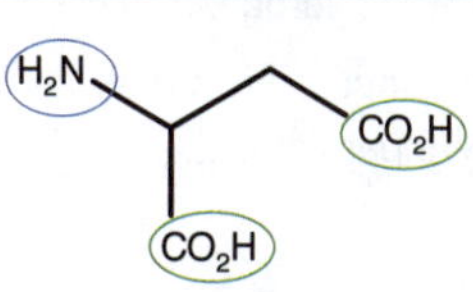

2 La représentation spatiale

• Des molécules peuvent avoir la même formule brute et la même formule semi-développée et pourtant être différentes en raison de la **disposition dans l'espace** des atomes.

• **Pour représenter une structure 3D sur une feuille**, on dispose de **deux modes de représentation**.

Représentation de Cram d'un acide α-aminé	Projection de Fischer d'un acide α-aminé
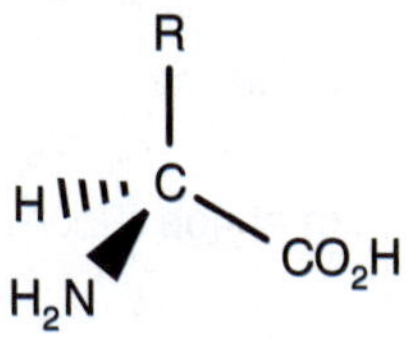	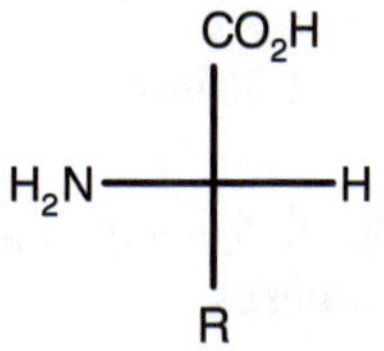

Représentation de Cram d'un acide α-aminé	Projection de Fischer d'un acide α-aminé
 liaison dans le plan de la feuille. liaison hors du plan ; l'atome à la pointe est en avant de celui à la base du triangle. liaison hors du plan ; l'atome à la pointe est en arrière de celui à la base du triangle.	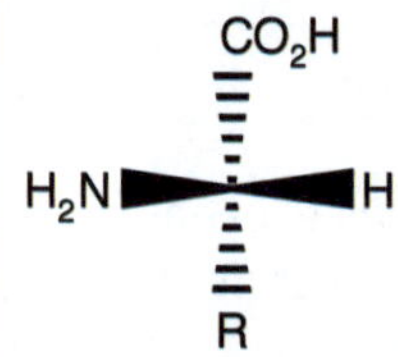 Le carbone central est à l'intersection de la croix. **Trait horizontal :** les liaisons pointent vers l'avant. **Trait vertical :** les liaisons pointent vers l'arrière. **Le groupe acide est placé en haut**, le groupe R en bas.
	• Si le groupe NH_2 est à gauche dans la représentation de Fischer, l'acide α-aminé appartient à la série L (ou configuration L). **• Si le groupe NH_2 est à droite dans la représentation de Fischer, l'acide α-aminé appartient à la série D (ou configuration D).**

• **Définition.** Un atome de carbone est appelé « **atome de carbone asymétrique** » si et seulement si il est lié à quatre groupes différents. On le repère alors sur une molécule à l'aide d'un astérisque (*) ou d'une étoile.

Exemples La glycine et l'alanine sont deux acides α-aminés naturels.

• La glycine ne contient pas de carbone asymétrique car il porte deux substituants identiques (deux atomes d'hydrogène).

• L'alanine contient un atome de carbone asymétrique (repéré par l'étoile).

Gly

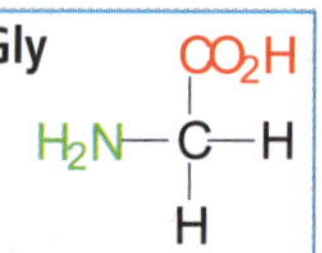

Ala

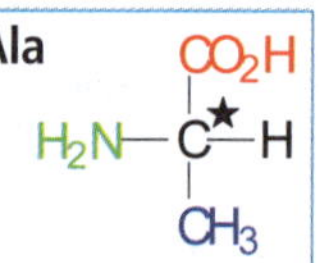

> **Attention**
> La différence entre les groupes peut apparaître plus loin qu'au premier rang (atome directement lié au carbone).
>
> **Exemple**
>
> 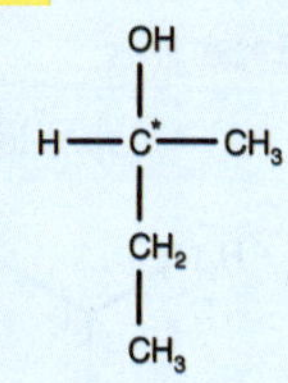
>
>
> **Conclusion :** CH_3 est un groupe différent de CH_2-CH_3.

3 La chiralité

• **Deux molécules, images l'une de l'autre dans un miroir**, peuvent être non superposables.

Exemple Les deux molécules d'alanine représentées ci-dessous :

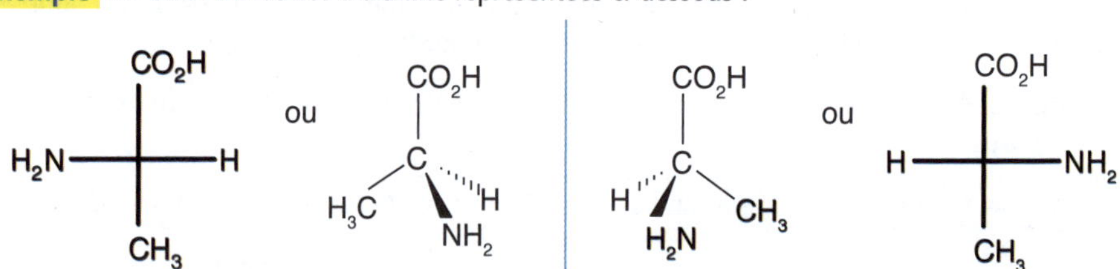

L-alanine **D-Alanine**

• **De telles molécules**, images l'une de l'autre dans un miroir plan et non superposables, sont appelées **énantiomères**.

• **Une structure dont l'image dans un miroir plan donne une structure identique est dite achirale.** Par opposition, **une structure dont l'image dans un miroir plan donne une structure non superposable est dite chirale**.

4 Peptides et protéines

• Lorsque la fonction acide carboxylique d'un acide α-aminé réagit avec la fonction amine d'un autre acide α-aminé, il se crée **une liaison amide appelée dans ce cas liaison peptidique**.

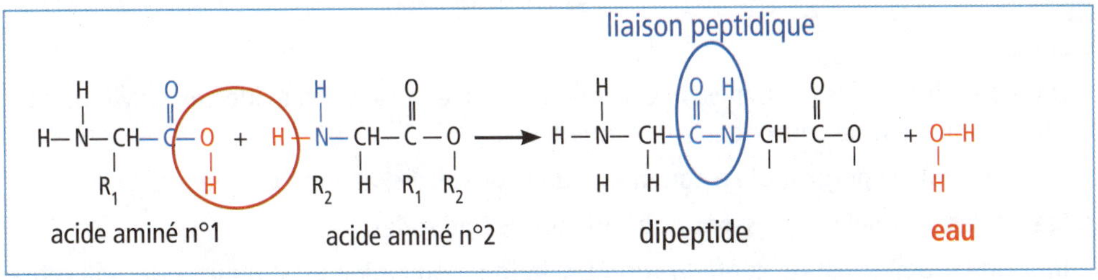

• **Cette réaction est une réaction de condensation** : deux molécules s'unissent avec l'élimination d'une molécule d'eau. **La réaction inverse est la réaction d'hydrolyse du dipeptide.**

• **Lorsque l'on fait réagir deux acides α-aminés différents**, par exemple la glycine et l'alanine, on peut **obtenir quatre dipeptides différents** que l'on nomme à l'aide des codes à 3 lettres des acides α-aminés.

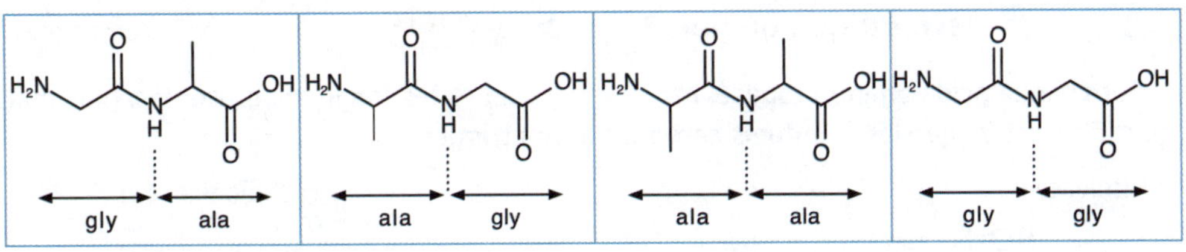

• Un dipeptide peut réagir avec un autre acide α-aminé pour donner un tripeptide qui, à son tour, pourra réagir, etc. On obtient des polypeptides et, dans le cas où le nombre d'acides aminés liés est grand (supérieur à 100), on parle de **protéine**.

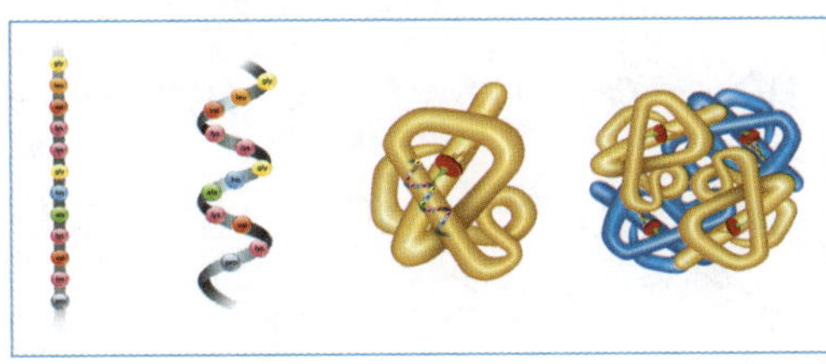

▲ La structure des protéines

• **Les protéines sont des macromolécules** ; leur structure tridimensionnelle est liée :
– à la séquence (enchaînement des acides aminés) ;
– à la géométrie de la liaison peptidique ;
– et aux interactions entre les différentes parties de la chaîne.

• **L'action d'une protéine au sein de l'organisme est liée à sa structure tridimensionnelle.** On peut visualiser cela avec le modèle clé-serrure proposé par Fisher en 1890 pour les complexes enzymes-substrat (les enzymes sont des protéines).

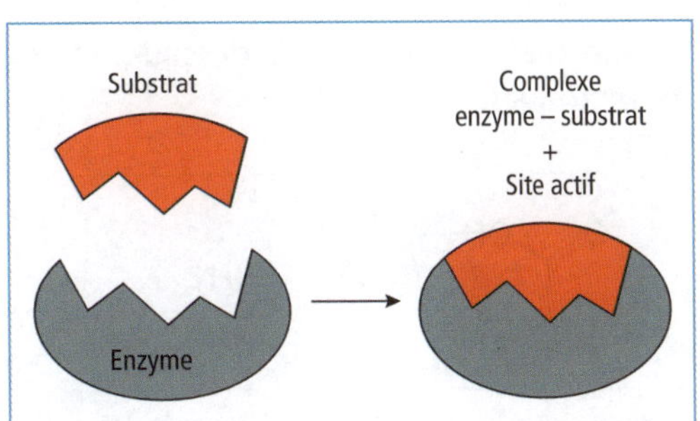

▲ Modèle clé-serrure

• **Un substrat pourra donc interagir avec une enzyme uniquement si** sa structure dans l'espace correspond exactement à celle du site de l'enzyme qui l'accueille.

Exercices d'entraînement

Exercice 1 Test de connaissances ★ 5 min

Corrigé p. 210

Vrai ou faux ?

1. Dans tous les acides α-aminés, le carbone qui porte la fonction acide carboxylique et la fonction amine est un carbone asymétrique.

2. Une molécule superposable à son image dans un miroir plan est chirale.

3. Les acides α-aminés réagissent pour donner des peptides.

4. Un acide α-aminé est de configuration L si la fonction amine est à gauche dans la représentation de Fischer.

5. Le tripeptide ala-gly-ala possède deux liaisons peptidiques.

Exercice 2 Asymétrique ou non ? ★★ 20 min

Corrigé p. 211

1. Sur chaque acide aminé proposé, repérer et nommer les fonctions présentes, puis marquer d'un astérisque les éventuels carbones asymétriques.

a) Isoleucine

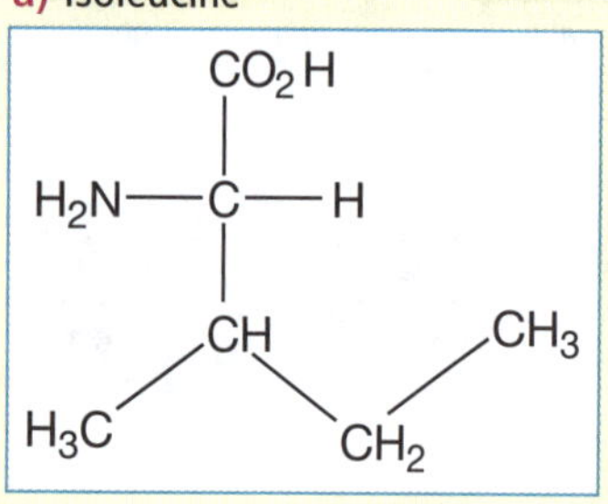

b) Leucine

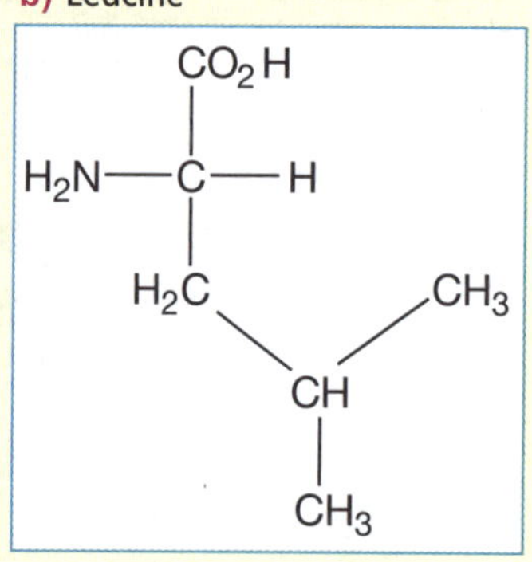

c) Thréonine

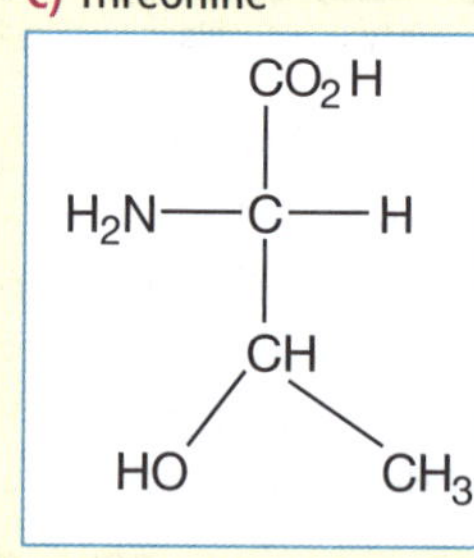

2. Sur chaque molécule ci-dessous, marquer d'un astérisque les éventuels carbones asymétriques.

a)

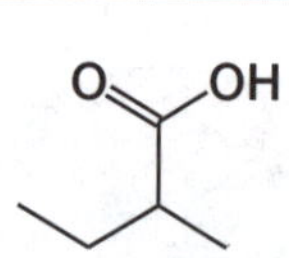

b)

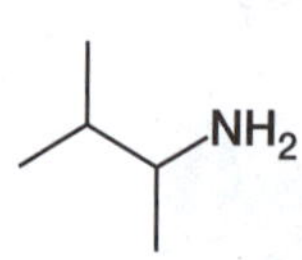

c)

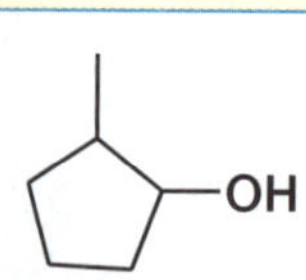

d)

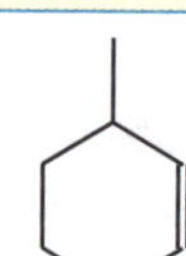

e)

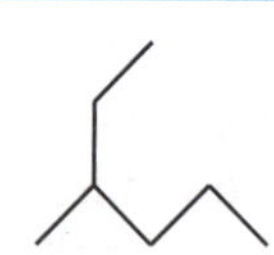

Exercice 3 Chiral ou achiral ? ★★★ 25 min

Corrigé p. 211

1. Pour les différents couples proposés, indiquer si les molécules sont énantiomères ou identiques.

a)

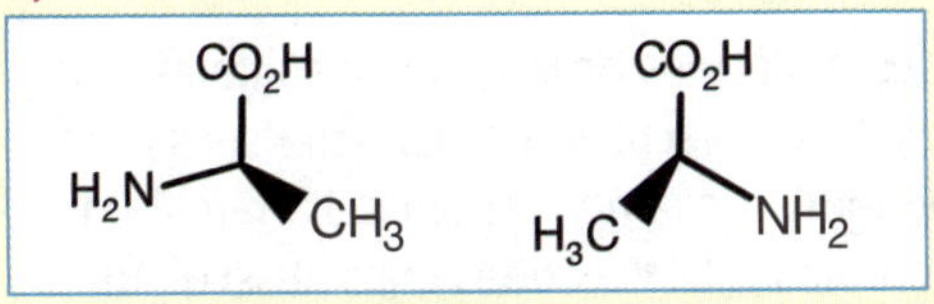

b)

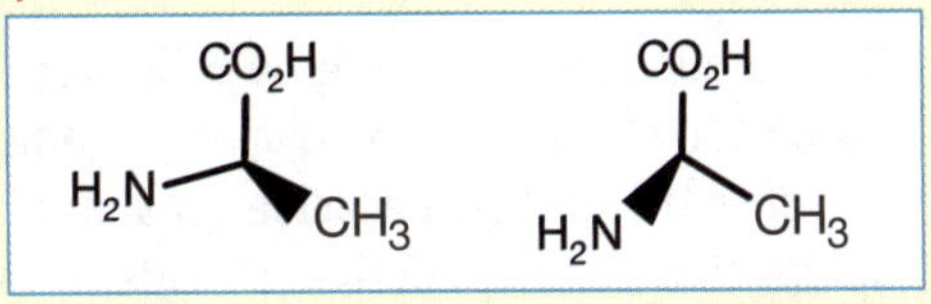

2. La valine est un acide α-aminé représenté ci-contre.

a) **Représenter la molécule en projection de Fischer.**

b) **Donner l'appartenance à la série L ou D de cet acide aminé.**

c) **Représenter son image dans un miroir plan. La valine est-elle chirale ?**

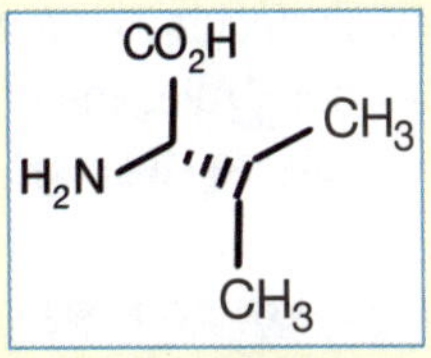

CHIMIE, BIOLOGIE ET PHYSIO. HUMAINES

Exercice 4 La synthèse d'un dipeptide ★★ 20 min

Corrigé p. 211

La kyotorphine est un dipeptide neuroactif qui joue un rôle dans le mécanisme de la douleur dans le cerveau. Il peut être synthétisé à partir de l'arginine (a) et de la tyrosine (b).

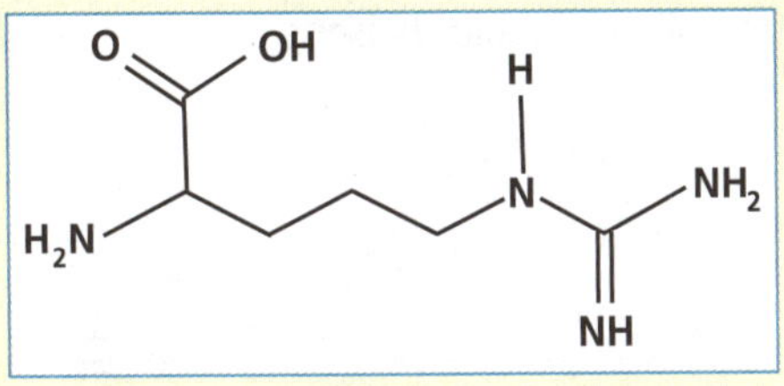

a) Arg

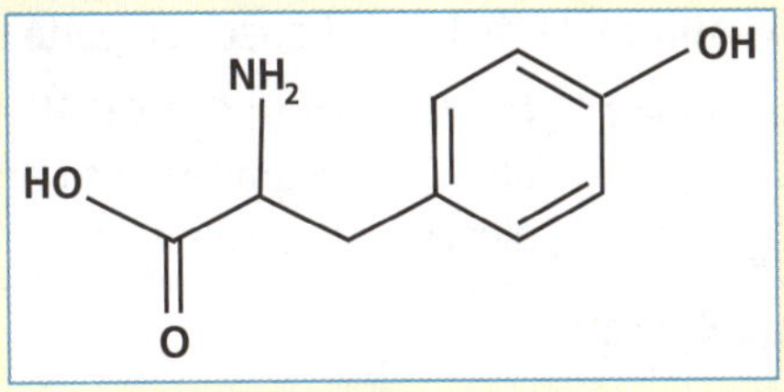

b) Tyr

1. **Écrire la formule des différents dipeptides que l'on peut obtenir en faisant réagir l'arginine avec la tyrosine.**

2. **Sachant que c'est la fonction amine de l'arginine qui réagit lors de la réaction, en déduire la formule de la kyotorphine.**

Exercice 5 L'hydrolyse d'un dipeptide ★★ 10 min

Corrigé p. 212

On considère le dipeptide ci-dessous :

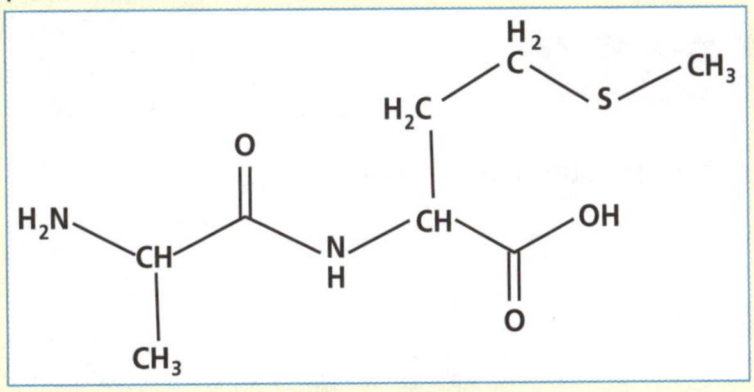

1. **Recopier la molécule et entourer la liaison peptidique.**

2. **Écrire la réaction d'hydrolyse de ce dipeptide et en déduire les formules des acides aminés constitutifs de cette molécule.**

11 La structure des lipides

On regroupe sous le terme de « **lipides** » des molécules organiques insolubles dans l'eau et solubles dans les solvants organiques. Ces molécules sont caractérisées par la présence d'au moins un acide gras ou d'une longue chaîne carbonée. La famille des lipides comprend des dérivés d'acides gras comme les triglycérides mais aussi d'autres molécules comme le cholestérol ou les stéroïdes. Dans l'organisme, les lipides ont deux rôles majeurs : un rôle structural au niveau de la membrane des cellules et un rôle de stockage de l'énergie.

1 Les acides gras

• **Les acides gras possèdent une fonction acide carboxylique et une longue chaîne carbonée** (supérieure à quatre atomes de carbone). L'acide gras est dit :
– **saturé** si la chaîne carbonée ne comporte que des liaisons simples C-C ;
– **insaturé** si la chaîne carbonée comporte une ou plusieurs doubles liaisons C=C.

• **Lien avec la formule brute $C_xH_yCO_2H$:**
– si $y < 2x + 1$, alors l'acide gras est insaturé ;
– si $y = 2x + 1$, alors l'acide gras est saturé.

Exemples

Acide palmitique	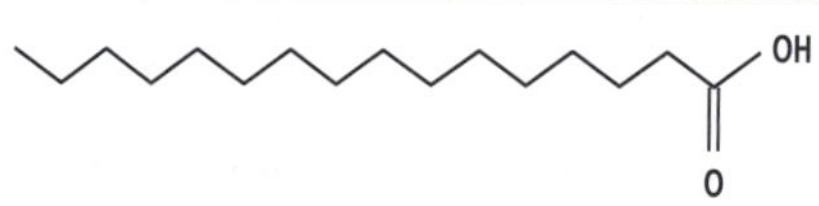	$C_{15}H_{31}CO_2H$	$31 = 2 \times 15 + 1$ → acide gras saturé
Acide linoléique	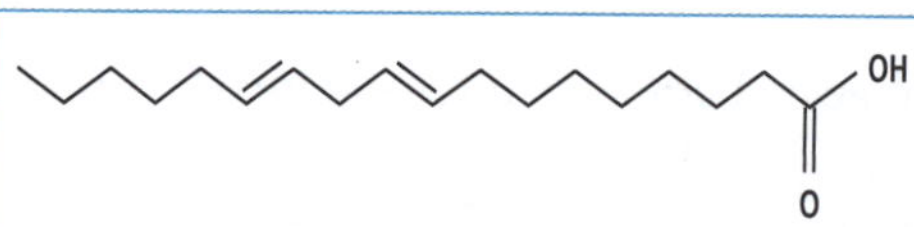	$C_{17}H_{31}CO_2H$	$31 < 2 \times 17 + 1 = 35$ → acide gras insaturé

• L'extrémité (la « tête ») -COOH est **hydrophile** alors que la chaîne carbonée (la « queue ») est **hydrophobe**.

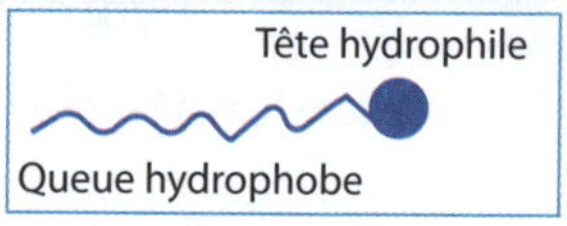

▲ La schématisation de l'acide gras

2 Les triglycérides

• **Un triglycéride est un triester** d'acides gras et du glycérol.

• Les triglycérides peuvent s'hydrolyser :
– en présence d'eau selon l'équilibre :

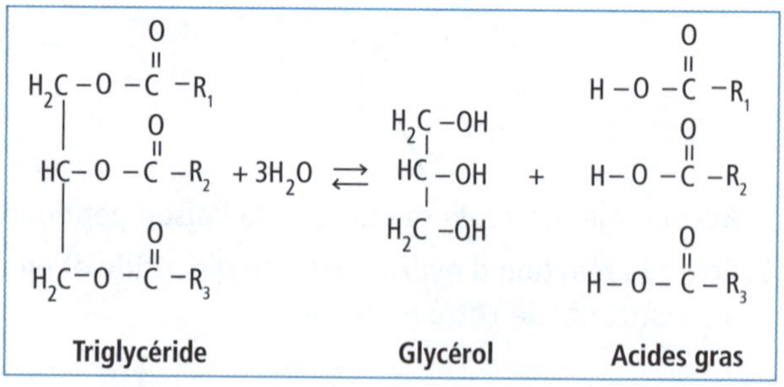

– en milieu basique (avec de la soude) selon une réaction appelée **réaction de saponification** :

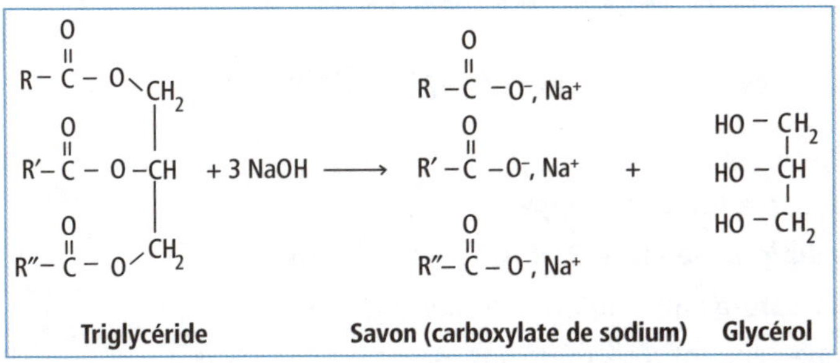

• Une mole de triglycéride libère par cette réaction 1 mole de glycérol et 3 moles de carboxylate de sodium (acide gras sous forme basique).

• Pour réaliser cette réaction, on utilise la soude en excès : le triglycéride est le **réactif limitant.**

• **Le rendement de la réaction de saponification**, dans ces conditions, est défini comme le rapport entre la quantité de matière de savon obtenue expérimentalement et la quantité de matière de savon maximale qu'il est possible d'obtenir.

$$R = \frac{n_{\text{exp savon}}}{n_{\text{max savon}}}$$

Méthode **Calculer un rendement de saponification**

Calculer le rendement de la saponification d'1 mole de triglycéride si on recueille 2,4 moles de savon.

1 mole de triglycéride peut donner au maximum 3 moles de savon, donc $R = \frac{2,4}{3} = 0,8$, soit 80 % de rendement.

3 Les stérols

• **Les stérols sont des alcools polycycliques.** On les trouve naturellement dans de nombreux organismes (plantes, champignons, animaux).

• **Le cholestérol est un stérol essentiel**, il entre dans la composition des membranes des cellules.

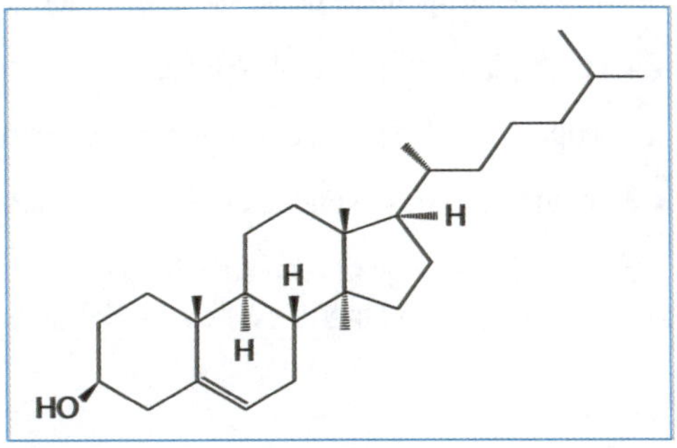

▲ Molécule de cholestérol

• **Il est très peu soluble dans l'eau** (et donc dans le sang), son transport dans l'organisme est assuré par des protéines.

4 Les lipides et la santé

• **Les lipides constituent le carburant** nécessaire au fonctionnement de l'organisme. Ils sont les précurseurs de nombreuses autres molécules telles que les stéroïdes, les vitamines ou les prostaglandines (un type d'hormones).

• Certains acides gras polyinsaturés sont essentiels et doivent être apportés par l'alimentation car ils ne sont pas synthétisés par l'organisme (ex. : l'acide linoléique).

• **Le caractère hydrophobe des lipides entraîne, cependant, une très faible solubilité** et peut être la source de dépôts lipidiques au niveau des artères, ce qui entraîne leur durcissement.

Exercices d'entraînement

Exercice 1 Test de connaissances ★ 10 min

Corrigé p. 212

Vrai ou faux ?

1. **L'acide éthanoïque est un acide gras.**
2. **L'acide gras de formule brute $C_{10}H_{17}CO_2H$ est insaturé.**
3. **Un acide gras saturé peut contenir des liaisons C=C.**
4. **Un triglycéride contient trois fonctions ester.**
5. **L'hydrolyse d'une mole de triglycéride donne au maximum 3 moles d'acide gras.**
6. **Les lipides sont très solubles dans l'eau.**
7. **Les stérols contiennent une fonction alcool.**

Exercice 2 De l'huile d'olive au savon ★★★ 25 min

Corrigé p. 212

Données

Masses molaires moléculaires :

$M_{\text{acide oléique}} = 282$ g.mol^{-1}

$M_{\text{oléine}} = 884$ g.mol^{-1}

$M_{\text{savon}} = 304$ g.mol^{-1}

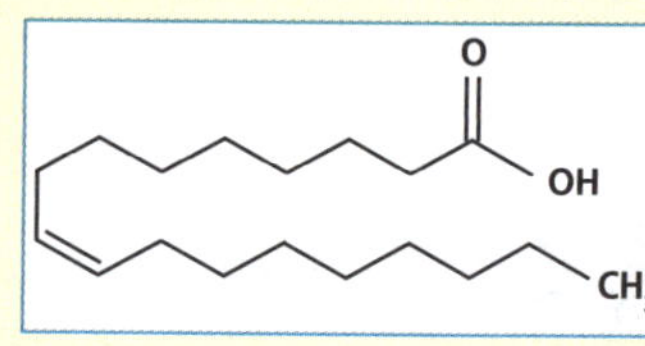

▲ Formule topologique de l'acide oléique

Masse volumique de l'huile d'olive : $\rho_{\text{huile d'olive}} = 0{,}92$ g.mL^{-1}

À partir des triglycérides d'acides gras (TG) présents dans les huiles, il est possible de synthétiser des savons. Le savon de Marseille® est fabriqué à partir d'huile d'olive et de soude ; ce savon est constitué d'oléate de sodium.

Le protocole de synthèse de ce savon au laboratoire est décrit ci-dessous :

étape 1 verser 15 mL d'huile d'olive (oléine) et 20 mL d'éthanol dans un ballon.

étape 2 ajouter 20 mL de soude à 10 mol.L^{-1} (en excès).

étape 3 chauffer à reflux le mélange réactionnel durant 15 minutes environ.

étape 4 verser le mélange obtenu dans un bécher contenant 100 mL de solution aqueuse de chlorure de sodium : le précipité obtenu est l'oléate de sodium.

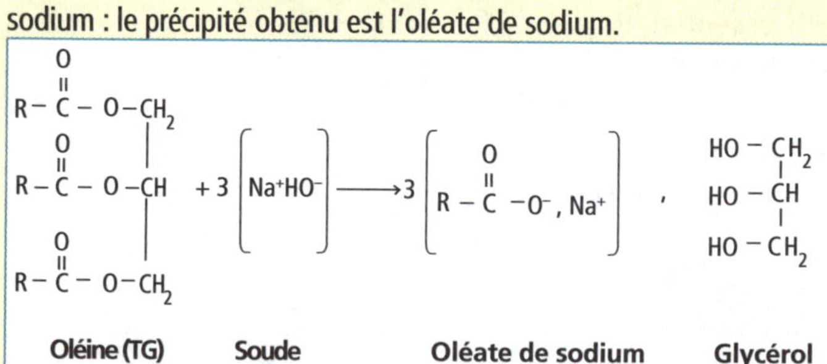

▲ Équation de la réaction de synthèse de l'oléate de sodium

1. **À quelle famille de fonction les triglycérides appartiennent-ils ?**
2. **Calculer la masse d'oléine qui a été prélevée lors de l'expérience.**
3. **Après avoir défini le rendement de la synthèse, calculer le rendement de la réaction de synthèse du savon de Marseille® au laboratoire sachant que 6,6 g de savon ont été obtenus en mettant en œuvre le protocole décrit ci-dessus.**

12 Les compléments alimentaires et les additifs

On peut acheter sans prescription médicale des compléments alimentaires, qui apportent vitamines ou oligoéléments. Présentent-ils un intérêt et peut-on les utiliser sans risque de surdosage ? Existe-t-il également des normes pour les additifs alimentaires ?

1 Les vitamines et oligoéléments

A Des micronutriments

Alimentation = **nutriments** (glucides, protéines, lipides) + **micronutriments** (vitamines et oligoéléments)

- nutriments → fournissent énergie et matière.
- micronutriments → apportés en petites quantités, indispensables (ce sont notamment des constituants des enzymes qui participent aux réactions chimiques).

Le saviez-vous ?

Le biochimiste Casimir Funk est le premier à avoir isolé la vitamine B1. Le nom donné « vitamine » vient de l'association de « vit » comme vitale et « amine » (fonction amine de la vitamine B1).

B Les vitamines : hydrosolubles ou liposolubles ?

• **13 vitamines** sont reconnues comme étant indispensables à l'homme. Elles sont repérées par des lettres (vitamine A, vitamine B_1 à B_{12}, vitamine C, etc.). Après transformation par les organismes récepteurs, elles participent au bon fonctionnement de l'organisme (rôle antioxydant pour la vitamine C, absorption du calcium pour la vitamine D).

• Le caractère **hydro**soluble (soluble dans l'**eau**) ou **lipo**soluble (soluble dans les **graisses**, insoluble dans l'eau) est lié à la structure moléculaire de la vitamine.

Nom	Vitamine A	Vitamine C	Vitamine D
Structure moléculaire	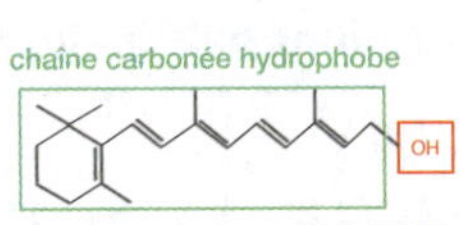	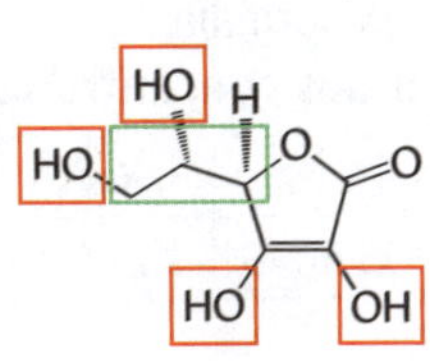	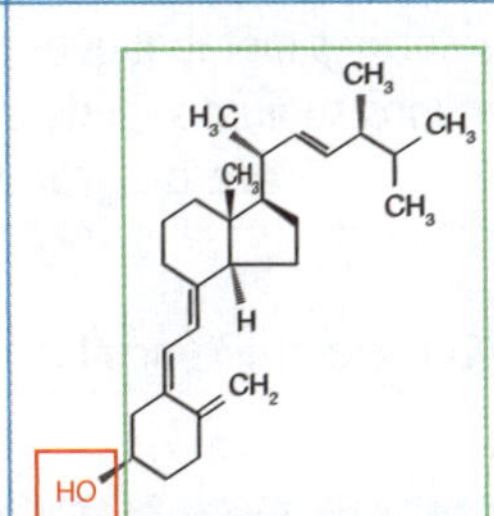
Besoins quotidiens	1,5 mg	75 mg	0,025 mg
Troubles en cas de carence	Nécrose de la cornée, faible résistance aux infections	Scorbut (déchaussement des dents)	Rachitisme (défaut de calcification)
Où la trouver dans l'alimentation	Foie, viande, poisson, lait et dérivés, œufs*	Citron, orange, kiwi, poivron, choux, tomate	Poisson, beurre, céréales, œufs

* Autre source : les bêta-Carotènes, précurseurs de la vitamine A (légumes verts, carotte, tomate).

C Les oligoéléments

• Les oligoéléments sont **des éléments minéraux** présents en très faible quantité dans un organisme vivant (Fe, Zn, Cu, Se, Mn, etc.). Ils contribuent, notamment, à une bonne défense de l'organisme.

2 Carences et compléments alimentaires

A Pourquoi prendre des compléments alimentaires ?

• Dans les pays développés, les vraies carences sont rares **si l'alimentation est équilibrée. Seul un dosage de ces éléments** permet de détecter une carence, qui peut apparaître notamment dans les situations suivantes :
– carence en fer pour les femmes provoquée par les saignements menstruels ou durant une grossesse ou du fait de l'allaitement ;
– carence en fer, zinc, manganèse et cuivre en cas de pratique sportive intense, l'élimination des minéraux se faisant lors de la transpiration.

B Les compléments alimentaires en vitamines : attention…

• Prendre un excès de vitamine n'est pas toujours anodin :

Vitamines **hydrosolubles** (B, C)
nombreux groupes hydrophiles
comme –OH, –NHR, –COOH

Trop de vitamine C ?
Elle s'élimine dans les urines.

Vitamines **liposolubles** (A, D)
peu de groupes hydrophiles
chaîne carbonée hydrophobe

Trop de vitamine A ?
Elle s'accumule dans le foie
(et l'organisme n'est pas fait pour gérer un tel excès).

C Les dosages d'éléments : l'exemple de l'ionogramme sanguin

• Seul le **dosage de l'élément** peut révéler une carence. Un **ionogramme sanguin** (plasmatique) est un **bilan des concentrations ioniques** de certains ions. Il peut révéler divers désordres métaboliques : lors d'une déshydratation, par exemple, on observe une concentration en ions sodium supérieure à la normale.

Ordre de grandeur des concentrations des ions habituellement dosés :

Ion	Na^+	Ca^{2+}	Mg^{2+}	K^+	Cl^-	HCO_3^-
Concentration ($mmol.L^{-1}$)	135 à 145	2,25 à 2,5	0,75 à 1,0	3,5 à 5,0	95 à 105	22 à 30

3 Les additifs alimentaires

A Texturants, arômes et colorants

• Trois types d'**additifs alimentaires** sont ajoutés pour préserver ou améliorer le goût, la texture ou l'aspect des aliments.

• Les **texturants alimentaires** permettent de jouer sur la texture d'un met : épaissie, gélifiée, plus liquide ou plus ferme, plus ou moins aérée. Ils peuvent être des protéines (gluten de blé, protéine de soja, gélatine d'origine animale) ou des molécules de la famille des polysaccharides (amidon, pectine, alginate).

• Un **arôme** est une molécule organique qui, après s'être volatilisée, produit un stimulus olfactif au contact des muqueuses olfactives. Les arômes n'ont pas de qualité nutritive mais c'est à eux que l'on doit le plaisir de dégustation d'un aliment. Des arômes supplémentaires peuvent être ajoutés aux aliments pour donner une saveur ou intensifier une saveur déjà présente.

Arômes consommés en France

- **30 %** sont qualifiés d'« **identiques naturels** » : ce sont exactement les mêmes molécules que celles que l'on trouve dans la nature mais synthétisées en laboratoire.
- **70 % sont d'origine naturelle** (extraits directement des plantes, par exemple).
- < 1 % sont « **artificiels** » : ils ne correspondent à aucune molécule trouvée dans la nature et sont uniquement synthétisés en laboratoire.

• Un **colorant** est une molécule organique permettant d'ajouter une couleur ou de renforcer une couleur naturelle, qui se serait dégradée à la suite de l'exposition à la lumière, à une variation de température. Comme dans le cas des arômes, il existe trois types de colorants : naturels, identiques naturels et artificiels.

B Savoir repérer les additifs sur une étiquette

• Un fabricant qui utilise un additif alimentaire **doit l'indiquer sur l'étiquette** en donnant soit son nom (exemple : vanilline naturelle), soit son code : il se trouve dans la série des E400 pour les texturants (exemple : la pectine E440) et dans la série des E100 pour les colorants. Les arômes, quant à eux, doivent être nommés.

Exemple Étiquette d'un sirop de menthe

SIROP DE MENTHE
Se consomme additionné de 5 à 8 volumes d'eau.

INGRÉDIENTS : sirop de glucose ; sirop de fructose ; sirop de sucre ; eau ; arôme naturel de menthe ; colorants : E102, E131.

Le colorant E102 est la tartrazine, dont la formule chimique est donnée ci-contre.
Le colorant E131 est le bleu patenté.

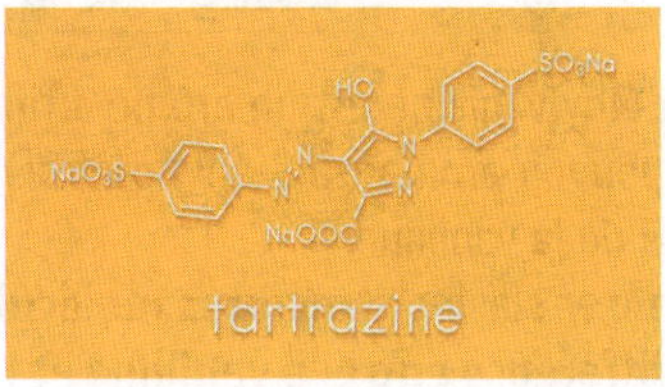

Exercices d'entraînement

Exercice 1 Test de connaissances ★ 5 min

Corrigé p. 212

1. Même administrée en excès, une vitamine n'est pas toxique.
a) Vrai b) Faux c) Cela dépend de la vitamine.

2. Un micronutriment est un nutriment de petite taille.
a) Vrai b) Faux

3. Un additif alimentaire est une molécule de synthèse.
a) Vrai b) Faux c) Ça dépend.

Exercices d'entraînement

Exercice 2 Le lien structure/solubilité ★ 10 min

Corrigé p. 212

Nom	B3	B5	B6
Structure moléculaire	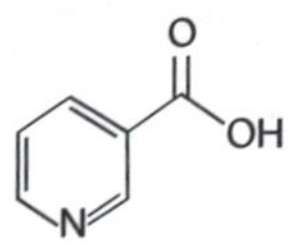	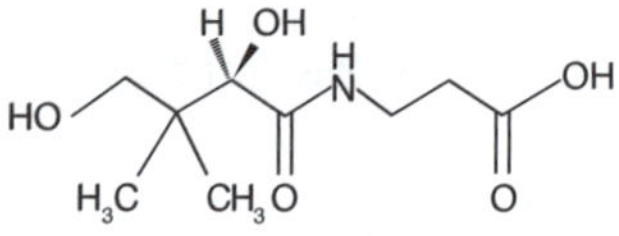	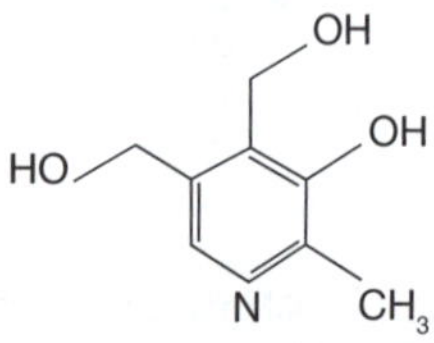

1. D'après leur structure, indiquer si ces vitamines sont liposolubles ou hydrosolubles.

2. Un apport excessif en vitamine B par complément alimentaire est-il gênant pour l'organisme ? Pourquoi ?

Exercice 3 Information d'une analyse ★ 10 min

Corrigé p. 213

Dans un ionogramme sanguin (plasmatique), les concentrations ioniques sont souvent exprimées en milliéquivalent par litre de plasma ($mEq.L^{-1}$). Pour passer des concentrations en $mmol.L^{-1}$ en concentrations en $mEq.L^{-1}$, on multiplie la concentration en $mmol.L^{-1}$ par la charge de l'ion en valeur absolue. Ainsi, pour tout cation A^{z+} ou anion A^{z-} : $c(mEq.L^{-1}) = z \times C(mmol.L^{-1})$.

Ion	Na^+	Ca^{2+}	Mg^{2+}	K^+	Cl^-	HCO_3^-
Concentration en $mEq.L^{-1}$	143	5	2	4	103	26

L'ionogramme du patient est-il satisfaisant ? On se réfèrera aux valeurs usuelles (p. 136).

Exercice 4 Le dosage de la vanilline ★★★ 20 min

Corrigé p. 213

1. L'éthylvanilline est un arôme artificiel qui possède un pouvoir aromatisant environ trois fois supérieur à celui de la vanilline.
Repérer sur les structures moléculaires ci-contre la différence entre la vanilline et l'éthylvanilline.

2. **Dessiner la molécule de vanilline « identique naturel ».**

vanilline

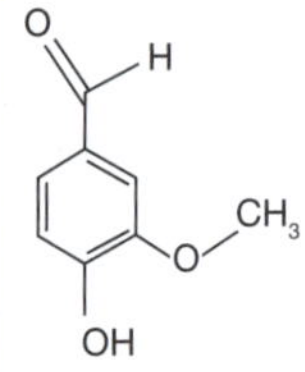

éthylvanilline

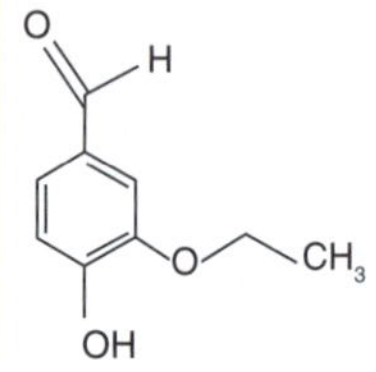

3. Sur l'étiquette d'un sachet de sucre vanillé, on trouve l'indication : « contient 4 % en masse de gousse de vanille » que l'on souhaite vérifier. Pour cela, on prépare une solution de vanilline en introduisant 1,0 g de sucre vanillé dans une fiole jaugée de 500 mL que l'on complète au trait de jauge avec une solution basique pour solubiliser la vanilline. On dose la vanilline par spectrophotométrie.

a) Un échantillon de vanilline de concentration $C_0 = 20\ \mu mol.L^{-1}$ a une absorbance $A_0 = 0,51$ à la longueur d'onde de 348 nm. L'échantillon préparé a une absorbance A = 0,24, à 348 nm.
Sachant que l'absorbance est proportionnelle à la concentration, déterminer la concentration en vanilline dans l'échantillon préparé.

b) **Vérifier que la masse molaire de la vanilline est de 152 $g.mol^{-1}$.**

c) **En déduire la masse de vanilline présente dans 1 g de sucre vanillé.**

d) **Sachant que dans 1 kg de gousse de vanille, il y a au plus 25 g de vanilline, déterminer si l'affirmation de l'étiquette est en accord avec le résultat du dosage.**

Données

Masses molaires en $g.mol^{-1}$: H : 1,0 C : 12, 0 O : 16,0

13 Les médicaments et cosmétiques

La phytochimie est la chimie des substances naturelles, extraites des végétaux. La pharmacognosie étudie des substances naturelles actives pour en faire des médicaments. Le chimiste utilise la nature et s'en inspire de multiples façons.

1 La chimie des médicaments

A La composition d'un médicament

Médicament = **PRINCIPE ACTIF** (molécule présentant une activité thérapeutique) + **excipients** (agents de conservation, solvants, etc.)

Le saviez-vous ?

L'indication « qsp » sur l'étiquette signifie « quantité suffisante pour ». Elle précise l'excipient utilisé.

B L'exemple de l'évolution du traitement du paludisme

XVIIe siècle : écorce de quinquina reconnue comme antipyrétique (qui permet de lutter contre les états fiévreux), utilisée dans le traitement du paludisme. ← Reconnaissance de plantes présentant une activité thérapeutique.

1820 : extraction de la molécule active, la quinine, par Pelletier et Caventou. ← Extraction du principe actif

apports de la chimie

1949 : mise sur le marché d'un antipaludéen de synthèse, la chloroquine H (moins d'effets secondaires que la quinine). ← Synthèse au laboratoire de molécules dérivées

C Les nouveaux médicaments

- **Les nanomédicaments :**

– ils sont composés du principe actif (molécule active) et d'un vecteur (« véhicule ») de taille nanométrique qui transporte le principe actif jusqu'à la zone à traiter dans l'organisme. Le vecteur est conçu pour être sélectif et permet de ne toucher que les cellules cibles.

– Les nanomédicaments augmentent l'efficacité du traitement tout en réduisant sa toxicité. C'est une véritable révolution par rapport aux médicaments utilisés jusque-là dont une faible proportion seulement arrivait jusqu'à la cible.

- **Les médicaments hybrides :** les molécules hybrides sont constituées de plusieurs parties utiles, qui vont agir simultanément sur les différentes cibles.

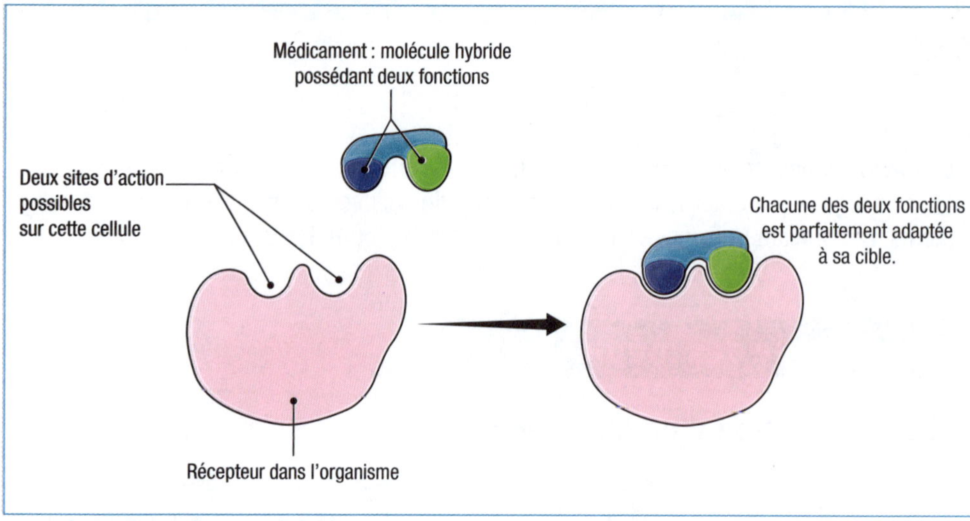

▲ Le principe des médicaments hybrides

2 La composition chimique d'un produit cosmétique

A La formulation générale d'un cosmétique

• Il existe **différents types de produits cosmétiques** : les soins du corps, les soins d'embellissement, les parfums et les teintures.

• **La formulation d'un cosmétique (autrement dit sa composition)** est un domaine touchant à la fois à la physique, à la chimie, à la biologie et même à l'économie et aux sciences sociales (notamment aux habitudes du consommateur).

Le saviez-vous ?
Pour un médicament, la formulation est appelée **la galénique**.

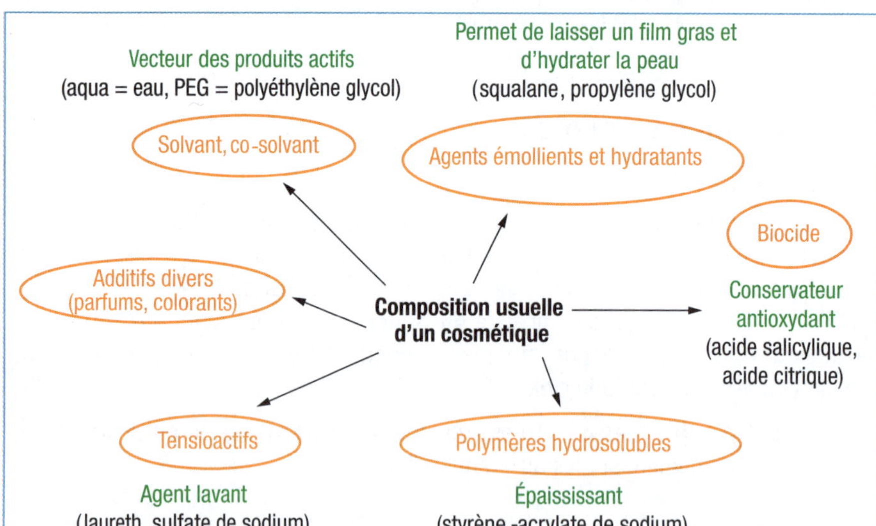

▲ La composition usuelle d'un cosmétique

B Le cas des crèmes solaires

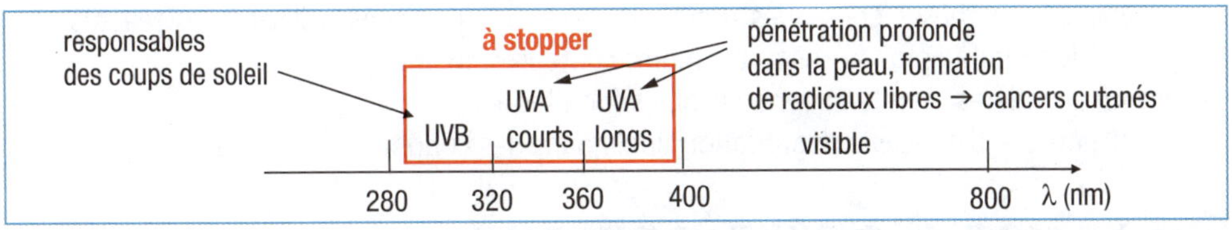

- **L'action des UV sur la peau** : il faut distinguer les **deux types de rayonnement ultraviolet** :
– **UVA** : ils participent à la formation des radicaux libres qui accélèrent le vieillissement de la peau ;
– **UVB** : ils permettent le bronzage, c'est-à-dire la synthèse de la mélanine qui protègera la peau contre les ultraviolets (UVA et UVB), mais pas toujours de façon suffisante selon l'exposition.

- **Les protections solaires** : il existe deux types de protection solaire dont le principe diffère :
– **les écrans minéraux** (oxyde de titane TiO_2, oxyde de zinc ZnO) : ces particules d'oxyde, de taille contrôlée, diffusent les rayons UV et protègent ainsi l'épiderme ;
– **les filtres organiques** (octyl salicylate) : ces molécules absorbent les rayonnements UV et dissipent l'énergie sous la forme de chaleur.

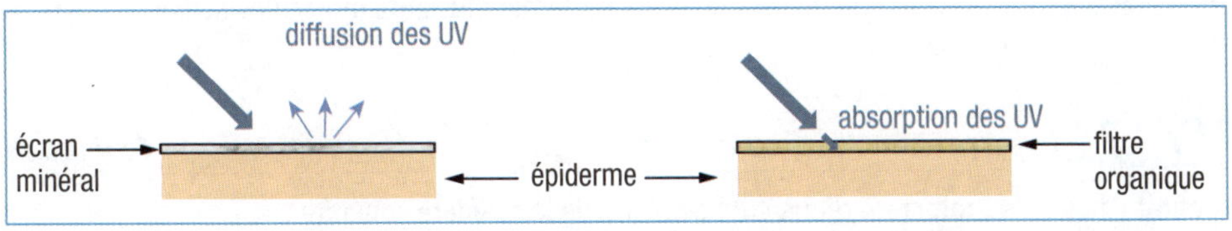

- La formulation d'une protection solaire peut combiner des filtres minéraux et organiques :

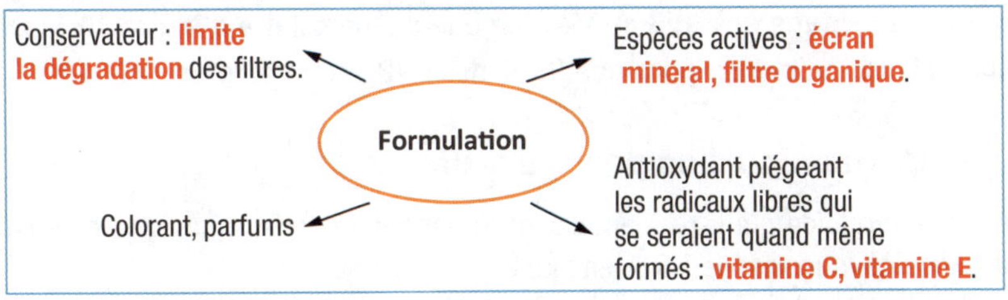

- L'**indice IP** est l'**indice de protection contre les UVB**.

- Le chiffre donné pour l'indice de protection est lié au pourcentage des UVB stoppés par la protection solaire.
– Un indice de protection 2 stoppe 50 % des UVB.
– Un indice de protection 50 stoppe 98 % des UVB.

3 Les orientations de la chimie des cosmétiques

- Le domaine des cosmétiques est particulièrement actif en recherche et en innovation dans les domaines de la **phytochimie** et de la **chimie verte**.

- La **phytochimie** est l'étude des **substances naturelles issues des plantes** (préfixe « phyto » : plante). La phytochimie s'intéresse à l'extraction de ces substances et à leur purification en vue d'une utilisation dans le domaine des médicaments comme dans celui des cosmétiques. Les consommateurs ont de plus en plus tendance à privilégier les produits naturels et on cultive des plantes à usage cosmétique, comme le henné.

• La **chimie verte** est un concept introduit dans les années 1990 aux États-Unis, qui propose 12 points à respecter lors d'une synthèse, parmi lesquels :
– concevoir des synthèses chimiques moins dangereuses (procédés utilisant des réactifs peu toxiques, réduisant l'emploi de solvants), moins coûteuses en énergie ;
– utiliser des matières premières renouvelables (non fossiles) ;
– synthétiser des substances à dégradation finale dans des conditions naturelles.

Exercices d'entraînement

Exercice 1 Test de connaissances ★ 5 min

Corrigé p. 213

1. La molécule présentant une activité thérapeutique dans un médicament est appelée :
a) le principe actif. b) l'excipient.
2. Le rayonnement ultraviolet est situé dans un domaine de longueur d'onde :
a) inférieur à celui du visible. b) supérieur à celui du visible.
3. Un écran minéral, dans une crème solaire :
a) absorbe le rayonnement UV. b) diffuse le rayonnement UV. c) fait les deux.
4. Un médicament hybride est un médicament qui renferme plusieurs molécules actives.
a) Vrai b) Faux

Exercice 2 Interpréter l'indice IP ★ 5 min

Corrigé p. 213

On définit l'indice de protection d'une crème solaire de la manière suivante :
une crème d'indice IP = N laisse passer $\left(\frac{1}{N}\right)^e$ des rayons UVB.

1. Quel est le pourcentage des UVB arrêtés par une crème solaire d'indice 20 ?

2. Quel indice *N* doit-on choisir pour que 98 % des UVB soient arrêtés ?

Exercice 3 L'extraction d'un principe actif ★★ 10 min

Corrigé p. 213

La quinine est un alcaloïde qui est un antipaludéen naturel. La teneur moyenne en quinine dans l'écorce du quinquina rouge est de 1,5 % en masse.
On part de 50 g d'écorce de quinquina rouge. On obtient après différents traitements 100 mg d'un produit blanc que l'on identifie comme étant de la quinine.
On définit ici le rendement de l'extraction comme le rapport entre la masse de quinine effectivement obtenue et la masse contenue dans l'écorce initialement.

1. Quelle masse maximale de quinine peut-on obtenir ?

2. Déterminer le rendement de cette méthode d'extraction et conclure.

Exercice 4 Une étiquette de produit cosmétique ★★ 15 min

Corrigé p. 213

INGRÉDIENTS
AQUA; SODIUM LAURETH SULFATE; COCAMIDOPROPYL BETAINE; GLYCERIN; SODIUM CHLORIDE; LIMONENE; LINALOOL; HEXYL CINNAMAL; PEG-4 RAPESEEDAMDE; POLYQUATERNIUM-7; PROPYLENE GLYCOL; MANGIFERA INDICA EXTRACT; CITRIC ACID; TETRASODIUM EDTA; 2-BROMO-2-NITROPROPANE-1,3-DIOL; CL 15985; CL 47005; CL 16255.

Repérer sur l'étiquette de ce produit cosmétique : le solvant, le co-solvant, un tensioactif et un conservateur.

1 Milieu intérieur et compartimentation

Dans l'organisme, l'eau est répartie dans deux grands compartiments liquidiens : le liquide intracellulaire (40 %) et le liquide extracellulaire (20 %). Ce dernier, en perpétuel renouvellement, permet de transporter les nutriments, les déchets et les produits de synthèse. Il assure un lien entre les différents organes et le milieu extérieur.

1 Les compartiments liquidiens extracellulaires

A Le plasma

• **Le plasma représente la phase liquide du sang.** Il est composé de 91 % d'eau et de 9 % d'éléments minéraux et organiques (CO_2, O_2, glucose, acides aminés, vitamines, hormones, urée, anticorps).

À savoir
Le **milieu intérieur** est l'ensemble des liquides extracellulaires.
Il comprend la lymphe interstitielle, le plasma et la lymphe canalisée.

B La lymphe

• La lymphe est constituée de la **lymphe interstitielle**, liquide présent autour des cellules, et de la **lymphe canalisée**. La lymphe présente une composition voisine de celle du plasma à l'exception des protéines.

• La lymphe interstitielle est formée à partir de la filtration du plasma (eau, petites molécules) au travers de la paroi des capillaires sanguins. La lymphe canalisée provient de la lymphe interstitielle ; celle-ci pénètre dans les vaisseaux lymphatiques de l'organisme. La lymphe canalisée se déverse dans le sang au niveau de la veine sous-clavière.

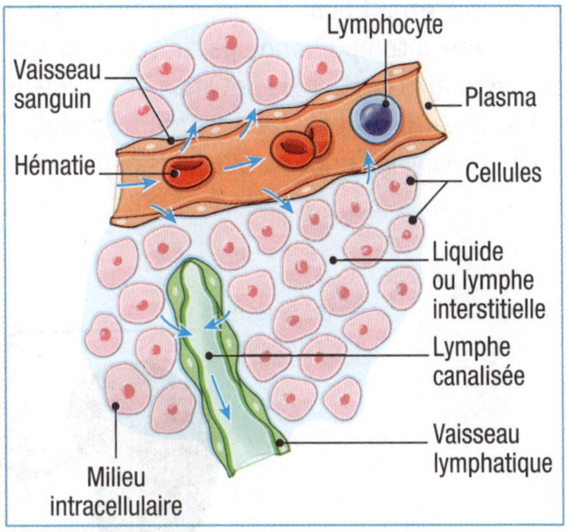

▲ Les différents compartiments liquidiens

• Les flèches représentent les échanges entre les différents compartiments.

2 Les échanges avec le milieu extérieur

• La lymphe et le sang sont des milieux d'échanges en perpétuel renouvellement. Ils permettent le transport des nutriments (O_2, glucose), des déchets (CO_2, urée) et des produits de synthèse (hormones). Ces deux milieux sont en contact avec le milieu extérieur comme le tube digestif, les poumons ou le rein.

Exemple La lymphe permet le passage des lipides issus de la digestion dans la circulation sanguine ainsi que celui des protéines. Le sang, quant à lui, est filtré au niveau des reins afin d'évacuer les toxiques dans l'urine. Les gaz respiratoires sont également échangés au niveau des alvéoles pulmonaires.

2 Le rein et la régulation du milieu intérieur

Le rein permet la filtration du sang, l'évacuation des déchets produits par l'organisme et le maintien de l'équilibre hydrominéral et de la pression artérielle.

1 L'appareil urinaire

• **L'appareil urinaire est composé de deux reins**, coiffés par les glandes surrénales, **et des voies urinaires**. Les deux uretères conduisent l'urine issue du bassinet (rein) à la vessie, lieu de son stockage. L'urètre permet l'excrétion de l'urine.

• Le **rein** est un organe épurateur et sécréteur de l'urine. Chaque rein est enveloppé d'une capsule fibreuse et de tissu adipeux. Il est vascularisé par une artère rénale et une veine rénale.

• Au sein du rein se situe le cortex rénal contenant de nombreux vaisseaux sanguins, la zone médullaire comprenant les douze pyramides de Malpighi ainsi que le bassinet, lieu collecteur de l'urine issue des calices.

• Le **néphron** est l'unité fonctionnelle du rein. Il se situe à la fois dans le cortex et dans la zone médullaire. Il comporte une partie vasculaire, le glomérule de Malpighi, et une partie tubulaire, comprenant la capsule de Bowman et le tube urinifère (tube contourné proximal, segment grêle de l'anse de Henlé, et le tube contourné distal). Ce tube se jette dans le tube collecteur de Bellini. Celui-ci recueille l'urine de plusieurs néphrons et la concentre avant son émission *via* les calices.

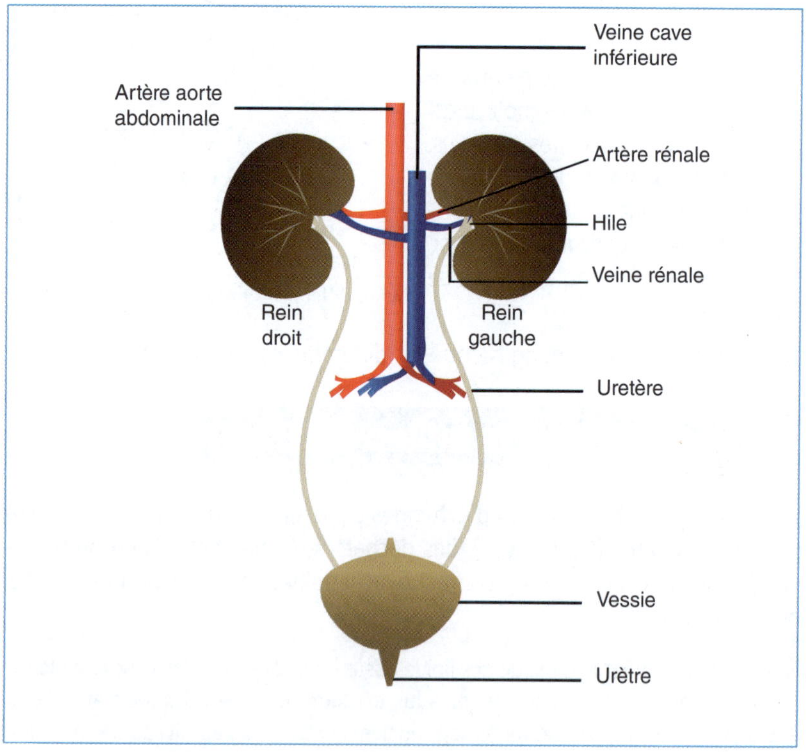

▲ Schéma de l'appareil urinaire

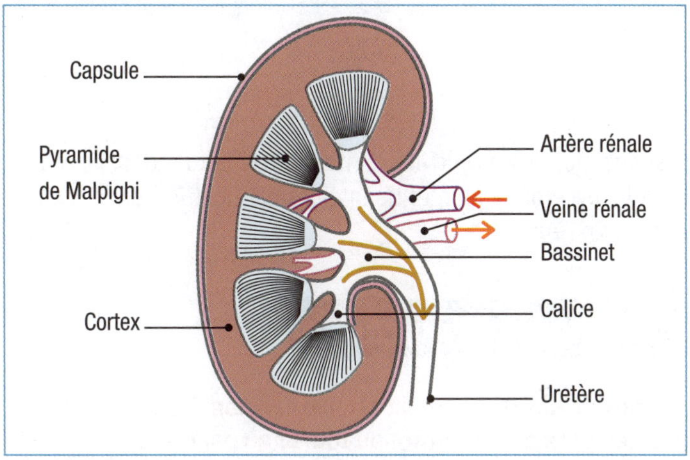

▲ Coupe sagittale d'un rein

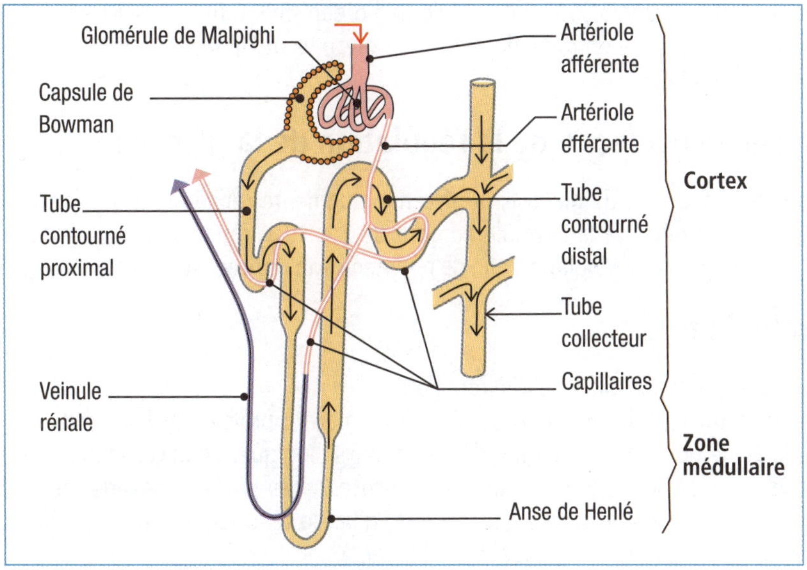

▲ Schéma d'un néphron et de sa vascularisation

2 Les fonctions du néphron

• **Le plasma contenu dans l'artère rénale est filtré au niveau des glomérules de Malpighi et forme l'urine primitive**. Celle-ci est contenue dans la capsule de Bowman. L'urine primitive a la même composition que le plasma à l'exception des protéines et lipides, ces molécules ne pouvant être filtrées.

> **À savoir**
> **L'urine est fabriquée** au sein du néphron à la suite de **trois mécanismes : la filtration, la réabsorption et la sécrétion.**

• **La composition de l'urine primitive est modifiée au niveau du tube urinifère, par réabsorption et/ou sécrétion de certaines molécules**. Une partie de l'eau, du sodium, du potassium, du chlore et des acides aminés ainsi que tout le glucose sont réabsorbés tout au long du tubule rénal et retournent dans le sang. Certaines substances toxiques pour l'organisme comme l'ammoniaque, l'urée et l'acide urique sont sécrétées dans l'urine définitive.

3 Le pancréas et la régulation de la glycémie

Le pancréas est une glande amphicrine. Il intervient, à la fois, dans la digestion et dans la régulation de la glycémie à jeun et de la glycémie postprandiale, c'est-à-dire une à deux heures après un repas.

1 La régulation de la glycémie

• **La glycémie ou taux de glucose sanguin est une constante physiologique régulée en permanence grâce au foie et au pancréas.**

• Le glucose est une molécule indispensable au fonctionnement cellulaire ; il est la principale source d'énergie de l'organisme. Toute modification de la glycémie entraîne des perturbations plus ou moins graves comme le diabète.

> **Définition**
> **Homéostasie :** maintien des différentes constantes du milieu intérieur (température, pH, équilibre hydrominéral, glycémie, etc.).

A La mise en évidence de la régulation de la glycémie

• À la suite de l'ingestion de glucose, la glycémie augmente rapidement pendant une heure. Puis, on observe un retour à la normale au bout de 2 h 30 après un épisode hypoglycémiant. La glycémie subit donc une régulation afin de maintenir son taux constant à 1 g/L ou 5,5 mmol/L.

B Le rôle du foie

• Diverses expériences ont pu établir le rôle du foie.
– **L'expérience du foie lavé** : en 1855, Claude Bernard a prélevé un foie qu'il a perfusé au niveau de la veine porte hépatique par du sérum physiologique. L'eau récupérée (perfusat) au niveau de la veine sus-hépatique contient du glucose. Après plusieurs lavages, le perfusat ne contient plus de glucose. 24 heures plus tard, du glucose réapparaît dans le perfusat. Le foie contient donc du glucose qu'il est capable de libérer.
– **Lors d'un repas riche en féculents**, le taux de glucose est plus important dans la veine porte hépatique (issue de l'intestin grêle) que dans la veine sus-hépatique (sortie du foie), donc le foie stocke le glucose.
– **Lors d'un jeûne**, le taux de glucose est légèrement supérieur dans la veine sus-hépatique, donc le foie libère le glucose en cas de besoin.

• Le foie est un régulateur de la glycémie. Il intervient en mettant en réserve le glucose sous la forme de glycogène (**glycogénogenèse**) dans les hépatocytes ou en le libérant dans le sang en cas de besoin (**glycogénolyse**).

• Le foie est également capable de néoformer (créer) du glucose à partir des lipides et des protides (néoglucogénolyse) et de le libérer à partir d'acides aminés et de glycérol (néoglucogenèse).

2 Les hormones pancréatiques

• **Le pancréas est une glande amphicrine.** Les acini assurent la sécrétion des sucs pancréatiques nécessaires à la digestion et

> **Définition**
> **Hormone :** substance chimique synthétisée par une glande endocrine et sécrétée dans le sang. Elle agit à distance sur une cellule cible.

les îlots de Langerhans interviennent dans la régulation de la glycémie. Ces derniers contiennent deux types de cellules synthétisant des hormones. Les cellules α synthétisent du glucagon et les cellules β synthétisent de l'insuline.

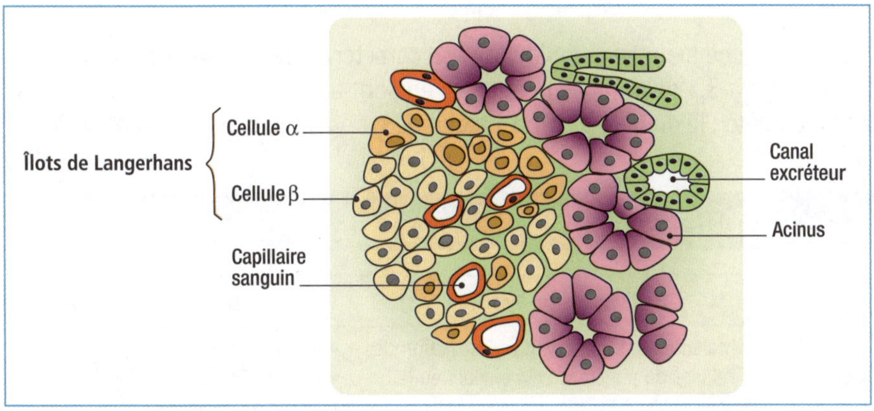

▲ La structure du pancréas

• **L'insuline est une hormone hypoglycémiante agissant sur différentes cellules cibles** : les hépatocytes, les myocytes et les adipocytes. Elle est sécrétée en continu par les **cellules β** du pancréas ; son taux augmente en cas d'hyperglycémie. Elle permet la migration des récepteurs au glucose à la surface des cellules cibles, d'où l'augmentation de la perméabilité membranaire du glucose dans ces cellules. Elle stimule la glycogénogenèse, inhibe la glycogénolyse, ralentit la néoglucogenèse et favorise la lipogenèse (synthèse des triglycérides dans les adipocytes).

• **Le glucagon est synthétisé par les cellules α** des îlots de Langerhans et est libéré lors d'une hypoglycémie pour augmenter le taux de glucose sanguin. Il stimule la glycogénolyse dans les hépatocytes et myocytes et favorise l'hydrolyse des triglycérides contenus dans les adipocytes. Les acides gras libérés sont utilisés pour synthétiser le glucose dans les cellules du foie.

3 Le schéma bilan de la régulation de la glycémie

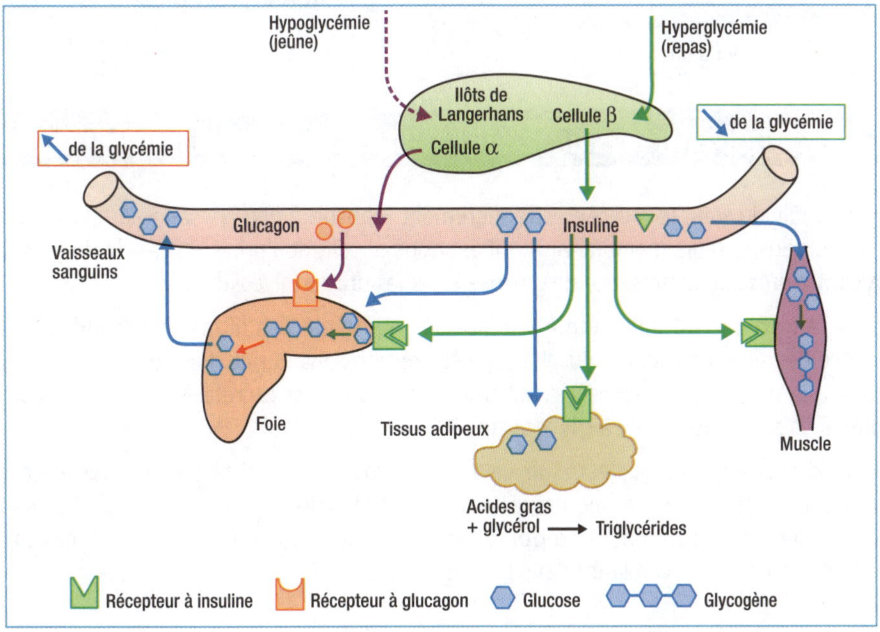

4 Les diabètes de type 1 et de type 2

Le diabète est une maladie chronique qui se caractérise par un excès de glucose dans le sang. Environ 3,5 millions de personnes en sont atteintes en France. Il existe trois types de diabète : le diabète de type 1, celui de type 2 et le diabète gestationnel.

1 La comparaison des deux types de diabète

	Diabète de type 1	Diabète de type 2
Cause	Maladie auto-immune par destruction des cellules du pancréas : hypoinsulinémie.	• Insulino-résistance. • Hyperinsulinisme. • Insulino-déficience.
Facteurs de risque	Virus, terrain génétique prédisposant.	Obésité, âge, facteurs héréditaires familiaux, sédentarité, tabac, alcool.
Âge	Adolescents.	Adultes, sujets âgés.
Effets	• Diminution de la glycogénogenèse. • Augmentation de la lipolyse. • Acidocétose.	• Diminution du nombre des récepteurs à l'insuline présents sur les cellules cibles. • Déficit en insuline.
Signes cliniques	• Polydipsie (soif excessive). • Polyphagie (faim excessive). • Polyurie (quantité d'urine importante). • Amaigrissement. • Asthénie (fatigue physique, affaiblissement de l'organisme).	• Asymptomatique. • Polyurie légère. • Polydipsie légère. • Polyphagie légère.
Signes paracliniques	• Hyperglycémie. • Glycosurie (présence de glucose dans les urines). • Hypoinsulinémie. • Cétonurie.	• Hyperglycémie. • Glycosurie. • Hypertriglycéridémie.

2 La relation entre les différents signes cliniques et paracliniques

• Chez un individu sain, le glucose est entièrement réabsorbé dans le sang au niveau du rein grâce à des transporteurs membranaires : il est donc absent de l'urine. En cas de diabète, **l'hyperglycémie** entraîne la présence de glucose dans les urines (glycosurie).

• Lorsque la glycémie est inférieure à 9 mmol.L^{-1}, tout le glucose filtré est réabsorbé. Lorsque la glycémie dépasse 9 mmol.L^{-1}, du glucose est présent dans l'urine. Bien que tout le glucose soit filtré, une partie seulement est réabsorbée, l'excédent est excrété. Tous les transporteurs membranaires sont saturés. Il y a **glycosurie**.

• Comme la réabsorption de l'eau suit celle du glucose, la quantité d'eau réabsorbée dans le sang diminue et la diurèse augmente, d'où une **polyurie**. Afin de compenser le manque d'eau, on observe une **polydipsie**. La **polyphagie** s'explique par le fait que les cellules sont en manque de glucose, celui-ci restant dans le sang.

3 L'origine de l'hyperglycémie

A L'hypoinsulinémie dans le diabète de type 1

• Les îlots de Langerhans, situés dans le pancréas, assurent leur fonction endocrine par synthèse du glucagon par les cellules α et de l'insuline par les cellules β.

• Dans le cas du diabète de type 1, les îlots de Langerhans sont envahis par les lymphocytes T qui détruisent les cellules β. Le système immunitaire va produire des anticorps dirigés contre ces cellules β et contre l'insuline. La destruction des cellules va engendrer une diminution de la sécrétion d'insuline, d'où une **hypoinsulinémie**. Cette hypoinsulinémie va entraîner une diminution du nombre de récepteurs au glucose présents sur les cellules cibles, d'où une diminution de la pénétration du glucose dans ces cellules. Afin d'assurer un apport en glucose aux cellules, la glycogénolyse, la lipolyse et la protéolyse dans les hépatocytes, les adipocytes et les myocytes sont augmentées. Les acides gras et acides aminés libérés sont transformés dans le foie en glucose. Cela favorise la libération du glucose dans le sang par le foie. L'ensemble de ces phénomènes va entraîner une hyperglycémie.

B La résistance à l'insuline dans le diabète de type 2

• L'excès de graisse dans les muscles et le tissu adipeux entraîne progressivement une **insulino-résistance**. Cela provoque une diminution de la sensibilité des cellules cibles (myocytes, adipocytes) à l'insuline. L'absence des transporteurs spécifiques du glucose dans les tissus adipeux et musculaires empêche la pénétration du glucose dans les cellules.

• Le tissu adipeux libère des acides gras en grande quantité. Ces acides gras vont favoriser la synthèse de glucose par le foie (néoglucogenèse). Dans le muscle, l'augmentation des acides gras dans le sang va conduire à leur utilisation comme source d'énergie plutôt qu'à celle du glycogène musculaire. Le stockage et l'utilisation du glucose dans le muscle sont donc diminués. Ces deux phénomènes favorisent l'hyperglycémie. Cette hyperglycémie entraîne une hypersécrétion d'insuline (**hyperinsulinisme**) afin de réguler le taux de glycémie, d'où la fatigue du pancréas. Les cellules β, au bout de quelques années, sécrètent de moins en moins d'insuline (**insulino-déficience**). L'hyperglycémie persiste.

4 Les conséquences pathologiques

• Le sang riche en glucose est plus visqueux, ce qui déclenche des lésions, une fragilisation au niveau des vaisseaux et une augmentation de la pression sanguine.

A Les microangiopathies

• **Les microangiopathies sont des atteintes des artérioles et capillaires sanguins.**

• Au niveau de la rétine, on observe des anévrismes, des œdèmes maculaires et une ischémie, ce qui entraîne une détérioration progressive de la vision, une cataracte et une cécité à long terme.

• Les glomérules rénaux sont également atteints, d'où une protéinurie conduisant à une insuffisance rénale nécessitant dialyse et greffe. Les infections urinaires sont fréquentes.

• Des neuropathies sont dues à la compression des nerfs.

B Les macroangiopathies

• **Les macroangiopathies sont des atteintes au niveau des moyennes et grosses artères**. L'augmentation de l'athérosclérose a pour conséquence l'apparition de sténose, d'hypoxie, d'embolie, de thrombose, d'où un risque d'angor (angine de poitrine), d'infarctus du myocarde, d'hypertension artérielle, d'accident vasculaire cérébral et d'artérite des membres inférieurs pouvant conduire à la gangrène des orteils, voire du pied.

C Les infections

• **Les infections sont plus fréquentes**, notamment celles de la peau, des gencives, des voies respiratoires, du vagin ou de la vessie.

• Le processus de cicatrisation est également ralenti.

D L'acidocétose

• **L'acidocétose est la conséquence d'une carence en insuline**. Les cellules en manque de glucose vont consommer les lipides et les protéines. Les acides gras et acides aminés sont transformés en corps cétoniques dans le foie et passent dans le sang (cétose). Ces molécules acidifient le sang, le pH sanguin diminue, d'où l'acidose.

• Les signes cliniques sont une polypnée, des nausées et vomissements, des douleurs abdominales, une hypothermie, une déshydratation. Si l'acidocétose persiste, l'équilibre acido-basique est rompu et crée un coma.

5 Le traitement et la prévention

A Les principaux traitements

• **Pour le diabète de type 1**, le traitement consiste en **l'injection d'insuline** à action rapide, à action semi-lente ou prolongée adaptée à chaque patient. La mise en place d'une pompe à insuline ou d'une greffe d'îlots de Langerhans sont également réalisables. Une **diététique adaptée** et une **activité physique régulière** complètent le traitement.

• **Pour le diabète de type 2**, le traitement consiste en des **mesures hygiéno-diététiques** avec ingestion de glucides à index glycémique bas, en l'administration d'**hypoglycémiants** qui agissent en activant la libération d'insuline, en augmentant sa fixation sur les cellules cibles, en diminuant l'absorption intestinale du glucose ou en diminuant la néoglucogenèse.

B L'importance de l'hygiène alimentaire

• **La prévention du diabète de type 2 consiste surtout en une limitation du surpoids par une alimentation équilibrée et variée** (diminution des matières grasses, des sucres ajoutés, du sel, augmentation de la quantité de fibres), **ainsi que par une activité physique régulière** (30 minutes par jour).

• Pour le sujet diabétique, une surveillance journalière du taux de glucose est nécessaire pour éviter toutes complications.

5 Les xénobiotiques

Les xénobiotiques sont des molécules toxiques étrangères (xéno-) présentes dans l'organisme. L'exposition de l'organisme à ces substances est inévitable.

1 Les caractéristiques des xénobiotiques

• Les xénobiotiques sont soit des molécules hydrophobes, soit des molécules contenant des groupements chimiques réactifs.

• Ce sont des produits de synthèse surtout utilisés dans les industries pharmaceutiques, agroalimentaires et dans l'agriculture. Ils s'accumulent dans les sols, dans l'eau et dans l'organisme.

Exemples Les médicaments (antibiotiques), les polluants alimentaires (additifs), les plastiques (phtalates), les polluants atmosphériques, la fumée de cigarette, les pesticides.

2 Les conséquences de l'action des xénobiotiques

• Normalement, l'organisme est capable de métaboliser de nombreux xénobiotiques afin de se protéger. La toxicité va dépendre de la dose inhalée ou ingérée. Leur accumulation est dangereuse à moyen et long termes pour la santé.

• Les xénobiotiques, une fois dans l'organisme, sont détoxifiés. Cependant, lors de leur transformation, il peut se former des métabolites hautement réactifs, donc toxiques. Les conséquences peuvent être des difficultés respiratoires, l'apparition de cancers, une diminution de la fertilité, une déficience du système immunitaire, des perturbations endocriniennes.

Définition
Métabolisme : ensemble des réactions de synthèse et de dégradation des constituants cellulaires au sein de l'organisme.

3 Le devenir des xénobiotiques

• **L'absorption.** Les xénobiotiques pénètrent dans l'organisme au niveau de la peau et des muqueuses pulmonaires ou gastro-intestinales.

• **La distribution.** Le sang et la lymphe vont transporter les xénobiotiques à travers tout l'organisme et, en particulier, dans le foie, le cœur, le rein, le cerveau et l'intestin.

• **Le métabolisme ou la biotransformation.** Une fois dans la cellule, les xénobiotiques sont pris en charge par des transporteurs membranaires pour les exocyter hors de la cellule ou par des enzymes du métabolisme des xénobiotiques.

• **La transformation de ces molécules** va consister soit à les rendre plus hydrophiles, soit à neutraliser les groupements réactifs. Cette transformation en dérivés moins toxiques a lieu principalement dans le foie, mais également dans le rein et les poumons grâce à ces enzymes.

• On observe une **phase de fonctionnalisation** (réactions d'oxydo-réduction et d'hydrolyse), une **phase de conjugaison** (addition de groupement hydrophile) et une **phase de transport** hors de la cellule dans le sang.

• **L'élimination.** Elle est assurée principalement par le rein (urine) et le système biliaire (bile).

Exercices d'entraînement

Exercice 1 Test de connaissances ★ 5 min

Corrigé p. 213

Indiquer si les propositions suivantes sont vraies ou fausses. Justifier la réponse.

1. L'eau représente 60 % du volume d'un organisme.
2. Le plasma est formé à partir de la lymphe interstitielle.
3. Le milieu intracellulaire est aussi appelé « cytoplasme ».
4. Il n'existe aucune communication entre la lymphe et le sang.
5. La lymphe contient des protéines.
6. La composition de la lymphe et du sang est renouvelée en permanence.

Exercice 2 Rein et homéostasie ★★★ 20 min

Corrigé p. 213

Le rein joue un rôle essentiel dans le maintien de la composition chimique du milieu intérieur. Le tableau ci-dessous représente les concentrations de quelques constituants du plasma, de l'urine primitive du patient A et de l'urine définitive des patients A et B.

Substances dosées	Glucose ($mmol.L^{-1}$)	Sodium ($mmol.L^{-1}$)	Ammonium ($mmol.L^{-1}$)	Protéines ($g.L^{-1}$)
Plasma sanguin	5	139	0	75
Urine primitive de A	5	139	0	0
Urine définitive de A	0	200	25	0
Urine définitive de B	2	190	24	3

1. Citer dans quelle partie du néphron se situent le plasma, l'urine primitive et l'urine définitive.

2. Comparer les compositions du plasma et de l'urine primitive du patient A. En déduire l'une des fonctions du rein.

3. Comparer les urines primitive et définitive du patient A. En déduire d'autres fonctions du rein sachant que 130 mL d'urine primitive conduisent en 1 minute à 1 mL d'urine définitive.

4. Citer les anomalies présentées par le patient B.

Exercice 3 Le rôle du pancréas ★★ 10 min

Corrigé p. 214

Différentes expériences décrites ci-dessous ont été réalisées sur le pancréas.

Analyser ces expériences pour en déduire les rôles du pancréas. Précisez les molécules sécrétées.

1. À la suite d'une pancréatectomie, on observe une hyperglycémie et des troubles digestifs.
2. Une ablation du pancréas suivie d'une greffe de pancréas effectuée à distance permet de rétablir une glycémie normale, mais pas d'annuler les troubles digestifs.
3. L'injection d'alloxane, molécule détruisant les îlots de Langerhans, à un animal entraîne une hyperglycémie et une absence de troubles digestifs.
4. Une ablation du pancréas suivie d'une administration de suc pancréatique annule les troubles digestifs mais ne rétablit pas la glycémie.
5. Une ligature des canaux pancréatiques entraîne des troubles digestifs, mais une glycémie normale.

Exercice 4 Suivi gestationnel et diabète ★★ 10 min Corrigé p. 214

Lors d'une visité prénatale de Mme S, une mesure de la glycémie est réalisée. Les résultats sont consignés sur le document 1.

Pour confirmer son diagnostic, le médecin prescrit à Mme S un test d'hyperglycémie provoquée par voie orale (test HGPO). Ce test consiste à faire ingérer au patient à jeun 75 g de glucose. Des prélèvements sanguins sont effectués toutes les 30 minutes afin de mesurer la concentration de glucose plasmatique. Les résultats obtenus chez un individu non diabétique et chez Mme S sont présentés dans le document 2.

1. Analyser les résultats obtenus. Confirment-ils le diagnostic de diabète de Mme S ? Justifier la réponse.

Le diabète gestationnel est dû à une insulino-résistance par les modifications hormonales.

2. Expliquer brièvement l'insulino-résistance.

3. Nommer la glande et les cellules qui sécrètent l'insuline. Indiquer le rôle de l'insuline dans la régulation de la glycémie.

	Résultats de Mme S	Valeurs physiologiques
Glucose	2 g.L^{-1}	0,8 à 1,2 g.L^{-1}

▲ Document 1 La glycémie de Mme S

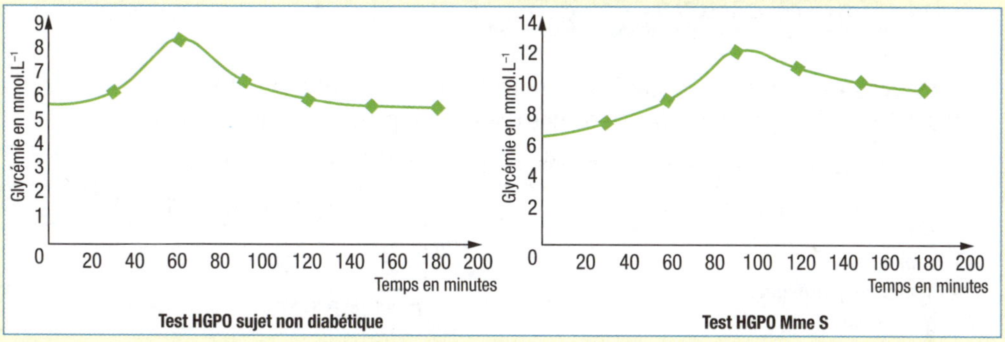

▲ Document 2 Les résultats du test HGPO chez un sujet non diabétique et chez Mme S

Exercice 5 Le devenir du glucose ★★ 15 min Corrigé p. 214

Pour étudier le devenir du glucose lors de la formation de l'urine chez un sujet diabétique, on effectue des microponctions de liquide à différents niveaux du néphron. Le glucose est ensuite dosé dans ses différents liquides et comparé aux résultats obtenus chez un individu sain.

		A : plasma des capillaires globulaires	B : urine de la capsule de Bowman	C : urine du tube collecteur
Concentration en glucose (g/L)	Individu sain	1,0	1,0	0
	Individu diabétique	2,9	2,9	1,4

1. Comparer les résultats obtenus en A et en B. Conclure.

2. Interpréter les données obtenues en B et en C pour les deux sujets. Que peut-on en déduire ?

6 Les maladies infectieuses

Une maladie infectieuse est une pathologie plus ou moins grave provoquée par la contamination et la multiplication d'un microbe dans l'organisme. Ces micro-organismes sont les bactéries, les virus, les champignons ou les parasites.

1 Les agents pathogènes

• **Les différents agents pathogènes rencontrés chez l'être humain sont les bactéries, les parasites, les champignons et les virus.** Ces micro-organismes, à l'exception des virus, sont des organismes uni ou pluricellulaires vivant aux dépens d'autres organismes.

• La toxoplasmose ou le paludisme sont dus à l'infestation par des parasites, la tuberculose ou l'otite par des bactéries, les mycoses par des champignons, le SIDA ou la grippe par un virus.

> **À savoir**
> **Les agents pathogènes infectieux** sont des agents exogènes capables de déclencher une maladie chez l'homme.

2 Les bactéries et leur multiplication

• **Les bactéries sont des organismes unicellulaires procaryotes.** Leur taille varie de 1 à 10 µm. Le matériel génétique (ADN) baigne dans le cytoplasme dépourvu d'organites.

• Les bactéries sont composées d'éléments constants et d'éléments facultatifs.

Éléments CONSTANTS	Éléments FACULTATIFS
• Paroi rigide. • Membrane plasmique. • Cytoplasme : – ribosomes ; – chromosome unique circulaire.	• Capsule. • Plasmide. • Inclusions de réserves. • Pili. • Flagelles. • Endospore (bactéries sporulantes).

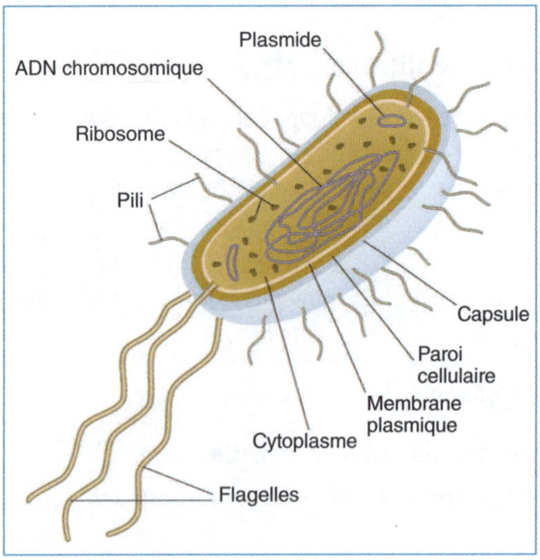

▲ La structure d'une bactérie

• **La bactérie se divise selon une reproduction asexuée par scissiparité (simple division en deux).**

• **Le matériel génétique se réplique.** On observe une synthèse de la paroi, de la membrane et des constituants cytoplasmiques. La cellule s'allonge et se divise en deux par la formation d'un septum grâce à la paroi et la membrane plasmique. On obtient deux bactéries génétiquement identiques.

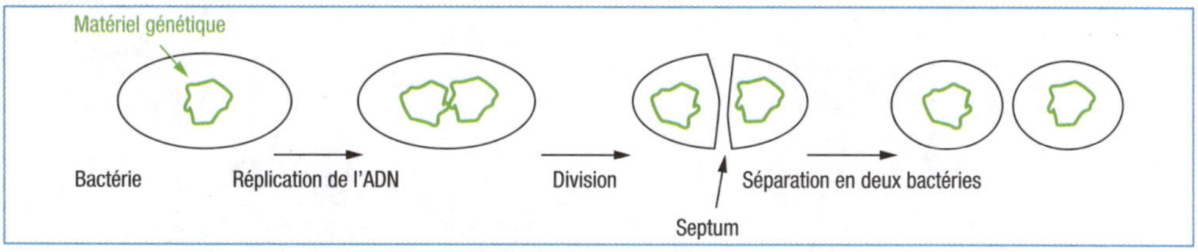

▲ La multiplication bactérienne par scissiparité

3 Les virus et le cycle viral

A Les virus

• **Les virus sont des agents infectieux acellulaires dont la taille est de l'ordre de 10 à 100 nm.**

• **Ils sont formés d'un génome viral à ADN ou ARN mono ou bicaténaire.** Ce génome est entouré par une capside protéique.

• Celle-ci protège le génome et constitue la forme du virus. L'association génome + capside forme la **nucléocapside**.

• Certains virus possèdent en plus une enveloppe contenant des glycoprotéines (virus enveloppé).

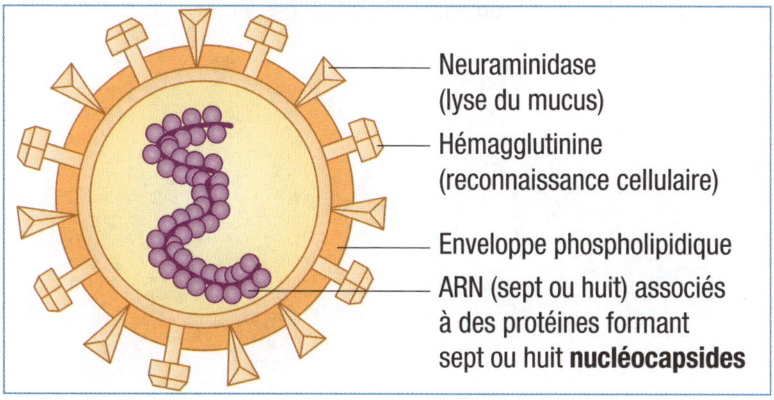

▲ Le virus de la grippe

B Le cycle viral

• **Le cycle viral se décompose en plusieurs étapes : l'attachement, la pénétration, la décapsidation, l'expression des gènes, l'assemblage et la sortie des virions.**

• À la fin d'un cycle, de très nombreux virions sont libérés, entraînant une nouvelle infection de cellules hôtes.

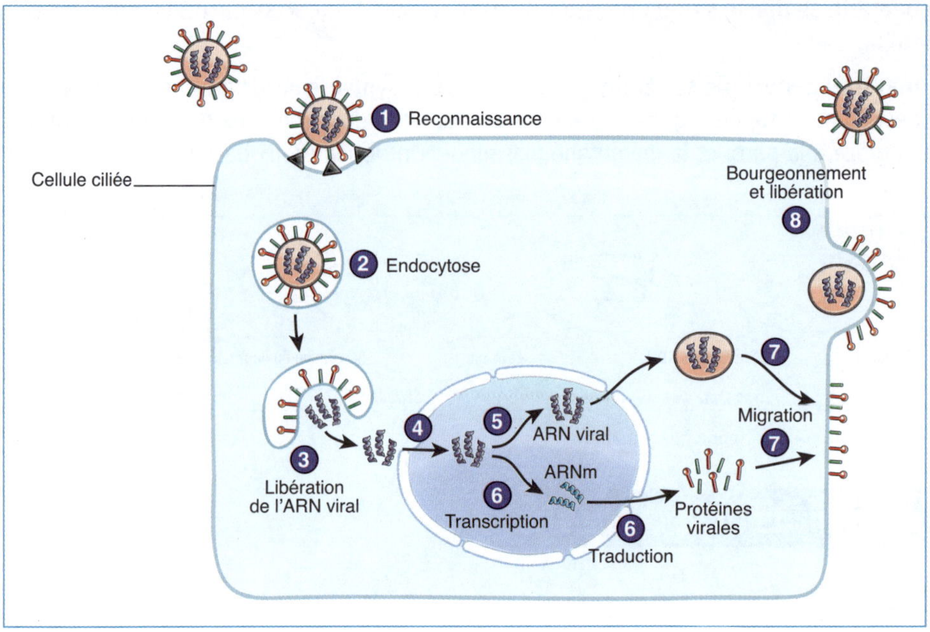

▲ Le cycle viral

1. Reconnaissance par un récepteur spécifique présent sur les cellules hôtes
2. Entrée du virus par endocytose dans le cytoplasme de la cellule hôte
3. Fusion de l'enveloppe virale avec la membrane d'endocytose et libération de l'ARN viral et des enzymes
4. Entrée de l'ARN viral dans le noyau de la cellule
5. Fabrication de nouveaux brins d'ARN viral
6. Transcription et traduction de l'ARNm viral en protéines virales
7. Migration des éléments viraux vers la membrane plasmique
8. Assemblage du virus, bourgeonnement et libération des virus

7 L'antibiothérapie et la résistance aux antibiotiques

Lors d'infections bactériennes, les antibiotiques sont administrés afin de détruire les bactéries impliquées. Cependant, l'utilisation massive de ces antibiotiques a favorisé le développement de nombreuses souches bactériennes résistantes à la majorité des antibiotiques.

1 Les antibiotiques

> **Définition**
> **Antibiothérapie :** traitement curatif ayant pour but de détruire les bactéries.

• Les antibiotiques sont des substances chimiques, d'origine naturelle, semi-synthétique ou synthétique, en général synthétisées par des bactéries, des levures puis modifiées chimiquement.

• Ils présentent une activité spécifique bactériostatique (inhibition de la multiplication bactérienne), bactéricide ou bactériolytique (destruction des bactéries).

• Ils agissent à faible dose par voie générale, c'est-à-dire qu'ils sont absorbés et assimilés via la circulation sanguine et présentent une toxicité pour les cellules humaines aussi faible que possible.

• Les principales cibles cellulaires des antibiotiques sont la **paroi**, la **membrane cytoplasmique**, la synthèse de **l'ADN**, de **l'ARN** et des **protéines** bactériens.

• Au niveau de la paroi, les antibiotiques inhibent la synthèse du peptidoglycane, molécule constitutive de la paroi. Au niveau de la membrane cytoplasmique, ils désorganisent sa structure moléculaire. Ces deux actions vont entraîner la lyse de la cellule bactérienne.

• Les antibiotiques se fixent sur les ribosomes, empêchant ainsi la synthèse de protéines, ils inhibent la synthèse de nouveaux brins d'ADN et celle de l'ARNm. Ils exercent alors une action bactériostatique.

2 Les résistances naturelles ou acquises par mutation et transfert de gènes

• **Une bactérie est dite résistante à un antibiotique lorsqu'elle est capable de se développer en sa présence.**

A La résistance naturelle

• **Elle fait partie du patrimoine génétique de la bactérie** (chromosome, plasmides). Elle est due à la présence d'enzymes ou d'éléments protecteurs. Elle est transmissible à la descendance (transmission verticale).

B La résistance acquise

• Elle s'acquiert chez un genre bactérien naturellement sensible.

• Elle est due soit à une mutation chromosomique, soit à l'acquisition de matériel génétique exogène (plasmides, transfert d'ADN d'une autre bactérie, transfert d'ADN par l'intermédiaire d'un virus).

• La transmission est, à la fois, horizontale et verticale.

3 L'utilisation des antibiotiques et la sélection de souches résistantes

• Notre microbiome (peau, intestin, poumons) nous protège naturellement des infections. Parmi les bactéries commensales de notre organisme (bactéries présentes naturellement), certaines présentent des résistances aux antibiotiques. La prise excessive d'antibiotiques, lors d'une infection virale par exemple, entraîne **une pression de sélection** chez la population bactérienne. Les antibiotiques vont détruire les bactéries sensibles et favoriser, par contre, la multiplication des bactéries résistantes de notre microbiome.

> **Définition**
> **Microbiome** : ensemble des micro-organismes et de leur génome.

• L'antibiotique ne va donc pas créer une résistance. Il sélectionne et amplifie les souches résistantes.

• De nombreuses campagnes de prévention sur l'usage des antibiotiques sont réalisées chaque année. Elles visent aussi bien les professionnels de santé que le grand public. Leur but est de faire comprendre à la population que leur emploi est inutile dans le cas d'une infection virale et que l'abus d'utilisation de ces antibiotiques entraîne une mutation de la population bactérienne. Les bactéries s'adaptent et deviennent résistantes aux antibiotiques. Cela entraîne de nombreuses difficultés pour les équipes médicales pour soigner et guérir les personnes atteintes d'infections bactériennes ou fongiques.

4 L'antibiogramme

• Pour déterminer la résistance ou la sensibilité d'une souche bactérienne vis-à-vis d'un antibiotique, on réalise un **antibiogramme**. On met en contact la souche bactérienne avec différents antibiotiques. Après incubation (24 heures à 37 °C), on observe la croissance bactérienne autour des disques d'antibiotiques. Si l'antibiotique est efficace, il a détruit les bactéries et on observe une zone d'inhibition autour du disque, c'est-à-dire une zone transparente sans culture de bactérie (zone sombre sur la photo). Si l'antibiotique est inefficace, les bactéries se sont multipliées autour du disque. On détermine ainsi la concentration minimale inhibitrice (CMI) de l'antibiotique testé. On compare ces résultats à des valeurs de référence, les concentrations critiques inférieure et supérieure (CCI et CCS) de ces mêmes antibiotiques.

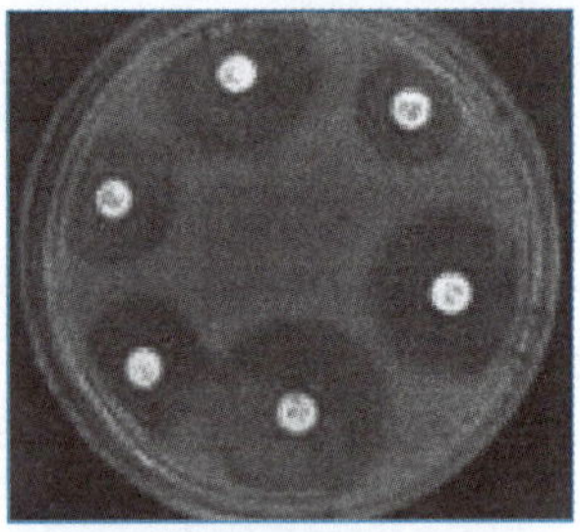

▲ Un antibiogramme

• La bactérie est dite **sensible** si la CMI est inférieure à la CCI. Elle sera donc détruite par l'antibiotique.

• La bactérie sera dite **résistante** si la CMI est supérieure à la CCS. L'antibiotique n'aura aucun effet sur la souche bactérienne.

• La souche est dite **intermédiaire** si la CMI est comprise entre la CCI et la CCS. La souche ne sera détruite par cet antibiotique que si la posologie est fortement augmentée.

8 Le soi et le non-soi

L'immunité correspond à la **défense de l'organisme** contre les agressions par des éléments étrangers (antigène : Ag) grâce à des cellules dites « immunocompétentes », et à la **tolérance du soi** grâce à des marqueurs d'identité. L'immunité assure le maintien de l'organisme.

1 Le soi et le non-soi

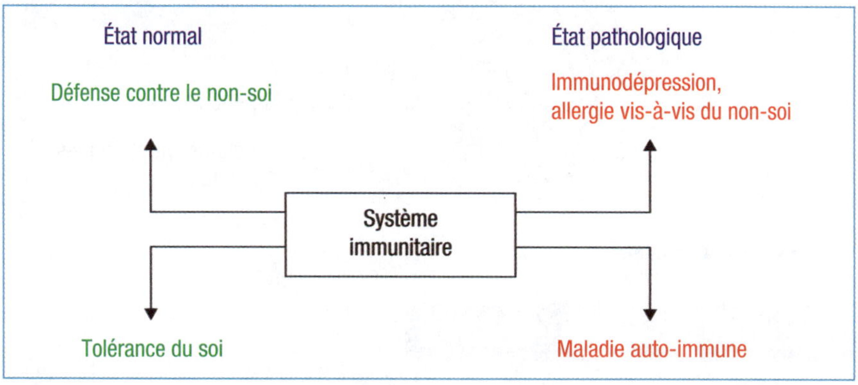

• **Le soi correspond à l'ensemble des molécules et cellules de l'organisme.** Il existe à la surface des membranes cellulaires des **marqueurs spécifiques** de l'identité d'un individu. Ce sont des **glycoprotéines**. Toutes les cellules nucléées et les lymphocytes T8 (LT8) présentent comme marqueurs les molécules du complexe majeur d'histocompatibilité (CMH) de classe I. Les macrophages, les lymphocytes B (LB) et T4 (LT4) présentent les molécules de classe II. Les hématies portent les glycoprotéines du système sanguin ABO.

• **Le non-soi correspond à l'ensemble des molécules et cellules reconnues comme étrangères par le système immunitaire.** Il existe les **antigènes du non-soi** (toxines, bactéries, virus, parasites, greffons, allergènes) et les **antigènes du soi modifié** (cellules cancéreuses, cellules infectées).

À savoir

Un antigène est constitué d'une multitude d'épitopes (régions de l'antigène immunologiquement actives). Il est reconnu comme étranger et est capable de déclencher une réponse immunitaire. De plus, il se lie spécifiquement aux agents de la réponse immunitaire : les anticorps (Ac) et les lymphocytes T cytotoxiques (LTc).

2 Les organes lymphoïdes

• **Les organes lymphoïdes primaires.** La **moelle osseuse** produit les cellules immunitaires (lymphocytes, polynucléaires, monocytes) et permet la maturation des lymphocytes B, c'est-à-dire leur capacité à distinguer le soi du non-soi. Le **thymus**, lui, permet la maturation des lymphocytes T.

• **Les organes lymphoïdes secondaires.** Il s'agit des ganglions lymphatiques, de la rate et de l'appendice. Ce sont des lieux de rencontre entre les antigènes et les cellules immuno-compétentes, d'activation et de coopération cellulaire.

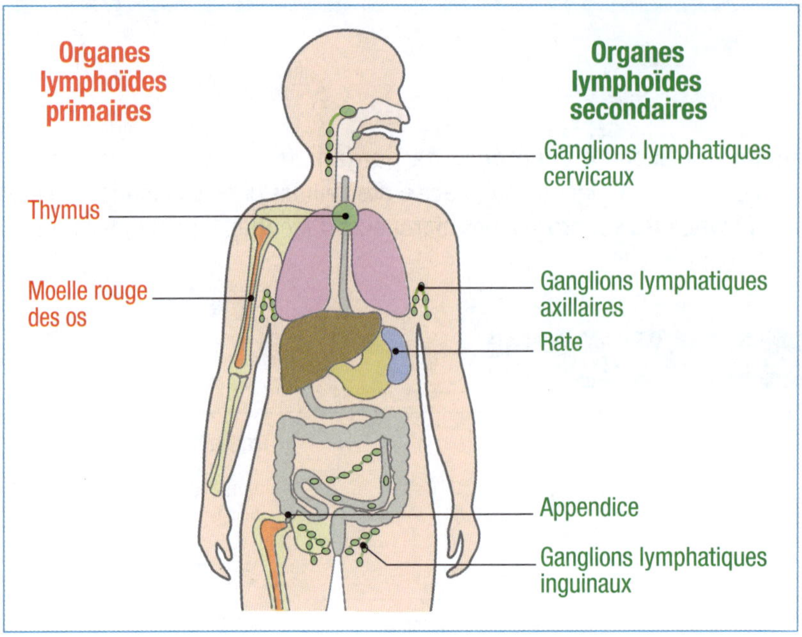

▲ Les organes lymphoïdes

3 Les cellules immunitaires

• À la suite de leur maturation, les cellules immunitaires sont réparties dans les systèmes circulatoire et lymphatique.

• **Les cellules phagocytaires.** Les polynucléaires neutrophiles et éosinophiles, les monocytes et les macrophages interviennent dans l'**immunité non spécifique**. Celle-ci comprend la **réaction inflammatoire** et la **phagocytose** des micro-organismes et des cellules anormales. Le macrophage présente les antigènes aux lymphocytes T et lymphocytes B. Les polynucléaires basophiles participent aux allergies.

• **Les lymphocytes.** Ils interviennent dans l'**immunité spécifique**. Ils présentent à leur surface des récepteurs spécifiques capables de reconnaître les antigènes. Les **lymphocytes T8** ou **lymphocytes T cytotoxiques** interviennent dans la réponse immunitaire à médiation cellulaire, les **lymphocytes B** dans la réponse immunitaire à médiation humorale.

Lymphocytes	Rôle
LB	Transformation en plasmocytes : cellules spécialisées dans la synthèse d'anticorps
LT4 ou auxiliaire	Stimulation et amplification de la réponse immunitaire
LT8 ou LTc	Lyse des cellules tumorales et infectées par des virus ou des bactéries
LT suppresseur	Frein de la réponse immunitaire
Natural Killer	Lyse des cellules anormales, tumorales et des cellules infestées par un virus

9 Les défenses immunitaires lors de la grippe

Le virus de la grippe (ou virus influenza) est un **virus à ARN**. Il est responsable d'affections respiratoires aiguës par l'atteinte des **cellules ciliées épithéliales** de la muqueuse respiratoire.

1 La voie de contamination de la grippe

• **La contamination** s'effectue par voie aérienne à la suite de l'inhalation de microgouttelettes de salive contenant des virus, libérées lors de la toux ou des éternuements.

• Normalement, la muqueuse des voies respiratoires agit comme une barrière grâce au mucus, qui empêche l'adhérence des micro-organismes aux cellules épithéliales, et aux cils qui permettent le mouvement du mucus vers le pharynx où il est expulsé dans l'œsophage. Lors de la grippe, la multiplication virale va entraîner une nécrose de l'épithélium cilié et une sécrétion accrue de mucus.

• **Les symptômes** de la grippe sont une fièvre supérieure à 38 °C pendant trois jours, un écoulement nasal, des éternuements, des frissons, des douleurs musculaires, une asthénie (fatigue intense), des céphalées, puis surviennent une pharyngite, un essoufflement au repos, des douleurs dans la poitrine et une toux sèche.

2 La barrière cutanéo-muqueuse

• Elle offre plusieurs protections :
– une protection **physique** contre la plupart des micro-organismes pathogènes grâce à l'imperméabilité de la peau, due à son épithélium kératinisé ;
– une protection **mécanique** grâce aux mouvements des cils des voies respiratoires ;
– une protection **biochimique** grâce aux sécrétions sudoripares (action bactéricide et antifongique) au niveau de la peau, à l'acidité des sécrétions gastriques et vaginales, à la sécrétion de substances bactéricides (lysozyme) dans la salive, les larmes ;
– une protection **biologique** grâce aux bactéries commensales non pathogènes (microbiotes buccal, intestinal et vaginal) qui s'opposent au développement des bactéries pathogènes par compétition pour les nutriments.

3 L'immunité innée

• L'immunité innée intervient, quelle que soit la localisation de l'antigène à l'intérieur de l'organisme : antigène intra ou extracellulaire.

A La réaction inflammatoire

• **La réaction inflammatoire est une série de réactions vasculaires et cellulaires locales à la suite d'une lésion tissulaire.**
– Elle se caractérise par **quatre signes** : douleur, œdème, rougeur, chaleur.

– Après la pénétration d'un antigène, des facteurs chimiques sont libérés au niveau de la lésion. Cela entraîne une vasodilatation du capillaire sanguin (**rougeur**) et une augmentation de la perméabilité vasculaire (**œdème**). Ce dernier comprime les terminaisons nerveuses, ce qui provoque une **douleur**. La **chaleur** est due à la sécrétion de substances pyrogènes. Cela explique certains symptômes de la grippe comme la fièvre, la pharyngite (inflammation) et la toux (encombrement des voies respiratoires).

• Les leucocytes sont attirés vers le lieu de la lésion par **chimiotactisme**. Ils se collent à la paroi du vaisseau (**margination**), la traversent (**diapédèse**) et se dirigent vers l'antigène pour le phagocyter.

> **Définition**
> **Chimiotactisme :** mécanisme par lequel une cellule se déplace en direction d'une substance chimique qui l'attire.

B La phagocytose : rôle et mécanisme

• **La phagocytose** est assurée par les polynucléaires, les macrophages et les monocytes. Elle **permet la destruction des bactéries et virus**.

• **Adhésion**. À la suite du chimiotactisme, le phagocyte adhère à l'antigène grâce à des récepteurs membranaires présents sur les pseudopodes (prolongement de la membrane).

• **Ingestion**. La membrane des pseudopodes fusionne et l'antigène est ingéré dans un phagosome qui fusionne avec un lysosome pour former un phagolysosome.

• **Digestion**. Les enzymes lysosomiales vont digérer l'antigène en petits fragments qui seront exocytés. L'antigène est détruit. Certains fragments seront exposés à la surface en association avec le complexe majeur d'histocompatibilité de classe II afin d'être présentés aux lymphocytes T.

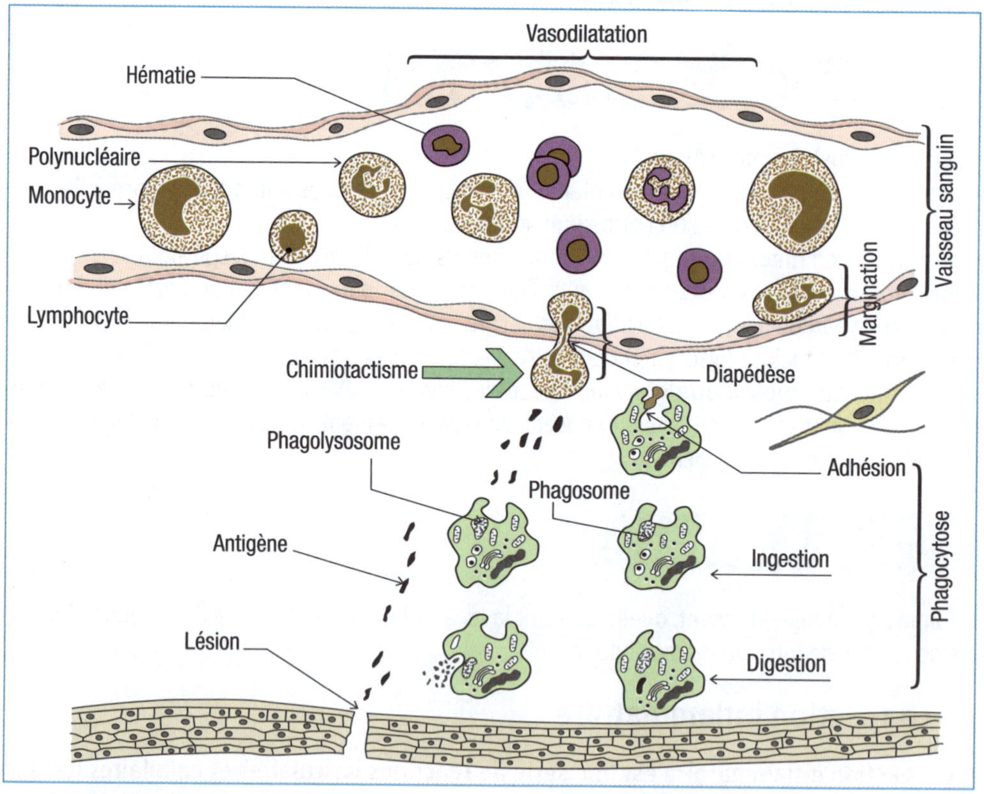

▲ Le bilan de l'immunité innée

10 Les réponses acquises

COMPRENDRE EN VIDÉO — *La réponse immunitaire*

Lorsque la réponse immunitaire innée ne suffit pas à détruire l'agent étranger, il se met en place une **réponse acquise**. Celle-ci comprend **deux mécanismes : la réponse acquise à médiation humorale et la réponse acquise à médiation cellulaire**.

CHIMIE, BIOLOGIE ET PHYSIO. HUMAINES

1 La réponse acquise à médiation humorale

• La réponse acquise à médiation humorale se met en place contre des **antigènes (Ag) intra ou extracellulaires** *via* les anticorps (Ac).

A L'activation des lymphocytes B

• Les anticorps membranaires présents sur les lymphocytes B vont reconnaître l'antigène. Les lymphocytes T4, ayant eux aussi reconnu l'antigène comme étranger, vont stimuler les lymphocytes B soit directement, soit par sécrétion d'interleukine 2 (molécule aidant localement à l'élimination des éléments étrangers). Les lymphocytes B vont s'activer, se multiplier et se différencier en **LB mémoires** et en **plasmocytes**.

• **Les plasmocytes** sont de grandes cellules possédant de nombreuses mitochondries fournissant l'énergie nécessaire aux synthèses et un réticulum endoplasmique rugueux très développé, participant à la synthèse des anticorps. Les plasmocytes vont alors sécréter des Ac spécifiquement dirigés contre l'Ag.

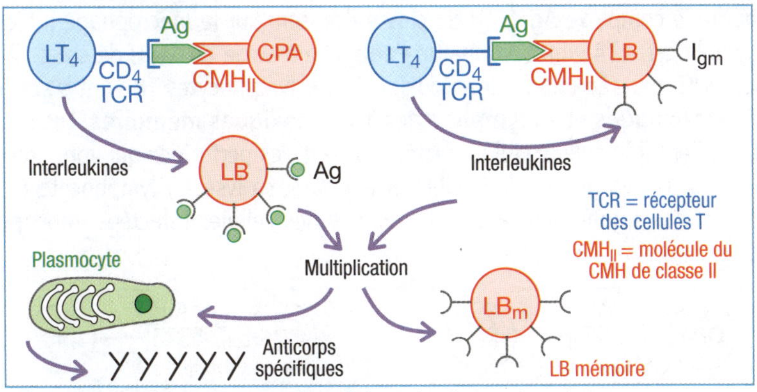

▲ La production des anticorps et des cellules mémoires

B Les anticorps

• **Les anticorps ou immunoglobulines (Ig)** sont des protéines produites et sécrétées par les plasmocytes. Ils sont constitués de deux chaînes polypeptidiques unies par des ponts disulfures. Aux extrémités variables de l'anticorps se situe le site antigénique ou **paratope**. Celui-ci est le site de fixation de l'**épitope** de l'antigène. L'association de l'épitope et du paratope forme un complexe immun Ag-Ac.

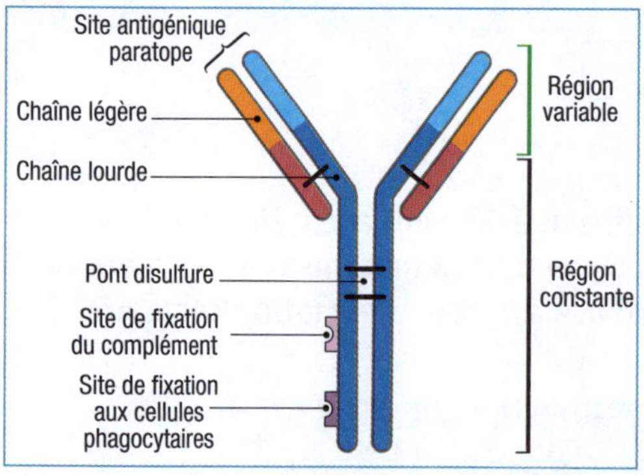

▲ La structure d'un anticorps

> **À savoir**
> **Le complément** est un ensemble de protéines sériques qui, une fois activé, va produire un complexe lytique capable de perforer la membrane des cellules infectées.

- Il existe cinq types d'immunoglobulines ayant chacune des rôles particuliers : IgM, IgG, IgD, IgA, IgE.
- La liaison de l'Ac sur l'Ag forme un complexe immun entraînant la **neutralisation** des toxines, des virus, l'**activation du complément** et **l'opsonisation** (facilitation de la phagocytose par fixation sur le macrophage de l'Ac lié à l'Ag).

2 La réponse acquise à médiation cellulaire

- La réponse acquise à médiation cellulaire ne se met en place que vis-à-vis des **antigènes intracellulaires** grâce aux **lymphocytes T cytotoxiques**.
- À la suite de la phagocytose, les fragments d'antigène sont présentés à la surface du phagocyte en association avec les molécules du CMH de classe I et de classe II. Les lymphocytes T8 vont reconnaître le complexe Ag-CMH de classe I présent sur le macrophage infecté par l'antigène. Les lymphocytes T4 vont reconnaître l'antigène associé au CMH de classe II et stimuler les lymphocytes T8 par sécrétion d'interleukine 2. Les lymphocytes T8 vont s'activer en **lymphocytes T cytotoxiques** et en **lymphocytes T cytotoxiques mémoires**. Les lymphocytes T cytotoxiques se lient à la cellule cible infectée, libèrent des perforines qui vont créer des pores membranaires au travers de la cellule cible et entraîner sa lyse. Le lymphocyte T cytotoxique libère également des signaux entraînant l'apoptose des cellules infectées (mort programmée de la cellule).

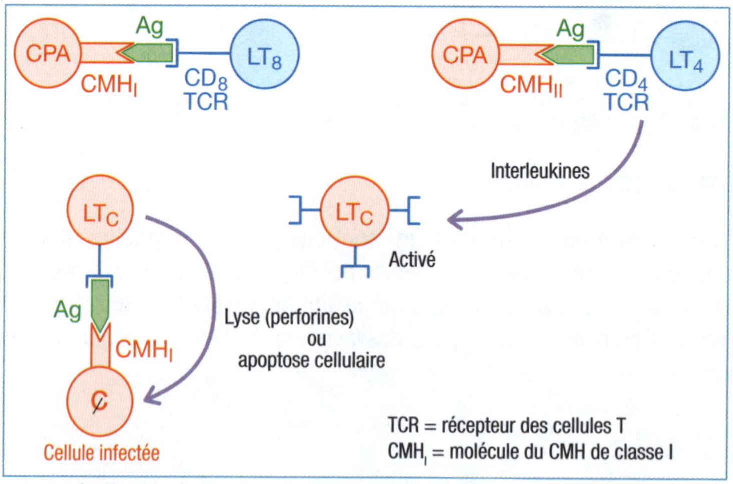

▲ Le mode d'action du lymphocyte T cytotoxique

3 La coopération cellulaire

- Les lymphocytes T4 interviennent dans la **coopération cellulaire**. Ils reconnaissent les antigènes lorsque ceux-ci sont présentés en association avec le CMH de classe II à la surface des cellules présentatrices de l'antigène (CPA : macrophages, lymphocyte B).
- Cette reconnaissance active les lymphocytes T4 qui vont ensuite stimuler, par sécrétion d'interleukines, les lymphocytes B (production d'anticorps) et les lymphocytes T8 (formation des lymphocytes T cytotoxiques).

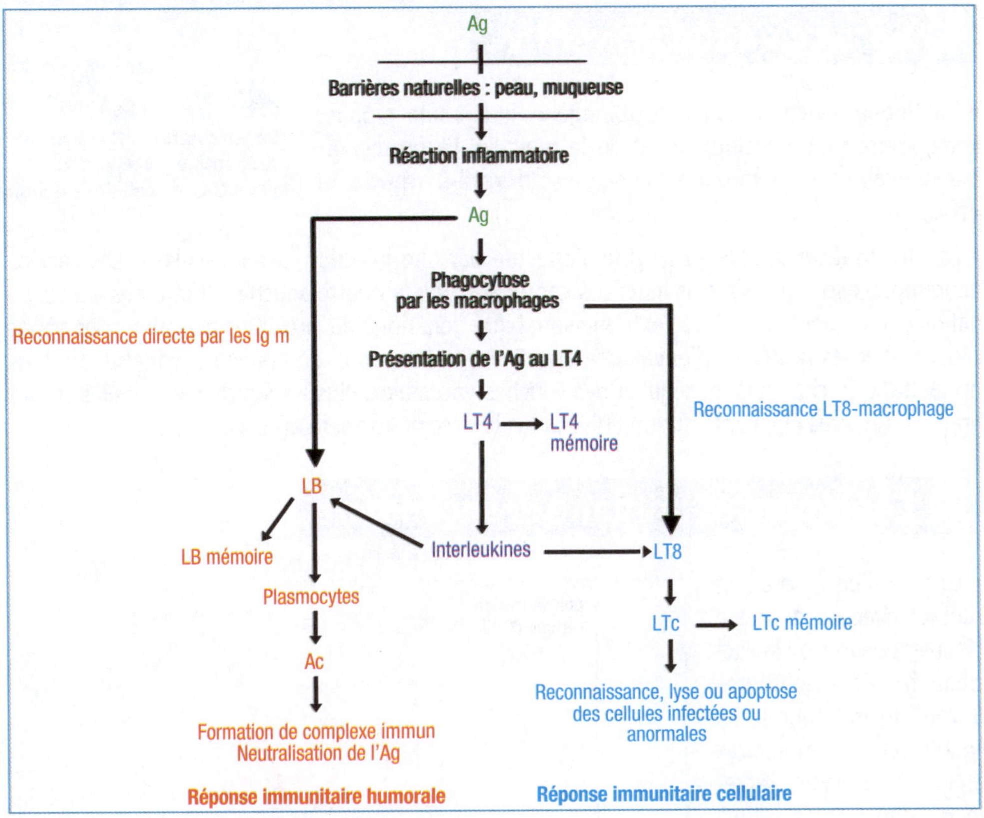

▲ Le schéma bilan de l'immunité innée et acquise

11 La prévention de la grippe : la vaccination

La vaccination préventive a pour but de protéger l'individu contre une maladie en déclenchant une réponse immunitaire avec la production d'anticorps contre un antigène spécifique.

1 La vaccination préventive

• L'antigène injecté, rendu non pathogène, induit une réponse immunitaire sans développement de la maladie. La protection, obtenue après un temps de latence, est **durable, rapide et efficace**.

> **À savoir**
> **La vaccination** est une **mesure préventive** qui repose sur l'existence de **cellules mémoires**.

• **La vaccination contre la grippe** s'effectue par une injection intramusculaire. Les vaccins antigrippaux sont des vaccins inactivés contenant trois à quatre souches différentes. La vaccination est annuelle du fait de l'extrême variabilité génétique du virus. Des mutations des gènes codant pour les protéines d'enveloppe entraînent la formation de nouveaux variants du virus nécessitant un changement régulier des souches vaccinales. Plus les souches vaccinales seront proches des virus circulants durant l'hiver, plus la vaccination sera efficace.

2 Les réponses primaire et secondaire

• Lors d'un premier contact avec un antigène (1re injection lors de la vaccination), les lymphocytes B vont se différencier en lymphocytes B mémoires et en plasmocytes sécréteurs d'IgM puis d'IgG spécifiques de cet antigène. La réponse **primaire** est **lente** et **tardive**.

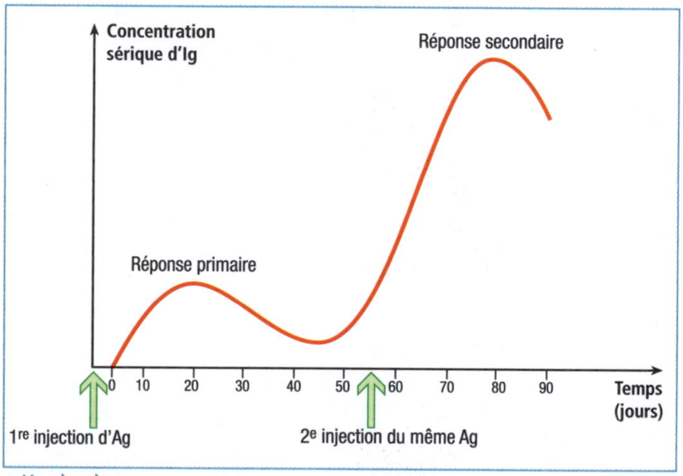

▲ Vaccination

• Lors d'un deuxième contact avec ce même antigène (2e injection ou rappel de vaccination), les lymphocytes B mémoires circulants vont immédiatement s'activer et se différencier en plasmocytes. La sécrétion d'IgG spécifiques sera importante. La réponse **secondaire** est **rapide, efficace** et **durable**.

• La vaccination utilise le principe de ces deux réponses pour protéger l'individu lors de la rencontre avec l'agent étranger.

12 Les analyses sanguines

Les analyses sanguines sont réalisées à partir d'un prélèvement sanguin. Le sang comprend un liquide, le plasma, contenant de nombreuses molécules, et les cellules sanguines. Ces examens consistent en l'étude de la population sanguine et en la détection de molécules particulières (glucose, fer, hormones, anticorps, etc.).

1 La numération de formule sanguine : NFS

• **Définition. La numération de formule sanguine (NFS) ou hémogramme est une analyse qualitative et quantitative des éléments figurés du sang.**

• La NFS est l'examen le plus courant réalisé lors d'un bilan sanguin. Le tableau ci-dessous indique les différents éléments mesurés lors d'une NFS.

Numération globulaire	Valeurs normales	Augmentation	Diminution (pénie)
Hématies	4 – 6,2 millions/mm^3	Polyglobulie	Érythropénie
Hémoglobine	12 – 16 g/100 mL	Polyglobulie	Anémie
Thrombocytes	130 000 – 450 000/mm^3	Thrombocytose	Thrombopénie
Vitesse de sédimentation	Inférieure à 20 mm	Infection, inflammation	Polyglobulie Thrombocytose
Leucocytes	4 000 – 10 000/mm^3	Hyperleucocytose	Leucopénie
Polynucléaires neutrophiles	1 500 – 7 000/mm^3	Hyperneutrocytose	Neutropénie
Polynucléaires éosinophiles	0 – 500 mm^3	Hyperéosinocytose	Éosinopénie
Polynucléaires basophiles	0 – 200/mm^3	Hyperbasocytose	Basopénie
Lymphocytes	1 000 – 4 000/mm^3	Lymphocytose	Lymphopénie
Monocytes	200 – 1 000/mm^3	Monocytose	Monocytopénie

• Lors d'une inflammation, on observe des anomalies de l'hémogramme comme une anémie, une hyperleucocytose et, parfois, une thrombocytose.

> **À savoir**
> **Le sérodiagnostic** consiste en la recherche dans le sérum d'un patient de la présence d'anticorps dirigés contre un antigène particulier afin d'établir un diagnostic de certitude.

2 Les marqueurs de l'inflammation

• **Afin de vérifier s'il y a une infection, on effectue la recherche des marqueurs de l'inflammation**. Ces marqueurs sont :
– **la vitesse de sédimentation**. Elle augmente lors d'une inflammation. Cela est dû à une augmentation des protéines de l'inflammation, notamment du fibrinogène, ce qui va entraîner des modifications de l'agrégation des hématies ;
– **la protéine C réactive (CRP)**. C'est une protéine synthétisée par le foie lors d'une inflammation aiguë. Son taux augmente immédiatement, ce qui en fait un marqueur précoce.

Exercices d'entraînement

Exercice 1 Test de connaissances ★ 5 min

Corrigé p. 214

Indiquer si les propositions suivantes sont vraies ou fausses. Justifier la réponse.

1. Les bactéries sont des organismes pluricellulaires.
2. Les virus utilisent le matériel de la cellule hôte pour former de nouveaux virions.
3. Les bactéries ont une reproduction sexuée sans réplication de l'ADN.
4. L'ADN bactérien est entouré par une membrane.
5. Les agents pathogènes sont des agents déclenchant une réponse immunitaire.
6. Les virions sont assemblés dans la cellule hôte.

Exercice 2 L'antibiogramme ★★ 10 min

Corrigé p. 215

Mme X présente une pneumopathie. Des analyses ont permis d'identifier la bactérie responsable : il s'agit du *Streptococcus pneumoniae*. Un antibiogramme est réalisé afin de déterminer l'antibiotique le plus adapté au traitement.

Le document ci-dessous représente les résultats de l'antibiogramme de Mme X.

Document : résultats de l'antibiogramme de Mme X

Si le diamètre d'inhibition trouvé expérimentalement est :

– inférieur à *d* : la bactérie est dite résistante à l'antibiotique ;

– supérieur à *D* : la bactérie est dite sensible à l'antibiotique ;

– compris entre *d* et *D* : la bactérie est dite intermédiaire.

Nom de l'antibiotique	Diamètre de référence (mm)		Diamètre d'inhibition mesuré expérimentalement (mm)
	d	*D*	
Amoxicilline	16	23	20
Amoxicilline + acide clavulanique	16	23	30
Érythromycine	10	16	8

1. **Expliquer l'expression « bactérie résistante à un antibiotique ».**
2. **Analyser les résultats présentés dans le document et déterminer un antibiotique efficace pour soigner Mme X.**

Exercice 3 Test de connaissances ★ 10 min

Corrigé p. 215

Indiquer si les propositions suivantes sont vraies ou fausses. Justifier la réponse.

1. Un virus est une particule du non-soi.
2. Les hématies sont des cellules intervenant dans l'immunité spécifique.
3. Les marqueurs du soi sont des glycoprotéines intracellulaires.
4. La moelle épinière produit toutes les cellules sanguines.
5. La réaction inflammatoire intervient lors de la réponse non spécifique.
6. Les lymphocytes B interviennent dans la lyse cellulaire.

Exercice 4 Le rôle des organes lymphoïdes ★★ 15 min

Corrigé p. 215

Des expériences ont été réalisées sur deux séries de souris A et B afin de définir le rôle de la moelle osseuse et du thymus dans la réponse immunitaire. L'irradiation tue toutes les cellules de la moelle osseuse.

Expériences		Observations
Souris A	Irradiation	Disparition de tous les lymphocytes
	Puis greffe de moelle osseuse	Présence des lymphocytes B et T dans le sang
Souris B	Thymectomie et irradiation	Disparition de tous les lymphocytes
	Puis greffe de moelle osseuse	Présence de lymphocytes B dans le sang. Absence de lymphocytes T

Interpréter les expériences afin de déduire le rôle de la moelle osseuse et du thymus.

Exercice 5 La réponse immunitaire innée ★★ 10 min

Corrigé p. 215

M. Z arrive aux urgences avec une plaie profonde et purulente à la main. Cette dernière est douloureuse et chaude au toucher. Elle a un aspect gonflé et rouge. Une réaction inflammatoire est en cours.

1. **Identifier les phénomènes repérés par les lettres A, B et C et les chiffres 1 à 6 sur le document suivant.**

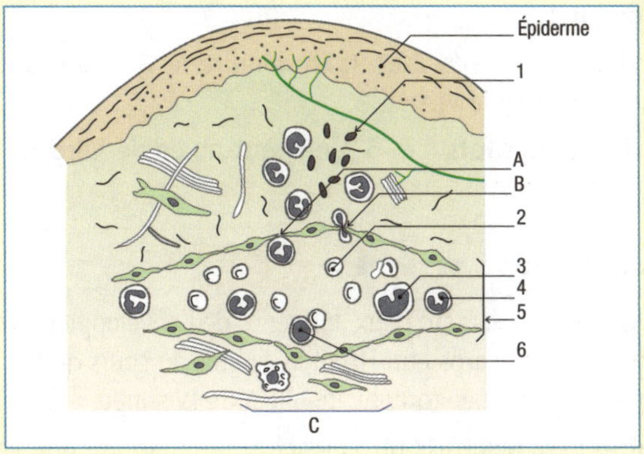

▲ Le schéma des manifestations de la réaction inflammatoire

2. **Relever dans le compte rendu du cas clinique les symptômes évoquant une inflammation puis expliquer, à l'aide du document, les différents phénomènes à l'origine de ces symptômes.**

Exercice 6 Le rôle des LT4 ★★ 15 min

Corrigé p. 215

Les expériences suivantes ont permis de comprendre le rôle des lymphocytes T4 dans la production des anticorps.
Des cellules immunitaires de souris d'une même lignée sont prélevées et injectées avec un antigène étranger à des souris thymectomisées et irradiées.

	Cellules immunitaires injectées	Quantité d'anticorps produits
Lot 1	LB	Faible
Lot 2	LT4 activés	Absence d'anticorps
Lot 3	LB + LT4 activés	Importante

Déduire de ces expériences le rôle des LT4 activés dans la production des anticorps.

Exercice 7 Le rôle des lymphocytes ★★★ 20 min

Corrigé p. 215

Des expériences sont réalisées dans le but de mettre en évidence l'implication de certains leucocytes dans la lutte contre un virus.

Plusieurs lots de souris sont infectés par un virus. Pour les lots 2 à 5, certaines catégories de lymphocytes ont été supprimées. Après l'infection, le temps nécessaire aux souris pour éliminer le virus est mesuré. Parallèlement, le pourcentage de survie de chaque lot est estimé.

Les résultats sont rassemblés dans le tableau ci-dessous.

	Lymphocytes T8	Lymphocytes T4	Lymphocytes B	Temps requis pour éliminer le virus (en jours)	Taux de survie (en %)
Lot 1	+	+	+	7 à 10	100
Lot 2	–	+	+	10 à 14	50
Lot 3	+	+	–	10 à 14	100
Lot 4	+	–	+	Non évaluable	0
Lot 5	–	+	–	Non évaluable	0

(+) signifie que le type cellulaire est présent chez la souris.

(–) signifie que le type cellulaire est supprimé chez la souris.

Remarque : tous les autres leucocytes non mentionnés dans le tableau sont présents chez les souris.

1. Justifier l'intérêt du lot 1.

2. Analyser les expériences des lots 2 et 3. En déduire le type de réaction immunitaire le plus efficace pour lutter contre le virus.

3. Analyser les expériences des lots 4 et 5. Que peut-on en déduire ?

Exercice 8 La vaccination ★★★ 20 min

Corrigé p. 216

Le vaccin de la grippe contient seulement deux antigènes de l'enveloppe du virus HA et NA.

On étudie la concentration en anticorps anti-HA et la virémie au cours du temps chez une personne non vaccinée (graphique a) et vaccinée (graphique b) contre la grippe.

1. Analyser et interpréter les résultats obtenus chez la personne non vaccinée.

2. Analyser l'évolution de la concentration en anticorps anti-HA chez la personne vaccinée. En déduire les caractéristiques des réponses immunitaires primaire et secondaire.

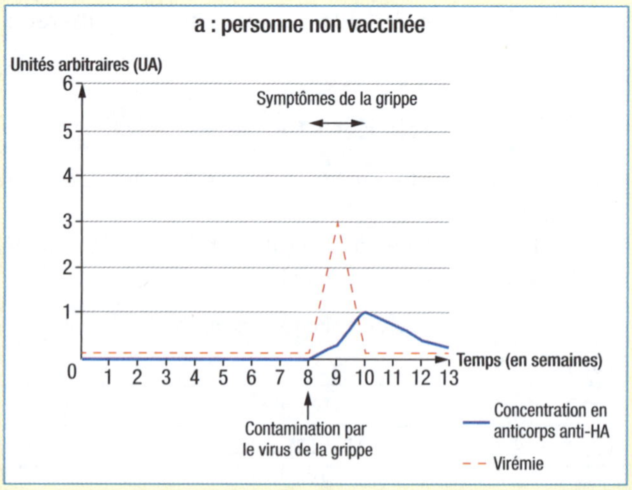

▶ Étude du sérum chez deux personnes, non vaccinée et vaccinée contre la grippe

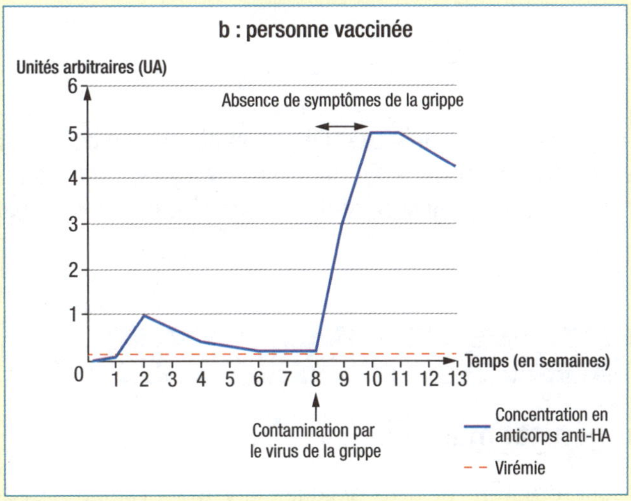

Exercice 9 L'analyse d'un bilan sanguin ★ 10 min

Corrigé p. 216

Mme X présente les symptômes d'une phlébite. Lors de son arrivée à l'hôpital, un bilan sanguin est effectué afin de vérifier l'état général de l'organisme et de poser un diagnostic.

Analyser les résultats ci-dessous en précisant les anomalies observées.

	Valeurs pour Mme X	Valeurs de référence
	Hématologie	
Hématies	4 372 000.mm^{-3}	4 000 000 à 5 300 000.mm^{-3}
Hémoglobine	12,1 g.dL^{-1}	12 à 16 g.dL^{-1}
Hématocrite	41,7 %	37 à 46 %
Leucocytes	17 500.mm^{-3}	4 000 à 11 000.mm^{-3}
Plaquettes	636 000.mm^{-3}	150 000 à 400 000.mm^{-3}
	Biochimie	
Glycémie à jeun	0,90 g.L^{-1}	0,70-1,05 g.L^{-1}
Cholestérol total	2,80 g.L^{-1}	< 2 g.L^{-1}

▲ Les résultats partiels issus du bilan sanguin de Mme X

13 L'anatomie et la physiologie des appareils reproducteurs

La transmission de la vie est assurée chez l'être humain au sein des appareils génitaux. Les gamètes mâles (spermatozoïdes) et femelles (ovocytes) sont produits respectivement au cours de la spermatogenèse et de l'ovogenèse dans les gonades (testicules et ovaires).

1 L'anatomie des appareils reproducteurs

A L'appareil génital masculin

• **Les testicules** sont recouverts de deux tuniques, la vaginale et l'albuginée, et sont constitués de tubes séminifères, lieu de formation des spermatozoïdes.

> **À savoir**
> **Les testicules** sont des glandes assurant la production des spermatozoïdes et la synthèse de la testostérone.

– Chaque testicule est coiffé par l'épididyme, canal aboutissant au **canal déférent**. Ces canaux reçoivent un liquide riche en enzymes et en substances nutritives issu des **deux vésicules** séminales et de la **prostate** et s'unissent pour former l'**urètre**. Les **glandes de Cowper** libèrent un liquide alcalin qui, avant chaque éjaculation, neutralise l'acidité de l'urine.

• **Le pénis** est constitué de corps érectiles se dilatant avec l'afflux de sang : les **corps spongieux et caverneux**. Il se termine par le **gland** et est recouvert du **prépuce**.

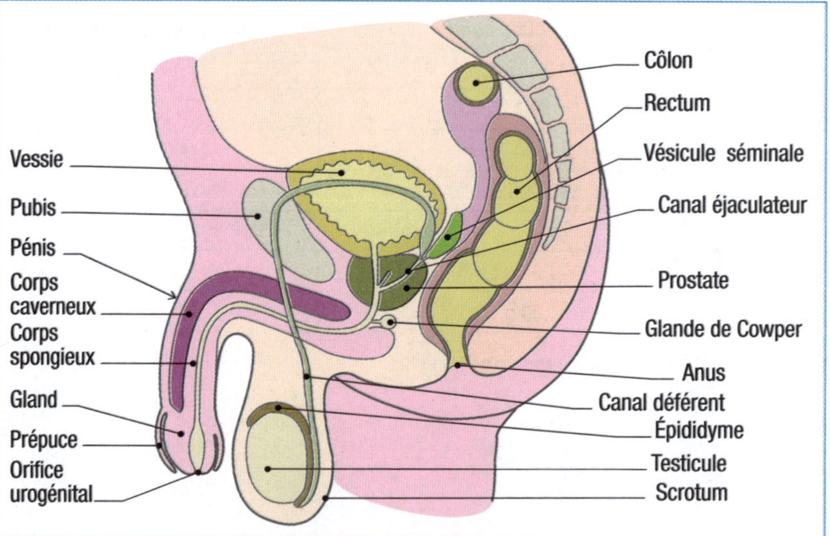

▲ Organisation de l'appareil génital masculin

B L'appareil génital féminin

• **Les ovaires** sont des glandes situées de part et d'autre de l'utérus. Les **trompes de Fallope**, canaux ciliés musculo-membraneux, sont constituées du côté de l'ovaire du pavillon et aboutissent à l'utérus.

> **À savoir**
> **Les ovaires** assurent la formation des ovocytes et la synthèse des hormones sexuelles féminines **(œstrogène, progestérone)**.

• **L'utérus** est un muscle creux composé de l'**endomètre** (muqueuse) et du **myomètre** (fibres musculaires lisses). Il est le siège de la nidation, c'est-à-dire le lieu où l'œuf va s'implanter.

• **Le vagin** est un conduit musculaire et muqueux qui s'étend du col utérin à la vulve (méat ou orifice urinaire, petites et grandes lèvres, clitoris).

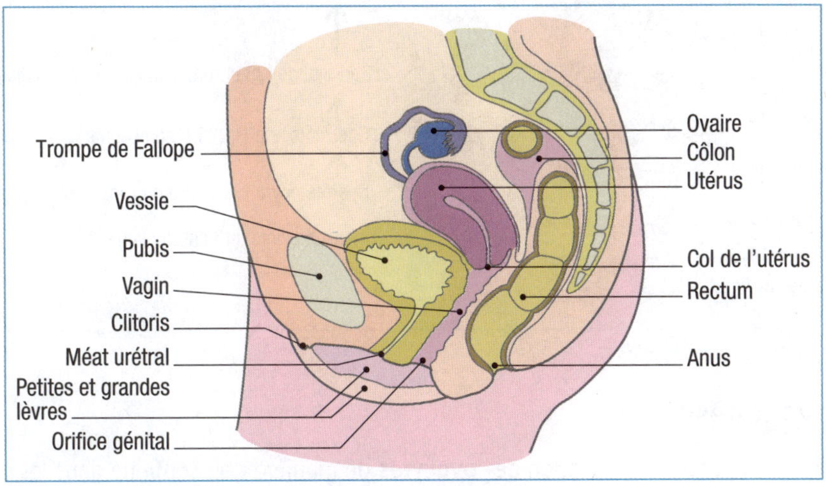

▲ Organisation de l'appareil génital féminin

2 Gamétogenèse et folliculogenèse

• **La gamétogenèse comprend différentes phases** permettant la transformation des cellules souches diploïdes (2*n* chromosomes) en cellules haploïdes (*n* chromosomes) dans les gonades. Ces cellules haploïdes sont les gamètes mâles (spermatozoïdes) ou femelles (ovocytes).

A La spermatogenèse

• **Les tubes séminifères** contiennent les cellules de la spermatogenèse et les cellules de Sertoli (cellules nourricières et protectrices des spermatozoïdes). Entre ces tubes sont situées les **cellules de Leydig : les cellules assurant** la synthèse de la **testostérone**.

• **La spermatogenèse** permet la formation des **spermatozoïdes** dans la paroi des tubes séminifères à partir de cellules souches diploïdes appelées **spermatogonies**. Elle a lieu de la puberté à la fin de la vie. Elle comprend **la spermatocytogenèse et la spermiogenèse**.

• **Lors de la spermatocytogenèse** : sous l'action d'une hormone folliculostimulante (FSH), les spermatogonies souches 2*n* se multiplient en **spermatogonies**. Leur cytoplasme augmente de volume et les cellules deviennent des **spermatocytes I**. Ces cellules subissent ensuite les divisions réductionnelle et équationnelle (méiose) et se transforment en **spermatocytes II** puis en **spermatides (*n* chromosomes)**. Il en résulte un brassage interchromosomique. Chaque cellule haploïde reçoit un chromosome, soit maternel, soit paternel.

• **Lors de la spermiogenèse :** le spermatide se différencie en **spermatozoïde**. Il se compose de l'acrosome (fusion des vésicules de Golgi), du noyau et de mitochondries fournissant l'énergie nécessaire au mouvement du flagelle. Les spermatozoïdes matures sont libérés dans la lumière du tube séminifère.

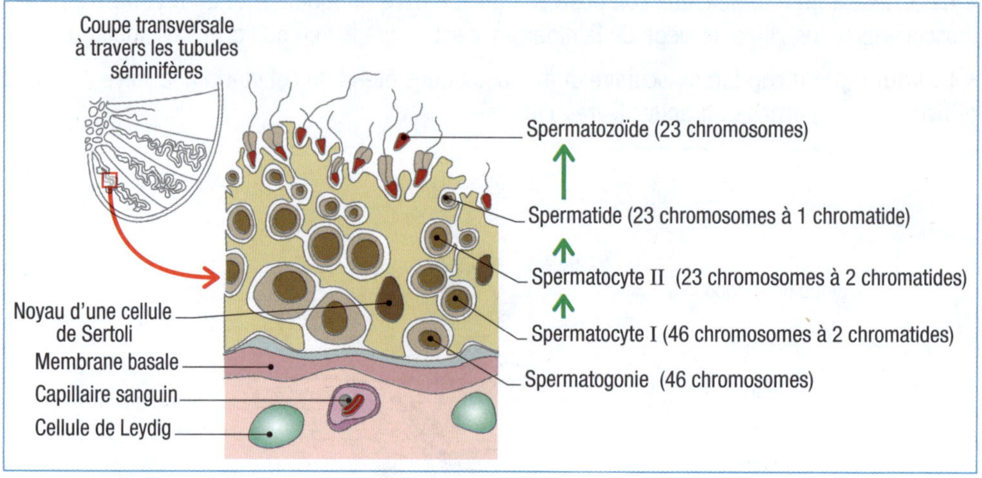

▲ Évolution des spermatogonies

B L'ovogenèse

• **L'ovogenèse** permet la formation des **ovocytes** de manière non continue dans les **ovaires**. Elle débute pendant la phase embryonnaire et cesse à la ménopause.

• **Pendant la vie embryonnaire :** les cellules **souches ou ovogonies** (2*n* chromosomes) se multiplient et accumulent des protéines et des réserves lipidiques. Certaines vont se transformer en **ovocytes I** et seront contenues dans les follicules primordiaux. Les autres vont dégénérer. Au sixième mois de grossesse, les ovocytes I (2*n* chromosomes à deux chromatides) entament une division réductionnelle et restent bloqués jusqu'à la puberté : c'est la **période de quiescence**.

• **À la puberté :** sous l'influence des hormones, à chaque cycle, la division réductionnelle reprend et aboutit à la formation d'un **ovocyte II** (*n* chromosomes à deux chromatides) et d'un globule polaire. L'ovocyte II débute la division équationnelle et reste bloqué. Il est contenu dans le follicule de De Graaf et est expulsé lors de l'ovulation. Le globule polaire dégénère. La division ne reprendra qu'après la pénétration d'un spermatozoïde.

C La folliculogenèse

• **La folliculogenèse** correspond au développement du follicule ovarien contenant l'ovocyte.

• À chaque cycle, quelques **follicules primordiaux** (1) évoluent. Les cellules folliculaires entourant l'ovocyte prolifèrent – **follicule primaire** (2) ; elles forment la **granulosa**. Apparaissent alors la thèque interne – **follicule secondaire** (3) – et une thèque externe ainsi qu'une cavité, l'antrum – **follicule tertiaire** (4). À la suite de l'augmentation des œstrogènes, un seul follicule tertiaire va poursuivre son développement. C'est le **follicule de De Graaf** (5).

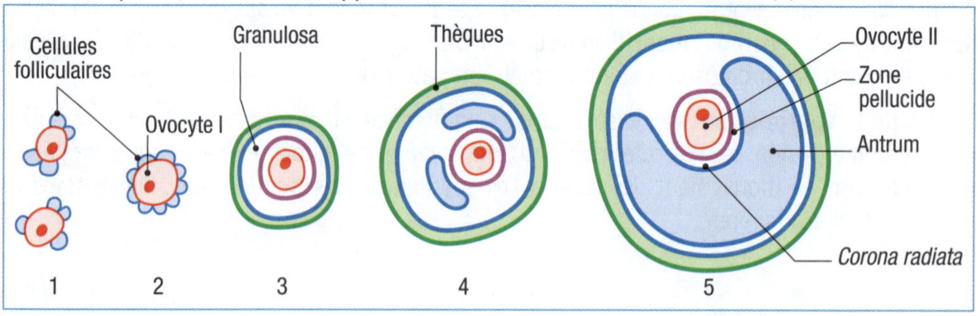

▲ Évolution des follicules

14 Fécondation, nidation et grossesse

La gestation ou grossesse est un processus de développement d'un être vivant au sein de l'utérus, de la fécondation à l'accouchement. Elle comprend deux étapes, la phase embryonnaire et la phase fœtale, et dure 39 semaines.

1 La formation du zygote

• À la suite de l'ovulation, **l'ovocyte II** est capté par le pavillon, parcourt la trompe de Fallope grâce aux contractions de celle-ci et aux mouvements de ses cils et s'arrête dans l'ampoule utérine. Après l'éjaculation, les spermatozoïdes déposés dans le vagin se déplacent grâce à leur flagelle jusqu'à l'ovocyte II. Ils y acquièrent leur pouvoir fécondant (**capacitation et réaction acrosomique**).

> **À savoir**
> **Fécondation :** rencontre entre un spermatozoïde et un ovocyte II. Elle donne naissance à une cellule œuf : le zygote.

• Arrivé près de l'ovocyte II, un spermatozoïde pénètre dans celui-ci : c'est la **fécondation**. Elle a lieu dans les **trompes**. L'ovocyte II va alors poursuivre sa division équationnelle. Les pronucleus mâle et femelle (23 chromosomes chacun) vont fusionner et former le **zygote** (46 chromosomes).

• Le zygote va se diviser et migrer vers l'utérus. Six jours après la fécondation, les cellules embryonnaires s'implantent dans la paroi utérine : c'est la **nidation**. Elle est suivie par la phase de gestation.

• **La gestation dure 39 semaines. L'embryon** va se développer pendant les huit premières semaines de grossesse (formation des tissus et des organes) puis devient un **fœtus** (croissance et maturation des tissus et organes). L'accouchement met fin à la période fœtale.

2 La circulation fœto-maternelle

• **Le placenta** est la structure d'échanges entre la mère et le fœtus. Il est formé à partir du trophoblaste (une partie des cellules embryonnaires) et de l'endomètre utérin. La muqueuse utérine se creuse de lacunes remplies de sang maternel. Ces lacunes sont enrichies en sang hématosé *via* les artérioles utérines. Au sein de ces lacunes, le trophoblaste forme des villosités contenant des capillaires sanguins fœtaux.

• Le fœtus est relié au placenta *via* le cordon ombilical. Celui-ci contient deux artères ombilicales transportant du sang non hématosé du fœtus vers le placenta et une veine ombilicale transportant le sang hématosé du placenta vers le fœtus.

• Les nutriments et l'O_2 issus des lacunes vont pénétrer dans les villosités pour traverser la paroi des capillaires fœtaux afin d'alimenter le fœtus *via* la veine ombilicale. Inversement, les déchets et le CO_2 produits par le fœtus sont transportés *via* les artères ombilicales jusqu'aux capillaires fœtaux. Ils pénétreront dans les lacunes maternelles puis traverseront l'endothélium des veines placentaires pour rejoindre la veine cave.

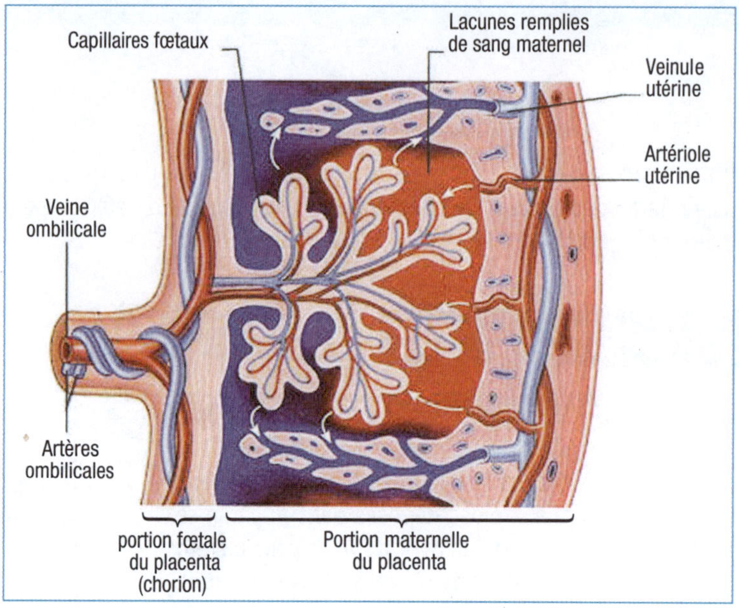

▲ La circulation fœto-maternelle

3 Les échanges transplacentaires

• **Le placenta constitue une zone d'échanges entre les sangs maternel et fœtal.** De nombreuses substances peuvent traverser la membrane des villosités et l'endothélium vasculaire fœtal. Les nutriments (glucose, lipides, protéines, vitamines), le dioxygène et les hormones produites par la mère vont passer dans la circulation fœtale.

• Les déchets comme l'urée, le dioxyde de carbone ou bien des hormones (hormone chorionique gonadotrope humaine : β hCG) produits par l'embryon sont excrétés dans le sang maternel.

• La barrière placentaire protège le fœtus en laissant passer certains anticorps maternels et en arrêtant certains micro-organismes pathogènes.

• Par contre, la nicotine, l'alcool, des virus (ceux du SIDA, de la rubéole), des bactéries (pneumocoques), des parasites (ceux de la toxoplasmose) peuvent franchir la barrière et provoquer des malformations fœtales ainsi que des pathologies graves.

4 Les mesures de prévention

• Les femmes enceintes doivent être, dans un premier temps, informées des risques potentiels pour leur santé et celle du fœtus.

• Dans la vie quotidienne, le tabac et l'alcool sont à proscrire.

• Selon leur activité professionnelle, les femmes enceintes doivent prendre un certain nombre de précautions et adapter leur travail, si besoin. Elles doivent **éviter d'être en contact avec des agents biologiques** ou des produits chimiques, de porter des charges trop lourdes. Le stress, la station debout et le travail de nuit sont également des facteurs à prendre en compte.

15 La régulation de la fonction reproductrice

La concentration en hormones sexuelles doit être maintenue à des taux précis dans l'organisme pour permettre la reproduction. Pour cela, elles sont soumises à une régulation soit positive, soit négative afin d'assurer leur sécrétion. Elles sont sous la dépendance du complexe hypothalamo-hypophysaire.

1 Le complexe hypothalamo-hypophysaire

• Les neurones hypothalamiques synthétisent une hormone, la **gonadolibérine (Gn-RH)**, et la libèrent dans le sang au niveau de la tige pituitaire (système porte hypophysaire). La Gn-RH stimule la synthèse et la libération sanguine des **gonadostimulines LH** (hormones lutéinisantes) et **FSH** par l'antéhypophyse. Ces dernières vont agir sur les testicules ou les ovaires.

À savoir
Le complexe hypothalamo-hypophysaire (CHH) contrôle le fonctionnement testiculaire et ovarien. Il est situé dans l'encéphale.

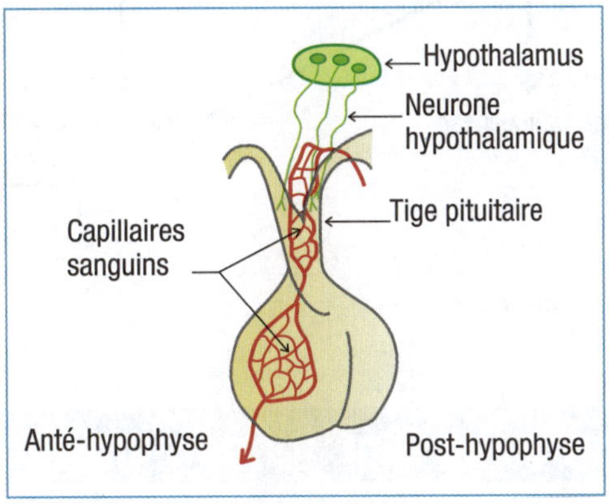

▲ Le complexe hypothalamo-hypophysaire

2 Chez l'homme : la testostérone

A La testostérone

• **La testostérone** est une hormone stéroïde synthétisée par les **cellules de Leydig**. Sa sécrétion est continue, pulsatile (cycle de libération brusque à intervalles réguliers) et dure tout au long de la vie.

• Chez l'**embryon**, elle différencie les organes génitaux vers le sexe masculin. Chez le **fœtus**, elle provoque la descente des testicules dans les bourses. Sa sécrétion s'arrête à la naissance et reprend à la **puberté**. Elle stimule la spermatogenèse, le développement des caractères sexuels primaires (gonades et annexes génitales) et secondaires (pilosité, croissance osseuse, développement musculaire, modification du larynx).

B La régulation de la fonction testiculaire

COMPRENDRE EN VIDÉO *La régulation de la fonction testiculaire*

• Le fonctionnement testiculaire est contrôlé par le complexe hypothalamo-hypophysaire (CHH). La Gn-RH stimule la sécrétion de LH et FSH par l'hypophyse. La **LH** se lie aux cellules de Leydig et stimule la sécrétion de la testostérone. La **FSH** agit sur les cellules de Sertoli et stimule indirectement la spermatogenèse.

• La testostérone exerce un rétrocontrôle négatif sur le CHH afin de maintenir un taux constant de testostérone. L'**inhibine**, protéine sécrétée par les cellules de Sertoli, inhibe la libération de FSH et de Gn-RH.

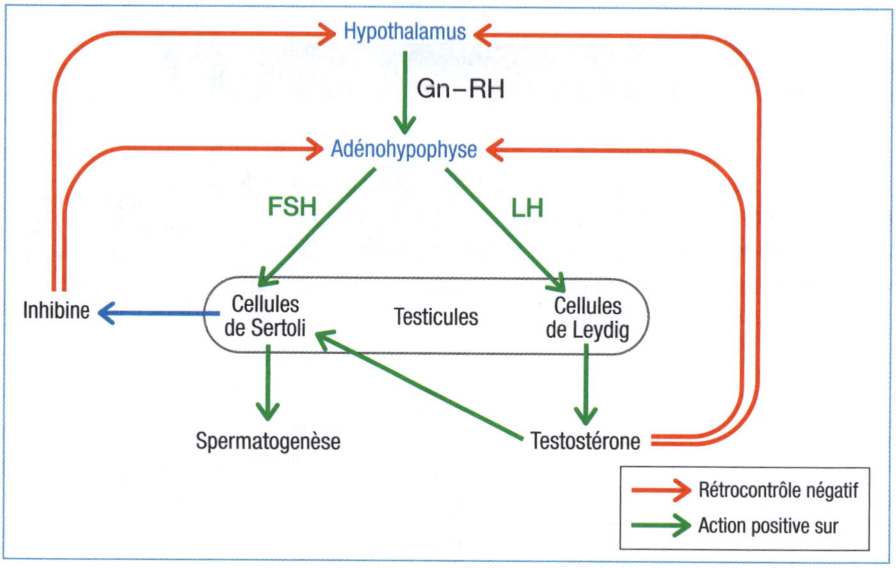

▲ La régulation de la sécrétion de testostérone

3 Chez la femme : un fonctionnement cyclique

A Les hormones ovariennes

• **Les œstrogènes** sont des hormones stéroïdes synthétisées par les cellules de la **thèque interne** et celles de la **granulosa**. Ils permettent le développement des caractères sexuels secondaires. Ils stimulent la croissance folliculaire, la sécrétion de la glaire cervicale et le développement de l'endomètre en phase folliculaire.

• **La progestérone** est une hormone stéroïde sécrétée par les cellules du **corps jaune** (évolution du follicule de De Graaf après l'ovulation). Elle prépare l'utérus à l'implantation d'un œuf et assure le développement des glandes mammaires.

B Le cycle menstruel

• Le cycle menstruel se manifeste par des modifications de l'ensemble de l'appareil génital. Il débute à la puberté, dure environ **28 jours** et se termine à la ménopause.

• Il évolue en trois grandes phases :

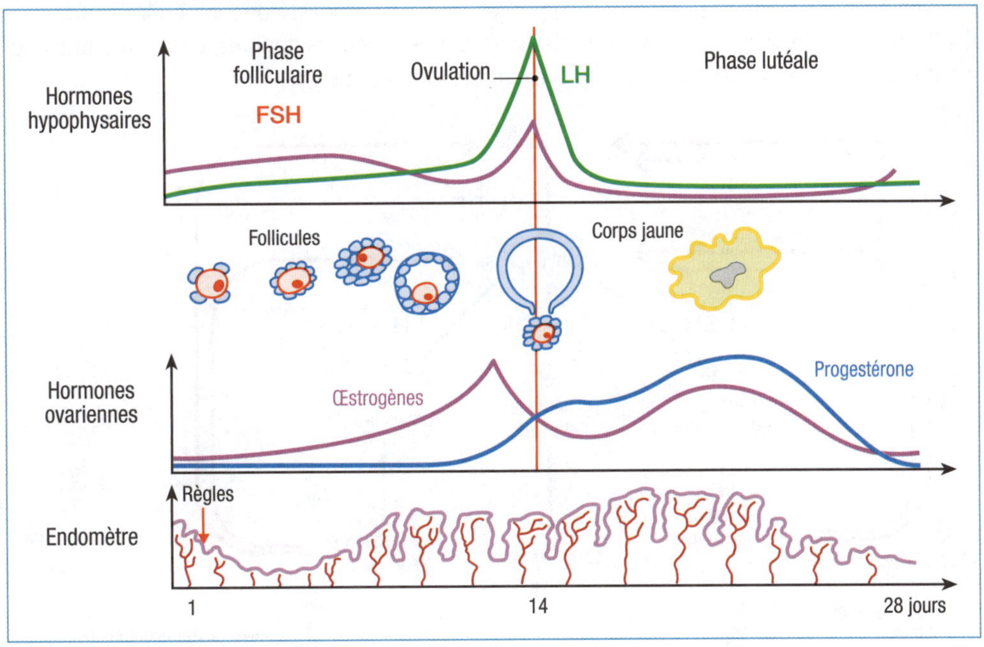

▲ Le cycle menstruel

• **La phase folliculaire.** Elle dure du 1er jour du cycle jusqu'à l'ovulation. Sous l'influence de la FSH, les follicules primaires sécrètent des œstrogènes. Ils vont alors inhiber la synthèse de la FSH par l'hypophyse. La plupart des follicules vont dégénérer. Un seul follicule va poursuivre sa croissance et devenir un **follicule de De Graaf**. Sous l'influence des œstrogènes, l'endomètre prolifère. Le nombre des vaisseaux sanguins augmente. Des contractions utérines ont lieu ; la glaire cervicale est épaisse.

• **L'ovulation.** Dès que le taux d'œstrogènes atteint un certain seuil, il stimule la sécrétion de LH par l'hypophyse. Le taux hormonal augmente brutalement (pic de LH) et déclenche l'ovulation. L'**ovocyte II** est expulsé du follicule de De Graaf. La glaire cervicale est alors fluide et perméable aux spermatozoïdes.

• **La phase lutéale.** Elle dure de l'ovulation à l'arrivée des règles. Le follicule de De Graaf se remplit de sang et se transforme en **corps jaune**. Il va sécréter principalement de la progestérone. Sous l'action de la progestérone, l'endomètre se prépare à la nidation. Il s'épaissit, se vascularise et sécrète du mucus et du glycogène nécessaire à l'œuf. En l'absence de fécondation et de nidation, le corps jaune régresse et les taux hormonaux diminuent. L'endomètre est alors éliminé, ce qui déclenche les menstruations.

C Le contrôle hormonal

COMPRENDRE EN VIDÉO — *La régulation du fonctionnement hormonal chez la femme*

• Le complexe hypothalamo-hypophysaire contrôle le taux des hormones ovariennes. La Gn-RH stimule la sécrétion de LH et FSH par l'hypophyse.

• **En phase folliculaire.** La FSH stimule la croissance des follicules et la synthèse des œstrogènes. Lorsque la sécrétion d'œstrogènes est trop faible, la sécrétion de LH et de la FSH est inhibée : on parle de **rétrocontrôle négatif**.

• **En fin de phase folliculaire.** La sécrétion importante d'œstrogènes déclenche une sécrétion accrue de LH nécessaire à l'ovulation : on parle de **rétrocontrôle positif**.

• **En phase lutéale.** Le taux de FSH et de LH est très bas, la LH permet la transformation du follicule en corps jaune et la sécrétion de progestérone. La progestérone inhibe la sécrétion de Gn-RH par l'hypothalamus. La sécrétion des hormones ovariennes diminue, entraînant une augmentation du taux de FSH. Un nouveau cycle peut alors commencer.

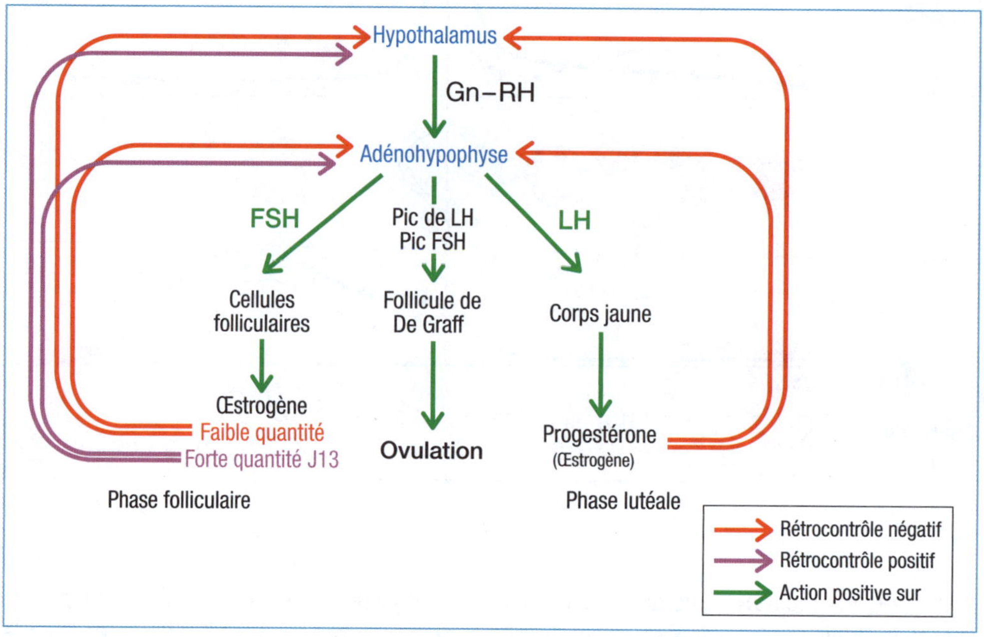

▲ La régulation de la sécrétion des hormones ovariennes

16 La contraception et l'interruption de grossesse

La contraception est une méthode s'opposant à la fécondation. **La contragestion** empêche, quant à elle, la nidation d'un embryon.

CHIMIE, BIOLOGIE ET PHYSIO. HUMAINES

1 Les différents moyens de contraception

À savoir

Les préservatifs sont, à l'heure actuelle, le seul moyen de se protéger du VIH et de la plupart des infections sexuellement transmissibles (IST).

A La contraception mécanique

• **Les méthodes mécaniques** empêchent le contact entre les spermatozoïdes et l'ovocyte, et donc la fécondation.

• **Le préservatif masculin** est en latex ou en polyuréthane. Il se place sur le pénis en érection et retient le sperme. Il est à usage unique.

• **Le préservatif féminin** est en nitrile ou en polyuréthane et contient deux anneaux souples à chaque extrémité. Il se place au fond du vagin avant le rapport sexuel et est à usage unique.

• **Le diaphragme et la cape cervicale** sont en silicone. Le diaphragme, en association avec un spermicide, se place également dans le vagin. La cape cervicale, du fait de sa forme, vient se placer sur le col de l'utérus. Ces deux méthodes se mettent en place avant le rapport et doivent rester en place au moins 8 heures après le rapport. Ils sont réutilisables.

B La contraception chimique

• **Les méthodes chimiques** contiennent des hormones. Les œstrogènes vont bloquer la sécrétion de FSH et de LH, d'où l'absence d'ovulation, et les progestatifs vont bloquer l'ovulation et entraîner un épaississement de la glaire cervicale et un amincissement de l'endomètre pour éviter la nidation.

• **L'anneau vaginal** est un anneau souple qui se place au fond du vagin. Il contient un œstrogène et un progestatif qui vont se diffuser dans le sang.

• Les **pilules combinées** sont des comprimés à prendre chaque jour avec, pour la plupart, un arrêt de 7 jours. Elles contiennent, à la fois, des œstrogènes et des progestatifs.

• Les **pilules à progestatifs** sont des comprimés ne contenant qu'un progestatif.

• **Le patch contraceptif** contient deux hormones : un œstroprogestatif et un progestatif. Il se place sur la peau une fois par semaine pendant 3 semaines, avec un arrêt d'une semaine déclenchant les menstruations.

• **L'implant** est un bâtonnet inséré sous la peau du bras sous anesthésie locale. Il délivre des hormones semblables à la progestérone. Il bloque l'ovulation, modifie l'endomètre et la glaire cervicale. Il a une durée d'action de 3 ans.

• **Les progestatifs injectables** sont injectés par voie intramusculaire et ont une action durant 12 semaines.

C La contragestion

• Elle empêche la nidation d'un embryon.

• Le **dispositif intra-utérin** ou **stérilet** est constitué de cuivre ou de progestatifs, est placé dans l'utérus et présente une longue durée d'action (4 à 10 ans). Le cuivre rend les spermatozoïdes inefficaces.

• La **pilule du lendemain** est une pilule contragestive qui contient de fortes doses d'hormones de synthèse. Elle va bloquer ou retarder l'ovulation en attendant la mort des spermatozoïdes et diminuer la capacité de nidation. Cependant, cette pilule ne peut arrêter une grossesse en cours.

• Il existe également la **stérilisation à visée contraceptive**. Cette méthode est définitive et s'adresse aussi bien aux hommes (vasectomie : ligature et section des canaux déférents) qu'aux femmes (ligature des trompes ou stérilisation tubaire par hystéroscopie).

2. L'interruption de grossesse

A Les principales causes d'interruption physiologique de grossesse

• Les interruptions physiologiques de grossesse peuvent soit avoir lieu naturellement, soit être provoquées médicalement ou chirurgicalement. Ces dernières ont lieu lorsque la santé de la mère est en danger ou lorsque l'enfant à naître est soit atteint d'une pathologie létale et va décéder *in utero*, soit lorsqu'il est atteint d'une pathologie grave ; elles peuvent se dérouler à n'importe quel moment de la grossesse.

Zoom

L'**IMG** est une interruption médicale de grossesse. Elle est réalisée sans restriction de délai pour motif médical. L'**IVG** est une interruption volontaire de grossesse. Elle est réalisée jusqu'à la douzième semaine de grossesse pour motif personnel.

• Les interruptions de grossesse peuvent être dues à :

Chez la mère	Chez le fœtus
– un œuf clair ; – des malformations utérines ; – une incompatibilité rhésus entre une mère rhésus négatif et un fœtus rhésus positif, ce qui entraîne la destruction des hématies du fœtus et sa mort. Des injections d'immunoglobuline anti-D permettent d'éviter ce rejet ; – des maladies chroniques comme l'hypertension ou le diabète.	– des malformations fœtales dues à une maladie virale comme la rubéole ou la varicelle ; – une maladie génétique comme la mucoviscidose ; – une maladie chromosomique comme la trisomie 21 ou le syndrome de Turner ; – une anomalie neurologique.

B Les différentes interruptions de grossesse

• **L'interruption médicamenteuse :**

– elle consiste **à prendre des médicaments** anti-progestérones déclenchant soit une élimination de l'endomètre, soit des contractions utérines et un accouchement par voie naturelle. Une échographie confirme l'arrêt de la grossesse.

– L'antihormone (RU 486 ou mifépristone) est une pilule abortive utilisée lors de grossesses inférieures à 7 semaines d'aménorrhée. Elle se fixe sur les récepteurs spécifiques à la progestérone. Elle empêche le développement de l'endomètre et favorise les contractions utérines entraînant ainsi l'élimination de l'embryon.

– Lors d'une IMG, un accouchement par voie naturelle est déclenché. Si la grossesse a plus de 22 semaines, on effectue une anesthésie fœticide.

• **L'interruption chirurgicale :** l'interruption chirurgicale consiste en un curetage et/ou une aspiration de l'œuf et du contenu utérin. L'intervention est pratiquée au bloc opératoire sous anesthésie locale ou générale. Il n'y a pas ensuite de risque de stérilité.

17 Les examens lors du suivi de grossesse

Au cours d'une grossesse, de nombreux examens paracliniques sont réalisés afin d'assurer une surveillance de l'état de santé de la mère et du développement du futur bébé.

1 Les différents examens

• **La grossesse est confirmée, dans un premier temps, par le dosage de la β hCG (hormone chorionique gonadotrope humaine).**

Les différents examens		Anomalies recherchées
Examens sanguins	Glycémie	Diabète gestationnel
	Hémogramme	Anémie, infection
	Groupe sanguin et rhésus	Incompatibilité fœto-maternelle
	Dosage de la β hCG et de l'alpha-fœtoprotéine	Trisomie 21
Examens urinaires	Protéinurie	Hypertension, anomalies rénales, infections urinaires
	Glycosurie	Diabète gestationnel
Examens gynécologiques	État du col	Ouverture prématurée
	Mesure de la hauteur utérine	Développement anormal de l'utérus
Examens cliniques	Poids	Obésité
	Pression artérielle	Hypertension

2 L'échographie et le doppler

• **L'échographie** est basée sur l'emploi des ultrasons. L'appareil, constitué d'une sonde émettrice d'ultrasons et d'un système de réception des échos, est placé sur la région à explorer. Les échos sont traités et enregistrés par un ordinateur. Une image dynamique est visualisée sur l'écran.

• Trois échographies permettent d'observer le placenta, d'étudier le développement du fœtus et, ainsi, de détecter diverses malformations.

• **Le doppler**, examen étudiant le flux sanguin, permet de diagnostiquer des retards de croissance intra-utérine et d'apprécier la circulation cérébrale fœtale.

• **L'échographie et le doppler** sont deux examens indolores et sans danger pour le fœtus, contrairement à la radiographie ou la scanographie.

3 La sérologie

• **La sérologie** consiste en la recherche dans le sérum de la présence d'anticorps afin d'établir un diagnostic. Suivant les taux d'anticorps obtenus, on peut vérifier l'immunisation de la mère vis-à-vis de pathologies à risques pour le fœtus et/ou diagnostiquer une infection en cours ou passée.

• Dans le cadre de la grossesse, on effectue un sérodiagnostic de la rubéole, de la toxoplasmose, de la syphilis et du cytomégalovirus : ces pathologies sont responsables de malformations fœtales. On recherche également les anticorps dirigés contre les virus de l'hépatite B et C et du SIDA.

4 Amniocentèse et examen cytogénétique

• Les grossesses à risque nécessitent la réalisation d'examens invasifs supplémentaires comme **l'amniocentèse** ou **la choriocentèse** afin d'étudier les chromosomes fœtaux.

• **L'amniocentèse** consiste à prélever stérilement du liquide amniotique à partir de la quinzième semaine d'aménorrhée, sous contrôle échographique, dans le but de réaliser un caryotype et de dépister d'éventuelles anomalies chromosomiques.

• L'amniocentèse est pratiquée en cas de doute à l'échographie, de risque génétique et chez les femmes de plus de 38 ans.

• **La choriocentèse** consiste à prélever un fragment du chorion (placenta) contenant des cellules fœtales.

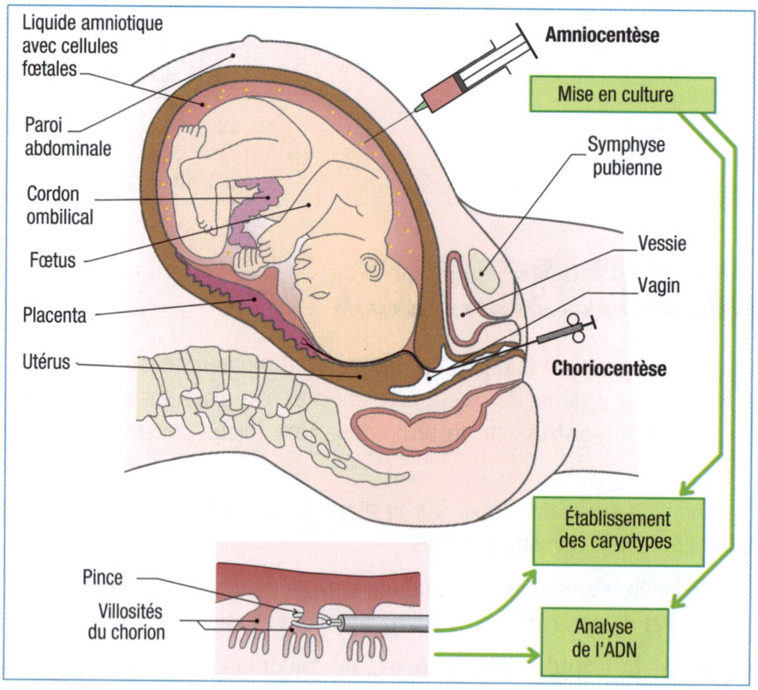

▲ Les méthodes permettant le diagnostic prénatal

• Le caryotype est une technique étudiant l'aspect des chromosomes d'un individu (forme, nombre). Les cellules fœtales, capables de se diviser *in vitro,* sont mises en culture et bloquées en métaphase (mitose) par la colchicine. Les chromosomes sont photographiés et classés par paires d'homologues.

– Le caryotype humain comporte 46 chromosomes, soit 22 paires d'autosomes et une paire de gonosomes : XX pour le sexe féminin et XY pour le sexe masculin.

– Un caryotype normal s'écrit : 46, XX ou 46, XY.

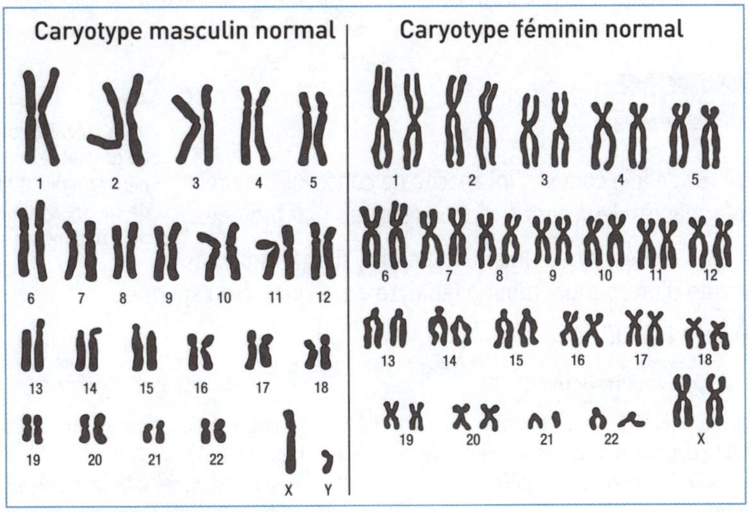

• **Les altérations des chromosomes :**

– **Variations du nombre de chromosomes.** Elles résultent de l'absence de disjonction au cours d'une des deux divisions de la méiose. La plupart sont létales mais certaines sont, cependant, viables comme les trisomies 21 (47, XY + 21), 13 (47, XX + 13), le syndrome de Klinefelter (47, XXY) ou le syndrome de Turner (45, X0).

– **Altérations de la structure des chromosomes.** On observe des cassures chromosomiques (délétion, inversion), des échanges de fragments entre chromosomes non homologues (translocation-insertion) ou des duplications de fragments.

18 L'infertilité et l'aide médicale à la procréation

Environ 10 % des couples rencontrent des difficultés à concevoir un enfant. Cette infertilité peut être détournée grâce aux différentes techniques de plus en plus pointues d'aide médicale à la procréation.

1 L'infertilité

À savoir

Il y a **stérilité** lorsque la probabilité de grossesse est de zéro. La stérilité peut être due à une absence de spermatozoïdes, de trompes ou à une ménopause précoce.

- **L'infertilité** est définie comme l'incapacité de concevoir naturellement un enfant après deux ans de rapports sexuels non protégés.
- Elle est diagnostiquée lors d'une échographie, d'une radiographie ou à la suite d'un spermogramme (analyse de la qualité du sperme).
- L'infertilité peut être due à :

Les causes masculines	Les causes féminines
– une anomalie du nombre, de la structure ou de la mobilité des spermatozoïdes ; – une cryptorchidie (absence de testicules dans le scrotum) ; – une éjaculation rétrograde, c'est-à-dire un renvoi des spermatozoïdes vers la vessie ; – une obstruction des voies spermatiques ; – des anomalies génétiques ; – une pathologie de la prostate ; – des facteurs environnementaux (tabac, pesticides, solvants).	– une anomalie ou une obstruction des trompes due à une infection (IST) ; – des tumeurs bénignes (fibrome, polype) ; – une malformation de l'utérus ; – une anomalie de l'ovulation liée à un dysfonctionnement hormonal ; – une glaire de mauvaise qualité ; – une endométriose ; – une maladie héréditaire ; – des facteurs environnementaux (tabac, pesticides, solvants).

2 L'aide médicale à la procréation (AMP)

- Elle permet de vaincre l'infertilité ou la stérilité ou bien d'éviter la transmission d'une maladie grave à l'enfant. Elle peut prendre plusieurs formes :

– **la stimulation hormonale :** plusieurs hormones sont injectées pour mimer le cycle et stimuler l'ovulation. La sécrétion des hormones LH et FSH est inhibée. L'ovulation est déclenchée par injection de l'hormone chorionique gonadotrope ;

– **l'insémination intra-utérine (IIU) :** des spermatozoïdes sont déposés directement dans la cavité utérine dans le cas d'une hypofertilité ou infertilité féminine ;

– **la fécondation *in vitro* et transfert d'embryons (FIVETE) :** un traitement hormonal stimule l'ovulation. Les ovocytes, prélevés sous échographie, sont fécondés *in vitro* avec les spermatozoïdes. Deux ou trois embryons sont déposés au fond de l'utérus sous échographie. Cette méthode est pratiquée à la suite de plusieurs échecs d'IIU ou bien en cas de mauvaise qualité du sperme ;

– **l'ICSI ou *Intracytoplasmic sperm injection* :** elle consiste à injecter *in vitro* sous l'enveloppe de l'ovocyte un spermatozoïde sélectionné. L'embryon est ensuite réimplanté dans l'utérus. Elle est utilisée en cas d'échec de la FIV ou de sperme déficient.

Exercices d'entraînement

Exercice 1 Test de connaissances ★ 5 min

Corrigé p. 216

Indiquer si les propositions suivantes sont vraies ou fausses. Justifier la réponse.

1. La prostate est un organe sécrétant des substances nutritives nécessaires aux spermatozoïdes.
2. Les trompes de Fallope transportent les spermatozoïdes issus des testicules.
3. L'ovogenèse permet la formation de cellules diploïdes : les ovocytes.
4. La spermatogenèse est discontinue chez l'homme.
5. Le pénis et le vagin sont les organes de l'accouplement.
6. Le follicule de De Graaf contient l'ovocyte prêt à être expulsé lors de l'ovulation.
7. Les cellules de Leydig sont contenues dans les tubes séminifères.

Exercice 2 Les testicules ★ 10 min

Corrigé p. 216

1. Titrer et légender le schéma ci-dessous.

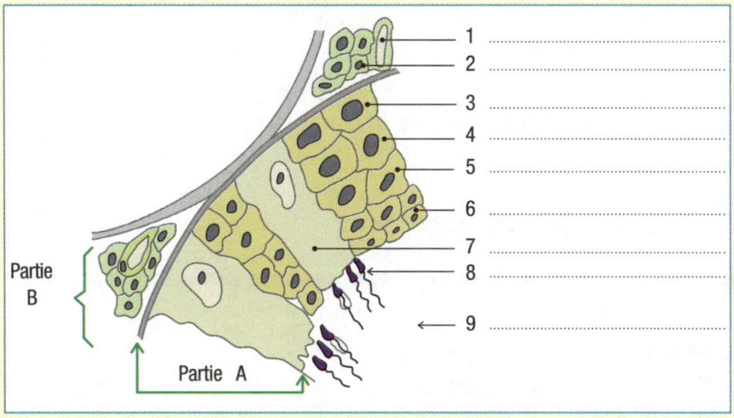

2. Quels sont les rôles des cellules de Sertoli et de Leydig ?

3. Expliquer pourquoi le passage de l'état diploïde à l'état haploïde ne se rencontre que lors de la production des gamètes.

Exercice 3 L'appareil génital féminin ★ 5 min

Corrigé p. 216

Titrer et légender le dessin ci-dessous.

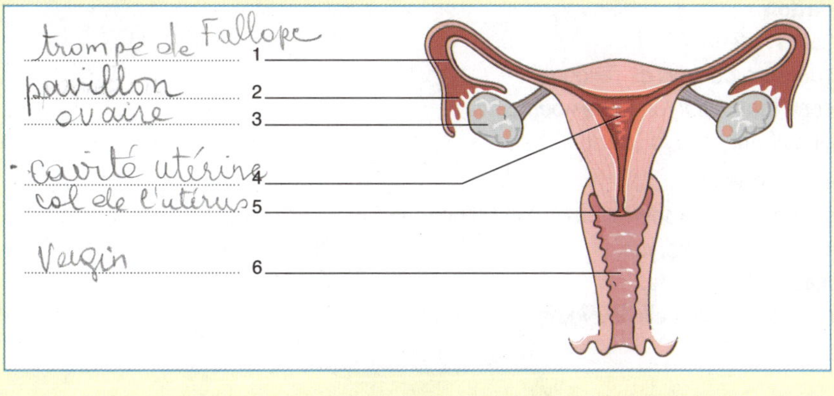

Exercice 4 Les ovaires ★ 5 min

Corrigé p. 216

1. Titrer et légender le schéma ci-dessous.

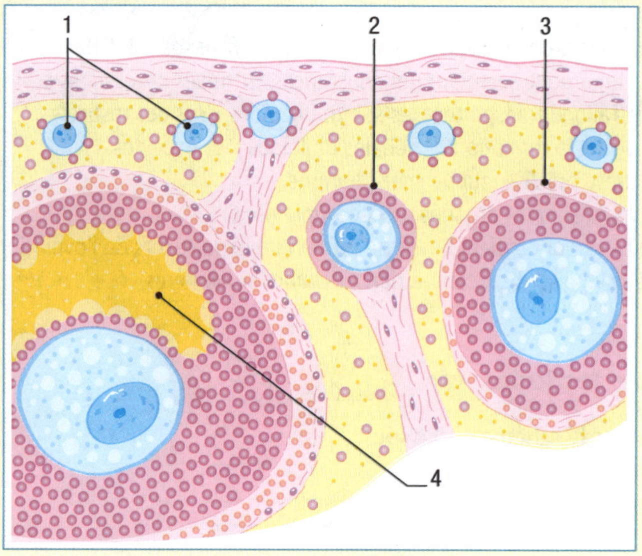

2. Nommer le follicule contenant l'ovocyte II expulsé lors de l'ovulation.

Exercice 5 Test de connaissances ★ 5 min

Corrigé p. 216

Pour chaque question de ce QCM, quatre réponses sont proposées dont une ou plusieurs sont exactes.

1. Le placenta a pour rôle :
a) la sécrétion des hormones hypophysaires.
b) la sécrétion de la β hCG.
c) la protection du fœtus.
d) la nutrition du fœtus.

2. La fécondation :
a) a lieu dans l'utérus.
b) a lieu dans les trompes de Fallope.
c) a lieu dans le vagin.
d) a lieu dans le pavillon.

3. La nidation :
a) a lieu dans l'utérus.
b) a lieu dans les trompes de Fallope.
c) permet au futur embryon de se nourrir.
d) permet au futur embryon de se nicher.

4. La fécondation est :
a) la rencontre entre un spermatozoïde et un ovocyte.
b) la formation d'un embryon.
c) la formation d'un zygote.
d) la période durant laquelle le zygote se développe.

Exercice 6 La régulation de l'activité ovarienne ★★★ 20 min Corrigé p. 217

Afin de mieux comprendre la régulation de l'activité ovarienne, différentes expériences ont été réalisées sur des animaux. Les résultats sont présentés dans le tableau ci-dessous.

N° d'expérience	Conditions d'expérience	Résultats
Expérience 1	Ablation de l'hypophyse sur des souris adultes A.	Arrêt du cycle de l'ovaire.
Expérience 2	Injection intraveineuse de FSH à ces souris A.	Développement de nombreux follicules jusqu'au stade du follicule de De Graaf : la folliculogenèse.
Expérience 3	Injection intraveineuse de FSH et de LH à ces souris A.	Développement du cycle complet ovarien (présence d'une ovulation).
Expérience 4	Stimulation électrique chez des souris adultes B de neurones situés dans l'hypothalamus producteur de Gn-RH.	Augmentation brutale de la libération de LH et FSH par l'hypophyse.

1. Interpréter ces expériences.

2. Réaliser un schéma bilan montrant la régulation de l'activité ovarienne.

Exercice 7 La testostérone et son rétrocontrôle ★★★ 20 min Corrigé p. 217

1. À partir des observations et expériences ci-dessous, expliquer le rôle et le mode d'action des testicules.

a) Au XVIIIe siècle, les castrats présentent une absence de barbe, une musculature et des organes sexuels peu développés ainsi qu'une stérilité.

b) À la puberté, on observe la production de spermatozoïdes et l'apparition des caractères sexuels secondaires (voix, pilosité, musculature).

c) Une greffe des testicules au niveau du cou sur un animal castré permet la réapparition des caractères sexuels secondaires mais la stérilité persiste.

d) L'injection d'extraits de testicules à un animal castré empêche la régression des caractères sexuels secondaires mais cet animal est toujours stérile.

2. Pour mettre en évidence les relations fonctionnelles entre les testicules et l'hypophyse, on mesure la concentration plasmatique en LH chez un singe mâle castré puis traité par la testostérone. Les résultats sont traduits sur le graphique suivant.

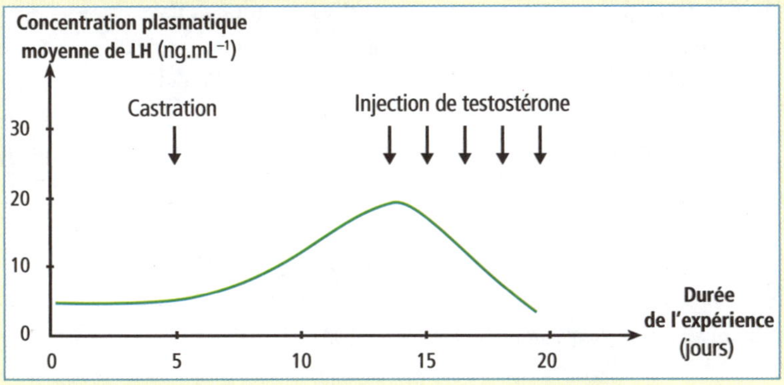

▲ Évolution de la concentration plasmatique de LH en fonction du temps

À partir de l'analyse du graphique, montrer la relation existant entre les testicules et l'hypophyse.

Exercice 8 La pilule progestative ★★★ 20 min

Corrigé p. 217

Mme X a subi un accident thrombolytique et elle doit changer de mode de contraception. Son gynécologue lui prescrit une pilule progestative. Les documents ci-dessous donnent des informations sur la glaire cervicale et l'endomètre lors de la prise ou non de cette pilule.

Analyser les documents 1 et 2 ci-dessous. En déduire le mode d'action de la pilule progestative.

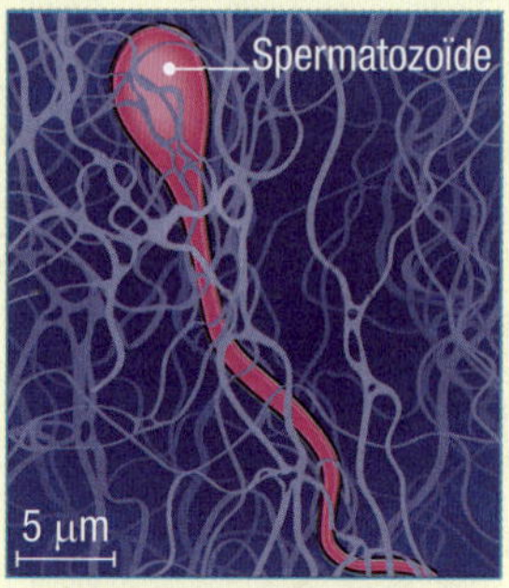

Glaire cervicale au 14e jour du cycle sans prise de pilule

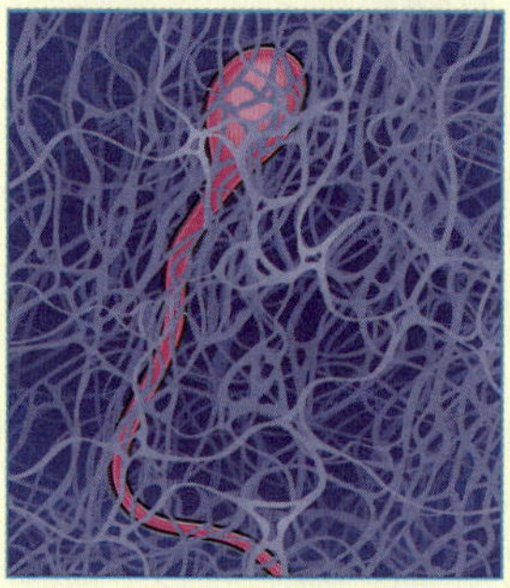

Glaire cervicale au 14e jour du cycle avec prise d'une pilule progestative

▲ Document 1 Micrographie de la glaire cervicale en fonction de la prise ou non de la pilule progestative

	Première partie du cycle (du 5e au 14e jour)		Seconde partie du cycle (du 14e au 28e jour)	
	Vitesse des spermatozoïdes dans la glaire	Endomètre	Vitesse des spermatozoïdes dans la glaire	Endomètre
Cycle naturel (sans pilule)	160 mm/h^{-1}	Peu épais	50 mm/h^{-1}	Épaississement progressif et vascularisation
Cycle avec pilule progestative	12 mm/h^{-1}	Atrophié	12 mm/h^{-1}	Atrophié

▲ Document 2 Informations sur l'endomètre et la glaire cervicale

Exercice 9 Test de connaissances ★ 5 min

Corrigé p. 217

Indiquer si les propositions suivantes sont vraies ou fausses. Justifier la réponse.

1. Le caryotype est l'étude de l'ADN des cellules fœtales.
2. L'amniocentèse est un prélèvement de liquide prostatique.
3. Le principe physique de l'échographie est l'emploi des ultrasons.
4. Les examens sanguins permettent aussi de détecter des anomalies chez le fœtus.
5. Les chromosomes sexuels sont appelés « gonosomes ».

Exercice 10 L'aide médicale à la procréation ★★ 15 min

Corrigé p. 217

M. et Mme X essaient de concevoir un enfant sans succès depuis plus de 3 ans. Ils vont consulter afin de rechercher les causes de leur infertilité et d'y remédier.

1. Afin de déterminer si M. X est à l'origine de l'infertilité du couple, un spermogramme est réalisé. Les résultats sont présentés dans le document ci-dessous.

Analyses effectuées	Valeurs de M. X	Valeurs de référence
Volume éjaculat	2,4 mL	> 2 mL
pH	7,5	7,2 – 8
Nombre de spermatozoïdes	6 millions.mL $^{-1}$	> 20 millions.mL^{-1}
Mobilité à 1 h	70 %	> 40 %
Formes mortes	18 %	< 30 %
Formes anormales	20 %	< 50 %

Déterminer, à l'aide du document, si M. X présente une asthénospermie, une oligospermie ou une tératospermie. Justifier la réponse.

2. a) Quelques mois plus tard, Mme X n'est toujours pas enceinte. Une procédure d'insémination artificielle intra-utérine est mise en place.

En quoi consiste une insémination artificielle intra-utérine ?

b) Afin de maîtriser et d'améliorer l'ovulation, Mme X subit une stimulation ovarienne. Le protocole choisi est indiqué dans le document ci-dessous.

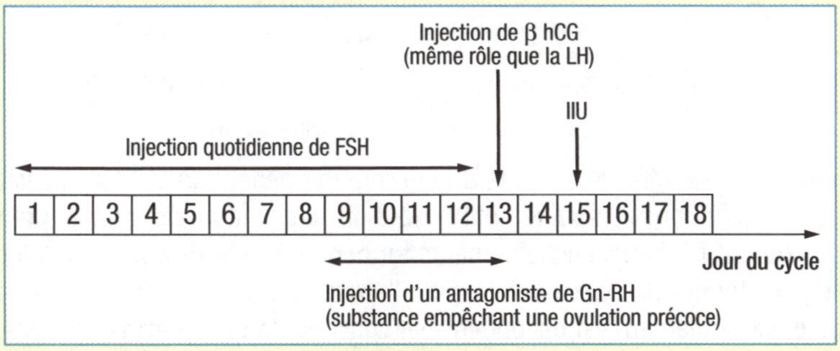

Préciser le rôle des injections de FSH et de b hCG.

c) L'IIU a lieu au quinzième jour du cycle.

Expliquer le choix de cette date.

19 Cellule et information génétique

L'information génétique est contenue dans chaque cellule nucléée sous la forme d'une molécule d'acide désoxyribonucléique : l'ADN. Celui-ci est contenu dans une structure appelée « chromatine ». L'être humain possède 23 paires de chromosomes.

1 ADN et chromosome

• **L'ADN** est une **molécule hélicoïdale bicaténaire** (double brin) composée d'une succession de nucléotides. Chaque nucléotide comprend un sucre (le désoxyribose), un phosphate et l'une des quatre bases azotées : **adénine** (A), **guanine** (G), **thymine** (T) et **cytosine** (C). Les deux brins étant complémentaires, A s'associe avec T et C avec G par des liaisons hydrogène.

À savoir
La séquence des bases de l'ADN représente le message de l'information génétique.

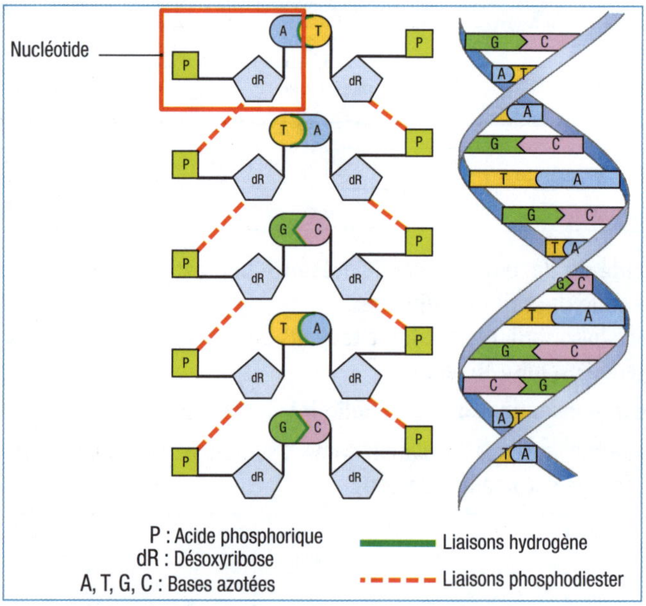

▲ La représentation schématique de la double hélice d'ADN

• **Les chromosomes** servent de support à l'information génétique. Ils sont constitués d'une molécule d'**ADN** double brin, enroulée autour de 8 histones : le **nucléosome** (premier niveau de compaction de l'ADN). Leurs enchaînements forment le **nucléofilament**. Celui-ci s'enroule sur lui-même pour former un solénoïde. Lors de l'interphase, c'est-à-dire lorsque la cellule ne se divise pas, le nucléofilament est décondensé et constitue la **chromatine**. Il existe au sein du noyau deux types de chromatine. L'hétérochromatine est une chromatine très condensée (zone non transcrite en ARN) alors que l'euchromatine est une chromatine peu condensée qui contient les gènes qui seront transcrits en ARN.

• Le chromosome représente la forme la plus condensée de l'ADN (chromatine). Il est formé de deux **chromatides** sœurs (deux molécules d'ADN identiques) réunies par un **centromère**, région sur laquelle s'attachent les fibres mitotiques. Les **télomères** sont les extrémités distales. Ce sont des séquences d'ADN répétées ayant pour rôle de stabiliser et de protéger le chromosome.

• Chaque cellule somatique nucléée comprend 46 chromosomes : 22 paires de chromosomes non sexuels (autosomes) et une paire de chromosomes sexuels (gonosomes), XX chez la femme et XY chez l'homme. Le caryotype permet d'étudier l'aspect des chromosomes.

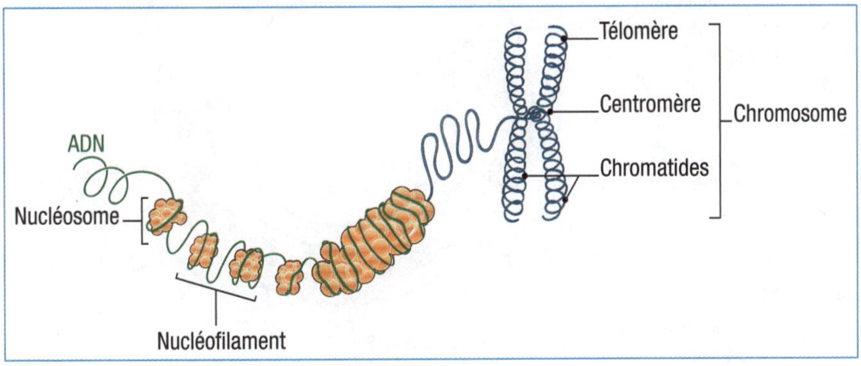

▲ Les différents niveaux d'organisation

2 La transmission de l'information génétique lors de la division cellulaire

A La division cellulaire dans le fonctionnement de l'organisme

• **La mitose** ou division cellulaire permet l'obtention de deux cellules filles (2n chromosomes) contenant le même matériel génétique que la cellule mère. Elle se déroule en **4 étapes : la prophase, la métaphase, l'anaphase et la télophase**.

• Elle assure le **renouvellement cellulaire** tout en conservant l'information génétique contenue dans les chromosomes. Elle permet la croissance, la réparation et le renouvellement des tissus de l'organisme et est soumise à un contrôle afin de réguler la croissance cellulaire.

> **Zoom**
> **Le cycle cellulaire** est une série de modifications de la structure de la chromatine et de la quantité d'ADN au sein de la cellule.
> Il se compose de l'**interphase (croissance)** et de la **mitose (division cellulaire)**.

B Les différents états du chromosome au cours du cycle cellulaire

• Pendant l'interphase (**phases G_1, S et G_2**), la chromatine est sous une forme décondensée. Les phases G_1 et G_2 sont des phases de croissance cellulaire où la cellule effectue de nombreuses synthèses (enzymes, protéines diverses). Lors de la phase S, l'ADN est répliqué, entraînant la formation de deux nucléofilaments rattachés au niveau du futur centromère. La réplication permet ainsi de doubler la quantité d'ADN afin de la répartir de manière identique dans les deux cellules filles à l'issue de la mitose.

• Durant la mitose, la chromatine se condense en chromosomes : elle se trouve dans son état le plus compacté. Les chromatides sont séparées au niveau du centromère et réparties dans les deux cellules filles, répartissant ainsi les deux molécules d'ADN. En fin de mitose, les chromatides se décondensent pour reformer le nucléofilament.

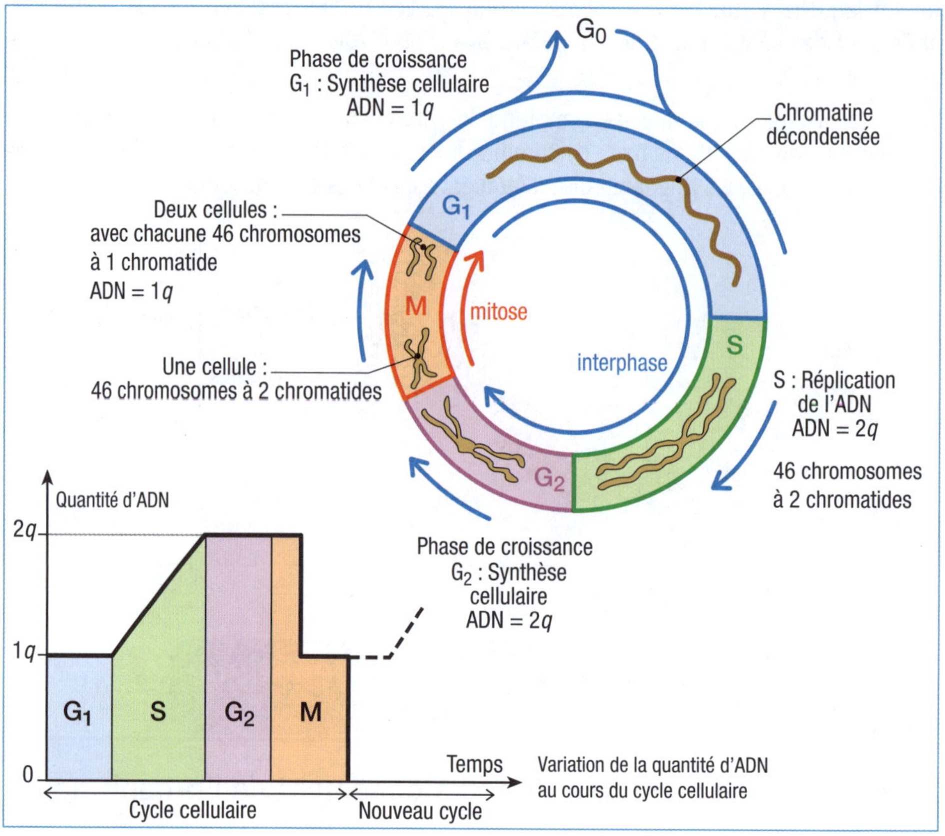

▲ Le cycle cellulaire

20 Du gène à la protéine

La plupart des gènes codent pour des **protéines** représentant l'expression de l'information génétique. L'ADN est transformé en une protéine *via* la **transcription** dans le **noyau** et la **traduction** dans le **cytoplasme**.

1 La transcription

• L'ADN est recopié sous la forme d'un **acide ribonucléique messager (ARNm)** dans le **noyau**. L'ARNm est une molécule simple brin composée de nucléotides constitués d'un acide phosphorique, d'un ribose et d'une base azotée (A, U : uracile, C ou G). Après l'ouverture des deux brins d'ADN, l'ARNm est synthétisé par une enzyme, **l'ARN polymérase**, par complémentarité de bases vis-à-vis du brin transcrit de l'ADN (A est complémentaire de U, T de A, C de G et G de C). L'ARNm va transporter le message génétique dans le cytoplasme vers les ribosomes.

2 La traduction et le code génétique

• **La traduction** permet de décoder l'ARNm en **protéines** grâce au code génétique. Elle a lieu dans le **cytoplasme**. Les **ribosomes** permettent d'assembler l'ARNm et les **ARN de transfert** portant, d'un côté, un anticodon complémentaire de l'ARNm et, de l'autre, un acide aminé. Elle comporte **trois phases** : la phase d'initiation, la phase d'élongation et la phase de terminaison.

• **Le code génétique** permet de modifier la séquence nucléotidique de l'ARNm en une séquence polypeptidique. Trois nucléotides successifs sur l'ARNm forment un **codon** et codent pour un **acide aminé**. Le code génétique est universel et redondant : plusieurs codons peuvent coder pour un même acide aminé.

1re lettre	2e lettre U	2e lettre C	2e lettre A	2e lettre G	3e lettre
U	UUU, UUC : Phé (Phénylalanine) UUA, UUG : Leu (Leucine)	UCU, UCC, UCA, UCG : Ser (Sérine)	UAU, UAC : Tyr (Tyrosine) UAA, UAG : STOP	UGU, UGC : Cys (Cystéine) UGA STOP UGG Trp (Tryptophane)	U C A G
C	CUU, CUC, CUA, CUG : Leu (Leucine)	CCU, CCC, CCA, CCG : Pro (Proline)	CAU, CAC : His (Histidine) CAA, CAG : Gln (Glutamine)	CGU, CGC, CGA, CGG : Arg (Arginine)	U C A G
A	AUU, AUC, AUA : Ile (Isoleucine) AUG Met (Méthionine)	ACU, ACC, ACA, ACG : Thr (Thréonine)	AAU, AAC : Asn (Asparagine) AAA, AAG : Lys (Lysine)	AGU, AGC : Ser (Sérine) AGA, AGG : Arg (Arginine)	U C A G
G	GUU, GUC, GUA, GUG : Val (Valine)	GCU, GCC, GCA, GCG : Ala (Alanine)	GAU, GAC : Asp (Acide aspartique) GAA, GAG : Glu (Acide glutamique)	GGU, GGC, GGA, GGG : Gly (Glycine)	U C A G

▲ Le code génétique

3 Les mutations ponctuelles

> **Définition**
> **Mutation :** modification de la séquence nucléotidique de l'ADN.

• **Les mutations par substitution ou inversion d'un nucléotide** entraînent :
– soit des mutations **silencieuses** (pas de modification dans la séquence des protéines) ;
– soit des mutations **non-sens** (un codon non-sens apparaît, la protéine est inachevée) ;
– soit des mutations **faux-sens** (un acide aminé est remplacé par un autre, la protéine perd sa fonction).

• **Les mutations par délétion ou insertion d'un nucléotide** entraînent un **décalage** dans le cadre de lecture de l'ARNm, créant des protéines anormales non fonctionnelles.

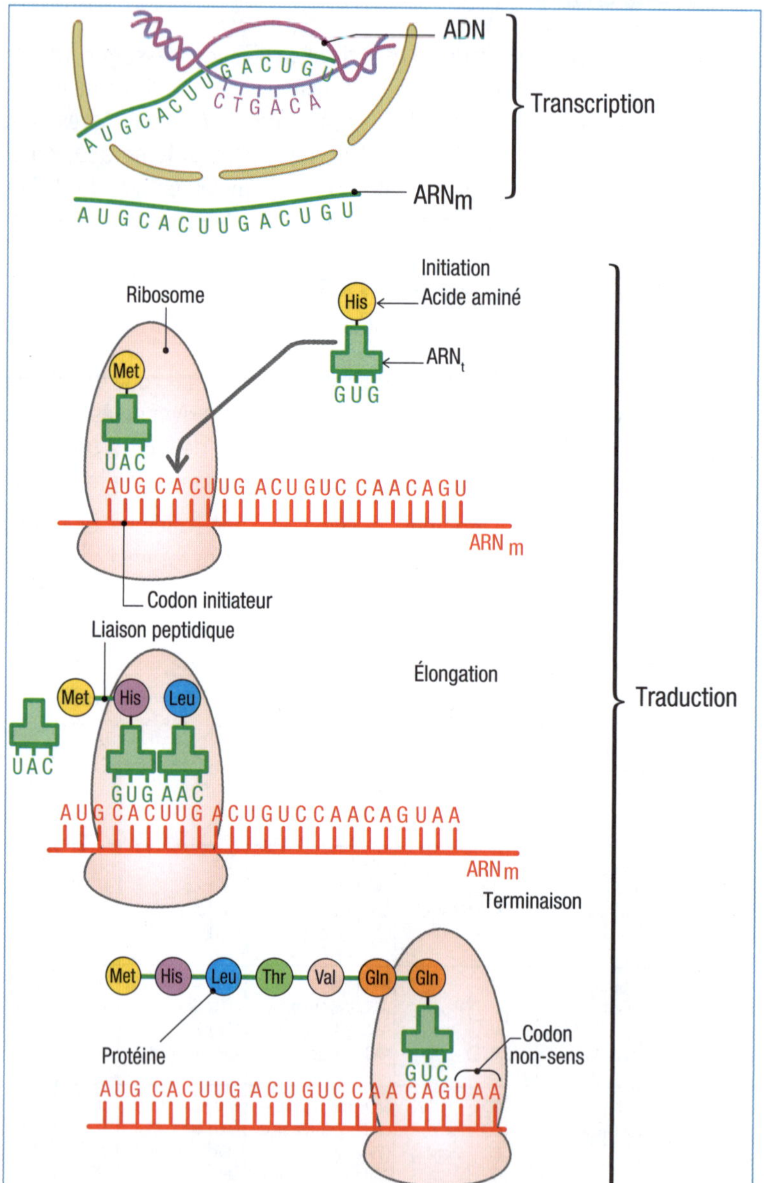

▲ La transcription et la traduction

21 La transmission des caractères héréditaires

Lors de la fécondation, la cellule œuf reçoit le matériel génétique maternel et paternel, assurant ainsi la transmission des caractères.

1 Du génotype au phénotype

Définition
Génome : ensemble du matériel génétique d'un individu.

- **Un gène** est un segment d'ADN contenant l'information nécessaire à la synthèse d'une protéine. Il est situé sur le chromosome à un endroit appelé « locus ».
- Chaque gène possède **différents allèles,** chacun portant des messages héréditaires différents. Un couple de chromosomes homologues porte deux allèles d'un même gène (un maternel et un paternel) au même locus.
- Lorsque les deux allèles sont identiques, l'individu est dit **homozygote** pour ce gène ; s'ils sont différents, l'individu est dit **hétérozygote**.

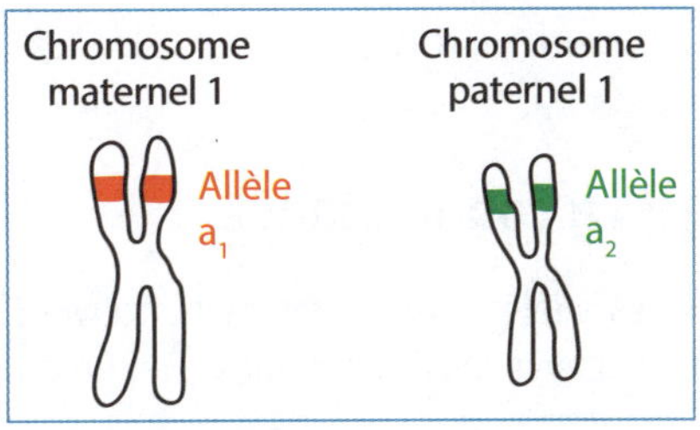

▲ La représentation des chromosomes parentaux

- **Le phénotype** est l'ensemble des caractères d'un individu. Il correspond à l'expression du **génotype**, c'est-à-dire à l'ensemble des allèles des gènes de l'individu.
- Un individu exprimant un caractère dominant [A] peut avoir comme génotype possible (A//A) ou (A//a) avec A l'allèle **dominant** et a l'allèle **récessif**. Si les deux allèles s'expriment en même temps, ils sont **codominants**.

2 Le mode de transmission des caractères héréditaires

A L'hérédité dominante

- Le caractère dominant [A] s'exprime **dès que l'allèle A est présent à l'état hétérozygote**, c'est-à-dire sur l'un des deux chromosomes de la paire (A//a). Les enfants atteints, quel que soit leur sexe, ont toujours **un parent atteint et porteur de l'allèle A**. Les deux sexes peuvent être touchés. Un enfant né d'un parent atteint a 50 % de risque d'être atteint.

Exemples Chorée de Huntington, polydactylie, syndactylie.

B L'hérédité autosomale récessive

COMPRENDRE EN VIDÉO *L'hérédité autosomale récessive*

- Le caractère récessif [a] ne s'exprime **que si l'allèle récessif a est présent sur les deux chromosomes de la paire (a//a).** Chaque parent transmet un allèle a à son enfant ; l'autre allèle est A (sain). Les sujets atteints, quel que soit leur sexe, naissent de parents non atteints mais porteurs de l'anomalie. Les probabilités d'avoir un enfant atteint sont de 25 %.

Exemples Mucoviscidose, albinisme, facteur rhésus.

Exemple Transmission lors d'une hérédité autosomale récessive

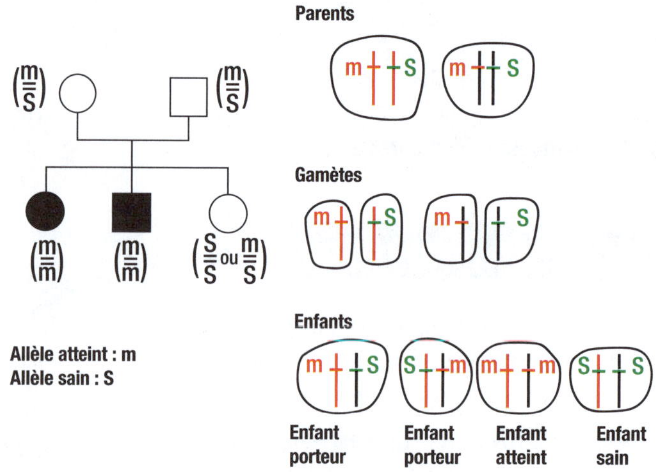

C La codominance

- Les allèles d'un même gène peuvent s'exprimer tous les deux. Les allèles sont codominants. On observe les deux formes d'expression des protéines.

Exemples Le groupe sanguin AB, l'hypercholestérolémie, la drépanocytose, la thalassémie.

D L'hérédité liée au chromosome X

- **Le cas de l'allèle atteint récessif Xa**

– Une femme hétérozygote (XA//Xa) transmet l'allèle a, qui s'exprimera chez 50 % de ses garçons. 50 % des filles seront porteuses.
– Le cas d'une mère homozygote (Xa//Xa) est très rare.
– Un père atteint (Xa//Y) le transmettra uniquement à ses filles. Ses garçons ne seront pas porteurs.

Exemples L'hémophilie, le daltonisme, la myopathie de Duchenne, le syndrome de l'X fragile.

- **Le cas de l'allèle atteint dominant XA**

– Les mères atteintes (XA//Xa) transmettent l'allèle A dans 50 % des cas. Les pères atteints (XA//Y) transmettent l'allèle A à 100 % de leurs filles.

E L'hérédité liée au chromosome Y

- La transmission s'effectue de père en fils. Un garçon atteint a pour génotype (X//Ya).

Exemples L'hypertrichose des oreilles, l'homme porc-épic.

22 Le cancer, une conséquence de mutations génétiques

Le processus tumoral correspond à une prolifération anormale de cellules créant une masse cellulaire autonome : une **tumeur**.

1 Les tumeurs bénigne et maligne

Caractéristiques	Tumeur bénigne	Tumeur maligne
Aspect macroscopique	Tumeur régulière, bien circonscrite	Tumeur irrégulière
Aspect microscopique	Cellules normales différenciées	Cellules mal différenciées ou indifférenciées Synthèse de marqueurs tumoraux (→ § 4 B)
Vascularisation	Plus ou moins vascularisée	Très vascularisée
Développement	Croissance lente	Croissance élevée Envahissement des tissus voisins
Traitement	Chirurgie	Chirurgie, chimiothérapie, radiothérapie
Pronostic	Pronostic excellent	Pronostic réservé : risque de récidives

2 Des mutations aux métastases : la cancérogenèse

- Dans l'organisme, la multiplication cellulaire est normalement équilibrée et contrôlée par les proto-oncogènes qui stimulent la prolifération et par les anti-oncogènes qui l'inhibent. Dans la cellule cancéreuse, cet équilibre est modifié. Le proto-oncogène subit une mutation et devient un oncogène favorisant la multiplication excessive des cellules et leurs transformations. Les anti-oncogènes mutés, quant à eux, ne freinent plus l'action des oncogènes.
- Des **mutations** de l'ADN initient la cancérogenèse (**initiation**) à la suite de l'accumulation d'événements endogènes ou exogènes. La cellule mutée se multiplie (hyperplasie), formant à ce stade une tumeur bénigne. La tumeur grossit (**promotion**). Les cellules évoluent, acquièrent des caractères d'immortalité (dysplasie). De nouveaux vaisseaux sanguins vont irriguer la masse cancéreuse (**angiogenèse**). Le cancer est dit *in situ* ; il forme le foyer primitif. Des cellules cancéreuses vont passer dans la circulation sanguine et migrer vers d'autres tissus. Le cancer devient invasif. Des **métastases** ou tumeurs secondaires vont alors pouvoir se développer dans tout l'organisme.

> **À savoir**
> **La formation des cellules cancéreuses** est le résultat d'un **dysfonctionnement de la mitose.**

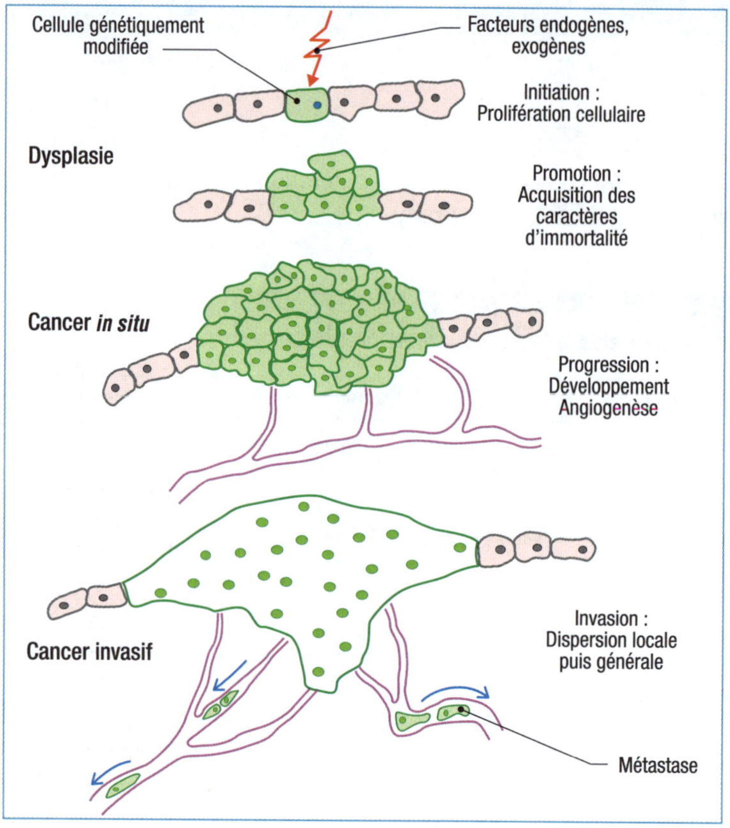

▲ La cancérogenèse

3 Une origine plurifactorielle

- **Les facteurs cancérigènes.** Ils sont d'**origine endogène** (facteurs génétiques, endocriniens, immunitaires) et d'**origine exogène** (alimentation trop riche en lipides et trop pauvre en fibres, alcool, tabac, infections virales, agents physiques comme les rayons UV et les rayons X, agents chimiques comme l'amiante).
- La prévention consiste en une information et une lutte contre les facteurs de risque afin d'éviter l'apparition d'une tumeur, mais aussi en un dépistage précoce suivi d'un éventuel traitement et d'un suivi des patients pour lutter contre les récidives.

4 Le dépistage, le diagnostic et le suivi

- Le dépistage permet un diagnostic précoce des lésions cancéreuses.

A Les examens anatomo-pathologiques

- Ils consistent en une observation macroscopique du tissu puis microscopique d'un frottis ou d'une coupe d'un tissu. Les coupes sont réalisées à la suite d'une biopsie.
- Cette observation permet d'établir un diagnostic de certitude en distinguant une tumeur bénigne d'une tumeur maligne.

Définitions

Biopsie : prélèvement de tissus.
Frottis : étalement sur lame de sécrétions naturelles, de cellules recueillies sur écouvillon ou de produits recueillis par ponction d'un nodule ou d'un ganglion.

B Les marqueurs biologiques tumoraux

• Les marqueurs tumoraux sont des substances antigéniques sécrétées par les tumeurs et présentes dans le sang. Ils orientent le diagnostic, permettent d'étudier la réponse au traitement et de dépister les récidives et métastases.

Exemples L'antigène carcino-embryonnaire (ACE) dans le cancer digestif ou du sein, l'alpha-fœtoprotéine (AFP) dans le cancer du foie, l'antigène spécifique de la prostate (PSA) dans le cancer de la prostate.

C Les examens d'imagerie médicale

• Ils sont surtout utilisés dans le bilan d'extension afin d'évaluer la gravité de la maladie et de définir les traitements. La **scintigraphie**, examen utilisant des molécules radioactives qui se fixent sur les tissus à étudier, permet d'obtenir des renseignements morphologiques sur les organes. Elle est utilisée pour rechercher des métastases osseuses. **L'imagerie par résonance magnétique (IRM)** est utilisée avec la **scannographie** pour détecter des cancers du système nerveux. La **mammographie** est utilisée pour détecter des nodules au niveau des seins.

5 Les traitements

A La chirurgie

• Elle peut être curative (pour enlever la tumeur), palliative (pour améliorer le confort du patient) ou réparatrice.

• Elle peut s'appliquer à la tumeur primitive ou à une métastase.

B La radiothérapie

• Elle utilise des rayons ionisants qui sont envoyés localement pour détruire la zone cancéreuse. Les rayons vont endommager l'ADN des cellules cancéreuses qui vont être ensuite éliminées par le système immunitaire.

• La radiothérapie préserve le plus possible les tissus sains. Elle est curative ou palliative.

C La chimiothérapie

• Elle consiste à injecter des produits antimitotiques bloquant la division cellulaire cancéreuse ou des produits cytotoxiques les détruisant. Cette toxicité touche aussi les cellules saines.

D Les effets secondaires

• La radiothérapie présente des effets secondaires dépendant de la zone atteinte par les rayons. Certains effets sont, cependant, communs à ceux de la chimiothérapie. Ces effets sont généralement une fatigue, une anémie, une alopécie, une perte d'appétit, des nausées et/ou vomissements et une numération de formule sanguine (NFS) modifiée.

E Les autres traitements

• Il existe aussi :
– l'hormonothérapie qui va bloquer la production d'hormones ou son action, inhibant ainsi la multiplication des cellules cancéreuses ;
– l'immunothérapie qui vise à réapprendre au système immunitaire à reconnaître et détruire les cellules cancéreuses ;
– la greffe de moelle osseuse ou des inhibiteurs de la néoangiogenèse (formation de nouveaux vaisseaux sanguins).

Exercices d'entraînement

Exercice 1 Une caractéristique de l'ADN ★ 5 min
Corrigé p. 218

En 1950, Erwin Chargaff détermine la composition en bases azotées de l'ADN. Les résultats obtenus sont représentés dans le tableau ci-dessous :

	Bases azotées de l'ADN (en %)			
Organismes	**Adénine**	**Cytosine**	**Thymine**	**Guanine**
Levure	31	17	33	19
Blé	27	23	27	23
Homme	31	20	29	20

Déduire de l'analyse du tableau la relation existant entre les différentes bases azotées.

Exercice 2 L'étude d'une mutation ★★ 10 min
Corrigé p. 218

1. Comparer les séquences partielles d'ADN du gène X suivantes et indiquer le type de mutation.

- Brin transcrit d'ADN du gène X d'un individu sain : -TACGGGGCTTAAGGG
- Brin transcrit d'ADN du gène X d'un individu malade : -TACGGGACTTAAGGG

2. Réaliser la transcription et la traduction de chacune des séquences d'ADN et indiquer les conséquences de cette mutation.

Exercice 3 Transmission du syndrome de Bloom ★★★ 20 min
Corrigé p. 218

L'arbre généalogique ci-dessous présente une famille dont certains membres sont atteints du syndrome de Bloom (mutation d'un gène intervenant dans le maintien de l'intégrité du génome).

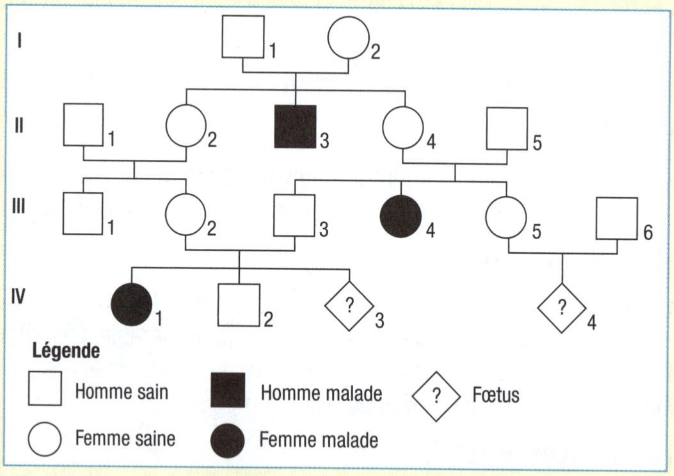

1. Démontrer que le mode de transmission de la maladie est récessif.

2. Préciser si l'allèle atteint est porté par des autosomes ou des chromosomes sexuels. Expliquer la démarche suivie.

3. Indiquer, en justifiant, le génotype des individus I2 et II3.

4. Présenter, pour le couple III2 – III3, le risque de mettre au monde un enfant atteint. Établir l'échiquier de croisement.

Exercice 4 Le cancer ★★ 10 min

Corrigé p. 218

Les radiations solaires ionisantes sont invisibles. Cependant, elles sont particulièrement dangereuses et peuvent provoquer des mutations génétiques susceptibles d'être à l'origine d'une cancérogenèse.

1. Ces rayonnements peuvent altérer l'ADN et provoquer des mutations génétiques.

Annoter et titrer le document ci-dessous.

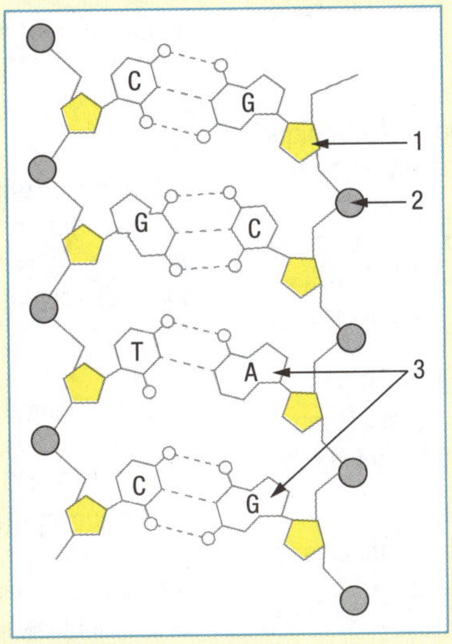

2. Le document ci-dessous présente différentes étapes de la cancérogenèse.

Décrire précisément, à l'aide d'un vocabulaire adéquat, les phénomènes présentés à chaque étape A, B, C et D. En déduire la définition d'une tumeur.

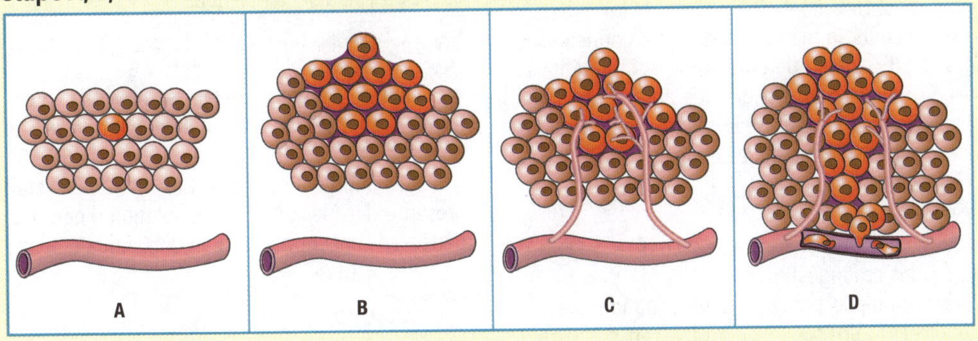

3. L'un des moyens de traitement du cancer est décrit dans le texte suivant.

Traitement anti-angiogénique

La cellule tumorale sécrète des facteurs stimulant la vascularisation de la tumeur et favorisant ainsi sa croissance. Le facteur principal est dénommé VEGF (*Vascular Epithelial Growth Factor*). Un médicament peut bloquer ce facteur et ainsi inhiber la vascularisation de la tumeur.

Ce type de traitement peut donner des résultats appréciables, en particulier pour le traitement du cancer du rein, mais aussi dans d'autres variétés de tumeur.

À partir du texte et du document précédent, expliquer l'action anti-cancéreuse de ce type de médicament.

CORRIGÉS

CHIMIE

Chapitre 1

Exercice 1 *Énoncé p. 86*

1. b) Faux : on combine les demi-équations électroniques pour éliminer les électrons.
2. a) Vrai : une demi-équation électronique montre l'échange d'électrons entre un oxydant et un réducteur.
3. b) d'oxydo-réduction : les couples redox mis en jeu sont $Cr_2O_7^{2-}/Cr^{3+}$ et $CH_3COOH(aq)/CH_3CH_2OH(aq)$.
4. c) un solide : $NaN_3(s)$ réagit pour donner $N_2(g)$, le gaz qui gonfle l'airbag.
5. b) non toxique : c'est le gaz le plus présent dans l'air (à environ 78 %, les 22 % restants étant du dioxygène $O_2(g)$ à hauteur de 20 % et du $CO_2(g)$ et des gaz rares.

Exercice 2 *Énoncé p. 87*

Il y a conservation de la matière en atomes Na et en atomes N :

$$1\ NaN_3(s) \rightarrow 1\ Na(s) + 3/2\ N_2(g)$$

On peut ensuite multiplier tous les coefficients par 2 pour obtenir des coefficients entiers :

$$2\ NaN_3(s) \rightarrow 2\ Na(s) + 3\ N_2(g)$$

Dans le cours, la même équation est donnée avec des coefficients différents (tous sont multipliés par 5) : l'important est que les proportions dans lesquelles les réactifs réagissent et les produits sont formés soient bien les mêmes.

Exercice 3 *Énoncé p. 87*

1. $I_2(aq) + 2\ S_2O_3^{2-}(aq) \rightarrow 2\ I^-(aq) + S_4O_6^{2}\ (aq)$ (2 e^- sont échangés)
2. On multiplie par 2 la demi-équation avec le couple $H^+(aq)/H_2(g)$ et on trouve, en combinant les deux demi-équations électroniques, l'équation bilan : $2\ H^+(aq) + Fe(s) \rightarrow H_2(g) + Fe^{2+}(aq)$.

Exercice 4 *Énoncé p. 87*

1. Les électrons permettent d'équilibrer les charges : il manque 6 charges négatives à gauche de la flèche :
$Cr_2O_7^{2-}(aq)+14H^+(aq) + 6e^- \rightarrow 2Cr^{3+}(aq) +7H_2O$
Les ions dichromate jouent le rôle d'oxydant puisqu'ils captent des électrons : ils sont réduits.
2. Il manque cette fois 4 charges négatives à droite de la flèche :
$C_2H_5OH(aq) +H_2O\rightarrow CH_3COOH(aq) +4H^+(aq)+ 4e^-$
L'éthanol joue le rôle de réducteur puisqu'il libère des électrons.
3. $4{,}0 \times 10^{-4} \times 2\ 000 = 0{,}8$ g/L.
0,8 g/L est supérieure à C_{max} : le conducteur est en infraction s'il prend le volant.
4. 0,5 $g.L^{-1}$ dans le sang correspond à 0,5/2 000 = $2{,}5.10^{-4}$ $g.L^{-1}$ dans l'air expiré. C'est la limite pour ne pas être en infraction. Cela correspond à une quantité de matière $n_{éthanol}$
$= m_{éthanol}/M_{éthanol}$, soit $n_{éthanol} = 2{,}5 \times 10^{-4}/46{,}0 = 5{,}4.10^{-6}$ mole par litre.
5. D'après l'équation bilan, 1 mole d'éthanol réagit avec 2/3 de mole d'ions dichromate, il faut donc $n_{Cr2O72-} = 5{,}4.10^{-6} \times 2/3 = 3{,}6.10^{-6}$ mole d'ions dichromate.

Exercice 5 *Énoncé p. 88*

1. On combine les demi-équations électroniques de façon à éliminer les électrons :

$$2\ H_2O_2(aq) = O_2(g) + 2\ H_2O$$

2. Lorsque la réaction se produit, du dioxygène gazeux est libéré. Il déplace l'air contenu dans le ballon et dans le tube à dégagement qui, lui-même, déplace l'eau contenue dans l'éprouvette graduée retournée. Le volume d'eau baisse dans l'éprouvette et la graduation atteinte par l'eau permet de déterminer le volume V de dioxygène libéré au cours de la réaction.
3. $V = n_{O2} \times V_m$ donne $n_{O2} = \dfrac{42{,}0.10^{-3}}{24{,}1} = 1{,}74.10^{-3}$ mole.
4. D'après l'équation bilan écrite à la question **1.**, la formation de 1 mole de O_2 a nécessité 2 moles de $H_2O_2(aq)$, donc $n_{H2O2} = 2 \times 1{,}74.10^{-3} \approx 3{,}5.10^{-3}$ mole. Cette quantité de matière était présente dans les 20,0 mL de solution d'eau oxygénée, sa concentration valait donc initialement

$$Co = \frac{3{,}5.10^{-3}}{20{,}0.10^{-3}} = 1{,}75.10^{-1}\ mol.L^{-1}.$$

Chapitre 2

Exercice 1 *Énoncé p. 92*

1. a) le dioxygène : il est susceptible de dégrader certains composés en les oxydant.
2. b) un antioxydant : le rôle de l'acide ascorbique est de s'oxyder à la place des composés à protéger.
3. b) la vitamine C.
4. c) La dose est exprimée en milligramme et elle est ramenée à la masse de l'individu qui consomme la substance.

Exercice 2 *Énoncé p. 92*

Procédés physiques :
• abaisser la température pour ralentir l'activité des microorganismes : « à conserver entre 0 et 4 °C » ;

• élimination du dioxygène présent dans l'air : « Conditionné sous atmosphère protectrice. ».
Procédés chimiques : addition d'un antioxydant, l'ascorbate de sodium (ou vitamine C), et d'un « agent conservateur », le nitrite de sodium.

Exercice 3

Énoncé p. 92

1. Les antioxydants présents sont la vitamine C (étiquette de gauche) et l'acide ascorbique (étiquette de droite). Vitamine C est le nom usuel donné à l'acide ascorbique, il s'agit donc du même antioxydant.
2. La boisson de gauche est dite « sans conservateur » car elle est sans conservateur ajouté : la vitamine C est présente naturellement dans le jus d'orange.
3. Quantité de vitamine C apportée par un litre de ce jus d'orange : 18 mg dans 100 mL, soit 180 mg dans un litre.
4. 18 mg correspondent à 30 % des apports, donc l'AJR est 18 × 100/30 = 60 mg de vitamine C par jour.
100 mL de jus d'orange apportent 18 mg, il faudrait donc boire (100/18) × 60 = 333 mL de jus d'orange pour couvrir la totalité des apports.

Exercice 4

Énoncé p. 93

1. DJA signifie dose journalière admissible. C'est la quantité d'une substance que peut ingérer un homme, par jour, au cours de sa vie, sans aucun risque appréciable pour sa santé.
2. Pour un individu de 60 kg, la masse maximale d'aspartame qu'il peut consommer par jour est m = 60 × 0,04 = 2,4 g.
3. Une canette contenant 0,2 g d'aspartame, le nombre de cannettes qu'il peut consommer quotidiennement est donc : N = 2,4/0,2 = 12.
4. La concentration massique est donnée par t = m/V, soit $t = 0{,}2/33.10^{-2} = 0{,}6\ g.L^{-1}$. On obtient la concentration molaire c = t/M.
La masse molaire de l'aspartame est M = 14 × 12 + 5 × 16 + 2 × 14 + 18 × 1 = 294 $g.mol^{-1}$, d'où $c = 0{,}6/294 = 2.10^{-3}\ mol.L^{-1}$.

Exercice 5

Énoncé p. 93

1. La fermentation donne naissance à deux gaz, le dioxyde de carbone et le dihydrogène, qui sont libérés et font gonfler le fromage.
2. $C_4H_8O_2$; l'acide butanoïque est aussi appelé acide butyrique.
3. L'équation bilan permet de montrer que 2 mole d'acide lactique conduisent à 1 mol d'acide butanoïque.
Quantité de matière d'acide lactique : $n_{lactique} = m_{lactique}/M_1$, soit nlactique =2,0/90,0 = 0,022 mol.
On en déduit nacide = $n_{lactique}/2$ = 0,011 mol. Et la masse $m_{acide} = n_{acide} \times M_1$, soit m_{acide} = 0,011 × 88 = 0,97 g.
4. $V_{CO2} = V_m \times n_{CO2}$ et comme 1 mole d'acide lactique donne 1 mole de CO_2, on trouve V_{CO2} = 24,7 × 0,022 = 0,54 L.

Exercice 6

Énoncé p. 94

1. Pourcentage en masse : on raisonne sur 100 g de beurre. Cela signifie qu'il y a 4 g d'acide butanoïque dans 100 g de beurre.
2. On lit sur la courbe à la rupture de pente : V_E = 7,5 mL.
3. $n_{acide} = 7{,}5.10^{-3} \times 4{,}0.10^{-1} = 3{,}0.10^{-3}$ mole
4. $m_{acide} = n_{acide} \times M_{acide}$, soit $m_{acide} = 3{,}0.10^{-3} \times 88$ = 0,264 g d'acide butanoïque dans 8 g de beurre. Cela correspond à à un pourcentage en masse de (0,264/8) × 100 = 3,3 %. C'est inférieur à 4 %, donc le beurre n'est pas rance.

Chapitre 3

Exercice 1

Énoncé p. 97

1. c) Le solide doit être électriquement neutre. Comme les ions Cl^- portent une seule charge négative alors que les ions Mg^{2+} portent deux charges positives, il faut deux fois plus d'ions Cl^- que d'ions Mg^{2+}.
2. b) Même raisonnement qu'à la question 1.
3. b) Faux : l'eau de mer, salée, contient beaucoup plus d'ions que l'eau pure ; elle est donc plus conductrice.
4. a) Vrai : elle est potable car on peut effectivement en boire MAIS il ne faut pas consommer exclusivement de l'eau déminéralisée car l'absence des sels minéraux apportés par l'eau serait nocive pour l'organisme.

Exercice 2

Énoncé p. 98

1. a) Chlorure de potassium : $KCl(s) \rightarrow K^+(aq) + Cl^-(aq)$
b) Phosphate de sodium : $Na_3PO_4(s) \rightarrow 3\ Na^+(aq) + PO_4^{3-}(aq)$
2. $NaHCO_3(s)$ est l'hydrogénocarbonate de sodium.
3. a) Le carbonate de sodium est $Na_2CO_3(s)$.
b) La formule chimique de la soude est NaOH(s). La soude en cristaux NaOH(s) doit s'utiliser avec beaucoup de précautions car elle est très corrosive ; son utilisation est réservée au laboratoire de chimie.
c) La confusion entre les deux espèces est probablement due au mot « soude » qui évoque l'ion sodium Na^+, présent aussi bien dans le carbonate de sodium $Na_2CO_3(s)$ que dans la soude NaOH(s).

Exercice 3

Énoncé p. 98

1. La solubilité d'un solide dans l'eau est la quantité maximale de solide que l'on peut dissoudre dans un litre d'eau. Il faut préciser la température à laquelle on travaille car la solubilité en dépend (→ **exercice 4**).

2. Dans le cours, on lit que la solubilité de l'acide benzoïque $C_6H_5COOH(s)$ dans l'eau à 20 °C est de 2,9 g.L^{-1}. On peut donc dissoudre au maximum dans 50 mL = 0,05 L une masse 2,9 × 0,05 = 0,145 g. Cela correspond à une quantité de matière

$n = \frac{0,145}{122} = 1,2.10^{-3}$ mole d'acide benzoïque.

Exercice 4

Énoncé p. 98

1. La solubilité est la quantité maximale de sulfate de magnésium que l'on peut dissoudre dans un litre d'eau. À 4 °C, on peut dissoudre au maximum 26 × 10 = 260 g de ce solide dans un litre d'eau ; si on introduit 500 g, il restera du solide au fond du récipient, qui ne se dissoudra pas.

2. 260 g de $MgSO_4(s)$ sont dissous, soit une quantité de matière $n = \frac{260}{120,4} = 2,2$ mole.

Dans le volume de 1 L, on a $\mathbf{n = n_{Mg^{2+}} = n_{SO_4^{2-}}}$

donc $[Mg^{2+}] = [SO_4^{2-}] = 2,2$ mol.L^{-1}.

3. À 90 °C, on peut dissoudre au maximum 700 g de ce solide dans un litre d'eau : comme on en introduit 500 g, **tout le solide se dissout**. Cela correspond à une quantité de matière

$n = \frac{500}{120,4} = 4,2$ mole,

donc $[Mg^{2+}] = [SO_4^{2-}] = 4,2$ mol.L^{-1}.

On multiplie par les masses molaires pour trouver les concentrations massiques :

$$\mathbf{t_{Mg2+} = 4,2 \times 24,3 = 102,1\ g.L^{-1}}$$
$$\mathbf{t_{SO42^-} = 4,2 \times 96,1 = 403,6\ g.L^{-1}}$$

Exercice 5

Énoncé p. 99

1. Le glucose n'est pas un solide ionique, sa dissolution n'introduit pas d'ions dans le milieu.

2. Dans l'eau pure, on trouve une faible quantité d'ions H_3O^+ et d'ions HO^- produits par l'autoprotolyse de l'eau (leur concentration est de 10^{-7} mol.L^{-1}).

3. Il y aura deux fois plus d'ions Na^+ dans S_2 que dans S_1, et la même quantité d'ions CO_3^{2-} que d'ions Cl^- mais les ions CO_3^{2-} sont plus conducteurs que les ions Cl^- ($a_{CO_3^{2-}} > a_{Cl^-}$) : la conductivité de S_2 sera supérieure à celle de S_1.

4. a) $[Na^+] = [Cl^-] = \frac{0,1}{0,5}$, soit $[Na^+] = 0,2$ mol.L^{-1}.

Il y a 1 000 fois plus d'ions dans 1 m^3 = 1 000 litres, donc $[Na^+] = 0,2 \times 1\,000 = 200$ mol.m^{-3}

b) Les constantes a_i sont en S.m^2.mol^{-1}, donc en (S.m^{-1}).(m^3.mol^{-1}), c'est-à-dire (S.m^{-1})/(mol.m^{-3}). Il faut exprimer la concentration en mol.m^{-3}. On trouve $\sigma = 5,0 \times 200 + 7,6 \times 200 = 2\,520$ mS.m^{-1}, c'est-à-dire 25,2 mS.cm^{-1}.

c) $Na_2CO_3(s) \rightarrow 2\ Na^+(aq) + CO_3^{2-}(aq)$

$[Na^+] = 2 \times 0,1/0,5 = 0,4$ mol.L^{-1} et $[CO_3^{2-}] = 0,1/0,5 = 0,2$ mol.L^{-1}. On passe des concentrations en mole par litre aux concentrations en mole par mètre cube en multipliant par 1 000 : $[Na^+] = 400$ mol.m^{-3} et $[CO_3^{2-}] = 200$ mol.m^{-3}.

On calcule enfin la conductivité :

$\sigma = 5,0 \times 400 + 13,8 \times 200 = 4\,760$ mS.m^{-1}, c'est-à-dire 47,6 mS.cm^{-1}.

Exercice 6

Énoncé p. 99

1. L'ion citrate est un anion, le cation associé est l'ion sodium Na^+ : solide ionique neutre $Na_3C_6H_5O_7(s)$

$Na_3C_6H_5O_7(s) \rightarrow 3\ Na^+(aq) + C_6H_5O_7^{3-}(aq)$.

2. Dans un litre de solution :

$n_{NaCl} = \frac{2,6}{58,5} = 4,4.10^{-2}$ mol et $n_{Na+} = n_{NaCl}$

3. $n_{Na_3C_6H_5O_7} = \frac{2,9}{258} = 1,12.10^{-2}$ mol.

Il y a trois fois plus d'ions Na^+ que d'ions citrate : $n_{Na+} = 3,4.10^{-2}$ mol.

4. Le volume de solution est de 1 litre :

$[Na^+] = 4,4.\ 10^{-2} + 3,4.10^{-2} = 7,8.\ 10^{-2}$ mol.L^{-1}, soit $[Na^+] = 78$ mmol.L^{-1}. Aux erreurs d'arrondis près, on retrouve bien les données du tableau.

Chapitre 4

Exercice 1

Énoncé p. 103

1. Vrai : dans 10 mole d'air, il y a

$\mathbf{n_{O2} = x_{O2}.n_{total} = 0,21 \times 10 = 2,1}$ **mole.**

2. Faux : c'est pour mettre en évidence le dioxygène qu'on utilise une buchette incandescente. Pour l'eau, on utilise du sulfate de cuivre anhydre qui bleuit à son contact.

3. Faux : la loi des gaz parfaits s'écrit P.V = n.R.T

4. Vrai : en présence de CO, son affinité pour l'hémoglobine étant plus grande, le monoxyde de carbone prend la place du dioxygène.

5. Vrai.

Exercice 2

Énoncé p. 104

1. La loi des gaz parfaits s'écrit P.V = n.R.T

On peut écrire $\mathbf{n = \frac{PV}{RT}}$ pour chaque gaz.

On prend soin de mettre les différentes grandeurs dans les unités adéquates. On prend T = 298 K et R = 8,31 J.K^{-1}.mol^{-1}.

	Volume en m^3	Quantité de matière
O_2	16×10^{-3}	0,65 mol
N_2	$78{,}6 \times 10^{-3}$	3,2 mol
H_2O	$0{,}9 \times 10^{-3}$	$3{,}6 \times 10^{-2}$ mol
CO_2	$4{,}5 \times 10^{-3}$	0,18 mol

On a donc $x_{O_2} = \frac{n_{O_2}}{n_{totale}}$

$$= \frac{0,65}{0,65 + 3,2 + 0,18 + 3,6 \times 10^{-2}} = 0,16$$

Exercice 3

Énoncé p. 104

1. Pour calculer la masse de dioxygène dans la bouteille, il faut connaître la quantité de matière présente. Pour cela, on utilise la loi des gaz parfaits.

Soit $m_{O2} = M_{O2}.n_{O2}$ ou $m_{O2} = M_{O2}.\frac{PV}{RT}$

AN : la pression est convertie, le volume de la bouteille en m^3 et la température en Kelvin d'où

$$m_{O2} = 32 \times \frac{60 \times 10^5 \times 5 \times 10^{-3}}{8,31 \times (273 + 15)} = 401 \text{ g.}$$

Avec la loi des gaz parfaits, on obtient

$$V = \frac{n_{O_2}.R.T}{P} = \frac{m_{O_2}.R.T}{M_{O_2}P}$$

$$= \frac{401 \times 8,31 \times (273 + 15)}{32 \times 1 \times 10^5} = 0,3\ m^3,$$

soit 300 L.

Exercice 4

Énoncé p. 104

1. La fraction molaire en CO pour un pourcentage de 0,04 est $x_{CO} = 4.10^{-4}$. Les effets du CO sont perceptibles et dangereux dès une très faible concentration en CO dans l'air.

2. Le dioxygène est fixé par l'hémoglobine au niveau des poumons pour être transporté jusqu'aux organes. En présence de CO, l'hémoglobine fixe préférentiellement le monoxyde de carbone plutôt que le dioxygène. L'hémoglobine ne joue plus son rôle d'approvisionnement en O_2, l'organisme est en hypoxie.

3. On utilise la loi des gaz parfaits :

$$n_{O2} = \frac{PV}{RT} = \frac{2,5 \times 10^5 \times 20}{8,31 \times (273 + 20)} = 2\,053 \text{ mol}$$

Exercice 5

Énoncé p. 104

1. C'est un phénomène de réchauffement des basses couches de l'atmosphère induit par des gaz (GES) qui absorbent le rayonnement infrarouge émis par la Terre.

2. Parmi les GES, on peut citer le méthane (CH_4, élevage intensif), le dioxyde de carbone (CO_2, activité humaine) ou la vapeur d'eau (H_2O, évaporation naturelle).

3. L'ozone est un gaz à effet de serre mais sa présence dans les hautes couches de l'atmosphère limite l'arrivée sur Terre des rayonnements ultraviolets UV C. L'absorption de ces rayonnements par l'ozone protège les êtres vivants du danger qu'ils représentent.

Chapitre 5

Exercice 1

Énoncé p. 108

1. b) Il s'agit du saturnisme. On nomme ainsi l'intoxication au plomb car les alchimistes, qui associaient les métaux à des planètes, faisaient correspondre le plomb à Saturne.

2. c) Ce n'est pas seulement la dose qui fait le poison, mais aussi la fréquence d'exposition.

3. a) Le qualificatif « secondaire » ou « primaire » n'est pas lié à la toxicité.

4. b) et **c)** En s'hydratant, les deux gaz CO_2 et SO_3 (polluant secondaire formé par oxydation de SO_2, qui est le polluant primaire) conduisent aux acides carbonique H_2CO_3 et sulfurique H_2SO_4.

Exercice 2

Énoncé p. 109

1. Le bleu de méthylène est piégé dans les pores du charbon actif ; sa concentration en solution aqueuse sous forme libre diminue. Il suffit ensuite de filtrer la solution pour éliminer le charbon actif.

2. Si 80 % du colorant a disparu, il en reste 20 % ; donc c = 20 × 0,1/100 = 0,02 $mol.L^{-1}$. On lit sur la courbe qu'il faut attendre t = 6 minutes.

Exercice 3

Énoncé p. 109

Voie cutanée (peau) : prélèvement d'un solvant ou produit toxique, dégraissage d'un métal avec un solvant.

Voie respiratoire – Inhalation : poudre ou poussières (colorants, peintures, ciments stratifiés), fumées (échappements de moteur à explosion, soudures, vapeurs de solvant, peintures au pistolet, bombes aérosols).

Voie digestive – Ingestion : en portant involontairement les mains à la bouche après avoir manipulé la substance toxique.

Exercice 4

Énoncé p. 110

1. On utilise la relation $n = \frac{m}{M}$: on calcule ainsi

$$n_{SO2} = \frac{350.10^{-6}}{64} = 5{,}45.10^{-6} \text{ mole dans 1 } m^3 \text{ d'air.}$$

2. Réaction d'oxydo-réduction. Pour éliminer les électrons, il faut multiplier (1) par 5 et (2) par 2.

$5\ SO_2(aq) + 2\ MnO_4^-(aq) + 2\ H_2O \rightarrow 5\ SO_4^{2-}(aq) + 2\ Mn^{2+}(aq) + 4\ H^+(aq)$

CHIMIE, BIOLOGIE ET PHYSIO. HUMAINES

3. Le dioxyde de carbone qui peut se dissoudre dans l'eau aurait lui aussi des propriétés acido-basiques, le dosage ne serait pas sélectif (on ne doserait pas seulement SO_2).
4. « Faire barboter un gaz » consiste à faire buller ce gaz dans l'eau pour qu'il soit dissout.
Couleurs de la solution : avant l'équivalence, les ions permanganate sont entièrement consommés pour former les ions manganèse, la solution est incolore. Après l'équivalence, les ions permanganate s'accumulent et la solution est violette.
5. À l'équivalence du titrage, les réactifs ont été introduits dans les proportions stœchiométriques :

$$\frac{n_{SO2}}{5} = \frac{n_{MnO4}}{2}, \text{ donc } n_{SO2} = \frac{5.C_1.V}{2}$$

$= 4{,}67.10^{-6}$ mol dans les 250 mL d'eau, cette quantité de SO_2 étant la quantité initialement présente dans 1 m^3 d'air.
Conclusion : $4{,}67.10^{-6} < 5{,}45.10^{-6}$: la teneur en SO_2 dans cet effluent est bien inférieure à la valeur limite.

Exercice 5 *Énoncé p. 110*

1. L'eau distillée est obtenue par distillation de l'eau (chauffage jusqu'à ébullition puis liquéfaction des vapeurs obtenues). Elle ne contient plus de sels minéraux ni de bactéries.
2. Le pH d'une eau distillée, donc « pure », est de 7,0.
3. Le dioxyde de carbone est un acide, il réagit donc avec une base : on doit considérer le couple **pour lequel H_2O est la base donc le couple** $H_3O^+(aq)/H_2O$. La réaction acide-base s'écrit :
$H_2CO_3(aq) + H_2O = HCO_3^-(aq) + H_3O^+(aq)$.
Des ions $H_3O^+(aq)$ sont créés et le pH diminue.

Chapitre 6

Exercice 1 *Énoncé p. 113*

1. Vrai, car les ultrasons sont des ondes mécaniques.
2. Faux ; la durée de parcours est $\Delta t = d/c$.
3. Vrai
4. Vrai
5. Faux, la différence entre les fréquences (appelée « décalage Doppler ») est d'autant plus grande que la vitesse de l'écoulement sanguin est grande.

Exercice 2 *Énoncé p. 113*

1. On utilise la relation $c = d/\Delta t$ pour trouver la distance parcourue :
$d = c \times \Delta t = 1\,500 \times 50 \times 10^{-6} = 7{,}5.10^{-2}$ m, soit 7,5 cm.
2. L'os est situé à 4,5 cm de la sonde, l'onde aura donc parcouru $2 \times 4{,}5 = 9$ cm avant d'être reçue par la sonde.
$\Delta t = d/c = 9 \times 10^{-2}/1\,500 = 6 \times 10^{-5}$ s $= 0{,}06$ ms.
3. Si les globules rouges se rapprochent, la fréquence de l'onde reçue par la sonde sera plus grande.
4. On a

$$v = \Delta f.\frac{c}{2f_e} = \frac{1\,500}{2 \times 5 \times 10^6} \times 333 = 0{,}05 \text{ m.s}^{-1} = 5 \text{ cm.s}^{-1}$$

Exercice 3 *Énoncé p. 113*

1. Le troisième écho correspond à l'interface entre les deux hémisphères car cela constitue un changement de milieu, un obstacle pour l'onde qui s'y réfléchit.
2. On peut déterminer la distance qui sépare la sonde des deux bords de la boîte crânienne avec la relation $\Delta t = 2d/c$.
Bord droit : $d_{droit} = c.\Delta t_{droit}/2 = 1\,540 \times 0{,}1 \times 10^{-4}/2 = 0{,}8$ cm
Bord gauche : $d_{gauche} = c.\Delta t_{gauche}/2$
$= 1\,540 \times 2{,}4 \times 10^{-4}/2 = 18{,}5$ cm
La dimension transversale de la boîte crânienne est donc $D = 18{,}5 - 0{,}8 = 17{,}7$ cm.
3. On peut déterminer la distance qui sépare la sonde de l'interface entre les deux hémisphères :
Interface : $d_{inter} = c.\Delta t_{inter}/2 = 1\,540 \times 1{,}26 \times 10^{-4}/2 = 9{,}7$ cm
Pour l'hémisphère droit, on obtient une largeur de $9{,}7 - 0{,}8 = 8{,}9$ cm alors que pour l'hémisphère gauche on a une largeur de $18{,}5 - 9{,}7 = 8{,}8$ cm. Aux incertitudes de mesures près, les deux hémisphères sont symétriques.

Chapitre 7

Exercice 1 *Énoncé p. 116*

1. Faux
2. Vrai, leur fréquence est plus élevée, donc leur énergie aussi.
3. Faux ; la relation est $\lambda = c/f$.
4. Vrai : les ondes électromagnétiques les plus énergétiques sont celles de fréquences les plus élevées.
5. Vrai

Exercice 2 *Énoncé p. 117*

1. La relation est $\lambda = c/f$.
2. On calcule pour chaque longueur d'onde la fréquence correspondante :

$$f = \frac{c}{\lambda} = \frac{3 \times 10^8}{1 \times 10^{-8}} = 3.10^{16} \text{ Hz}$$

$$f = \frac{3 \times 10^8}{1 \times 10^{-12}} = 3.10^{20} \text{ Hz}$$

3. On calcule la longueur d'onde maximale qui correspond aux ondes radios :

$$\lambda = \frac{3\times10^8}{5\times10^8} = 6.10^{-1}\text{m} = 0,6 \text{ m}$$

Exercice 3
Énoncé p.117

On constate sur le cliché que les zones les plus claires correspondent aux prothèses de hanches ; puis, les os du bassin apparaissent plus foncés et enfin le reste du corps (muscles, graisse) encore plus foncé.
L'absorption des rayons X est d'autant plus grande que le numéro atomique des éléments qui constituent le milieu traversé est grand.
Comme la prothèse contient des éléments chimiques de Z élevés (fer, chrome et titane), les rayons X sont fortement absorbés par la prothèse : elle apparaît donc claire sur le cliché.
La présence de calcium (Z = 20) dans les os explique la différence de contraste avec les autres tissus.

Exercice 4
Énoncé p. 117

1. Les rayons X sont plus énergétiques que les ondes radios, ils ont donc une fréquence plus élevée et une longueur d'onde plus faible. On associe A au domaine des rayons X et B au domaine des ondes radios.
2. On utilise la relation λ = c/f pour calculer la longueur d'onde.
$\lambda = 3.10^8/(300.10^6) = 1$ m. Il s'agit donc d'ondes radios qui sont utilisées lors des examens d'IRM.
3. Les rayons X sont absorbés de manière différente selon la nature des tissus rencontrés. Ainsi, l'intensité du faisceau en sortie sur le détecteur est variable en fonction des organes qu'il a traversés.

Chapitre 8

Exercice 1
Énoncé p. 121

1. Vrai ; ils ont le même Z mais des nombres de masse A différents.
2. Vrai ; la particule α est un noyau d'hélium.
3. Faux ; ils sont plus énergétiques car leur longueur d'onde est plus faible donc leur fréquence est plus élevée.
4. Faux ; au bout de 2 demi-vies, l'activité a été divisée par 4.
5. Faux ; des mesures de protections doivent être prises.

Exercice 2
Énoncé p. 121

Noyau	$^{12}_{6}C$	$^{13}_{6}C$	$^{56}_{26}Fe$	$^{18}_{9}F$
A	12	13	56	18
Z	6	6	26	9
N	6	7	30	9
Élément	Carbone	Carbone	Fer	Fluor

Exercice 3
Énoncé p. 121

Il y a émission d'un électron $^{0}_{-1}e$ lors d'une désintégration β^-, d'un positon $^{0}_{+1}e$ lors d'une émission β^+ et d'une particule α noyau d'hélium ($^{4}_{2}He$) lors d'une désintégration α.
a) et b) sont des émissions β^-, c) est une émission α et d) une émission β^+.

Exercice 4
Énoncé p. 121

1. On regarde l'activité au temps t = 0, puis on cherche le temps pour lequel l'activité a été divisée par 2. On trouve 50 minutes dans les 2 cas.
2. On divise l'activité par deux toutes les 100 minutes.

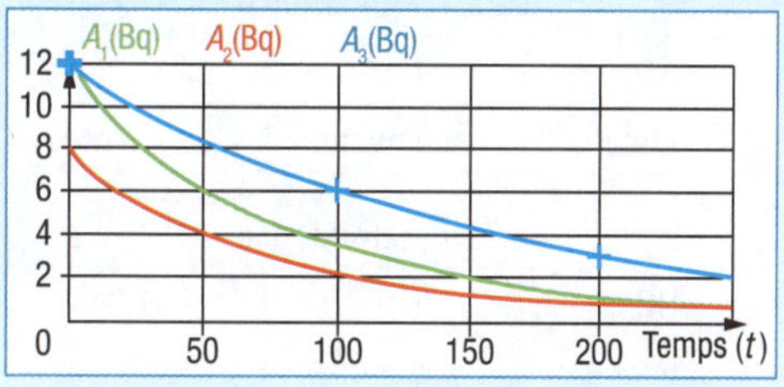

Chapitre 9

Exercice 1
Énoncé p. 125

1. Faux : les coefficients stœchiométriques étant 1 et 1 pour cette réaction, la relation à l'équivalence est : $[HO^-].V_{HO-} = [H_3O^+].V_{H30+}$.
2. Vrai, d'après la relation $C_{\text{fille}}.V_{\text{fille}} = C_{\text{mère}}.V_{\text{mère}}$
3. Faux : cela dépend des réactions support du titrage.
4. Vrai : il faut réaliser les mesures d'absorbance des solutions étalons puis la mesure d'absorbance de l'échantillon à doser.
5. Faux : il faut prendre en compte le temps d'exposition en plus de la valeur de la dose.

Exercice 2
Énoncé p. 125

1. La relation à l'équivalence est $[HO^-].V_{HO-} = [CH_3CO_2H].V_{vinaigre}$, l'application numérique donne

$$[CH_3CO_2H] = 1,0\times\frac{14}{10} = 1,4 \text{ mol.L}^{-1}.$$

2. La concentration massique est obtenue en multipliant la concentration molaire obtenue à la question 1 par la masse molaire : t = 1,4 × 60 = 84 g.L^{-1}. S'il y a 84 g d'acide acétique dans un litre,

il y en a 8,4 g dans 100 mL de vinaigre. Le degré du vinaigre est donc de 8,4.

Exercice 3

Énoncé p. 125

1. L'équation de la réaction support du titrage est : $C_3H_6O_{3(aq)} + HO^-_{(aq)} \rightarrow C_3H_5O_3^-{}_{(aq)} + H_2O$.

2. À l'équivalence, le réactif titré et le réactif titrant ont été introduits dans les proportions stœchiométriques de l'équation de titrage : il n'en reste donc plus.

On peut donc écrire :

$$\frac{n(\text{acide lactique})_{\text{titré}}}{1} = \frac{n(HO^-)_{\text{versé}}}{1}.$$

Soit $C_A.V_{\text{titré}} = C_B.V_E \leftrightarrow C_A = \dfrac{C_B.V_E}{V_{\text{titré}}}$

(concentration molaire).

3. On peut faire le bilan de l'évolution de la quantité d'ions avant et après l'équivalence dans le becher où le titrage s'effectue :

Avant l'équivalence		
HO^-	Na^+	$C_3H_5O_3^-$
stable	augmente	augmente

Après l'équivalence		
HO^-	Na^+	$C_3H_5O_3^-$
augmente	augmente	stable

La quantité d'ions augmentant toujours, la conductivité augmente toujours : la proposition A n'est pas envisageable. L'aptitude à conduire l'électricité de l'ion HO- est plus grande que celle de l'ion lactate, donc la conductivité de la solution augmente plus après l'équivalence. La proposition B est la bonne.

4. La concentration massique t et la concentration molaire sont liées par la relation : $t = C_A.M_A$.

Donc : $t = \dfrac{C_B.V_E}{V_{\text{titré}}}.M$ **(acide lactique)**

AN = $\mathbf{0,1 \times \dfrac{21,0}{100} \times 90 = 2,1\ g.L^{-1}}$

D'après la définition du degré Dornic, le lait titré a une acidité de **21 °D**. Il n'est donc **pas frais** car son acidité Dornic est **supérieure à 18 °D**.

Exercice 4

Énoncé p. 126

1. Quantité de matière de $KMnO_4$: $n = V.C_0 = 0,5 \times 0,01 = 5.10^{-3}$ mol

Masse molaire du permanganate de potassium : $M = 39 + 55 + 4 \times 16 = 158\ g.mol^{-1}$

Masse de solide à peser :

$m = n.M = 158 \times 5 \times 10^{-3} = 0,79$ g

2. Courbe représentant A = f(c)

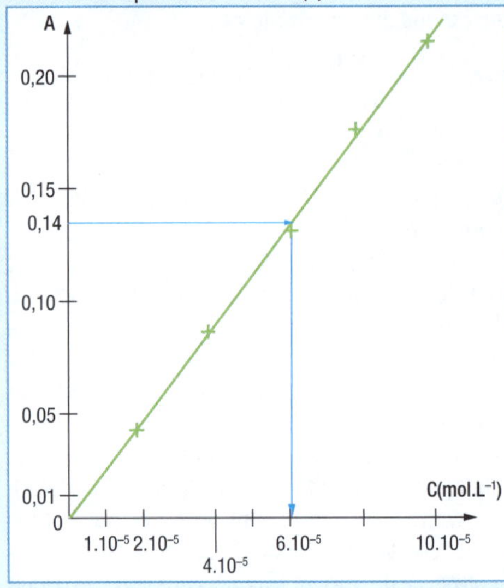

La courbe est une droite qui passe par l'origine, donc A et c sont des grandeurs proportionnelles.

3. Concentration molaire c_{exp} en permanganate de potassium :

A = 0,14, donc on obtient graphiquement $c_{exp} \approx 6,1 \times 10^{-5}\ mol.L^{-1}$

4. D'après l'étiquette, cette eau contient m = 0,0010 g de permanganate de potassium pour un volume V = 0,1 L de solution, donc 0,010 g dans 1 L de solution.

Quantité de matière contenue dans 1 L :

$n = m/M = 0,01/158 = 6,3 \times 10^{-5}$ mol dans 1 L

L'écart relatif vaut :

|(6,3-6,1)|/6,3 =0,2/6,3 = 0,032 = 3,2 %.

Cet écart relatif est très faible.

Chapitre 10

Exercice 1

Énoncé p. 130

1. Faux : si l'acide aminé possède un radical R qui est H, alors le carbone n'est pas asymétrique car il possède deux substituants identiques.

2. Faux : elle est chirale si **elle n'est pas** superposable à son image dans un miroir plan.

3. Vrai : la fonction amine de l'un réagit avec la fonction acide carboxylique de l'autre pour former une fonction amide (liaison peptidique).

4. Vrai :

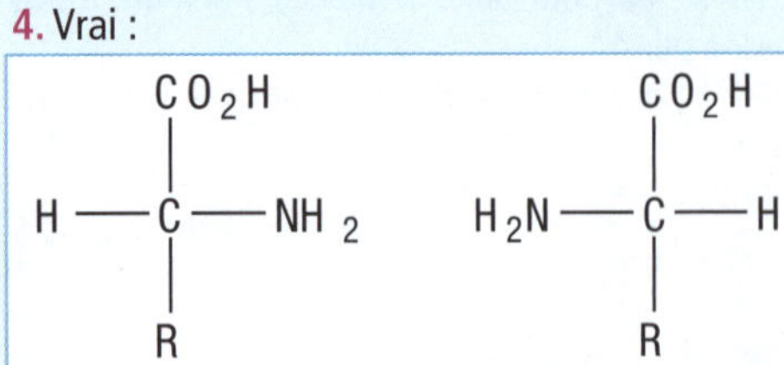

Configuration D **Configuration L**

5. Vrai : il faut une liaison peptidique pour lier deux acides aminés, donc deux liaisons pour en lier trois.

Exercice 2

Énoncé p. 130

1. Sur chaque acide aminé, on retrouve la fonction acide carboxylique et la fonction amine. La thréonine proposée contient une fonction alcool (entourée), en plus de ces deux fonctions.

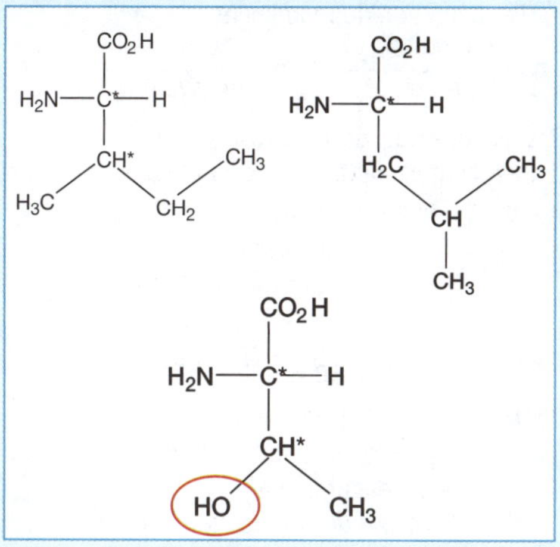

2.

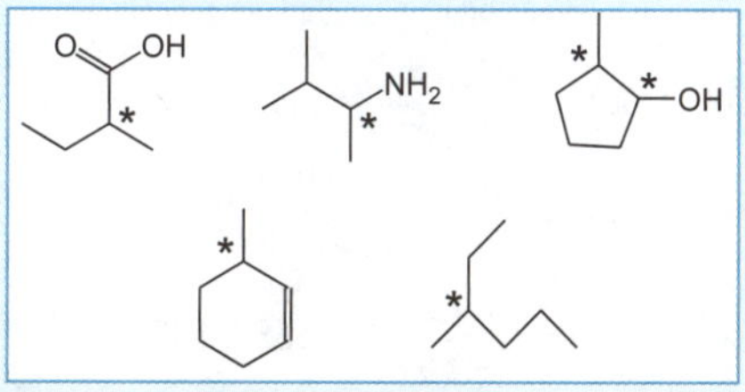

Conseil

Il ne faut pas simplement regarder l'atome directement lié à l'atome de carbone étudié ; l es substituants peuvent commencer par le même enchaînement d'atomes et différer ensuite : ils constituent bien alors des groupes différents.

Exercice 3

Énoncé p. 131

1.

Conseil

On peut ajouter l'atome d'hydrogène manquant pour mieux visualiser dans l'espace. Le couple a) est constitué de deux énantiomères et le couple b) est constitué de deux molécules identiques.

a)

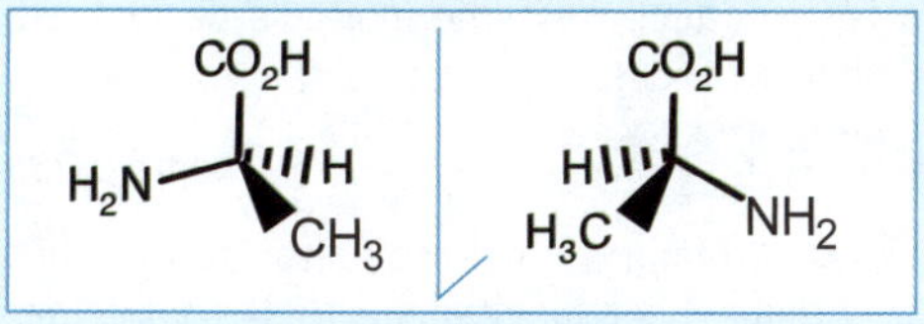

b)

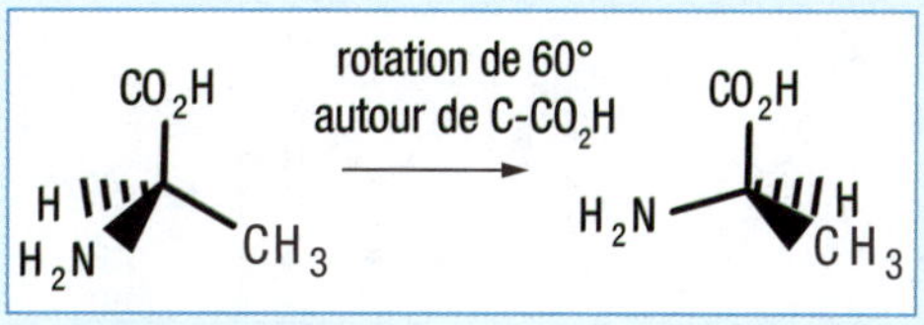

2. a)

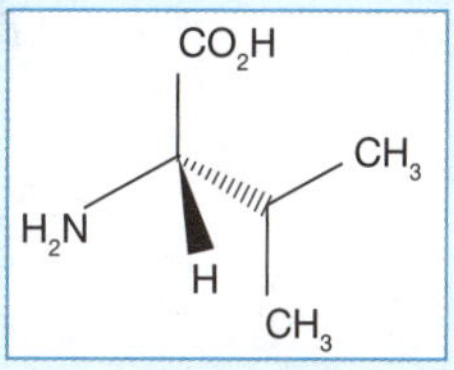

donne en projection de Fischer :

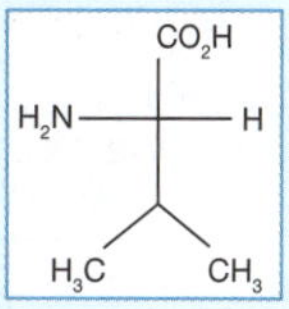

b) Le groupe NH_2 est à gauche ; cet acide aminé appartient donc à la série L.

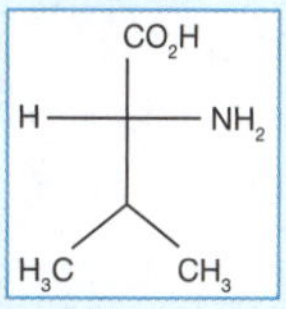

c) Son image est représentée ci-contre en projection de Fischer : elle n'est pas superposable. La valine est donc chirale.

Exercice 4

Énoncé p. 131

1. Avec **deux** acides α-aminés, on peut obtenir **quatre** dipeptides différents. Dans ce cas, les dipeptides obtenus sont, en notant R_1 et R_2 les chaînes latérales respectives de l'arginine et de la tyrosine :

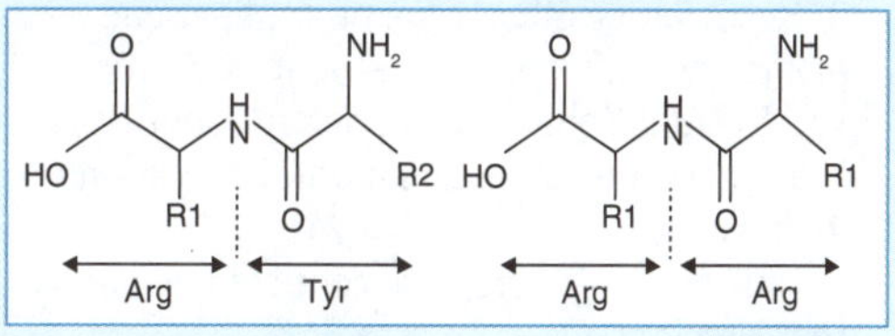

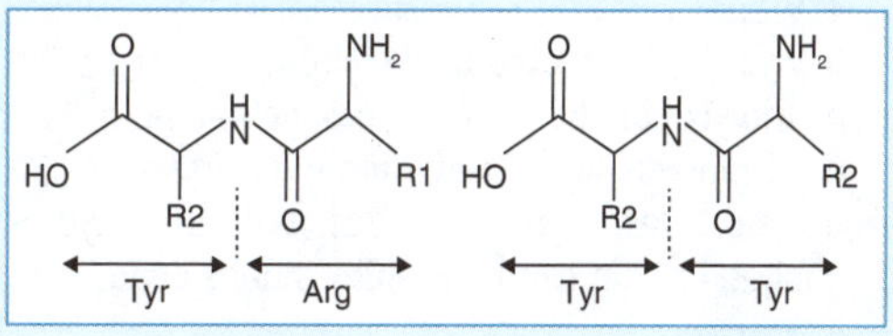

2. D'après l'énoncé, on a donc :

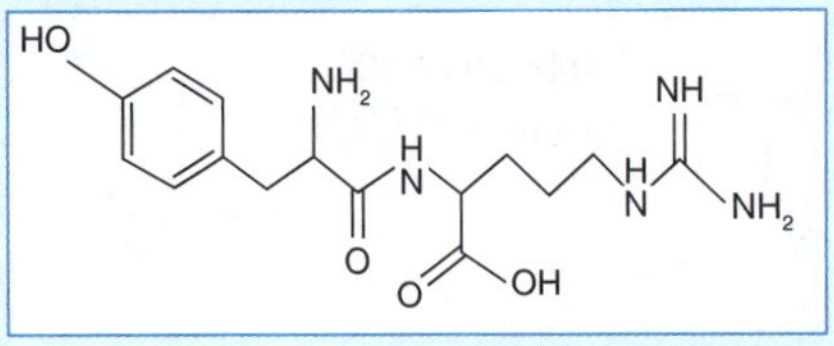

Kyotorphine

Exercice 5

Énoncé p. 131

1.

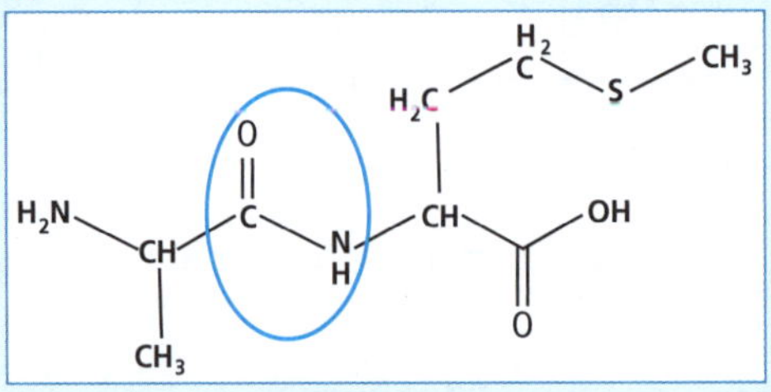

2. La réaction d'hydrolyse s'écrit de la manière suivante :

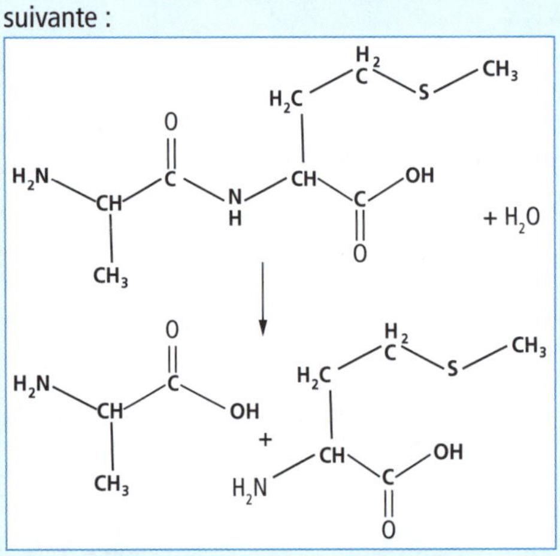

Les acides aminés formés sont l'alanine (R = CH_3) et la méthionine (R = $CH_2CH_2SCH_3$).

Chapitre 11

Exercice 1

Énoncé p. 134

1. Faux : l'acide éthanoïque ne contient que deux atomes de carbone. Le plus petit acide gras est l'acide butanoïque ou butyrique (présent dans le beurre) qui contient quatre atomes de carbone.
2. Vrai car $17 < 2 \times 10 + 1 = 21$.
3. Faux : s'il est saturé, il ne contient que des liaisons simples C-C.
4. Vrai.
5. Vrai : la stœchiométrie de la réaction est 1 mole de triglycéride réagit avec 3 mole d'eau pour donner 1 mole de glycérol et 3 mole d'acide gras.
6. Faux : les lipides sont des molécules hydrophobes. Ils sont très peu solubles dans l'eau.
7. Vrai.

Exercice 2

Énoncé p. 134

1. Les triglycérides possèdent 3 groupes esters, ils appartiennent à la famille des **esters** (plus précisément des triesters).
2. En utilisant la relation de définition de la masse volumique $\rho = \frac{m}{V}$, on obtient :

$m = \rho.V = 0,92 \times 15 = 13,8$ g.

3. Par définition du rendement :

$$\eta = \frac{n(\text{produit})_{exp}}{n(\text{produit})_{max}}, \text{ ici } \eta = \frac{n(\text{savon})_{exp}}{n(\text{savon})_{max}}$$

Détermination de n(savon)$_{exp}$

Expérimentalement, on a récupéré une masse de savon m(savon)$_{exp}$ = 6,6 g.

$$\text{Donc } n(\text{savon})_{exp} = \frac{m(\text{savon})_{exp}}{M(\text{savon})},$$

$$\text{soit } n(savon)_{exp} = \frac{6,6}{304} = 2,2 \times 10^{-2} \text{ mol.}$$

Détermination de n(savon)$_{max}$

D'après l'énoncé, la soude est en excès, donc l'oléine est le réactif limitant.

En tenant compte des nombres stœchiométriques de l'équation de la réaction :

$$n(\text{savon})_{max} = 3.n(\text{oléine})$$

$$\text{Or, } n(\text{oléine})_i = \frac{m(\text{oléine})_i}{M(\text{oléine})},$$

$$\text{ainsi } n(\text{savon})_{max} = 3 \times \frac{m(\text{oléine})_i}{M(\text{oléine})}$$

$$n(\text{savon})_{max} = 3 \times \frac{13,8}{884} = 4,68 \times 10^{-2} \text{mol.}$$

Calcul du rendement :

$$\eta = \frac{2,2.10^{-2}}{4,68.10^{-2}} = 0,47, \text{ soit } 47~\%.$$

Chapitre 12

Exercice 1

Énoncé p. 137

1. c) Les vitamines hydrosolubles seront éliminées si elles sont en excès dans l'organisme. Par contre, les vitamines liposolubles restent stockées dans le foie et deviennent toxiques.
2. b) Faux : le qualificatif de « micro » se réfère non pas à la taille du composé mais à la faible quantité à laquelle on le trouve.
3. c) La vanilline naturelle est extraite de la gousse de vanille, l'éthylvanilline n'existe pas à l'état naturel, c'est une molécule de synthèse uniquement.

Exercice 2

Énoncé p. 138

1. Les vitamines hydrosolubles sont celles du groupe B et la vitamine C. Les vitamines

représentées ici sont hydrosolubles car elles ont des groupements hydrophiles (–OH, –COOH, –NH) et une chaîne carbonée hydrophobe pas trop importante.

2. En cas d'apport excessif, les vitamines hydrosolubles sont éliminées dans les urines. Ce n'est donc pas gênant pour l'organisme.

Exercice 3 *Énoncé p. 138*

Les concentrations sont les mêmes en $mmol.L^{-1}$ et en $mEq.L^{-1}$ pour tous les ions monovalents (z = 1).

Pour les ions divalents : $C_{Ca2+} = \frac{5}{2}$

$= 2,5$ $mmol.L^{-1}$ et $C_{Mg2+} = \frac{2}{2} = 1$ $mmol.L^{-1}$.

Après comparaison, les valeurs sont conformes aux valeurs habituelles.

Exercice 4 *Énoncé p. 138*

1. Le groupe $-O-CH_3$ de la vanilline est remplacé par le groupe $-O-CH_2CH_3$ (on remplace un méthyl CH_3 par un éthyl CH_2CH_3, d'où le nom).

2. C'est exactement la même molécule que la vanilline !

3. a) D'après la relation de proportionnalité :

$A = k \times C$ et $A_0 = k \times C_0$, donc $\frac{A}{A_0} = \frac{C}{C_0}$,

ce qui donne $C = \frac{A.C_0}{A_0}$

$= 9,4$ μmol^{-1}.

b) La formule brute de la vanilline est : $C_8H_8O_3$.
$M = 8 \times 12 + 8 \times 1 + 3 \times 16 = 152$ $g.mol^{-1}$.

c) $C = \frac{n}{V}$ avec V = 0,5 L, donc $n = 9,4.10^{-6} \times 0,5$

$= 4,7.10^{-6}$ mol.
$m = n \times M = 0,71$ mg.
Il y a 0,71 mg de vanilline dans un gramme de sucre vanillé.

d) Pour avoir 0,71 mg de vanilline dans 1 g de sucre vanillé, il faudrait partir de $\frac{1\,000}{25} \times 0,71.10^{-3}$

= 28,4 mg de gousse de vanille. Cela correspond à un pourcentage massique de (28,4/1 000) × 100 = 2,84 %. L'affirmation portée sur l'étiquette n'est donc pas en accord avec le résultat du dosage.

Chapitre 13

Exercice 1 *Énoncé p. 142*

1. a) L'excipient est composé du solvant, de conservateurs, mais pas de la molécule active. Un médicament dit « générique » renferme exactement le même principe actif (la même molécule) que le médicament originel (appelé princeps) mais l'excipient peut être différent.

2. a) Le domaine de longueur d'onde supérieur à celui du visible est l'infra-rouge.

3. b) Seuls les filtres solaires peuvent absorber le rayonnement UV.

4. b) C'est justement l'intérêt d'une molécule hybride, sorte de molécule « tout-en-un » !

Exercice 2 *Énoncé p. 142*

1. La crème laisse passer $\frac{1}{20}^{e}$ des UVB, soit

0,05 × 100 = 5 %. Elle arrête donc 95 % des UVB.

2. La crème doit laisser passer 2 % : $\frac{1}{N}^{e} = 0,02$,

soit N = 50. L'indice de la crème solaire doit être 50.

Exercice 3 *Énoncé p. 142*

1. On peut obtenir $\frac{1,5}{100} \times 50 = 0,75$ g de quinine.

2. Le rendement de l'extraction est de

$\frac{0,100}{0,75} \times 100 = 13,3$ % seulement. C'est un rendement très faible, qui peut justifier le choix de la synthèse de la molécule active en laboratoire plutôt que son extraction du milieu naturel.

Exercice 4 *Énoncé p. 142*

Le solvant est l'eau, aqua ; PEG-4 (polyéthylenglycol) sert de co-solvant.
Sodium laureth sulfate est un tensioactif.
Citric acid est l'acide citrique, qui est un conservateur (anti-oxydant), comme l'acide salicylique.

BIOLOGIE ET PHYSIOPATHOLOGIE HUMAINES

Milieu intérieur et homéostasie

Exercice 1 *Énoncé p. 152*

1. Vrai
2. Faux : la lymphe interstitielle est issue du plasma.
3. Vrai
4. Faux : la lymphe se jette dans le sang au niveau de la veine sous-clavière.
5. Faux : car les protéines ne peuvent pas traverser l'endothélium vasculaire.
6. Vrai

Exercice 2 *Énoncé p. 152*

1. Le plasma est contenu dans le glomérule de Malpighi, l'urine primitive dans la capsule de Bowman et l'urine définitive dans le tube urinifère.

2. Le plasma et l'urine primitive du patient A ont la même composition chimique à l'exception des protéines. Ces dernières sont présentes dans le plasma et absentes dans l'urine. Le rein permet la filtration des petites molécules contenues dans le plasma dans l'urine primitive.
3. On remarque que le glucose est absent dans l'urine définitive alors que sa concentration dans l'urine primitive était de 5 $mmol.L^{-1}$. Le glucose a donc été réabsorbé dans le plasma sanguin. La concentration en sodium est plus élevée dans l'urine définitive que dans l'urine primitive (200 contre 139 $mmol.L^{-1}$). Le rein a concentré le sodium du fait de la réabsorption de l'eau. L'ammonium, quant à lui, est absent de l'urine primitive. Il est apparu dans l'urine définitive. L'ammonium a donc été sécrété au niveau du tube distal. Le rein a donc une fonction de filtration, de réabsorption et de sécrétion.
4. Le patient B présente du glucose et des protéines dans ses urines : glycosurie et protéinurie.

Exercice 3

Énoncé p. 152

1. Le pancréas intervient dans la régulation de la glycémie et la digestion.
2. La greffe de pancréas à distance rétablit la glycémie, donc le pancréas agit par voie sanguine par l'intermédiaire d'un message hormonal pour rétablir le taux de glucose sanguin.
3. La destruction des îlots de Langerhans entraîne une hyperglycémie. Ces derniers sont donc responsables du maintien de la glycémie.
Le pancréas possède une fonction endocrine. Les îlots de Langerhans synthétisent et sécrètent une hormone, l'insuline : hormone hypoglycémiante.
4. L'administration de sucs pancréatiques élimine les troubles digestifs, donc le pancréas sécrète les sucs pancréatiques nécessaires à la digestion.
5. La ligature des canaux pancréatiques entraîne des troubles digestifs. Ces derniers permettent le transport des sucs pancréatiques. Les acini ont un rôle dans la digestion.
Le pancréas possède donc une fonction exocrine en synthétisant et sécrétant les sucs pancréatiques.

Exercice 4

Énoncé p. 153

1. On remarque sur le document 1 que le taux de glucose est supérieur à la normale. Mme S présente une hyperglycémie.
En comparant les deux graphiques du document 2, on remarque que Mme S présente, avant l'ingestion de glucose, une glycémie de 6,5 mmol/L, supérieure au sujet non diabétique (5,5 mmol/L). À la suite de l'ingestion de glucose, la glycémie de Mme S augmente pendant 90 minutes jusqu'à 12 mmol/L tandis que, pour un sujet sain, celle-ci augmente pendant 60 minutes pour atteindre un taux de 8 mmol/L. Ensuite, la glycémie de Mme S diminue lentement par rapport à celle d'un sujet non diabétique mais n'est toujours pas revenue à son taux initial au bout de 180 minutes alors que celle d'un sujet sain revient à la normale au bout de 150 minutes. Cela indique que la régulation de la glycémie est plus lente et insuffisante chez Mme S. Le glucose n'est pas mis en réserve et reste dans le sang. Ce test HGPO confirme que Mme S présente un diabète gestationnel ; elle reste en hyperglycémie.
2. L'insulino-résistance est due à une diminution de la capacité des cellules cibles à capter l'insuline, ce qui entraîne une diminution de la pénétration du glucose dans les cellules hépatiques, musculaires et adipeuses.
3. L'insuline est sécrétée par les cellules β des îlots de Langerhans dans le pancréas. Linsuline a pour rôle de diminuer le taux de glucose sanguin en favorisant la présence de récepteurs au glucose à la surface des cellules cibles et donc la mise en réserve du glucose ; c'est une hormone hypoglycémiante.

Exercice 5

Énoncé p. 153

1. La concentration en glucose est la même dans le plasma et dans l'urine contenue dans la capsule de Bowman (urine primitive). Ce résultat est observé aussi bien chez un sujet sain que chez un sujet diabétique. On peut en conclure que le glucose a été filtré. Tout le glucose a diffusé du plasma dans l'urine primitive.
2. Chez le sujet sain, on remarque que le glucose présent dans l'urine de la capsule de Bowman est absent dans l'urine du tube collecteur. Le glucose a donc été réabsorbé.
Chez le sujet diabétique, la concentration en glucose dans l'urine du tube collecteur est inférieure à celle dans l'urine de la capsule de Bowman (1,4 g/L contre 2,9 g/L). Cela nous indique que le glucose n'a pas été totalement réabsorbé et qu'une partie est restée dans l'urine définitive. On observera une glycosurie associée à une hyperglycémie.

Système immunitaire et défense de l'organisme

Exercice 1

Énoncé p. 168

1. Faux : une bactérie comprend une seule cellule.
2. Vrai

3. Faux : une bactérie se multiplie par division simple après réplication de l'ADN.
4. Faux : l'ADN est libre dans le cytoplasme.
5. Vrai
6. Vrai

Exercice 2

Énoncé p. 168

1. Une bactérie est dite « résistante vis-à-vis d'un antibiotique » lorsqu'elle est capable de se multiplier en la présence cet antibiotique. Celui-ci est inefficace.
2. Le diamètre d'inhibition observé pour l'amoxicilline est de 20 mm. Il est compris entre *d* (16 mm) et *D* (23 mm), donc la bactérie est dite intermédiaire à cet antibiotique.
Le diamètre d'inhibition observé pour l'amoxicilline + l'acide clavulanique est de 30 mm. Il est supérieur à *D* (23 mm), donc la bactérie est sensible à l'association des deux antibiotiques : l'amoxicilline et l'acide clavulanique. L'effet est potentialisé.
Le diamètre d'inhibition observé pour l'érythromycine est de 8 mm. Il est inférieur à *d* (10 mm), donc la bactérie est résistante à cet antibiotique.
Mme X devra prendre comme antibiotique l'addition de deux antibiotiques (l'amoxicilline et l'acide clavulanique) pour pouvoir guérir le plus rapidement possible.

Exercice 3

Énoncé p. 168

1. Vrai : les virus sont des éléments reconnus comme étrangers à l'organisme.
2. Faux : les hématies interviennent, entre autres, dans le transport des gaz respiratoires. Ce sont les lymphocytes qui interviennent dans la réponse immunitaire spécifique.
3. Faux : les marqueurs du soi sont situés sur la membrane cellulaire.
4. Faux : les cellules sanguines sont produites par la moelle osseuse.
5. Vrai : la réaction inflammatoire est la première réponse observée à la suite de l'introduction d'un élément étranger.
6. Faux : la lyse cellulaire est assurée par les lymphocytes T cytotoxiques.

Exercice 4

Énoncé p. 169

L'irradiation de la moelle osseuse détruit toutes les cellules immunitaires dont les lymphocytes. La greffe de moelle osseuse permet la réapparition des lymphocytes B et lymphocytes T dans le sang (souris A), donc la moelle osseuse produit des lymphocytes.
La greffe de moelle osseuse, à la suite de la thymectomie et de l'irradiation, permet la réapparition uniquement des lymphocytes B dans le sang (souris B). L'ablation du thymus empêche l'apparition des lymphocytes T. Le thymus intervient donc dans la présence des lymphocytes T et la moelle osseuse intervient dans la présence des lymphocytes B.
Conclusion : la moelle osseuse permet la production de lymphocytes. La maturation des lymphocytes en lymphocytes B s'effectue dans la moelle osseuse, celle des lymphocytes T dans le thymus.

Exercice 5

Énoncé p. 169

1. **A** Margination **B** Diapédèse
C Vasodilatation du capillaire sanguin
1 Bactérie **2** Hématie
3 Monocyte **4** Polynucléaire
5 Vaisseau sanguin **6** Lymphocyte
2. Les symptômes sont une chaleur, un gonflement (œdème), une douleur et une rougeur. L'exsudat plasmatique a entraîné un œdème, d'où le gonflement de la peau. Ce gonflement comprime les terminaisons nerveuses, provoquant le phénomène de douleur. La rougeur est due à la vasodilatation du vaisseau sanguin. L'organisme réagit en sécrétant des molécules pyrogènes, sources de chaleur.

Exercice 6

Énoncé p. 169

À la suite de la thymectomie et de l'irradiation, les souris ne produisent plus de cellules immunitaires. Dans le lot 1, les LB seuls sont capables de produire une faible quantité d'anticorps. Dans le lot 2, les LT4 activés seuls sont incapables de produire des anticorps. Dans le lot 3, l'association des LB et des LT4 activés permet une production importante d'anticorps.
Les LB sont les cellules productrices d'anticorps. Les LT4 activés coopèrent avec les LB pour permettre une production en grande quantité d'anticorps.

Exercice 7

Énoncé p. 170

1. Le lot 1 est un lot témoin. Toutes les cellules immunitaires sont présentes chez les souris.
2. Les souris du lot 2 ne possèdent plus de LT8 et les souris du lot 3 de LB. On remarque que, dans les deux cas, les souris mettent entre 10 et 14 jours pour éliminer le virus, temps supérieur d'au moins 3 jours à une souris témoin. Par contre, le taux de survie est de 100 % pour le lot 3 (LT8 + LT4) contre 50 % pour le lot 2 (LT4 + LB). La réaction immunitaire la plus efficace contre un virus est la réponse immunitaire cellulaire. Les LT8 activés par les LT4 se transforment en LTc, entraînant la lyse des cellules infectées et la destruction du virus.

La réponse humorale permet, en association avec la réponse cellulaire, de réduire le temps d'élimination du virus.

3. Les souris du lot 4 ne possèdent plus de LT4 et les souris du lot 5 ne possèdent que des LT4. Dans les deux cas, toutes les souris meurent et le virus est toujours présent. On en déduit que les LT8 et les LB ont besoin des LT4 pour pouvoir s'activer et assurer leur rôle respectif. Il y a coopération cellulaire.

Exercice 8

Énoncé p. 170

1. Après la contamination par le virus de la grippe, la virémie augmente brutalement pendant une semaine. On observe l'apparition des symptômes montrant que le système immunitaire est en train de se défendre. Ceci est confirmé par l'augmentation progressive de la production d'anticorps anti-HA. Les Ac vont inactiver le virus, entraînant une diminution de la virémie et des symptômes. Lorsque la virémie est nulle, la concentration en anticorps va alors diminuer.

2. Lors de la vaccination, la réponse immunitaire humorale va mettre une semaine à se mettre en place. La concentration en anticorps anti-HA va augmenter légèrement durant une semaine. Lors du contact avec le virus, la réponse humorale est immédiate, la concentration en anticorps anti-Ha augmente brutalement et a un taux cinq fois supérieur à celui observé lors de la vaccination. La virémie reste très faible, le virus est inactivé immédiatement. Il n'y a aucun symptôme de la grippe. La concentration en anticorps va diminuer progressivement au bout de trois semaines.

La réponse primaire est tardive avec une production faible d'anticorps. La réponse secondaire est immédiate, avec une forte production d'anticorps, et durable dans le temps.

Exercice 9

Énoncé p. 171

Le bilan sanguin comprend une analyse des cellules sanguines ainsi qu'une analyse biochimique.

L'hématocrite (rapport entre le volume des cellules sanguines et le volume sanguin) est de 41,7 %. Il est compris dans les valeurs de référence.

Le nombre d'hématies est dans la normale. Mme X présente également un taux d'hémoglobine normal, de 12,1 $g.dL^{-1}$. Il n'y a donc pas d'anémie.

Par contre, le taux de leucocytes (cellules immunitaires) et de plaquettes (coagulation du sang) est augmenté. La patiente présente donc une hyperleucocytose et une thrombocytose. Cela traduit l'inflammation et la formation de caillot observées lors de la phlébite.

La glycémie est normale à 0,9 $g.L^{-1}$ et son taux de cholestérol est supérieur à la normale (> à 2 $g.L^{-1}$).

Mme X présente une hypercholestérolémie, facteur favorisant l'apparition de la phlébite.

Appareil reproducteur et transmission de la vie

Exercice 1

Énoncé p. 187

1. Vrai
2. Faux : les spermatozoïdes sont transportés dans l'épididyme.
3. Faux : les ovocytes sont des cellules haploïdes.
4. Faux : elle a lieu en continu dès la puberté.
5. Vrai
6. Vrai
7. Faux : les cellules de Leydig sont situées entre les tubes séminifères.

Exercice 2

Énoncé p. 187

1. Titre : Schéma d'une portion de tube séminifère

❶ Vaisseau sanguin ❷ Cellule de Leydig
❸ Spermatogonie ❹ Spermatocyte I
❺ Spermatocyte II ❻ Spermatide
❼ Cellule de Sertoli ❽ Spermatozoïde
❾ Lumière

Partie A : Tissu interstitiel
Partie B : Paroi du tube séminifère

2. Les cellules de Sertoli sécrètent des nutriments nécessaires aux spermatozoïdes. Les cellules de Leydig synthétisent et sécrètent la testostérone.

3. Lors de la fécondation, le spermatozoïde pénètre dans l'ovocyte. Ces deux cellules doivent donc être haploïdes, c'est-à-dire à n chromosomes pour, lors de la fusion des noyaux, devenir une cellule diploïde ($2n$ chromosomes).

Exercice 3

Énoncé p. 187

❶ Trompe de Fallope
❷ Pavillon
❸ Ovaire
❹ Cavité utérine
❺ Col de l'utérus
❻ Vagin

Exercice 4

Énoncé p. 188

1. Titre : Schéma d'une coupe partielle d'ovaire

❶ Ovocyte I
❷ Cellules folliculaires : granulosa
❸ Thèque interne ❹ Antrum

2. L'ovocyte II est expulsé du follicule de De Graaf.

Exercice 5

Énoncé p. 188

1. b), c) et d)
2. b)
3. a) et d)
4. a) et c)

Exercice 6

Énoncé p. 189

1. **Expérience 1** : l'ablation de l'hypophyse montre un arrêt des cycles ovariens. L'hypophyse agit donc sur les ovaires.
Expérience 2 : l'injection de FSH à ces souris sans hypophyse provoque la folliculogenèse au sein de l'ovaire ; on en conclut que la FSH agit sur les ovaires par voie sanguine. La FSH est une hormone.
Expérience 3 : l'injection de FSH et de LH à ces mêmes souris entraîne un cycle ovarien complet, c'est-à-dire l'ovogenèse et la folliculogenèse. Cela confirme l'expérience précédente sur le rôle de la FSH et indique que la LH agit sur l'ovulation.
Expérience 4 : la stimulation des neurones hypothalamiques entraîne une libération de LH et de FSH par l'hypophyse. Ces neurones sécrètent la Gn-RH qui va agir sur l'hypophyse.

2.

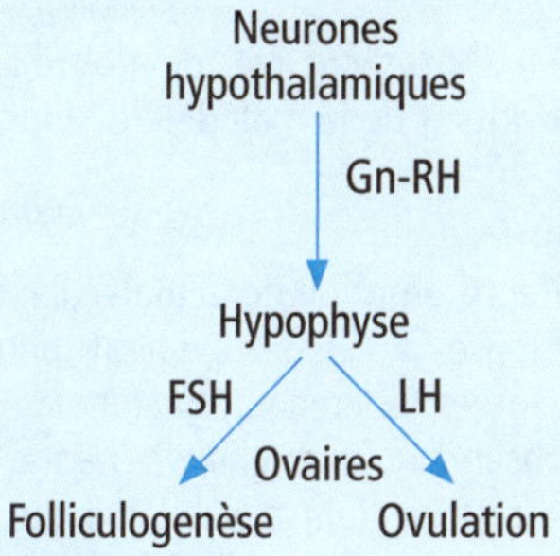

Exercice 7

Énoncé p. 189

1. L'absence de testicules provoque une stérilité et une absence de développement des caractères sexuels primaires et secondaires. En accord avec l'observation b), les testicules jouent un rôle dans la production des spermatozoïdes et le développement des caractères sexuels primaires et secondaires.
Une greffe de testicules ou une injection d'extraits testiculaires rétablit le développement des caractères sexuels secondaires, donc ceux-ci sont sous la dépendance d'une hormone sécrétée par les testicules dans le sang.
Les testicules sont des glandes amphicrines : elles assurent la production des spermatozoïdes et de la testostérone.

2. On mesure les variations de concentration de LH à la suite de la castration et de l'injection de testostérone chez un singe.
Avant la castration, la concentration de LH est constante à 5 $ng.mL^{-1}$. Après la castration, le taux de LH augmente jusqu'à 20 $ng.mL^{-1}$. Les testicules inhibent donc la sécrétion de LH par l'hypophyse.
À la suite des injections de testostérone, le taux de LH diminue pour revenir à la normale au bout de cinq jours. La testostérone freine la sécrétion de LH par l'hypophyse.
La testostérone, sécrétée par les testicules, exerce un rétrocontrôle négatif sur la sécrétion de LH par l'hypophyse. Cette régulation permet de maintenir le taux sanguin de testostérone constant.

Exercice 8

Énoncé p. 190

Le document 1 nous indique que, sous prise de pilule, au 14e jour du cycle, la glaire cervicale est plus épaisse. Celle-ci empêche donc les spermatozoïdes de passer et de pénétrer dans l'utérus.
Dans le document 2, nous pouvons observer que, lors de la première partie du cycle, la vitesse des spermatozoïdes dans la glaire lors d'un cycle sans pilule est environ 12 fois supérieure à celle lors d'un cycle sous pilule progestative. Sans pilule, l'endomètre est peu épais alors qu'il est atrophié sous pilule. Dans la deuxième partie du cycle, les modifications concernent surtout l'endomètre qui, sous pilule, reste atrophié alors que l'on note son épaississement et sa vascularisation lors d'un cycle naturel. La vitesse des spermatozoïdes reste relativement faible.
La pilule progestative entraîne donc une augmentation de la glaire cervicale qui devient imperméable aux spermatozoïdes et une atrophie de l'endomètre. Celui-ci ne pourra pas accueillir un éventuel œuf.

Exercice 9

Énoncé p. 191

1. Faux : le caryotype étudie les chromosomes.
2. Faux : l'amniocentèse permet de prélever le liquide amniotique.
3. Vrai
4. Vrai
5. Vrai

Exercice 10

Énoncé p. 191

1. M. X ne présente pas d'asthénospermie car la mobilité de ses spermatozoïdes est supérieure à la valeur de référence (70 % > 40 %). Il ne présente pas non plus de tératospermie. Les formes anormales ne représentent que 20 % et sont donc bien < 50 %, conformément à la valeur de référence. Par contre, M. X présente une oligospermie, c'est-à-dire une diminution du nombre de spermatozoïdes présents dans l'éjaculat : 6 $millions.L^{-1}$ contre une valeur de référence > 20 $millions.L^{-1}$.

2. a) L'insémination intra-utérine ou IIU consiste à injecter, à la suite d'une stimulation ovarienne, des spermatozoïdes au fond de l'utérus afin d'augmenter les chances de fécondation.
b) Les injections quotidiennes de FSH vont entraîner le développement de nombreux follicules

primordiaux vers les follicules de De Graaf. La β hCG ayant le même rôle que la LH, elle va déclencher l'ovulation, donc la présence de plusieurs ovocytes.

c) Chez la femme, l'ovulation a lieu au quatorzième jour du cycle. Le quinzième jour, le follicule de De Graaf ayant expulsé l'ovocyte se transforme en corps jaune. Celui-ci va sécréter de la progestérone qui va agir sur l'utérus. La muqueuse utérine va se développer afin de recevoir l'œuf fécondé à la suite de l'IIU.

Gènes et transmission de l'information génétique

Exercice 1

Énoncé p. 202

On remarque que, quel que soit l'organisme, l'ADN est toujours composé des 4 bases azotées que sont l'adénine, la thymine, la cytosine et la guanine (A, T, C, G).

Quel que soit l'organisme, les quantités de thymine sont voisines de celles de l'adénine et les quantités de cytosine voisines de celles de la guanine.

Comme l'ADN est une molécule double brin, on en déduit que l'adénine s'associe avec la thymine et que la cytosine s'associe avec la guanine.

Exercice 2

Énoncé p. 202

1. Une guanine en position 7 a été remplacée par une adénine. Il s'agit d'une mutation par substitution.

2. *Transcription*

ARNm individu sain : AUG CCC CGA AUU CCC

ARNm individu malade : AUG CCC UGA AUU CCC

Traduction

Protéine individu sain : Met-Pro-Arg-Ile-Pro

Protéine individu malade : Met-Pro (stop)

La mutation a entraîné la formation d'un codon stop (UGA) au niveau de l'ARNm. La protéine ne peut être synthétisée entièrement. Elle a perdu sa fonction.

Exercice 3

Énoncé p. 202

1. L'enfant II3 est malade. Ses parents I1 et I2 sont sains. Ils lui ont donc transmis chacun un allèle atteint. Le mode de transmission de la maladie de Bloom est donc récessif. L'allèle sain domine l'allèle atteint.

On notera l'allèle sain S et l'allèle atteint blm.

2. **Hypothèse 1** : l'allèle atteint est porté par le chromosome Y.

Non, car l'individu féminin III4 est atteinte par la maladie.

Hypothèse 2 : l'allèle atteint est porté par le chromosome X.

Une fille atteinte (III4) aurait pour génotype (Xblm//Xblm). Donc, son père II5 aurait pour génotype (Xblm//Y). Il serait donc malade. Or, dans l'arbre, il est sain ; donc l'hypothèse est fausse.

L'allèle atteint est porté par un autosome.

3. Génotype de I2 : (S//blm). Elle est saine mais a un enfant malade. Elle lui a transmis l'allèle atteint.

Génotype de II3 : (blm//blm). Il est atteint par la maladie.

4. Les deux parents III2 et III3 sont hétérozygotes (S//blm) car ils ont déjà un enfant atteint.

Échiquier de croisement :

III3 \ III2	S	blm
S	S // S	S // blm
blm	S // blm	blm // blm

Le couple a 25 % de risques de mettre au monde un enfant atteint de la maladie de Bloom.

Exercice 4

Énoncé p. 203

1. Titre : Représentation de la molécule d'ADN.

1 Désoxyribose **2** Groupement phosphate

3 Bases azotées (adénine et guanine)

2. A : on observe qu'une cellule a changé d'aspect. L'ADN de cette cellule a subi une ou plusieurs mutations. C'est la **phase d'initiation**.

B : on observe une multitude de cellules transformées (**dysplasie**). La cellule mutée s'est multipliée. Ces divisions cellulaires deviennent incontrôlées ; on observe la formation d'un foyer primitif : c'est la **phase de promotion**.

C : de nouveaux vaisseaux sanguins se forment et viennent irriguer la masse cancéreuse. C'est la **phase d'angiogenèse** : cancer *in situ*.

D : la tumeur grossit, des cellules mutées tumorales, issues du foyer primitif, passent dans la circulation sanguine et iront former des métastases (foyers cancéreux secondaires). C'est la **phase d'invasion**.

Une tumeur est donc une prolifération incontrôlée de cellules formant une masse cellulaire autonome.

3. Le médicament anti-angiogénique permet de bloquer un facteur, le VEGF, facteur stimulant la vascularisation de la tumeur. La tumeur sera donc moins vascularisée. Cela entraînera une diminution de l'apport en nutriments et en dioxygène aux cellules tumorales. La croissance de la tumeur sera ainsi ralentie.

Sujet du Bac

Épreuve de chimie-biologie et physiopathologie humaines

Corrigé p. 226

Première partie : chimie (sur 20 points)

Exercice 1 Autour du lait

Le lait est un milieu complexe, constitué de glucides (comme le lactose, présent de 4 à 8 % en masse), de matières grasses (comme les triglycérides), de protéines, de vitamines et d'ions minéraux (sodium, potassium, calcium, magnésium et chlorure).
Le pH d'un lait frais est d'environ 6,7 ; ce lait contient peu d'acide lactique. Lorsqu'on ouvre une bouteille de lait, les bactéries présentes dans l'air s'y introduisent et dégradent lentement le lactose en acide lactique. Au bout d'un certain temps, le lait devient impropre à la consommation.

1 L'acide lactique et ses stéréoisomères

Formule semi-développée de l'acide lactique :

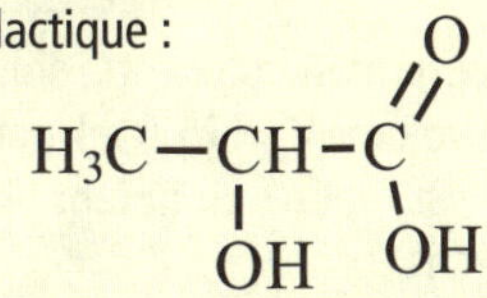

1.1 Recopier la formule semi-développée de l'acide lactique sur la copie et repérer par un astérisque l'atome de carbone asymétrique. Cette molécule est-elle chirale ? Justifier la réponse.

1.2 Quelle est la relation de stéréochimie entre les deux stéréoisomères évoqués dans le document 1 ?

1.3 Entourer les fonctions chimiques présentes. Nommer ces fonctions.

Document 1 : les deux stéréoisomères de l'acide tartrique

L'acide (2R)-lactique est représenté sur l'image de gauche. Ce composé a été découvert par Scheele dans le lait laissé longtemps à l'air (on dit que « le lait est tourné »). L'acide (2S)-lactique est représenté sur l'image de droite. On le trouve dans le sang. Son accumulation dans les muscles, chez les sportifs soumis à un long effort, est à l'origine des crampes.

L'acide (2R)-lactique	L'acide (2S)-lactique
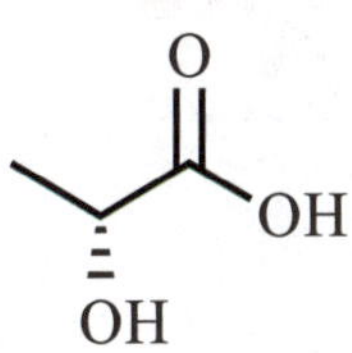	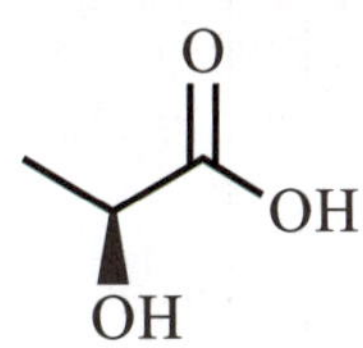

2 Le dosage de l'acide lactique dans un lait

On se propose de vérifier la fraîcheur d'un lait dont la bouteille a été ouverte depuis 8 jours et placée dans un réfrigérateur à la température de 5 °C.
Pour doser la quantité d'acide lactique dans ce lait, on réalise un titrage par une solution S_1 d'hydroxyde de sodium $Na^+(aq)$, $OH^-(aq)$, de concentration $C_1 = 5{,}0.10^{-2}$ mol.L^{-1}.
Cette solution titrante doit être fraîchement préparée à partir d'une solution S_0 plus concentrée présente au laboratoire, de concentration égale à $C_0 = 5{,}0.10^{-1}$ mol.L^{-1}.
On souhaite préparer un volume de $V_1 = 50{,}0$ mL de solution S_1.

2.1 Proposer un protocole précis à suivre au laboratoire pour préparer la solution diluée S_1, en précisant la verrerie utilisée à choisir dans le document 2.

Document 2 : la verrerie usuelle du laboratoire de chimie

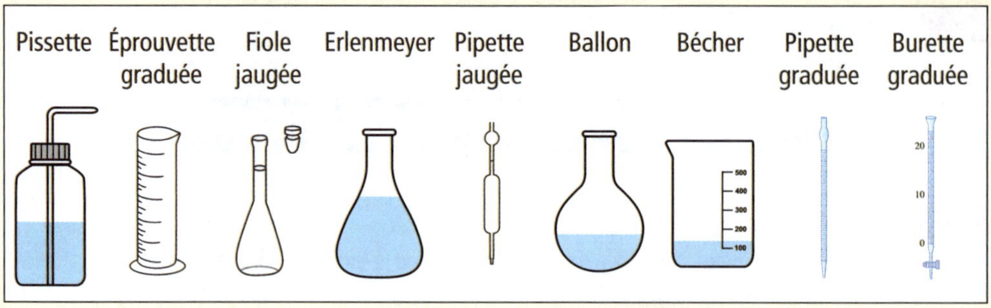

La solution S_0 porte le pictogramme de sécurité suivant :  **Corrosif**

2.2 Indiquer l'équipement nécessaire pour manipuler cette solution au laboratoire.

Le dosage d'un échantillon A de lait de volume $V_A = 25{,}0$ mL par la solution B d'hydroxyde de sodium de concentration $C_1 = 5{,}0.10^{-2}$ mol.L^{-1} est réalisé. En notant pour simplifier RCOOH l'acide lactique, l'équation de la réaction de dosage s'écrit :

$$RCOOH + HO^- \rightarrow RCOO^- + H_2O$$

La courbe de titrage est donnée ci-dessous (document 3). On repère le volume versé à l'équivalence, V_E, qui correspond au volume pour lequel on observe un brutal saut de pH.

2.3 a) Quel est le pH du lait avant le début du titrage ? Est-ce un milieu acide ou basique ? Peut-il s'agir d'un lait frais ?

b) Lire graphiquement V_E.

c) Déterminer la concentration molaire C_A en acide lactique dans le lait.

Document 3 : la courbe de titrage de 25 mL de lait par la solution d'hydroxyde de sodium S_1 (tracé du pH en fonction du volume V de solution S_1 versé)

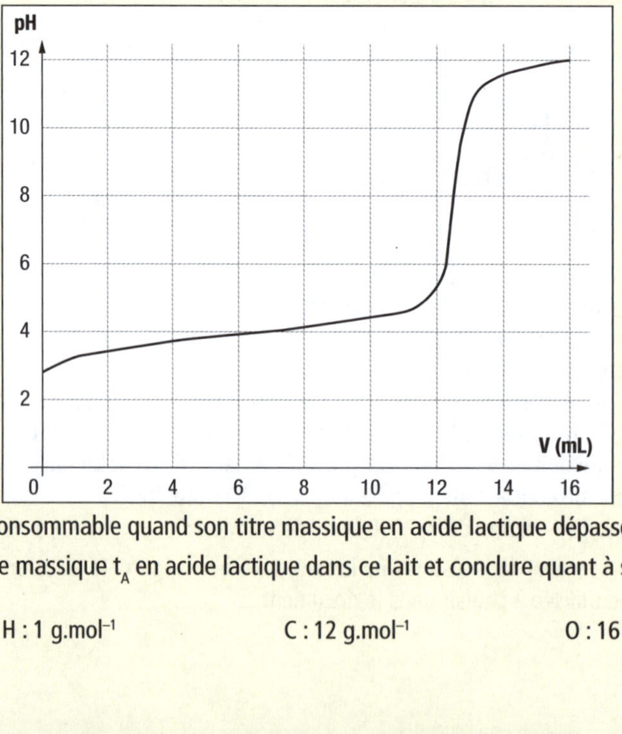

Le lait n'est plus consommable quand son titre massique en acide lactique dépasse 1,8 g.L^{-1}.

2.4 Calculer le titre massique t_A en acide lactique dans ce lait et conclure quant à sa qualité.

Données

Masses molaires : H : 1 g.mol^{-1} C : 12 g.mol^{-1} O : 16 g.mol^{-1}

3 Les vitamines du lait

Le lait contient notamment les vitamines A, B2 et D. Leurs formules sont données dans le tableau ci-dessous.

Nom	Vitamine A	Vitamine B2	Vitamine D
Structure moléculaire	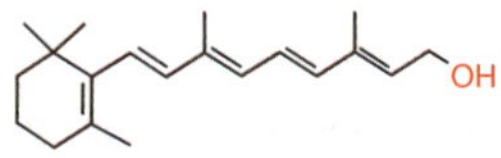	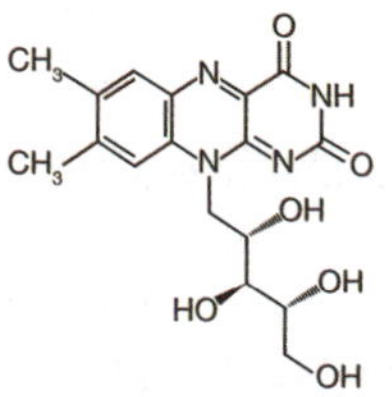	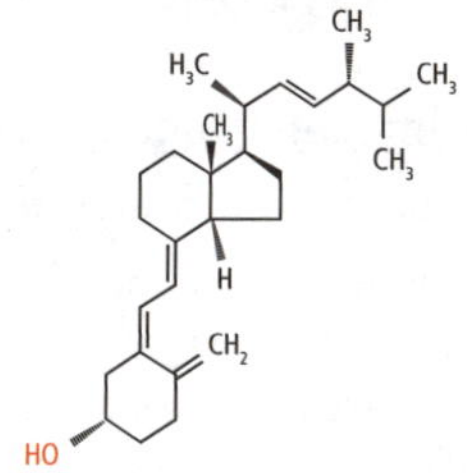
Besoins quotidiens	1,5 mg	1,6 mg	0,025 mg

3.1 D'après l'examen de leur structure moléculaire, classer ces trois vitamines dans l'une des deux catégories suivantes : vitamine hydrosoluble/vitamine liposoluble en justifiant la réponse.

3.2 En déduire la ou les vitamines dissoutes dans l'eau du lait et la ou les vitamines dissoutes dans la matière grasse du lait.

On trouve les informations suivantes pour 2 types de lait *:*

Type de lait (100 g)	Vitamine A (µg)	Vitamine B2 (mg)	Vitamine D (µg)
Lait écrémé UHT	0	0,16	0
Lait ½ écrémé UHT	23	0,17	0,03

3.3 Ces informations sont-elles cohérentes avec votre réponse à la question **3.2** ? Justifier la réponse.

Exercice 2 Examens médicaux

À la suite d'un problème de santé, un patient doit subir une série d'examens médicaux dont une scintigraphie cardiaque et une échographie Doppler.

1 L'étude des vaisseaux et des flux sanguins

Cet examen peut être réalisé par une échographie Doppler ou une angiographie.

Document 1 : l'angiographie pour visualiser les vaisseaux sanguins

L'angiographie est un examen qui utilise un rayonnement électromagnétique de très haute fréquence ($f = 5{,}0.10^{17}$ Hz) et un produit de contraste à base d'iode. Son principe consiste à rendre observables les vaisseaux artériels ou veineux. Un cathéter est introduit dans le vaisseau pour injecter le produit de contraste qui se mélange au sang : le système vasculaire devient observable sur les clichés radiologiques grâce aux propriétés radio-opaques de l'iode.

www.nemoscan.fr.

1.1 Déterminer la longueur d'onde associée au rayonnement utilisé lors d'une angiographie (document 1).

Donnée

$c = 3{,}0.10^8$ m.s^{-1}

1.2 À l'aide du document 2, déterminer le type de rayonnements utilisés lors d'une angiographie.

Document 2 : la nature du rayonnement en fonction de sa longueur d'onde

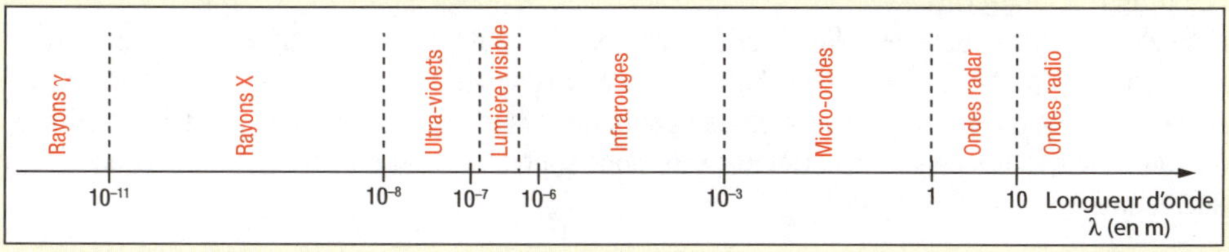

1.3 À l'aide de vos connaissances sur la radiographie, expliquer en quelques lignes pourquoi, lors d'une angiographie, les vaisseaux sanguins apparaissent clairs sur les clichés.

1.4 Quelle est la nature des ondes utilisées lors d'une échographie Doppler ?

1.5 Justifier le fait qu'on utilise de préférence, dans un premier temps, l'échographie Doppler à l'angiographie.

2 L'imagerie fonctionnelle

Document 3 : l'imagerie fonctionnelle par scintigraphie

La scintigraphie myocardique est un examen qui permet d'évaluer la perfusion myocardique (c'est-à-dire la qualité de l'irrigation par les artères, les coronaires), et ainsi de faire le diagnostic d'une maladie coronaire. Les explorations scintigraphiques sont rendues possibles par l'injection d'une substance radioactive particulière, un traceur radioactif. Un détecteur spécial (le scintigraphe) enregistre la distribution de la substance injectée dans les différentes parties de l'organe examiné. Cette répartition est visualisée sous la forme d'une série de points « scintillants » correspondant aux zones marquées par le produit radioactif.
La dose de radioactivité est maintenue faible pour minimiser les risques liés à l'irradiation.

www.fedecardio.org.

Document 4 : les produits de traçage pour la scintigraphie

On peut utiliser de l'iode de numéro atomique 53, dont deux isotopes : ^{123}I et ^{131}I sont radioactifs et émetteurs de rayonnement γ. La période radioactive (ou demi-vie) de ^{123}I est de l'ordre de 13 heures, celle de ^{131}I est d'environ 8 jours.
Les noyaux radioactifs sont considérés totalement désintégrés au bout de 20 périodes radioactives (ou demi-vies).
D'autres traceurs tels que le technicium ou le thallium sont aussi utilisés.

2.1 Donner la composition du noyau ^{131}I.

2.2 L'équation de désintégration de l'iode 131 est donnée ci-dessous. Identifier la nature de l'émission radioactive.

$$^{131}_{53}I \rightarrow ^{131}_{54}Xe + ^{0}_{-1}e$$

2.3 Définir la période (ou demi-vie) d'un isotope radioactif.

2.4 Indiquer, en justifiant, lequel des deux isotopes de l'iode est le plus adapté à l'imagerie médicale.

Deuxième partie : biologie et physiopathologie humaines chimie (sur 20 points)

La pancréatite chronique héréditaire

La pancréatite chronique héréditaire est une maladie génétique rare. Sa prévalence est de 6/100 000. Elle se caractérise par une inflammation du pancréas due à sa destruction par diverses enzymes dont la trypsine. Les premiers symptômes apparaissent vers 10 ans. Les symptômes sont principalement des douleurs pancréatiques. Au cours du temps apparaissent des calcifications pancréatiques, une insuffisance pancréatique exocrine, un diabète et parfois un adénocarcinome.

1 Le pancréas exocrine

La pancréatite héréditaire est due à une inhibition de l'autodestruction de la trypsine, enzyme hydrolysant les protéines lors de la digestion. Son accumulation va entraîner la destruction des cellules pancréatiques. On observe alors, au cours du temps, une insuffisance de la fonction exocrine du pancréas. Les personnes atteintes sont donc supplémentées en enzymes pancréatiques : la pancréatine.

1.1 Reporter sur la copie les légendes 1 à 20 du **document 1** représentant le schéma de l'appareil digestif.

1.2 Étude de la digestion des protéines et des lipides

Différentes expériences de digestion des protéines et des lipides par la pancréatine ont été réalisées. Après incubation des protéines ou des lipides avec la pancréatine pendant 2 heures, les contenus des tubes sont analysés. Les résultats sont présentés dans les tableaux 1 et 2.

Tableau 1 : la digestion des protéines par la pancréatine

	Contenu	Température (en °C)	pH	Test de biuret[1]	Test à la ninhydrine[2]
Tube 1	Eau + protéines	37	8	+	–
Tube 2	Eau + protéines + pancréatine	37	8	–	+
Tube 3	Eau + protéines + pancréatine + HCl	37	2	+	–

1. Le test de biuret met en évidence les protéines.
2. Le test à la ninhydrine met en évidence les acides aminés.

Tableau 2 : la digestion des lipides par la pancréatine

	Contenu	Température (en °C)	pH initial	pH final	Aspect du tube
Tube 1	Eau + huile	40	7,5	7,5	Deux phases
Tube 2	Eau + huile + pancréatine	40	7,5	7,5	Deux phases
Tube 3	Eau + huile+ bile	40	7,5	4,5	Aspect laiteux, une seule phase

1.2.1 Analyser les résultats des expériences présentées dans les tableaux 1 et 2.

1.2.2 Déduire le mode d'action de la pancréatine sur les protéines et les lipides ainsi que les conditions de son activité.

Grâce au traitement à la pancréatine, les patients atteints de pancréatite peuvent digérer les aliments et donc assimiler les nutriments normalement.

1.2.3 Préciser la voie d'absorption des produits issus de la digestion des protéines et des lipides.

2 Le diagnostic de la pancréatite chronique héréditaire

Un autre symptôme observé, en plus des anomalies morphologiques du pancréas, est l'apparition de calcifications pancréatiques. Celles-ci sont représentées sur le document 2.

2.1 Citer le nom de cet examen paraclinique permettant d'observer ces calcifications.

2.2 Expliquer le principe de cette technique. À quoi correspondent les zones claires et sombres ?

3 L'origine de la pancréatite héréditaire

La pancréatite héréditaire est due à des mutations du gène PRSS1 (Protease serine 1), gène situé sur le chromosome 7 codant pour le trypsinogène cationique. Le trypsinogène est le précurseur inactif de la trypsine. Celle-ci est obtenue après clivage du trypsinogène. La mutation provoque une absence de l'autodestruction de la trypsine.

Les séquences d'un fragment de l'allèle sain et de l'allèle muté du gène PRSS1 sont représentées ci-dessous.

Séquences partielles de l'ADN du gène PRSS1 et de l'ADN du gène PRSS1 muté

	355	375
BRIN transcrit d'ADN	TAGTTGCGGGCGCACAGGTGG	
BRIN transcrit d'ADN muté	TAGTTGCGGGTGCACAGGTGG	

3.1 Nommer et localiser dans la cellule les étapes de la synthèse du trypsinogène.

3.2 Établir la séquence de l'ARNm à partir des séquences d'ADN sain et muté du gène PRRS1.

3.3 Établir, à l'aide du code génétique donné en p. 195, la séquence protéique du trypsinogène normal et muté.

3.4 Comparer les deux séquences protéiques. Quelle est la conséquence de cette mutation sur la fonction du trypsinogène ?

4 Le mode de transmission de la pancréatite héréditaire

Une étude génétique sur la transmission de la pancréatite chronique héréditaire a été réalisée à partir de l'étude d'une famille dont l'arbre généalogique est représenté dans le **document 3**.

4.1 Démontrer que le mode de transmission de la maladie est dominant.

4.2 Démontrer s'il s'agit d'une hérédité portée par les autosomes ou par les gonosomes.

4.3 Indiquer, en justifiant, le génotype des individus II2, II3, II4 et III1.

4.4 Mme II6 est enceinte. Quels sont les génotypes et phénotypes possibles de l'enfant à naître ?

5 Le pancréas endocrine

Au cours du temps, un diabète pancréatique s'installe à la suite de la fibrose du pancréas. Les îlots de Langerhans sont détruits, ce qui entraîne un déficit en hormones pancréatiques.

5.1 Les îlots de Langerhans sont constitués de deux types de cellules. Nommer ces deux types de cellules ainsi que les hormones produites par chacune d'elles.

5.2 Le rôle et le mode d'action des hormones pancréatiques

Afin de déterminer le rôle et le mode d'action des hormones pancréatiques A et B sur la glycémie, celles-ci ont été purifiées et injectées chez des chiens. La glycémie et la teneur en glycogène ont été mesurées au cours du temps. Les résultats sont indiqués dans les documents 4 et 5.

5.2.1 Analyser les résultats présentés dans les documents 4 et 5.

5.2.2 Citer le nom des hormones A et B. En déduire le rôle et le mode d'action de chacune des hormones.

Document 1 : le schéma de l'appareil digestif

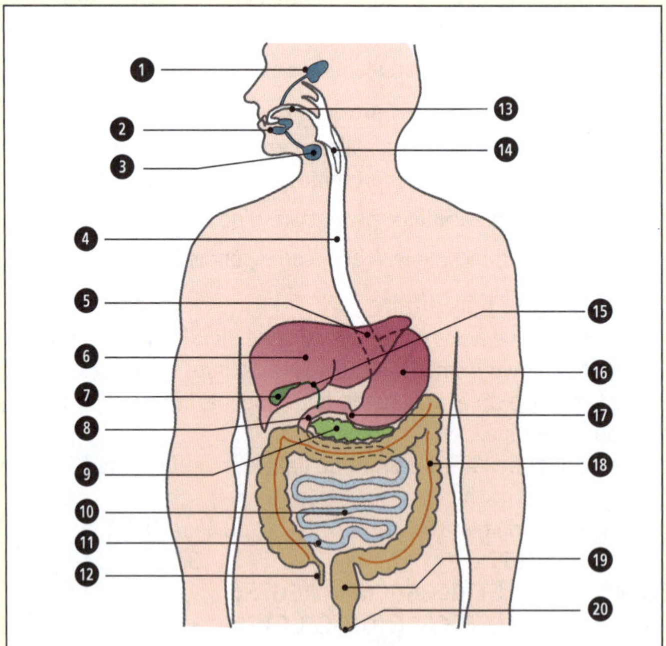

Document 2 : l'image des calcifications pancréatiques observées à la suite d'un examen paraclinique

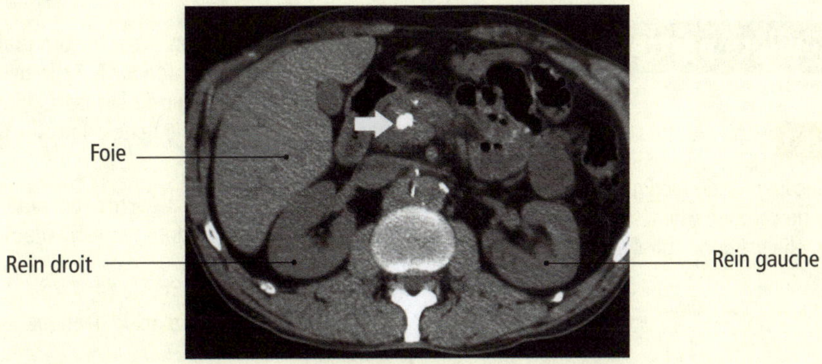

La flèche montre une calcification sur la tête du pancréas.

Document 3 : l'arbre généalogique d'une famille atteinte de pancréatite chronique héréditaire

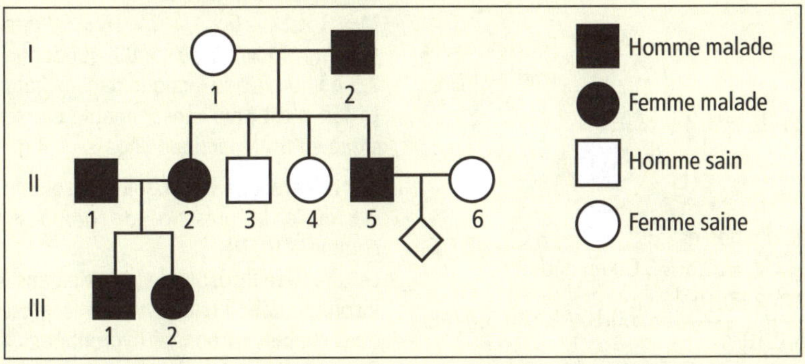

Document 4 : la variation de la glycémie et de la teneur du foie en glycogène à la suite de l'injection de l'hormone A chez le chien

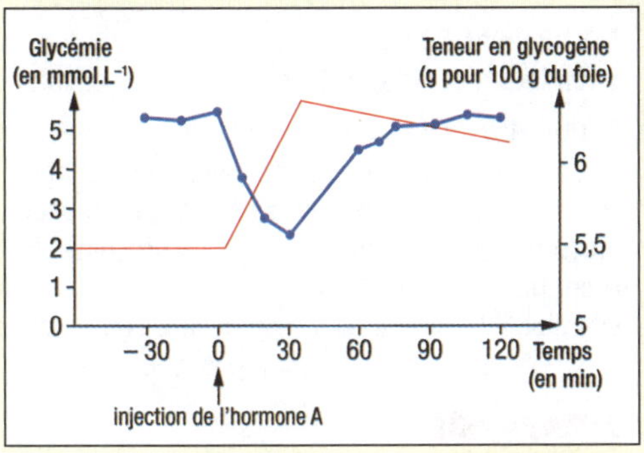

Document 5 : la variation de la glycémie et de la teneur du foie en glycogène à la suite d'une perfusion de l'hormone B chez le chien

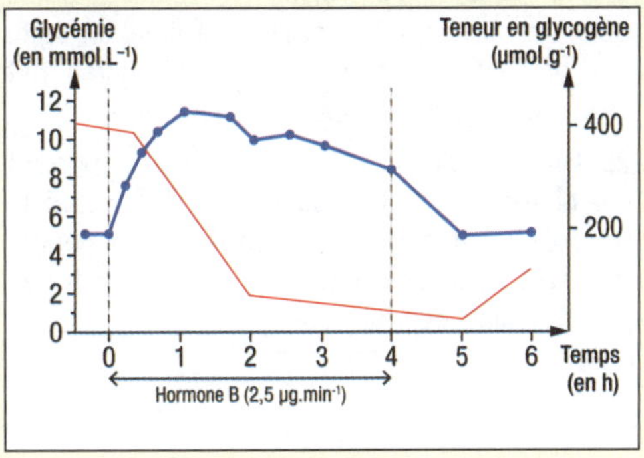

CORRIGÉ

Première partie : chimie

Exercice 1

1.1 La molécule d'acide lactique possède un et un seul atome de carbone asymétrique (repéré par un astérisque), elle est donc chirale.

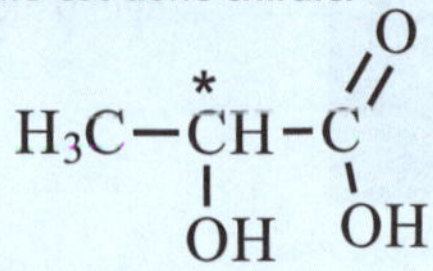

1.2 Ces deux stéréoisomères sont des énantiomères : ils sont images l'un de l'autre dans un miroir et non superposables.

1.3

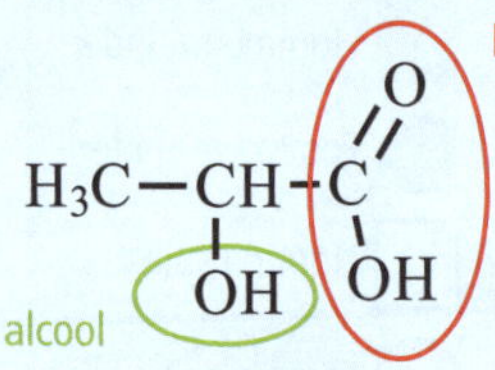

2.1 La loi de dilution est : $C_{fille} \times V_{fille} = C_{mère} \times V_{mère}$, donc ici : $C_1 \times V_1 = C_0 \times V_0$. On en déduit

$$V_0 = \frac{5,0.10^{-2} \times 50.10^{-3}}{5,0.10^{-1}} = 5,0.10^{-3} \text{ L, soit } 5,0 \text{ mL.}$$

On choisit une fiole jaugée de 50,0 mL puisque c'est le volume de solution diluée S_1 que l'on veut obtenir. On prélève le volume V_0 avec une pipette jaugée de 5 mL, on l'introduit dans la fiole jaugée, on ajoute de l'eau distillée avec une pissette. Quand on a rempli la moitié de la fiole, on agite pour homogénéiser, puis on complète jusqu'au trait de jauge, toujours avec de l'eau distillée.

2.2 On manipule toujours au laboratoire en portant une blouse en coton et des lunettes de protection. Le produit manipulé étant corrosif, et donc dangereux en cas de contact avec la peau, on mettra en plus des gants de protection.

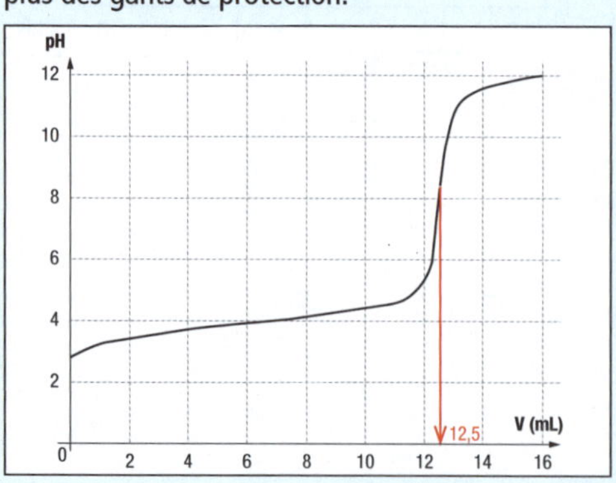

2.3 a) Le pH vaut environ 3 par lecture graphique à V = 0. Le pH est très inférieur à 7 : le milieu est acide. Il ne peut pas s'agir de lait frais, dont le pH vaut environ 6,7 d'après le texte d'introduction.

b) On lit $V_E = 12,5$ mL.

c) À l'équivalence, les réactifs ont été introduits dans les proportions stœchiométriques : $n_{acide} = n_{OH^- \text{ versé}}$,
soit $n_{acide} = C_1 \times V_E = 5,0.10^{-2} \times 12,5.10^{-3}$
$n_{acide} = 6,25.10^{-4}$ mole d'acide lactique dans le prélèvement.
D'où $C_A = n_{acide} / V_{acide} = 6,25.10^{-4} / 25.10^{-3}$,
soit $C_{acide} = 2,5.10^{-2}$ mol.L^{-1}.

2.4 L'acide lactique a pour formule brute : $C_3H_6O_3$.
Sa masse molaire vaut :
$M = 3 \times 12 + 6 \times 1 + 3 \times 16 = 90$ g.mol^{-1}.
$t_A = C_A \times M = 2,5.10^{-2} \times 90$, qui donne $t_{ac} = 2,25 \approx 2,3$ g.L^{-1} en acide lactique dans le lait.
Le lait n'est plus consommable car son titre massique en acide lactique dépasse 1,8 g.L^{-1}.

3.1 Le caractère **hydro**soluble (soluble dans l'**eau**) est dû à la présence de groupes hydrophiles, comme –OH, NH.
Le caractère **lipo**soluble (soluble dans les **graisses**, insoluble dans l'eau) est lié à la présence de longues chaînes carbonées hydrophobes.
On prévoit que les vitamines A et D, qui possèdent un seul groupe hydrophile –OH mais une longue chaîne carbonée, seront liposolubles, alors que la vitamine B2 sera hydrosoluble car elle possède de nombreux groupes hydrophiles.

3.2 Vitamine B2 : dans l'eau du lait
Vitamines A et D : dans la matière grasse du lait

3.3 Un lait demi-écrémé contient des matières grasses dans lesquelles les vitamines A et D sont dissoutes. Quand on prend un lait écrémé, les matières grasses en ont été retirées et donc les vitamines A et D ont disparu : il ne reste dans le lait écrémé que la vitamine B2, soluble dans l'eau du lait. Ces données sont donc cohérentes avec la réponse 9.

Exercice 2

1.1 Avec la relation
$\lambda = c/f$, on a $\lambda = 3,0.10^8/5,0.10^{17} = 6,0 \times 10^{-10}$ m.

1.2 Les rayonnements utilisés lors d'une angiographie sont des rayons X car 10^{-11} m $< \lambda < 10^{-8}$ m.

1.3 On sait que sur une radiographie, une zone sombre est une zone où l'intensité des rayons X qui ont atteint le détecteur est grande et inversement pour une zone claire.

Le produit de contraste se mélange au sang et ce produit est radio-opaque : il absorbe donc les rayons X. À cet endroit, les rayons X qui atteignent le détecteur seront donc peu nombreux : le sang apparaît donc clair.

1.4 Lors d'une échographie Doppler, on utilise des ondes **sonores**.

1.5 L'examen d'échographie Doppler est sans risque : il utilise des ondes sonores et il est basé sur la modification de la fréquence de ces ondes lorsqu'elles sont réfléchies par un objet en mouvement. L'examen d'angiographie utilise des rayons X qui sont des rayonnements ionisants et dont les doses doivent être limitées. L'injection d'un produit de contraste en fait une technique invasive avec des risques d'allergie à ce produit et un temps d'élimination à prendre en compte.

2.1 Le noyau d'iode 131 contient 53 protons (= Z numéro atomique de l'iode) et 131-53 = 78 neutrons (A-Z).

2.2 La particule émise est un électron, il s'agit donc d'une radioactivité β^-.

2.3 La période ou demi-vie d'un noyau radioactif, notée T ou $t_{1/2}$, est la durée au bout de laquelle son activité (ou le nombre de noyaux dans l'échantillon radioactif) est divisée par 2 (l'activité est proportionnelle au nombre de noyaux radioactifs présents).

2.4 Un des critères de choix pour les produits utilisés en imagerie médicale est l'élimination rapide par le patient de l'agent radioactif. Une demi-vie courte est donc préférable : on choisira préférentiellement l'iode 123.

Deuxième partie : biologie et physiopathologie humaines

1 Le pancréas exocrine

1.1 Schéma de l'appareil digestif

1. Parotide
2. Glande sublinguale
3. Glande sous-maxillaire
4. Œsophage
5. Cardia
6. Foie
7. Vésicule biliaire
8. Duodénum
9. Pancréas
10. Jéjunum
11. Iléon
12. Appendice
13. Cavité buccale
14. Pharynx
15. Canal cholédoque
16. Estomac
17. Pylore
18. Côlon
19. Rectum
20. Anus

1.2

1.2.1 Analyse des expériences du tableau 1
Le tube 1 est un tube témoin contenant de l'eau et des protéines à 37 °C et à pH 8. La présence des protéines est confirmée par la positivité du test de biuret. Le tube 2 contient en plus de la pancréatine ; le test de biuret est négatif. Cela indique la disparition des protéines. Par contre, le test à la ninhydrine est positif, prouvant l'apparition d'acides aminés.
La pancréatine a donc hydrolysé les protéines en acides aminés.
Dans le tube 3, les conditions de l'expérience ont été modifiées. On a ajouté de l'HCl pour rendre le pH acide. La pancréatine n'a pas agi.
La pancréatine hydrolyse donc les protéines en acides aminés à 37 °C et à pH 8.

Analyse des expériences du tableau 2
Le tube 1 est un tube témoin : il ne contient que de l'eau et de l'huile. Les deux liquides se séparent en deux phases non miscibles. Le pH est de 7,5. L'ajout de la pancréatine dans le tube 2 n'a pas modifié le résultat. L'eau et l'huile ne sont toujours pas miscibles. Par contre, en présence de bile, on observe une seule phase, d'aspect laiteux. De plus, le pH est devenu acide, indiquant la formation d'acides gras. La bile a donc permis la formation d'une émulsion et l'action de la pancréatine. Celle-ci a digéré les lipides complexes en acides gras.

1.2.2 La pancréatine hydrolyse les protéines et les lipides en acides aminés et en acides gras grâce à des protéases (trypsine, chymotrypsine, carboxypeptidases) et à la lipase pancréatique. Elle agit à la température corporelle (37 °C) et à un pH neutre.

1.2.3 Les acides aminés issus de la digestion des protéines sont absorbés par voie sanguine. Les acides gras issus de la digestion des lipides sont absorbés soit par voie sanguine pour les acides gras inférieurs à 10 carbones, soit par voie lymphatique sous forme de chylomicrons pour les plus gros.

2 Le diagnostic de la pancréatite chronique héréditaire

2.1 L'examen paraclinique est une scannographie.

2.2 La scannographie repose sur l'absorption différentielle des rayons X. Le scanner tourne autour de la zone du corps à étudier en envoyant des rayons X. Des coupes du corps sont ainsi effectuées.
Les rayons X sont plus ou moins absorbés par les tissus traversés. Les zones sombres (clartés) correspondent à des zones transparentes aux rayons X (foie, rein). Les zones claires (opacités) correspondent à des tissus ou structures opaques aux rayons X (calcifications, vertèbres).

3 L'origine de la pancréatite héréditaire

3.1 La synthèse des protéines comprend la transcription, c'est-à-dire la transformation de l'ADN en ARNm, et la traduction, c'est-à-dire le décodage de l'ARNm en protéine grâce au code génétique. La transcription a lieu dans le noyau et la traduction dans le cytoplasme.

3.2 ARNm allèle PRSS1 sain
AUC AAC GCC CGC GUG UCC ACC
ARNm allèle PRSS1 muté
AUC AAC GCC CAC GUG UCC ACC

3.3 Séquence protéique PRSS1 sain
ILE ASN ALA ARG VAL SER THR
Séquence protéique PRSS1 muté
ILE ASN ALA HIS VAL SER THR

3.4 On remarque que le quatrième acide aminé, l'arginine, a été remplacé par une histidine. Il s'agit d'une mutation par remplacement de la Cytosine par une Thymine entraînant un changement d'acide aminé : une mutation faux-sens. Ceci entraîne la formation d'une molécule de trypsinogène ayant perdu le site de clivage de la trypsine active.

4 Le mode de transmission de la pancréatite héréditaire

4.1 La maladie est dominante car les enfants malades II2, II5 ont un de leurs parents malades. L'allèle malade domine l'allèle sain.

Par convention, on écrira : P = allèle muté et s = allèle sain.

4.2 Hypothèse 1 : la maladie est portée par le chromosome Y.

Non, car les femmes (II2, III2) sont atteintes de pancréatite héréditaire.

Hypothèse 2 : la maladie est portée par le chromosome X.

Le père I2 est atteint, donc il aurait pour génotype (XP//Ys).

Ses filles auraient pour génotype (XP//Xs) ; elles seraient toutes malades. Or, dans l'arbre généalogique, sa fille II4 est saine. L'hypothèse est donc fausse.

La maladie n'est pas portée par le chromosome X. La maladie est portée par un autosome.

4.3 Les individus II3 et II4 sont sains. Leur génotype est (s//s).

Les individus II2 et III1 sont atteints par la maladie. Leur génotype est (P//s).

4.4 Afin de déterminer les génotypes et phénotypes possibles de l'enfant à naître, on réalise un échiquier de croisement.

II5 \ II6	s	s
P	P//s	P//s
s	s//s	s//s

50 % des enfants ont pour génotype P//s, ils seront donc atteints de pancréatite héréditaire. 50 % des enfants ont pour génotype s//s ; ils seront sains.

5 Le pancréas endocrine

5.1 Les îlots de Langerhans sont constitués des cellule α qui synthétisent le glucagon et des cellules β qui synthétisent l'insuline.

5.2 Le rôle et le mode d'action des hormones pancréatiques

5.2.1

Document 4 : avant l'injection de l'hormone A, la glycémie est d'environ 5 mmol.L^{-1}. À la suite de l'injection, la glycémie diminue en 30 min jusqu'à 2,2 mmol.L^{-1} pour ensuite ré-augmenter progressivement jusqu'à la normale. Parallèlement à la diminution de la glycémie, la teneur en glycogène dans le foie augmente de 5,5 g pour 100 g de foie à 6,5 g pour 100 g de foie. Lorsque la glycémie ré-augmente, la teneur en glycogène commence à diminuer.

L'hormone A permet la diminution de la glycémie et la formation de glycogène dans le foie.

Document 5 : avant la perfusion de l'hormone B, la glycémie est d'environ 5 mmol.L^{-1}. La perfusion de l'hormone B a lieu durant 4 heures. Pendant la perfusion, la glycémie augmente jusqu'à 11,5mmol.L^{-1} pendant 1 heure, puis elle diminue régulièrement pour revenir au taux de 5 mmol.L^{-1} au bout de 5 heures, soit 1 heure après la fin de la perfusion. À la suite du début de la perfusion, après un léger temps de latence, la teneur en glycogène diminue brutalement de 400 µmol.g^{-1} à 50 µmol.g^{-1} pendant les deux premières heures puis atteint un taux de 25 µmol.g^{-1} au bout de 5 heures. Lorsque la glycémie est revenue à la norme, la teneur en glycogène recommence à augmenter.

L'hormone B permet l'augmentation de la glycémie et la diminution du taux de glycogène dans le foie.

5.2.2 L'hormone A est l'insuline. L'insuline est une hormone hypoglycémiante. Elle permet la transformation du glucose en glycogène (glycogénogenèse) et son stockage dans le foie.

L'hormone B est le glucagon. Le glucagon est une hormone hyperglycémiante. Elle permet la transformation du glycogène stocké dans le foie en glucose et sa libération dans le sang (glycogénolyse).

Philosophie

COMPRENDRE EN VIDÉO Retrouvez tous nos tutos vidéos sur notre chaîne YouTube « Objectif BAC Hachette ».

Présentation de l'épreuve du Bac

Épreuve écrite
Durée : 4 heures.
Coefficient : 4

Lors de l'épreuve écrite, **trois sujets vous sont proposés au choix : deux sujets de dissertation** et **un sujet d'explication de texte** (avec des questions).

1 La méthode de la dissertation

Disserter, c'est réfléchir de façon ordonnée à partir d'une question faisant problème, en confrontant plusieurs réponses possibles. Votre dissertation doit comporter :

• **Une introduction**, qui doit faire apparaître, dans l'ordre :
– une **définition** de la (ou des) notion(s) en jeu dans le sujet proposé ;
– un **paradoxe** opposant les différentes réponses possibles et les justifiant ;
– le **problème** résumant ce paradoxe (par une question en « ...ou bien ») ;
– l'**annonce du plan** sous forme de questions qui doit établir une progression.

• **Un développement de plusieurs parties**, proposant les **différentes réponses** possibles à la question posée, ainsi que la réponse permettant de **résoudre leur opposition**.

• **Des transitions entre chaque partie**, qui doivent faire le bilan de la partie achevée, et annoncer la suivante sous forme de question.

• **Une conclusion**, qui a un rôle de synthèse : reprenez, dans l'ordre, les différentes parties.

2 La méthode de l'explication de texte

Deux options vous sont proposées :

• **Option 1 :** vous devez répondre à une série de questions. Faites bien ce que chacune d'entre elles demande, car elles amènent à faire quelque chose de différent.

Partie A – éléments d'analyse : « Expliquez »

Ici, il faut développer des analyses précises des passages du texte en question (résumer une idée et expliquer en définissant les mots importants, prendre des exemples au besoin...).

Partie B – éléments de synthèse : « Dégagez... »

Dans cette partie, vous devrez dégager l'idée directrice/la thèse de l'auteur : c'est l'idée qui conduit tout le texte, ce que veut montrer l'auteur. Rattachez cette idée à une notion du programme et au problème posé.

On pourra vous demander quelles sont les étapes du raisonnement de l'auteur : ce sont les arguments qui structurent le texte dans sa progression logique, et répondent à la question « que fait l'auteur ? ». Dans votre réponse, évitez de faire de la paraphrase et de dire « l'auteur dit que... ».

Partie C – Commentaire

On vous pose une question de compréhension, accompagnée de 2 ou 3 autres questions auxquelles vous pouvez répondre dans l'ordre, comme si elles constituaient des parties ou paragraphes permettant de répondre de façon progressive à la question de départ.

• **Option 2 :** vous n'avez pas de question vous permettant de réaliser l'explication. Cependant, vous pouvez structurer votre travail à partir des questions posées dans l'option 1, en commençant par énoncer le problème, puis l'idée principale et les étapes de l'argumentation. Veillez à respecter l'ordre du texte dans l'explication des passages sélectionnés pour respecter la progression du texte.

1 Les perspectives

- Les notions au programme sont présentées en lien avec **trois perspectives : l'existence humaine et la culture ; la morale et la politique ; la connaissance.** Il s'agit de réfléchir sur les notions en elles-mêmes, tout en étant capable de les relier à certains aspects fondamentaux de l'être humain. Une *perspective* est l'action de regarder « à travers » ou « par le biais de ».
- Les perspectives sont des **manières d'orienter** (sans diriger) **les problématiques** relatives à chaque notion, en les rattachant à tel ou tel aspect de l'être humain (l'existence, la culture, la morale, la politique, la connaissance).
- Chaque notion, de près ou de loin, renvoie à ces perspectives, car celles-ci représentent les **différents problèmes posés par la réflexion philosophique**, qui se veut réflexion sur l'homme. Ainsi, notions et perspectives peuvent toujours être mises en lien d'une manière ou d'une autre, comme dans une croisée de regards sur l'homme. Malgré tout, certains liens (entre notions et perspectives) sont plus naturels que d'autres.
- Plus précisément, les notions renvoient davantage à des « objets » d'étude, les perspectives à des « regards » portés sur elles. Par exemple, l'art (« objet » humain) peut s'envisager sous le regard de l'existence, de la culture, de la morale, de la politique et aussi de la connaissance. De ce fait, l'analyse de la notion en elle-même nous amène à l'envisager sous un certain angle. Par exemple, réfléchir précisément sur l'art comme création esthétique nous conduit à réfléchir sur ce qu'apporte l'art à l'existence ou à la culture.
À l'inverse, réfléchir de manière large à une perspective nous porte aussi à nous interroger plus précisément sur telle ou telle notion. Par exemple, se demander jusqu'où peut aller la connaissance humaine en général nous fait nous interroger sur le rôle possible de l'art dans sa capacité à saisir certains aspects de la réalité.
- Il y a donc un **mouvement naturel de va-et-vient** allant des notions aux perspectives d'une part, et des perspectives aux notions d'autre part.

Outils

On trouvera dans chaque chapitre, pour chaque notion étudiée, ce lien avec les perspectives ainsi que des exemples de questions ou sujets de dissertation illustrant précisément ces liens.

1 L'existence humaine et la culture

- Cette perspective combine et distingue **deux** grandes **dimensions** de l'être humain :
– sa dimension **personnelle et existentielle**,
– sa dimension **sociale** et en partie déterminée par des **règles** de vie en commun.

Les différentes notions du programme peuvent ainsi s'articuler de près ou de loin avec cette double perspective, selon qu'on les envisage sous cet angle. Par exemple, il est clair que la notion de liberté peut être interrogée sous ce biais car se demander jusqu'où notre liberté est effective suppose que l'on ait en vue les contraintes culturelles qui peut-être limitent nos possibilités existentielles.

• **L'existence humaine** renvoie au fait que l'homme existe d'une manière distincte de celle de l'animal ou des choses. Il existe au sens où il « est », mais de manière dynamique, dans un mouvement de sortie hors de soi (sens de *ex* en latin signifiant « hors de » et de *sistere* signifiant « se tenir »). Si les animaux ou les choses « existent » aussi, c'est dans un sens plus limité, au sens où ils « sont » là. L'homme, lui, dans son existence, se projette en avant de lui-même en se représentant son existence. Il se voit exister et oriente lui-même son existence par sa **conscience** et sa liberté. Il **choisit** donc en partie son existence. Dans cette perspective, ce que pense et fait l'homme a une certaine orientation **personnelle**, une visée « existentielle », un sens particulier censé permettre à l'homme une réalisation de soi, épanouissante et heureuse. L'existence humaine se distingue ainsi et en ce sens du concept de « vie » : autant la vie renvoie à la dimension biologique de l'homme comme être vivant, autant l'existence renvoie à une dimension personnelle et ouverte. Le problème que pose cette dimension existentielle est de savoir jusqu'où l'homme est ainsi capable d'orienter lui-même son existence et ce, de façon harmonieuse et librement choisie. Cette dimension existentielle de l'homme doit subir en effet certaines influences et se confronter à différents obstacles qui limitent ses possibilités. D'autre part, l'idée d'une existence librement choisie et orientée suppose une responsabilité et un engagement de soi parfois lourds à porter, et dont on peut vouloir se décharger en invoquant une existence subie ou conditionnée. On se demande alors quels sont les facteurs qui interviennent pour ouvrir les possibilités existentielles de l'homme, ou au contraire les limiter.

• **La culture** renvoie quant à elle, en plus de la dimension existentielle de l'homme, au fait que l'homme vit en **société**, avec des **règles** de vie en commun qui le **transforment** et le façonnent. Cette dimension culturelle le distingue ainsi des choses « naturelles » qui elles ne se modifient pas par des règles inventées, artificielles. L'homme, lui, modifie la nature (le monde extérieur) et sa propre nature (ce qu'il est au départ). Là aussi, ce que pense et fait l'homme prend une dimension spécifique et soulève divers problèmes, liés justement à ce caractère « non naturel », modifié et réglé socialement. Que vaut exactement la culture humaine, améliore-t-elle l'existence humaine et peut-elle se concilier avec l'exigence d'une existence personnelle, libre et authentique ? Par ailleurs, les règles de transformation que la culture fait subir à la nature et à l'homme sont-elles bénéfiques ? Ne faut-il pas leur imposer certaines limites et lesquelles ?

> **Attention !**
> Le sens philosophique donné au terme de *culture* ne se réduit pas au sens habituel qui désigne simplement une accumulation de connaissances.

• Ici, les notions liées de près à cette double perspective sont par exemple la liberté, le bonheur, la conscience, l'inconscient, le temps, la nature, l'art, le travail, la technique, la religion. Mais rien n'empêche d'envisager la vérité dans sa dimension existentielle par exemple.

2 La morale et la politique

• Cette perspective combine deux aspects de l'être humain qui renvoient plutôt à la **pratique** humaine, aux formes que prennent les actions de l'homme dans une dimension notamment collective, impliquant la prise en compte d'autrui ou d'un groupe.

• L'action humaine peut prendre une forme **morale** en lien avec des valeurs censées définir le bien et le mal, et une forme **politique** en lien avec la vie en société, au sein d'un État (gouvernement). Les notions au programme peuvent donc là aussi être envisagées sous ce biais, avec les problèmes que posent ces deux dimensions.

• **La morale** soulève en effet le problème de savoir ce que sont exactement ces valeurs censées rendre compte du bien et du mal (par exemple, sont-elles particulières, acquises, ou bien au contraire universelles et innées ?). On peut aussi se demander jusqu'où l'homme est capable de moralité, quelles sont les facultés à l'œuvre dans l'action morale (la conscience, la raison…) et quels sont les obstacles à la moralité (le désir par exemple, ou l'inconscient). L'action morale suppose également un effort de volonté qui peut sembler s'opposer à la liberté (la morale semble limiter nos désirs) mais qui en même temps la présuppose (l'action morale semble en effet relever d'un choix, d'un engagement volontaire). Ici, on comprend que la notion de liberté prend une place centrale dans cette perspective qui interroge notre capacité à agir « bien » par nous-mêmes.

- **La politique** soulève quant à elle le problème de savoir quel serait le modèle de vie en société et quel type de gouvernement privilégier. On peut se demander ce que l'homme gagne à vivre en société, sous un gouvernement, et quels seraient les obstacles à une vie sociale harmonieuse. En un mot, comment faire en sorte que la vie en société soit la plus avantageuse et la plus harmonieuse ? Sous cet aspect, l'homme semble à la fois perdre certains avantages et en regagner d'autres, et l'on doit se poser la question de l'efficacité et des buts de l'action politique : vise-t-elle à imposer un certain pouvoir en exerçant une contrainte plus ou moins juste, ou bien vise-t-elle à rendre les citoyens libres et heureux grâce à des lois justes ?
- Les notions en lien direct avec ces perspectives sont par exemple la liberté, le bonheur, l'État, la justice, la vérité. Mais rien n'empêche de réfléchir à la dimension morale et politique de l'art par exemple, ou encore d'envisager la conscience dans sa dimension morale.

PHILOSOPHIE

3 La connaissance

- **La connaissance** enfin témoigne de l'aspiration de l'homme à se **représenter objectivement** la réalité et de son aspiration à la **vérité**. Là encore, de nombreux problèmes se posent quant à la possibilité même d'accéder à cette connaissance. Il s'agit en effet d'acquérir un véritable savoir, garanti par un certain niveau de certitude et portant sur des aspects fondamentaux de la réalité. La connaissance semble ainsi obéir à des exigences spécifiques et sévères. Quels seraient alors les moyens de répondre à une telle exigence et n'y aurait-il pas de nombreux obstacles ? Les **sciences** sont-elles en ce sens un modèle de connaissance ou bien en existe-t-il d'autres ?
- Ici, on comprend que dans cette perspective, **certaines notions sont centrales**, notamment **la vérité et la science**, qui renvoient explicitement à cette dimension de connaissance qui marque l'être humain. En s'interrogeant sur la connaissance de l'homme, on ne peut que se questionner sur ses capacités à parvenir à la vérité et sur l'importance que représente la science dans cette quête. Pour autant, d'autres notions peuvent être convoquées, comme l'art, la culture, ou encore l'inconscient. À l'inverse, la vérité et la science peuvent être interrogées à travers d'autres perspectives, comme la morale ou la politique.

4 Conclusion

On constate ainsi, à travers ces différentes perspectives, que certaines notions semblent directement impliquées dans leur étude, et qu'en ce sens certaines notions « renvoient » explicitement à **telle ou telle perspective** plus qu'à telle autre. Pour autant, ces mêmes notions peuvent aussi s'envisager à partir des **autres perspectives**. De la même façon, certaines perspectives « appellent » directement telle ou telle notion, mais aussi indirectement telle autre.

2 L'art

Voir aussi : la nature (p. 244), la technique (p. 251), la vérité (p. 254)

L'art est le domaine de la création d'œuvres destinées à la **contemplation.** Cette création n'implique-t-elle pas une faculté spécifique ? Peut-on juger de sa valeur, si elle repose sur la beauté ? Enfin, si l'art ajoute des œuvres à la réalité, est-ce pour nous en détourner ou pour nous la faire mieux appréhender ?

Art et « beaux-arts » — **Peut-on juger de la beauté ?** — **Art et réalité**

Alain (1868-1951) Artiste et artisan

Kant (1724-1804) La beauté comme satisfaction universelle

Platon (427-347 av. J.-C.) L'art nous éloigne de la réalité.

Hegel (1770-1831) L'art comme manifestation de l'esprit

Bergson (1859-1941) L'artiste, révélateur de réalité

1 Art et « beaux-arts »

A L'art comme « savoir-faire »

Le mot *art* désigne, au sens premier, « toute activité impliquant un **savoir-faire**, des règles, de l'**habileté** ». De ce point de vue, il n'y a pas lieu de distinguer un « artiste » d'un artisan, une œuvre d'art pouvant être considérée comme un **objet bien réalisé** d'un point de vue **« technique »**. C'est ce qui semble offrir, en outre, un critère assez objectif pour juger de la qualité d'une œuvre.

B L'art comme « génie »

• Toutefois, si l'on parle de **« beaux-arts »**, c'est que l'on reconnaît bien la spécificité d'un domaine « artistique » par rapport à l'artisanat. Les œuvres de l'**artiste** sont faites pour la contemplation ; la **beauté** est donc leur finalité essentielle. L'**artisan** vise plutôt à fabriquer des objets destinés à être **utilisés** ou **consommés**.

• Cette distinction doit être encore affinée, car il arrive bien à des artisans d'avoir comme visée essentielle la beauté, sous la forme d'objets décoratifs. Alain propose donc une définition plus subtile : l'artisan produit une œuvre dont il a entièrement le projet par avance, alors que **l'artiste découvre son œuvre** au cours de sa réalisation. Dans le premier cas, il y a simple **« fabrication »**, dans le second, véritable **« création »**. Cette dimension créative et imprévisible, qui définit l'art au sens strict, met en valeur le rôle du « génie », comme ce qui vient inspirer l'artiste.

À voir

***Amadeus*, film de Milos Forman (1984).** L'histoire d'Amadeus (c'est-à-dire Mozart), racontée par son rival Salieri, jaloux et fasciné par ce génie qu'il n'a pas.

Mot-clé

Génie : **don** réservé à de rares hommes de recevoir des idées **originales**. C'est une chose qui **ne peut pas s'acquérir**, ni même **se contrôler** ou **s'expliquer**. D'où l'ambiguïté de cette notion : est-elle un hommage à la singularité de l'artiste ou une façon d'amoindrir son mérite ?

2 Peut-on juger de la beauté ?

A Subjectivité du goût

Si les œuvres d'art visent la beauté, c'est sur cette qualité qu'elles doivent être jugées. Cependant, la beauté n'est pas une qualité présente dans les œuvres elles-mêmes. Nous disons bien que « *c'est* beau », mais pour traduire le **plaisir** que nous éprouvons *en nous-même*. Le **« goût »** par lequel nous jugeons de la beauté est donc **subjectif**.

> **À voir**
>
> ***Le Goût des autres*, film d'Agnès Jaoui (2000).** L'histoire d'un chef d'entreprise, apparemment sans goût ni culture, mais qui, en tombant amoureux, s'ouvre également au monde de l'art et à la peinture.

B Une satisfaction universalisable

- Kant remarque que nous attendons pourtant que ce plaisir soit **partagé avec autrui**. L'existence de **« chefs-d'œuvre »** nous incite aussi à penser qu'une entente est possible, même en matière de beauté. Cette entente donne ainsi une dimension morale à l'art, en nous invitant au respect (de l'œuvre et d'autrui).
- Pour cela, nous devons nous assurer que nous sommes bien dans une relation purement **« esthétique »** avec l'objet que nous jugeons. Notre jugement doit être **« désintéressé »** (comme dans le domaine moral), c'est-à-dire qu'il doit répondre à la question « S'agit-il d'une belle représentation ? », et non « S'agit-il de la représentation d'une chose qui nous fait plaisir ? ». Cela permet à la satisfaction esthétique d'être **universalisable**, tout en étant subjective.

3 Art et réalité

A L'art comme éloignement de la réalité

- L'existence de l'art peut se voir comme le besoin d'**échapper à la réalité**, en créant comme un « autre monde ». L'art est une forme de **« divertissement »** au sens où l'entend Pascal.
- Platon montre que, même quand l'art s'attache à **imiter la réalité** de la façon la plus fidèle, il ne fait pourtant que nous en éloigner. Selon son analyse, les choses qui nous entourent ne sont déjà elles-mêmes que des « copies » dégradées d'« Idées » parfaites. L'objet représenté par l'artiste n'est donc jamais mieux que **« la copie d'une copie »**. Ainsi, l'artiste n'est pour Platon qu'un faiseur d'illusions et n'a pas sa place au sein de la Cité. Il ne peut avoir de fonction politique (éduquer les citoyens, les rendre meilleurs).

B L'art comme révélateur de réalité

- Il semble pourtant bien que l'on puisse dire qu'il y a **une « vérité »** dans les œuvres d'art, qui nous les rend plus « touchantes » que les objets qu'elles représentent. Hegel explique que le véritable artiste ne se pose jamais en simple imitateur de la réalité. Il fait apparaître un **contenu spirituel**, en dégageant quelque chose d'essentiel et d'universel à travers les objets particuliers qu'il représente. C'est ce contenu que l'on associe communément à l'idée de « message ».

> **Citation-clé**
>
> *« Les manifestations de l'art renferment une réalité plus haute et une existence plus vraie que l'existence courante. »*
>
> Georg W. F. Hegel, *Esthétique*, 1835 (posthume).

• Nous avons besoin des artistes pour cela, car leur don tient aussi à la **sensibilité particulière** de leur perception. Pour Bergson, cette sensibilité vient paradoxalement de leur rapport **« distrait »** à la réalité, qui leur permet de la percevoir autrement que sous l'angle habituel de l'utilité. L'art ne nous tire donc à l'écart de la réalité que pour mieux nous y faire retourner.

C L'art « engagé »

Il existe aussi une fonction directement politique de l'œuvre d'art, qu'on trouve dans des œuvres dites **« engagées »**. Ici, la dimension esthétique (plaire par sa beauté) vise autre chose et aspire notamment à dénoncer des injustices ou à critiquer directement l'État.

L'art selon les trois perspectives

L'ART – L'existence humaine et la culture

• S'interroger sur le rapport entre l'art et l'existence (personnelle) ou sur le rapport entre l'art et la culture, c'est se demander notamment ce que nous apporte l'art ou encore d'où viennent les capacités créatrices de l'artiste.

• On doit ainsi comprendre la dimension créatrice de l'art, la différence entre savoir-faire et génie **[1. A et B]**. Cela interroge aussi la **valeur esthétique et universelle** de l'œuvre d'art **[2. A et B]** ainsi que son action révélatrice **[3. B]**.

Exemples de questions

• *A-t-on besoin de l'art ?* → Le « on » a ici un sens à la fois personnel et social. On se demande si l'art répond à quelque chose de vital ou d'essentiel, ou bien s'il faut associer la création artistique à une démarche libre, n'obéissant à aucune nécessité, relevant notamment de la contemplation esthétique.

• *La sensibilité aux œuvres d'art demande-t-elle à être éduquée ?* → On interroge les conditions qui rendent possible et accessible à tous le goût esthétique, notamment le rôle de l'éducation et de la culture.

L'ART – La morale et la politique

Dans la perspective de l'action morale et politique, on peut s'interroger plus particulièrement sur la **finalité des œuvres d'art**, les idées qu'elles expriment et les actions ou engagements qu'elles appellent. On se demande ainsi si l'artiste a pour but de nous inciter à agir plus moralement (ou au contraire à nous détourner de la morale), si ses œuvres sont porteuses d'un « message » politique, ou bien si l'art n'a qu'une vocation esthétique, contemplative **[1. B, 2. B, 3. C]**.

Exemples de questions

• *Une société peut-elle se passer d'artistes ?* → On interroge la place/le rôle politique de l'artiste, sa fonction sociale ; mais aussi la fonction utilitaire et esthétique de l'art en posant la question du goût : en quoi peut-il rassembler les individus d'une société autour d'une satisfaction esthétique partagée ?

• *Peut-on interdire une œuvre d'art ?* → On se demande si on a le droit de limiter la liberté créatrice au nom de certaines valeurs morales ou politiques notamment, ou bien si au contraire l'art ne doit pas permettre justement la remise en question des valeurs en ayant un rôle transgressif.

L'ART – La connaissance

Dans cette perspective, on interroge le **rapport entre l'art (les œuvres) et la réalité**, pour se demander si la représentation du réel par l'art vise une certaine vérité ou si au contraire elle ne fait qu'exprimer la perception de l'artiste **[3. A et B]**.

Exemples de questions

• *L'art nous permet-il de mieux connaître la réalité ?* → On se demande quel est le rapport entre l'œuvre d'art et les objets ou le monde qu'elle représente : s'agit-il pour l'art de déformer la réalité ou bien de la représenter le plus objectivement possible ?

• *L'art nous éloigne-t-il des choses ?* → On se demande également si l'art nous rend la réalité plus accessible, ou au contraire, moins accessible, tant au niveau de la perception que de la connaissance.

3 La justice

Voir aussi : la liberté (p. 240)

La **justice** (du latin *jus*, « le droit ») désigne une **valeur morale** renvoyant à la notion d'« égalité » et à l'idée de « respect des droits de chacun ». Cette valeur morale est censée provenir de nous-mêmes, de notre moralité intérieure. Mais elle est en même temps inséparable de la notion de droit (du latin *directus*, « sans courbure ») qui comprend l'**ensemble des lois** qui régissent une société. La question est donc de savoir comment rendre les hommes justes, tant par une obligation morale intérieure que par une contrainte extérieure relevant des lois, sachant que ces deux fondements peuvent s'avérer fragiles et incertains.

Droit naturel et droit positif — **La justice des lois** — **Le rôle de la morale**

Rousseau (1712-1778)	Thomas d'Aquin (1225-1274)	Hobbes (1588-1679)	Platon (427-347 av. J.-C.)	Aristote (384-322 av. J.-C.)	Spinoza (1632-1677)
Le modèle du droit naturel	Les quatre fondements du droit	Nécessité des lois	Valeur des lois	Égalité et équité	Comprendre les lois pour obéir

1 Droit naturel et droit positif

A Critique du droit positif

On peut reprocher aux lois d'être injustes, parce qu'inventées par des hommes eux-mêmes incapables de justice. Les **lois humaines** peuvent en effet paraître **arbitraires, inégalitaires.** Il faudrait alors chercher un autre fondement que le droit positif.

C'est la position incarnée par le personnage d'**Antigone de Sophocle** : face à la loi de son oncle Créon qui interdit d'offrir à son frère une sépulture (pour le punir d'avoir trahi sa cité), Antigone oppose la justice divine qui exige que tout mort soit enterré.

> **Mot-clé**
> **Droit positif :** ensemble des règles applicables dans un espace juridique déterminé.

B Le modèle du droit naturel

- On peut croire aussi que la **justice** peut s'établir de façon **naturelle**. Pour **Rousseau**, les hommes à l'état de nature auraient un principe inné de justice : la **pitié**. Ce sentiment leur permettrait de se nuire le moins possible.
- De même, pour **Rousseau**, la nature fait que la propriété privée est injuste : la terre est naturellement la propriété de tous.

> **Citation-clé**
> *« Les fruits sont à tous et la terre n'est à personne. »*
> Jean-Jacques Rousseau, *Discours sur l'origine et les fondements de l'inégalité parmi les hommes*, 1755.

C Les différents fondements du droit et de la justice

Ainsi on peut plus largement distinguer **plusieurs catégories de droits**, comme le fait **saint Thomas d'Aquin** : un droit naturel (issu de la nature), un droit positif (issu des lois humaines), un droit divin (issu de Dieu) et un droit positif révélé (issu des textes sacrés). Une telle distinction permet d'examiner une même situation de façon différente, et le vol dit « de nécessité » (voler de la nourriture pour se nourrir, par exemple) peut ainsi être accepté comme juste selon le droit naturel et le droit divin, même si, au regard du droit positif, il est injuste.

2 La justice des lois

A Critique du droit naturel

- Pourtant, le droit naturel montre aussi certaines limites. Ainsi, il peut facilement être confondu avec le droit du plus fort, comme le suggère **Hobbes**, pour qui le droit naturel est celui qu'ont les hommes ***« sur toutes choses et même*** [...] ***sur le corps des autres »*** et pour qui l'homme naturel est ***« un loup pour l'homme ».***
- Ainsi, poser que les hommes seraient en eux-mêmes capables de justice (selon une moralité naturelle ou « divine »), c'est oublier que beaucoup d'hommes sont également incapables d'appliquer cette moralité. La force des désirs l'emporte souvent sur l'exigence de justice, *« nous voyons le meilleur et faisons le pire »* (Spinoza).

B La nécessité et la valeur des lois

On peut donc poser la nécessité des lois, du droit positif, pour **contraindre les hommes à être justes** et limiter leur agressivité naturelle. Pour **Platon**, le mal et l'injustice s'expliquent ainsi par l'ignorance et non pas par la volonté d'être injuste. Le rôle des hommes politiques est de faire connaître ce qu'est la justice.

> **Rappel**
>
> **La prosopopée des lois :** dans le *Criton* de Platon, discours que tiendraient les lois, personnifiées, si elles apprenaient le désir de Socrate de fuir sa cité, pour échapper à sa condamnation à mort. Socrate leur fait dire combien il leur doit d'être l'homme qu'il est : seules les lois permettent aux hommes de dominer leur nature sensible et irrationnelle.

C Égalité et équité

Certes, les lois ont le défaut d'être **trop générales**. La notion d'« égalité », qui sert de fondement à la justice, ne peut pas toujours rendre compte de la différence des individus. C'est pourquoi, selon **Aristote**, il faut que les lois puissent être assouplies par le juge et les faire reposer sur la notion d'« équité », à savoir sur la justesse, la proportion, pour qu'elles puissent **s'adapter aux cas particuliers**.

3 Le rôle de la morale

A Limites de l'obéissance aux lois

On peut, toutefois, se demander s'il ne faut pas, pour être juste intérieurement, autre chose qu'être en conformité avec les lois. En effet, celles-ci peuvent être injustes et dans ce cas, seule la **morale de chacun** ou d'individus exceptionnels peut dénoncer l'injustice des lois et tenter de les redresser. Mais encore, il ne suffit pas d'obéir à une loi juste pour être juste. Notre justice ne serait que contrainte et artificielle.

> **À voir**
>
> ***La Haine*, film de Mathieu Kassovitz (1995)** retrace le désir de vengeance d'un jeune de la cité, Vinz, qui, suite à une bavure policière, veut tuer un policier.

B Comprendre les lois

Pour **Spinoza**, il faut savoir pourquoi on obéit à une loi. Certains n'obéissent que par crainte de la sanction. Or, pour être intérieurement juste, vertueux, il faut que l'homme obéisse aux lois ***« parce qu'il connaît la vraie raison des lois et leur nécessité »*** *(Traité théologico-politique)*. Il doit donc **obéir volontairement** à la loi. C'est suggérer qu'en plus des lois, du droit, l'homme a en lui un sens moral, capable d'orienter ses actions en vue du bien, du juste.

C Le rôle de l'éducation et la notion de « droits de l'homme »

- Si la justice passe ainsi autant par l'obéissance à des lois extérieures que par un sens intérieur de la justice, il faut peut-être également acquérir ce **sens moral** (ou bien le développer s'il est en partie inné) et tel est le rôle de l'éducation et de la culture.
- Par ailleurs, pour que chaque société (quelle que soit sa culture) puisse progresser en matière d'égalité et d'équité, peut-être faut-il alors s'entendre sur des **droits fondamentaux**, ceux de tout homme et de toute femme, en vertu de leur dignité de personne humaine. Cette entente sur des droits universels applicables dans toute société est la vocation des « droits de l'homme ».

PHILOSOPHIE

La justice selon les trois perspectives

LA JUSTICE – L'existence humaine et la culture

La notion de justice peut être reliée à la question de savoir comment orienter son existence en tant qu'homme, notamment selon quel sens ou quelle valeur. Tel est le rôle des lois que d'empêcher la violence et l'inégalité en conciliant toutes les aspirations possibles de l'homme **[2]**. La question de la justice peut aussi prendre un sens social plus large, en interrogeant la capacité de chaque culture à atteindre cette forme de perfectionnement moral : toutes les pratiques culturelles se valent-elles sur le plan de la justice ? **[3. C]**

Exemple de question

- ***Peut-on être à la fois juste et heureux ?*** → La question porte sur la capacité de l'homme à concilier des exigences en apparence contradictoires, celle qui consiste à satisfaire ses désirs égoïstes et individuels, et celle visant à respecter les désirs des autres individus.

LA JUSTICE – La morale et la politique

La notion de justice convoque directement la morale et la politique. Il s'agit précisément d'une valeur morale relevant de la conscience ou de la raison de chacun **[1]** et en même temps d'une exigence politique dépendant des lois, du droit **[2]**. La question est alors de savoir comment chacun de ces deux fondements de la justice opère séparément et comment ils peuvent se compléter **[3]**.

Exemple de question

- ***Suffit-il d'obéir aux lois pour être juste ?*** → Cette question porte précisément sur le rôle nécessaire des lois pour établir une société juste, mais aussi sur le rôle complémentaire de la morale pour faire en sorte que l'on soit juste intérieurement par notre propre volonté, et non pas seulement de manière contrainte et superficielle en obéissant simplement aux lois.

LA JUSTICE – La connaissance

La notion de justice peut être interrogée dans son lien avec la connaissance, le savoir. On peut ainsi se demander si le sens de la justice est inné et naturel **[1]** ou bien s'il faut l'acquérir **[2]**. Dans ce sens, cela voudrait dire qu'il faudrait savoir ce qu'est être juste pour devenir juste.

Exemple de question

- ***Peut-on vouloir être injuste ?*** → On se demande si le fait de savoir ce qui est juste est compatible avec la volonté d'aller contre ce que l'on sait. On se demande si un homme injuste est volontairement injuste, s'il sait vraiment ce qu'il fait, ou bien s'il est injuste involontairement, par ignorance.

4 La liberté

La liberté (du latin *liber*, « qui n'est pas esclave », par opposition à *servus*) semble désigner le fait de n'être soumis à **aucune contrainte** qui viendrait **entraver nos désirs**. Être libre, ce serait pouvoir faire tout ce que l'on souhaite. Pour autant, cette conception n'est-elle pas **illusoire** ? N'est-ce pas être esclave de ses désirs ? La *liberté* n'est-elle pas alors synonyme de **volonté**, de *choix* ?

Liberté et désir — **Liberté et libre arbitre** — **Liberté et morale**

Platon (427-347 av. J.-C.) Socrate contre Calliclès

Descartes (1596-1650) La volonté éclairée par la connaissance

Spinoza (1632-1677) La *« nécessité comprise »*

Kant (1724-1804) La liberté comme postulat

Sartre (1905-1980) Le fardeau de la liberté

1 Liberté et désir

A La liberté comme licence

- Une première conception de la liberté consiste à la faire reposer sur la capacité à satisfaire ses désirs sans entrave. Telle est la conception du personnage de **Platon**, Calliclès, pour qui l'**homme libre** est celui qui, comme le **tyran**, a tout pouvoir sur les autres hommes et obtient d'eux tout ce qu'il désire sans obstacle.
- Cette liberté s'obtient par le laisser-aller des désirs et **repose sur la force**. En ce sens, toute contrainte est comprise comme un obstacle à sa réalisation. Ces contraintes, sous forme de règles, seraient inventées par des hommes faibles, eux-mêmes incapables de satisfaire leurs désirs. Selon Calliclès, il serait **contraire à la nature** que les tyrans et les fils de rois se soumettent à ces règles, eux qui ont eu la chance de naître forts et libres.

B Liberté et mesure

Toutefois, comme le montre **Socrate** critiquant Calliclès, le désir ainsi abandonné à la démesure rend l'homme **esclave** au lieu de le rendre libre. Le tyran est dépendant de son désir de pouvoir, et sa liberté est menacée sans cesse par plus fort que lui. Pour Socrate, seul l'homme **tempérant**, aux désirs modérés, maîtrise ses désirs au point de ne pas en être esclave.

Mot-clé

Licence (du latin *licet*, « il est permis ») : la liberté conçue comme capacité, pouvoir de satisfaire tous ses désirs sans aucune limite.

2 Liberté et libre arbitre

A Le modèle du libre arbitre

• On peut, toutefois, suggérer avec **Descartes** que la liberté se mesure surtout à l'exercice de la **volonté**, dans sa capacité à **choisir** entre deux choses indépendamment de toute contrainte extérieure, à *« pouvoir faire une chose ou ne la faire pas » (Méditations métaphysiques)*. On appelle **« libre arbitre »** un tel pouvoir de se décider par sa seule volonté, sans être influencé par autrui ou par ses désirs.

• Cette liberté aurait différents degrés. Pour Descartes, le plus bas degré serait la **liberté d'indifférence** (choisir au hasard) et le plus haut degré serait la **volonté éclairée** par la connaissance (choisir en sachant pourquoi).

B Critique du libre arbitre

Pour autant, selon **Spinoza**, le libre arbitre est une **illusion** ; une telle volonté n'existe pas. L'homme se croit libre de décider par lui-même quelque chose, alors qu'**il obéit toujours, en réalité, à un désir** ou à un état de son corps qui le pousse à faire telle ou telle chose. L'homme ivre, par exemple, croit parler parce qu'il l'a choisi, alors que c'est son corps ivre qui le pousse à parler. Il n'est donc pas libre de parler. La seule liberté possible, pour Spinoza, consiste alors à comprendre ce à quoi nous obéissons, ce qui nous détermine, pour ainsi être en accord avec notre nature : c'est l'idée de ***« nécessité comprise »***.

Citation-clé

« Les hommes se croient libres parce qu'ils sont conscients de leurs actions mais ignorants des causes par lesquelles ils sont déterminés. »

Baruch de Spinoza, *Éthique*, 1677 (posthume).

3 Liberté et morale

A La liberté comme postulat

Sur le plan moral, on est obligé de poser que la liberté existe. Sinon, on ne peut plus exiger de l'homme qu'il agisse bien, qu'il soit capable de **choisir entre le bien et le mal. Kant** fait ainsi de la liberté un postulat, c'est-à-dire un objet de croyance. L'homme doit être supposé libre pour que l'action morale, à savoir le choix du bien, ait un sens. Pour Kant, l'homme **fait l'expérience de cette liberté dans le remords** : celui qui a mal agi a le sentiment qu'il pouvait bien agir ; il n'arrive pas à excuser sa faute parce qu'il sent qu'il était libre de choisir le bien au lieu du mal.

À voir

***Orange mécanique*, film de Stanley Kubrick (1971).** Alex, passionné par Beethoven et en même temps par l'ultra-violence qu'il associe à un idéal de liberté, est arrêté et mis en prison.
Alex est contraint de suivre un programme mis au point par des médecins pour guérir de son mal et devenir « bon ». Mais la question se pose de savoir ce que vaut cette morale imposée par un « traitement », ne provenant pas de la volonté du sujet.

B La liberté comme fardeau

La liberté serait à ce point réelle que **Sartre** en fait un poids pour l'homme, lequel se trouve toujours confronté à faire des choix qui ne reposent que sur sa liberté et qui le rendent donc **responsable de tout et de tous.** Refuser cette liberté, c'est être de **mauvaise foi**, c'est chercher des excuses à ses actes pour ne pas s'en sentir responsable. C'est dire par exemple « ce n'est pas de ma faute », « je n'ai pas voulu cela », « je suis comme ça », pour attribuer ses actions à autre chose qu'à sa propre volonté. Pour Sartre, même si l'on subit certaines situations que l'on n'a pas choisies (par exemple tomber malade), à l'intérieur de ces situations, notre liberté reste entière car nous pouvons choisir notre « manière d'être » (manière d'être malade par exemple).

4 Liberté et politique

A Les lois comme contraintes à la liberté

Sur le plan politique, les **lois**, en limitant nos désirs, peuvent sembler **contraires à l'exercice de la liberté individuelle**. Elles nous empêchent de faire ce que bon nous semble. Pour le sophiste **Calliclès**, les lois qui visent à limiter les désirs pour permettre une vie juste, pour empêcher que certains aient plus que d'autres, sont un **obstacle à la liberté**. Seul le tyran dans ce cas est libre car il peut imposer ses désirs à tous et soumettre tout le monde à ses désirs.

B Les lois comme conditions de liberté

Mais l'on peut poser à l'inverse que, **sans lois, la liberté devient impossible**, chaque liberté s'exerçant contre une autre liberté. Pour **Hobbes**, dans Le *Léviathan*, la **liberté naturelle** que chacun peut avoir dans un état de nature sans lois est **infinie mais incertaine**, sans cesse menacée par les autres. Au contraire, dans un État où existent des lois, la liberté devient certes réduite mais elle est garantie par le fait que personne n'a le droit d'en user contre autrui.

C La volonté générale

Plus encore, on peut supposer que dans un État où le peuple est lui-même l'auteur des lois auxquelles il obéit, alors la liberté reste entière, chacun voulant la même chose, à savoir le **bien commun**. Dans ce cas, la liberté n'est plus le fait de laisser aller ses désirs sans nuire à autrui, elle devient l'expression de ce que **Rousseau** nomme la *« volonté générale »*, où il s'agit de viser non plus son intérêt personnel, mais ce que l'ensemble des citoyens peut vouloir de mieux pour la vie en commun. Ce type d'État où *« chacun, s'unissant à tous, n'obéisse pourtant qu'à lui-même et reste aussi libre qu'auparavant »* (Rousseau, *Du contrat social*) est incarné par la **démocratie**.

La liberté selon les trois perspectives

LA LIBERTÉ – L'existence humaine et la culture

La liberté peut être considérée comme propre à l'homme et comme expression de sa dimension consciente : parce qu'il a conscience de lui-même, l'être humain est capable de faire des **choix**, d'orienter son existence selon ses **désirs**. En même temps, il apparaît que ses choix sont limités voire empêchés par toutes sortes de contraintes et de règles (sociales, culturelles, morales) auxquelles il doit obéir **[1. A, 3. A]**. Par ailleurs, les désirs peuvent apparaître comme une source de dépendance **[1. B, 3. B]**. On se demande alors quel rôle jouent ces contraintes et si elles ne peuvent pas aussi aider l'homme à maîtriser ses désirs, à faire de meilleurs choix, plus fondés sur la raison et sur la volonté **[2. A, 3. B et 4. C]**. On se demande aussi si l'homme ne reste pas libre au sein même de ces contraintes **[2. B]**.

Exemples de questions

- *Suis-je plus ou moins libre ?* → On se demande si la liberté, censée être absolue, n'est pas plutôt relative, s'il n'y a pas à distinguer des degrés ou niveaux et ce qui pourrait les conditionner.
- *Peut-on se libérer de sa culture ?* → La question interroge le rôle des règles imposées par la culture : sont-elles des obstacles que l'on pourrait dépasser ou bien sont-elles insurmontables, ancrées en nous ? Est-ce légitime de vouloir s'en affranchir ou au contraire contribuent-elles à nous rendre plus aptes à nous servir de notre volonté et à faire de vrais choix en nous rendant plus civilisés, moins soumis à nos instincts ?

LA LIBERTÉ – La morale et la politique

Sur le plan moral, on peut penser également, dans un premier temps, que les règles morales sont des obstacles à la liberté, car elles contrarient les désirs en imposant des valeurs, des devoirs **[1. A]**. Pour autant, en se montrant capable de ne pas céder à ses désirs pour vouloir agir moralement, l'homme gagne peut-être une forme plus élevée de liberté, qui le rend **responsable** et méritant **[3. A]**, même si cette responsabilité peut lui peser **[2. B]**. Sur le plan **politique**, la liberté ne désigne pas tant le pouvoir de faire ce que bon nous semble que le **droit** de faire tout ce qui ne nuit pas à autrui **[4]**.

Exemples de questions

- *L'obligation morale est-elle un obstacle à la liberté ?* → On interroge le rôle à la fois limitatif et porteur des valeurs morales qui, tout en limitant nos désirs, nous permettent de nous en libérer pour agir selon notre volonté, dans l'effort d'accomplir de bonnes actions.
- *L'État est-il l'ennemi de la liberté ?* → On doit ici se demander si l'État nous empêche d'être libres, en nous imposant des lois, ou bien si, au contraire, il ne nous permet pas d'harmoniser nos libertés et de nous affranchir de nos désirs égoïstes. Mais à quelles conditions, dans quel type d'État ?

LA LIBERTÉ – La connaissance

Sur le plan de la connaissance, on se demande si celle-ci entrave ou, au contraire, conditionne la liberté **[2. A]**.

Exemple de question

- *Suis-je d'autant plus libre que je suis plus conscient ?* → La liberté est interrogée dans son rapport avec la connaissance de soi et du monde extérieur. On se demande si le fait de savoir nous limite dans nos choix ou au contraire nous en rend plus maîtres.

5 La nature

Voir aussi : la liberté (p. 240),
la technique (p. 251)

La « nature » (du latin *natus* signifiant « né ») désigne à la fois le **monde physique** (du grec *phusein* : pousser, croître) et **biologique** (vivant), mais aussi ce qui est **originel**, non modifié, non artificiel, et enfin ce qui est **propre à quelque chose** (son essence). En quoi le monde physique se distingue-t-il du monde « humain » (monde de la culture, monde artificiel, fabriqué par l'homme) et quelle place donner à la nature dans notre monde « humain » ? Quel rôle joue la nature chez l'homme si l'homme a véritablement une nature, s'il est un être « naturel » ?

Maîtrise et domination de la nature — **Nature et culture** — **Respect de la nature**

Descartes (1596-1650) *« Nous rendre comme maîtres et possesseurs de la nature »*

Rousseau (1712-1778) La perfectibilité

Lévi-Strauss (1908-2009) La prohibition de l'inceste

Heidegger (1889-1976) *« L'Arraisonnement »*

Jonas (1903-1993) *« Le Principe responsabilité »*

1 Nature et culture

A L'homme et l'animal

- L'homme est souvent comparé à l'animal pour suggérer qu'il est un animal différent des autres. Cela souligne à la fois son **appartenance à la nature** (au fait d'obéir à des lois physiques et biologiques déterminées) et sa **spécificité** (sa différence par rapport à la nature). En disant que l'homme est un *« animal politique »* ou un *« animal raisonnable »* (Aristote) ou encore un *« animal qui a besoin d'un maître »* (Kant), on suggère que l'homme a des points communs avec l'animal et des différences. Il appartient donc à la nature tout en occupant une place à part.
- L'être qui apparaît alors, d'après l'analyse de Rousseau dans le *Second Discours*, est un animal comparable aux autres, qui se distingue pourtant d'eux par deux facultés spécifiques : le **« libre arbitre »** et la **« perfectibilité »**. En effet, l'homme ne semble pas défini par des instincts fixes, comme l'animal : *« un animal est, au bout de quelques mois, ce qu'il sera toute sa vie, et son espèce, au bout de mille ans, ce qu'elle était la première année de ces mille ans »*. L'homme au contraire est un être qui peut échapper aux contraintes naturelles fixes et déterminées imposées par les lois physiques.

> **Mot-clé**
> **Perfectibilité :** ce terme signifie que l'homme n'est pas un être « achevé » (*perfectus*, en latin) mais, au contraire, un être capable de changer. Cette faculté est équivoque, selon Rousseau, car, en s'écartant de la nature, l'homme prend le risque de « se pervertir ».

B L'idée de « nature humaine »

Pourtant, ces différences entre l'homme et la nature ne permettent pas d'affirmer que l'homme « a » une nature, puisque précisément ce qui le caractérise, c'est sa capacité à se libérer des contraintes fixes imposées aux autres êtres naturels. Par ailleurs, ces caractéristiques ne sont pas « innées » mais « acquises ». Les cas d'« enfants sauvages » montrent que l'homme ne développe ses facultés les plus caractéristiques (bipédie, langage, conscience de soi, raison…) que sous la condition de rencontrer un environnement culturel et humain. Seul, isolé très tôt dans la nature, l'homme ne s'humanise pas, il reste un *« moindre animal »* (L. Malson, *Les Enfants sauvages*). Dans cette mesure, l'idée de **« nature humaine »**, entendue comme ensemble de qualités présentes naturellement en l'homme, se trouve remise en cause. La **culture** apparaît donc comme l'**élément indispensable** de l'acquisition de ce qui fait notre humanité et comme expression de notre différence par rapport à la nature.

> **À voir**
>
> *L'Enfant sauvage*, film de François Truffaut (1970). L'histoire d'un enfant abandonné très tôt dans la nature, qui a grandi sans contact humain, qu'un médecin recueille et tente d'éduquer.

C Critique de la culture et des cultures

- Toutefois, cette prédominance de la culture signifie que l'homme est un être qui cherche à se modifier et à modifier la nature. Cette transformation prend des formes variées selon les différentes cultures, et certaines règles ou pratiques peuvent sembler condamnables : on peut les trouver **inhumaines**, « barbares », soit parce qu'elles semblent laisser l'homme à un état sauvage, soit parce qu'elles le transforment trop et mal (exemples de l'anthropophagie, de l'excision…).
- Pourtant, pour l'ethnologue **Claude Lévi-Strauss**, toute culture fait apparaître la même règle, à savoir la *« prohibition de l'inceste »*. Cette règle à la fois universelle (présente dans chaque culture) et particulière (variant en fonction des différentes cultures) montre la manière dont l'homme intervient sur la nature (alliance sexuelle) pour la modifier et créer un **état social**. Pour **Lévi-Strauss**, l'existence de cette règle dans toutes les cultures sans exception, montre que toute culture est autant culture qu'une autre. Le constat de l'existence de pratiques « inhumaines » relève selon lui de ***« l'ethnocentrisme »***, du fait de juger et condamner une autre culture en se prenant comme modèle. Pour lui, il faut faire preuve de ***« relativisme culturel »*** en acceptant que toutes les pratiques se valent et que toute culture est imparfaite.

> **Citation-clé**
>
> *« Le barbare, c'est d'abord l'homme qui croit à la barbarie. »*
>
> Claude Lévi-Strauss, *Race et Histoire*, 1952.

2 La nature et la technique

A La maîtrise de la nature

- Les modifications que l'homme fait subir aux lois naturelles peuvent s'appliquer au monde extérieur (monde physique) et à lui-même, en vue de réaliser un certain **progrès**. Il peut vouloir **améliorer la nature** en y introduisant des règles et des changements afin de la parfaire ou de s'en protéger. La **technique** (outils et machines) vise un tel perfectionnement.
- Pour **Descartes**, c'est la science qui doit permettre ainsi de rendre les hommes *« comme maîtres et possesseurs de la nature »*, en lui faisant connaître ses lois. On doit en effet à la connaissance et à la technique les nombreux progrès réalisés par l'homme pour lutter contre les maladies, les catastrophes naturelles, le vieillissement, etc.

PHILOSOPHIE

• Rousseau reconnaît aussi que l'homme a inventé l'outil afin de **s'adapter à une nature changeante et hostile** : *« la différence de terrains, de climats, de saisons* [...] *put les [les hommes] forcer à en mettre dans leurs manières de vivre* [...] *Ils s'inventèrent la ligne et l'hameçon ».*

• Pour autant, cette maîtrise peut dégénérer en **domination**, comme le suggère aussi **Rousseau** pour qui le progrès technique vire en **décadence morale** : l'homme devenu supérieur aux animaux grâce aux outils, s'en réjouit et, par orgueil, cherche à dominer à la fois les animaux et les hommes.

B Le respect de la nature

• Pourtant, la nature semble inspirer d'elle-même un certain **respect**, dont les poètes romantiques notamment témoignent en louant sa beauté et en la comparant à l'art, dans sa dimension créatrice. Kant aussi place les beautés naturelles au-dessus des beautés artistiques.

• Par ailleurs, avec les retombées écologiques de cette volonté de maîtrise, de nombreux cris d'alarme sont lancés. **Heidegger**, dans ses réflexions sur la technique, dénonce *« l'Arraisonnement »* que l'homme fait subir à la nature en cherchant à la soumettre aux règles rationnelles de productivité et de rentabilité. En traitant la nature comme une chose à « utiliser », l'homme épuise les ressources.

• **Hans Jonas**, dans son ouvrage *Le Principe responsabilité*, défend l'idée que l'homme doit se montrer **soucieux de la nature** non seulement pour lui-même mais pour les générations futures. C'est semble-t-il à la **morale** (valeurs posant ce qui est juste et bien) et à la **politique** (lois, droit) de poser un devoir de respect envers la nature.

• La notion moderne d'**environnement** traduit ce souci de voir l'homme comme une partie de la nature et non plus comme un être à part. Les débats de société sur la **bioéthique**, sur la menace climatique et sur les droits des animaux s'inscrivent dans cette démarche invitant à la prise de conscience et à l'action concrète en faveur de la nature.

La nature selon les trois perspectives

LA NATURE – L'existence humaine et la culture

Le lien entre la notion de nature et les notions d'existence humaine et de culture est le plus évident. On ne peut que se demander quelle place l'homme doit accorder à la nature dans son existence individuelle et sociale, marquée par la liberté et par les règles de la culture **[1. B, 2]**. Par ailleurs, la question de la nature humaine est directement posée par la notion même d'existence, qui suggère que l'homme doit son existence à lui-même, à sa liberté, et non pas à une nature toute faite **[1. A]**.

Exemples de questions

• ***La culture doit-elle éloigner l'homme de la nature ?*** → La question interroge le rapport que l'homme doit établir avec le monde physique et vivant. La culture semble avoir pour but d'éloigner l'homme du monde naturel mais on peut aussi poser des limites à cela car l'homme reste tout de même un être issu de la nature et vivant au sein de la nature.

• ***L'homme est-il un être naturel ?*** → On se demande si l'homme a en lui une nature, des caractéristiques innées, et s'il contient aussi des éléments naturels, propres au monde physique et vivant, comme par exemple des instincts. On cherche à savoir ce que son existence doit à la culture, à la transformation, si quelque chose résiste à cette transformation et si l'homme ne doit pas son existence aussi à la nature qu'il utilise pour vivre.

LA NATURE – La morale et la politique

On peut s'interroger aussi sur la manière dont la morale et la politique peuvent encadrer le rapport entre l'homme et la nature afin de permettre à la fois un progrès technique et économique (utiliser la nature et s'en protéger) et un respect de celle-ci. Il s'agit de poser des droits de la nature et des devoirs de l'homme envers elle afin d'une part de garantir la survie de l'homme à long terme, et, d'autre part, de veiller à respecter la nature pour elle-même, pour sa variété et sa beauté **[2]**.

Exemple de question

• ***Doit-on respecter tout être vivant ?*** → Cette question interroge la place du respect à accorder aux êtres vivants issus de la nature, sachant que l'homme a besoin de les utiliser et de s'en protéger, mais que, par ailleurs, le vivant inspire un certain respect, par son existence même et sa beauté.

LA NATURE – La connaissance

On peut aussi interroger le rapport entre la nature et la connaissance (notamment la science), en se demandant ce que la connaissance de la nature (physique, biologie, médecine) doit permettre à l'homme de faire. Ses connaissances lui donnent-elles le droit de disposer librement de la nature, ou bien au contraire doivent-elles l'inviter à plus de mesure, de prudence et de respect ? Est-ce la connaissance qui peut poser ces limites ou bien faut-il en appeler à la morale et au droit **[2]** ?

Exemple de question

• ***Faut-il connaître la nature pour la respecter ?*** → On se demande si la connaissance scientifique de la nature est nécessaire à son respect, au fait de s'interdire certains usages destructeurs. D'autres moyens ne suffisent-ils pas pour inspirer ce sentiment, venant de la conscience ou raison de chacun, ou imposés par des lois ?

6 La religion

Voir aussi : la vérité (p. 254)

La religion est un ensemble de croyances et de pratiques autour de choses « sacrées », qui réunissent des hommes en une même communauté. Le sens étymologique (*religare* en latin signifiant « relier ») suggère que la religion permet à l'homme d'être relié d'une part à une autre réalité (transcendante) et d'autre part à d'autres hommes (au sein d'une communauté). S'agit-il d'un **phénomène contraire à notre dignité et à nos intérêts** d'êtres doués de raison ou bien d'une **dimension légitime de notre humanité** ? À quelles conditions la religion est-elle bénéfique sur un plan à la fois existentiel, moral et social ?

Critique de la religion — **Légitimité de la religion**

Freud (1856-1939) La religion est une « *illusion* »

Marx (1818-1883) Nécessité d'« *abolir la religion* »

Pascal (1623-1662) Le « *cœur* » et la « *raison* »

Durkheim (1858-1917) « *Une chose éminemment sociale* »

Locke (1632-1704) Les bornes de la foi légitime

1 Critique de la religion

A Paradoxe de la foi

La croyance religieuse ou « foi » est faite de **« dogmes »**, c'est-à-dire d'idées qui ne s'offrent pas à la critique et auxquelles il faut **adhérer sans exiger de preuve**. La valeur de la foi se mesure ainsi à la capacité à croire avec la plus grande fermeté là où ni l'expérience ni la logique ne peuvent fournir de garantie, et même parfois en allant contre elles. D'où le **paradoxe de la foi** : comment expliquer qu'il y ait une telle certitude là où précisément les raisons de croire manquent ? Cette certitude n'explique-t-elle pas la tendance de la religion à dériver en fanatisme (du latin *fanaticus*, « inspiré, enthousiaste ») ?

B La religion comme *« illusion »*

Selon Freud, la force des idées religieuses vient de ce qu'elles ne s'adressent pas à la raison de l'homme, mais plutôt à ses **passions**, ses **craintes et** ses **désirs**. L'existence d'un Dieu paternel et juste, par exemple, satisfait un des souhaits les plus chers de l'humanité, en lui offrant une **représentation rassurante de l'existence**. Si les hommes tiennent tant à leurs religions, c'est qu'elles constituent un **« trésor » d'illusions**.

C Nécessité d'*« abolir la religion »*

• Pour se montrer à la hauteur de leur nature d'êtres raisonnables, les hommes doivent renoncer à la religion. **Marx** montre qu'il s'agit même d'une véritable **nécessité politique**. En effet, en posant l'existence d'un *« autre monde »*, la religion justifie les souffrances « terrestres » et dissuade d'y remédier. Tout progrès social nécessaire à **garantir un *« bonheur réel »*** doit donc passer d'abord par *« l'abolition de la religion »*.

> **Citation-clé**
> *« La religion est l'opium du peuple. »*
> Karl Marx, *Introduction à la Critique de la philosophie du droit de Hegel*, 1843.

• Par ailleurs, on ne peut que constater la difficulté qu'ont les différentes religions de cohabiter au sein d'une même société. Si une religion rassemble des hommes en son sein, elle les sépare de ceux d'une autre religion et peut les mettre en conflit (intolérance religieuse, guerres de religion).

2 Légitimité de la religion

A Le *« cœur »* et la *« raison »*

N'est-il pas prétentieux de faire de la raison l'autorité ultime en matière de vérité ? Ne doit-elle pas reconnaître ses **propres limites** ? Par exemple, nous ne pouvons pas prouver, en cet instant, que nous ne rêvons pas et nous en sommes pourtant intimement sûrs. De même, il existe en mathématiques des principes indémontrables – les axiomes – que l'on pose au fondement de toute démonstration. **Pascal** en conclut qu'il y a des vérités qui ne peuvent qu'être **senties intuitivement**, par ce qu'il appelle ***« le cœur »***. C'est sur lui que repose donc la foi, sous la forme d'une **« révélation »**. La religion permettrait ainsi une forme d'élévation spirituelle par laquelle l'homme donnerait un certain sens à son existence. Pour Pascal, la croyance en Dieu est une réponse et une solution à l'angoisse de la mort et à la prise de conscience de notre dimension *« finie »*, *« misérable »*, de notre petitesse dans l'univers.

> **Mot-clé**
> **Révélation :** façon dont une divinité ferait elle-même connaître certaines vérités impossibles à découvrir par la « lumière naturelle », c'est-à-dire par la seule raison.

B La religion comme besoin social

Comme on ne connaît aucune société sans religion, on peut penser qu'il doit y avoir un rapport nécessaire entre les deux. **Durkheim** voit d'ailleurs le phénomène religieux comme une émanation naturelle de la société. Réunis, les individus sentent la présence d'**une *« force »* qui les dépasse**. C'est de là que naissent les idées religieuses, si bien que, par leurs cultes, les hommes vénèrent, en réalité, la communauté qu'ils forment. C'est pourquoi **toute société implique une dimension religieuse**, par exemple par des **cérémonies** qui entretiennent régulièrement le lien social ou par la définition du caractère « sacré » de certains objets (drapeau, hymne…).

> **À voir**
> ***Les Innocentes*, film d'Anne Fontaine (2016).** À la fin de la Seconde Guerre mondiale, l'histoire de jeunes filles polonaises dans un couvent de bénédictines, dont certaines, enceintes après avoir été violées par des soldats soviétiques, doivent accoucher dans le secret.

C Conditions de légitimité

• On peut donc reconnaître à la religion sa légitimité. Il faut toutefois poser certaines conditions. En effet, en admettant la légitimité de croyances extérieures au domaine de la raison, on risque

PHILOSOPHIE

de justifier aussi bien la religion que ses formes dévoyées – la **superstition** et le **fanatisme**. Pour éviter cela, **Locke** propose de bien distinguer les idées qui vont **« contre la raison »** de celles qui sont **« au-dessus de la raison »**. Par suite, une croyance n'est digne de l'homme que si la raison ne peut pas en établir l'absurdité. Cette croyance peut alors, à bon droit, relever de la « liberté de conscience ».

• À l'égard de la société, toute pratique religieuse doit être permise dans la mesure où elle **ne porte pas atteinte au bon ordre de la vie collective**, c'est-à-dire aux intérêts et à la liberté de chacun. À ce titre, le rôle de l'État doit être de garantir le respect de la **laïcité**, en s'abstenant lui-même de toute prise de position et en veillant à ce que la liberté de conscience de chaque homme, croyant ou non, ne soit pas menacée.

• Enfin, on peut **évaluer la légitimité d'une croyance à sa valeur humaine.** Dans la mesure où elle a pour effet d'amener l'homme à exprimer et développer ses facultés intellectuelles, morales et esthétiques, on peut dire qu'elle trouve toute sa place au sein du processus de culture. À l'inverse, il faudrait combattre toute forme de croyance qui « n'élèverait » pas l'homme et entraverait son accomplissement.

La religion selon les trois perspectives

LA RELIGION – L'existence humaine et la culture

La religion peut être pensée dans sa dimension existentielle et culturelle si l'on envisage ses effets à la fois au niveau personnel et au niveau collectif. La fonction de « lien » qu'établit la croyance religieuse a en effet deux orientations, l'une qui permet une certaine élévation spirituelle avec une réalité transcendante dépassant ce que l'on peut atteindre par la raison **[2. A]**, l'autre qui permet un lien horizontal avec d'autres hommes au sein d'une communauté (fonction sociale) **[2. B]**. En même temps, cette fonction peut être contestée **[1. B, C]**. Il faut donc poser des conditions pour que ces aspects positifs soit effectifs **[2. C]**.

Exemple de question

• ***Les religions empêchent-elles les hommes de s'entendre ?*** → On se demande si l'existence de différentes religions au sein des différentes cultures ne remet pas en question le lien social, l'unité de la vie en société. Il s'agit donc de chercher à quelles conditions la pluralité des religions peut éviter de séparer les hommes et comment elle pourrait avoir un effet unificateur.

LA RELIGION – La morale et la politique

La religion a aussi une dimension morale et des enjeux politiques. Elle permet à l'homme d'avoir certaines valeurs morales (le Bien, le Mal) qui peuvent guider ses actions **[2. fin C]**. Elle permet aussi de structurer la vie sociale **[2. B]**. Pour autant, cette fonction morale et politique peut être remise en question. La croyance en des valeurs peut dériver en fanatisme **[1. A, 2. C]** ou en soumission politique **[1. C]** et suppose certaines conditions pour éviter ces effets pervers **[2. C]**.

Exemple de question

• ***Une société peut-elle se passer de religion ?*** → La question porte sur la nécessité de la religion au sein d'une société, sur sa fonction sociale – relier les individus – et politique – garantir un certain ordre ou le respect entre les individus. C'est donc se demander ce qui pourrait remplacer la religion dans sa fonction unificatrice et structurante.

LA RELIGION – La connaissance

Enfin, la religion peut être pensée en lien avec la connaissance, la raison et la vérité. On se demande en effet si la religion apporte à l'homme certaines vérités (sur le sens de son existence, sur la mort) **[2. A]** ou bien si au contraire elle ne l'en éloigne pas **[1. A]**. Là encore, la croyance religieuse doit être soumise à certaines conditions pour que sa fonction spirituelle soit effective **[2. C]**.

Exemple de question

• ***La religion s'oppose-t-elle à la raison ?*** → Cette question classique permet d'interroger la dimension à la fois rationnelle et irrationnelle de la religion sur le plan de la connaissance, ainsi que sa dimension à la fois raisonnable et déraisonnable sur le plan moral.

7 La technique

Voir aussi : la liberté (p. 240)

La **technique** (du grec *technè*, « production, fabrication, métier, procédé, habileté ») désigne l'ensemble des **moyens** créés et employés pour accomplir une fin utilitaire, souvent en lien avec le travail. Plus largement, la technique renvoie à l'ensemble des **outils** (manuels, intellectuels) ou machines inventées par les hommes, **créés artificiellement**. Elle est directement un effet de la **culture**, comprise comme activité de transformation de la nature. La technique représente pour l'homme et la nature un moyen d'**épanouissement** ou bien faut-il la voir comme une **menace** ?

Des moyens d'épanouissement… **…ou une menace pour notre humanité ?**

Platon (427-347 av. J.-C.) Dimension « prométhéenne » de la technique

Aristote (384-322 av. J.-C.) La main, outil des outils

Rousseau (1712-1778) Progrès technique et décadence morale

Heidegger (1889-1976) Un rapport appauvrissant au réel

1 Des moyens d'épanouissement

A Dimension « prométhéenne » de la technique

Selon le mythe exposé dans le *Protagoras* de **Platon**, l'homme est, à l'origine, **l'être le plus démuni et le plus faible**. En offrant aux hommes le don d'invention technique volé aux dieux, **Prométhée** renverse la situation. Les outils et les savoir-faire dont l'homme se dote à volonté lui permettent non seulement de survivre, mais aussi d'exploiter la nature à son profit, pour **accroître ses satisfactions et sa liberté**.

B La main et l'outil

Aristote, critiquant Platon, va plus loin dans cette analyse de l'homme inventeur de la technique. Pour lui, l'homme sans outil n'est pas démuni, bien au contraire, il est doté du **meilleur des outils, la main**. Selon Aristote, la nature a donné justement à l'homme *« l'outil qui tient lieu des autres »*, pour servir son intelligence. Ainsi, l'homme, grâce à la main, peut inventer et tenir un très grand nombre d'outils, alors que l'animal est limité à un seul. Ici, on comprend que la technique humaine, symbolisée par la main, ne se sépare pas de la nature, mais en est le produit et le prolongement. Par ailleurs, elle augmente la liberté humaine par l'éventail des possibilités d'actions qu'elle crée.

2 Une menace pour notre humanité

A Progrès technique et décadence morale

Certes le progrès technique semble découler naturellement des efforts faits par l'homme pour survivre dans une nature hostile. Mais il peut apparaître aussi comme une manière pour l'homme d'accroître sa **supériorité** et sa **domination** sur la nature ainsi que sur les autres hommes. C'est l'analyse que fait **Rousseau** du progrès technique pour mettre en cause l'orgueil humain et les effets pervers de sa *« perfectibilité »*. Il souligne également la dépendance entraînée par l'utilisation des outils, et ainsi la perte de **liberté** occasionnée par l'habitude d'une existence facilitée.

B Les dangers de la technique

- L'évolution des techniques représente un progrès dans les moyens offerts aux hommes, encore plus évident avec la **« technologie »**, l'articulation étroite des sciences et de la technique. Ce **« progrès »** est cependant très **équivoque**, dans la mesure où il s'offre **indifféremment à toutes les fins**, y compris les pires passions des hommes. Il mène ainsi à des **menaces** sur l'environnement comme sur l'existence de notre espèce.

> **À voir**
>
> *Demain*, le film documentaire de Cyril Dion (2016) présente les enjeux environnementaux et sociaux liés au réchauffement climatique et plus largement à la technologie.

- **Heidegger** pointe un danger plus grave encore, car plus subtil. Nos succès dans l'appropriation de la nature nous amènent à **ne plus voir le monde que comme un « fonds »** fait pour être exploité. De façon insidieuse, la technique devient ainsi autre chose qu'un ensemble de moyens : une forme de rapport « agressif » et réducteur à la réalité, qui entraîne un **appauvrissement de notre essence** d'êtres pensants.

3 Remèdes

- Il semble nécessaire d'encadrer l'évolution technique par des lois, qui appellent d'abord à une **réflexion éthique inédite**. Dans la mesure où la technique remet en cause les limites fixées par la nature, l'homme se retrouve devant la responsabilité de devoir lui-même les définir. **Hans Jonas** ajoute que cette **responsabilité** doit même, à présent, s'étendre à des êtres qui n'existent pourtant pas encore : les « générations futures ».

> **Citation-clé**
>
> *« Agis de façon que les effets de ton action soient compatibles avec la permanence d'une vie authentiquement humaine sur Terre. »*
>
> Hans Jonas, *Le Principe Responsabilité*, 1979.

- Pour ne pas tomber dans ce qu'**Heidegger** appelle *« l'oubli de l'Être »*, il faut cultiver des formes de rapport au monde plus « sereines » que celle de la technique. L'**art**, la **philosophie** ou encore la **religion** en donnent l'exemple, dans la mesure où ce sont autant de moyens de **se rapporter à la réalité sans chercher à l'exploiter**.
- Ainsi, les remèdes au danger potentiel de la technique passent à la fois par la **connaissance**, par une **exigence morale de respect**, et par la mise en œuvre de **moyens politiques**.

La technique selon les trois perspectives

LA TECHNIQUE – L'existence humaine et la culture

La technique est directement en lien avec des questions **existentielles** ou relatives à la **culture**. Elle est en effet l'expression directe de la culture comme transformation de la nature et on se demande jusqu'où elle améliore l'existence des hommes. Elle peut également être questionnée dans ses effets sur la conscience et sur la liberté **[1 et 2]**.

Exemple de question

• *Le progrès technique transforme-t-il les hommes ?* → On se demande si le développement technique censé agir sur la nature pour la transformer positivement n'a pas aussi un effet sur les hommes et lequel.

LA TECHNIQUE – La morale et la politique

De même, on ne peut que questionner les effets moraux de la technique ainsi que la responsabilité politique impliquée dans ces effets. L'usage d'outils rend-il les hommes meilleurs, plus « humains », plus respectueux, ou les rend-il au contraire moins « humains », moins respectueux, plus égoïstes, plus indifférents… ? Que peuvent faire les lois pour empêcher les effets néfastes du progrès technique ? **[2 et 3]**

Exemple de question

• *Faut-il limiter le progrès technique ?* → La question porte sur le paradoxe de la technique, censée se développer et progresser pour améliorer l'existence des hommes, mais dont les effets se révèlent inverses ; il convient de se demander sur quels critères limiter ou empêcher l'utilisation de certaines techniques, et quel rôle accorder à la fois à la morale et à la politique pour fixer ces critères.

LA TECHNIQUE – La connaissance

Enfin, on peut questionner le rapport entre connaissance et technique, ou entre science et technique. On se demande jusqu'où la fabrication et l'utilisation d'outils rendent les hommes plus intelligents, plus performants sur le plan de la connaissance et de la réflexion. Là encore, les effets semblent paradoxaux, voire contradictoires, et la question se pose de savoir si c'est la technique en elle-même qui doit être condamnée ou bien les hommes eux-mêmes dans l'usage qu'ils en font et dans les buts (finalité) qu'ils lui donnent **[1 et 2]**.

Exemple de question

• *Les techniques ne sont-elles qu'une application des sciences ?* → On interroge le décalage possible entre la science, comme connaissance rationnelle théorique au service de la vérité, et la technique, comme application pratique au service d'un intérêt humain : certaines dérives ne sont-elles pas possibles dans l'utilisation des objets techniques ? Ne peuvent-ils pas servir des intérêts économiques, commerciaux, politiques ?

8 La vérité

Voir aussi : la religion (p. 248)

La vérité désigne, de façon classique, l'**adéquation de l'esprit à la chose**. C'est se représenter le réel tel qu'il est, de manière objective. On se demande, d'une part, si une telle conformité est accessible à l'homme et par quels moyens l'atteindre. On s'interroge, d'autre part, sur la valeur de la vérité : qu'apporte sa recherche ?

Difficultés que pose la vérité — **Les différentes formes de vérités** — **Valeur de la vérité**

Platon (427-347 av. J.-C.) Le monde des Idées

Descartes (1596-1650) Le modèle de l'évidence

Leibniz (1646-1716) Vérités de fait et vérités de raison

Kant (1724-1804) Le devoir de sincérité

1 Difficultés que pose la vérité

A Vérité et réalité

- La vérité est à distinguer de la simple réalité : c'est un discours ou une pensée sur la réalité. C'est avoir une représentation exacte, objective de la réalité, chercher un **accord** entre notre esprit et le réel.
- Plus encore, la vérité porterait sur l'**essence** des choses, sur ce qu'elles sont en elles-mêmes, au-delà de leur apparence. Elle a alors un caractère stable et universel.

B Caractère idéal de la vérité

C'est pourquoi, pour **Platon**, la vérité porte non pas sur la réalité sensible (ce que l'on voit, touche, etc.) mais sur une réalité « **intelligible** », accessible à la raison, et qui serait le **monde des Idées**, essences qui composent et ordonnent notre réalité. Ainsi, la vraie beauté, ce n'est pas une belle jeune fille ou une belle lyre, c'est l'Idée de beauté, c'est-à-dire ce par quoi toutes les choses belles le sont.

C Les obstacles à la recherche de la vérité

Une telle recherche suppose donc de vaincre les obstacles qui empêchent d'atteindre cette réalité intelligible. L'homme est, en effet, sujet à l'**erreur** (se tromper) ou à l'**illusion** (être victime de ses sens ou de ses désirs). Face à cette difficulté, il peut aussi préférer l'**ignorance** ou la simple **opinion** (pensée superficielle). Enfin, il peut vouloir se réfugier dans le **mensonge**, lorsque la vérité contrarie ses désirs ou ses intérêts.

> **À voir**
>
> ***Music Box*, film de Costa-Gavras (1990).** L'histoire d'une avocate qui veut défendre son père accusé d'être un ancien nazi et poursuivi pour crime de guerre.

2 Les différentes formes de vérités

A Le modèle de l'évidence

Pour vaincre ces obstacles qui entravent la recherche de la vérité, on peut alors chercher, comme **Descartes**, à tout remettre en question, pour trouver une vérité indubitable. La proposition ***« Je pense, donc je suis »*** est, en ce sens, pour lui, le **modèle de la vérité**, en s'imposant comme **évidence** : penser, c'est être certain d'exister. La vérité relèverait ainsi d'une intuition intellectuelle.

> **Citation-clé**
>
> *« Les choses que nous concevons fort distinctement et fort clairement sont toutes vraies. »*
>
> René Descartes, *Discours de la méthode*, 1637.

B Vérités de fait ou de raison ?

Pourtant, comme le suggère **Leibniz**, il y a différentes vérités, selon les différents domaines de réalité : il y a ainsi des vérités de fait (« Il pleut »), dont le contraire est possible, et des vérités de raison (2 + 2 = 4), dont le contraire est impossible. Les vérités de fait supposent une certaine **expérience sensible**, et les vérités de raison sont données par la **raison seule**.

C Le modèle des sciences

On comprend que les sciences, qui reposent sur la rigueur du raisonnement et sur l'expérimentation, constituent un **modèle de vérité**. Elles proposent en effet des lois et des théories permettant de saisir des **rapports nécessaires et universels entre les choses** (par exemple la loi de la chute des corps pose que tous les corps tombent nécessairement).

3 Valeur de la vérité

A Vérité et devoir

- On peut donc s'interroger sur la valeur de la vérité. Les difficultés que pose sa recherche peuvent-elles, par exemple, autoriser le mensonge ? Pour **Kant**, le **devoir de sincérité** est un devoir sans condition : je ne suis jamais sûr, en mentant, de rendre mon action (même bonne) efficace. Plus largement, la recherche de la vérité rend l'homme meilleur, plus courageux, plus en accord avec sa dimension spirituelle. Elle a ainsi une vocation **morale**.

> **Rappel**
>
> Il est plus juste de parler d'un **devoir de « sincérité »** que de « vérité ». Il est en effet difficile d'être sûr de connaître la vérité. Ce que nous pouvons au moins garantir à autrui, c'est de dire ce que nous pensons être vrai. Nous n'avons qu'à interroger notre propre conscience.

- Pour **Descartes**, on peut hésiter entre l'illusion porteuse de joie ou la vérité accompagnée de tristesse. Selon lui, l'esprit humain place son « bien » dans la connaissance de la vérité et, par conséquent, même si celle-ci n'est pas toujours plaisante, l'homme en retire une plus grande satisfaction. L'illusion ou l'ignorance ne le contentent que superficiellement.

B Vérité et croyance

- De même, on peut poser que l'homme ne peut affirmer certaines vérités, lorsqu'elles portent sur des aspects du réel inaccessibles à l'expérience, comme Dieu. Mais, selon **Kant**, la morale exige de poser des objets de croyance, là où connaître est impossible. Croire en l'existence de Dieu est ainsi nécessaire pour croire en nos devoirs (on les pose comme issus de Dieu). Dieu fait l'objet d'une foi, qui pour le croyant acquiert le statut de **vérité subjective**.
- À ce niveau, c'est à l'État de garantir une liberté de croyance ou d'opinion, pour permettre à chacun d'avoir sa propre vérité. Pour autant, l'État peut aussi chercher à limiter et empêcher des croyances ou opinions néfastes à la vie en commun et contraires au respect de la personne humaine (on peut ainsi condamner quelqu'un pour des propos qui incitent à la haine et condamner par là même l'opinion qui les sous-tend).

• La diversité des cultures et des croyances rend également la vérité « relative », conditionnée par certains facteurs. C'est cette diversité qui fait dire à **Pascal** : *« Vérité en deçà des Pyrénées, erreur au-delà »*. Là encore, la croyance peut avoir valeur de vérité, elle peut avoir un **rôle social** (partager les mêmes croyances).

C Vérité et illusion

Plus radicalement pour **Nietzsche**, les vérités établies par les hommes, notamment dans le domaine des sciences ou même de la philosophie, ne sont qu'**illusions** : elles expriment le désir qu'ils ont de croire en un monde stable et ordonné par des lois, mais elles cachent un monde dont l'apparence, changeante et particulière, est l'unique réalité. Seul l'art permet de saisir cette réalité variable et éphémère, ainsi qu'un certain type de philosophie (notamment celle de **Nietzsche**, censée rompre avec le modèle platonicien.

La vérité selon les trois perspectives

LA VÉRITÉ – L'existence humaine et la culture

La notion de vérité est à articuler avec les questions existentielles car on se demande ce que sa recherche apporte à l'homme, tant elle peut s'avérer difficile, voire impossible, et parfois douloureuse **[1. C, 3. A]**. Par ailleurs, la pluralité des cultures pose aussi la question du rapport entre la vérité et les valeurs sociales, en interrogeant la dimension relative et subjective de certaines croyances admises comme vraies **[3. B]**.

Exemples de questions

• ***Peut-on ne pas vouloir rechercher la vérité ?*** → On se demande ce qu'apporte la recherche de la vérité à l'homme, et si elle est toujours bénéfique ; on se demande aussi ce qui peut contrarier la volonté de l'homme dans sa quête de connaissance.

• ***Toutes les opinions sont-elles tolérables ?*** → On interroge la légitimité des opinions, c'est-à-dire de certaines pensées non réinterrogées, admises souvent comme vraies et pouvant l'être. Au nom de la liberté d'opinion, il semble qu'un devoir de tolérance s'impose en cas de désaccord. Pourtant, certaines limites apparaissent nécessaires au niveau moral.

LA VÉRITÉ – La morale et la politique

La vérité a un rapport avec la **morale** puisque l'on a en vue l'idée qu'il y a peut-être un devoir de vérité, contrebalancé par la tentation de défendre aussi un droit de mentir. De même, en se demandant ce que la recherche de la vérité apporte à l'homme, on s'interroge sur sa valeur morale **[2. A]**. On se demande également si l'**État** peut jouer un rôle dans la quête ou l'énoncé de la vérité **[3. B]**.

Exemple de question

• ***Toute vérité est-elle bonne à dire ?*** → Cette question interroge l'énoncé de la vérité, et pose la question du droit de mentir. Il convient de rechercher des situations où le devoir de dire la vérité à autrui serait remis en question, et on se doit aussi de rechercher des conditions pour énoncer des vérités pénibles, douloureuses, terribles, que l'on ne peut taire.

LA VÉRITÉ – La connaissance

Enfin, la vérité est en lien direct avec les questions touchant à la connaissance puisqu'elle se définit comme connaissance objective. On se demande comment accéder à la vérité et si cet accès est possible. On se doit aussi d'interroger le modèle que représentent les sciences, pour savoir s'il n'y a pas des vérités d'un autre ordre (dans la religion, dans l'art, la philosophie…) **[2. C, 3. B et C]**.

Exemple de question

• ***N'y a-t-il de vérité que dans les sciences ?*** → On attend une réflexion critique sur les sciences, en tant que modèles de vérité, pour interroger la possibilité d'établir des vérités dans d'autres domaines, tels que l'art ou la religion, ou encore la philosophie.

9 Les repères philosophiques

Comme le soulignent les programmes officiels : « *L'examen des notions et l'étude des œuvres sont précisés et enrichis par des repères que le professeur sollicite dans la conduite de son enseignement.* »

Afin de vous aider à les comprendre, voici quatre tableaux qui montrent que certains repères : s'opposent ; sont différents mais pas nécessairement opposés ; sont proches mais doivent être différenciés ; fonctionnent ensemble dans une progression.

1 Les repères qui s'opposent

Absolu : Qui ne varie pas en fonction de conditions.	**Relatif :** Qui varie en fonction de conditions.
Abstrait : Ce qui renvoie à des idées générales.	**Concret :** Ce qui renvoie à des choses particulières.
Analyse : Action de décomposer en éléments simples.	**Synthèse :** Action de rassembler en un tout.
Théorie : Ce qui renvoie au domaine de la pensée.	**Pratique :** Ce qui renvoie au domaine de l'action.
Essentiel : Propriété qui permet de définir un objet.	**Accidentel :** Propriété qui ne définit pas un objet.
Immédiat : Ce que l'on atteint directement.	**Médiat :** Ce que l'on atteint indirectement.
Impossible : Qui ne peut pas exister.	**Possible :** Ce qui n'existe pas mais peut exister.
Objectif : Ce qui ne tient compte que de l'objet, ce qui vaut de façon universelle.	**Subjectif :** Ce qui dépend d'un sujet, d'un point de vue particulier.
	Intersubjectif : Ce qui caractérise la relation entre deux sujets, deux consciences.
Public : Qui renvoie à la sphère collective, à l'espace partagé par le groupe social (lieux et espaces publics, biens de l'État).	**Privé :** Qui renvoie à la sphère personnelle, à l'espace de vie intime (vie privée, maison, famille, biens personnels).
Transcendant : Ce qui dépasse l'ordre naturel des choses accessibles par l'expérience.	**Immanent :** Ce qui est du même ordre que la réalité donnée dans l'expérience.

2 Les repères qui sont différents sans être nécessairement opposés

Croire : Tenir pour vrai de façon subjective.	**Savoir :** Tenir pour vrai de façon objective.	
En acte : Ce qui est réalisé effectivement.	**En puissance :** Ce qui peut se réaliser mais qui ne l'est pas encore.	
En fait : Ce qui existe dans les faits, sans être pour autant juste.	**En droit :** Ce qui devrait exister parce que juste, légitime d'un point de vue moral.	
Exemple : Ce qui permet d'illustrer un énoncé général à l'aide d'un cas concret et particulier.	**Preuve :** Ce qui permet de vérifier l'accord d'un énoncé avec la réalité.	
Formel : Ce qui concerne la valeur logique d'un raisonnement, la forme.	**Matériel :** Ce qui concerne le contenu d'un raisonnement, sa conformité avec la réalité.	
Idéal : Ce qui existe en pensée et représente un modèle.	**Réel :** Ce qui existe dans les faits et peut être imparfait.	
Intuitif : Ce qui peut être saisi de façon immédiate.	**Discursif :** Ce qui suppose les articulations d'un raisonnement, d'un discours.	
Principe : Ce qui est premier, ce qui fonde.	**Cause :** Tout principe d'explication.	**Fin :** Explication par un but ou une intention.

PHILOSOPHIE

3 Les repères qui sont proches mais qu'il faut distinguer

Expliquer : Chercher les causes, ce qui a rendu possible quelque chose.	**Comprendre :** Chercher les raisons, les buts, les motivations.
Légal : Ce qui est conforme à la loi, au droit positif.	**Légitime :** Ce qui est conforme à la morale, ce qui est juste en soi.
Obligation : Ce que l'on s'impose à soi-même librement.	**Contrainte :** Ce qui est imposé de façon extérieure.
Origine : Ce qui désigne le commencement ou les conditions d'apparition de quelque chose.	**Fondement :** Ce qui justifie l'existence de quelque chose d'un point de vue moral ou logique.
Persuader : Obtenir l'adhésion de quelqu'un à partir d'éléments subjectifs.	**Convaincre :** Obtenir l'adhésion de quelqu'un à partir d'éléments objectifs.
Ressemblance : Comparaison directe d'éléments.	**Analogie :** Comparaison indirecte portant sur des rapports.

4 Les repères qui fonctionnent ensemble dans une progression

Concept : Se dit d'une idée générale et abstraite (« la » liberté, « le » temps).	**Image :** Représentation concrète permettant de représenter un concept explicitement (l'image du fleuve pour représenter le temps).	**Métaphore :** Image implicite et indirecte (les « ravages » du temps, « l'écoulement » du temps).	
Contingent : Ce qui existe et aurait pu ne pas exister.	**Nécessaire :** Ce qui existe et qui ne pouvait pas ne pas exister.		
Genre : Le groupe général.	**Espèce :** Le sous-groupe du genre.	**Individu :** L'élément de l'espèce.	
Hypothèse : Proposition incertaine qu'on demande d'admettre (« si… »).	**Conséquence :** Proposition découlant logiquement d'une autre proposition (« alors… »).	**Conclusion :** Proposition finale découlant logiquement d'une série de propositions (« donc… »).	
Identité : Le fait d'être strictement le même.	**Égalité :** Le fait d'être le même sous un certain rapport.	**Différence :** Le fait de ne pas être le même.	
Universel : Ce qui vaut sans exception.	**Général :** Ce qui vaut dans la plupart des cas.	**Particulier :** Ce qui vaut dans certains cas.	**Singulier :** Ce qui vaut dans un seul cas.
Vrai : Se dit d'un énoncé (discours ou pensée) en accord avec le réel.	**Probable :** Se dit d'un énoncé qui admet une forte possibilité d'être vrai.	**Certain :** Se dit d'un énoncé dont l'accord avec le réel a été démontré ou prouvé.	

Sujet du Bac

Épreuve de philosophie

SUJET I Dissertation

Corrigé p. 263

La laideur peut-elle intéresser l'artiste ?

Comment traiter le sujet

Notions

L'art, la nature, la vérité.

Remarques générales

Le sujet est assez classique, même si la notion de « laideur » peut sembler difficile à analyser (le terme *beauté* nous est plus familier). Ce qui est interrogé ici, c'est le rapport entre l'art et la beauté et en quel sens celui-ci peut viser autre chose que le beau.

Analyser les termes du sujet

- **La laideur :** la laideur désigne ce qui n'est pas beau. Pour autant, ce qui n'est vraiment pas beau n'est pas forcément laid. Il y aurait donc un intermédiaire entre le beau et le laid, quelque chose pouvant n'être ni beau ni laid, nous laissant indifférent sur le plan esthétique. La laideur désigne un manque cruel de beauté qui, du coup, nous interpelle et nous étonne : face à elle, nous sommes comme surpris par cette absence radicale, exceptionnelle, de beauté. Par ailleurs, la laideur semble pouvoir s'appliquer soit à l'apparence (visage, décor, vêtements...), soit à des formes d'intériorité (pensées, sentiments, parties du corps). Dans tous les cas, la laideur semble à la fois attirer le regard et nous repousser.
- **Peut-elle :** on interroge à la fois la possibilité, pour l'artiste, de s'intéresser à la laideur et la légitimité (valeur) d'un tel intérêt : jusqu'où est-il « bon » que l'artiste s'intéresse à la laideur ?
- **Intéresser :** la notion d'« intérêt » peut désigner le caractère « utile » d'une chose (d'un point de vue matériel, économique ou politique), et, en cela, l'intérêt nous rend « intéressé » (nous cherchons un « gain » possible) ; l'intérêt peut aussi renvoyer aux domaines de la culture et de la connaissance, et l'on s'intéresse alors à une chose non pas pour « y gagner » quelque chose, mais parce que la chose en elle-même a de la valeur et demande qu'on s'intéresse « à » elle.

Dégager une problématique

- Il semblerait que l'artiste s'intéresse à la beauté et que, par conséquent, il ne puisse s'intéresser à la laideur.
- Pour autant, certaines œuvres ne nous apparaissent-elles pas laides, et ce non pas parce que nous les trouverions personnellement laides, mais parce qu'elles se voudraient laides ? N'est-ce pas alors le signe que l'artiste, de fait, s'intéresse à la laideur ?
- Pourquoi un tel intérêt et est-il légitime ?

SUJET 2 Dissertation Corrigé p. 265

La culture nous rend-elle plus humain ?

Comment traiter le sujet

Perspectives

L'existence humaine et la culture.

Notions et repères

Notions : l'art, la justice, le langage, la liberté, la nature, la technique.
Repères : absolu/relatif – en acte/en puissance – essentiel/accidentel – universel/général/particulier/singulier.

Remarques générales

Même si la notion de « nature » n'apparaît pas elle-même dans la question, le sujet est bien une façon de l'interroger. En effet, réfléchir sur la « culture », c'est nécessairement réfléchir en même temps sur « la nature » puisque les deux notions se définissent l'une par rapport à l'autre. Cette réflexion est ici centrée sur l'homme qui est à la fois celui par qui la culture arrive, et aussi celui sur qui elle s'exerce.

Analyser les termes du sujet

• **La culture :** dans un premier sens, la culture désigne un *processus*, celui d'une transformation de la « nature ». Il peut s'agir de la modification du monde qui nous entoure (par l'agriculture, par exemple) mais aussi, par extension, de la modification que l'homme s'impose à lui-même à travers l'éducation en particulier. La culture évoque par suite tous les *domaines* par lesquels l'homme s'écarte d'un comportement seulement naturel, pour y ajouter une dimension « artificielle » : l'invention et l'utilisation de moyens techniques, la création d'œuvres d'art, l'instauration de valeurs et de règles morales, l'établissement de lois, etc. En principe, tout cela permet à l'homme de s'éloigner de son état « sauvage » pour se « civiliser », se « discipliner » ou encore même « s'humaniser ». Cela implique de voir la nature, ou du moins l'état naturel de l'homme, comme quelque chose d'imparfait qu'il faudrait améliorer, voire même comme quelque chose de mauvais qu'il faudrait corriger ou repousser. L'effet de la « culture », dans ses différentes dimensions, est-il nécessairement positif ?

• **humain :** l'adjectif peut avoir plusieurs sens. On peut d'abord qualifier « d'humain » tout ce qui correspond à l'homme, dans sa façon d'être et d'agir : mais dans ce cas, il est aussi « humain » de faire preuve de lâcheté ou de violence, que l'inverse. L'adjectif a alors une valeur purement « descriptive », sans enjeu particulier. Mais en général, on l'emploie plutôt dans un sens « normatif », plus exigeant : être « humain » ou manifester son « humanité », c'est faire preuve de *qualités* qui seraient *propres à notre espèce*. Il pourrait s'agir de capacités physiques comme la « bipédie », mais aussi de facultés comme le langage, l'invention technique, la créativité esthétique, etc. Dans un sens plus restreint encore, mais très fréquent, on assimile le fait d'être « humain » avec une certaine conduite morale, faite de compréhension et de bienveillance envers l'autre. C'est comme si c'était sous cette forme que notre qualité d'être « humain » se manifestait le mieux.

• **nous rend-elle plus :** la formulation de la question a quelque chose d'assez modeste. On ne demande pas si la culture « nous rend humain » de façon complète et à elle seule, mais seulement si elle y participe. Cela laisse entendre que l'humanité (le fait d'être « humain ») est quelque chose qui s'acquiert, progressivement, et selon un processus infini peut-être. La culture ne pourrait donc pas nous y faire parvenir entièrement ni rapidement. La formulation suggère aussi que notre humanité pourrait venir aussi d'autre chose que la culture, donc de la nature : ne serions-nous pas déjà humains « par nature », grâce à des qualités humaines naturelles ? En ce cas, le rôle de la culture consiste-t-il à développer ce que la nature offre déjà ? Ou bien à le compléter, voire à la corriger ? Enfin, ne pourrait-on pas envisager que la culture nous rende « moins humain », en nous faisant perdre des qualités naturellement présentes ?

Dégager une problématique

La question, ici, porte sur le rôle de la culture et sur la place qu'il faut lui réserver dans le fait même d'être humain, d'avoir des qualités spécifiques, distinctes des animaux notamment. Il semblerait que, si l'homme n'est pas vraiment humain par nature, s'il doit apprendre à développer ses caractéristiques propres ou les acquérir, alors la culture serait ce qui, précisément, apporte et développe en lui l'humanité, par l'éducation ou par les règles sociales. Mais on peut aussi se demander si la culture ne risque pas d'avoir des effets pervers dans ce processus même consistant à humaniser l'homme : ne peut-elle pas manquer son but, voire développer négativement des formes « d'inhumanité » ?

SUJET 3 L'explication de texte Corrigé p. 268

Expliquez le texte suivant :

C'est sans doute un mal que d'être plein de défauts; mais c'est encore un plus grand mal d'en être plein et de ne les vouloir pas reconnaître, puisque c'est y ajouter encore celui d'une illusion volontaire. Nous ne voulons pas que les autres nous trompent ; nous ne trouvons pas juste qu'ils veuillent être estimés de nous plus qu'ils méritent : il n'est donc pas juste aussi que nous les trompions et que nous voulions qu'ils nous estiment plus que nous le méritons.

Ainsi, lorsqu'ils ne découvrent que des imperfections et des vices que nous avons en effet, il est visible qu'ils ne nous font point de tort, puisque ce ne sont pas eux qui sont en cause ; et qu'ils nous font un bien, puisqu'ils nous aident à nous délivrer d'un mal, qui est l'ignorance de ces imperfections. Nous ne devons pas être fâchés qu'ils les connaissent, et qu'ils nous méprisent, étant juste, qu'ils nous connaissent pour ce que nous sommes, et qu'ils nous méprisent si nous sommes méprisables.

Blaise PASCAL, *Les Pensées*

Rédaction de la copie : le candidat a le choix entre deux manières de rédiger l'explication de texte. Il peut :
– soit répondre dans l'ordre, de manière précise et développée, aux questions posées (option n° 1) ;
– soit suivre le développement de son choix (option n° 2).
Il indique son option de rédaction (option n° 1 ou option n° 2) au début de sa copie.

Questions de l'option n° 1

A – Éléments d'analyse

1. Expliquez « c'est encore un plus grand mal… puisque c'est y ajouter encore celui d'une illusion volontaire » (l. 1-3).
2. Expliquez la contradiction qu'il y aurait à ne pas vouloir « que les autres nous trompent » et vouloir les tromper nous-mêmes.
3. Que signifie « il est visible qu'ils ne nous font point de tort, puisque ce ne sont pas eux qui sont en cause » ?

B – Éléments de synthèse

1. Dégagez la thèse de l'auteur.
2. À quelle question répond le texte ?
3. Indiquez les étapes de son raisonnement.

C – Commentaire

1. En quoi la recherche de la vérité est-elle en soi un bien ?
2. Qu'est-ce qui peut rendre la recherche de la vérité douloureuse ou difficile ?
3. Ce qui est désagréable dans la recherche de la vérité ne peut-il être un bien ?

SUJET 4 L'explication de texte

Corrigés p. 270

Expliquez le texte suivant :

Toute loi, avons-nous dit, vise l'intérêt commun des hommes, et c'est seulement dans cette mesure qu'elle acquiert force et valeur de loi. Dans la mesure, au contraire, où elle ne réalise pas ce but, elle perd sa force d'obligation (…). Or, il arrive fréquemment qu'une disposition légale utile à observer pour le bien public en général devienne, en certains cas, extrêmement nuisible. Car le législateur, ne pouvant envisager tous les cas particuliers, rédige la loi en fonction de ce qui se présente le plus souvent, portant son attention sur l'utilité commune. C'est pourquoi s'il surgit un cas où l'observation de telle loi soit préjudiciable au bien commun, celle-ci ne doit plus être observée.

Ainsi à supposer que dans une ville assiégée on promulgue la loi que les portes doivent demeurer closes, c'est évidemment utile au bien public, en règle générale ; mais s'il arrive que les ennemis poursuivent des citoyens dont dépend le salut de la cité, il serait très préjudiciable à cette ville de ne pas leur ouvrir ses portes. Et par conséquent dans une telle occurrence, il faudrait ouvrir les portes, malgré le terme de la loi, afin de sauvegarder l'intérêt général que le législateur a en vue.

Saint Thomas d'Aquin

Rédaction de la copie : le candidat a le choix entre deux manières de rédiger l'explication de texte. Il peut :

– soit répondre dans l'ordre, de manière précise et développée, aux questions posées (option n° 1) ;

– soit suivre le développement de son choix (option n° 2).

Il indique son option de rédaction (option n° 1 ou option n° 2) au début de sa copie.

Questions de l'option n° 1

A – Éléments d'analyse

1. Expliquez « toute loi vise l'intérêt commun des hommes ».
2. Que veut dire « elle acquiert force et valeur de loi » ?
3. Comment comprendre que le législateur « rédige la loi en fonction de ce qui se présente le plus souvent » ?

B – Éléments de synthèse

1. Quelle est la thèse du texte ?
2. À quelle question répond le texte ?
3. Indiquez quelles sont les étapes du raisonnement de l'auteur.

C – Commentaire

1. À quoi servent, de façon générale, les lois ?
2. Qu'est-ce qui peut autoriser que l'on transgresse les lois ?
3. N'y a-t-il pas toutefois un risque de dérive si l'on transgresse les lois et comment alors les éviter ?

Corrigé sujet I : plan détaillé de la dissertation

Énoncé p. 259

Les titres en couleur apparaissant dans ce corrigé ne doivent pas figurer dans votre devoir. Nous les avons insérés pour vous guider et vous aider à repérer la progression de la dissertation.

I Difficultés que pose l'intérêt que l'artiste porte à la laideur

1 L'artiste devrait rejeter la laideur

On pourrait tout d'abord penser que l'artiste ne devrait ni ne peut s'intéresser à la laideur et que son rôle est, au contraire, de représenter la beauté. La laideur viendrait, en effet, remettre en question l'idée d'un ordre et d'une harmonie des choses. C'est ce que suggère Platon, dans le livre X de *La République*, lorsqu'il condamne les poètes qui *« créent des fantômes, non des réalités »*. En montrant, par exemple, la laideur des dieux (qui se jalousent, se querellent et s'enivrent), les poètes, selon Platon, incitent les hommes à devenir eux-mêmes laids et les poussent aux vices. Il faut donc chasser les artistes qui montrent des choses laides.

2 Rôle de l'artiste : s'intéresser à la beauté

Le rôle de l'artiste consisterait, au contraire, à inciter les hommes à la vertu, en leur montrant plutôt la beauté. Pour Platon, il faut *« obliger les poètes à composer des fables qui tendent au même but : la vertu »* et il faut *« faire tout son possible pour que les fables soient les plus belles et les plus propres à enseigner la vertu »*. Plus largement, on peut penser qu'effectivement l'art est une manière de représenter tout ce que le monde, la nature et l'homme ont de « beau », c'est-à-dire de bon et d'ordonné, d'harmonieux.

3 Seule possibilité de s'intéresser à la laideur : vouloir la dénoncer

La seule manière alors pour l'artiste de s'intéresser à la laideur serait de la montrer pour la dénoncer, et pour que l'homme s'en détourne et rejoigne la beauté et la vertu. Ainsi, par exemple, chez Victor Hugo, les personnages « laids » (physiquement comme Quasimodo ou moralement comme les Thénardier) ne sont montrés que pour leur opposer des personnages « beaux » (Esméralda ou Jean Valjean). La laideur qui intéresse l'artiste doit donc être comprise comme un vice de forme, une faute humaine : ne sont laids que ceux qui méritent de l'être par leurs vices, par leur refus de suivre la vertu.

II Possibilité pour l'artiste de s'intéresser à la laideur pour elle-même

1 L'artiste peut vouloir montrer qu'il existe du laid et pas seulement de la beauté

Mais, si l'on pose que la laideur existe de fait et tout autant que la beauté, alors l'artiste ne peut pas se désintéresser de la laideur. L'artiste n'est-il pas celui qui cherche à représenter, à rendre visible ce que l'homme commun ne voit pas de lui-même, et donc à montrer aussi la laideur ? Ainsi, pour Aristote, *« il y a des dieux même dans la cuisine »* et la nature montre aussi bien des animaux bien constitués que des monstres difformes dont l'enfant s'émerveille. S'intéresser à la laideur en cherchant à la représenter serait une manière de revenir à la réalité telle qu'elle nous apparaît sous toutes ses formes.

2 Plus encore, il n'y aurait peut-être pas de beauté

Autre raison possible de s'intéresser à la laideur : elle serait peut-être l'essence même du réel, le fond des choses, tandis que la beauté ne serait qu'illusion. Peut-être n'y a-t-il dans le monde ni ordre, ni harmonie, ni stabilité, et peut-être tout n'est-il que pur chaos, comme le suggère Nietzsche pour qui *« nous avons l'art pour ne pas mourir de la vérité »* ? L'art nous délivrerait de l'illusion selon laquelle il existerait un *« arrière-monde »* soutenant notre monde visible. Un tel « autre » monde n'existerait pas.

3 L'artiste s'intéresse à la laideur pour en faire de la beauté

Alors, l'artiste, conscient de cette laideur fondamentale des choses et du monde, ne pourrait que s'intéresser à elle, pour montrer en quoi toutes nos illusions en découlent. En s'intéressant à la laideur, il nous dirait que c'est elle qui est derrière tout ce que nous masquons par une beauté artificielle et vaine. Tel est le projet des *Fleurs du mal*, par exemple, où Baudelaire, en créant des poèmes tels que « Une charogne », « Les Aveugles », cherche à créer de la beauté à partir de la laideur. Il est possible de faire un beau poème sur les laideurs du monde et des choses. Si « Une charogne » est un beau poème, c'est parce qu'il nous dit de belle façon ce qui fait toute la laideur de notre condition (l'inévitable putréfaction des corps).

III Limites à l'intérêt de l'artiste pour la laideur

1 Le devoir de condamner l'intérêt pour une certaine laideur

Toutefois, Nietzsche, en affublant Zola de l'expression *« la joie de puer »*, semble condamner une certaine forme de laideur : celle incarnée par une misère populaire et qui ne serait que pure complaisance pour une forme de décadence. La laideur d'un Lantier ou d'un Coupeau serait la laideur d'un laisser-aller, d'une oisiveté qui dégénère sans chercher à lutter contre elle-même. Dans l'art contemporain, on peut également critiquer certaines formes de complaisances pour la laideur : faut-il, en effet, se laisser aller à décrire le domaine de nos besoins animaux (comme le fait, par exemple, Wim Delvoye avec son œuvre *Cloaca*, qui est une machine à déféquer) ?

2 Comment distinguer alors différents types de laideurs ?

Si l'œuvre d'art doit, comme le suggère Heidegger, manifester, installer un monde, mettre en œuvre une vérité, n'autorise-t-elle pas alors certaines formes de laideurs qui seraient de tels événements ? De même, si l'artiste fait l'œuvre autant qu'il est fait par elle, ne peut-il s'intéresser à certaines laideurs qui, ici ou là, à telle ou telle époque, sont celles de notre monde et de nos attitudes ? Proust, à ce titre, ne dit-il pas la laideur des salons mondains, la laideur des sentiments engendrés par la guerre et l'affaire Dreyfus, la laideur de l'amour ? Et si, comme le dit Heidegger, *« la beauté est un mode d'éclosion de la vérité »*, alors la laideur faite œuvre, capable de faire éclore la vérité, est belle.

3 La laideur comme marque du génie

Plus encore, ne peut-on voir dans la beauté transfigurée en laideur la marque du génie de l'artiste, le témoignage de son « style », de son « coup d'œil », capable de défaire et de refaire, selon son propre goût, le modèle qui l'inspire ? Ainsi, le narrateur de *À la recherche du temps perdu* admire dans le peintre Elstir cette transfiguration même du modèle rendu presque laid :

Odette devient laide lorsqu'elle apparaît en Miss Sacripant. C'est que le peintre l'a enlaidie, débarrassée de ses fards et de ses masques.
Plus largement, comme le suggère Bergson, l'artiste est celui qui est capable de *« percevoir pour percevoir »*, percevoir *« pour rien, pour le plaisir »* : c'est dire qu'en débarrassant le monde de son caractère utilitaire, l'artiste saisit ce qui du monde est ordinairement laid, mais qui pour son œil est beau.

Corrigé sujet 2 : plan détaillé de la dissertation

Énoncé p. 260

Les textes en couleur apparaissant dans ce corrigé ne doivent pas figurer votre devoir. Nous les avons insérés pour vous guider et vous aider à repérer la progression.

I L'homme tiendrait son humanité et son degré d'humanité de la culture

1 L'idée que l'homme naîtrait humain grâce à la nature

On pourrait, tout d'abord, penser que l'homme naît homme et qu'il doit son humanité à la nature. Celle-ci lui donnerait, dès le départ, de façon innée, toutes ses caractéristiques propres, sa spécificité. Cette idée peut se défendre d'un point de vue biologique, quand on considère que chaque homme, lorsqu'il naît, possède en lui, de par sa constitution biologique, ce qui fait de lui un être humain et non pas un être d'une autre espèce (chien ou chat) ou d'un autre ordre (objet inanimé). À ce niveau, chaque être humain naît « humain » et ne doit pas à la culture l'ensemble de ses propriétés physiques (bras, jambes, tête, mains, pieds, visage…). Il ne doit pas acquérir son corps biologique, ni procéder à une transformation extérieure pour l'obtenir.

> Li'dée de ce pragraphe n'est exposée ici que pour être critiquée dans cette 1re partie : elle est trop « naïve » pour mériter une grande partie à elle seule.

2 Limites de cette idée et critique de la notion de « nature humaine »

Pour autant, à part cette détermination biologique, fixée par l'évolution et par l'hérédité, il apparaît que l'homme ne naît pas homme mais le devient par le biais de l'éducation et de la culture, au contact d'autrui. L'exemple des « enfants sauvages », comme Victor de l'Aveyron, témoigne de ce fait : abandonné très tôt dans la nature, un enfant ne devient pas naturellement humain, même si son corps biologique est certes celui d'un être humain. Il ne développe ni la bipédie, ni la sensibilité (perception) dont l'homme est capable, ni la conscience de soi, ni l'aptitude technique à fabriquer des outils, etc. Son corps, bien qu'humain sur le plan biologique, ne ressemble pas à celui d'un autre enfant de son âge, et « l'enfant sauvage » ne montre aucun sentiment ni ne témoigne d'aucun développement intellectuel spontané.

> Le réalisateur François Truffaut a réalisé un célèbre film inspiré de l'histoire de Victor de l'Aveyron, « L'Enfant sauvage ».

3 Le rôle de la culture : rendre humain et plus humain

C'est donc dire que l'être humain ne serait, à l'état naturel, qu'un homme en puissance, doté simplement de facultés spécifiques, de potentialités ou « virtualités » (comme le suggère **Lucien Malson** dans *Les Enfants sauvages*, en 1964). **Rousseau** évoque la notion de « *perfectibilité* » pour suggérer l'aptitude propre à l'homme à se perfectionner. La culture aurait alors pour rôle de développer ces capacités propres, de les épanouir, comme le fait le médecin Jean Itard avec Victor : il le rend humain en l'aidant à développer tout ce qui caractérise un homme. Il commence par donner à son corps les aptitudes physiques qui sont celles d'un être humain, puis lui apprend à éprouver des sentiments et à développer ses aptitudes intellectuelles, techniques et artistiques, ainsi que le sens de la justice. Par ailleurs, on peut poser qu'à l'état naturel, l'homme serait limité à de simples besoins vitaux (manger, boire, dormir, se défendre) qu'il partagerait avec le vivant et qui, en ce sens, ne seraient pas spécifiquement humains : dans ce cas, la culture aurait pour but de rendre ces besoins « plus » humains, en les transformant, en les disciplinant (il faudrait apprendre à manger humainement, de manière non animale, en introduisant des règles, des façons de manger, par exemple).

« L'homme en puissance »
Voir le couple de repères « en acte/en puissance ».

II Mais la culture peut aussi avoir des effets pervers sur notre humanité

1 La culture peut ne pas nous rendre humain

La culture peut aussi rater son but et ne pas contribuer à développer nos facultés : une « mauvaise » éducation témoigne de ce genre d'échecs, et un enfant « mal élevé » incarne cette possibilité, pour la culture, de ne pas épanouir nos aptitudes spécifiques ou de ne pas discipliner nos besoins vitaux. Mal parler ou mal manger, par exemple, montre qu'une culture, ou qu'une éducation, peut ne pas parvenir à donner à un enfant toutes ses possibilités. L'éducation, grâce à laquelle il est pourtant censé apprendre des règles et des codes, semble rater sa vocation. Ici, la culture en tant que transmission de règles et de codes de conduite ne rend pas plus humain : elle n'apporte pas au langage humain le « plus » qu'il lui faut pour atteindre sa perfection, par exemple, ou bien elle laisse l'enfant rivé à la satisfaction anarchique de ses besoins (enfant capricieux, égoïste, égocentrique). De manière plus large, la culture peut prendre la forme de ce qu'on appelle une « sous-culture », développant non pas ce que l'homme a de plus humain en lui, mais ce qu'il aurait de bas, d'instinctif, de vicieux (les émissions de « télé-réalité », par exemple, qui sont réputées ne pas contribuer au développement intellectuel ni artistique).

2 Certaines pratiques culturelles peuvent sembler inhumaines

Par ailleurs, certaines pratiques (comme l'anthropophagie) témoignent aussi de ce que l'ethnologue **Claude Lévi-Strauss** considère comme une forme de résistance, une sorte d'inertie, de « *résidu d'iniquité* » faisant que l'humanisation échoue sur le plan moral. On pourrait croire que ces pratiques sont réservées à quelques cultures, dites « sauvages » ou « barbares ». Pourtant, en posant que « *le barbare est d'abord celui qui croit à la barbarie* », **Claude Lévi-Strauss** dénonce l'ethnocentrisme qui fait que l'on nomme « barbare » ce que l'on croit ne voir qu'ailleurs, à partir de sa propre culture (*Race et Histoire*). Pour lui, rien n'est barbare en soi ; toute culture est simplement imparfaite et aucune n'est parfaite. Certains Indiens sont anthropophages, tandis que nous nous plaisons à disséquer des cadavres dans des amphithéâtres de médecine : ces deux pratiques sont inhumaines au sens où elles semblent aller contre l'aptitude de l'homme à respecter le corps de son congénère, mais elles existent ici et ailleurs (*Tristes Tropiques*). C'est donc « la » culture, et non pas telle ou telle culture, qui rend inhumain, en inventant des pratiques qui vont à contresens de ce que l'homme a de différent par rapport à l'animal ou qui le laissent à un niveau d'humanité non développée.

Toute citation doit être expliquée : elle n'a de valeur que si elle est intégrée au raisonnement.

3 La culture peut menacer ce qui, en l'homme, reste « naturel » et humain

Enfin, le fait même de transformer l'être humain au moyen de règles et de discipline peut se révéler contraire à celui de rendre « plus » humain, si ces règles se révèlent, notamment, répressives et contraires au libre épanouissement de ce qui nous rattache au monde naturel et qui constitue aussi une part de notre « humanité ». L'extrême discipline de la sexualité dans certaines formes de religion, par exemple, peut paraître inhumaine si l'on considère que la sexualité ne relève pas de la pure animalité. S'il convient, en effet, d'humaniser la dimension sexuelle de l'homme, peut-être ne convient-il pas de la réprimer à l'excès, sinon en « dénaturant » l'homme ? **Freud**, dans *Malaise dans la culture*, dénonce ainsi la répression qu'impose la culture en général à l'égard des instincts. Ici, la culture ne rend pas plus humain : elle « déshumanise ».

III Comment faire en sorte que la culture développe au mieux notre spécificité ?

1 Les critères d'une « bonne éducation »

On peut s'interroger sur la possibilité d'établir certains critères qui rendraient possibles une « bonne éducation » et donc une bonne façon de cultiver l'homme : comment faire en sorte que l'on rende l'homme (l'enfant en l'occurrence) le plus humain possible ? L'école semble, ici, incarner une telle vocation puisqu'elle s'attache, précisément, à développer les multiples aptitudes de chacun à devenir plus humain aussi bien dans ce que nous avons en commun avec les autres hommes que dans nos talents propres (personnels). Pour **Alain**, par exemple, un principe est de « *contrarier les goûts, d'abord et longtemps* » et de considérer chaque individu comme un « *génie universel* » (*Esquisses de l'homme*), capable de tout apprendre. En encourageant toutes les aptitudes (et non pas seulement certaines, plus faciles selon les dons et les goûts de chacun), on se donnerait ainsi les moyens de rendre l'homme « pleinement » humain, en ne négligeant aucune des capacités humaines.

> Comme souvent, l'enjeu de la dernière partie est d'essayer de résoudre les difficultés soulevées : ici, comment concilier la nécessité de la culture et le désir d'éviter une « dénaturation » ?

> Pour bien mettre en valeur l'idée exposée par Alain, il faut souligner le paradoxe qu'elle contient : aller à l'encontre des manifestations « naturelles », spontanées, pour bien éduquer.

2 Les critères moraux pour définir ce que serait le plus haut degré d'humanité

Par ailleurs, il est possible de se fixer aussi des critères d'ordre moral pour déterminer ce que peut signifier « plus humain ». Si la culture, à travers certaines pratiques, peut sembler inhumaine, c'est au sens où elle ne paraît pas permettre à l'homme de faire valoir sa dimension morale, sa capacité à respecter l'être humain, à se montrer sensible à la souffrance. S'entendre sur de tels critères permettrait, peut-être, de condamner ou sinon de questionner des pratiques cruelles ou irrespectueuses de la personne ou de l'animal (on peut penser à l'excision, à la peine de mort, ou encore à la corrida). De tels critères peuvent aussi aider à interdire certaines pratiques et mettre en place des lois afin de garantir cette interdiction. On peut penser ainsi qu'avec le temps, la culture rendra l'homme de plus en plus humain.

3 Le rôle de l'ethnologie et de la philosophie

Ici, ce qui permettrait à la culture de rendre « plus » humain, ce serait le fait de s'ouvrir aux autres cultures et de réfléchir sur la notion même de « culture ». Le voyage ethnographique, par exemple, comme l'a pratiqué **Claude Lévi-Strauss**, illustre une telle démarche visant à rendre compte de ce que la culture a d'humanisant dans toute sa diversité, tout en montrant aussi ses faiblesses et ses limites. La philosophie peut aussi permettre un travail de questionnement et de réflexion sur ce qu'est la culture et sur ce qu'elle doit être. En s'interrogeant sur la place de la nature dans la constitution de l'humain et en mettant en évidence le poids décisif de la culture, la philosophie peut ainsi contribuer à rendre la culture plus humanisante.

Corrigé sujet 3 : l'explication de texte

Énoncé p. 261

Option n° 1

A – Éléments d'analyse

1. Avoir des défauts, de caractère en particulier, n'est pas en soi le plus grave. C'est même courant, et on peut en être conscient et s'efforcer de les corriger. Mais **il se peut aussi qu'on cherche à dissimuler ces défauts, y compris à soi-même, en refusant de les reconnaître**. C'est sans doute le pire pour deux raisons. D'une part, cela équivaut à se mentir à soi-même, et à vivre dans l'illusion à propos de soi. L'ignorance ou l'illusion pourraient servir d'excuse, mais pas lorsqu'elle est volontaire: il s'agit alors de mauvaise foi. On ajoute un nouveau défaut. D'autre part, c'est se mettre dans l'impossibilité de s'améliorer, entretenir le défaut, s'enfermer dans ses défauts.

2. **Il serait contradictoire d'exiger des autres ce que l'on ne ferait pas soi-même** au sens où ce serait d'une part illogique et d'autre part immoral, mauvais sur le plan relationnel. Si nous demandons à autrui de ne pas nous cacher ses défauts, il faut se montrer capable de nous montrer aussi tels que nous sommes, sinon les relations sont inégales, bancales. Certains se donneraient du mal à se montrer sous leur vrai jour, parfois défavorable, alors que d'autres se plairaient à cacher leurs défauts. Les relations en seraient faussées et cela serait injuste. Il faut exiger la même transparence de tout le monde ou autoriser la même tromperie chez tout le monde.

3. On a souvent tendance à s'énerver face à ceux qui nous reprochent notre comportement ou notre caractère. Pourtant, comme le souligne Pascal, les autres « ne sont pas en cause » : ce n'est pas à eux que nous devons nous en prendre pour avoir remarqué nos défauts ; c'est plutôt à nous-mêmes, qui possédons ces défauts, que nous devons nous en prendre. C'est nous qui sommes la cause véritable du problème. Il serait même plus juste d'être reconnaissant à l'égard de ceux qui nous critiquent dans nos défauts. Ils peuvent ainsi contribuer à nous faire une juste idée de nous-mêmes, et nous donner l'occasion de nous améliorer. Une condition cependant, que précise le texte: qu'il s'agisse de défauts que nous possédons « en effet », c'est-à-dire réellement.

B – Éléments de synthèse

1. Ce que cherche à montrer l'auteur dans ce texte, c'est que **nous ne devons pas en vouloir aux autres de remarquer chez nous nos défauts, mais plutôt leur en être reconnaissant**. Il va même jusqu'à affirmer que nous ne devons pas leur reprocher de nous « mépriser » en raison de ces défauts, puisqu'il s'agit d'une *juste* estime de notre valeur. Par cette thèse, il répond ainsi au problème suivant: comment devons-nous réagir face à ceux qui nous reprochent nos défauts ? Ou encore: comment devons-nous accepter les critiques que l'on nous adresse ?

2. Le texte répond à la question de **savoir si la révélation de nos défauts par les autres est un mal ou un bien**. Il s'agit de savoir ce que nous apportent la connaissance de nos défauts et plus généralement **la connaissance de la vérité**, même lorsqu'elle est désagréable.

3. Le texte est construit à la manière d'une démonstration en deux temps. Dans le **premier paragraphe**, l'auteur **expose deux arguments, deux principes assez évidents**, qui préparent l'exposition de la thèse, plus originale, dans la deuxième partie. Pascal pose d'abord un argument d'ordre moral : le pire n'est pas tant d'avoir des défauts que de refuser de les reconnaître (lignes 1-3). Il y ajoute un argument d'ordre logique : en matière d'estime, nous ne devons pas exiger des autres ce que nous trouverions injuste qu'ils exigent de nous (lignes 3-6).

Le **second paragraphe** est la **conséquence** logique des idées exposées ci-dessus. L'auteur établit en effet d'abord l'idée selon laquelle nous devons être reconnaissant qu'on nous signale nos défauts (lignes 7-10) ; ensuite, que nous devons accepter d'être jugés à notre juste valeur, même si cela ne devait revenir qu'à relever chez nous des défauts qui nous rendraient « méprisables » (lignes 10-13).

C – Commentaire

1. Presque par définition, connaître la vérité semble plus avantageux. Savoir permet davantage de liberté et de pouvoir (comme la différence entre celui qui marche dans le noir et celui qui le fait dans la lumière). C'est une occasion de progresser. De plus, c'est aussi une condition de la confiance, une garantie nécessaire au lien social (sincérité). C'est ce qui donne à l'homme des connaissances, dans tous les domaines, et on peut penser que l'homme est naturellement en quête de vérité, de savoir.

2. On peut certes admettre que dans certains cas, au moins, il vaudrait mieux se taire, mentir, tromper. C'est poser que l'on pourrait avoir le droit, voire le devoir de mentir, ou qu'il vaudrait mieux pour nous être dans l'ignorance ou l'illusion.

La vérité peut en effet être vue comme ce qui peut « blesser », faire souffrir, elle contrarie certains désirs. Ainsi, par exemple, on pourrait vouloir protéger quelqu'un d'une nouvelle affligeante ou dangereuse pour lui. On peut aussi évoquer la raison d'État, consistant à mentir ou à cacher des informations au nom d'un bien supérieur : l'intérêt de la Nation, de la société dans son ensemble. Concernant la vérité sur soi, le fait de connaître ses défauts peut aussi être douloureux et on peut préférer se voiler la face, se croire meilleur et se montrer meilleur qu'on ne l'est.

3. Pour savoir si la vérité est bénéfique ou non, il faut réfléchir sur la notion de « bien ». Il faut distinguer ce qu'il est « bien » de faire au sens moral, et ce qui fait plaisir, ce qui est « agréable ».

Le mot « bon » peut désigner en ce sens autant un médicament qu'un bonbon. Ce qui est bien pour soi n'est pas forcément agréable, la vérité peut ainsi nous déplaire s'il s'agit de connaître nos défauts par les autres, mais cela peut nous aider à nous en délivrer et à devenir meilleur, moins « méprisable ». Dans ce cas, on devrait même remercier ceux qui nous aident à mieux nous connaître car ils contribuent à nous rendre « aimable », aussi bien aux yeux des autres qu'à nos propres yeux.

Il convient aussi d'évaluer les risques qu'il y aurait à ne pas dire la vérité. N'y a-t-il pas des dérives possibles ? Quelles limites se donner si tout est question de circonstances, de cas ? On peut aussi faire un calcul du bonheur attendu en ne disant pas la vérité ou en ne connaissant pas la vérité : celle-ci ne risque-t-elle pas de ressortir ? Le bonheur attendu n'est-il pas fragile, instable, surtout s'il se fait au prix de la mauvaise foi (se mentir à soi-même) ? **Sans doute la vérité peut être désagréable dans l'instant, mais n'est-ce pas l'occasion de progresser ?** Par ailleurs, n'est-on pas responsable de nos mensonges, de leurs conséquences incertaines – alors que l'on n'est pas responsable de la vérité puisqu'elle n'est pas notre invention ?

Option n° 2

Dans le cas où l'option 2 serait choisie, il est possible de structurer le travail d'explication à partir des éléments demandés dans l'option 1 dans un autre ordre, en commençant (par exemple) par énoncer le problème, puis l'idée principale et les étapes de l'argumentation, et en expliquant ensuite les passages les plus importants. Les éléments de la partie C peuvent servir de guide dans le choix des passages à expliquer. Il convient toutefois de respecter l'ordre du texte dans l'explication des passages choisis, pour respecter sa progression logique.

Corrigé sujet 4 : l'explication de texte

Énoncé p. 262

Option n° 1

A – Éléments d'analyse

1. Quand l'auteur dit que « toute loi vise l'intérêt commun », il ne s'agit pas de ce qui est vrai *dans les faits*. Il arrive en effet souvent que des lois soient faites dans des intérêts particuliers seulement. Ce qu'il énonce, c'est plutôt **un principe ou un idéal que doit respecter toute loi pour être une véritable « loi »**. Cela ne signifie pas nécessairement qu'une loi doit mettre tous les hommes à égalité (dans l'intérêt commun, il peut être nécessaire d'accorder des avantages à certains hommes, par exemple un président). Enfin, il faut remarquer que **l'intérêt commun suppose souvent le sacrifice des intérêts particuliers** (une loi ne peut jamais contenter tous les hommes, il faut l'accepter quand on vit en société). Par intérêt commun, il faut entendre ce qui est « utile », profitable à la vie en commun (sécurité, santé, droits fondamentaux donnant accès au bonheur : travail, éducation, logement…).

2. On pense couramment que ce qui fait la « force » d'une loi, c'est la sanction qui l'accompagne. Le sentiment d'obligation que les hommes éprouvent à l'égard de la loi tient donc souvent à la peur, à une sorte de « menace » (amendes, privations, prison). C'est une mauvaise façon de voir les choses cependant. Pour l'auteur, **la vraie « force » des lois doit venir du fait qu'elles assurent l'utilité commune**. C'est ce dont les hommes devraient prendre conscience, car cela les amènerait à respecter la loi pour elle-même, pour sa véritable valeur.

3. Il n'est utile de faire des lois que pour des sujets qui concernent une grande majorité d'individus (sinon, on serait vite submergé de règlements divers et variés). De plus, dans sa forme, **une loi s'énonce comme un principe général. Elle ne peut pas prendre en compte tous les cas particuliers possibles que l'on peut rencontrer dans la réalité**. C'est par suite ce qui peut poser problème quand il s'agit d'appliquer la loi. D'où **l'importance des juges dans les tribunaux, qui doivent se faire les interprètes du véritable « esprit » de la loi**. Il s'agit pour eux de rester conforme à la loi (le but recherché par son rédacteur), tout en sachant **prendre un certain écart avec le texte de loi pour l'appliquer de façon intelligente et juste**.

B – Éléments de synthèse

1. Ici, Saint Thomas d'Aquin veut montrer que **la loi peut être transgressée dans certains cas exceptionnels, lorsqu'elle entre en contradiction avec le but qu'elle vise, à savoir le bien commun, l'intérêt général**. En effet, la loi est prévue pour un maximum de cas ou de situations, mais il arrive que des circonstances obligent à l'assouplir, voire à ne pas la respecter, pour sauvegarder le bien commun et l'intérêt général. Ce qui compte donc le plus, dans une loi, c'est de respecter son but, sa finalité, quitte à lui désobéir lorsque ce but risque de ne pas être atteint.

2. Le texte répond à la question de **savoir si l'on doit toujours obéir aux lois ou bien s'il n'y a pas des exceptions nous autorisant à les enfreindre**. Le problème est de savoir comment évaluer ces exceptions à leur juste mesure, comment savoir quand nous pouvons ne pas respecter les lois. Ne risque-t-on pas de confondre un droit (légitime) de transgression avec un désir (illégitime) de transgression ?

3. On peut distinguer trois étapes :

– **lignes 1 à 3 :** Saint Thomas d'Aquin commence par définir la loi en expliquant à quoi elle sert, à savoir être bénéfique à l'ensemble des citoyens, et en précisant que si elle ne sert pas ce but, elle n'a plus de valeur ni de force pour nous obliger à la respecter ;

– **lignes 4 à 9 :** Saint Thomas d'Aquin évoque ainsi l'existence de cas, de situations, où justement la loi ne peut pas atteindre son but, servir l'intérêt commun. Il explique cela par le fait que lorsque l'on crée une loi, on ne peut penser à tous les cas possibles, on a en vue la majorité des situations ;

– **lignes 10 à 15 :** Saint Thomas d'Aquin prend alors un exemple pour illustrer cette possibilité où le fait de respecter la loi serait nuisible au bien commun, le cas d'une ville menacée par des ennemis. Certes la loi interdisant d'ouvrir les portes de la ville empêcherait les ennemis d'entrer, mais si les sauveurs de la ville sont dehors, alors il faudrait leur ouvrir les portes.

C – Commentaire

1. Si les lois existent, c'est pour **permettre d'une part aux hommes de vivre ensemble, et d'autre part de vivre dans des rapports de justice**. Sans les lois, ce serait l'état de nature, la « loi du plus fort ». Or, comme le montre Hobbes, dans une telle situation les hommes ne peuvent même pas bénéficier des droits les plus élémentaires : pouvoir vivre, et en sécurité. Si on met en place des lois, c'est justement **pour que les hommes puissent vivre ensemble sans nuire les uns aux autres**. La condition est alors évidemment que chacun accepte de se soumettre aux lois communes, et non plus selon sa propre vision de ce qui pourrait être juste. En particulier, vivre en société, c'est accepter de ne plus « se faire justice soi-même », mais s'en remettre toujours à l'État et à ses lois. C'est d'autant plus vrai que les lois sont instituées par une autorité reconnue en principe comme légitime (le « souverain ») par l'ensemble du peuple.

2. Les lois instituées par les hommes peuvent apparaître comme contestables en certains cas. **Ce qui est légal** (c'est-à-dire permis par la loi), **n'est pas nécessairement légitime** (c'est-à-dire juste dans l'absolu). Saint Thomas d'Aquin en donnait déjà un exemple : **il arrive que des lois deviennent injustes dans certaines circonstances**. En effet, les lois sont par définition « générales », et elles ne prévoient donc pas tous les cas particuliers possibles. C'est notre raison ou notre conscience qui en ce cas semble mieux nous dire ce que nous devons faire pour bien agir, de façon juste.

On peut aussi évoquer l'exemple de lois manifestement injustes, car contraires aux intérêts du peuple, comme dans une tyrannie. Il y a aussi des cas où les lois sont même contraires aux principes des Droits de l'Homme : les lois « raciales », discriminatoires, comme il a pu en exister dans l'Histoire. Dans ce cas, on peut dire que c'est justement en entrant dans « l'illégalité » que l'on fait preuve de justice. Lorsque Rosa Parks, par exemple, s'est assise dans un bus à un endroit où les personnes à la peau noire n'avaient pas le droit de s'asseoir, elle a transgressé la loi : mais on peut pourtant dire qu'elle en avait le droit. La loi qu'elle enfreignait était en effet infondée, car contraire au principe de justice qui veut que chaque homme puisse disposer des mêmes droits. On peut aussi prendre l'exemple de gens qui donnent refuge à des clandestins, au nom d'un principe d'humanité (il est illégal de les aider, et cependant cela semble juste).

3. Si l'on dit que chacun a sa vision de la justice, les choses risquent de devenir vite chaotiques, les citoyens n'obéissant plus à des principes communs, mais seulement à leurs consciences particulières. D'autre part, cela risque d'enlever aux lois en général leur autorité et leur force : **si l'on en fait des règles qu'on peut « choisir » de respecter, ou de ne pas respecter, ce ne sont plus vraiment des lois.**

On peut donc dire que le droit de désobéir peut être reconnu en certains cas, mais qu'on ne peut pas en faire un principe courant.

Cela ne doit correspondre qu'à des situations vraiment exceptionnelles, où il est absolument impossible de faire autrement. On peut prendre le modèle de la « légitime défense », ou du « vol par nécessité » : en ces cas, la justice reconnaît que l'acte commis, même illégal, ne mérite pas d'être sanctionné. Mais il faut faire la preuve d'une absolue nécessité, la mise en danger de la vie en particulier, et que cela reste mesuré.

Pour la plupart des situations, il faut plutôt **envisager d'autres recours**, comme l'effort pour faire changer la loi par des voies politiques, et non par des actes directs de désobéissance qui risqueraient d'amener plus de désordre que de justice. Il est important aussi qu'il ne s'agisse pas simplement d'actes isolés, à l'initiative de chacun, un peu trop subjectifs. Une action a plus de valeur si elle est l'effet d'un groupe d'hommes, comme une association ou un syndicat.

Option n° 2

Dans le cas où l'option 2 serait choisie, il est possible de structurer le travail d'explication à partir des éléments demandés dans l'option 1 dans un autre ordre, en commençant (par exemple) par énoncer le problème, puis l'idée principale et les étapes de l'argumentation, et en expliquant ensuite les passages les plus importants. Les éléments de la partie C peuvent servir de guide dans le choix des passages à expliquer. Il convient toutefois de respecter l'ordre du texte dans l'explication des passages choisis, pour respecter sa progression logique.

MATHS

1 Automatismes

Aux automatismes déjà présents dans le programme de la classe de première, viennent s'ajouter les nouveaux automatismes détaillés et illustrés ci-dessous.

1 Reconnaître une situation contextualisée se modélisant par une suite géométrique dont on identifie la raison

• **Les situations pouvant être modélisées par une suite géométrique sont celles faisant état d'une grandeur variant de façon géométrique**, c'est-à-dire de telle sorte que **chaque nouvelle valeur de cette grandeur est obtenue en multipliant la précédente toujours par le même nombre.**

Exemples de situations

• Situation 1

« Depuis sa cotation en bourse, la valeur de l'action de l'entreprise Prisme double chaque jour. » : ici, les termes de la suite seront les différentes valeurs de l'action alors que le rang correspondra au nombre de jours écoulés depuis la cotation en bourse. Comme la valeur double chaque jour, cela signifie que la suite est géométrique de raison 2.

On note u_n la valeur de l'action n jours après la cotation et u_0 la valeur initiale de cette action. On aura alors pour tout entier naturel n :

$$u_{n+1} = 2u_n$$

• Situation 2

Depuis son ouverture, le nombre d'abonnés à une plateforme de vidéos à la demande a augmenté de 5 % par an. Ici, on pourra introduire la suite (v_n) où, pour chaque entier naturel n, (v_n) correspond au nombre d'abonnés n années après l'ouverture de la plateforme.

Ainsi, $v_{n+1} = \left(1+\frac{5}{100}\right)v_n = 1{,}05\ v_n$

(v_n) est donc une suite géométrique de raison 1,05.

2 Calculer la dérivée d'une fonction polynomiale de degré inférieur ou égal à 3

• Pour dériver une fonction polynomiale, on utilise les règles de dérivation suivantes, vues en classe de première :

– **rappel 1 : dérivées des fonctions usuelles**

$f(x) =$	$f'(x) =$
$k\ (k \in \mathbb{R})$	0
x	1
x^2	$2x$
x^3	$3x^2$

– **rappel 2 : dérivée d'une somme**

$$(u+v)' = u' + v'$$

– **rappel 3 : dérivée du produit d'une fonction par un réel**

$$(k \times u)' = k \times u' \text{ avec } k \text{ un nombre réel}$$

Exemple

On considère la fonction f définie sur $\mathbb{R}$ par $f(x) = 2x^3 - 5x^2 + 3x - 6$. Pour la dériver, on utilise les règles précédentes.

Tout d'abord, on utilise le **rappel 2** qui nous permet de décomposer le travail en dérivant chaque terme de l'expression.

Le terme -6 devient 0 en dérivant d'après le **rappel 1**.

Ensuite, les termes « $2x^3$ », « $-5x^2$ » et « $3x$ » sont de la forme « ku » et se dérivent selon le **rappel 3** où « u » est toujours l'une des fonctions usuelles traitées dans le **rappel 1**.

Cela donne : $f(x) = 2x^3 \quad -5x^2 \quad +3x \quad -6$

$$f'(x) = 2 \times 3x^2 - 5 \times 2x + 3 \times 1 + 0 = 6x^2 - 10x + 3$$

3 Calculer le coefficient directeur de la tangente en un point à une courbe à l'aide de la dérivée

• On considère une fonction f définie et dérivable sur un intervalle I, C_f sa courbe représentative et $a \in I$.

• **Le coefficient directeur de la tangente à C_f au point d'abscisse a est $f'(a)$.**

Exemple

Soit f la fonction définie sur $\mathbb{R}$ par $f(x) = 2x^2 - 5x + 1$. On note C_f sa courbe représentative.

On cherche le coefficient directeur de la tangente à C_f au point d'abscisse 2.

• On détermine d'abord l'expression de la dérivée f' de f : $f'(x) = 4x - 5$ (→ Automatisme 2, p. 274).

• On calcule $f'(2)$: $f'(2) = 4 \times 2 - 5 = 3$.

• On conclut : le coefficient directeur de la tangente à C_f au point d'abscisse 2 est $f'(2) = 3$.

4 Déterminer le signe d'une expression factorisée du second degré à l'aide d'une image mentale de la courbe représentative de la fonction correspondante

On considère une expression du second degré de la forme : $f(x) = a(x - x_1)(x - x_2)$.
Pour déterminer le signe de $f(x)$, on doit tenir compte de trois règles à appliquer dans l'ordre suivant :

• f est représentée graphiquement par une parabole dont l'orientation dépend du signe de a.

– Si $a > 0$, alors la parabole « sourit » : 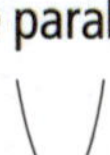

– Si $a < 0$, alors la parabole « est triste » : 

• x_1 et x_2 sont les racines du polynôme du second degré et correspondent graphiquement aux abscisses des points d'intersection de la parabole avec l'axe des abscisses.

• Graphiquement, le signe d'une fonction se lit en observant la position de sa courbe par rapport à l'axe des abscisses :
– si la courbe est au-dessus de l'axe, alors la fonction est positive ;
– si la courbe est en-dessous de l'axe, alors la fonction est négative.

Exemple

On considère la fonction f définie sur $\mathbb{R}$ par $f(x) = 2(x-1)(x-3)$. On veut en étudier le signe :

• comme $a = 2 > 0$ et la parabole représentant f coupe l'axe des abscisses en 1 et 3, sa courbe est telle que la courbe ci-contre :

• on peut alors en déduire le tableau de signes de $f(x)$:

x	$-\infty$		1		3		$+\infty$
$f(x)$		+	0	−	0	+	

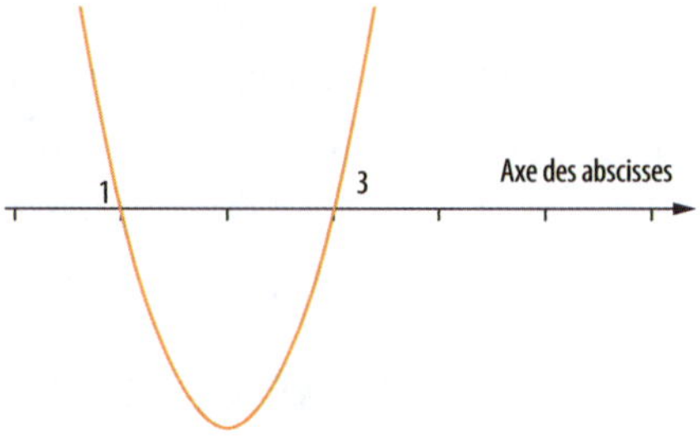

5 Déterminer graphiquement le coefficient directeur d'une tangente à une courbe

• Une tangente est une droite particulière et cet automatisme est donc à rapprocher de celui, vu en classe de première, et intitulé « Lire graphiquement l'équation réduite d'une droite ».
On donne la courbe représentative d'une fonction et sa tangente au point A d'abscisse a. Le coefficient directeur de cette tangente, qui est aussi $f'(a)$, comme vu dans l'automatisme 3, est obtenu en choisissant deux points sur cette tangente et en effectuant le calcul suivant :

$$f'(a) = \frac{\text{soustraction des ordonnées des deux points}}{\text{soustraction des abscisses des deux points}}$$

Exemple

• On cherche le coefficient directeur de la tangente au point A de la courbe d'abscisse 1.

• Les points de coordonnées (1 ; 1) et (0 ; 3) sont sur cette tangente. Donc, le coefficient directeur de cette tangente est donné par :

$$f'(1) = \frac{3-1}{0-1} = \frac{2}{-1} = -2$$

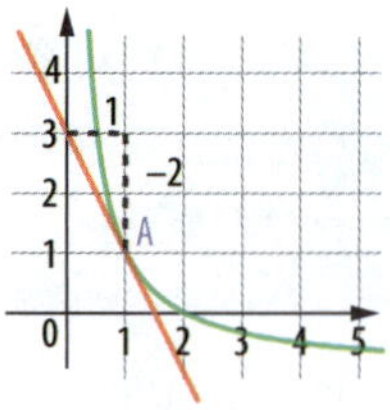

Remarques

• Dans ces soustractions, l'ordre des points doit être le même au numérateur et au dénominateur.

• Le coefficient directeur ne dépend pas du choix des points : ainsi, nous aurions obtenu le même résultat en remplaçant l'un de ces points par celui de coordonnées (2 ; –1) qui est aussi sur la tangente.

• Si la tangente est horizontale (parallèle à l'axe des abscisses), il est inutile de passer par un calcul : son coefficient directeur est nul.

Exercices d'entraînement

Exercice 1 ★ 10 min

Corrigé p. 308

Parmi les situations décrites ci-dessous, préciser lesquelles peuvent être modélisées à l'aide d'une suite géométrique dont on précisera la raison.

1. On place un capital de 500 € sur un compte dont les intérêts annuels s'élèvent à 2,4 %.
2. Un adolescent voit apparaître un premier bouton d'acné sur son visage puis il observe, chaque jour, l'apparition de deux nouveaux boutons.
3. Dans une entreprise, le salaire annuel d'un employé est de 27 000 € à son embauche. On lui promet une augmentation de 10 % chaque année.
4. Le loyer d'un locataire, initialement de 1 150 €, augmente de 50 € chaque année.
5. Le président de la République, fraîchement élu, promet une baisse du nombre de chômeurs de 3 % par an. Celui-ci s'élève à 2,5 millions de personnes au début du mandat.
6. Un musée propose à ses visiteurs un pass annuel donnant droit à un accès illimité à celui-ci. La première année, 3 000 visiteurs achètent ce pass puis le musée prévoit que 80 % renouvelleront leur achat et que 400 nouveaux visiteurs en achèteront un.

Exercice 2 ★ 15 min

Corrigé p. 308

Dans chacun des cas suivants, déterminer le coefficient directeur de la tangente à la courbe représentative de *f* au point d'abscisse *a*.

1. $f(x) = x^2 + 3x - 5$, $a = 1$
2. $f(x) = 2x^3 - x + 2$, $a = -1$
3. $f(x) = x^2 + 2$, $a = 2$

Exercice 3 ★ 20 min

Corrigé p. 308

Donner le signe des expressions du second degré suivantes :

1. $f(x) = 3(x-2)(x-9)$
2. $f(x) = -2(x-1)(x-2)$
3. $f(x) = 4(x+2)(x-1)$
4. $f(x) = 5(x+3)(x+7)$

Exercice 4 ★ 10 min

Corrigé p. 308

Déterminer, dans chacun des cas suivants, le coefficient directeur de la tangente représentée.

1.

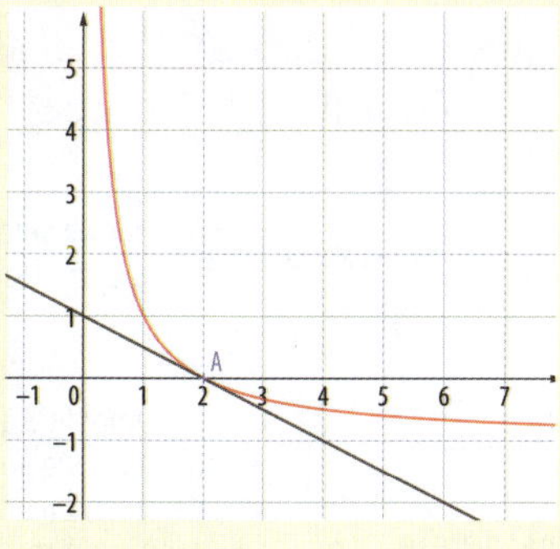

2.

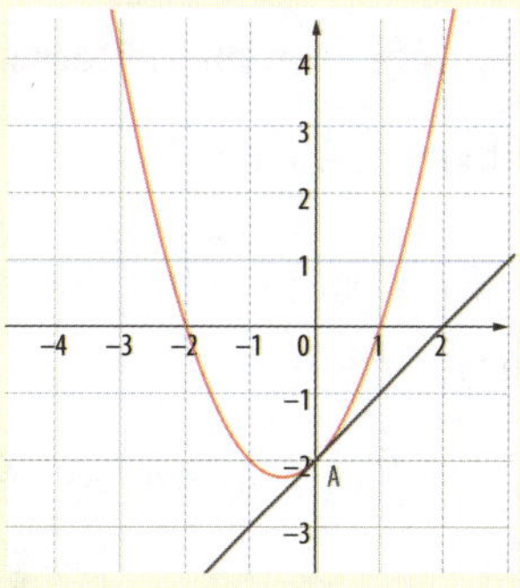

2 Suites numériques

1 Suites arithmétiques

A Formule explicite d'une suite arithmétique

• **Rappel.** Une suite (u_n) est dite **arithmétique** s'il existe un réel r tel que pour tout entier naturel n, $u_{n+1} = u_n + r$.

• **Définition.** On appelle **moyenne arithmétique de deux réels a et b le nombre réel $\frac{a+b}{2}$.**

• **Propriété.** Trois nombres réels sont des termes consécutifs d'une suite arithmétique si et seulement si la moyenne arithmétique du plus petit et du plus grand est égale au troisième.

Exemple
12, 17 et 22 sont des termes consécutifs d'une suite arithmétique. En effet, $\frac{12+22}{2} = 17$.

En revanche, 42, 55 et 61 ne sont pas des termes consécutifs d'une suite arithmétique. En effet : $\frac{42+61}{2} = 51,5 \neq 55$.

• **Propriété : formule explicite.** Soit (u_n) une suite arithmétique de raison r et de premier terme u_0. Alors, pour tout entier naturel n, on a : $u_n = u_0 + nr$.

• **Cas particulier :** si le premier terme de la suite est u_1, alors pour tout entier naturel n non nul, on a $u_n = u_1 + (n-1)r$.

Exemple
On considère la suite arithmétique (u_n) de raison 3 et de premier terme $u_0 = 2$. La propriété précédente permet d'affirmer que, pour tout entier naturel n, on a :

$$u_n = u_0 + nr = 2 + 3n$$

Cette relation explicite permet alors de calculer n'importe quel terme de la suite ; par exemple, $u_{10} = 2 + 3 \times 10 = 32$ ou encore $u_{31} = 2 + 3 \times 31 = 95$.

B Somme des termes d'une suite arithmétique

• **Propriété : somme de termes consécutifs.**

Pour tout entier naturel n, on a : $\sum_{k=0}^{n} k = 0 + 1 + 2 + ... + n = \frac{n(n+1)}{2}$

Plus généralement, si (u_n) est une suite arithmétique de raison r et de premier terme u_0 :

$$\sum_{k=0}^{n} u_k = u_0 + u_1 + u_2 + \ldots + u_n = (n+1) \times \frac{u_0 + u_n}{2}$$

Ou encore : nombre de termes $\times \frac{\text{premier terme} + \text{dernier terme}}{2}$

Remarque
$$\sum_{k=0}^{n} k = \sum_{k=1}^{n} k$$
En effet, 0 est le seul terme qui diffère entre les deux sommes.

Remarque
Le symbole Σ (sigma) permet d'écrire une somme de termes de façon plus synthétique et sans avoir recours aux points de suspension.

Exemple

1. $\sum_{k=0}^{10} k = 0+1+2+\ldots+10 = \frac{10(10+1)}{2} = 55.$

2. On considère la suite arithmétique de raison 4 et de premier terme $u_0 = 1$.

$S = \sum_{k=0}^{12} u_k = u_0 + u_1 + u_2 + \ldots + u_{12} = 13 \times \frac{u_0 + u_{12}}{2}$. Comme $u_{12} = u_0 + 12 \times 4 = 49$,

alors : $S = 13 \times \frac{1+49}{2} = 325$.

3. En reprenant la même suite que dans l'exemple précédent, $S' = \sum_{k=5}^{12} u_k = u_5 + u_6 + \ldots + u_{12}$

$= 8 \times \frac{u_5 + u_{12}}{2}$. Or, $u_5 = 1 + 5 \times 4 = 21$, donc $S' = 8 \times \frac{21+49}{2} = 280$.

Remarque

Le nombre de termes de la somme S' (de u_5 à u_{12}) est égal à $12 - 5 + 1 = 8$.

2 Suites géométriques

A Formule explicite d'une suite géométrique

• **Rappel.** Une suite (u_n) est dite **géométrique** s'il existe un réel q tel que, pour tout entier naturel n, $u_{n+1} = q \times u_n$.

• **Définition.** On appelle **moyenne géométrique de deux réels *a* et *b* strictement positifs le nombre réel** $\sqrt{ab}$.

• **Propriété.** Trois nombres réels strictement positifs sont des termes consécutifs d'une suite géométrique si et seulement si la moyenne géométrique du plus petit et du plus grand est égale au troisième.

Exemple

3, 4, 5 et 6,75 sont des termes consécutifs d'une suite géométrique. En effet, $\sqrt{3 \times 6{,}75} = 4{,}5$.

En revanche, 41, 82 et 161 ne sont pas des termes consécutifs d'une suite géométrique. En effet, $\sqrt{41 \times 161} \approx 81{,}2 \neq 82$.

• **Propriété : formule explicite.** Soit (u_n) une suite géométrique de raison q et de premier terme u_0. Alors, pour tout entier naturel n, on a : $u_n = u_0 \times q^n$.

• **Cas particulier** : si le premier terme de la suite est u_1, alors pour tout entier naturel n non nul, on a $u_n = u_1 \times q^{n-1}$.

B Somme des termes d'une suite géométrique

• **Propriété : somme de termes consécutifs.**

Pour tout entier naturel n et pour tout réel $q \neq 1$, on a : $\sum_{k=0}^{n} q^k = 1 + q + q^2 + \ldots + q^n = \frac{1-q^{n+1}}{1-q}$.

Plus généralement, si (u_n) est une suite géométrique de raison q, avec $q \neq 1$, et de premier terme u_0 :

$$\sum_{k=0}^{n} u_k = u_0 + u_1 + u_2 + \ldots + u_n = u_0 \times \frac{1-q^{n+1}}{1-q}$$

Ou encore : premier terme $\times \frac{1-q^{\text{nombre de termes}}}{1-q}$

MATHS

Exemples

1. $\sum_{k=0}^{6} 2^k = 1+2+2^2+\ldots+2^6 = \frac{1-2^{6+1}}{1-2} = 127$.

2. On considère la suite géométrique (v_n) de raison 3 et de premier terme $v_0 = 1$.

Alors, $S = \sum_{k=0}^{5} v_k = v_0 + v_1 + \ldots + v_5 = v_0 \times \frac{1-3^{5+1}}{1-3} = 364$

Exercices d'entraînement

Exercice 1 ★ 10 min

Corrigé p. 308

Dire si les nombres sont ou non les termes d'une suite arithmétique ou géométrique.

1. 12 ; 114 ; 216.
2. 32 ; 55 ; 74.
3. 18 ; 24 ; 32.
4. 3,102 ; 4,227 ; 5,352.

Exercice 2 ★★ 15 min

Corrigé p. 309

Les coûts fixes d'une entreprise diminuent de 3,5 % par an depuis 2016. En 2016, ils s'élevaient à 12 500 euros. L'entreprise aimerait savoir à partir de quelle année les dépenses de fonctionnement seront inférieures à 10 000 euros si la baisse amorcée se poursuit. Pour tout entier naturel n, on note d_n les dépenses de fonctionnement pour l'année $2016+n$ années.

1. **Préciser d_0, d_1 et d_2.**
2. **Déterminer la nature de la suite (d_n).**
3. **Exprimer le terme général d_n en fonction de n.**
4. **Conclure à l'aide de la calculatrice graphique.**

Exercice 3 ★★ 20 min PROG

Corrigé p. 309

En 2019, Alain souhaite se créer une épargne à partir des économies dont il dispose déjà, c'est-à-dire 2 000 €. Il décide de placer son argent en banque où on lui propose un livret dont les intérêts (composés) s'élèvent à 1,5 %. Pour tout entier naturel n, on note c_n son capital en $2019+n$.

1. **Donner c_0.**
2. **De quel capital Alain disposera-t-il en 2020 ?**
3. **Pour tout entier naturel n, exprimer c_{n+1} en fonction de c_n et en déduire la nature de la suite (c_n).**
4. **Exprimer c_n en fonction de n pour tout entier naturel n.**
5. **De quel capital Alain disposera-t-il en 2024 ?**
6. Alain désire disposer d'un capital de 3 000 €.

Compléter le script Python ci-contre afin qu'il permette de déterminer à partir de quelle année ce sera le cas :

```
def annee():
    n=0
    u=2000
    while u<3000:
        u=..........
        n=..........
    return(.........)
```

7. **Modifier le script ci-contre afin qu'il permette de déterminer l'année à partir de laquelle le capital de Alain atteindra ou dépassera un montant c donné.**

3 Fonctions exponentielles de base a

Dans tout le chapitre, a est un réel strictement positif.

1 Définition

- **On considère la suite géométrique de raison a définie par $u_n = a^n$.**
- **Une suite est, par définition, une fonction définie sur l'ensemble des entiers naturels n.**
- En prolongeant son ensemble de définition pour tout réel positif, on définit une fonction sur l'ensemble des réels positifs.

Puis, en posant $a^{-x} = \frac{1}{a^x}$, on étend l'ensemble de définition de cette fonction à l'ensemble des réels.

Exemple

En partant de la suite géométrique définie par $u_n = 2^n$, cela donne les étapes suivantes :

❶ **Représentation de la suite géométrique (u_n)**

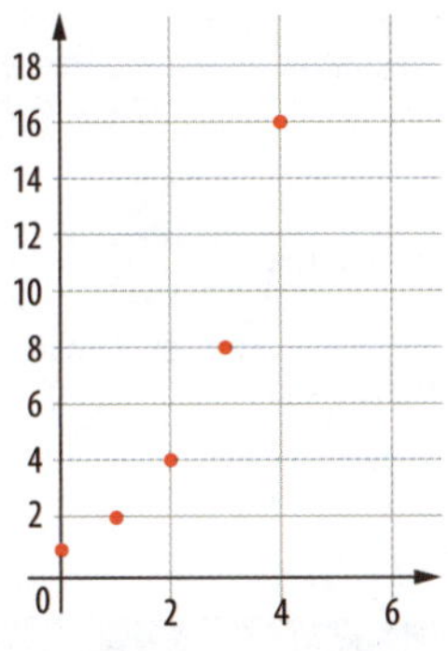

❷ **Représentation de la fonction résultant de l'extension aux réels positifs**

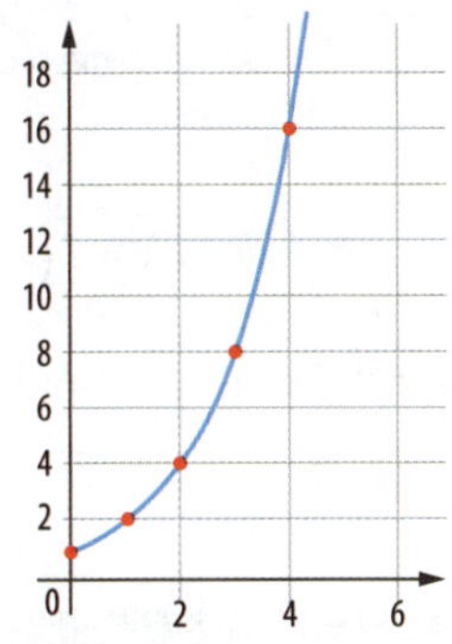

❸ **Extension à l'ensemble de tous les réels grâce à $2^{-x} = \frac{1}{2^x}$**

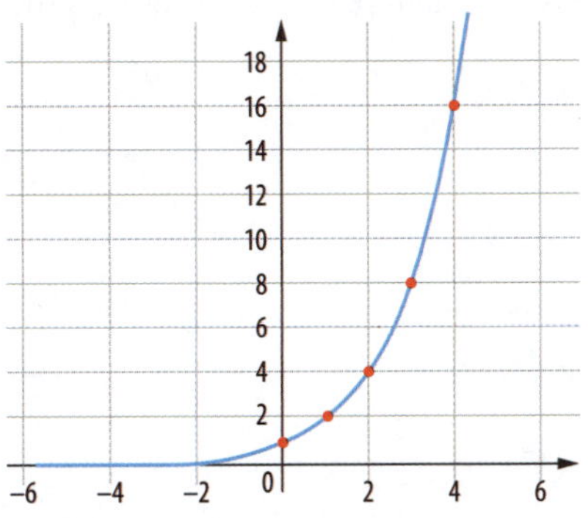

- **Définition. La fonction f ainsi obtenue s'appelle la fonction exponentielle de base a telle que, pour tout réel x, $f(x) = a^x$.**

MATHS

- Pour tout réel a strictement positif, on a $a^0 = 1$ et $a^1 = a$.

Remarque
Pour toute autre image, on utilisera une calculatrice.

2 Allure de la courbe et sens de variation

- Dans ce paragraphe, on considère f **une fonction exponentielle de base a**, avec $a > 0$.
- **Propriétés.**

Valeurs de a	$0 < a < 1$	$a > 1$
Sens de variation de f	f est strictement décroissante sur $\mathbb{R}$.	f est strictement croissante sur $\mathbb{R}$.

Exemples
- La fonction exponentielle de base 3 définie sur $\mathbb{R}$ par $f(x) = 3^x$ est strictement croissante sur $\mathbb{R}$.
- La fonction exponentielle de base 0,2 définie sur $\mathbb{R}$ par $f(x) = 0,2^x$ est strictement décroissante sur $\mathbb{R}$.

Remarque
Dans le cas où $a = 1$, la fonction est constante et égale à 1.

- **Propriété. Cas des fonctions de la forme ka^x** : on considère **une fonction f définie sur $\mathbb{R}$ par $f(x) = ka^x$, où k est un nombre réel quelconque** :

	$0 < a < 1$	**$a > 1$**
$k > 0$	f est strictement décroissante sur $\mathbb{R}$.	f est strictement croissante sur $\mathbb{R}$.
$k < 0$	f est strictement croissante sur $\mathbb{R}$.	f est strictement décroissante sur $\mathbb{R}$.

Exemples
- La fonction f définie sur $\mathbb{R}$ par $f(x) = -3 \times 2^x$ est strictement décroissante sur $\mathbb{R}$.
- La fonction f définie sur $\mathbb{R}$ par $f(x) = -5 \times 0,3^x$ est strictement croissante sur $\mathbb{R}$.

Remarque
Dans le cas où $k = 0$, la fonction est constante, égale à 0.

3 Propriétés algébriques des fonctions exponentielles

- **Propriétés.** Soit a un réel strictement positif. Quels que soient les réels x et y, on a :

$$a^{x+y} = a^x a^y \qquad a^{x-y} = \frac{a^x}{a^y}$$

$$a^{-x} = \frac{1}{a^x} \qquad a^{nx} = \left(a^x\right)^n$$

Exemples
Simplifier les expressions suivantes :

$A = 2^{1,2} \times 2^{3,4} = 2^{1,2+3,4} = 2^{4,6}$

$B = \dfrac{3,5^{4,1}}{3,5^2} = 3,5^{4,1-2} = 3,5^{2,1}$

$C = \dfrac{(5,1^{3,6})^2}{5,1^{7,2}} = \dfrac{5,1^{3,6 \times 2}}{5,1^{7,2}} = 5,1^{7,2-7,2} = 5,1^0 = 1$

Application

On considère une valeur V_0 subissant n évolutions successives. On note V_1, V_2, …, V_n les valeurs obtenues à la suite de ces évolutions et t_1, t_2, …, t_n les taux de ces évolutions. On appelle « taux d'évolution moyen » le taux noté t_m de l'évolution unique à appliquer n fois à la valeur V_0 pour obtenir la valeur V_n.

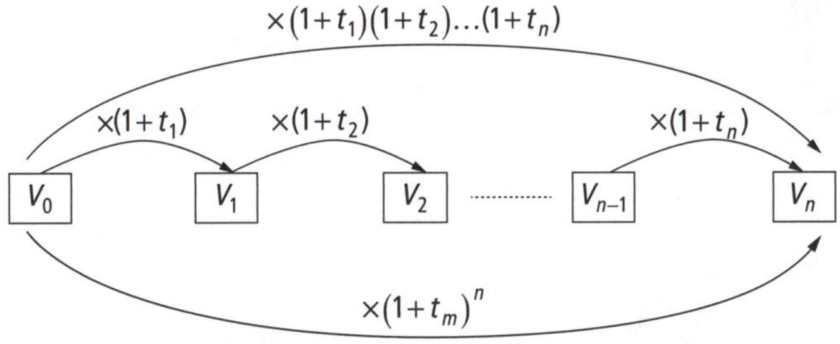

En trois mois, une paire de chaussures de sport a subi successivement une baisse de 5 % puis une baisse de 12 % et enfin une hausse de 10 %.

1. Justifier que le prix initial de cette paire de baskets a été multiplié par 0,9196.

2. En déduire le taux moyen mensuel et interpréter le résultat.

Solution

1. Le coefficient multiplicateur global est $\left(1-\frac{5}{100}\right)\left(1-\frac{12}{100}\right)\left(1+\frac{10}{100}\right)=0,9196$.

2. Si on note t_m le taux moyen global, on a alors $(1+t_m)^3=0,9196$ ou encore $1+t_m=0,9196^{\frac{1}{3}}$.

Finalement $t_m=0,9196^{\frac{1}{3}}-1\approx-0,028$. Donc le taux moyen mensuel est environ égal à $-0,028$.

Cela signifie que le prix de la paire de baskets a baissé en moyenne d'environ 2,8 % par mois durant ces trois mois.

Exercices d'entraînement

Exercice 1 ★ 5 min

Corrigé p. 309

Vrai ou faux ?

1. La fonction exponentielle de base π est strictement croissante sur $\mathbb{R}$.
2. La fonction exponentielle de base 1,3 est le prolongement d'une suite arithmétique de raison 1,3.
3. La fonction f définie sur $\mathbb{R}$ par $f(x)=2,5^x$ est strictement décroissante sur $\mathbb{R}$.
4. La fonction g définie sur $\mathbb{R}$ par $g(x)=-2,2\times(3,4)^x$ est strictement décroissante sur $\mathbb{R}$.

Exercice 2 ★★ 10 min

Corrigé p. 309

On considère les fonctions f, g, h et i définies sur $\mathbb{R}$ par :

$f(x)=0,5^x$, $g(x)=2^x$, $h(x)=3^x$ et $i(x)=0,1^x$.

Associer chacune de ces fonctions à chacune des courbes ci-dessous :

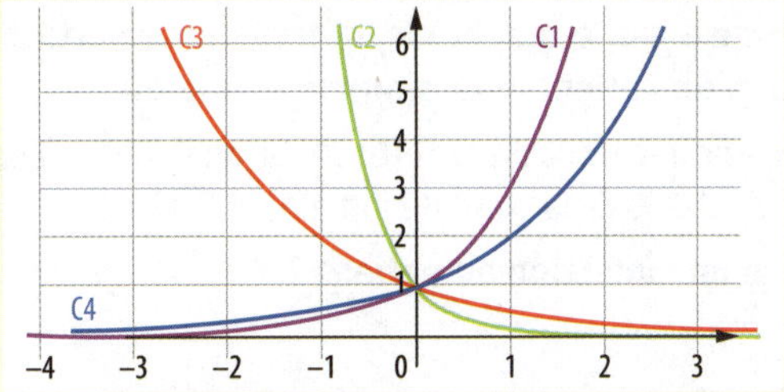

Exercice 3 ★★ 15 min

Corrigé p. 309

Simplifier les expressions suivantes :

1. $6{,}6^{2{,}1} \times 6{,}6^{1{,}1}$
2. $4{,}35^{2{,}3} \times (4{,}35^{3{,}1})^3$
3. $\dfrac{(5{,}1^{2{,}1})^4 \times 5{,}1^{3{,}4}}{(5{,}1^{2{,}3})^4}$
4. $a^{2{,}34} \times a^{4{,}56}$
5. $b^{\frac{2}{3}} \times (b^{\frac{1}{3}})^3$
6. $\dfrac{(q^{2{,}7})^3}{(q^{3{,}4})^2 \times q^{1{,}1}}$

Exercice 4 ★★ 20 min

Corrigé p. 309

On injecte par intraveineuse à un patient malade 1,8 mg d'un médicament.
La quantité de médicament présente dans le sang du patient est une fonction définie sur $[0\,;+\infty[$ par $Q(t) = Q_0 \times 0{,}7^t$ où t est exprimé en heures.

1. **Expliquer pourquoi $Q_0 = 1{,}8$.**
2. **En donnant les variations de la fonction Q, décrire l'évolution de cette quantité au fil des heures.**
3. **Donner la quantité de médicament présente dans le sang du patient trois quarts d'heure après l'injection.**
4. **Donner la quantité de médicament présente dans le sang du patient une heure et demie après l'injection.**
5. On donne ci-dessous la courbe représentative de la fonction Q.

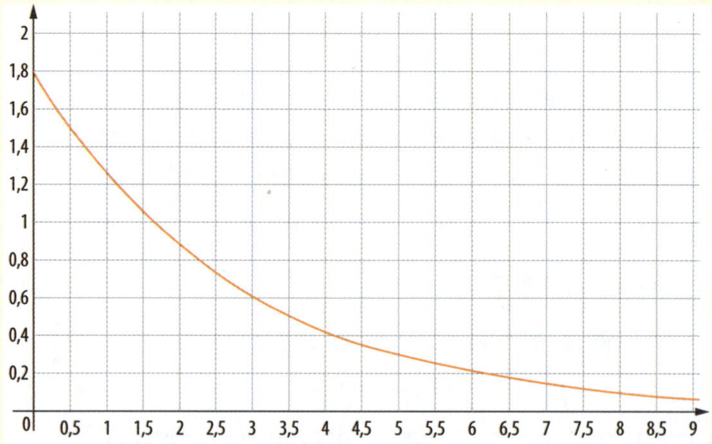

a) **Avec la précision permise par le graphique, déterminer à partir de quand la quantité de médicament dans le sang du patient aura diminué de moitié.**

b) On considère que le médicament n'est plus efficace et qu'il faut refaire une injection lorsque la quantité devient inférieure à 10 % de la quantité initiale.

Quand faudra-t-il refaire une injection au patient ?

4 Fonction logarithme décimal

1 Étude de la fonction logarithme décimal

• **Définition et propriétés.** Soit b un réel tel que $b > 0$. **L'équation $10^x = b$ admet une unique solution. Cette solution s'appelle le logarithme décimal de b et est notée $\log(b)$.**

• **Conséquences immédiates :**

$$10^{\log(b)} = b$$
$$10^x = b \Leftrightarrow x = \log(b)$$
$$\log(10) = 1 \text{ et } \log(1) = 0$$
$$\text{Pour tout entier naturel } n,\ \log(10^n) = n$$

Application

Résoudre les équations ci-dessous :

a) $10^x = 2$ b) $10^x = 1\,000$

Solution

Pour trouver la valeur approchée, on utilise la touche (log) de la calculatrice.

a) $10^x = 2 \Leftrightarrow x = \log(2) \approx 0{,}301$

b) $10^x = 1\,000 \Leftrightarrow x = \log(1\,000) = \log\left(10^3\right) = 3$

• **Définition. La fonction définie sur $]0\,;+\infty[$ qui, à tout réel $x > 0$ associe $\log(x)$, est appelée la fonction logarithme décimal.**

$$\log :]0;+\infty[\to \mathbb{R}$$
$$x \mapsto \log(x)$$

• **Courbe représentative.**

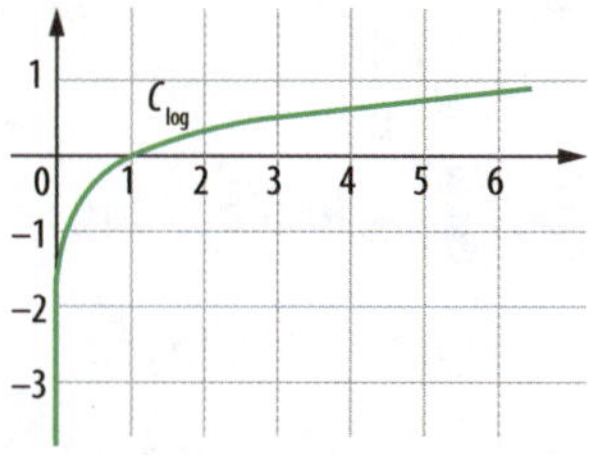

• **Propriétés.**

– **La fonction log est strictement croissante sur $]0\,;+\infty[$.**

– **Pour tout réel $x > 1$, $\log(x) > 0$.**

– **Pour tout réel x tel que $0 < x < 1$, $\log(x) < 0$.**

– On peut résumer ces informations dans un tableau de signes :

x	0		1		$+\infty$
$\log(x)$		–	0	+	

Pour tous réels x et y, $\log(x) = \log(y) \Leftrightarrow x = y$ et $\log(x) < \log(y) \Leftrightarrow x < y$.

MATHS

Application
Résoudre les inéquations suivantes :
a) $x\log(5) \geqslant 3$ **b)** $x\log(0,1) \leqslant 15$

Solution
a) $5 > 1$ donc $\log(5) > 0$, donc $x \geqslant \dfrac{3}{\log(5)}$.

b) $0,1 < 1$ donc $\log(0,1) < 0$, donc $x \geqslant \dfrac{15}{\log(0,1)}$.

Application
Déterminer l'ordre de grandeur d'un nombre réel positif.
L'ordre de grandeur d'un nombre, notion beaucoup utilisée en physique, est la puissance de 10 la plus proche de ce nombre. La **partie entière** du logarithme décimal de ce nombre nous donne alors cette puissance.
Solution
- Si $\log(x) \approx 3,24$ alors $x \approx 10^3$.
- Si $\log(x) \approx 9,68$ alors $x \approx 10^9$.

Cas particulier
Si le nombre x est un entier naturel alors son log permet d'obtenir (en plus d'un ordre de grandeur) le nombre de chiffres composant ce nombre.
On considère un **entier naturel** n tel que $\log(n) \approx 4,739$. Alors n est proche de $10^4 = 10\,000$ et est donc composé de 5 chiffres.

2 Propriétés du logarithme décimal

- **Propriétés.** Pour tous réels a et b strictement positifs, n un entier naturel et x un réel :

$$\log(ab) = \log(a) + \log(b)$$
$$\log\left(\frac{1}{b}\right) = -\log(b)$$
$$\log\left(\frac{a}{b}\right) = \log(a) - \log(b)$$
$$\log(a^n) = n\log(a)$$
$$\log(a^x) = x\log(a)$$

Exemples
1. Écrire $\log(36)$ en fonction de $\log(2)$ et de $\log(3)$.
$\log(36) = \log(4\times 9) = \log(4) + \log(9)$ car $\log(ab) = \log(a) + \log(b)$
$= \log(2^2) + \log(3^2) = 2\log(2) + 2\log(3)$ car $\log(a^n) = n\log(a)$

2. Soit x un réel strictement positif. Simplifier et écrire en fonction de $\log(x)$.
$A(x) = \log(x^4) - 3\log(x) + \log\left(\dfrac{1}{x^2}\right)$
$= 4\log(x) - 3\log(x) - \log(x^2) = \log(x) - 2\log(x) = -\log(x)$

Application

1 Résolution d'équations du type $a^x = b$ ou $x^a = b$ et d'inéquations du type $a^x < b$ ou $x^a < b$

Résoudre les équations ou inéquations suivantes :

a) $2^x = 5$

b) $x^5 = 7$

c) $3^x < 0,1$

d) $x^3 < 2$

Solution

a) $2^x = 5 \Leftrightarrow \log(2^x) = \log(5) \Leftrightarrow x\log(2) = \log(5) \Leftrightarrow x = \dfrac{\log(5)}{\log(2)} \approx 2,32$

b) $x^5 = 7 \Leftrightarrow \log(x^5) = \log(7) \Leftrightarrow 5\log(x) = \log(7)$

$\Leftrightarrow \log(x) = \dfrac{1}{5}\log(7) \Leftrightarrow \log(x) = \log\left(7^{\frac{1}{5}}\right)$

$\Leftrightarrow x = 7^{\frac{1}{5}} \approx 1,48$

c) $3^x < 0,1 \Leftrightarrow \log(3^x) < \log(0,1) \Leftrightarrow x\log(3) < \log(0,1) \Leftrightarrow x < \dfrac{\log(0,1)}{\log(3)}$ car $\log(3) > 0$

d) $x^3 < 2 \Leftrightarrow \log(x^3) < \log(2) \Leftrightarrow 3\log(x) < \log(2)$

$\Leftrightarrow \log(x) < \dfrac{1}{3}\log(2) \Leftrightarrow \log(x) < \log\left(2^{\frac{1}{3}}\right)$

$\Leftrightarrow x < 2^{\frac{1}{3}}$

2 Recherche d'un taux moyen

Le chiffre d'affaires d'une entreprise passe de 300 000 euros en 2015 à 514 000 euros en 2020.

1. Déterminer le taux global d'augmentation entre 2015 et 2020.

2. Déterminer le taux moyen d'augmentation entre 2015 et 2020.

Solution

1. Le taux global d'augmentation entre 2015 et 2020 est égal à : $\dfrac{514\,000 - 300\,000}{300\,000} \approx 0,713$.

Le taux global d'augmentation entre 2015 et 2020 est égal à 71,3 %.

2. Soient C_G et C_M les coefficients multiplicateurs global et moyen.

$C_G = C_M^5 \Leftrightarrow 1,713 = C_M^5 \Leftrightarrow \log(1,713) = 5\log(C_M)$

$\Leftrightarrow \log(C_M) = \dfrac{1}{5}\log(1,713) \Leftrightarrow \log(C_M) = \log\left(1,713^{\frac{1}{5}}\right)$

$C_M = 1,713^{\frac{1}{5}} \approx 1,114$, donc le taux moyen d'augmentation est égal à 11,4 %.

Exercices d'entraînement

Exercice 1 ★ 15 min *Corrigé p. 309*

Résoudre les équations ou inéquations suivantes :

1. $10^x = 7$
2. $10^x = 1,35$
3. $5 \times 10^x = 2,6 \times 10^x + 4,2$
4. $2,5^x = 15$
5. $x^7 = 123$
6. $0,7^x \geqslant 12$

MATHS

Exercice 2 ★ 15 min

Corrigé p. 310

Déterminer le plus petit entier n tel que :

1. $0{,}65^n \leqslant 0{,}098$

2. $100 - 1{,}5^n < 75$

Exercice 3 ★ 20 min

Corrigé p. 310

1. Simplifier les expressions suivantes :

a) $3\log(2) + \log(5) - 2\log(3)$

b) $2\log(3) - 4\log\left(\sqrt{3}\right)$

c) $\log\left(3 - \sqrt{5}\right) + \log\left(3 + \sqrt{5}\right)$

2. Écrire $\log(200)$ et $\log\left(\frac{1}{1\,000}\right)$ en fonction de $\log(2)$ et de $\log(5)$.

3. Écrire $\log(196)$ et $\log\left(\frac{49}{16}\right)$ en fonction de $\log(2)$ et de $\log(7)$.

Exercice 4 ★★ 15 min

Corrigé p. 310

Soient a et b deux réels strictement positifs.

Simplifier et écrire les expressions suivantes en fonction de $\log(a)$ et de $\log(b)$.

1. $\log(a^3b^2) + \log\left(\frac{a}{b^2}\right) - \log(a)$

2. $\log(a^4) + \log\left(\frac{1}{b^3}\right) - \log(ab)$

Exercice 5 ★★ 10 min

Corrigé p. 310

1. Entre le 1er janvier 2019 et le 1er juillet 2020, le nombre d'abonnés d'une chaîne en ligne a augmenté en 18 mois de 75 %.

Déterminer le taux moyen mensuel d'augmentation du nombre d'abonnés.

2. Sachant que la chaîne a 17 000 abonnés au 1er juillet 2020, si l'augmentation se poursuit, déterminer le nombre d'abonnés que l'on peut prévoir au 1er janvier 2021.

Exercice 6 ★★ 15 min

Corrigé p. 311

Le pH d'une solution aqueuse est défini par la relation $\text{pH} = -\log[H_3O^+]$ où $[H_3O^+]$ désigne la concentration en ions H_3O^+, exprimée en mol.L^{-1}.

1. Déterminer le pH correspondant à une concentration $[H_3O^+] = 3 \times 10^{-7}$ mol.L^{-1}.

2. Calculer la concentration en ions H_3O^+ d'une solution neutre de pH égal à 7.

3. Comment varie le pH quand la concentration en ions H_3O^+ est multipliée par 10 ? Par 100 ?

5 Fonction inverse

1 Étude de la fonction inverse

- **Définition. La fonction inverse est la fonction f définie par $f(x) = \frac{1}{x}$ sur $\mathbb{R}^* =]-\infty ; 0[\cup]0 ; +\infty[$.**

> **Remarque**
> Pour que la fonction f soit définie, il faut que le dénominateur soit différent de 0, c'est-à-dire $x \neq 0$. **On dit que 0 est la valeur interdite.**

- **Taux de variation de la fonction inverse.**

– Soit a un nombre réel non nul :

$$\frac{f(a+h)-f(a)}{h} = \frac{\frac{1}{a+h}-\frac{1}{a}}{h} = \frac{\frac{a-(a+h)}{a(a+h)}}{h} = \frac{-\frac{h}{a(a+h)}}{h} = -\frac{1}{a(a+h)}.$$

– Lorsque h tend vers 0, le taux de variation de la fonction inverse tend vers $-\frac{1}{a^2}$, donc la fonction inverse est dérivable en a et $f'(a) = -\frac{1}{a^2}$.

- **Dérivée de la fonction inverse.** La fonction inverse est dérivable sur $\mathbb{R}^*$. **Pour tout réel $x \neq 0$, $f'(x) = -\frac{1}{x^2}$.**

> **Remarque**
> Pour calculer la dérivée de $\frac{k}{x}$ où k est une constante réelle, on utilise la dérivée d'un produit par un réel $k \times \frac{1}{x}$ et on obtient $\left(\frac{k}{x}\right)' = k \times \frac{-1}{x^2} = -\frac{k}{x^2}$. (→ Chapitre 1, Automatisme 2 p. 274)

Exemple

Calculer la dérivée des fonctions f et g définies sur $\mathbb{R}^*$ par $f(x) = 3x - 5 + \frac{4}{x}$ et $g(x) = x^3 - \frac{1}{2x}$.

Pour tout réel $x \neq 0$, $f'(x) = 3 \times 1 + 0 + 4 \times \frac{-1}{x^2} = 3 - \frac{4}{x^2}$

et $g'(x) = 3x^2 - \frac{1}{2} \times \frac{-1}{x^2} = 3x^2 + \frac{1}{2x^2}$.

- **Sens de variations. Pour tout réel $x \neq 0$, $x^2 > 0$, donc $f'(x) < 0$.**

La fonction inverse est strictement décroissante sur $]-\infty ; 0[$ et sur $]0 ; +\infty[$.

Exemple

Soit f la fonction définie sur $\mathbb{R}^*$ par $f(x) = 4x + 1 + \frac{4}{x}$.

Pour tout réel x de $\mathbb{R}^*$, $f'(x) = 4 \times 1 + 0 + 4 \times \frac{-1}{x^2} = 4 - \frac{4}{x^2} = \frac{4x^2-4}{x^2} = \frac{4(x^2-1)}{x^2} = \frac{4(x-1)(x+1)}{x^2}$.

$f(-1) = -7$ et $f(1) = 9$.

x	$-\infty$	-1		0		1	$+\infty$
$x-1$	$-$		$-$		$-$	0	$+$
$x+1$	$-$	0	$+$		$+$		$+$
$f'(x)$	$+$	0	$-$	‖	$-$	0	$+$
f	↗	-7	↘	‖	↘	9	↗

Vérification à la calculatrice : avec la fenêtre $-10 \leqslant X \leqslant 10$, $-15 \leqslant Y \leqslant 15$

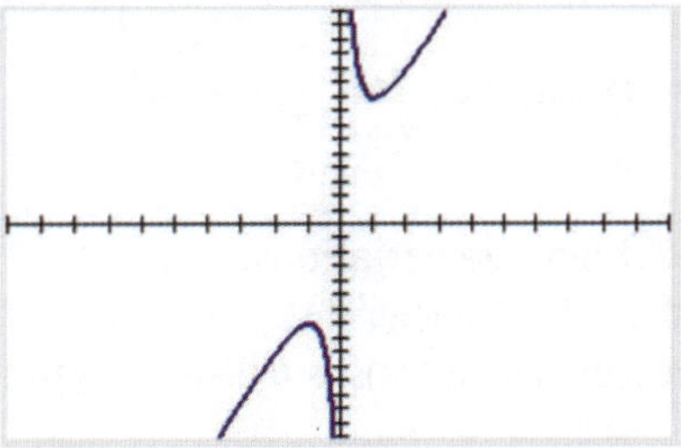

2 Comportement de la fonction inverse aux bornes de son ensemble de définition

• Limites.

■ **en $+\infty$:**

x	10	100	1 000	10^6
$f(x)$	0,1	0,01	0,001	10^{-6}

Lorsque x devient de plus en plus grand, $\frac{1}{x}$ se rapproche de plus en plus de 0. **On dit que la limite de $\frac{1}{x}$ quand x tend vers $+\infty$ est égale à 0 et on note $\lim\limits_{x \to +\infty} \frac{1}{x} = 0$.**

■ **en $-\infty$:**

x	-10^6	$-1\ 000$	-100	-10
$f(x)$	-10^{-6}	$-0{,}001$	$-0{,}01$	$-0{,}1$

Lorsque x devient de plus en plus petit, $\frac{1}{x}$ se rapproche de plus en plus de 0. **On dit que la limite de $\frac{1}{x}$ quand x tend vers $-\infty$ est égale à 0 et on note $\lim\limits_{x \to -\infty} \frac{1}{x} = 0$.**

■ **en 0 par valeurs positives :**

x	$\frac{1}{2}$	$\frac{1}{4}$	$\frac{1}{10}$	$\frac{1}{100}$	$\frac{1}{1\ 000}$
$f(x)$	2	4	10	100	1 000

Lorsque x devient de plus en plus proche de 0 tout en restant positif, $\frac{1}{x}$ devient de plus en plus grand. **On dit que la limite de $\frac{1}{x}$ quand x tend vers 0 par valeurs positives est égale à $+\infty$ et on note $\lim\limits_{\substack{x \to 0 \\ x>0}} \frac{1}{x} = +\infty$.**

■ **en 0 par valeurs négatives :**

x	$-\frac{1}{1\ 000}$	$-\frac{1}{100}$	$-\frac{1}{10}$	$-\frac{1}{4}$	$-\frac{1}{2}$
$f(x)$	$-1\ 000$	-100	-10	-4	-2

Lorsque x devient de plus en plus proche de 0 tout en restant négatif, $\frac{1}{x}$ devient de plus en plus petit. **On dit que la limite de $\frac{1}{x}$ quand x tend vers 0 par valeurs négatives est égale à $-\infty$ et on note $\lim\limits_{\substack{x \to 0 \\ x<0}} \frac{1}{x} = -\infty$.**

• Tableau de variations.

On peut résumer l'ensemble des informations obtenues précédemment dans le tableau de variations ci-contre :

x	$-\infty$		0		$+\infty$
f	0 ↘	$-\infty$	‖	$+\infty$ ↘	0

• Courbe représentative de la fonction inverse.

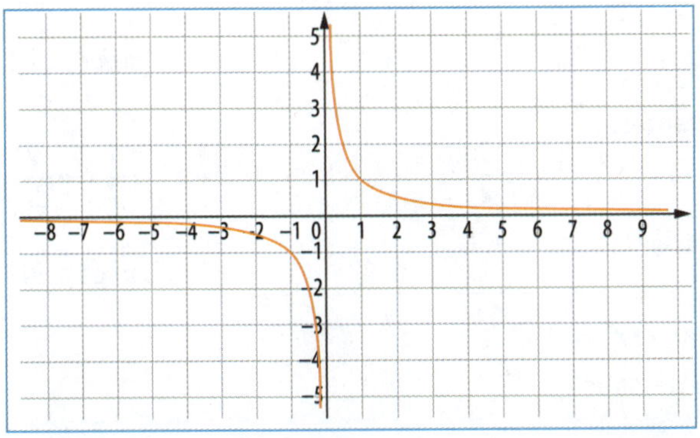

– La courbe de la fonction inverse est appelée **une hyperbole**.

– Elle admet l'origine du repère comme centre de symétrie.

– La courbe se rapproche de plus en plus de l'axe des abscisses lorsque x se dirige vers $+\infty$ ou $-\infty$, **on dit que l'axe des abscisses est asymptote horizontale à la courbe.**

– La courbe se rapproche de plus en plus de de l'axe des ordonnées lorsque x s'approche de 0, **on dit que l'axe des ordonnées est asymptote verticale à la courbe.**

Exemple 1

Soit h la fonction définie sur $]0\,;+\infty[$ par $h(x)=x+1+\dfrac{1}{x}$.

Déterminer le comportement de *h* aux bornes de son ensemble de définition.

• En $+\infty$:

x	10	100	1 000	10 000
$h(x)$	11,1	101,1	1 001,001	10 001,0001

Donc $\lim\limits_{x\to+\infty} h(x)=+\infty$.

• En 0 par valeurs positives :

x	$\frac{1}{2}$	$\frac{1}{4}$	$\frac{1}{10}$	$\frac{1}{100}$	$\frac{1}{1\,000}$	$\frac{1}{10\,000}$
$h(x)$	$\frac{7}{2}$	$\frac{21}{4}$	11,1	101,01	1 001,001	10 001,0001

Donc $\lim\limits_{\substack{x\to0\\x>0}} \dfrac{1}{x}=+\infty$.

Exemple 2

Soit g une fonction définie sur $\mathbb{R}^*$ dont la courbe représentative est donnée ci-dessous.

Déterminer son comportement aux bornes de son ensemble de définition.

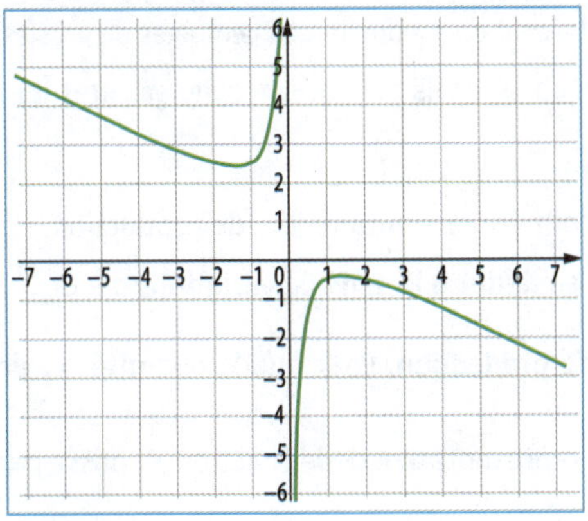

$\lim\limits_{x\to+\infty} g(x)=-\infty$

$\lim\limits_{x\to-\infty} g(x)=+\infty$

$\lim\limits_{\substack{x\to0\\x>0}} g(x)=-\infty$

$\lim\limits_{\substack{x\to0\\x<0}} g(x)=+\infty$

MATHS

Exercices d'entraînement

Exercice 1 ★ 10 min

Corrigé p. 311

Calculer la dérivée des fonctions suivantes.

1. $f(x) = 2x - 5 + \frac{1}{x}$ 2. $g(x) = x^2 - 5x - \frac{3}{x}$ 3. $h(x) = \frac{1}{2}x^2 - \frac{1}{7}x + \frac{2}{3x}$

Exercice 2 ★ 20 min

Corrigé p. 311

1. **Soit f la fonction définie sur $\mathbb{R}^*$ par $f(x) = 3 - \frac{1}{x^2}$.**

a) **Compléter le tableau de valeurs ci-dessous :**

x	1	10	100	-1	$-\frac{1}{10}$	$-\frac{1}{100}$
$f(x)$						

b) **Que peut-on conjecturer sur le comportement de f en $+\infty$ et en 0 par valeurs négatives ?**

2. Soit g la fonction définie sur $\mathbb{R}^*$ par $g(x) = -x^3 + \frac{3}{x}$.

En utilisant la méthode de la question 1., conjecturer sur le comportement de g en $-\infty$ et en 0 par valeurs positives.

Exercice 3 ★★ 25 min

Corrigé p. 311

1. Soit la fonction g définie sur $\mathbb{R}$ par $g(x) = 2x^2 + x + 1$.

a) **Étudier les variations de g sur $\mathbb{R}$.**

b) **En déduire le signe de $g(x)$.**

2. Soit la fonction h définie sur $\mathbb{R}^*$ par $h(x) = x^2 - x + 1 + \frac{1}{x}$.

Montrer que pour tout réel $x \neq 0$, $h'(x) = \frac{(x-1)\,g(x)}{x^2}$ et en déduire le sens de variations de h.

Exercice 4 ★★★ 30 min

Corrigé p. 311

Une entreprise produit un produit chimique liquide. Le coût de production en centaines d'euros est donné par la fonction $C(q) = \frac{1}{10}q^2 - 20q + 1960$, où q est la quantité produite en litres (L) ; $q \in [0;340]$.

1. **Déterminer l'expression en fonction de q du coût moyen unitaire C_m de production.**
2. **Montrer que $C_m'(q) = \frac{(q-140)(q+140)}{10q^2}$ et en déduire le sens de variations de C_m.**
3. **Déterminer le coût moyen unitaire minimal de production. Pour quelle quantité x_0 de produit fabriqué est-il atteint ?**
4. **Démontrer que la tangente en x_0 à la courbe représentative de la fonction C passe par l'origine du repère.**

6 Séries statistiques à deux variables

1 Nuage de points

• **Définition.** On appelle **série statistique à deux variables une série statistique où deux caractères X et Y sont étudiés sur une même population**. Pour chacun des n individus de la population, on note x_i et y_i les valeurs prises par les deux variables.

Exemple

Afin d'orienter ses investissements, une chaîne d'hôtels réalise des analyses sur le taux d'occupation des chambres. Une analyse établit un lien entre le taux d'occupation, exprimé en %, et le montant des frais de publicité (en milliers d'euros).

Frais de publicité x_i en milliers d'euros	22	24	25	27	30	32	35	36
Taux d'occupation y_i en %	42	45	48	52	55	67	72	76

• **Définition.** Dans un repère orthogonal, l'ensemble des points M_i de coordonnées $(x_i ; y_i)$, i étant un entier variant de 1 à n, est appelé **nuage de points** de la série statistique à deux variables.

Exemple (suite)

Les points de coordonnées M_1(22 ;42), M_2(24 ;45), M_3(25 ;48), …, M_8 (36 ;76) forment le nuage de points de la série statistique.

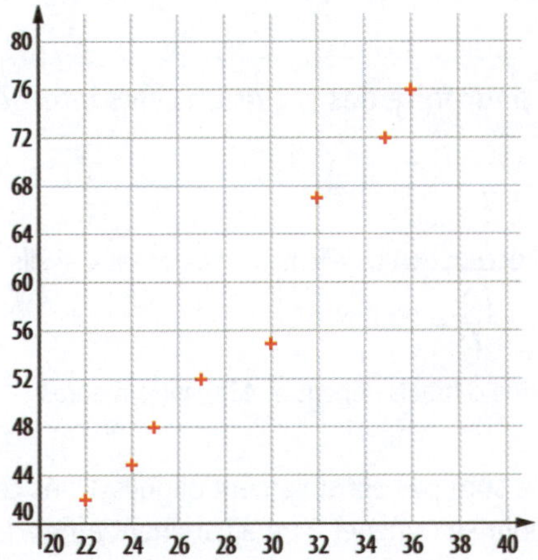

Remarques

• Il faut faire attention au choix du repère en regardant les valeurs minimales et maximales de la série statistique.

• Les unités ne commencent pas nécessairement à 0 sur l'axe des abscisses et l'axe des ordonnées.

MATHS

2 Ajustement affine

• **Définition.** Lorsque les points du nuage de la série statistique sont **sensiblement alignés**, on peut chercher une droite qui passe le plus près possible de ces points. **Un ajustement affine consiste en la recherche d'une telle droite**. Il existe plusieurs méthodes pour ce faire. Par exemple, la méthode « au jugé » consiste à tracer une droite au plus près des points du nuage de points.

Remarques

- Il n'y a pas unicité de la droite d'ajustement affine.
- Il existe une méthode qui minimise les carrés des distances d_i entre les points du nuage de points M_i et les points P_i de la droite d'ajustement affine. Cette méthode est appelée **méthode des moindres carrés.** Les coefficients de cette droite peuvent être obtenus à la calculatrice graphique. Dans notre exemple, l'équation réduite est : $y = 2{,}45x - 13{,}52$.

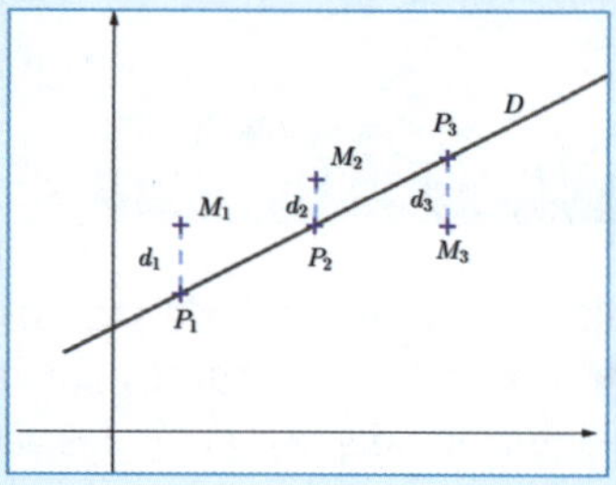

Exemple (suite)

- Les points de la série statistique semblent presque alignés, on peut donc réaliser un ajustement affine. Pour cela, on choisit de tracer la droite qui passe par le premier point $M_1\,(22\,;42)$ et le dernier point $M_8\,(36\,;76)$ du nuage de points. On va déterminer l'équation réduite de la droite (M_1M_8).
- On commence par déterminer son coefficient directeur : $a = \dfrac{y_{M_8} - y_{M_1}}{x_{M_8} - x_{M_1}} = \dfrac{76-42}{36-22} = \dfrac{34}{14} = \dfrac{17}{7}$.
- Puis, on calcule l'ordonnée à l'origine :

$42 = \dfrac{17}{7} \times 22 + b \Leftrightarrow b = 42 - \dfrac{17}{7} \times 22 = -\dfrac{80}{7}$

donc l'équation réduite de la droite (M_1M_8) est $y = \dfrac{17}{7}x - \dfrac{80}{7}$.

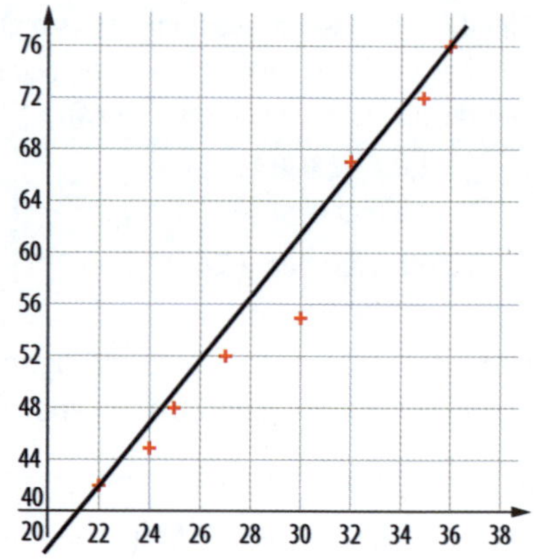

- **On peut utiliser un ajustement affine pour faire des prévisions, des interpolations et des extrapolations.**

Exemple (suite)

La chaîne d'hôtels aimerait connaître le taux d'occupation qu'elle peut espérer avoir si elle dépense 42 milliers d'euros : $y = \dfrac{17}{7}x - \dfrac{80}{7} = \dfrac{17}{7} \times 42 - \dfrac{80}{7} \approx 90{,}6$ %.

Le taux d'occupation serait de 90,6 % si la chaîne d'hôtels dépensait 42 milliers d'euros.

- Les points de certains nuages de points ne sont pas sensiblement alignés. Dans ce cas-là, on peut effectuer un changement de variable pour se ramener à un ajustement affine. Les changements de variables possibles sont, par exemple, $z = y^2$, $z = \dfrac{1}{y}$, $z = \log(y)$, $z = \dfrac{1}{\sqrt{y}}$, etc. Le changement de variable à effectuer sera donné par l'énoncé des exercices.

Exemple

Le tableau suivant donne les distances d'arrêt en *m* sur route sèche en fonction de la vitesse en km.h⁻¹.

Vitesse x_i en km.h^{-1}	0	20	40	60	80	100	120
Distance d'arrêt y_i en m	0	5	16	38	65	98	142

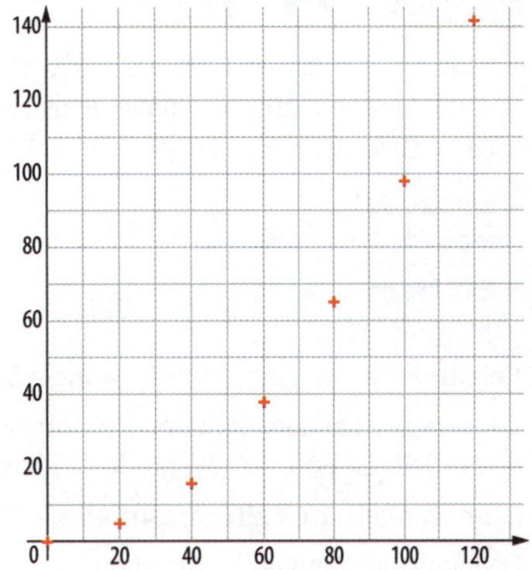

Les points du nuage de points ne sont pas alignés, donc on ne peut pas réaliser un ajustement affine. On pose $z = \sqrt{y}$.

Vitesse x_i en km.h^{-1}	0	20	40	60	80	100	120
Distance d'arrêt y_i en m	0	5	16	38	65	98	142
$z_i = \sqrt{y_i}$	0	2,2	4	6,2	8,1	9,9	11,9

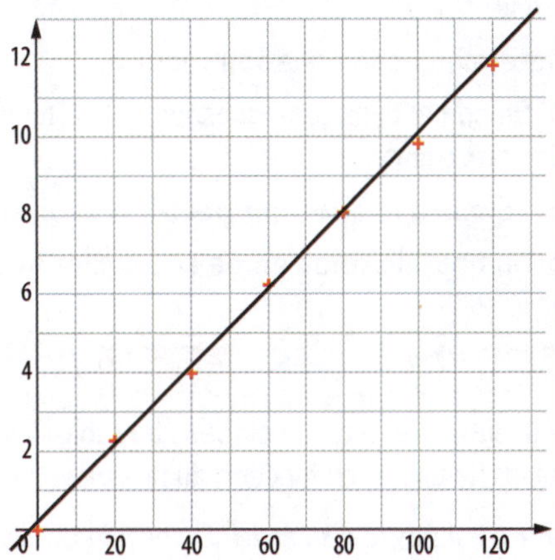

On construit le nuage de points $(x_i\,;z_i)$. Les points obtenus sont presque alignés et on trace, par exemple, la droite $D : z = 0{,}1x + 0{,}1$ comme droite d'ajustement affine.

On obtient donc $\sqrt{y} = 0{,}1x + 0{,}1$, donc $y = (0{,}1x + 0{,}1)^2$.

La distance d'arrêt à 130 km.h^{-1} est donc égale à : $(0{,}1 \times 130 + 0{,}1)^2 = 171{,}61$ m

Exercices d'entraînement

Exercice 1 ★ 10 min *Corrigé p. 312*

Le tableau ci-dessous donne l'évolution de la part des femmes élues au Sénat de 1998 à 2017.

Année	1998	2001	2004	2008	2011	2014	2017
Rang x_i	1	4	7	11	14	17	20
Part des femmes y_i	5,9	10,3	16,9	21,9	22,1	25	31,6

Après avoir réfléchi au choix des unités, construire le nuage de points représentant cette série statistique.

Exercice 2 ★★ 30 min

Corrigé p. 312

Une nouvelle salle de spectacles de 1 500 places assises vient d'être construite. Lors des premiers spectacles, la salle n'est pas remplie mais l'affluence augmente au fur et à mesure du temps. Le directeur a collecté ces résultats dans le tableau ci-dessous.

Numéro du spectacle x_i	1	2	3	4	5	6	7
Nombre de spectateurs y_i	475	525	600	725	775	850	950

1. Construire le nuage de points associé à cette série statistique.

2. Déterminer les coordonnées du point G de coordonnées $G(\overline{x}\ ;\ \overline{y})$, point moyen de la série statistique où x représente la moyenne des x_i et y_i. Placer G dans le repère précédent.

3. Peut-on réaliser un ajustement affine ? Justifier la réponse.

4. On considère la droite *D* passant par *G* et de coefficient directeur 80 comme droite d'ajustement affine.

Déterminer son équation réduite.

5. On admet dans cette question que la tendance se poursuit suivant le modèle établi dans la question précédente.

a) **Combien le directeur peut-il prévoir de spectateurs au dixième spectacle ?**

b) **Au bout de combien de spectacles la salle affichera-t-elle complet ?**

Exercice 3 ★★ 30 min

Corrigé p. 313

Une entreprise a regroupé dans un tableau les quantités de commandes qu'on lui a passées en centaines de tonnes en fonction du prix de vente au kilogramme de ce produit. L'ajustement affine de y en x n'est pas réalisable ici. On décide de poser $z = \frac{60}{y}$.

1. En arrondissant au dixième, compléter le tableau ci-dessous :

Prix au kg x_i	20	21	23	25	26	27,5	30
Quantité demandée en centaines de tonnes y_i	28,6	26,1	20	16,7	15	12,5	10,7
$z_i = \frac{60}{y_i}$							

2. Dans un repère orthogonal d'unités graphiques 1 cm sur l'axe des abscisses à partir de 20 et 1 cm pour 1 unité sur l'axe des ordonnées, construire le nuage de points $(x_i ; z_i)$.

3. En utilisant la calculatrice graphique, on trouve que la droite d'ajustement affine par la méthode des moindres carrés a pour équation réduite : $z = 0,38x - 5,50$.

La tracer dans le repère précédent.

4. Cette droite *D* peut-elle réaliser un ajustement affine de *z* en *x* ? Pourquoi ?

5. Exprimer *y* en fonction de *x*.

6. En déduire la quantité demandée que l'on peut prévoir pour un prix fixé à 33 euros.

7 Probabilités conditionnelles

1 Probabilités conditionnelles

• **Définition**. Soient A et B deux événements tels que $p(A) \neq 0$, **la probabilité conditionnelle de B sachant A notée $p_A(B)$ est définie par $p_A(B) = \dfrac{p(A \cap B)}{p(A)}$.**

Exemple

Dans une association sportive, les 150 licenciés sont répartis de la façon suivante :

	Adultes	Enfants	Total
Tennis	40	40	**80**
Badminton	20	50	**70**
Total	**60**	**90**	**150**

On choisit au hasard un licencié de cette association sportive. On considère les événements suivants :

• T : « le licencié pratique le tennis » ;

• A : « le licencié est un adulte ».

En utilisant le tableau précédent, la probabilité que le licencié joue au tennis sachant que c'est un adulte est égale à $p_A(T) = \dfrac{p(A \cap T)}{p(A)} = \dfrac{\frac{40}{150}}{\frac{60}{150}} = \dfrac{40}{60} = \dfrac{2}{3}$.

Ce résultat peut se retrouver directement car il y a 40 adultes qui jouent au tennis parmi les 60 adultes.

• **Remarques :**

– Si $p(B) \neq 0$, on peut également définir la probabilité conditionnelle de A sachant B.

– $p(A \cap B) = p_A(B)\,p(A) = p_B(A)\,p(B)$.

Application

Dans un lycée, 85 % des élèves ont une calculatrice graphique. 70 % de ces calculatrices sont dotées du langage Python. On emprunte au hasard une calculatrice à un élève de ce lycée. On considère les événements suivants :

• G : « l'élève a une calculatrice graphique » ;

• E : « la calculatrice est dotée du langage Python ».

Déterminer la probabilité que la calculatrice soit graphique et dotée du langage Python.

Solution

85 % des élèves ont une calculatrice graphique donc $p(G) = 0,85$.

Sachant que 70 % des calculatrices graphiques sont dotées du langage Python, donc $p_G(E) = 0,7$.

Par définition, $p_G(E) = \dfrac{p(E \cap G)}{p(G)}$, donc $p(E \cap G) = p_G(E) \times p(G) = 0,7 \times 0,85 = 0,595$.

MATHS

2 Formule des probabilités totales

A Méthodes pour compléter et utiliser un arbre pondéré

Étant données deux expériences, l'une ayant deux résultats possibles A_1 et A_2, l'autre ayant deux résultats possibles B et $\overline{B}$, on peut tracer l'arbre pondéré suivant :

pour $n = 2$

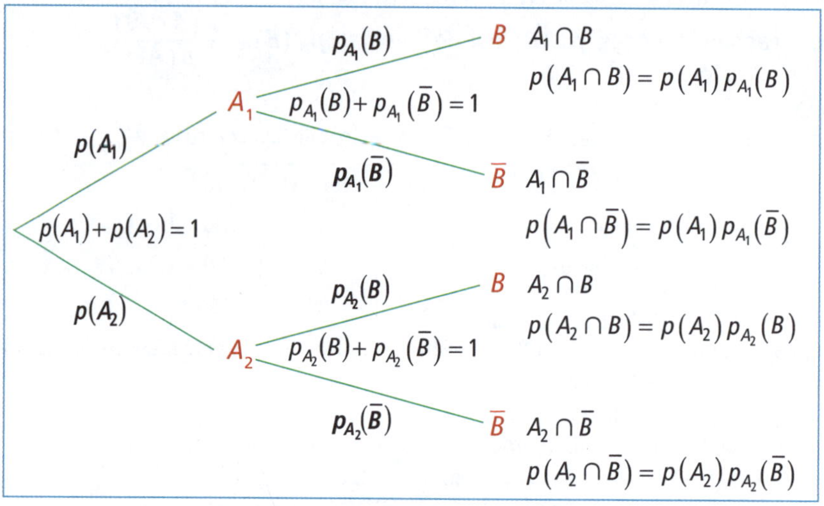

Règle 1 La somme des probabilités issues d'un même nœud est égale à 1.

Règle 2 La probabilité d'un événement correspondant à un chemin est égale au produit des probabilités portées par les branches de ce chemin.

Règle 3 La probabilité d'un événement est égale à la somme des probabilités des chemins qui aboutissent à sa réalisation. C'est la **formule des probabilités totales :**

$$p(B) = p(A_1 \cap B) + p(A_2 \cap B) = p(A_1)\,p_{A_1}(B) + p(A_2)\,p_{A_2}(B)$$

B Conséquence

• Étant données deux expériences, l'une ayant trois résultats possibles A_1, A_2 et A_3, l'autre ayant deux résultats possibles B et $\overline{B}$, on peut tracer l'arbre pondéré suivant :

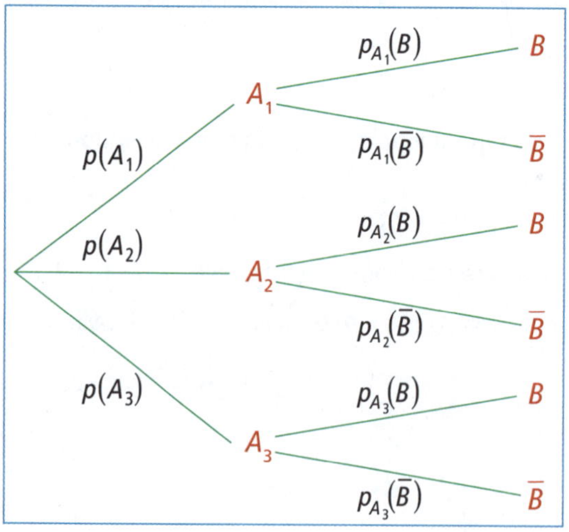

Formule des probabilités totales :

$$p(B) = p(A_1 \cap B) + p(A_2 \cap B) + p(A_3 \cap B)$$

$$p(B) = p(A_1) \times p_{A_1}(B) + p(A_2) \times p_{A_2}(B) + p(A_3) \times p_{A_3}(B)$$

3 Indépendance en probabilités

A Définition

• Soient A et B deux événements tels que $p(A) \neq 0$. Les événements A et B sont **indépendants si $p_A(B) = p(B)$.**

Exemple

Lors du lancer d'un dé cubique équilibré, on considère les événements suivants :

• P : « obtenir une face paire » ;

• T : « obtenir un multiple de 3 ».

$p(P) = \frac{1}{2}$ et la probabilité d'obtenir une face paire sachant que l'on a obtenu un multiple de 3, c'est-à-dire 3 ou 6, est égale à $p_T(P) = \frac{1}{2}$, donc $p(P) = p_T(P)$.

Les événements P et T sont indépendants.

Application

Dans une population, un individu est atteint par la maladie m avec une probabilité égale à 0,05 et par la maladie n avec une probabilité égale à 0,1. On choisit au hasard un individu de cette population. Soit M l'événement « l'individu a la maladie m ». Soit N l'événement « l'individu a la maladie n ». On suppose que les événements M et N sont indépendants.

Calculer la probabilité de l'événement E « l'individu a les deux maladies » et de l'événement F « l'individu a au moins une des deux maladies ».

Solution

$p(E) = p(M \cap N) = p(M)p(N) = 0{,}05 \times 0{,}1 = 0{,}005$ car les événements M et N sont indépendants.

$p(F) = p(M \cup N) = p(M) + p(N) - p(M \cap N) = 0{,}05 + 0{,}1 - 0{,}005 = 0{,}145$.

• Si A et B sont indépendants, cela signifie que le fait que l'événement A soit réalisé ou non n'a pas d'influence sur l'événement B.

B Propriétés

• Soient A et B deux événements tels que $p(A) \neq 0$ et $p(B) \neq 0$.

– A et B sont indépendants si et seulement si $p(A \cap B) = P(A)\,P(B)$.

– Si A et B sont indépendants, alors $\overline{A}$ et B, A et $\overline{B}$ et $\overline{A}$ et $\overline{B}$ le sont aussi.

Remarque

Attention à ne pas confondre des événements indépendants et incompatibles (dont l'intersection est vide).

MATHS

Exercices d'entraînement

Exercice 1 ★★ 15 min

Corrigé p. 313

Toutes les questions de cet exercice sont indépendantes.

1. Les événements A et B sont tels que $p(A) = 0{,}7$, $p(B) = 0{,}5$ et $p(A \cup B) = 0{,}8$.

Sont-ils indépendants ? Pourquoi ?

2. Soient deux événements indépendants A et B tels que $p(A) = 0{,}3$ et $p(A \cup B) = 0{,}65$.

Déterminer $p(B)$.

3. Soient deux événements A et B tels que $p(A) = 0{,}7$, $p(B) = 0{,}5$ et $A \cup B$ est l'événement certain.

Les événements A et B sont-ils indépendants ? Pourquoi ?

Exercice 2 ★★★ 20 min

Corrigé p. 313

Dans le cadre d'une campagne de réduction de la quantité de déchets, une enquête sur les habitudes de compostage est menée auprès des habitants d'une ville. Les informations recueillies ont permis d'établir que :

- 20 % des personnes interrogées ont moins de 30 ans et, parmi elles, 30 % pratiquent le compostage ;
- la moitié des personnes entre 30 et 50 ans pratiquent le compostage ;
- 35 % des personnes interrogées ont plus de 50 ans et parmi elles 70 % pratiquent le compostage.

On choisit au hasard une personne parmi celles interrogées. On considère les événements suivants :

- J : « la personne a moins de 30 ans » ;
- M : « la personne a entre 30 ans et 50 ans » ;
- S : « la personne a plus de 50 ans » ;
- C : « la personne pratique le compostage ». On note $\overline{C}$ l'événement contraire de C.

1. En utilisant les données de l'énoncé, faire un arbre représentant cette situation.

2. Définir par une phrase l'événement $J \cap C$, puis calculer sa probabilité.

3. Calculer la probabilité de l'événement : « la personne a plus de 50 ans et pratique le compostage ».

4. Est-il vrai qu'il y a plus d'une chance sur deux que la personne choisie pratique le compostage ? Justifier la réponse.

5. Sachant que la personne choisie pratique le compostage, quelle est la probabilité qu'elle ait plus de 50 ans ?

Arrondir au centième.

Exercice 3 ★★★ 15 min

Corrigé p. 313

Une usine produit des montres. Chaque montre fabriquée peut présenter deux défauts : le défaut a sur le bracelet et le défaut b sur le cadran. Une montre est dite défectueuse si elle présente au moins l'un des deux défauts.

On prélève une montre au hasard dans la production d'une journée.

On note A l'événement « la montre présente le défaut a » et B l'événement « la montre présente le défaut b ». Les probabilités des événements A et B sont : $p(A) = 0{,}02$ et $p(B) = 0{,}01$; on suppose que ces deux événements sont indépendants.

1. Déterminer la probabilité que la montre présente les deux défauts.

2. Déterminer la probabilité que la montre n'ait aucun défaut.

8 Variables aléatoires

1 Espérance d'une variable aléatoire

• **Définitions.**

– Soit Ω un univers associé à une expérience aléatoire. **On appelle variable aléatoire X toute fonction de Ω dans $\mathbb{R}$.**

– **On appelle loi de probabilités de X la fonction qui, à chaque valeur x_i associe la probabilité p_i de l'événement $X = x_i$**. On résume souvent ces informations dans un tableau.

x_i	x_1	x_2	...	x_n
$p_i = p(X = x_i)$	p_1	p_2	...	p_n

Remarque

$p_1 + p_2 + \ldots + p_n = 1.$

• **Définition. L'espérance mathématique d'une variable aléatoire X** est égale à :

$$E(X) = \sum_{i=1}^{n} x_i \times p_i = x_1 \times p_1 + x_2 \times p_2 + \ldots + x_n \times p_n$$

L'espérance mathématique correspond à la valeur moyenne de X si l'on répète un très grand nombre de fois l'expérience aléatoire.

Exemple 1

On donne le tableau de loi d'une variable aléatoire X :

$X = x_i$	−10	2	5	12	20
$p(X = x_i)$	0,1	0,4	p	0,05	0,01

$p(X = -10) + p(X = 2) + p(X = 5) + p(X = 12) + p(X = 20) = 1$

$\Leftrightarrow 0{,}1 + 0{,}4 + p + 0{,}05 + 0{,}01 = 1$

Donc $p = 0{,}44$

$E(X) = -10 \times 0{,}1 + 2 \times 0{,}4 + 5 \times 0{,}44 + 12 \times 0{,}05 + 20 \times 0{,}01 = 2{,}8$

Exemple 2

Julien joue au jeu suivant : il lance un dé cubique pipé dont les probabilités d'apparition des faces sont données dans le tableau ci-dessous :

Face	1	2	3	4	5	6
Probabilité d'apparition	$\frac{1}{12}$	$\frac{1}{6}$	$\frac{1}{6}$	$\frac{1}{6}$	$\frac{1}{6}$	$\frac{3}{12}$

Si Julien obtient 1, il gagne 5 euros ; s'il obtient 2, 3 ou 4, il ne perd, ni ne gagne rien et s'il obtient 5 ou 6, il perd 1 euro.

Soit X la variable aléatoire qui représente le gain de Julien.

$p(X = 5) = \frac{1}{12}$ $\quad p(X = 0) = \frac{1}{6} + \frac{1}{6} + \frac{1}{6} = \frac{1}{2}$

$p(X = -1) = \frac{1}{6} + \frac{3}{12} = \frac{5}{12}$

On peut regrouper ces informations dans un tableau qui donne la loi de probabilités de X.

x_i	5	0	−1
p_i	$\frac{1}{12}$	$\frac{1}{2}$	$\frac{5}{12}$

$E(X) = 5 \times \frac{1}{12} + 0 \times \frac{1}{2} - 1 \times \frac{5}{12} = 0.$

Remarque

Un gain peut être positif ou négatif.
Ici, les valeurs prises par X sont 5, 0 et −1.

MATHS

• **Remarques**

– Dans le cas particulier où X représente un gain algébrique, l'espérance permettra de déterminer si le jeu est équitable ou non. Dans l'exemple précédent, $E(X) = 0$, donc le jeu est équitable.
– Si l'espérance avait été strictement positive (respectivement négative), le jeu aurait été favorable (respectivement défavorable) à Julien.

2 Loi binomiale

A Schéma de Bernoulli et loi binomiale

• On appelle **épreuve de Bernoulli de paramètre p toute expérience aléatoire admettant exactement 2 issues** :
– l'une appelée « **succès** » notée S, dont **la probabilité d'apparition est p** ;
– l'autre appelée « **échec** » notée E ou $\overline{S}$, dont **la probabilité d'apparition est $1-p$**.

Exemple

On lance une pièce de monnaie et on considère l'événement P : « obtenir une face paire ».
C'est une épreuve de Bernoulli de paramètre $p = \frac{1}{2}$. La probabilité de $\overline{S}$ est $1-\frac{1}{2}=\frac{1}{2}$.

• **Définitions.**

– On appelle **schéma de Bernoulli de paramètres n et p, l'expérience aléatoire consistant à répéter n fois une épreuve de Bernoulli de paramètre p de manière identique et indépendante.**
– Dans un schéma de Bernoulli de paramètres n et p, on dit que **la variable aléatoire comptant le nombre de succès au cours des n répétitions suit la loi binomiale de paramètres n et p.**

Exemple

Une urne contient 2 boules noires et 5 boules blanches. On extrait une boule de l'urne, on note sa couleur, puis on la remet dans l'urne. On réalise 4 tirages successifs.
On appelle S : « tirer une boule noire ». La probabilité du succès est égale à $\frac{2}{7}$. Tirer une boule dans l'urne et noter sa couleur est une épreuve de Bernoulli. On réalise cette même expérience de manière identique et indépendante, les tirages sont réalisés avec remise : il s'agit d'un schéma de Bernoulli. La variable aléatoire X comptant le nombre de boules noires obtenues au cours des 4 tirages suit la loi binomiale de paramètres 4 et $\frac{2}{7}$.

• **Remarque**

Les tirages avec remise sont réalisés de manière identique et indépendante.

B Calculs de probabilités

• **Un schéma de Bernoulli peut être représenté par un arbre de probabilités.**
Dans le cas où $n = 4$:

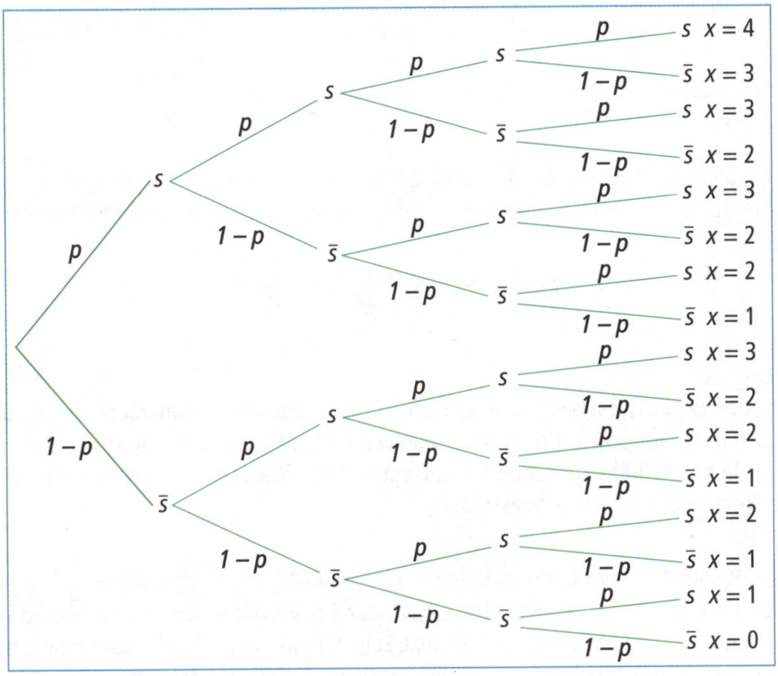

• Définition. Le coefficient binomial noté $\binom{n}{k}$ est le nombre de chemins correspondant à k succès dans un arbre représentant un schéma de Bernoulli à n épreuves.

• Propriétés des coefficients binomiaux :

■ $\binom{n}{0} = \binom{n}{n} = 1$ car il existe un chemin où il y a 0 succès mais aussi un chemin où il y a n succès.

■ $\binom{n}{1} = \binom{n}{n-1} = n$ car il y a n chemins où il y a 1 succès mais aussi n chemins où il y a $n-1$ succès.

■ $\binom{n}{k} = \binom{n-1}{k-1} + \binom{n-1}{k}$

• Cette dernière propriété est utilisée pour déterminer les coefficients binomiaux et construire le **triangle de Pascal**.

	$k=0$	$k=1$	$k=2$	$k=3$	$k=4$	$k=5$	$k=6$	$k=7$	$k=8$	$k=9$	$k=10$
$n=0$	1										
$n=1$	1	1									
$n=2$	1	2	1								
$n=3$	1	3	3	1							
$n=4$	1	4	6	4	1						
$n=5$	1	5	10	10	5	1					
$n=6$	1	6	15	20	15	6	1				
$n=7$	1	7	21	35	35	21	7	1			
$n=8$	1	8	28	56	70	56	28	8	1		
$n=9$	1	9	36	84	126	126	84	36	9	1	
$n=10$	1	10	45	120	210	252	210	120	45	10	1

Exemple

En utilisant le triangle de Pascal, on obtient $\binom{5}{3} = 10$, $\binom{8}{6} = 28$ et $\binom{10}{2} = 45$.

• **Propriété.** Dans un schéma de Bernoulli comportant n épreuves indépendantes où p est la probabilité du succès, pour tout entier k tel que $0 \leqslant k \leqslant n$, la probabilité d'obtenir k succès est égale à :

$$P(X = k) = \binom{n}{k} p^k (1 - p)^{n-k}$$

Application

Un QCM comporte huit questions indépendantes. À chaque question, quatre réponses sont proposées et une seule réponse est exacte. Un candidat répond au hasard à toutes les questions.

Déterminer la probabilité de répondre correctement à toutes les questions et celle de répondre correctement à quatre questions.

Solution

S : « Répondre correctement à une question ». La probabilité de S est égale à $\frac{1}{4}$. Il s'agit d'une épreuve de Bernoulli. Le candidat répond au hasard aux 8 questions et toutes les questions sont indépendantes, donc il s'agit d'un schéma de Bernoulli. Soit X la variable aléatoire comptant le nombre de bonnes réponses, X suit la loi binomiale de paramètre 8 et $\frac{1}{4}$.

La probabilité de répondre correctement à toutes les questions est égale à :

$$p(X = 8) = \binom{8}{8}\left(\frac{1}{4}\right)^8\left(\frac{3}{4}\right)^0 = \frac{1}{4^8} \approx 1{,}5 \times 10^{-5} \text{ car } \binom{8}{8} = 1$$

La probabilité de répondre correctement à quatre questions est égale à :

$$p(X = 4) = \binom{8}{4}\left(\frac{1}{4}\right)^4\left(\frac{3}{4}\right)^4 = 70 \times \left(\frac{1}{4}\right)^4\left(\frac{3}{4}\right)^4 \approx 0{,}087 \text{ car } \binom{8}{4} = 70 \text{ d'après le triangle de Pascal.}$$

• **Propriété. Soit X une variable aléatoire suivant une loi binomiale de paramètre n et p, l'espérance de X est égale à $n \times p$.**

Exercices d'entraînement

Exercice 1 ★ 15 min

Corrigé p. 314

On considère la loi de probabilités d'une variable aléatoire de X :

x_i	-3	-1	0	2	4	5
p_i	$\frac{1}{20}$	$\frac{1}{10}$	a	$\frac{1}{5}$	$2a$	$\frac{1}{4}$

1. **Déterminer la valeur de a.**
2. **Calculer l'espérance de X.**

Exercice 2 ★ 30 min

Corrigé p. 314

À la recherche d'un emploi, Emmanuel envoie son dossier (CV et lettre de motivation) à dix entreprises. Celles-ci répondent à ce genre de courrier dans seulement 20 % des cas. Cela signifie que la probabilité qu'une entreprise donnée lui réponde est de 0,2. On suppose que les entreprises traitent les dossiers de manière indépendante.

On note X la variable aléatoire comptant le nombre de réponses que recevra Emmanuel.

Les résultats seront, si nécessaire, arrondis à 10^{-3} près.

1. Justifier que X suit une loi binomiale dont on précisera les paramètres.

2. a) Construire le triangle de Pascal jusqu'à $n = 10$.

b) Donner $\binom{10}{3}$ et $\binom{10}{6}$.

c) Calculer la probabilité qu'Emmanuel ne reçoive aucune réponse.

d) Calculer la probabilité qu'Emmanuel reçoive 3 réponses.

e) Calculer la probabilité qu'Emmanuel reçoive 6 réponses.

3. Calculer l'espérance mathématique de X et interpréter le résultat.

Exercice 3 ★★★ 45 min

Corrigé p. 314

Lors d'une épidémie chez les bovins, on s'est aperçu que si la maladie est diagnostiquée suffisamment tôt chez un animal, on peut le guérir, sinon la maladie est mortelle. Un test est mis au point et essayé sur un échantillon d'animaux dont 1 % est porteur de la maladie.

On obtient les résultats suivants :

– si un animal est porteur de la maladie, le test est positif dans 85 % des cas ;

– si un animal est sain, le test est négatif dans 95 % des cas.

On choisit un animal au hasard. On note M l'événement : « l'animal est porteur de la maladie » et T l'événement : « le test est positif ».

Les questions 2 et 3 sont indépendantes.

1. a) Construire un arbre de probabilités illustrant cette situation.

b) Démontrer que la probabilité que le test soit positif est égale à 0,058.

2. On choisit cinq animaux au hasard. La taille de ce troupeau est suffisamment importante pour considérer que les tirages sont réalisés avec remise et donc de manière indépendante. On note X la variable aléatoire égale au nombre d'animaux ayant un test positif.

a) Justifier que X suit une loi binomiale dont on précisera les paramètres.

b) Calculer la probabilité qu'au moins un des cinq animaux ait un test positif.

3. Le coût des soins à prodiguer à un animal ayant réagi positivement au test est de 100 euros et le coût de l'abattage de l'animal non dépisté par le test et ayant développé la maladie est de 1 000 euros. On suppose que le test est gratuit. Soit Y la variable aléatoire représentant le coût pour un animal choisi au hasard.

a) D'après les données précédentes, compléter le tableau suivant :

y_i	0	100	1 000
p_i	…	0,058	…

b) Déterminer $E(Y)$.

c) Le troupeau compte 400 bêtes.

Si tout le troupeau est soumis au test, quelle somme faut-il prévoir d'engager ?

MATHS

Contrôle continu

Épreuve de mathématiques

Corrigé p. 314

Partie 1 : automatismes (20 minutes, sans calculatrice, 5 points)

1. Calculer et donner le résultat sous la forme d'une fraction irréductible : $\frac{2}{3}-\frac{1}{4}+2$
2. Développer l'expression $A(x)=(2x-5)^2+(x+3)(-x+5)$.
3. Calculer le taux d'évolution réciproque d'une hausse de 25 %.
4. La formule de l'IMC (indice de masse corporelle) est donnée par : $\text{IMC}=\frac{m}{t^2}$ où m est la masse en kg et t est la taille en mètre. Isoler t.
5. Déterminer le signe de $-3(x+1)(x-5)$ en fonction de x, $x\in\mathbb{R}$.
6. Déterminer le coefficient directeur de la tangente à la courbe représentative de la fonction f définie par : $f(x)=-3x^2+x-4$ au point d'abscisse $a=-1$.
7. Déterminer l'équation réduite de la droite (d) passant par $A(-2\,;6)$ et $B(1\,;0)$.
8. Calculer la dérivée g' de la fonction g définie par $g(x)=\frac{1}{3}x^3-5x^2+3x-7$.
9. Résoudre l'inéquation $3x+2<5x-6$.
10. La population mondiale augmente de 1,5 % par an. Cette situation peut-elle être modélisée par une suite géométrique ? Si oui, on précisera la raison.

Partie 2 (1 h 40)

L'usage de la calculatrice est autorisé selon la réglementation en vigueur.

Exercice 2 (5 points)

En 2019, 19 % de la population française a plus de 65 ans. 50 % de ces plus de 65 ans sont vaccinés contre la grippe. Pour le reste de la population, seulement 30 % sont vaccinés contre la grippe.

On interroge au hasard une personne. On considère les événements suivants :

S : « La personne a plus de 65 ans. » et G : « La personne est vaccinée contre la grippe. »

1. Faire un arbre de probabilités illustrant cette situation.
2. Calculer la probabilité que la personne interrogée soit vaccinée contre la grippe.
3. Sachant que la personne interrogée est vaccinée contre la grippe, déterminer la probabilité qu'elle ait moins de 65 ans. Arrondir le résultat à 10^{-2} près.
4. On interroge dix pensionnaires d'une maison de retraite. On considère que tous les pensionnaires d'une maison de retraite ont plus de 65 ans et l'expérience est assimilée à des tirages indépendants avec remise. Soit X la variable aléatoire donnant le nombre de pensionnaires vaccinés contre la grippe parmi les dix interrogés.

a) Déterminer la loi de probabilités suivie par X.

b) Déterminer la probabilité que tous les pensionnaires soient vaccinés contre la grippe et qu'aucun pensionnaire ne soit vacciné contre la grippe. Arrondir le résultat à 10^{-5} près.

Exercice 3 (5 points)

Les données ci-dessous montrent l'évolution du SMIC net mensuel en euros pour 35 heures hebdomadaires (les montants sont arrondis à l'unité). Pour tout entier i, x_i représente le rang de l'année $2014+i$ et y_i représente le montant du SMIC au 1er janvier de l'année $2014+i$.

Date	2014	2015	2016	2017	2018	2019	2020
x_i	0	1	2	3	4	5	6
y_i	1 129	1 136	1 144	1 153	1 173	1 204	1 219

1. a) Représenter cette série statistique dans un repère de points $M_i(x_i\,;y_i)$. On prendra 1 cm pour 1 unité en abscisse, 1 cm pour 20 unités en ordonnées en commençant la graduation à 1 120.

b) On décide de réaliser un ajustement affine de la série statistique précédente en utilisant la droite d'équation $D : y = 15,5x + 1\,118,9$. Tracer cette droite dans le repère précédent.

c) En déduire, en utilisant cet ajustement affine, à partir de quelle année le SMIC dépassera 1 300 euros si l'évolution se poursuit ?

2. a) Calculer le taux global d'évolution du SMIC entre le 1er janvier 2014 et le 1er janvier 2020. Arrondir le résultat à 0,01 %.

b) En déduire le taux moyen annuel d'évolution du SMIC entre le 1er janvier 2014 et le 1er janvier 2020. Arrondir le résultat à 0,01 %.

c) Si le taux moyen annuel reste le même, à partir de quelle année le SMIC dépassera-t-il 1 300 euros ?

Exercice 4 (5 points)

On injecte à une femme malade une dose de médicament. La quantité de médicament (exprimée en cm^3) présente dans le sang de la malade, au bout du temps t (exprimé en heures), est donnée par une fonction f définie sur l'intervalle [0 ; 10] par : $f(t) = 2 \times 0,75^t$. On donne ci-dessous un graphique sur lequel figure la courbe représentative C_f de la fonction f, ainsi que la tangente à la courbe C_f au point d'abscisse 1.

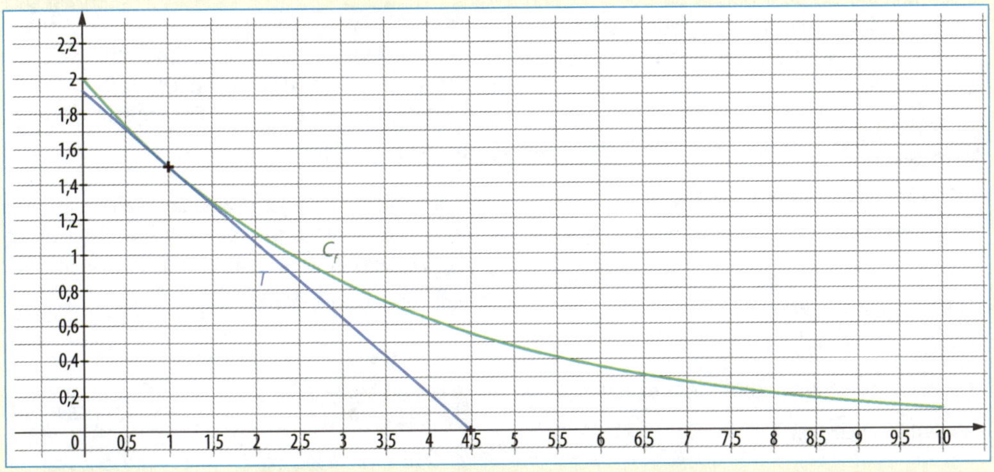

1. Par lecture graphique, déterminer la quantité de médicament initialement injectée dans le sang de la malade et celle encore présente dans le sang au bout de 8 heures.

2. Quel pourcentage représente la quantité présente dans le sang au bout de 10 heures par rapport à la quantité initialement injectée ?

3. Déterminer, par le calcul, le temps nécessaire pour que la quantité de médicament dans le sang de la malade diminue de moitié. On donnera le résultat arrondi à 0,01 près, puis on convertira ce résultat en heures et minutes.

4. On rappelle que la fonction f', fonction dérivée de la fonction f, exprime la vitesse d'évolution de la quantité de médicament à un instant donné. Elle s'exprime en cm^3/h. Quel élément du graphique apporte un renseignement sur la vitesse d'évolution de la quantité de médicament au bout de 1 heure ? Donner une valeur approchée de cette vitesse d'évolution.

MATHS

Chapitre 1

Exercice 1

Énoncé p. 277

1. Le capital est augmenté chaque année de 2,4 % et est donc multiplié par $1+\frac{2,4}{100}=1,024$; il s'agit bien d'un modèle géométrique.

2. Aux boutons déjà présents s'ajoutent chaque jour 2 nouveaux boutons : on est donc plutôt sur un modèle arithmétique et non géométrique.

3. Le salaire augmente chaque année de 10 % et est donc multiplié par $1+\frac{10}{100}=1,1$; il s'agit bien d'un modèle géométrique.

4. Chaque année, on ajoute au loyer 50 € : on est donc plutôt sur un modèle arithmétique et non géométrique.

5. Une baisse de 3 % par an se traduit par une multiplication par $1-\frac{3}{100}=0,97$; il s'agit donc bien d'un modèle géométrique.

6. Le nombre de pass baisse de 20 % et augmente de 400 nouveaux pass, donc cette situation ne peut pas être modélisée par un modèle géométrique.

Exercice 2

Énoncé p. 277

1. $f'(x)=2x+3$, donc le coefficient directeur de la tangente cherché est $f'(1)=2\times1+3=5$.

2. $f'(x)=6x^2-1$, donc le coefficient directeur de la tangente cherché est :
$f'(-1)=6\times(-1)^2-1=5$.

3. $f'(x)=2x$, donc le coefficient directeur de la tangente cherché est $f'(2)=2\times2=4$.

Exercice 3

Énoncé p. 277

1. La parabole représentant f « sourit » (puisque $a=3>0$) et coupe l'axe des abscisses en 2 et 9.

x	$-\infty$		2		9		$+\infty$
$f(x)$		+	0	−	0	+	

2. La parabole représentant f « est triste » (puisque $a=-2<0$) et coupe l'axe des abscisses en 1 et 2.

x	$-\infty$		1		2		$+\infty$
$f(x)$		−	0	+	0	−	

3. $f(x)=4(x-(-2))(x-1)$. La parabole représentant f « sourit » (puisque $a=4>0$) et coupe l'axe des abscisses en −2 et 1.

x	$-\infty$		−2		1		$+\infty$
$f(x)$		+	0	−	0	+	

4. $f(x)=5(x-(-3))(x-(-7))$. La parabole représentant f « sourit » (puisque $a=5>0$) et coupe l'axe des abscisses en −3 et −7.

x	$-\infty$		−3		−7		$+\infty$
$f(x)$		+	0	−	0	+	

5. $f(x)=-(x-3)(x-(-1))$. La parabole représentant f « est triste » (puisque $a=-1<0$) et coupe l'axe des abscisses en 3 et − 1.

x	$-\infty$		−1		3		$+\infty$
$f(x)$		−	0	+	0	−	

Exercice 4

Énoncé p. 277

1. Il s'agit de la tangente au point d'abscisse 2. On choisit les points de coordonnées $(2\,;0)$ et $(0\,;1)$. Le coefficient directeur de la tangente est alors donné par : $f'(2)=\frac{1-0}{0-2}=-\frac{1}{2}$.

2. Il s'agit de la tangente au point d'abscisse 0. On choisit les points de coordonnées $(0\,;-2)$ et $(2\,;0)$. Le coefficient directeur de la tangente est alors donné par : $f'(0)=\frac{0-(-2)}{2-0}=\frac{2}{2}=1$.

Chapitre 2

Exercice 1

Énoncé p. 280

1. $\frac{216+12}{2}=114$, donc ces trois nombres sont des termes consécutifs d'une suite arithmétique.

2. Ces trois nombres ne sont pas des termes consécutifs d'une suite ni arithmétique, ni géométrique.

3. $\sqrt{32\times18}=24$, donc ces trois nombres sont des termes consécutifs d'une suite géométrique.

4. $\frac{3,102+5,352}{2}=4,227$, donc ces trois nombres sont des termes consécutifs d'une suite arithmétique.

Exercice 2

Énoncé p. 280

1. $d_0 = 12\,500$; $d_1 = 12\,500 \times 0,965 = 12\,062,5$;
$d_2 = 12\,062,5 \times 0,965 = 11\,640,3125$
2. $d_{n+1} = d_n \times 0,965$, donc la suite est géométrique de raison 0,965.
3. $d_n = 12\,500 \times 0,965^n$
4. $d_6 \approx 10\,094$ et $d_7 \approx 9\,741$, donc l'entreprise dépensera moins de 10 000 euros en 2023.

Exercice 3

Énoncé p. 280

1. $c_0 = 2\,000$.
2. $c_1 = 2\,000 \times \left(1 + \frac{1,5}{100}\right) = 2030$. En 2020, le capital sera de 2 030 €.
3. $c_{n+1} = 1,015 \times c_n$; la suite est donc géométrique de raison 1,015 et de premier terme $c_0 = 2\,000$.
4. $c_n = 2\,000 \times 1,015^n$
5. $2024 = 2019 + 5$; on calcule donc $c_5 = 2\,000 \times 1,015^5 \approx 2\,155$ € en 2024.
6.

```
def annee():
    n=0
    u=2000
    while u<3000:
        u=1.015*u
        n=n+1
        return(2019+n)
```

7.

```
def annee(c):
    n=0
    u=2000
    while u<c:
        u=1.015*u
        n=n+1
        return(2019+n)
```

Chapitre 3

Exercice 1

Énoncé p. 283

1, $\pi \approx 3,14 > 1$, donc c'est vrai.
2. Faux : c'est le prolongement d'une suite géométrique de raison 1,3.
3. $2,5 > 1$, donc c'est faux : f est strictement croissante sur $\mathbb{R}$.
4. $g(x)$ est de la forme $k.a^x$ avec $k < 0$ et $a > 1$, donc c'est vrai.

Exercice 2

Énoncé p. 283

Les quatre fonctions sont des fonctions exponentielles de bases respectives $a = 0,5$ pour f, $a = 2$ pour g, $a = 3$ pour h et $a = 0,1$ pour i.

En effet, g et h ont des bases strictement supérieures à 1, donc elles sont strictement croissantes sur $\mathbb{R}$ tandis que f et i sont strictement décroissantes sur $\mathbb{R}$.

En utilisant le fait que $f(1) = 0,5$, $g(1) = 2$, $h(1) = 3$ et $i(1) = 0,1$, on conclut en associant f à C3, g à C4, h à C1 et i à C2.

Exercice 3

Énoncé p. 284

1. $6,6^{2,1} \times 6,6^{1,1} = 6,6^{2,1+1,1} = 6,6^{3,2}$
2. $4,35^{2,3} \times (4,35^{3,1})^3 = 4,35^{2,3} \times 4,35^{3,1\times 3}$
$= 4,35^{2,3+9,3} = 4,35^{11,6}$
3. $\dfrac{(5,1^{2,1})^4 \times 5,1^{3,4}}{(5,1^{2,3})^4} = \dfrac{5,1^{2,1\times 4} \times 5,1^{3,4}}{5,1^{2,3\times 4}}$
$= \dfrac{5,1^{8,4+3,4}}{5,1^{9,2}} = 5,1^{11,8-9,2} = 5,1^{2,6}$
4. $a^{2,34} \times a^{4,56} = a^{2,34+4,56} = a^{6,9}$
5. $b^{\frac{2}{3}} \times (b^{\frac{1}{3}})^3 = b^{\frac{2}{3}} \times b^{\frac{1}{3}\times 3} = b^{\frac{5}{3}}$
6. $\dfrac{(q^{2,7})^3}{(q^{3,4})^2 \times q^{1,1}} = \dfrac{q^{2,7\times 3}}{q^{3,4\times 2+1,1}} = q^{8,1-7,9} = q^{0,2}$

Exercice 4

Énoncé p. 284

1. $Q(0) = Q_0 \times 0,7^0 = Q_0$, donc Q_0 correspond à la quantité initiale de médicament, c'est-à-dire celle injectée. Donc $Q_0 = 1,8$.
2. $Q(t)$ est de la forme $k.a^t$ avec $k > 0$ et $a < 1$. Donc Q est strictement décroissante sur $[0\,;+\infty[$. La quantité de médicament dans le sang du patient diminue donc avec le temps.
3. $Q(0,75) \approx 1,38$. Au bout de trois quarts d'heure, il reste donc environ 1,38 mg de médicament dans le sang du patient.
4. $Q(1,5) \approx 1,05$. Au bout d'une heure et demie, il reste donc environ 1,05 mg de médicament dans le sang du patient.

a) $\frac{1,8}{2} = 0,9$. C'est pour $t \approx 1,9$ heures.

b) $1,8 \times \frac{10}{100} = 0,18$. Il faudra refaire une injection au patient au bout de 6,4 heures.

Chapitre 4

Exercice 1

Énoncé p. 287

1. $10^x = 7 \Leftrightarrow x = \log(7) \approx 0,845$
2. $10^x = 1,35 \Leftrightarrow x = \log(1,35) \approx 0,13$

MATHS

3. $5\times10^x = 2,6\times10^x + 4,2$

$\Leftrightarrow 5\times10^x - 2,6\times10^x = 4,2$

$\Leftrightarrow 2,4\times10^x = 4,2 \Leftrightarrow 10^x = \dfrac{4,2}{2,4}$

$\Leftrightarrow x = \log(1,75) \approx 0,243$

4. $2,5^x = 15 \Leftrightarrow \log(2,5^x) = \log(15)$

$\Leftrightarrow x\log(2,5) = \log(15) \Leftrightarrow x = \dfrac{\log(15)}{\log(2,5)} \approx 2,955$

5. $x^7 = 123 \Leftrightarrow \log(x^7) = \log(123)$

$\Leftrightarrow 7\log(x) = \log(123) \Leftrightarrow \log(x) = \dfrac{1}{7}\log(123)$

$\Leftrightarrow \log(x) = \log\left(123^{\frac{1}{7}}\right)$

$x = 123^{\frac{1}{7}} \approx 1,989$

6. $0,7^x \geqslant 12 \Leftrightarrow \log(0,7^x) \geqslant \log(12)$

$\Leftrightarrow x\log(0,7) \geqslant \log(12) \Leftrightarrow x \leqslant \dfrac{\log(12)}{\log(0,7)}$

car, comme $0,7 < 1$, $\log(0,7) < 0$

Exercice 2

Énoncé p. 288

1. $0,65^n \leqslant 0,098 \Leftrightarrow n\log(0,65) \leqslant \log(0,098)$

$\Leftrightarrow n \geqslant \dfrac{\log(0,098)}{\log(0,65)}$

comme $0,65 < 1$, donc $\log(0,65) < 0$

$\dfrac{\log(0,098)}{\log(0,65)} \approx 5,4$, donc l'inégalité est vérifiée à partir de $n = 6$.

2. $100 - 1,5^n < 75 \Leftrightarrow -1,5^n < -25$

$\Leftrightarrow 1,5^n > 25 \Leftrightarrow n\log(1,5) > \log(25)$

$\Leftrightarrow n > \dfrac{\log(25)}{\log(1,5)}$

comme $1,5 > 1$ donc $\log(1,5) > 0$

$\dfrac{\log(25)}{\log(1,5)} \approx 7,9$, donc l'inégalité est vérifiée à partir de $n = 8$.

Exercice 3

Énoncé p. 288

1. a) $3\log(2) + \log(5) - 2\log(3)$

$= \log(2^3) + \log(5) - \log(3^2)$

$= \log(8\times5) - \log(9) = \log\left(\dfrac{40}{9}\right)$

b) $2\log(3) - 4\log(\sqrt{3})$

$= \log(3^2) - \log\left(\sqrt{3}^4\right) = \log(9) - \log(9) = 0$

c) $\log(3-\sqrt{5}) + \log(3+\sqrt{5})$

$= \log\left((3-\sqrt{5})(3+\sqrt{5})\right)$

$= \log(9-5) = \log(4)$

2. $\log(200) = \log(8\times25)$

$= \log(8) + \log(25)$

$= \log(2^3) + \log(5^2)$

$= 3\log(2) + 2\log(5)$

$\log\left(\dfrac{1}{1\,000}\right) = -\log(1\,000)$

$= -\log(10^3)$

$= -3\log(10)$

$= -3\log(2\times5)$

$= -3(\log(2) + \log(5))$

3. $\log(196) = \log(14^2)$

$= 2\log(14) = 2(\log(2\times7))$

$= 2(\log(2) + \log(7))$

$\log\left(\dfrac{49}{16}\right) = \log(49) - \log(16)$

$= \log(7^2) - \log(2^4)$

$= 2\log(7) - 4\log(2)$

Exercice 4

Énoncé p. 288

1. $\log(a^3b^2) + \log\left(\dfrac{a}{b^2}\right) - \log(a)$

$= \log(a^3) + \log(b^2) + \log(a) - \log(b^2) - \log(a)$

$= 3\log(a)$

2. $\log(a^4) + \log\left(\dfrac{1}{b^3}\right) - \log(ab)$

$= 4\log(a) - \log(b^3) - \log(a) - \log(b)$

$= 3\log(a) - 3\log(b) - \log(b)$

$= 3\log(a) - 4\log(b)$

Exercice 5

Énoncé p. 288

1. $C_G = 1,75$ et

$C_G = C_M^{18} \Leftrightarrow 1,75 = C_M^{18} \Leftrightarrow \log(1,75)$

$= 18\log(C_M) \Leftrightarrow \log(C_M) = \dfrac{1}{18}\log(1,75)$

$\Leftrightarrow C_M = 1,75^{\frac{1}{18}} \approx 1,032$

L'augmentation moyenne est d'environ 1,32 %.

2. $17\,000\times1,032^6 \approx 20\,537$ abonnés au 1er janvier 2021.

Exercice 6

Énoncé p. 288

1. $pH = -\log 3 \times 10^{-7} \approx 6,52$

2. $7 = -\log [H_3O^+]$

$\Leftrightarrow -7 = \log [H_3O^+]$

$\Leftrightarrow 10^{-7} = 10^{\log [H_3O^+]}$

$\Leftrightarrow [H_3O^+] = 10^{-7} \text{mol.L}^{-1}$

3. $\text{pH} = -\log[10 \times H_3O^+]$

$= -\log(10) - \log[H_3O^+]$

$= -1 - \log[H_3O^+]$

$\text{pH} = -\log[10^2 \times H_3O^+]$

$= -\log(10^2) - \log[H_3O^+]$

$= -2 - \log[H_3O^+]$

Le pH diminue de 1 quand la concentration en ions H_3O^+ est multipliée par 10 et de 2 quand la concentration est multipliée par 100.

Chapitre 5

Exercice 1

Énoncé p. 292

1. $f'(x) = 2 \times 1 + 0 - \frac{1}{x^2} = 2 - \frac{1}{x^2}$

2. $g'(x) = 2x - 5 \times 1 - 3 \times \frac{-1}{x^2} = 2x - 5 + \frac{3}{x^2}$

3. $h'(x) = \frac{1}{2} \times 2x - \frac{1}{7} \times 1 + \frac{2}{3} \times \frac{-1}{x^2}$

$= x - \frac{1}{7} - \frac{2}{3x^2}$

Exercice 2

Énoncé p. 292

1. a)

x	1	10	100	−1	$-\frac{1}{10}$	$-\frac{1}{100}$
$f(x)$	2	2,99	2,999	2	−97	−9 997

b) On peut conjecturer que $f(x)$ tend vers 3 quand x tend vers $+\infty$ et tend vers $-\infty$ quand x se rapproche de 0 par valeurs négatives.

2. a)

x	−1	−10	−100	$\frac{1}{10}$	$\frac{1}{100}$	$\frac{1}{1\,000}$
$g(x)$	−2	−1 000	1 000 000	≈ 30	≈ 300	≈ 3 000

b) On peut conjecturer que $g(x)$ tend vers $-\infty$ quand x tend vers $-\infty$ et tend vers $+\infty$ quand x se rapproche de 0 par valeurs positives.

Exercice 3

Énoncé p. 292

1. a) Pour tout réel x de $\mathbb{R}$, $g'(x) = 2 \times 2x + 1 + 0 = 4x + 1$

$4x + 1 = 0 \Leftrightarrow x = -\frac{1}{4}$

x	$-\infty$		$-\frac{1}{4}$		$+\infty$
$g'(x)$		−	0	+	
g		↘	$\frac{7}{8}$	↗	

b) Pour tout réel x de $\mathbb{R}$, $g(x) \geqslant \frac{7}{8} > 0$.

Vérification avec la calculatrice avec la fenêtre $-10 \leqslant X \leqslant 10$, $-10 \leqslant Y \leqslant 10$

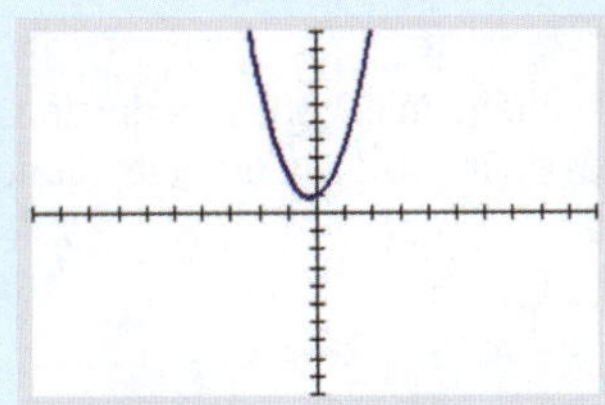

2. Pour tout réel $x \neq 0$, $h'(x) = 2x - 1 - \frac{1}{x^2} = \frac{2x^3 - x^2 - 1}{x^2}$

$(x-1)\,g(x) = (x-1)\left(2x^2 + x + 1\right)$

$= 2x^3 + x^2 + x - 2x^2 - x - 1$

$= 2x^3 - x^2 - 1$

Donc pour tout réel $x \neq 0$,

$h'(x) = \frac{(x-1)\,g(x)}{x^2}$.

x	$-\infty$		0		1		$+\infty$
$x-1$		−	‖	−	0	+	
$g(x)$		+	‖	+		+	
$h'(x)$		−	‖	−	0	+	
h		↘	‖	↘	2	↗	

Vérification avec la calculatrice avec la fenêtre $-10 \leqslant X \leqslant 10$, $-10 \leqslant Y \leqslant 10$

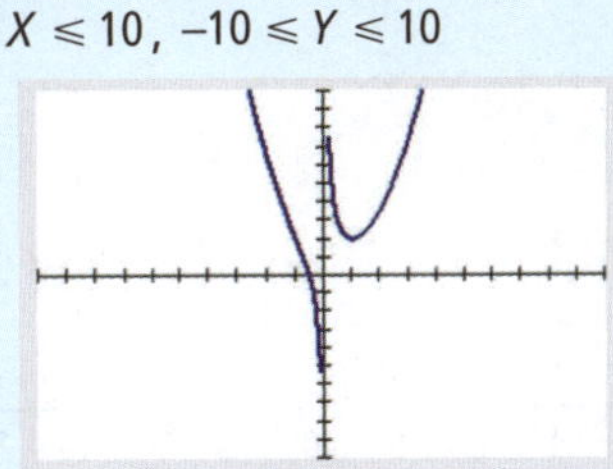

Exercice 4

Énoncé p. 292

1. $C_m(q) = \dfrac{C(q)}{q} = \dfrac{1}{10}q - 20 + \dfrac{1960}{q}.$

2. Pour $q \neq 0$,

$$C_m'(q) = \frac{1}{10} \times 1 + 0 + 1\,960 \times \frac{-1}{q^2} = \frac{1}{10} - \frac{1\,960}{q^2}$$

$$= \frac{q^2 - 19\,600}{10q^2} = \frac{(q-140)(q+140)}{10q^2}$$

q	0		140		340
$q - 140$		−	0	+	
$C'_M(q)$		−	0	+	
C_M		↘	8	↗	

3. Le coût unitaire minimal de production est égal à 800 euros pour 140 L de produits fabriqués.

4. $C'(q) = \dfrac{1}{10} \times 2q - 20 \times 1 + 0 = \dfrac{1}{5}q - 20$

$C'(140) = \dfrac{1}{5} \times 140 - 20 = 8$

$C(140) = \dfrac{1}{10} \times 140^2 - 20 \times 140 + 1960 = 1\,120$

L'équation de la tangente T à la courbe C au point d'abscisse 140 est :

$$y = C'(140)(x - 140) + C(140)$$

C'est-à-dire $T : y = 8(x - 140) + 1\,120$
ou encore $T : y = 8x$
Donc la tangente T passe par l'origine du repère puisque son ordonnée à l'origine est nulle.

Chapitre 6

Exercice 1

Énoncé p. 295

Plusieurs choix de repères sont possibles. On peut, par exemple, choisir 1 cm pour 2 unités sur l'axe des abscisses et 1 cm pour 5 sur l'axe des ordonnées.

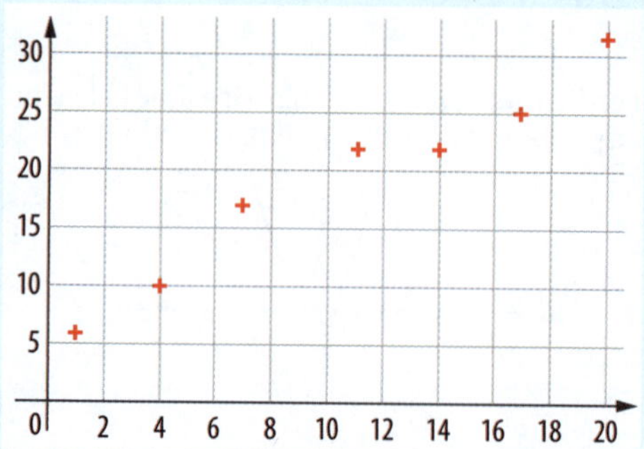

Exercice 2

Énoncé p. 296

1.

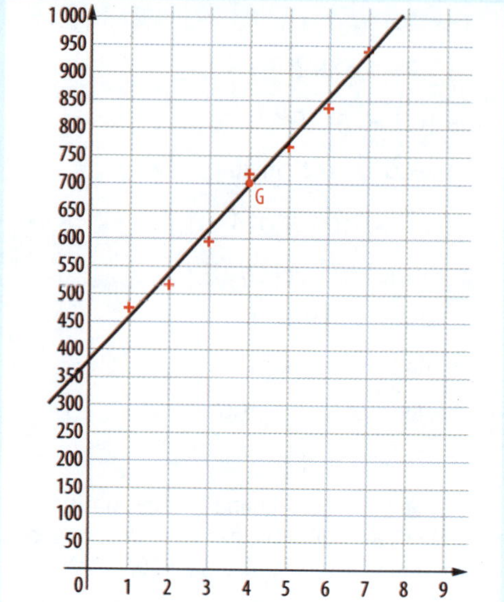

2. $\overline{x} = \dfrac{1+2+3+4+5+6+7}{7} = 4$ et

$$\overline{y} = \frac{475+525+600+725+775+850+950}{7} = 700,$$

donc G(4 ; 700).

3. Les points du nuage de points sont presque alignés, donc on peut considérer un ajustement affine.

4. G appartient à D donc

$700 = 80 \times 4 + b$

$\Leftrightarrow 700 = 320 + b$

$\Leftrightarrow b = 700 - 320 = 380$

Donc $D : y = 80x + 380$.

5. a) $80 \times 10 + 380 = 1\,180$. Le directeur peut prévoir 1 180 spectateurs au dixième spectacle.

b) $80x + 380 = 1\,500$

$\Leftrightarrow 80x = 1\,500 - 380 = 1\,120$

$\Leftrightarrow x = \dfrac{1\,120}{80} = 14.$

La salle affichera complet au quatorzième spectacle.

Remarque : on pourrait également répondre à ces deux questions par lecture graphique.

Exercice 3

Énoncé p. 296

1.

Prix au kg x_i	20	21	23	25	26	27,5	30
Quantité demandée en centaines de tonnes y_i	28,6	26,1	20	16,7	15	12,5	10,7
$z_i = \dfrac{60}{y_i}$	2,1	2,3	3	3,6	4	4,8	5,6

2. et 3.

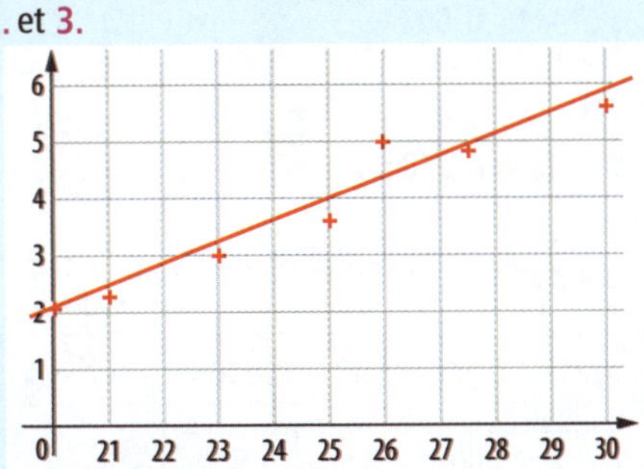

4. Les points de coordonnées $(x_i ; z_i)$ sont presque alignés et très proches de la droite D, donc la droite D peut permettre de réaliser un ajustement affine.

5. $z = 0,38x - 5,50$

$\Leftrightarrow \dfrac{60}{y} = 0,38x - 5,50 \Leftrightarrow y = \dfrac{60}{0,38x - 5,50}$

6. Pour $x = 33$, $y = \dfrac{60}{0,38 \times 33 - 5,50}$

= 8,5 centaines de tonnes de produits.

Chapitre 7

Exercice 1

Énoncé p. 300

1. $p(A)\ p(B) = 0,7 \times 0,5 = 0,35$

$p(A \cup B) = p(A) + p(B) - p(A \cap B)$, donc

$p(A \cap B) = p(A) + p(B) - p(A \cup B)$

$= 0,7 + 0,5 - 0,8 = 0,4 \neq 0,35$

Donc A et B ne sont pas indépendants.

2. A et B sont indépendants donc $p(A \cap B) = p(A)\ p(B) = 0,3\ p(B)$.

Or, $p(A \cup B) = p(A) + p(B) - p(A \cap B)$

$\Leftrightarrow 0,65 = 0,3 + p(B) - 0,3\ p(B)$

$\Leftrightarrow 0,35 = 0,7\ p(B)$

$\Leftrightarrow p(B) = \dfrac{0,35}{0,7} = 0,5$

3. $p(A)\ p(B) = 0,7 \times 0,5 = 0,35$

$p(A \cup B) = p(A) + p(B) - p(A \cap B)$, donc

$p(A \cap B) = p(A) + p(B) - p(A \cup B)$

$= 0,7 + 0,5 - 1 = 0,2 \neq 0,35$

Donc A et B ne sont pas indépendants.

Exercice 2

Énoncé p. 300

1.

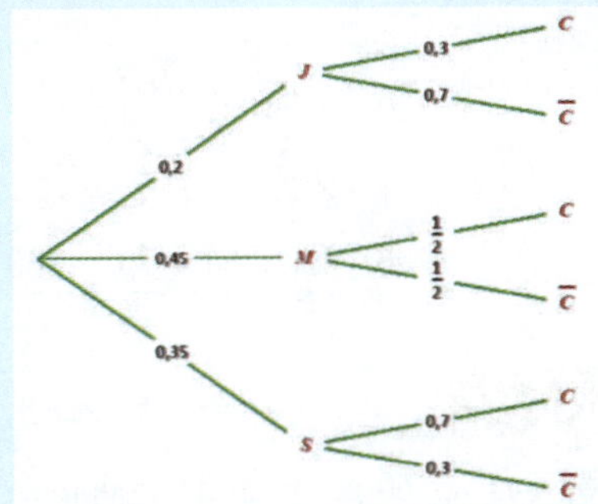

2. $J \cap C$: « La personne a moins de 30 ans et pratique le compostage. »

$p(J \cap C) = p(J) \times p_J(C) = 0,2 \times 0,3 = 0,06$

3. $p(S \cap C) = p(S) \times p_S(C)$

$= 0,35 \times 0,7 = 0,245$

4. D'après la formule des probabilités totales : $p(C) = p(J) \times p_J(C) + p(M) \times p_M(C) + p(S) \times p_S(C)$

$p(C) = 0,2 \times 0,3 + 0,45 \times \dfrac{1}{2} + 0,35 \times 0,7 = 0,53$,

donc il y a bien plus d'une chance sur deux que la personne choisie pratique le compostage.

5. $p_C(S) = \dfrac{p(S \cap C)}{p(C)} = \dfrac{0,245}{0,53} \approx 0,46$

Exercice 3

Énoncé p. 300

1. A et B sont indépendants donc $p(A \cap B) = p(A)\ p(B) = 0,02 \times 0,01 = 0,0002$.

La probabilité que la montre présente les deux défauts est égale à 0,0002.

2. Comme A et B sont indépendants, $\overline{A}$ et $\overline{B}$ sont également indépendants.

Donc $p(\overline{A} \cap \overline{B}) = p(\overline{A})\, p(\overline{B})$

$= (1 - p(A))(1 - p(B))$

$= 0,98 \times 0,99 = 0,9702$

Donc la probabilité que la montre n'ait aucun défaut est égale à 0,9702.

MATHS

Chapitre 8

Exercice 1

Énoncé p. 304

1. $p_1 + p_2 + p_3 + p_4 + p_5 + p_6 = 1$

$$\Leftrightarrow \frac{1}{20} + \frac{1}{10} + a + \frac{1}{5} + 2a + \frac{1}{4} = 1$$

$$\Leftrightarrow \frac{12}{20} + 3a = 1 \Leftrightarrow 3a = \frac{8}{20}$$

$$\Leftrightarrow a = \frac{8}{60} = \frac{2}{15}.$$

2. $$E(X) = -3 \times \frac{1}{20} - 1 \times \frac{1}{10} + 0 \times \frac{2}{15} + 2 \times \frac{1}{5} + 4 \times \frac{4}{15} + 5 \times \frac{1}{4} = \frac{-9 - 6 + 24 + 64 + 75}{60} = \frac{148}{60}.$$

Exercice 2

Énoncé p. 304

1. Nous sommes en présence d'une épreuve de Bernoulli qui consiste à choisir une entreprise au hasard et dont le succès est « elle donne une réponse » ($p = 0,2$). Celle-ci est répétée 10 fois de manière identique et indépendante. Donc X suit la loi binomiale de paramètres $n = 10$ et $p = 0,2$.

2. a) Voir p. 307.

b) $\binom{10}{3} = 120$ et $\binom{10}{6} = 210$

c) $p(X = 0) = 0,8^{10} \approx 0,107$

d) $p(X = 3) = \binom{10}{3} \times 0,2^3 \times 0,8^7 \approx 0,201$

e) $p(X = 6) = \binom{10}{6} \times 0,2^6 \times 0,8^4 \approx 0,006$

3. $E(X) = 10 \times 0,2 = 2$: cela signifie, qu'en moyenne, deux entreprises devraient répondre à Emmanuel.

Exercice 3

Énoncé p. 305

1. a)

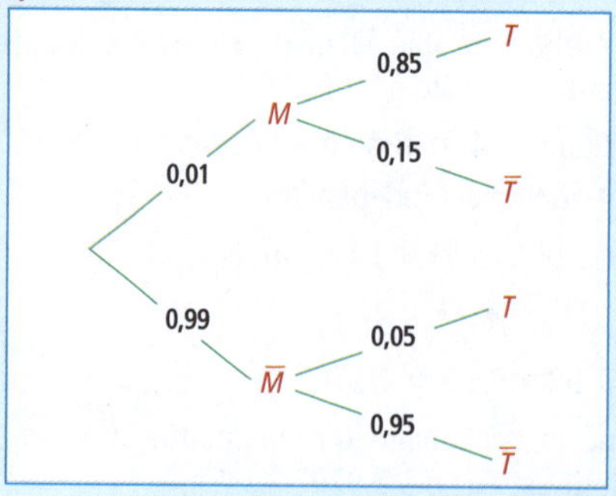

b) D'après la formule des probabilités totales :

$$p(T) = p(M)\,p_M(T) + p(\overline{M})\,p_{\overline{M}}(T)$$
$$= 0,01 \times 0,85 + 0,99 \times 0,05 = 0,058$$

2. a) Pour un animal, la probabilité que son test soit positif est égale à 0,058.
Il s'agit d'une épreuve de Bernoulli qui est répétée 5 fois de manière identique et indépendante car le tirage est assimilé à un tirage avec remise.
Il s'agit donc d'un schéma de Bernoulli et X suit la loi binomiale de paramètres 5 et 0,058.

b) $p(X \geqslant 1) = 1 - p(X < 1) = 1 - p(X = 0)$

$$= 1 - \binom{5}{0} 0,058^0 (1 - 0,058)^5$$
$$= 1 - 0,942^5$$

car $\binom{5}{0} = 1$

$p(X \geqslant 1) \approx 0,258$

3. a)

x_i	0	100	1 000
p_i	$0,99 \times 0,95 = 0,9405$	0,058	$0,01 \times 0,15 = 0,0015$

b) $E(Y) = 0 \times 0,9405 + 100 \times 0,058 + 1\,000 \times 0,0015 = 7,3$

c) Pour un animal, l'éleveur doit prévoir 7,3 euros, donc pour 400 bêtes il doit prévoir $400 \times 7,3 = 2\,920$ euros.

CONTRÔLE CONTINU

Partie 1 : automatismes

(Énoncés p. 307)

1. $\frac{2}{3} - \frac{1}{4} + 2 = \frac{8}{12} - \frac{3}{12} + \frac{24}{12} = \frac{29}{12}$

2. $A(x) = (2x - 5)^2 + (x + 3)(-x + 5)$

$= 4x^2 - 20x + 25 - x^2 + 5x - 3x + 15$

$= 3x^2 - 18x + 40$

3. Le coefficient multiplicateur associé à une hausse de 25 % est égal à 1,25.

$\frac{1}{1,25} = \frac{100}{125} = \frac{4 \times 25}{5 \times 25} = \frac{4}{5} = 0,8$, donc le taux d'évolution réciproque associé à une hausse de 25 % est une baisse de 20 %.

4. $\text{IMC} = \dfrac{m}{t^2}$, donc $t^2 = \dfrac{m}{\text{IMC}}$, donc $t = \sqrt{\dfrac{m}{\text{IMC}}}$

5. $-3(x+1)(x-5) = 0 \Leftrightarrow x = -1$ ou $x = 5$.

x	$-\infty$		-1		5		$+\infty$
-3		$-$		$-$		$-$	
$x+1$		$-$	0	$+$		$+$	
$x-5$		$-$		$-$	0	$+$	
$-3(x+1)(x-5)$		$-$	0	$+$	0	$-$	

6. $f'(x) = -3 \times 2x + 1 = -6x + 1$. Le coefficient directeur de la tangente au point d'abscisse -1 est égal à $f'(-1) = -6 \times (-1) + 1 = 7$.

7. $\dfrac{0-6}{1-(-2)} = \dfrac{-6}{3} = -2$, donc $d : y = -2x + b$.

$A(-2;6) \in d$, donc
$6 = -2 \times (-2) + b \Leftrightarrow 6 = 4 + b \Leftrightarrow b = 2$,
donc $d : y = -2x + 2$.

8. $g'(x) = \dfrac{1}{3} \times 3x^2 - 5 \times 2x + 3 \times 1$

$= x^2 - 10x + 3$

9. $3x + 2 < 5x - 6$ équivaut à $3x - 5x < -2 - 6$ ou encore $-2x < -8$, puis $x > \dfrac{(-8)}{(-2)}$ et finalement $x > 4$. $S =]4\,;+\infty[$.

10. Le coefficient multiplicateur d'une hausse de 1,5 % est 1,015. Le nombre d'êtres humains dans le monde est, chaque année, multiplié par 1,015, donc cette situation peut être modélisée par une suite géométrique de raison 1,015.

Partie 2

(Énoncés p. 307)

Exercice 2

1.

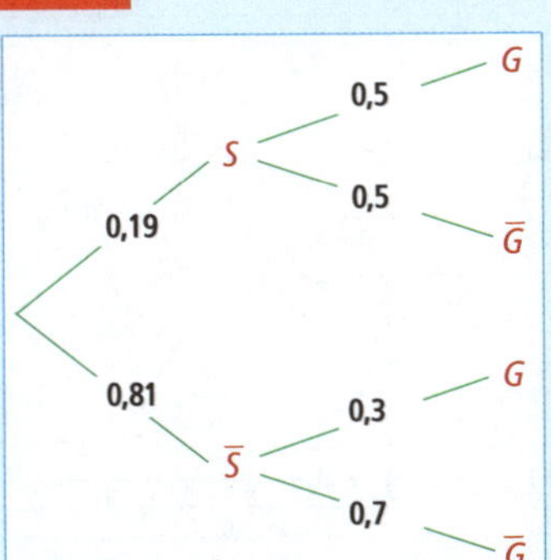

2. D'après la formule des probabilités totales :

$$p(G) = p(S)\,p_S(G) + p(\bar{S})\,p_{\bar{S}}(G)$$
$$= 0{,}19 \times 0{,}5 + 0{,}81 \times 0{,}3 = 0{,}338$$

3. $$p_G(\bar{S}) = \frac{p(\bar{S} \cap G)}{p(G)} = \frac{p(\bar{S})\,p_{\bar{S}}(G)}{p(G)}$$
$$= \frac{0{,}81 \times 0{,}3}{0{,}338} \approx 0{,}72$$

4. a) Nous sommes en présence d'une épreuve de Bernoulli qui consiste à choisir un pensionnaire au hasard et dont le succès est : « Le pensionnaire est vacciné contre la grippe. » Sa probabilité est égale à $p = 0{,}5$. Celle-ci est répétée 10 fois de manière identique et indépendante car le tirage est assimilé à un tirage avec remise. Donc X suit la loi binomiale de paramètres $n = 10$ et $p = 0{,}5$.

b) $p(X = 10) = \dbinom{10}{10} \times 0{,}5^{10} \times 0{,}5^{0}$

$= 0{,}5^{10} = 0{,}00098$ car $\dbinom{10}{10} = 1$.

$p(X = 0) = \dbinom{10}{0} \times 0{,}5^{0} \times 0{,}5^{10}$

$= 0{,}5^{10} = 0{,}00098$ car $\dbinom{10}{0} = 1$.

Exercice 3

1. a) et **b)**

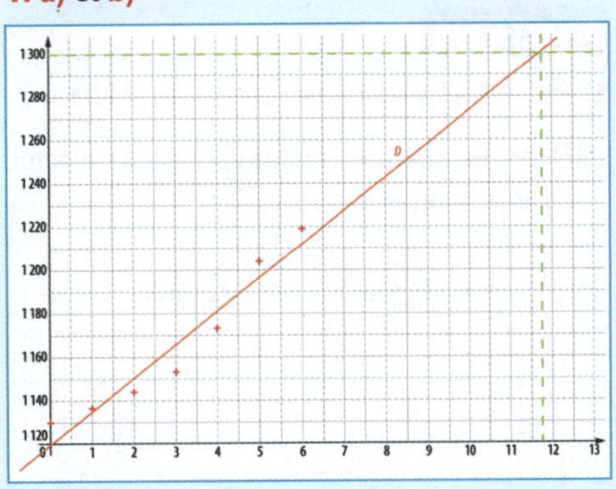

c) $15{,}5x + 1\,118{,}9 > 1\,300$

$\Leftrightarrow 15{,}5x > 181{,}1 \Leftrightarrow x > \dfrac{181{,}1}{15{,}5}$

Or, $\dfrac{181{,}1}{15{,}5} \approx 11{,}7$. On peut prévoir que le SMIC dépassera 1 300 euros à partir du 1er janvier 2026. On peut retrouver ce résultat par lecture graphique.

MATHS

2. a) $\dfrac{1\,219-1\,129}{1\,129} \approx 0,0797$. Le SMIC a augmenté de 7,97 % entre le 1er janvier 2014 et le 1er janvier 2020.

b) $CM_G = 1,0797$. De plus, entre 2014 et 2020, il y a 6 ans donc :

$$CM_G = CM_m^6 \Leftrightarrow 1,0797 = CM_m^6 \Leftrightarrow \log(1,0797)$$

$$= 6\log(CM_m) \Leftrightarrow \frac{1}{6}\log(1,0797)$$

$$= \log C(M_m) \Leftrightarrow \log\left(1,0797^{\frac{1}{6}}\right)$$

$$= \log(CM_m) \Leftrightarrow CM_m = 1,0797^{\frac{1}{6}} \approx 1,0129$$

Le taux moyen annuel d'évolution du SMIC entre le 1er janvier 2014 et le 1er janvier 2020 est égal à 1,29 %.

c) En 2021, $1\,219 \times 1,0129 \approx 1\,235$.

En 2022, $1\,235 \times 1,0129 \approx 1\,251$.

En 2023, $1\,251 \times 1,0129 \approx 1\,267$.

En 2024, $1\,267 \times 1,0129 \approx 1\,283$.

En 2025, $1\,283 \times 1,0129 \approx 1\,300$.

En 2026, $1\,300 \times 1,0129 \approx 1\,317$.

Le SMIC dépassera 1 300 euros au 1er janvier 2026.

Exercice 4

1. Par lecture graphique, on trouve $f(0) = 2$.

Donc la quantité de médicament injectée dans le sang est 2 cm^3.

2. La quantité de médicament présente dans le sang au bout de 8 heures est 0,2 cm^3.

3. $f(10) = 2 \times 0,75^{10} \approx 0,112$ cm^3 et $\dfrac{0,112}{2} = 0,056$.

Le pourcentage de la quantité présente dans le sang au bout de 10 heures par rapport à la quantité initialement injectée est égal à 5,6 %.

Remarque : on peut aussi lire graphiquement $f(10) \approx 0,1$.

4. $f(t) = 1 \Leftrightarrow 2 \times 0,75^t = 1$

$$\Leftrightarrow 0,75^t = \frac{1}{2} \Leftrightarrow \log(0,75^t) = \log\left(\frac{1}{2}\right)$$

$$\Leftrightarrow t\log(0,75) = \log\left(\frac{1}{2}\right)$$

$$\Leftrightarrow t = \frac{\log\left(\frac{1}{2}\right)}{\log(0,75)} \approx 2,41 \text{ h}$$

2,41 h = 2 h 25 min.

La quantité de médicament dans le sang de la malade a diminué de moitié au bout de 2 h 25 min.

5. La vitesse d'évolution de la quantité de médicament au bout de 1 heure est donnée par $f'(1)$. $f'(1)$ est le coefficient directeur de la tangente T en 1. Par lecture graphique, $f'(1) \approx -\dfrac{1,5}{3,5} \approx -0,43$.

La vitesse d'évolution est égale à −0,43 cm^3/h.

Graphique de l'exercice 4 question 5.

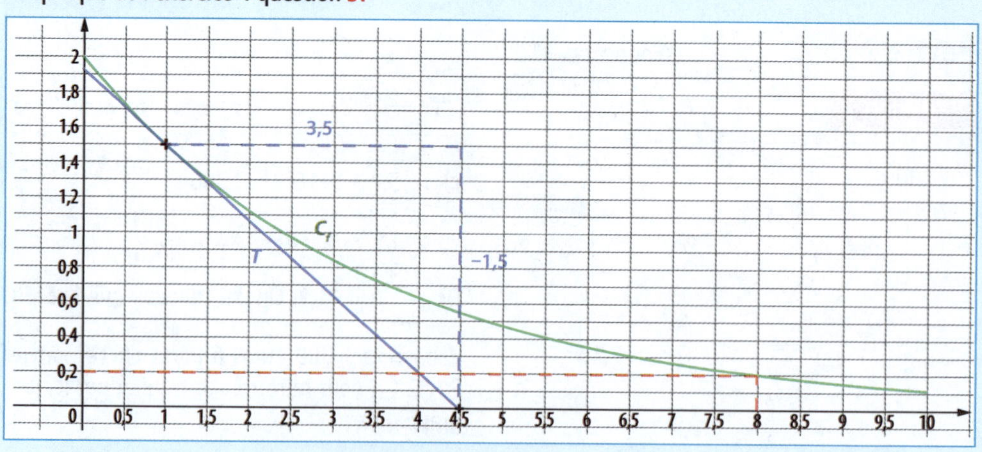

Histoire-Géographie-EMC

HISTOIRE

GÉOGRAPHIE

EMC

THÈME 1

Question obligatoire

L'affirmation des totalitarismes et la guerre

Dans l'entre-deux-guerres se mettent en place en Europe des régimes totalitaires. En URSS et en Allemagne, ces régimes ont une idéologie différente mais des modes de fonctionnement similaires. La Seconde Guerre mondiale (1939-1945) est à la fois un conflit planétaire et une guerre d'anéantissement marquée par des violences extrêmes, conduisant au génocide des Juifs d'Europe. Dès 1940, la France, soumise à l'occupation, doit collaborer ou résister. En 1945, les bases d'un nouvel ordre mondial apparaissent.

◄ Image de propagande de l'URSS : « Grâce à notre bien-aimé Staline pour notre enfance heureuse ! »

Définition

Totalitarisme : régime dans lequel toute activité (sociale, professionnelle, politique, économique, publique ou privée) est soumise à un contrôle par l'État ou par un parti unique. L'exercice du pouvoir est fondé sur la terreur et l'embrigadement des masses.

1 Les totalitarismes

A L'URSS et la construction d'un État totalitaire

• **La dictature de Staline.** Dès 1924, Joseph Staline établit les bases d'un régime dictatorial fondé sur un **parti unique** (le parti communiste), la **suppression de la liberté d'expression** et l'**élimination des opposants** grâce à une police politique efficace, le NKVD. Les médias sont contrôlés et la propagande d'État met en avant le **culte de la personnalité** de Staline surnommé « le petit père des peuples ». La jeunesse est embrigadée dans le « komsomol » (organisation de la jeunesse communiste).

• **Violences et résistances.** Staline met en place un **régime de terreur**. Il n'admet aucune opposition au sein du parti communiste et organise de 1936 à 1938 les **procès de Moscou**. Les opposants comme Trotski sont exécutés ou déportés au **goulag** (18 millions de prisonniers). Staline veut également imposer la collectivisation des terres, créant ainsi les kolkhozes (fermes coopératives) et les sovkhozes (fermes d'État). Les paysans riches (les Koulaks) tentent de s'y opposer mais sont déportés. La production agricole est désorganisée, créant une effroyable famine (7 millions de morts).

Définition

Goulag : camp de travail forcé de l'Union soviétique.

B Hitler et le nazisme

> **Définition**
> **Gestapo :** police politique d'État allemande, chargée de traquer les opposants, les Juifs et les résistants.

• **Hitler au pouvoir.** Le parti national-socialiste (parti nazi), dirigé par Adolf Hitler, gagne les élections législatives de 1933 en Allemagne. Dès son accession au pouvoir, Hitler interdit les partis politiques et **suspend les libertés fondamentales.** Le parti nazi (**NSDAP**) cherche à encadrer la population (les jeunesses hitlériennes), établit une propagande intense et se dote d'une police politique, la **Gestapo**. Les opposants sont pourchassés et envoyés dans les camps de concentration, créés dès 1933.

• **Racisme et antisémitisme.** Hitler établit un régime raciste destiné à privilégier la « race aryenne » et à éliminer les « races inférieures ». Les nazis mènent une politique antisémite : en 1935, les **lois de Nuremberg** privent les Juifs de la citoyenneté allemande et leur interdisent de se marier avec des non-Juifs. Les postes dans l'administration leur sont interdits. Les Juifs sont victimes de nombreuses violences, notamment lors de **la nuit de cristal** (novembre 1938).

2 La Seconde Guerre mondiale

A Les protagonistes

• **Un conflit hors normes.** La Seconde Guerre mondiale qui débute en Europe en septembre 1939 est le conflit le plus important du XXe siècle. Il mobilise près de 100 millions de combattants issus d'une soixantaine de pays. Les pertes humaines sont considérables : on estime que cette guerre a fait plus de **50 millions de morts**, dont une majorité de civils.

• **L'Axe et les Alliés.** Les protagonistes se divisent en deux camps, **les puissances de l'Axe**, qui rassemblent principalement l'Allemagne, l'Italie et le Japon, et **les Alliés** avec la France et le Royaume-Uni puis les États-Unis, à partir de décembre 1941. C'est l'attaque de la flotte américaine par les Japonais à **Pearl Harbor** qui conduit les États-Unis de Franklin Delano Roosevelt à entrer en guerre. Malgré le pacte de non-agression signé à Moscou entre l'Allemagne et l'URSS le 23 août 1939, Hitler attaque l'URSS de Staline en juin 1941. Cette dernière rejoint alors également le camp des Alliés.

B Les théâtres des opérations

• **La guerre en Europe.** L'armée allemande envahit la Pologne en septembre 1939 et occupe de nombreux pays européens. Le Nord de la France est envahi en mai 1940. Malgré de multiples bombardements allemands, le Royaume-Uni refuse de capituler. La victoire soviétique à la **bataille de Stalingrad** (février 1943) est un tournant de la guerre. Petit à petit, les Alliés reprennent les territoires perdus. Les **débarquements** en Normandie le 6 juin 1944 et celui de Provence en août 1944 conduisent à la libération de l'Europe de l'Ouest. Le 8 mai 1945, l'Allemagne capitule.

> Après plusieurs victoires en Europe, Hitler, qui veut étendre l'espace vital de l'Allemagne, lance le **22 juin 1941 l'opération Barbarossa** contre l'URSS. Les armées allemandes sont défaites à **Stalingrad le 2 février 1943.**

• **La guerre en Asie.** Après Pearl Harbor, la **guerre du Pacifique** débute. Les États-Unis commencent la reconquête des îles du Pacifique (victoire américaine de Midway en juin 1942). La guerre en Asie s'achève avec les bombes atomiques américaines lancées sur les villes japonaises d'**Hiroshima et Nagasaki** les 6 et 9 août 1945.

3 1939-1945 : une guerre d'anéantissement

• **Le conflit le plus meurtrier de l'Histoire.** Les combats sont meurtriers mais les civils ne sont pas épargnés. Les belligérants bombardent massivement les villes de manière à démoraliser la population. Dans les territoires occupés par l'Allemagne règne la **terreur** : les résistants sont torturés par la **Gestapo**, fusillés ou déportés dans les camps de concentration allemands. Les SS et les **Einsatzgruppen** (groupes d'intervention de la police nazie) exterminent les Juifs, les tsiganes et les cadres communistes.

• **La Shoah, un crime contre l'humanité.** Hitler met en œuvre une politique raciste et antisémite. Les Juifs sont mis à l'écart dans les **ghettos**. Lors de la conférence de Wannsee (1942), les nazis mettent en place une politique visant leur extermination : c'est la « **solution finale** ». Des millions de personnes sont déportées dans les camps d'extermination (**exemple :** Auschwitz-Birkenau). On estime le **génocide** à 6 millions de Juifs et 220 000 tziganes qui sont morts dans les camps.

Définitions

Crime contre l'humanité : défini par le tribunal de Nuremberg en 1945, ce crime comprend le génocide, la déportation, la pratique d'actes inhumains, inspirés par des motifs politiques, philosophiques, raciaux ou religieux.

Génocide : extermination systématique et programmée d'un groupe humain en raison de ses origines ethniques ou religieuses.

À retenir

Camp de concentration : camp de détention où l'on enferme des gens qui sont considérés comme gênants pour le pouvoir. La plupart sont aussi des camps de travail forcé.

Camp d'extermination : camp qui a pour but de tuer en masse, sans jugement, les gens qui y sont amenés.

4 La France dans la guerre

A Vichy et la collaboration

• **La défaite.** La France déclare la guerre à l'Allemagne le 3 septembre 1939. Pendant 8 mois, c'est la « **drôle de guerre** » durant laquelle les armées se contentent de s'observer sans s'affronter. Le 10 mai 1940, l'Allemagne lance une attaque éclair dans le nord de la France. Les civils doivent fuir : c'est l'**exode**. Paris est occupée le 14 juin de la même année. Le maréchal Pétain, devenu chef du gouvernement, signe l'armistice le 22 juin 1940. La France se trouve coupée en deux par une ligne de démarcation qui sépare la zone occupée au nord et la « zone libre » au sud. La France, pillée par l'occupant, souffre de pénurie. Le rationnement s'installe, le « **marché noir** » se développe.

• **La France de Vichy.** Pétain met en place un régime autoritaire. Les élections, les partis politiques et les syndicats sont supprimés. Le 24 octobre 1940, Pétain rencontre Hitler à Montoire. Avec son ministre Laval, il « **entre dans la voie de la collaboration** ». La police française participe à l'arrestation et à la déportation des Juifs. La milice française lutte contre les **résistants**. À partir de 1943, le Service du travail obligatoire (STO) met de la main-d'œuvre française au service de l'Allemagne. Le régime de Vichy organise la « **Révolution nationale** » destinée à redresser la France. La devise du pays devient « **Travail, Famille, Patrie** ».

Définitions

Collaboration : soutien du gouvernement de Vichy aux autorités d'occupation nazies.

Résistance : ensemble des mouvements qui ont lutté contre Vichy et l'occupant nazi dans le but de libérer le territoire français.

B La Résistance

• **Résistance intérieure et extérieure.** Refusant la défaite, le général de Gaulle, réfugié à Londres, lance **l'appel à la résistance le 18 juin 1940**. Cet appel conduit à la création de la résistance extérieure : la « **France Libre** ». La Résistance s'accentue après 1942, à la suite de l'occupation de la zone libre par les Allemands et de l'intensification de la collaboration. À partir de 1943, la jeunesse française qui refuse le STO part dans des **maquis** de résistants.

• **L'unification de la Résistance et la libération de la France.** Dès 1943, De Gaulle confie à **Jean Moulin** la tâche d'unifier la Résistance. Celui-ci crée le Conseil National de la Résistance (le CNR) qui coordonne les Forces françaises de l'intérieur (**FFI**). La France est libérée progressivement (**exemple :** Paris, le 25 août 1944). La retraite des Allemands s'accompagne de massacres de civils (**exemple :** Oradour-sur-Glane, le 10 juin 1944). Dès 1944, le général de Gaulle dirige le **gouvernement provisoire de la République française (GPRF)**.

5 Un nouvel ordre international

A La création de l'ONU

• **Une nouvelle organisation internationale.** Dès 1941, dans la **Charte de l'Atlantique**, les États-Unis et le Royaume-Uni émettent l'idée de créer une nouvelle organisation internationale qui remplacerait définitivement la Société des Nations (SDN) qui est inefficace.

• **Les objectifs de l'ONU.** Fondée en juin 1945, l'**Organisation des Nations unies (ONU)** entend bâtir un monde nouveau, fondé sur la paix et la défense de valeurs démocratiques et universelles. Elle s'installe à New York en 1950, dans un contexte tendu de guerre froide.

B Les procès de Nuremberg et de Tokyo

• **Le procès de Nuremberg.** Le procès des responsables nazis se tient à Nuremberg du 20 novembre 1945 au 1er octobre 1946 devant le **Tribunal militaire international** (TMI). La notion de « crime contre l'humanité » est inventée pour qualifier pénalement la politique nazie de concentration et d'extermination. 10 des 22 accusés sont condamnés à mort.

• **Le procès de Tokyo.** Ce procès est l'équivalent du procès de Nuremberg pour l'Extrême-Orient. Le **Tribunal International Militaire pour l'Extrême-Orient** (TIMIEO) se réunit de mai 1946 à novembre 1948. Sur les 28 prévenus, 7 sont condamnés à la peine de mort dont le premier ministre japonais Tojo. En revanche, l'empereur Hirohito n'est pas inquiété.

Exercices d'entraînement

Contrôle continu

Corrigé p. 358

1 **Citez trois caractéristiques du totalitarisme.**

2 **À partir d'un exemple, définissez la notion de « génocide ».**

3 **Montrez, à l'aide de quelques chiffres, que la Seconde Guerre mondiale est un conflit hors norme.**

4 **Définissez les termes de « résistance » et de « collaboration ».**

THÈME 1 Sujets d'étude

1 La guerre d'anéantissement à l'Est et le génocide des Juifs

• **Afin d'agrandir son « espace vital »,** Hitler veut conquérir la Russie jusqu'à l'Oural et la mer Caspienne avant l'hiver 1941-1942. Le militaire chargé du plan Barbarossa est le maréchal von Brauchitsch (commandant en chef de la Wehrmacht). Après des mois de victoire, **les troupes allemandes sont arrêtées devant Moscou (hiver 1941), puis à Stalingrad (été 1942).** Les combats sont acharnés. Pourtant, l'armée allemande, épuisée, capitule en février 1943.

• **La guerre à l'Est est impitoyable.** L'Allemagne pille les pays slaves, ce qui entraîne des pénuries dramatiques. Une partie de la population meurt de faim. En URSS, l'armée allemande incendie les villages qui soutiennent les résistants et massacre les prisonniers de guerre soviétiques. Des unités de SS et des Einsatzgruppen exterminent les Juifs, les tziganes et les communistes. **Hitler a pour objectif d'éliminer les Juifs et de détruire le communisme.**

• **Un exemple, la Pologne.** Dès l'occupation de la Pologne, en 1939, les nazis mettent en place une machine de mort d'une effroyable efficacité, en enfermant la population juive dans des **ghettos**, comme à Varsovie, pour l'affamer puis, à partir de décembre 1941, en l'envoyant dans des **camps d'extermination**, à Treblinka, Sobibor ou Auschwitz-Birkenau. De 1941 à 1945, 3 millions de Juifs polonais ont été exterminés.

2 De Gaulle et la France libre

• **La défaite française de mai-juin 1940.** À partir du 10 mai 1940, les Allemands envahissent la France. L'avancée rapide des troupes allemandes conduit le maréchal Pétain à signer l'armistice à Rethondes le 22 juin. Mais, dès le 17, le général de Gaulle gagne Londres d'où il émet **l'appel du 18 juin**, à la radio anglaise de la BBC, appelant à continuer le combat. C'est la naissance de la France libre.

• **La mise en place de la France libre.** Avec le soutien de Churchill, De Gaulle fonde, à Londres, le **Comité de la France libre**. Le rejoignent des volontaires qui passent clandestinement en Angleterre suite à l'appel du 18 juin. En juillet 1940, ils sont environ 7 000. De Gaulle met en place des services secrets et un service de propagande sur la BBC, qui diffuse chaque jour des messages dans l'émission *Les Français parlent aux Français*.

• **De Gaulle et les colonies françaises.** De Gaulle essaie de rallier les colonies françaises à la cause de la Résistance. L'Afrique équatoriale française, entraînée par le gouverneur Félix Éboué, se joint à lui. Il en est de même du Tchad avec le colonel Leclerc. La Syrie et le Liban le rejoignent en juillet 1941, comme Madagascar et la Réunion en novembre 1942. Les différentes troupes vont former les **Forces Françaises Libres (FFL)**.

• **La France libre et les Alliés.** Dès mai 1943, le Conseil national de la Résistance reconnaît De Gaulle comme chef politique. Après le débarquement des Alliés en Afrique du Nord (novembre 1942), De Gaulle forme à Alger, en juin 1943, le Comité Français de Libération nationale (CFLN) dont il assure la présidence. À côté des gaullistes de la première heure siègent des hommes politiques de la Troisième République (dont Pierre Mendès France) ainsi que des communistes. Le 3 juin 1944, ce comité devient le **Gouvernement Provisoire de la République française (GPRF)**. Les FFL deviennent l'Armée française de la Libération qui débarque avec les Alliés en 1944 (Normandie en juin ; Provence en août) pour libérer le territoire français.

Exercices d'entraînement

Contrôle continu

Sujet d'étude 1

Corrigé p. 358

Rafle dans le ghetto de Varsovie, en Pologne en 1943

1. **Identifiez les deux groupes de personnes et donnez la définition de « ghetto ».**
2. **Dites en quoi cette photographie est représentative de la guerre d'anéantissement à l'Est.**
3. **D'après vos connaissances, et en donnant un exemple, expliquez où sont emmenées les personnes « raflées ».**

Sujet d'étude 2

Corrigé p. 358

Charles de Gaulle : l'appel du 18 juin 1940

« Les chefs qui, depuis de nombreuses années, sont à la tête des armées françaises, ont formé un gouvernement. Ce gouvernement, alléguant la défaite de nos armées, s'est mis en rapport avec l'ennemi pour cesser le combat.

Certes, nous avons été, nous sommes submergés par la force mécanique, terrestre et aérienne de l'ennemi. Infiniment plus que leur nombre, ce sont les chars, les avions, la tactique des Allemands qui nous font reculer. Ce sont les chars, les avions, la tactique des Allemands qui ont surpris nos chefs au point de les amener là où ils en sont aujourd'hui. Mais le dernier mot est-il dit ? L'espérance doit-elle disparaître ? La défaite est-elle définitive ? Non !

Croyez-moi, moi qui vous parle en connaissance de cause et vous dis que rien n'est perdu pour la France. Les mêmes moyens qui nous ont vaincus peuvent faire venir un jour la victoire.

Car la France n'est pas seule ! Elle n'est pas seule ! Elle n'est pas seule ! Elle a un vaste Empire derrière elle. Elle peut faire bloc avec l'Empire britannique qui tient la mer et continue la lutte. Elle peut, comme l'Angleterre, utiliser sans limites l'immense industrie des États-Unis.

Cette guerre n'est pas limitée au territoire malheureux de notre pays. Cette guerre n'est pas tranchée par la bataille de France. Cette guerre est une guerre mondiale. Toutes les fautes, tous les retards, toutes les souffrances, n'empêchent pas qu'il y a, dans l'univers, tous les moyens pour écraser un jour nos ennemis. Foudroyés aujourd'hui par la force mécanique, nous pourrons vaincre dans l'avenir par une force mécanique supérieure. Le destin du monde est là.

Moi, général de Gaulle, actuellement à Londres, j'invite les officiers et les soldats français qui se trouvent en territoire britannique ou qui viendraient à s'y trouver, avec leurs armes ou sans leurs armes, j'invite les ingénieurs et les ouvriers spécialisés des industries d'armement qui se trouvent en territoire britannique ou qui viendraient à s'y trouver, à se mettre en rapport avec moi.

Quoi qu'il arrive, la Flamme de la Résistance française ne doit pas s'éteindre et ne s'éteindra pas.

Demain, comme aujourd'hui, je parlerai à la radio de Londres. »

1. **À l'aide du texte et de vos connaissances, dites à qui s'adresse ce message.**
2. **Que demande le général de Gaulle ?**
3. **Relevez une phrase qui montre l'engagement du personnage.**

HISTOIRE

THÈME 2 Question obligatoire Le monde de 1945 à nos jours

Dès 1945, les relations entre l'URSS et les États-Unis se dégradent. Deux blocs s'opposent : **c'est la guerre froide** qui va durer de 1947 à 1991. À partir de la disparition de l'URSS en 1991, un nouvel ordre mondial se met en place, caractérisé par l'**hyperpuissance** des États-Unis. De nouvelles formes de conflits apparaissent alors comme les guerres civiles en Yougoslavie (1992-2001), le génocide au Rwanda, les affrontements au Moyen-Orient ou encore les attentats terroristes. La période de l'après-guerre (de 1945 aux années 1970) voit également la plupart des colonies des États européens devenir indépendantes et l'émergence d'un **Tiers-monde**. Dans le même temps, un projet européen se met en place afin de construire une paix durable.

1 La guerre froide et ses enjeux

A De l'apparition des blocs à la détente

• **Des différences idéologiques.** En 1947, le président américain Harry Truman propose aux pays européens une aide économique, le **plan Marshall**, pour les aider à se reconstruire. Il veut aussi contenir l'expansion du communisme : c'est le « ***containment*** ». Staline impose aux pays d'Europe de l'Est de suivre le modèle communiste (les démocraties populaires) qui repose sur la **propriété collective et un parti unique**. Les États-Unis et leurs alliés défendent le **libéralisme économique et la démocratie**. Le monde devient **bipolaire**.

> **Définitions**
>
> **Guerre froide :** période de tension entre les États-Unis et l'URSS (et leurs alliés) durant laquelle ces deux États ne s'affrontent pas directement. Elle est caractérisée par une **bipolarisation du monde** jusqu'en 1991.
>
> **Hyperpuissance :** État qui dispose de la totalité des attributs de la puissance.

• **Les blocs et les crises majeures.** Les deux grandes puissances développent autour d'elles des alliances militaires : **l'OTAN** (Organisation du traité de l'Atlantique Nord) créée en 1949 pour le bloc occidental et le **Pacte de Varsovie** (1955) pour l'URSS et ses alliés. Des crises majeures opposent les deux camps jusqu'en 1962. On s'engage ensuite dans une période de **coexistence pacifique puis de détente (1962-1975)**.

Les crises majeures. La première crise concerne l'Allemagne, d'abord en 1948-1949 avec le blocus de Berlin-Ouest, puis en 1961 avec la construction du mur de Berlin. Les deux blocs s'affrontent également lors de la **guerre de Corée** (1950-1953) ou à propos de **Cuba** (1962).

La crise de Cuba. L'URSS installe sur l'île de Cuba des missiles visant la Floride (sud-est des États-Unis). L'aviation américaine les découvre et le président John F. Kennedy entame le blocus de Cuba. Le premier secrétaire du Parti communiste de l'Union soviétique (PCUS), Nikita Khrouchtchev, finit par céder : les missiles soviétiques sont démantelés.

B De la détente à la fin de la guerre froide

• **Les dernières tensions de la guerre froide.** Dans les années 1970, les tensions reprennent. Les États-Unis connaissent un échec retentissant lors de la **guerre du Vietnam** (1965-1973).

En 1975, les deux grands s'accordent pour limiter leur arsenal nucléaire (**accords d'Helsinki**). Dans les années 1980, Ronald Reagan (président des États-Unis de 1981 à 1989) accuse l'URSS d'être « **l'empire du mal** » et fait installer des missiles nucléaires en Allemagne de l'Ouest face aux missiles soviétiques déployés en Europe de l'Est.

• **L'effondrement du bloc soviétique.** En 1985, Mikhaïl Gorbatchev arrive au pouvoir en URSS. Il comprend la nécessité d'engager des réformes et négocie un **désarmement nucléaire** avec les États-Unis (traité de Washington, en 1987). Dans les **démocraties populaires**, la contestation contre l'URSS grandit. Le 9 novembre 1989, c'est la chute du mur de Berlin qui entraîne la réunification de l'Allemagne (1990). En 1991, l'Union soviétique disparaît : **c'est la fin de la guerre froide**.

> Définition
> **Démocraties populaires :** régimes communistes d'Europe de l'Est (Pologne, Hongrie, Allemagne de l'Est, etc.) qui appartiennent au bloc soviétique de 1947 à 1989.

2 La décolonisation et l'émergence du Tiers-monde

A Des colonies aux États indépendants

• **La décolonisation de l'Asie.** La **décolonisation commence en Asie** : en 1947, le Royaume-Uni accorde l'indépendance pacifiquement **à l'Inde** ; **en 1949, l'Indonésie l'obtient des Pays-Bas**. Les pays de l'Indochine française (Cambodge, Vietnam, Laos) deviennent indépendants en 1954 après huit ans de guerre (**défaite de l'armée française à Diên Biên Phu en mai 1954**).

> Définition
> **Décolonisation :** processus par lequel un pays jusque-là colonisé accède à l'indépendance.

• **La décolonisation en Afrique.** En mars 1956, **la Tunisie et le Maroc** deviennent aussi indépendants, mais la France refuse de décoloniser **l'Algérie**. La guerre d'Algérie oppose le Front de libération nationale (FLN) algérien à l'armée française. Le général de Gaulle, revenu au pouvoir en 1958, se prononce pour l'autodétermination du peuple algérien. À la suite des accords d'Évian en mars 1962, l'Algérie devient indépendante. En **Afrique noire**, la décolonisation est globalement pacifique. Les anciennes colonies françaises deviennent indépendantes dès 1960. Les colonies portugaises (Guinée-Bissau, Mozambique et Angola) n'obtiennent leur indépendance qu'au milieu des années 1970.

B L'émergence du Tiers-monde

• **La conférence de Bandung (en Indonésie).** En avril 1955, la conférence de Bandung réunit 29 pays anciennement colonisés et marque la naissance du **Tiers-monde**. Elle rassemble, entre autres, les dirigeants de l'Inde (Nehru), de l'Indonésie (Soekarno), de l'Égypte (Nasser) et de la Chine (Zhou Enlai) qui veulent poursuivre la décolonisation, notamment en Afrique. Les pays du Tiers-monde choisissent de ne prendre parti pour aucun des deux blocs dans le cadre de la guerre froide et deviennent les **pays non alignés**, réunis également lors de la **conférence de Belgrade** en 1961.

• **Sortir du sous-développement.** C'est l'enjeu majeur auquel sont confrontés les pays du Tiers-monde. En 1964, un groupe de 77 pays obtient la création de la **Conférence des Nations unies sur le commerce et le développement (CNUCED)** qui défend leurs intérêts à l'ONU. Une grande majorité des États européens conserve, cependant, des liens privilégiés avec leurs anciennes colonies (on parle de néocolonialisme).

3 Le monde après 1991

A Les relations internationales

• **L'hyperpuissance des États-Unis remise en question.** Avec l'effondrement de l'URSS en 1991, les États-Unis sont désormais la seule superpuissance mondiale. Ils deviennent les « **gendarmes du monde** » en multipliant les interventions militaires : en Irak (**première guerre du Golfe en 1990-1991**) ou **en Yougoslavie en 1995** sous l'égide de l'OTAN. Les **attentats du 11 septembre 2001**, perpétrés par **Al-Qaïda** principalement à New York, amènent les Américains à intervenir en Afghanistan pour chasser les talibans au pouvoir et détruire les bases d'Al-Qaïda. En 2003, les États-Unis de George W. Bush envahissent l'Irak de Saddam Hussein sans l'accord de l'ONU. On parle alors d'**unilatéralisme**.

> **Définitions**
> **Unilatéralisme :** terme qui désigne le choix d'un État de prendre ses décisions et d'agir seul, sans concertation avec ses alliés, ni négociation avec ses adversaires.
> **Multilatéralisme :** action d'un État qui tient compte de ses alliés et/ou de l'ONU.

◄ Le 11 septembre 2001 : l'attaque des tours du *World Trade Center*

• **Vers un nouvel ordre mondial.** Dès 2000, on assiste à l'émergence de nouvelles puissances. **La Chine** devient la seconde puissance mondiale : elle dispose de l'arme atomique et est membre du Conseil de sécurité de l'ONU et du G20. L'**Union européenne** a du mal à peser dans les relations internationales. L'Inde, le Brésil et la Russie s'affirment : **le monde devient multipolaire**.

> **Définition**
> **Monde multipolaire :** situation géopolitique dans laquelle la puissance est partagée par plusieurs pôles.

B Les nouvelles formes de conflits

• **Un monde instable.** En Europe, la disparition de l'URSS entraîne des guerres civiles (**exemple : en Tchétchénie**). Le conflit en ex-Yougoslavie (1991-1995) est marqué par une **purification ethnique** organisée par les Serbes contre d'autres nationalités. Dès 2011, les populations de plusieurs pays du Maghreb et du Proche-Orient aspirent à se libérer de la dictature : c'est le « **printemps arabe** » (Tunisie, Libye, Égypte et Yémen). Le 24 février 2022, Vladimir Poutine lance une offensive militaire contre l'Ukraine, aidée militairement par l'UE et les États-Unis.

• **Le terrorisme international.** Les attentats du 11 septembre 2001 caractérisent une nouvelle forme de terrorisme. Al-Qaïda veut attaquer ou fragiliser l'Occident, « ennemi de l'Islam ».

Dès 2006, **Daech** cherche à s'implanter dans une zone située entre l'Irak et la Syrie. Les grandes puissances interviennent militairement pour éliminer cette menace. Les groupes islamistes revendiquent, de leurs côtés, des **attentats meurtriers** commis en Occident (États-Unis, Royaume-Uni, France, etc.).

4 Le projet européen et les étapes de sa réalisation

A Les premiers pas d'une Europe en construction

• **Les projets initiaux.** L'idée d'une Europe unie et solidaire renaît dès 1945 à partir de la volonté d'établir une paix durable. Les États-Unis encouragent le rapprochement entre les pays européens. Ainsi sont créés **l'OECE (Organisation européenne de coopération économique)** et le **Conseil de l'Europe** pour préserver la paix.

• **Monnet et Schuman.** Jean Monnet et Robert Schuman sont les principaux initiateurs français d'un rapprochement avec l'Allemagne. La **CECA (Communauté européenne du charbon et de l'acier)** est créée en 1951 autour de la France, l'Allemagne, l'Italie, la Belgique, les Pays-Bas et du Luxembourg. Ces pays coopèrent aussi dans l'agriculture (PAC) ou le commerce tout en gardant leur souveraineté.

> Définition
> **Construction européenne :** processus visant à mettre en place un espace de paix et de prospérité économique en Europe.

B De la CEE à l'UE

• **La Communauté économique européenne (1957-1992).** Le traité de Rome de 1957 crée un vaste marché commun (**Communauté économique européenne). L'Acte Unique** de 1986 garantit **la libre circulation des marchandises, des capitaux et des hommes.** La CEE devient la première puissance commerciale du monde. Dans les années 1970-1980, elle s'élargit au Royaume-Uni, à l'Irlande et au Danemark (1973), à la Grèce (1981), puis à l'Espagne et au Portugal (1986).

• **L'Union européenne. Le traité de Maastricht (1992)** crée l'Union européenne qui prévoit une **monnaie unique, l'Euro,** mis en circulation en 2002, et la mise en place d'une politique extérieure et de sécurité commune (PESC). Une citoyenneté européenne est instaurée, permettant à tous les citoyens de l'UE de voter aux élections municipales et européennes. L'UE s'élargit à 28 pays. En juin 2016, un référendum acte la sortie de l'UE du Royaume-Uni (Brexit) qui est effective depuis janvier 2021.

Exercices d'entraînement

Contrôle continu

Corrigé p. 358

1 **Citez trois crises de la guerre froide.**

2 **Datez et racontez brièvement la crise de Cuba.**

3 **Expliquez comment s'est faite la décolonisation en Afrique.**

4 **Citez les deux principaux acteurs français de la construction européenne après la Seconde Guerre mondiale.**

THÈME 2 Sujets d'étude

1 De Youri Gagarine à la guerre des étoiles

• **Une compétition entre les États-Unis et l'URSS.** La guerre froide est l'occasion d'une compétition entre les deux grandes puissances dans ce qu'on appelle **« la course à l'espace »**. C'est le moyen pour les deux grands d'affirmer leur supériorité sur le plan technologique. L'URSS envoie des satellites artificiels (**Spoutnik 1,** en octobre 1957), puis **la chienne Laïka** en novembre 1957. Les États-Unis lancent, à leur tour, des satellites pour les télécommunications et la météorologie.

• **De Gagarine à Armstrong.** Youri Gagarine est le premier homme à voyager dans l'espace, en avril 1961. Il effectue une rotation complète autour de la Terre. Les États-Unis répliquent en investissant dans le programme Apollo (1961). La planète assiste aux **premiers pas d'un homme sur la lune le 21 juillet 1969**. Neil Armstrong prononce alors ces célèbres paroles : « C'est un petit pas pour l'Homme mais un grand pas pour l'Humanité. »

• **La guerre des étoiles.** La compétition entre les États-Unis et l'URSS se poursuit avec des explorations de plus en plus lointaines (Mars, Mercure, Saturne, etc.). En 1983, le nouveau président Ronald Reagan relance la course aux armements. Il met en place le programme de « la guerre des étoiles ». Baptisé **« Initiative de défense stratégique (IDS) »**, il doit protéger les États-Unis contre les armes nucléaires soviétiques grâce à un « bouclier spatial ». Ce projet conduit l'URSS dans une course aux armements qui l'épuise financièrement. Les Soviétiques finissent par accepter de signer l'accord de Washington en 1987 qui prévoit la destruction des missiles nucléaires. C'est la fin de la course aux armements entre les deux grandes puissances.

2 Le 11 septembre 2001

• **Les États-Unis traumatisés.** Le 11 septembre 2001, 19 terroristes, membres du réseau Al-Qaïda, détournent quatre avions de lignes. Deux d'entre eux sont projetés contre les **tours du *World Trade Center* de Manhattan (New York).** Un autre avion prend pour cible le Pentagone (département de la défense) à Washington. Le dernier avion s'écrase en Pennsylvanie. Ces attentats font près de 3 000 morts. C'est la première attaque terroriste d'envergure d'un groupe islamiste sur le sol des États-Unis. Après une décennie où l'hyperpuissance américaine a été incontestée, le 11 septembre 2001 révèle au monde entier leur vulnérabilité.

• **Des conséquences multiples.** Le soir-même de l'attaque des tours de Manhattan, le président américain George W. Bush annonce « un combat monumental du Bien contre le Mal ». Avec l'accord de l'ONU, les États-Unis envahissent en octobre 2001 l'**Afghanistan** pour détruire le groupe terroriste Al-Qaïda. Puis, avec une partie de leurs alliés, ils attaquent l'**Irak en 2003**, sans l'accord de l'ONU (unilatéralisme des États-Unis).

• **La fin de l'hégémonie américaine.** Les attentats du 11 septembre semblent marquer la fin de l'hégémonie des États-Unis de l'après-guerre froide. Jusqu'à cette date, rien ne semblait entraver leur **hyperpuissance**. Le terrorisme devient alors une préoccupation de l'ensemble des pays occidentaux. Activement recherché, le chef d'Al-Qaïda, Oussama Ben Laden, est tué en mai 2011 par un commando américain dans la maison où il se cachait au Pakistan.

Exercices d'entraînement

Contrôle continu

Sujet d'étude 1

Corrigé p. 358

Ronald Reagan et l'Initiative de défense stratégique (IDS)

J'étais entré en fonction[1] armé d'un solide préjugé contre l'accord tacite sur les missiles qui s'était instauré entre l'Union soviétique et nous. Je veux parler de la « politique de destruction mutuelle assurée » (MAD) fondée sur le principe de dissuasion qui garantissait la sécurité pour tous tant que chacun des deux camps possédait le pouvoir de détruire l'autre, grâce à ses missiles [...]. Au début de mon premier mandat, je convoquai une réunion du conseil des chefs d'états-majors [...] et leur dis ceci : pour chaque arme inventée, l'homme en a créé une autre destinée à se protéger de la première ; ne serait-il pas possible, en cette ère de technologie avancée, d'imaginer un système défensif capable d'intercepter les projectiles nucléaires [...] ? Ainsi naquit l'IDS, et peu après, certains membres du Congrès et de la presse surnommèrent le projet « Star Wars », « la guerre des étoiles ». [...]

Ronald Reagan, *Une vie américaine. Mémoires*, Éditions Jean-Claude Lattès, 1990.

1. Ronald Reagan fut président des États-Unis de 1981 à 1989.

La couverture du magazine américain *Time* d'avril 1983

Traduction : « Défendre la défense. Batailles budgétaires et guerres des étoiles »

1. **À l'aide du texte, expliquez en quoi consiste le projet du président Reagan.**
2. **Citez les différents arguments qu'avance Ronald Reagan pour le mettre en place.**
3. **À l'aide du document 2, montrez comment la couverture du magazine *Time* met en valeur le projet du président Reagan.**

Sujet d'étude 2

Corrigé p. 358

Les États-Unis contre le terrorisme

« Le 11 septembre, les ennemis de la liberté ont commis un acte de guerre contre notre pays. Les Américains ont connu des guerres, mais depuis 136 ans, ces guerres ont toujours eu lieu à l'étranger, à l'exception d'un certain dimanche en 1941[1] [...]. Nous consacrerons toutes les ressources à notre disposition à la dislocation et à la défaite du réseau terroriste mondial. Les Américains ne doivent pas s'attendre à une seule bataille, mais à une longue campagne sans précédent. Elle pourra comprendre des frappes spectaculaires diffusées à la télévision et des opérations secrètes jusqu'à leur succès [...]. Le monde civilisé se rallie aux côtés de l'Amérique. Il comprend que si ce terrorisme reste impuni, ses propres villes, ses propres citoyens pourraient subir le même sort. <u>La terreur, si l'on n'y répond pas, est capable non seulement de détruire des immeubles</u>, mais de menacer la stabilité de gouvernements légitimes. Et cela, nous ne le permettrons pas. [...] »

George W. Bush (président des États-Unis de 2001 à 2009), discours devant le Congrès des États-Unis, 20 septembre 2001.

1. Attaque de Pearl Harbor (dans l'État américain d'Hawaï) par l'aviation japonaise.

1. **Expliquez la phrase soulignée.**
2. **Dites quelles sont, désormais, les cibles des États-Unis.**
3. **À l'aide du texte, précisez quelle riposte est envisagée par le président George W. Bush.**

HISTOIRE

THÈME 3 Question obligatoire La France depuis 1945 : politique et société

À la fin de la guerre de 1939-1945, la République est restaurée. Le gouvernement provisoire de la République française (GPRF) propose une série de réformes politiques et sociales. La décolonisation est également engagée en Asie et en Afrique. À partir de 1958, la Ve République apporte d'importantes réformes institutionnelles avec, notamment, un renforcement du pouvoir du président de la République. Sur le plan international, la France a du mal à maintenir son rang de grande puissance.

1 Les réformes politiques et sociales du GPRF

A La refondation républicaine

• **La mise en place du GPRF.** Le **général de Gaulle** préside le GPRF qui est principalement composé de résistants. Il a pour objectif de restaurer l'autorité de l'État. Le GPRF déclare nulles toutes les décisions prises par Vichy et est reconnu par les puissances étrangères comme gouvernement légitime de la France. Il envoie dans les régions libérées des commissaires de la République en charge de rétablir les libertés républicaines et l'autorité de l'État. Ils doivent restaurer les lois démocratiques, limiter les violences spontanées de l'épuration sauvage (femmes tondues, collaborateurs pendus sans jugement), assurer l'épuration légale (procès des collaborateurs).

• **Le retour de la République.** Une **assemblée**, élue en octobre 1945, est chargée d'élaborer une nouvelle Constitution. De Gaulle est reconduit à la tête du GPRF en novembre. Mais des divergences apparaissent entre le général, qui veut un pouvoir exécutif fort, et l'Assemblée, qui veut privilégier le pouvoir législatif. Elles conduisent à **la démission de De Gaulle** en janvier 1946.

> **Définition**
> **République :** forme de gouvernement reposant sur une Constitution et dont les représentants du peuple sont élus par celui-ci.

B L'instauration d'une démocratie sociale

• **Les principales réformes.** Le GPRF crée l'**ENA** (École normale d'administration) pour former les futurs hauts fonctionnaires. Cela vise à permettre l'accès aux hautes fonctions de l'administration aux plus méritants, indépendamment de leur origine sociale. Le GPRF met en place l'organisation de la Sécurité sociale par l'ordonnance du 19 octobre 1945 et les assurances sociales (accidents du travail, chômage, retraite) par plusieurs autres lois en 1946. Sur le plan social, le GPRF met en place des mesures qui protègent le citoyen : c'est **l'État-providence**. Sur le plan politique, De Gaulle accorde **le droit de vote aux femmes en 1944**. Celles-ci votent pour la première fois aux élections municipales et législatives de 1945.

> **Définition**
> **Démocratie :** forme d'organisation politique où le pouvoir est exercé par les citoyens qui peuvent le déléguer à des représentants.

• **La remise en route de l'économie.** Le GPRF réorganise l'économie du pays. L'énergie (EDF), les Charbonnages de France, le transport aérien (Air France), les banques, les assurances et l'automobile (Renault) sont **nationalisés**. Un **Commissariat général au plan** piloté par Jean Monnet définit les grandes orientations économiques.

2 La fin de l'empire colonial français

A Les tensions de l'après-guerre

• **L'affaiblissement de la métropole.** La guerre a remis en question la domination française dans ses propres colonies. La IVᵉ République, enlisée dans un régime instable, n'a pas perçu la montée d'un **fort mouvement d'émancipation des peuples indigènes**. Dès la fin de la guerre, les dirigeants de la IVᵉ République ont du mal à gérer la contestation dans les colonies.

• **L'échec de l'Union française.** En 1946, la IVᵉ République met en place un nouveau cadre juridique : **l'Union française**. Les colonies deviennent des **Départements et Territoires d'outre-mer** (DOM-TOM). La France hésite entre l'assimilation qui implique l'égalité des droits des peuples colonisés et l'association qui débouche à terme sur l'**indépendance**.

B La décolonisation en Asie puis en Afrique

• **En Asie.** **L'Indochine** rassemble les provinces asiatiques qui faisaient partie de l'empire colonial français (Cambodge, Laos et Vietnam actuels). Ces territoires se soulèvent en 1945 car la France leur impose un régime économique et politique très dur. Le communiste **Hô Chi Minh** proclame la République démocratique du Vietnam et continue la lutte armée contre la France. Cette guerre d'Indochine est très meurtrière et se termine par la défaite française de **Diên Biên Phu** (mars 1954). La France signe les **accords de Genève** (juillet 1954).

• **En Afrique.** Face à la **montée des nationalismes en Tunisie et au Maroc** au début des années 1950, les autorités françaises acceptent **leur indépendance en 1956**. Revenu au pouvoir en 1958, le général de Gaulle appelle les territoires de l'Outre-mer français à devenir membres d'une **Communauté française**, préparant le chemin vers l'indépendance. Les pays d'Afrique noire et Madagascar deviennent indépendants en 1960. En **Algérie**, la France s'engage dans une guerre meurtrière qui prend fin avec l'indépendance du pays en 1962.

3 La Vᵉ République et ses principales réformes institutionnelles

A Une modification de l'équilibre des pouvoirs

• **La constitution de 1958.** En octobre 1958, le général de Gaulle propose aux Français une nouvelle **Constitution** qui renforce le rôle du président de la République. Celle-ci, adoptée par **référendum**, permet la création de la Vᵉ République.

• **Un régime semi-présidentiel.** Le président de la Vᵉ République est doté de pouvoirs accrus. Il est le **chef de l'État et des armées**. Il nomme le Premier ministre et peut dissoudre l'Assemblée nationale. **L'article 16 de la Constitution** lui permet de prendre les pleins pouvoirs en cas de crise grave. Grâce à un nouveau référendum organisé en 1962, le président de la République est désormais élu au **suffrage universel direct**.

Définitions

Institutions : ensemble des structures politiques établies par la loi.

Régime politique : mode d'organisation d'un État et de la manière de le gouverner.

Affiche de septembre 1958, appelant les Français à voter « oui » au référendum sur la Constitution proposée par Charles de Gaulle

B Les autres réformes institutionnelles

• **Le quinquennat.** Sous la présidence de Jacques Chirac (1995-2007), la réforme constitutionnelle du 8 juillet 1999 établit la parité hommes/femmes pour l'accès aux mandats électoraux et aux fonctions électives. La loi du 2 octobre 2000 instaure le quinquennat comme durée du mandat présidentiel (passage à 5 ans au lieu de 7 ans précédemment). Les élections législatives ont lieu juste après l'élection présidentielle, ce qui réduit également les risques de « cohabitation » (le président de la République travaille avec un gouvernement et un premier ministre d'un parti opposé au sien).

• **La réforme de 2008.** Le Président ne peut désormais effectuer que deux mandats consécutifs. Il ne préside plus le Conseil supérieur de la magistrature (pour renforcer la séparation des pouvoirs avec l'ordre judiciaire). Les droits des citoyens sont renforcés par le référendum d'initiative populaire. Enfin, une loi de 2014 interdit, en partie, le cumul des mandats.

4 Les transformations de la société française depuis 1945

A Démographie et immigration

• **Les Trente Glorieuses.** Dès 1945, des **mesures** incitatives (allocations de maternité, impôt calculé selon le quotient familial) permettent une reprise très forte de la natalité : c'est le **baby-boom**. Parallèlement, la **mortalité baisse** grâce aux progrès médicaux : la population française passe de 40,5 millions en 1945 à 52 millions en 1973. Ces trente années de croissance économique engendrent un fort besoin de main-d'œuvre. L'expansion démographique ne suffisant pas, on a donc recours à l'**immigration**.

> Définition
> **Immigration :** fait de quitter son pays de naissance ou d'origine pour s'installer de façon durable ou définitive dans un autre pays.

• **La situation depuis 1973.** La crise économique liée aux chocs pétroliers de 1973 et 1979 fait **chuter brutalement la natalité** (seulement 720 000 naissances en 1976). La **population française vieillit**, ce qui compromet l'équilibre de la Sécurité sociale. De 1975 aux années 2010, l'immigration est principalement constituée de **migrants économiques**. À partir de 2010, l'immigration change de nature. La France accueille davantage de **réfugiés** qui fuient la guerre (Irak, Syrie). Se pose alors le problème de leur intégration dans l'économie et la société françaises.

B Les évolutions sociales

• **Une meilleure place pour les femmes dans la société.** **Le principe de l'égalité entre les sexes est inscrit dans la Constitution de 1946. Pourtant, les discriminations et les inégalités demeurent au travail** : une loi sur l'égalité professionnelle est votée en 1983. En politique, la loi sur la parité est votée en 2000. Les femmes députées, sénatrices ou ministres sont plus nombreuses. **Des progrès importants sont réalisés dans le domaine de la santé. En 1967, la loi Neuwirth autorise la contraception. En 1975, Simone Veil fait voter la loi légalisant l'interruption volontaire de grossesse.**

> Définition
> **Parité :** rapport d'égalité entre les hommes et les femmes.

• **De nouvelles lois sur les droits des personnes.** Depuis 1945, des mesures ont été prises dans le domaine de la famille. En 1965, le mari n'est plus considéré comme « le chef de famille » ; la femme peut exercer un métier et ouvrir un compte bancaire sans l'autorisation de son mari. En 1970, la notion d'« **autorité parentale** » se substitue à celle d'« autorité paternelle » du Code civil. En 1975 est votée la loi sur le **divorce « par consentement mutuel »**. Ce sera ensuite le pacte civil de solidarité (PACS) en 1999. Le 23 avril 2013, la France autorise le mariage civil des couples homosexuels.

5 L'évolution de la puissance française à l'échelle européenne et mondiale

A Une puissance en déclin depuis 1945

• **De 1945 aux années 1960 : le déclin de la France sur la scène internationale.** En 1945, la France est un pays vaincu et affaibli. Dans les colonies, des volontés d'indépendance se manifestent. Le pays a du mal à se faire reconnaître sur la scène internationale. Grâce au général de Gaulle, la France intègre le Conseil de sécurité de l'ONU en 1945. Le pays est sous tutelle américaine pour l'économie (plan Marshall, 1947) et la protection militaire (intégration dans l'OTAN, 1949). Entre 1945 et 1962, la France perd la totalité de son empire colonial.

> **Définition**
> **Puissance :** en géopolitique, capacité d'un État à exercer une influence dans différents domaines : militaire (*hard power*), économique, diplomatique ou culturel (*soft power*).

Le plan Marshall est un programme d'aide économique allouée par les États-Unis pour la reconstruction des pays européens. La France reçoit 2,8 milliards de dollars.

• **De Gaulle : « une certaine idée de la France ».** En 1958, le général de Gaulle refuse le déclin de la France dans le monde. Il tente de maintenir son influence dans les anciennes colonies (conservation des bases et interventions en Afrique noire). De Gaulle veut une politique de dissuasion nucléaire qui se traduit par la possession de l'arme atomique (1964). Il souhaite se démarquer des États-Unis : la France reconnaît la Chine en 1964 et se retire de l'OTAN en 1966. De Gaulle se rend la même année en URSS. Sur le plan culturel, la francophonie se développe.

B Le choix de l'Europe et un nouvel ordre mondial

• **La construction européenne.** La France joue depuis 1950 **un rôle moteur dans la construction européenne.** Longtemps, elle a privilégié une Europe des États à une Europe fédérale. Elle a encouragé des **élargissements** : le Royaume-Uni, les pays du Sud de l'Europe (la Grèce en 1981 puis l'Espagne et le Portugal en 1986).

> **Définition**
> **Zone économique exclusive (ZEE) :** espace marin s'étendant des côtes jusqu'à 200 miles marins – soit 370 km – dans lequel le pays riverain est souverain.

• **Un nouvel ordre mondial.** Depuis les années 1990, la France a du mal à conserver une **influence politique** : elle se rapproche des États-Unis et réintègre l'OTAN en 2009. Elle perd de l'influence en Afrique au profit des États-Unis et de la Chine. La France **recule dans l'économie mondiale**. Pourtant, elle dispose encore de certains atouts : grâce à l'Outre-mer, elle possède la seconde plus grande zone économique exclusive (ZEE) du monde, avec 11 millions de km². Le rôle culturel de la francophonie diminue par rapport à l'anglais.

Exercices d'entraînement

Contrôle continu

Corrigé p. 359

1 Définissez le rôle du GPRF à la fin de la guerre.

2 Citez les deux formes de décolonisation en Afrique.

3 Justifiez cette affirmation en proposant deux arguments : « La Constitution de 1958 donne plus de pouvoirs au président de la République. »

4 Proposez une définition des termes « République » et « démocratie ».

THÈME 3 Sujets d'étude

1 La guerre d'Algérie

• **La spécificité du statut de l'Algérie.** La guerre d'Algérie oppose les **nationalistes algériens** au pouvoir d'État français, de 1954 à 1962. L'Algérie a été conquise en 1830 et la France envoie des colons afin qu'ils s'y établissent définitivement (un million d'Européens y vivent en 1954). La **population musulmane** (9 millions d'habitants), en forte croissance démographique, est pauvre.

• **Les débuts de la guerre d'Algérie.**

> Plusieurs formations composent le mouvement nationaliste algérien avant 1954 : on distingue l'**UDMA** (Union démocratique du manifeste du peuple algérien) fondée par Ferhat Abbas en 1946 et le **MTLD** (Mouvement pour le triomphe des libertés démocratiques) de Messali Hadj, qui réclame l'indépendance totale.

• **En 1954 est fondé le FLN** (Front de libération nationale) avec Ahmed Ben Bella. Face à l'insurrection déclenchée à la Toussaint 1954 par le FLN, Pierre Mendès France soutient les partisans de l'**Algérie française**. La France envoie des soldats **du contingent**. Les **Harkis** (musulmans favorables à la France) risquent leur vie. La torture est employée, des exécutions pratiquées des deux côtés.

• **Vers l'indépendance.** En mai 1958, le général de Gaulle laisse croire, dans un premier temps, qu'il va maintenir l'Algérie dans la France. Mais le FLN refuse la « **paix des braves** » et les partisans de l'Algérie française s'opposent aux réformes. De Gaulle fait entériner en 1961 par référendum une politique d'**autodétermination** qui conduit à l'indépendance.

• **La fin de huit années de guerre.** De Gaulle engage avec le FLN des négociations qui aboutissent aux **accords d'Évian** signés en mars 1962. L'indépendance de l'Algérie est approuvée massivement par référendum. Un million d'Européens fuient l'Algérie. Les Harkis évacués en France sont mal accueillis, ceux restés en Algérie sont massacrés. Cette guerre a laissé place à une « guerre des mémoires » douloureuse entre les deux pays, chacun cherchant à imposer sa vision d'un conflit qui a fait environ 250 000 morts algériens et 30 000 Français.

2 L'évolution de la place et des droits des femmes dans la société française

• **La conquête des droits civils.** L'ordonnance du 21 avril 1944 accorde aux femmes le **droit de vote**. L'égalité entre les sexes, reconnue dans la **Constitution de 1946, est réaffirmée dans celle de 1958**. En 1965, les femmes se voient accorder le droit d'ouvrir seules un compte bancaire. En 1971, l'**autorité parentale** se substitue à l'ancienne notion d'autorité paternelle.

• **La libération sexuelle.** Grâce à l'action de **groupes féministes**, les femmes obtiennent leur droit à l'autonomie, notamment sexuelle. Le **planning familial** (1960) permet d'aider les femmes pour la contraception, légalisée par la loi Neuwirth en 1967. En 1975, **la loi Veil sur l'interruption volontaire de grossesse** (IVG) est votée. Pourtant, les violences faites aux femmes perdurent malgré la loi du 3 août 2018 qui renforce la lutte contre les violences sexuelles et sexistes.

• **L'accès aux études et au travail.** En 1975, la loi Haby rend la mixité obligatoire à l'école. Les femmes entrent à l'ENA, à Polytechnique et peuvent faire carrière dans l'armée. Par le travail, elles gagnent leur autonomie financière. Mais elles occupent 80 % des contrats à temps partiel subis et gagnent en moyenne 20 % de moins que les hommes. Certaines femmes accèdent néanmoins à des emplois à très hautes responsabilités (grandes entreprises, haute administration…).

• **Les femmes et le monde politique.** En 1974, avec Valéry Giscard d'Estaing, 6 femmes entrent au gouvernement, dont Simone Veil. En mai 1981, François Mitterrand nomme pour la première fois une femme Premier ministre (Édith Cresson). Grâce à la loi sur la parité de juin 2000, le nombre de femmes dans les assemblées locales progresse. Néanmoins, elles sont sous-représentées à l'Assemblée nationale. En 2022, elles sont 215 sur 577 députés (37,26 %). Le gouvernement d'Élisabeth Borne (depuis juillet 2022) compte 20 femmes sur 41 ministres et secrétaires d'État.

Exercices d'entraînement

Contrôle continu

Sujet d'étude 1

Corrigé p. 359

Proclamation du FLN, le 1er novembre 1954

Le but d'un mouvement révolutionnaire étant de créer toutes les conditions d'une action libératrice, nous estimons que, sous ses aspects internes, le peuple est uni derrière le mot d'ordre d'indépendance et d'action [...]

Notre programme politique

But : L'indépendance nationale par :

1) La restauration de l'État algérien souverain, démocratique et social dans le cadre des principes islamiques.

2) Le respect de toutes les libertés fondamentales sans distinction de race et de confession. [...]

Moyens de lutte : [...] Compte tenu des situations intérieure et extérieure, la continuation de la lutte par tous les moyens jusqu'à la réalisation de notre but. [...] Algérien ! Nous t'invitons à méditer notre charte ci-dessus. Ton devoir est de t'y associer pour sauver notre pays et lui rendre sa liberté. Le Front de Libération nationale est ton front. Sa victoire est la tienne.

Extrait d'un tract distribué à Alger le 1er novembre 1954, *in* Henri Alleg, *La Guerre d'Algérie*, Messidor-Temps actuel, 1981.

1. **Citez le mouvement à l'origine de cette proclamation.**
2. **À l'aide du texte, précisez ce que veut ce mouvement.**
3. **Relevez dans le texte les moyens d'action de ce mouvement.**

Sujet d'étude 2

Corrigé p. 359

Lucien Neuwirth présente son projet de loi autorisant la contraception en 1967.

Nous estimons que l'heure est désormais venue de passer de la maternité accidentelle et due souvent au seul hasard, à une maternité consciente et pleinement responsable. Ce n'est pas par le seul moyen d'une législation répressive [...] que nous augmenterons le rythme des naissances. C'est, au contraire, en offrant à chacun la possibilité d'avoir des enfants quand il le désire, mais aussi la certitude de pouvoir les élever dignement. D'autre part, il est connu que 30 % des cas de stérilité proviennent de l'avortement. Ainsi, un nombre important de femmes que nous préserverons par la contraception seront capables de devenir mères alors que cette espérance leur était interdite [...] La crainte, en ce qui concerne la contraception, vient du fait que beaucoup de parents redoutent un relâchement des mœurs ; ils redoutent en particulier que, la peur de la grossesse qui maintenait, bon gré mal gré, certaines jeunes filles dans la voie de la vertu ayant disparu, celles-ci se laissent aller à des expériences répréhensibles et que le mariage ne devienne qu'une expérience après d'autres.

Débat à l'Assemblée nationale, 1er juillet 1967.

1. **À l'aide du texte, expliquez ce que propose Lucien Neuwirth aux députés.**
2. **Relevez ses principaux arguments.**
3. **Citez au moins quatre autres textes ou lois qui ont permis aux femmes d'accéder à une égalité de droit avec les hommes.**

THÈME 1 Question obligatoire Mers et océans : vecteurs essentiels de la mondialisation

Les espaces maritimes occupent 361 millions de km², soit 71 % de la surface du globe. La maritimisation du monde constitue l'un des aspects majeurs de la mondialisation. La libéralisation progressive du commerce mondial a multiplié par quatre en quarante ans les tonnages circulant par voie maritime. Près de 50 000 navires transportant 10 milliards de tonnes de marchandises sillonnent les grandes routes maritimes qui empruntent des passages stratégiques (détroits et canaux transocéaniques). Les mers et les océans sont aussi des zones exploitées (pêche, pétrole, etc.) et des milieux fragiles, qu'il faut préserver. Ils sont donc devenus des enjeux stratégiques majeurs, de même que les littoraux.

1 La maritimisation du monde

A L'explosion des transports maritimes

• **Les flottes commerciales.** Plus de 80 % du commerce mondial circule par voie maritime. La croissance du trafic s'accompagne d'une baisse des coûts de transport grâce à des navires spécialisés (pétroliers, méthaniers – pour le gaz –) et des **porte-conteneurs** (produits manufacturés). Le conteneur est une grande boîte métallique de dimension standard. Les plus gros porte-conteneurs transportent plus de **20 000 EVP** (équivalent vingt pieds : unité de mesure des porte-conteneurs basée sur la longueur d'un conteneur de 20 pieds, soit environ 6,10 mètres). Les principales compagnies du transport maritime sont européennes – Maersk (Danemark), MSC (Suisse-Italie) et CMA-CGM (France) – ou asiatiques – COSCO (Chine), Evergreen (Taïwan), HMM (Corée du Sud).

> **Définitions**
>
> **Maritimisation :** part de plus en plus importante prise par les littoraux dans l'économie des pays riverains des mers et des océans.
>
> **Mondialisation :** processus d'intégration croissante des espaces et des hommes à l'échelle mondiale, résultant de l'extension du système capitaliste.

• **Les routes maritimes.** Les routes maritimes varient selon la nature des échanges (pétrole ou marchandises). Elles ont une importance croissante aujourd'hui et relient les grandes **façades portuaires**, en empruntant les **canaux transocéaniques** (Panama, Suez) ou les **détroits** (Malacca, Ormuz, Bab-el Mandeb, Gibraltar). Elles connectent surtout les pôles mondiaux d'Asie orientale, d'Amérique et d'Europe. Le **pétrole** demeure la marchandise la plus transportée, du Moyen-Orient surtout vers l'Asie, *via* les détroits d'Ormuz et de Malacca. Il existe également des routes maritimes du minerai de fer (depuis l'Australie et le Brésil), du charbon (depuis les États-Unis ou l'Afrique du Sud), des céréales (depuis les États-Unis et le Brésil). Les porte-conteneurs suivent principalement les routes Europe-Asie, par le détroit de Gibraltar et le canal de Suez, Asie-Amérique par le Pacifique et Amérique-Europe par l'Atlantique.

> **Définitions**
>
> **Canal transocéanique :** voie navigable artificielle qui relie deux mers ou océans (exemples : canal de Suez ou de Panama).
>
> **Détroit :** passage maritime étroit entre deux mers (exemples : détroit de Malacca ou de Gibraltar).
>
> **Route maritime :** itinéraire régulièrement suivi par les navires pour assurer le transport maritime à longue distance.

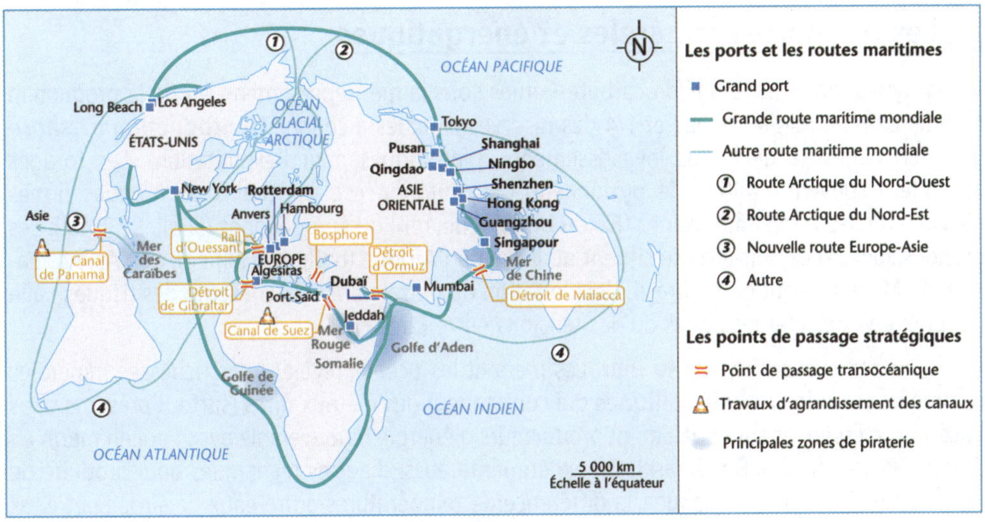

▲ Les transports maritimes

B La littoralisation des activités

• **Les façades maritimes.** La **maritimisation** du monde se traduit par la localisation des activités économiques sur les littoraux. Les façades les plus actives sont l'Asie du Sud-Est (15 des 20 premiers ports mondiaux), la *Northern Range* (Manche et mer du Nord en Europe) et les façades Est et Ouest d'Amérique du Nord. Sept des 10 premiers ports mondiaux sont chinois (voir la carte ci-dessus). Les ports desservent un arrière-pays : par exemple, Rotterdam (Pays-Bas) est la porte d'entrée des produits mondiaux en Europe. Aujourd'hui, 40 % de la population mondiale vit à moins de 60 km des côtes.

• **Les autres activités littorales.** Si les activités économiques littorales sont surtout liées aux échanges, les littoraux sont inégalement intégrés à la mondialisation. Certains sont devenus des espaces de tourisme (stations balnéaires, ports de plaisance). Ce sont aussi les lieux où aboutissent les **câbles sous-marins**, essentiels pour les télécommunications.

2 Les mers et les océans, des espaces productifs majeurs

A Les ressources alimentaires

• **Les ressources halieutiques.** La pêche est devenue une **activité industrielle** utilisant des navires usines. 150 millions de tonnes de poissons ont été pêchées en 2021 dont la moitié par les pays asiatiques (notamment par la Chine avec 20 millions de tonnes). Selon la FAO (Organisation des Nations unies pour l'alimentation et l'agriculture), les 3/4 des espèces sont menacées de **surpêche**.

• **L'aquaculture en forte croissance.** L'**aquaculture** représente environ la moitié du tonnage destiné à la consommation humaine. Elle est surtout développée en Asie où **la Chine assure, à elle seule, les 2/3 de la production mondiale**. D'autres pays tiennent une place importante comme le Japon, l'Indonésie et l'Inde. En Europe, la Norvège est réputée pour sa production de saumons.

> Définition
> **Aquaculture :** production animale ou végétale en milieu aquatique.

GÉOGRAPHIE

B Les ressources minérales et énergétiques

• **Les hydrocarbures.** Les hydrocarbures situés sous la mer représentent 1/3 de la production mondiale de pétrole et de gaz et 1/4 des réserves connues à ce jour. La **production *offshore*** (en mer) nécessite de lourds investissements (plateformes pour l'exploitation). Les forages atteignent souvent 2 000 m de profondeur. L'exploitation est aux mains de grandes firmes transnationales (FTN) américaines (Exxon Mobil, Chevron) ou européennes (Shell, BP, Total). Les grandes zones d'exploitation se situent au large de l'Afrique (golfe de Guinée), de l'Asie orientale, du Moyen-Orient ou du Brésil. L'exploitation du pétrole *offshore* présente des risques : elle peut générer des marées noires ou des tensions entre États.

• **Les autres ressources de la mer.** Les mers et les océans recèlent des richesses minérales comme les **nodules polymétalliques** qui contiennent des métaux rares (surtout présents dans l'océan Pacifique). Ils sont également producteurs d'énergie renouvelable avec l'éolien marin en Europe (Royaume-Uni, Danemark). On expérimente aussi d'autres techniques pour produire de l'électricité : l'énergie des vagues, la différence de températures entre eaux de surface et eaux profondes, etc.

3 De nouveaux enjeux géostratégiques pour les mers et les océans

A Des espaces convoités

• **Les zones économiques exclusives.** En 1982, les accords de Montego Bay (Jamaïque) ont établi les règles du droit de la mer. Un État riverain dispose d'une zone économique exclusive (ZEE) dans laquelle il peut exploiter les ressources de l'océan et du sous-sol (jusqu'à 200 milles marins de ses côtes, soit 370 km). La délimitation des ZEE est souvent **source de conflits**.

• **Des enjeux stratégiques et économiques.** Dans l'Arctique, pétrole et gaz attirent les convoitises des pays riverains. En Asie orientale, la Chine et les États voisins (Japon, Vietnam) se disputent de petits îlots (Spratleys et Paracels) situés sur la principale route maritime du monde et riches en ressources (pêche et pétrole).

B Des espaces dangereux

• **Piraterie et criminalité sur les mers.** La piraterie maritime, qui consiste à attaquer et à voler la cargaison des navires, s'est développée dans les années 1990 dans les « **zones grises** », c'est-à-dire mal contrôlées par les États. Elle est due aux marchandises de valeur circulant sur les océans et à la réduction des équipages. Les mers et océans sont aussi le théâtre de **multiples trafics** : drogues, migrations clandestines, armes, etc.

• **La surveillance des marines militaires.** Pour y remédier, les grandes nations (États-Unis, Chine, Japon, France, etc.) assurent la sécurité dans certaines zones sensibles (détroit de Malacca, golfe de Guinée ou au large du golfe d'Aden) en protégeant les porte-conteneurs et les pétroliers.

4 Les bouleversements environnementaux

A La pollution des mers et des océans

• **Des espaces menacés.** Les mers et les océans sont des **espaces fragiles** : les réserves de poissons diminuent à cause de la surpêche. L'exploitation du pétrole *offshore* et la densification du transport maritime augmentent **les risques de pollution**. En 2010, l'explosion de la plateforme pétrolière *Deepwater Horizon* a entraîné la mort de 11 personnes et le déversement de 4,9 millions de barils de pétrole brut dans les eaux du golfe du Mexique. La firme BP, propriétaire de la plateforme, a été condamnée à payer des milliards de dollars d'indemnisation.

• **De nouvelles formes de pollution.** Les 2/3 des 6 millions de tonnes de déchets qui polluent les mers et océans viennent de la terre (des fleuves, en particulier). On assiste aujourd'hui à un nouveau type de **pollution par le plastique**. La **plaque de déchets plastiques qui s'est formée dans le nord de l'océan Pacifique** s'étend sur une superficie égale à six fois la France et atteint par endroits 40 mètres de profondeur.

B Les mers et les océans, patrimoine de l'Humanité

• **Les activités humaines.** Elles mettent en danger les milieux maritimes car les mers et les océans sont des **régulateurs thermiques**. Le réchauffement climatique peut également avoir d'autres conséquences. La fonte de la banquise du pôle Nord ouvre déjà de **nouvelles routes maritimes** pendant une partie de l'année. Ainsi, le passage du Nord-Ouest, au nord du Canada, et celui du Nord-Est, le long des côtes russes, pourrait raccourcir les trajets des navires entre l'Asie et l'Europe.

• **Les conséquences sur les littoraux.** Avec le réchauffement climatique, le niveau des mers et des océans pourrait s'élever **de 20 à 80 cm d'ici à 2100**. Certaines petites îles du Pacifique ou de l'océan Indien sont menacées. Dans le Pacifique, cinq îles de l'archipel des Salomon ont déjà disparu et six autres sont en danger. Au Vanuatu, aux Maldives ou sur les îles Marshall, cette menace est aussi bien réelle. Il est donc urgent de **réduire les gaz à effet de serre** qui génèrent le réchauffement climatique.

Exercices d'entraînement

Contrôle continu

Corrigé p. 359

1 **Caractérisez le rôle des mers et des océans dans le commerce mondial.**

2 **Donnez la définition de « maritimisation ».**

3 **Citez deux détroits stratégiques et deux canaux transocéaniques et dites pourquoi ils sont importants pour le commerce mondial.**

4 **Justifiez l'affirmation suivante à l'aide d'un exemple précis : « Les mers et les océans sont des espaces fragiles qu'il faut absolument protéger. »**

THÈME 1 Sujets d'étude

1 Les réseaux de câbles sous-marins : des infrastructures essentielles de la mondialisation

• **1,4 million de km de câbles sous-marins.** En 2023, on compte près de **500 câbles sous-marins** pour une longueur totale atteignant plus d'1,5 million de km. Les câbles sous-marins sont devenus un enjeu majeur de la mondialisation de l'information. **99 % d'Internet et de la téléphonie ainsi que des milliards d'informations et d'opérations financières** utilisent chaque jour cette voie. On pose en moyenne 100 000 km de câbles sous-marins par an dans le monde.

• **Un réseau hiérarchisé.** Les câbles sous-marins relient les espaces les plus développés : **l'Amérique du Nord à l'Europe** (Atlantique Nord), **l'Asie-Pacifique et la côte Ouest des États-Unis** (Pacifique Nord). Ces réseaux s'appuient sur des îles ou des archipels (**ex. :** Hawaï ou les Philippines dans le Pacifique) qui servent de relais. La présence des câbles sous-marins et la densité des réseaux reflètent l'inégale insertion des territoires dans la mondialisation.

• **Les enjeux économiques. De grandes firmes multinationales** investissent dans la pose des câbles sous-marins : les Américains Level 3 ou Verizon ou le Français Orange. On voit apparaître sur ce marché le Chinois Huawei ou l'Indien Tata. En 2021, Meta (Facebook), Orange et Vodaphone se sont associés pour la pose d'un nouveau câble transatlantique appelé « Amitié », long de 6 800 Km et atterrissant près de Bordeaux.

• **Les enjeux géostratégiques.** La concentration des câbles sous-marins rend certains espaces particulièrement vulnérables. Ces câbles sont, en général, enfouis dans le sous-sol marin afin d'éviter qu'ils soient accrochés par les ancres ou les filets de pêche. Mais certaines portions posées au fond sont fragiles, en particulier au niveau des **stations d'atterrage, là où les câbles rejoignent** la terre. Ils peuvent ainsi devenir des cibles privilégiées pour des attaques terroristes.

2 Le détroit de Malacca : un point de passage majeur et stratégique

• **Un lieu de passage très fréquenté.** Le détroit de Malacca est un étroit couloir maritime, large de 20 à 74 km et long de 700 km, situé entre la Malaisie et l'île de Sumatra (en Indonésie). Il voit passer près d'**1/3 du commerce mondial**. Il est devenu l'une des routes navigables incontournables car il constitue le chemin le plus court entre l'océan Indien et l'océan Pacifique. Il permet de relier l'Europe de l'Ouest, le Moyen-Orient (pétrole, marchandises diverses) et l'Asie orientale. Un navire emprunte le détroit en moyenne toutes les huit minutes.

• **Un espace stratégique.** Le détroit de Malacca est essentiel pour la Chine et le Japon car il est la porte d'entrée des exportations mondiales vers ces pays. On parle souvent d'un « **corridor énergétique** » car plus des **2/3 des flux de pétrole et de gaz** y transitent. Un couloir international de navigation a donc été défini au sein du détroit alors que les pays riverains (Malaisie, Indonésie) craignent une remise en cause de leur souveraineté nationale.

• **La concurrence des ports du détroit.** Le détroit de Malacca abrite plusieurs grands ports à conteneurs d'Asie du Sud-Est. Singapour a longtemps capté l'essentiel des flux transocéaniques : c'est le deuxième port du monde pour les conteneurs et le troisième pour le trafic global. La Malaisie s'est dotée de nouvelles infrastructures portuaires : Port Klang et Tanjung Pelepas au sud du détroit font aujourd'hui partie des 20 premiers ports mondiaux.

• **La sécurisation du détroit.** Le détroit de Malacca, de par son étroitesse, est propice à la piraterie : ce phénomène, apparu vers la fin des années 1990, s'est intensifié jusqu'aux années 2010 mais s'est atténué aujourd'hui. Les pays riverains (Malaisie, Indonésie, Singapour) coopèrent pour lutter contre les attaques de navires. La sécurisation de cet espace essentiel au commerce mondial est aussi assurée par d'autres pays plus lointains (États-Unis, Japon, Chine, etc.).

Exercices d'entraînement

Contrôle continu

Sujet d'étude 1

Corrigé p. 359

Les GAFAM (Google, Apple, Facebook, Amazon, Microsoft) et les câbles sous-marins

[...] Google a annoncé un nouveau projet de câble sous-marin, appelé Equiano, qui reliera le Portugal à l'Afrique du Sud en passant par le Nigeria. [...] la première phase du projet est prévue d'être achevée en 2021. [...] c'est le quatrième projet de câble sous-marin privé de Google, après Dunant, qui reliera la France et les États-Unis à l'horizon 2020, Curie et Junior.

[...] 99 % des échanges intercontinentaux de données numériques transitent de nos jours par câble. Entre 2002 et 2016, le développement d'Internet a multiplié par plus de 266 le débit du trafic de données par câble, ce dernier passant de 100 Go/s à 26 600 Go/s. [...] les GAFAM, championnes du stockage de données Internet, n'ont pas attendu bien longtemps pour investir dans ce secteur-clé. Google, Facebook, Microsoft et Amazon sont ainsi propriétaires, copropriétaires ou investisseurs majeurs de plusieurs câbles sous-marins dans le monde. [...]

Tristan Gaudiaut, www.statista.com, 1er juillet 2019.

1. **Expliquez, à l'aide du texte, pourquoi les GAFAM s'intéressent aux câbles sous-marins.**
2. **Citez les pays ou continents reliés par ces nouveaux projets.**
3. **À l'aide du texte et de vos connaissances, dites pourquoi ces pays et continents sont choisis pour ces nouveaux projets.**

Sujet d'étude 2

Corrigé p. 359

Malacca : un détroit stratégique

Le détroit de Malacca a toujours été une question sensible. Le détroit, et plus spécialement le « virage » de Singapour, est la porte de l'Extrême-Orient. Entre la petite république insulaire et les îles voisines indonésiennes, le passage est étroit à l'image des détroits turcs. La particularité de Malacca/Singapour est le volume de marchandises en cause.

Le passage asiatique est fondamental pour les approvisionnements de l'Extrême-Orient. [La piraterie] est devenue très importante dans les années 90 pour exploser en 2000. Une vigoureuse prise en main de la question par Singapour, la Malaisie et l'Indonésie l'a réduite à une nuisance [...] mineure (pour l'industrie maritime) de banditisme local.

[...] Le tout petit passage du détroit de Philips face à Singapour sert au transit de 1/6 du transport maritime mondial. Le transit de pétrole en 15 ans est passé de 400 à 600 millions de tonnes. Encore plus que pour le Japon, le détroit est vital pour la Chine devenue la plus grande nation portuaire de notre monde globalisé.

Paul Tourret, « 20 ans de mutations des routes maritimes », ISEMAR, Note de synthèse, n° 190, mai 2017.

1. **À l'aide de vos connaissances et du texte, précisez où se trouve le détroit de Malacca.**
2. **Expliquez l'importance de ce détroit pour le commerce mondial.**
3. **La lutte contre la piraterie a-t-elle été efficace ? Justifiez votre réponse à l'aide de certains passages du texte.**

Question obligatoire Dynamiques territoriales contrastées au sein de la mondialisation

La mondialisation accentue les différences territoriales, en renforçant les inégalités à toutes les échelles. Si elle a, dans un premier temps, favorisé la Triade (États-Unis, Japon, Europe de l'Ouest), elle a ensuite permis l'affirmation de nouveaux pôles (pays émergents). Mais il existe aussi des territoires marginalisés, peu intégrés aux échanges internationaux. La mondialisation modifie continuellement la hiérarchie des **centres de décision** mondiaux.

1 L'inégal accès des territoires à la mondialisation

A La mondialisation : un processus évolutif

• **De nouveaux territoires.** Dans les années 1980, **la Triade** réunit trois grands centres dominants : l'Amérique du Nord, l'Europe occidentale et le Japon. Mais, avec les délocalisations, on assiste à un transfert des activités économiques vers l'Asie (par exemple, en Chine et en Inde).

• **La NDIT.** **La nouvelle division internationale du travail (NDIT)** a conduit à une fragmentation géographique des entreprises : elles externalisent une partie de leur activité dans des pays disposant d'**avantages comparatifs**. Aujourd'hui, des territoires plus compétitifs apparaissent avec des coûts de main-d'œuvre plus bas et une législation du travail plus permissive (Bangladesh, Laos, etc.). **Le centre de gravité de la mondialisation se déplace**.

Définitions

Avantage comparatif : avantage détenu par une entreprise ou un pays (main-d'œuvre peu chère, facilités fiscales, proximité d'un marché, etc.) permettant une meilleure productivité.

Centre de décision : ville où sont concentrées des fonctions de commandement (politiques, économiques, culturelles) qui lui donnent un rôle majeur dans le monde.

B Les stratégies des entreprises

• **Le rôle des firmes transnationales (FTN).** **Les FTN** sont des acteurs majeurs de la mondialisation. Leur stratégie impacte souvent le développement d'une région. Dès les années 1990, on assiste à une vague de **délocalisations** vers l'Asie, créant chômage et désindustrialisation dans les pays riches. On assiste aujourd'hui à une **relocalisation** de certaines entreprises vers l'Europe ou les États-Unis.

Ne pas confondre !

Délocalisation : transfert d'une activité dans un autre pays.

Relocalisation : retour d'une activité dans le pays d'origine.

• **Le rattrapage de l'Asie.** **Les entreprises asiatiques** sont devenues aujourd'hui des leaders dans de nombreux secteurs : les groupes indiens Mittal et Tata dans l'acier et l'automobile, les chinois Lenovo dans l'informatique ou Oppo, Vivo et Xiaomi dans la téléphonie.

C Les freins à la mondialisation

• **La distance.** **Elle reste encore un facteur contraignant** : de nouvelles routes commerciales maritimes sont explorées (par l'**Arctique**) pour réduire les temps et les coûts du trajet entre l'Asie et l'Europe. Le réchauffement climatique rend ces nouveaux itinéraires assez prometteurs.

• **Le retour du protectionnisme.** Certains États pratiquent le **protectionnisme** en limitant les importations à l'aide de **droits de douane élevés aux frontières** et de **quotas d'importation** (exemple : la « guerre commerciale » entre les États-Unis et la Chine).

• **La protection de l'environnement.** La mondialisation doit tenir compte aujourd'hui de l'**urgence environnementale** : il convient d'économiser les ressources, de réduire les émissions de gaz à effet de serre et de préserver les océans et les forêts (**Amazonie**).

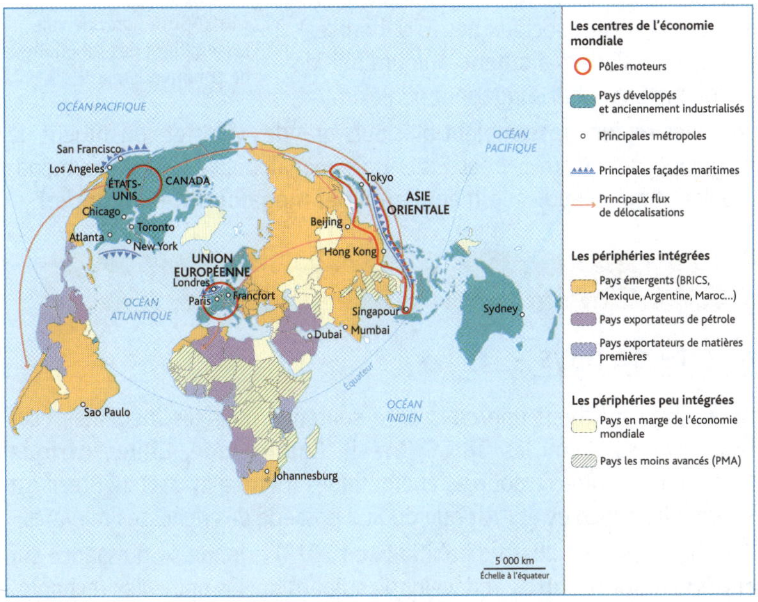

◄ L'inégale intégration des territoires dans la mondialisation

2 Les territoires dominants de la mondialisation

A À l'échelle des aires continentales et des États

• **Trois grandes aires continentales. L'Amérique du Nord, l'Europe et l'Asie orientale** dominent l'économie mondiale. Elles disposent de grandes capacités de production et d'innovation et abritent 80 % des FTN, contribuant ainsi aux **4/5 du PIB mondial**.

• **Les États.** Certains États jouent un rôle majeur : les États-Unis, la Chine, le Japon, l'Allemagne, etc. Ils s'intègrent souvent dans des **organisations supra-étatiques** telles que l'**Union européenne** ou l'**Accord Canada-États-Unis-Mexique** (ex-ALENA). La puissance de la Chine (2e rang mondial) fait aujourd'hui de l'Asie pacifique l'un des pôles majeurs de la mondialisation.

B À l'échelle infra-étatique

• **La littoralisation.** Les littoraux sont des **interfaces** privilégiées de la mondialisation. 40 % de la population mondiale vit à moins de 60 km des côtes. Les littoraux sont équipés de ports et de zones industrialo-portuaires, de zones franches et de **plateformes multimodales**. Ils sont également valorisés par le tourisme mais menacés par le changement climatique (Méditerranée, Antilles, Floride).

• **Les *hubs*.** La mondialisation entraîne la concentration des flux sur des ***hubs* logistiques aéroportuaires**, portuaires ou ferroviaires. Pour les aéroports européens, les passagers et les marchandises sont redistribués à partir de grands *hubs* aériens comme Francfort, Londres et Paris-Roissy-Charles-de-Gaulle.

> **Définitions**
>
> ***Hubs* logistiques aéroportuaires :** aéroports où convergent et d'où repartent les marchandises.
>
> **Plateforme multimodale :** lieu d'échanges impliquant un changement de mode de transport, de l'avion au train ou à la voiture pour les passagers, de l'avion au train ou au camion pour les marchandises, ou inversement.

C L'évolution des centres de décision

• **Les métropoles mondiales.** Elles constituent les principaux **centres de décision** et concentrent le pouvoir économique, financier et politique (gouvernements, sièges sociaux des FTN, bourses). À New York, Londres, Tokyo et Paris s'ajoutent aujourd'hui de grandes villes asiatiques comme Shanghai, Singapour ou Pékin.

> Définition
> **Métropole :** grande ville rassemblant des fonctions de commandement.

• **Les mégalopoles.** Certaines régions rassemblent plusieurs grandes villes et constituent de vastes **mégalopoles** (mégalopolis du Nord-Est des États-Unis, mégalopole européenne, mégalopole japonaise). Métropoles et mégalopoles forment l'**archipel mégalopolitain mondial**.

3 Une nouvelle place pour les puissances émergentes

A Une grande variété de pays

• **Des pays émergents.** Ceux-ci affichent une croissance soutenue mais les inégalités économiques et sociales restent fortes. Parmi les **BRICS (Brésil, Russie, Inde, Chine, Afrique du Sud)**, la Russie dispose d'importantes ressources énergétiques (pétrole et gaz), le Brésil est un grand exportateur de produits agricoles et l'Afrique du Sud possède des richesses minières.

• **La Chine et l'Inde.** La Chine (1,460 milliard d'habitants en 2023) a fondé sa puissance sur les **exportations de produits manufacturés** et développe aujourd'hui les nouvelles technologies. L'Inde (1,428 milliard d'habitants en 2023) mise sur les **services aux entreprises et sur une industrie conquérante**. Les autres pays émergents sont les MINT (Mexique, Indonésie, Nigeria, Turquie), le Maroc ou l'Argentine (qui disposent d'importantes ressources ou d'une main-d'œuvre peu chère).

B Des atouts non négligeables

• **Une main-d'œuvre abondante et des ressources naturelles.** La Chine et l'Inde disposent d'une **main-d'œuvre nombreuse**. Les pays émergents possèdent souvent des ressources naturelles abondantes : denrées agricoles au Brésil, **métaux rares** en Chine, pétrole au Venezuela, au Nigeria et au Moyen-Orient.

• **Des FTN performantes.** Les entreprises des pays émergents sont devenues des firmes de premier plan : Lenovo (Chine, dans l'informatique), Tata (Inde) a racheté Jaguar et Land Rover. Huawei et Alibaba (Chine) sont des leaders mondiaux de la téléphonie et du e-commerce.

C Une intégration limitée

• **Des progrès notables…** Le dynamisme des pays émergents s'est accompagné d'une spectaculaire **réduction de la pauvreté**. Une petite partie de la population s'est fortement enrichie : la Chine compte aujourd'hui plus de milliardaires que les États-Unis. Globalement, la population des pays émergents est moins pauvre. Le PIB par habitant du Brésil est passé de 1 400 dollars par an en 1981 à 8 900 en 2018, et 12 500 dollars en 2023.

• **… mais des handicaps demeurent.** On assiste aussi à un **creusement des inégalités**. Le **coefficient de Gini** de l'Inde est passé de 30,8 en 1994 à 50,2 en 2022, celui de la Chine de 25 en 1984 à 63 en 2022. La mondialisation entraîne des inégalités territoriales fortes : la Chine littorale est riche mais les 3/4 du pays restent pauvres. Au Brésil, le Sudeste est dynamique, mais le Nordeste est en retard.

> Définition
> **Coefficient de Gini :** indicateur d'inégalités de revenus, variant de 0 à 100. Il est de 0 dans une situation d'égalité parfaite. Il est égal à 100 dans la situation la plus inégalitaire.

4 Les territoires en marge de la mondialisation

A Les caractéristiques des territoires marginalisés

• **Des difficultés majeures.** Hormis quelques lieux complètement isolés (pôles Nord et Sud, déserts continentaux), aucun territoire n'échappe vraiment à la mondialisation. Pourtant, certains territoires sont **marginalisés** et peu intégrés : **l'Afrique** représente seulement 2 % du commerce mondial. Le PIB/habitant en Afrique est de 3 500 dollars contre 15 000 en moyenne mondiale.

• **Des territoires sous-équipés.** L'accès à l'eau potable est souvent défaillant, les écoles et les hôpitaux trop peu nombreux. Les écarts de richesse entre pays riches et pays pauvres se sont creusés : les 20 % les plus pauvres ne réalisent qu'1 % du PIB mondial.

B La marginalisation : des causes multiples

• **Des territoires à l'écart.** Certains pays sont mal desservis par les réseaux de communication (ex. : Afrique centrale). Par ailleurs, les conditions naturelles extrêmes demeurent encore un obstacle à l'intégration à l'espace mondialisé (pôle Nord et Antarctique).

• **Des territoires enclavés et peu sûrs.** Un grand nombre d'États sont **enclavés** (ex. : Niger, Tchad, Mali). Or, disposer d'un port ou être bien relié à celui-ci est une condition nécessaire pour les exportations. Par ailleurs, pour certains pays, l'instabilité politique et les **conflits** (ex. : guerres ethniques en Afrique) sont des obstacles majeurs aux investissements étrangers.

C La marginalisation à toutes les échelles

• **À l'échelle des continents et des États.** L'Afrique sahélienne, l'Amérique andine ou l'Asie centrale sont peu intégrées aux flux mondiaux. Au niveau des États, on compte **47 PMA** dont 33 en Afrique, qui se caractérisent par un PIB/habitant, un **IDH** faibles et une économie dépendant souvent des exportations de matières premières. Mais tous les pays, au Nord comme au Sud, comptent des territoires en marge : l'ouest de la Chine, l'Amazonie brésilienne ou le sud de l'Italie.

• **Aux échelles régionale et locale.** Partout dans le monde, l'opposition villes/campagnes demeure : les villes fournissent de l'emploi alors que les espaces ruraux sont plus pauvres et marginalisés. Au sein même des villes, les quartiers défavorisés (**bidonvilles** dans les PED) côtoient les quartiers riches. La mondialisation a ainsi comme conséquence d'augmenter les inégalités des territoires à toutes les échelles.

Exercices d'entraînement

Contrôle continu

Corrigé p. 360

1 Faites correspondre chaque terme de vocabulaire à la définition qui convient.

Centre de décision •	• Lieu d'échanges impliquant un changement de mode de transport.
Hub logistique aéroportuaire •	• Lieu où sont concentrées des fonctions de commandement (politiques, économiques, culturelles).
Plateforme multimodale •	• Aéroport où convergent et d'où repartent les marchandises.

2 Donnez les principales caractéristiques d'un pays émergent.

3 Citez quatre villes qui sont des centres de décision mondiaux.

4 Justifiez l'affirmation suivante à l'aide de deux exemples : « L'Afrique est un continent marginalisé. »

THÈME 2 Sujets d'étude

1 New York, un centre de la mondialisation

• **Une mégapole dans une grande mégalopole.** L'agglomération new yorkaise compte 22 millions d'habitants : c'est une mégapole. Elle est, selon l'ONU, classée au **12e rang des agglomérations** en 2022. New York est au cœur de la **mégalopolis** du Nord-Est des États-Unis, une région urbanisée de 55 millions d'habitants.

• **Un pôle politique, économique et financier majeur.** New York accueille le siège de la principale organisation politique internationale : l'ONU. La ville dispose également des **fonctions de commandement économique et financier**. Manhattan abrite les **deux premières bourses mondiales** (New York Stock Exchange et Nasdaq), les banques les plus importantes du pays et un grand nombre de **FTN**. New York accueille aussi un technopôle (Silicon Alley).

• **Une capitale culturelle et touristique.** New York joue un rôle de premier plan dans le domaine culturel avec les comédies musicales de Broadway, ses nombreux musées, etc. La presse écrite et audiovisuelle (*New York Times*, CBS, NBC, etc.) y est concentrée de même que la mode et le marché de l'art (ventes aux enchères chez Christie's ou Sotheby's). New York est la première destination touristique des États-Unis (56 millions de visiteurs par an).

• **Un centre de décision bien relié au monde.** New York est un grand port mondial (Newark, Jersey City et Red Hook) sur l'Atlantique et également un *hub* aérien. Les aéroports J. F. Kennedy, La Guardia et Newark sont parmi les premiers des États-Unis en nombre de passagers internationaux.

2 L'aéroport de Paris-Roissy-Charles-de-Gaulle, un *hub* au cœur des échanges européens et mondiaux

• **Un *hub* de niveau mondial.** L'aéroport Paris-Roissy-Charles-de-Gaulle est un ***hub*** de première importance en France, en Europe et dans le monde. Ses **infrastructures** lui permettent de concentrer de nombreuses lignes internationales et d'assurer la redistribution des flux aériens vers les métropoles françaises et européennes. L'aéroport de Paris-Roissy-Charles-de-Gaulle dessert notamment toutes les capitales et les grandes villes mondiales ainsi que toutes les grandes métropoles régionales françaises.

Paris-Roissy-Charles-de-Gaulle en chiffres (2022)
- 2e aéroport européen après Londres-Heathrow et 9e du monde.
- Nombre de passagers : 57,4 millions.
- Fret : 16e aéroport mondial (2,1 millions de tonnes).

• **Le *hub* de la compagnie Air France.** Depuis 1996, Paris-Roissy-Charles-de-Gaulle est le *hub* de la compagnie Air France. Il entre en concurrence avec Londres, Amsterdam et Francfort, *hubs* des principales compagnies européennes (British Airways, KLM et Lufthansa). On y compte en moyenne 1 300 vols par jour.

Définition
Hub : lieu de concentration des flux (aériens, portuaires ou ferroviaires), avant que ceux-ci ne soient redistribués.

• **Une plateforme multimodale.** L'aéroport de Roissy est un des principaux aéroports pour le fret en Europe (11e rang mondial et 2e rang européen après Francfort, en 2019). Il représente 83 % du tonnage traité dans les aéroports français. Le géant américain du transport express par avion, FedEx, a choisi Roissy pour établir son *hub* principal en Europe.

• **Un aéroport bien connecté au territoire national et à l'Europe.** L'aéroport Paris-Roissy-Charles-de-Gaulle est bien relié aux régions françaises et européennes grâce à la connexion avec le réseau autoroutier (autoroute A1) et ferroviaire, et à la gare TGV située au cœur de l'aéroport. Le Réseau Express Régional permet de rejoindre le centre de Paris en 30 minutes.

Exercices d'entraînement

Contrôle continu

Sujet d'étude 1

Corrigé p. 360

New York, les fonctions d'une ville mondiale

1. **Montrez, à l'aide de la carte, que New York est bien connectée au monde.**
2. **À l'aide de la carte et de vos connaissances, expliquez en quoi New York est une capitale financière mondiale.**
3. **En vous aidant de vos connaissances, dites en quoi les fonctions urbaines de New York font d'elle une ville mondiale.**

Sujet d'étude 2

Corrigé p. 360

Situé à 25 kilomètres au nord de Paris, Paris-Charles de Gaulle a accueilli 76,2 millions de passagers en 2019, ce qui en fait le 1er aéroport de France et le 2e en Europe. Paris-Charles de Gaulle dessert 328 destinations dans 119 pays. *Hub* de la compagnie nationale Air France et principal *hub* européen [...], l'aéroport accueille la plus grande part des vols long-courriers au départ de Paris [...]. Plus de 700 entreprises sont présentes sur la plateforme de Paris-Charles de Gaulle qui rassemble 90 190 emplois directs, tous secteurs d'activités confondues. [...] la plateforme de Paris-Charles de Gaulle est idéalement localisée pour attirer le trafic de correspondance, qui alimente le trafic long-courrier, puisque Paris se trouve à moins de deux heures de vol de toutes les grandes villes d'Europe occidentale [...]. L'aéroport héberge aussi les *hubs* de la Poste et de l'américain FedEx, lequel a récemment doublé ses capacités de traitement. Tous les principaux acteurs du fret aérien international sont installés au sud-ouest de la plateforme sur la cargo city, la plus grande zone cargo d'Europe avec 300 hectares d'un seul tenant. En transportant 2,1 millions de tonnes de fret et de courrier en 2019, Paris-Charles de Gaulle devance Francfort en tant que 1er aéroport d'Europe pour l'activité cargo. [...] L'aéroport est accessible grâce à la proximité de l'autoroute A1, une gare TGV au cœur du Terminal 2, deux stations de RER, ainsi qu'une gare routière à Roissypôle près du Terminal 1 *via* des bus [...]. Enfin, la ligne automatique CDG Val relie les trois grands terminaux de l'aéroport [...]. Prévue pour la fin 2025, la liaison ferroviaire directe CDG EXPRESS permettra de rejoindre directement Paris intra-muros en 15 à 20 minutes [...].

www.parisaeroport.fr, consulté en 2023.

1. **Quelle est la place de l'aéroport Paris-Charles de Gaulle dans le trafic passager européen ? Justifiez votre réponse.**
2. **Relevez des exemples justifiant que Paris-Charles de Gaulle est un hub qui s'inscrit dans la mondialisation.**
3. **Citez deux activités, autres que le trafic passager, présentes sur la plateforme de l'aéroport.**
4. **Quels aménagements font de Paris-Charles de Gaulle une plateforme multimodale ? Justifiez votre réponse à l'aide d'exemples tirés du document.**

GÉOGRAPHIE

THÈME 3 Question obligatoire Les lieux de l'influence française dans la mondialisation

Dans un contexte de mondialisation et d'instabilité croissante, la France entre en rivalité avec les autres pays. Elle doit donc continuer à s'affirmer en consolidant ses alliances. Le pays demeure une puissance économique (l'économie française est classée au 6ᵉ rang mondial), diplomatique, militaire et culturelle sur la scène européenne et mondiale. Sa présence sur tous les continents, sa participation aux grandes organisations internationales (Union européenne, ONU, OTAN, G7, G20, etc.) ainsi que ses représentants (firmes transnationales, organisations publiques, etc.) contribuent à renforcer son rayonnement et son attractivité. Ce rayonnement comme la concurrence internationale transforment son territoire à toutes les échelles.

1 Une puissance économique qui se maintient

A La balance commerciale de la France

• **Le 6ᵉ exportateur mondial.** La France se place au 6ᵉ rang (derrière la Chine, les États-Unis, l'Allemagne, le Japon et les Pays-Bas) pour les **flux commerciaux et financiers**. Elle **exporte** surtout du vin et du champagne, des avions, des automobiles, des produits chimiques et des parfums et cosmétiques. L'**Union européenne** représente 60 % de ses exportations. Elle est le 2ᵉ exportateur mondial de produits agro-alimentaires et le 4ᵉ dans le domaine de l'armement. Alors qu'elle représentait 6,5 % en 1980, la part de marché de la France dans le commerce mondial est, en 2022, d'environ 3 % sur les marchandises et de 3,5 % sur les services (tourisme, services aux entreprises). On compte plus de **180 000 entreprises françaises exportatrices** en 2022.

• **La dépendance aux importations.** La France reste très dépendante de son approvisionnement en **énergie** : pétrole (Moyen-Orient, Venezuela, Nigeria) ou gaz (Algérie, mer du Nord…). Elle importe également des produits industriels d'Europe et d'Asie. L'**Union européenne** domine largement les importations françaises (59 % du total). En 2022, le solde de la balance commerciale est déficitaire de 130 milliards d'euros, alors que la balance des services est excédentaire de 12 milliards d'euros.

B Une économie ouverte sur l'UE et le monde

• **La place des firmes transnationales françaises.** Les FTN françaises sont des acteurs majeurs de la mondialisation. Elles réalisent **60 % de leurs bénéfices hors de France**. Michelin exporte 60 % de sa production et compte pour 15 % du marché mondial du pneu. L'Oréal est présent dans 150 pays et détient 16 % du marché des cosmétiques. Carrefour emploie 396 000 salariés dans 33 pays et possède plus de 1 200 hypermarchés, dont les 4/5 sont à l'étranger. Danone est un des leaders mondiaux de l'agro-alimentaire. La France a choisi l'**échelle européenne** pour développer son aéronautique (Airbus) et l'industrie aérospatiale (EADS).

• **Les IDE sortants.** Malgré un léger ralentissement économique mondial, la France demeure le **3ᵉ investisseur mondial** derrière les États-Unis et la Chine. Elle compte 38 000 filiales à l'étranger, employant 5,7 millions de personnes. Ces filiales sont principalement situées dans l'**Union européenne** (Royaume-Uni, Allemagne) mais aussi aux États-Unis, en Chine et au Brésil. 63 % des filiales françaises implantées à l'étranger ont une activité de service dans le secteur du commerce, les services d'information et de communication et les activités financières. Elles contribuent au rayonnement de la France à l'étranger.

2 Le rayonnement mondial de la France

A La présence diplomatique et militaire

> **Définitions**
> **Influence :** action qu'exerce un pays dans le monde.
> **Rayonnement :** influence exercée par un pays, liée à son prestige.

• **La diplomatie française.** La France est classée 3e dans le monde pour le nombre de ses **ambassades** (160) derrière les États-Unis et la Chine. La diplomatie française a pour mission de protéger les intérêts du pays au-delà de ses frontières et de contribuer au rayonnement de celui-ci dans le monde. La France est également active dans les grandes organisations internationales : siège permanent au Conseil de sécurité de l'**ONU**, membre influent de l'OMC et du FMI, participation au **G20 et au G7**, etc. En Afrique, son influence diminue face à la concurrence des États-Unis et, plus récemment, de la Chine. Aujourd'hui, même si la France est un membre influent de la diplomatie européenne, l'UE a du mal à parler d'une seule voix.

• **Les forces militaires françaises.** Dans les années 1960, avec De Gaulle, la France a longtemps cherché à affirmer son indépendance vis-à-vis des États-Unis et de l'URSS. Après l'éclatement du bloc soviétique en 1991, elle a réintégré l'OTAN en 2009 tout en cherchant à maintenir une autonomie stratégique coûteuse : la France dispose de porte-avions et de sous-marins nucléaires, d'avions de combats (Mirage 2000 et Rafale) et d'une armée de **268 000 hommes** dont 15 000 stationnés en permanence à l'étranger. Les forces militaires françaises interviennent sous le mandat de l'ONU ou à la demande d'autres pays pour rétablir la paix (Afrique, Irak, Syrie, etc.). L'Union européenne ne dispose que d'une force militaire réduite (**l'Eurocorps**) qui intervient le plus souvent sous la bannière de l'ONU.

B Une présence linguistique et culturelle

• **La francophonie.** La présence française dans le monde s'appuie aussi sur les millions de personnes qui parlent la langue : elles se situent principalement en Europe (Luxembourg, Belgique wallonne, Suisse romande), en Afrique occidentale, au Maghreb et en Amérique du Nord (Québec, Louisiane). Le français est la cinquième langue la plus parlée au monde avec environ 321 millions de locuteurs, sur 112 pays et territoires.

• **La culture française à l'étranger.** L'art, la littérature et le cinéma sont des vecteurs importants de l'expression culturelle française à l'étranger. L'Institut français est devenu en 2011 l'opérateur unique de l'action culturelle française à l'étranger : il travaille en étroite relation avec le réseau culturel français à l'étranger qui compte 98 instituts français dans le monde entier. **Exemple :** en 2017 a été inauguré le Louvre d'Abu Dhabi (Émirats Arabes Unis). L'Alliance française constitue aujourd'hui le premier réseau culturel mondial, avec plus de 1 000 implantations dans 128 pays sur les cinq continents. Chaque année, plus de 500 000 personnes, de tous âges, viennent y apprendre la langue française. Par ailleurs, l'agence d'enseignement français à l'étranger (AEFE) est composé de 552 établissements scolaires répartis dans 139 pays. 370 000 élèves y sont scolarisés (1/3 de Français et 2/3 d'élèves étrangers).

3 La France, un territoire attractif

A Un pays ouvert au monde

• **Les capitaux étrangers en France.** Ce sont les entreprises de l'**Union européenne** qui investissent le plus (70 % des IDE) sur le territoire français, en particulier dans les régions frontalières. L'Allemagne est le premier investisseur européen en France, suivie par l'Italie, l'Espagne et le Royaume-Uni. La France est la dixième destination mondiale des flux d'IDE. Les filiales de groupes étrangers établis en France emploient 13 % des salariés français, contribuent à 20 % du chiffre d'affaires du pays et à 30 % des exportations. Les États-Unis assurent 1/5 des investissements étrangers, principalement dans les domaines pharmaceutique et médical, aéronautique et ferroviaire. On note, toutefois, une forte progression des investissements en provenance de Chine ou du Moyen-Orient.

> **Définition**
> **Attractivité :** capacité d'un territoire à attirer les hommes (flux migratoires ou tourisme), les investissements et les entreprises.

• **Les organisations internationales.** La France est soucieuse de conserver un rôle mondial en accueillant des organismes internationaux, tant européens que mondiaux. Dans le cadre de l'UE, le Parlement et la Cour européenne des droits de l'homme siègent à Strasbourg. L'autorité européenne des marchés financiers et l'agence spatiale européenne sont établies à Paris. À l'échelle mondiale, l'UNESCO (Organisation des Nations unies pour l'éducation, la science et la culture), et l'OCDE (Organisation de coopération et de développement économique) sont également implantées dans la capitale. Enfin, Interpol, qui est l'organisation internationale de police criminelle, a ses bureaux à Lyon.

B L'attractivité culturelle et touristique

• **Culture et sports.** La gastronomie française est réputée à travers le monde. Le repas gastronomique des Français est inscrit au patrimoine culturel immatériel de l'humanité. La mode et le luxe français, avec des marques de renom (Chanel, Hermès, Vuitton, etc.), sont devenus des piliers économiques et font vivre des milliers de salariés. Les groupes LVMH et Kering sont des leaders mondiaux du secteur. Mais la France revendique également l'organisation de manifestations sportives de portée mondiale. Paris a été choisie pour organiser les Jeux olympiques d'été en 2024. Le Tour de France cycliste, le grand prix de Formule 1, la course de moto du Bol d'Or ou le tournoi de tennis de Roland-Garros attirent des millions de spectateurs et téléspectateurs.

• **La première destination touristique mondiale.** Le tourisme est l'un des atouts majeurs de l'économie française. Avec un patrimoine riche et des aménagements variés (stations d'hiver ou balnéaires), le tourisme connaît une forte progression depuis les années 1950. En 2022, la France a accueilli plus de 90 millions de touristes internationaux. La France se place au 3e rang mondial en termes de recettes (environ 60 milliards d'euros). Le tourisme représente environ 7 % du PIB national et emploie plus de 2 millions de personnes. Les principaux sites touristiques français visités sont, dans l'ordre, Disneyland Paris, le musée du Louvre, le château de Versailles et la tour Eiffel. Les régions qui profitent le plus du tourisme international sont l'Île-de-France, la région Sud (ex-PACA) et la région Occitanie.

Exercices d'entraînement

Contrôle continu

Corrigé p. 360

1 **Citez trois caractéristiques du commerce extérieur français.**

2 **En vous appuyant sur un exemple, définissez la place de la France sur la scène mondiale dans le domaine culturel.**

3 **Caractérisez l'attractivité de la France dans le domaine économique.**

4 **Justifiez l'affirmation suivante en l'illustrant par des exemples : « La France est un grand pays touristique. »**

Sujets d'étude

1 Le Centre Spatial Guyanais (Kourou) : coopérer pour s'affirmer à l'échelle mondiale

• **Une localisation privilégiée.** Situé à Kourou, dans le DROM (département et région d'outre-mer) de la Guyane, le **Centre Spatial Guyanais (CSG)** est la base de lancement choisie par l'Europe pour envoyer dans l'espace des satellites, principalement de télécommunication. Le CSG est situé à 5° de latitude nord, tout proche de l'équateur, ce qui permet une consommation moindre de carburant pour traverser l'atmosphère et mettre en orbite les satellites géostationnaires.

• **Une coopération entre plusieurs instances.** Mis en service en 1968, le site est aujourd'hui géré par trois instances : **le CNES (Centre national d'études spatiales) propriétaire du site de Kourou, l'agence spatiale européenne, qui est le principal financeur, et la société française Arianespace**. Celle-ci est chargée de la commercialisation et de l'exploitation des lanceurs Ariane (satellites de 9 à 20 tonnes) et des lanceurs Vega (satellites de 1,5 tonnes). Depuis 2007, Arianespace assure également le lancement des fusées russes Soyouz.

• **Le port spatial de l'Europe.** Le centre spatial guyanais génère sur place plus de 4600 emplois (avec les sous-traitants), soit 15 % de la population active de la Guyane. On estime qu'aujourd'hui **40 % des satellites mondiaux sont lancés à partir de Kourou**. De nombreux États européens contribuent au financement de l'agence spatiale européenne (dont la France pour 28 %). La fabrication des fusées Ariane est réalisée dans le cadre d'une véritable **coopération européenne** pour concurrencer les lanceurs russes, américains ou chinois. Les sociétés industrielles françaises conservent encore une part prépondérante dans la conception et la fabrication des lanceurs Ariane.

2 Disneyland Paris : un marqueur de l'intégration de la France dans la mondialisation

• **Le premier complexe touristique européen.** Disneyland Paris est un **parc d'attraction** situé à 30 km à l'est de Paris. Il accueille chaque année plus de 9 millions de visiteurs (plus de 10 millions en 2022), dont 56 % sont étrangers, la moitié venant d'Europe, et 44 % de France. Disneyland Paris s'est imposé comme la première destination touristique européenne et comme une source de rayonnement de la France à l'international. Le complexe contribue ainsi à hauteur de 7 % des recettes touristiques de la France.

• **Une réussite économique.** Créé en 1992, Disneyland Paris a accueilli 375 millions de touristes depuis sa création. Outre les Français, les visiteurs viennent essentiellement du Royaume-Uni (17 %) et d'Espagne (9 %). Les touristes issus de pays non européens constituent moins de 10 % du total. **Le site emploie plus de 16 000 salariés et génère plus de 50000 emplois directs ou indirects**. L'implantation de Disneyland Paris à Marne-la-Vallée a eu un impact économique important pour toute la région Île-de-France.

• **Un choix d'implantation stratégique.** Après l'implantation de parcs à thèmes en Californie, en Floride et au Japon, la firme Walt Disney Company recherchait un lieu stratégique pour s'implanter en Europe. **C'est le site de la grande banlieue parisienne (Marne-la-Vallée-Chessy) qui a été choisi**. Le complexe touristique se situe à 30 minutes de l'aéroport international de Paris-Roissy-Charles-de-Gaulle. Il est également bien desservi par tous les modes de transport : la gare TGV située à proximité permet de rejoindre les principales villes françaises, mais aussi les grandes capitales européennes comme Londres, Bruxelles ou Amsterdam.

Exercices d'entraînement

Contrôle continu

Sujet d'étude 1

Corrigé p. 361

Le Centre spatial guyanais : une base pour l'Europe

Les missions du Centre spatial guyanais s'inscrivent dans les objectifs poursuivis par l'Europe en matière de transport spatial.

Garantir à l'Europe un accès indépendant à l'espace. En 1973, les pays membres de l'Agence spatiale européenne (ESA) entérinent la nécessité de disposer d'installations de lancement propres. La décision est alors prise de les construire au Centre spatial guyanais, alors propriété de la France placée sous la responsabilité du CNES. Opérationnel depuis 1968, le CSG est choisi comme lieu d'accueil du projet de lanceur européen, Ariane.

Occuper une place de premier plan sur le marché mondial des services de lancement. Pour permettre à l'Europe de maintenir sa place d'acteur majeur des services de lancements, l'Agence spatiale européenne met ses lanceurs et ses installations à disposition d'Arianespace. Créée par le CNES en 1980 pour répondre à la demande de lancements commerciaux, l'entreprise opère et commercialise les lancements d'Ariane, Soyouz et Vega depuis le CSG.

Faire travailler au CSG des entreprises européennes. Le Centre spatial guyanais est majoritairement financé par la totalité des 22 États-membres de l'ESA. […] Parmi les sociétés travaillant au sein de la base spatiale, plusieurs sont originaires de pays d'Europe autres que la France.

Mettre sur orbite des programmes européens. De nombreux programmes et satellites européens remarquables ont rejoint l'espace depuis le CSG. Parmi eux : Rosetta (2004), la 1re sonde à approcher puis placer un atterrisseur sur une comète ; Galileo, (11 lancements entre 2011 et 2021 depuis le CSG), le système de positionnement par satellite européen […] et Webb (2021), plus grand et plus puissant télescope spatial parti à la recherche des origines de l'Univers. Réalisé en coopération avec la NASA et l'Agence Spatiale Canadienne. […]

Site Internet du CSG, centrespatialguyanais.cnes.fr, consulté en 2022.

1. **À l'aide du texte, précisez en quoi le site de Kourou est si important pour l'Europe.**
2. **Dites quelle est son activité principale.**
3. **À l'aide de vos connaissances et du document, expliquez le rôle de Kourou dans le rayonnement de la France en Europe et dans le monde.**

Sujet d'étude 2

Corrigé p. 361

Disneyland Paris : un site touristique dans la mondialisation

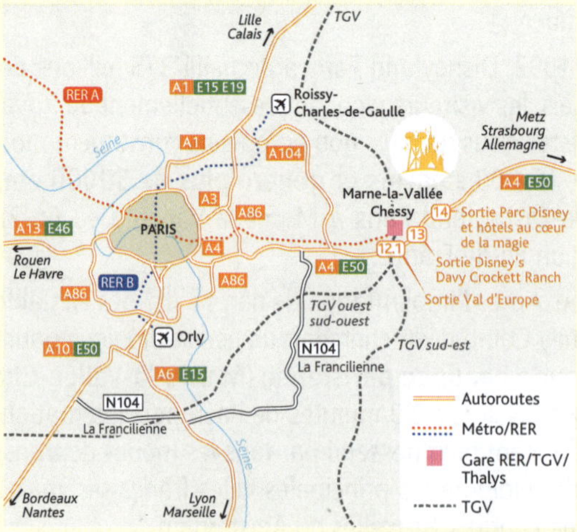

1. **Expliquez le choix de l'implantation de Disneyland Paris en Europe.**
2. **En utilisant la carte, dites quels sont les moyens de transport qui permettent d'accéder au site.**
3. **Pourquoi peut-on dire que Disneyland Paris est un marqueur de l'intégration de la France dans la mondialisation ?**

AXE 1 Fondements et expériences de la démocratie

Questionnement : quels sont les principes et les conditions de la démocratie ?

1 L'essentiel

- **Les origines historiques de la démocratie :** nous vivons aujourd'hui en France **en démocratie**. Ce régime est né à Athènes au ve siècle avant J.-C. La démocratie est définie comme un régime où les citoyens exercent le pouvoir ou le délèguent à des représentants.
- **La souveraineté du peuple :** c'est l'un des fondements du régime démocratique. La **souveraineté populaire** caractérise le pouvoir détenu par le peuple, lui permettant de voter des lois, d'élire des représentants ou d'être élu.
- **La démocratie et les élections :** grâce aux campagnes électorales et à l'information dont il dispose sur les partis politiques, **le citoyen a la possibilité de s'exprimer** lors des différentes élections. On observe aujourd'hui en France un désengagement des citoyens, qui se caractérise par des taux d'abstention et de votes blancs élevés.
- **La laïcité :** c'est l'un des principes fortement ancrés dans la République française. L'État est donc tenu à un devoir de neutralité vis-à-vis de la religion ; il doit favoriser la liberté de conscience des citoyens qui sont libres de croire ou de ne pas croire.
- **Les autres régimes politiques :** si la démocratie garantit les libertés, il n'en est pas de même pour **les régimes autoritaires et totalitaires** ; le totalitarisme restreint voire supprime les libertés individuelles et collectives.
- **La protection des démocraties : les démocraties sont fragiles**. Elles peuvent être contestées de l'intérieur comme de l'extérieur. Les menaces qui pèsent sur elles peuvent amener les États à prendre des mesures d'exception (comme l'état d'urgence) pour garantir le fonctionnement démocratique et lutter contre le terrorisme.
- **La construction européenne et la démocratie : l'Union européenne** applique les principes démocratiques et possèdent des institutions politiques et judiciaires qui en défendent les valeurs.

2 Les notions à maîtriser

- **Autoritarisme :** pratique autoritaire du pouvoir. Se traduit notamment par la restriction des libertés politiques.
- **État de droit :** État dans lequel le droit s'impose à tous, y compris à l'État lui-même.
- **Laïcité :** conception et organisation de la société fondée sur la séparation des églises et de l'État. Le principe de la laïcité de l'État est posé par l'article 1er de la Constitution française de 1958.
- **Monarchie parlementaire :** démocratie dans laquelle le roi ou la reine n'exerce qu'un pouvoir symbolique.
- **Pouvoir exécutif :** pouvoir qui a pour mission de faire appliquer les lois sur le terrain.
- **Représentation parlementaire :** principe selon lequel les citoyens sont représentés par des députés qui votent les lois en leur nom.
- **République :** forme d'organisation politique dans laquelle les détenteurs du pouvoir l'exercent en vertu d'un mandat conféré par le corps social.
- **Séparation des pouvoirs :** principe selon lequel les pouvoirs législatif, exécutif et judiciaire ne peuvent être réunis entre les mains d'une seule personne.
- **Souveraineté du peuple :** situation dans laquelle le pouvoir est détenu par le peuple.
- **Totalitarisme :** régime politique où la société est totalement soumise au projet des dirigeants.

AXE 2 Repenser et faire vivre la démocratie

Questionnement : comment construire l'avenir de la démocratie dans un monde d'incertitudes ?

1 L'essentiel

(1) • **Les conditions du débat démocratique :** aujourd'hui, les médias et les réseaux sociaux sont au cœur de la démocratie. Ils jouent un rôle déterminant dans le débat des citoyens. Les médias délivrent et analysent l'information ; avec Internet, de nouveaux enjeux apparaissent sur la fiabilité de l'information (« fake news »).

• **Démocratie, exemplarité et transparence :** des scandales politico-financiers ont été révélés par les médias ces dernières années. Ils ont mis à mal la démocratie, en la décrédibilisant aux yeux des citoyens. Un devoir de transparence et d'exemplarité des hommes et des femmes politiques est donc nécessaire.

(2) • **Le citoyen et la politique sociale :** la démocratie accorde des droits aux salariés : le droit de grève, la liberté d'appartenir à un syndicat, le droit de manifester, etc. Les salariés sont des acteurs essentiels de la démocratie : ils sont représentés au sein des entreprises.

• **Les formes et les domaines de l'engagement :** il n'y a pas de démocratie sans engagement citoyen. L'engagement citoyen est indispensable et multiforme : politique, associatif, syndical, social, écologique, humanitaire, culturel, etc. Il rend la démocratie concrète et vivante.

• **Les nouvelles aspirations démocratiques :** de nos jours, la démocratie est surtout représentative : on élit un conseil municipal, un député ou le président de la République. Mais la démocratie représentative peut être conjuguée à d'autres pratiques (**exemple :** la démocratie semi-directe et participative en Suisse, ou le référendum d'initiative partagée).

• **Conscience démocratique et relations internationales :** toute démocratie repose sur des textes majeurs : la Déclaration des droits de l'homme et du citoyen de 1789, la Déclaration universelle des droits de l'homme de 1948, la Convention internationale des droits de l'enfant de 1989, etc. Ces textes fondateurs véhiculent des valeurs (liberté, égalité entre les citoyens, etc.).

2 Les notions à maîtriser

• **Citoyen :** acteur-clé de la démocratie disposant de libertés individuelles et collectives.

• **Citoyenneté :** pleine reconnaissance de l'état de citoyen à une personne.

• **Corruption :** détournement d'argent à son profit par une personne disposant d'un pouvoir de décision.

• **Crise de confiance :** situation dans laquelle les citoyens pensent que leurs dirigeants leur mentent ou les trompent.

• **Débat :** échanges d'idées sur un sujet.

• **Décision publique :** choix opéré par les décideurs, dans l'intérêt de tous.

• **Désinformation :** diffusion de nouvelles fausses afin de déstabiliser l'opinion.

• **Information :** nouvelle donnée obtenue sur une personne ou un événement.

• **Justice internationale :** justice visant au respect des principes démocratiques, pouvant même juger des chefs d'État.

• **Politiques publiques :** mesures qui s'appliquent à tous, à l'échelle d'un pays.

• **Représentation politique :** action de représenter les électeurs afin de défendre leurs intérêts.

• **Sphère privée à l'ère du numérique :** informations mises en ligne relatives à une seule personne.

• **Sphère publique à l'ère du numérique :** informations mises en ligne qui sont accessibles à tous.

Contrôle continu

Épreuve d'histoire-géographie

Corrigé p. 361

Première partie : questions (sur 10 points)

Questions d'histoire

1. Proposez une définition du totalitarisme.
2. Citez trois caractéristiques de la guerre froide.
3. Pour chacune des propositions suivantes, répondez par vrai ou faux. Si la réponse est fausse, corrigez la phrase.

a) La guerre d'Indochine se termine par la défaite française de Diên Biên Phu (mai 1954) et les accords d'Évian (mars 1962).	V	F
b) Par rapport à la Constitution de 1946, celle de 1958 donne plus de pouvoir au président de la République.	V	F
c) Les Trente Glorieuses sont caractérisées par une forte progression des naissances (*baby boom*), un fort ralentissement économique et un chômage élevé.	V	F

Questions de géographie

4. En vous appuyant sur un exemple, définissez le rôle des mers et des océans dans le commerce international.
5. Complétez le fond de carte joint (annexe n° 1) en localisant et nommant :
   – les trois grandes aires continentales qui dominent l'économie mondiale ;
   – quatre métropoles de rang mondial, centres de décision de la planète ;
   – deux pays émergents ;
   – le continent qui se trouve en marge des échanges mondiaux.
   Puis réalisez la légende de la carte.
6. Justifiez l'affirmation suivante en utilisant des chiffres et des exemples : « La France est un grand pays touristique. »

Annexe 1

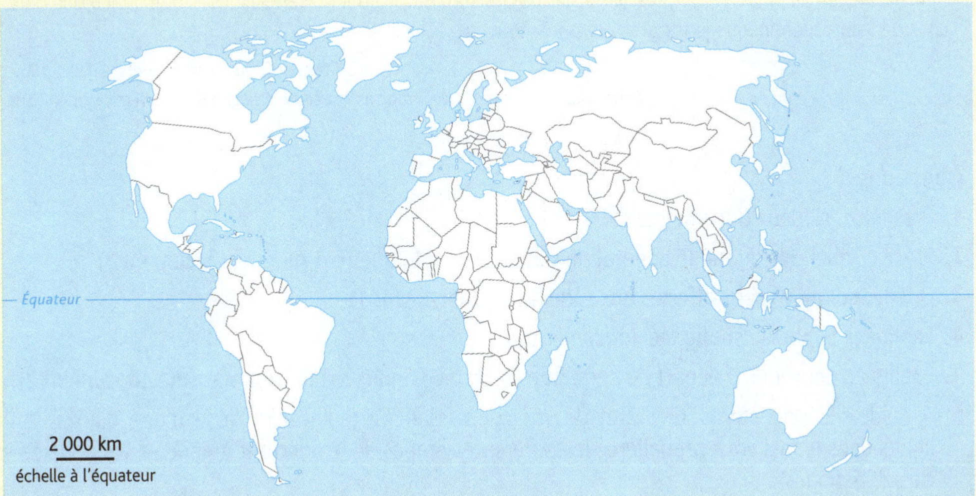

Deuxième partie : analyse de document(s) (sur 10 points)

Le candidat choisit l'un des deux sujets d'étude.

Sujet d'étude La guerre d'Algérie

Document 1 : Allocution radiotélévisée du général de Gaulle, le 16 septembre 1959

[...] On peut maintenant envisager le jour où les hommes et les femmes qui habitent l'Algérie seront en mesure de décider de leur destin, une fois pour toutes, librement, en connaissance de cause. Compte tenu de toutes les données, algériennes, nationales, et internationales, je considère comme nécessaire que ce recours à l'autodétermination soit, dès aujourd'hui, proclamé. [...] Mais le destin politique, qu'Algériennes et Algériens auront à choisir dans la paix, quel peut-il être ? Chacun sait que, théoriquement, il est possible d'en imaginer trois. [...] Ou bien la Sécession, où certains croient trouver l'indépendance. La France quitterait alors les Algériens qui exprimeraient la volonté de se séparer d'elle. [...] Ou bien la Francisation complète, telle qu'elle est impliquée dans l'égalité des droits. [...] Ou bien le Gouvernement des Algériens par les Algériens, appuyé sur l'aide de la France et en union étroite avec elle, pour l'économie, l'enseignement, la défense, les relations extérieures. Dans ce cas, le régime intérieur de l'Algérie devrait être de type fédéral.

Charles de Gaulle, président de la République française, *Discours et messages*,
Tome III Avec le renouveau 1958-1962, Plon, 1975.

Document 2 : Témoignage sur l'exil d'une famille de pieds-noirs durant l'été 1962

Fuir le chaos [...]. Un matin, sans que rien [ne] se soit passé, <u>on annonça que la guerre était perdue et qu'il fallait partir</u>. C'est ce jour-là qu'il *[mon père]* a compris qu'il faisait partie des vaincus et qu'il fallait fuir. Il devra abandonner à jamais le théâtre de son inquiétude, à jamais. Car, lui avait-on fait comprendre, jamais il ne pourra revenir. [...] Il savait seulement qu'il devait laisser tout ça, là, en attente. Je crois qu'il n'était jamais venu à ma mère la force de penser qu'il était peut-être possible de vivre encore chez nous, avec les arabes. [...] Quand ils partirent définitivement de la villa, après avoir pris ce qu'ils pouvaient prendre, je suppose qu'ils ont fait un tour dans les vastes pièces de notre maison. [...] Ma mère a suggéré de laisser le gaz ouvert pour que tout s'embrase. Mon père ne l'a pas voulu. Ils sont descendus en ville, ils pensaient que c'était plus sûr, et ils se sont fait courser le 4 ou le 5 juillet par les arabes absorbés par l'ivresse de la vengeance. Mon père a voulu donner sa moto à son vieil ami Belbachir, qui pleurait. [...] D'immenses files d'attente devant la gare maritime, devant les agences de voyage, s'allongeaient depuis des jours sous le soleil écrasant. Les sirènes annonçaient sans arrêt les départs des bateaux. [...] Belbachir n'a pas pu dire : « Reste, ne t'en va pas ». [...] Après, je ne sais pas, ils sont partis pour la France. C'est sur le quai d'une gare, celle de Saint Quentin, que je les ai revus, après tout ça.

B. Stora et T. Quemeneur, *Algérie, 1954-1962.*
Lettres, carnets et récits des Français et des Algériens dans la guerre, Librio, 2010.

<u>Questions</u>

1. Présentez les deux documents.
2. Précisez quel rôle a joué le général de Gaulle durant la guerre d'Algérie. (document 1)
3. Quelles solutions sont offertes aux Algériens ? (document 1)
4. Expliquez la phrase soulignée. (document 2)
5. Expliquez pourquoi le départ de cette famille de pieds-noirs est un traumatisme. (document 2)
6. À l'aide des documents 1 et 2 et de vos connaissances, rédigez un texte d'une quinzaine de lignes dans lequel vous rappellerez les différentes étapes de la guerre d'Algérie et ses principales caractéristiques.

Sujet d'étude L'évolution de la place et des droits des femmes dans la société française

Document : Le Manifeste des dix

Ayant en commun d'avoir eu ou d'exercer actuellement des responsabilités publiques, nous voulons, alors que se profile le prochain millénaire dans un monde incertain et une France inquiète, lancer cet appel pour l'égalité des chances et des droits entre hommes et femmes. [...] Si les femmes sont en effet citoyennes à l'égal des hommes par leur nombre dans l'électorat et le niveau de leur participation aux scrutins, cette parité ne se retrouve pas, loin s'en faut, dans la proportion d'élus. Cinquante ans après l'instauration du droit de vote des femmes en France, seulement 5 % d'entre elles sont sénateurs ou maires, 6 % députés ou conseillers généraux. Le scrutin proportionnel améliore sensiblement la représentation féminine, avec 12 % des conseillers régionaux et 30 % des parlementaires européens. Parmi 20 grands pays développés d'Europe et d'Amérique du Nord, le nôtre est bon dernier pour la représentation des femmes au Parlement, loin derrière les États scandinaves, l'Allemagne, l'Espagne. Si bien que, dans l'Union européenne, la France est la lanterne rouge pour la proportion de femmes élues. Ce n'est pas tout. Seuls 6 % des postes « laissés à la discrétion du gouvernement »[1] sont occupés par des femmes : 2,6 % des préfets, 2 % des ambassadeurs, 5,5 % des directeurs d'administration centrale. Sans parler des directions d'entreprises ou d'établissements publics. [...] Après les grandes avancées juridiques des années 70 et 80, il est évident que le mouvement vers l'égalité marque le pas, quand il n'y a pas régression. [Les femmes] savent ou pressentent qu'elles sont les premières touchées par les licenciements et le chômage, total ou partiel, et que les écarts de salaires persistent, sans parler de l'accès aux postes de décision. [...] Voici les mesures que nous proposons :

1 – Une politique volontariste des partis, du gouvernement et des associations féminines conjugués. Les pays nordiques montrent l'efficacité de cette attitude. Quand il le faut, ils n'hésitent pas à utiliser les quotas. [...]

2 – Limitation drastique[2] du cumul des mandats et des fonctions, pour un meilleur partage et exercice du pouvoir. [...]

3 – Financement des partis politiques en fonction du respect de la parité de leurs instances dirigeantes et de leurs élus.

4 – Nomination volontaire à des postes de responsabilité qui dépendent de l'État et du gouvernement, en se fondant sur un principe de parité.

5 – Adoption d'une législation sur le sexisme comparable à celle sur le racisme, permettant aux associations de droits de l'homme et de la femme ainsi qu'aux individus d'ester en justice[3] civilement ou pénalement.

6 – Et s'il faut modifier la Constitution pour introduire des discriminations positives, nous y sommes favorables, comme l'est, nous en sommes persuadées, la majorité de nos concitoyens.

7 – Alors, sur ce sujet, pourquoi pas un référendum ?

Michèle Barzach, Frédérique Bredin, Édith Cresson, Hélène Gisserot, Catherine Lalumière, Véronique Neiertz, Monique Pelletier, Yvette Roudy, Catherine Tasca, Simone Veil

L'Express, 6 juin 1996.

1. **À la discrétion du gouvernement :** à attribuer par le gouvernement.
2. **Drastique :** stricte.
3. **Ester en justice :** exercer une action en justice.

Questions

1. Présentez le document.
2. Quels éléments du texte montrent les inégalités entre les hommes et les femmes dans le domaine politique ?
3. Comparez la situation des femmes en France avec celles des femmes d'autres pays d'Europe ou d'Amérique du Nord.
4. Montrez, à l'aide du texte, que ces inégalités touchent aussi les femmes au travail.
5. À l'aide du document et de vos connaissances, montrez que ce texte illustre les difficultés liées à l'évolution de la place des femmes dans la société française depuis 1945.

HISTOIRE

Thème 1 • Totalitarismes et Seconde Guerre mondiale

Question obligatoire

(Énoncés p. 321)

1. On peut citer comme caractéristiques du totalitarisme **un parti unique** (parti communiste en URSS, parti nazi en Allemagne), **un régime de terreur** marqué par la poursuite des opposants en URSS (*via* les procès de Moscou), la suppression des libertés fondamentales en Allemagne et **le culte du chef** avec Staline et Hitler.

2. Le génocide est l'extermination systématique et programmée d'un groupe humain en raison de ses origines ethniques ou religieuses. On parle de génocide des Juifs par les nazis (6 millions de morts).

3. La Seconde Guerre mondiale est un conflit hors norme : il a mobilisé près de 100 millions de combattants issus d'une soixantaine de pays. Les pertes humaines ont été considérables : on estime que cette guerre a fait plus de 50 millions de morts, dont une majorité de civils.

4. La « Résistance » est l'ensemble des mouvements qui ont lutté contre le régime de Vichy et l'occupant nazi dans le but de libérer le territoire français. La « collaboration » a été menée par le régime de Vichy qui soutenait les autorités d'occupation nazies.

Sujets d'étude

(Énoncés p. 323)

SUJET 1

1. Les deux groupes de personnes sont les habitants Juifs du ghetto de Varsovie et les militaires nazis. Un ghetto était, pendant la Seconde Guerre mondiale, un espace où les populations juives étaient confinées et enfermées.

2. Cette photographie est représentative de la guerre d'anéantissement à l'Est car elle illustre la volonté des Allemands d'exterminer les Juifs polonais.

3. Les habitants du ghetto de Varsovie sont envoyés dans les camps d'extermination de Treblinka, Sobibor ou Auschwitz.

SUJET 2

1. Ce message s'adresse aux Français qui sont invités à résister. Charles de Gaulle veut que les Français gardent espoir et continuent la lutte contre l'Allemagne.

2. De Gaulle demande aux volontaires, qui n'acceptent pas la défaite, de le rejoindre à Londres.

3. La phrase qui montre l'engagement de De Gaulle est : « Quoi qu'il arrive, la Flamme de la Résistance française ne doit pas s'éteindre et ne s'éteindra pas. »

Thème 2 • Du monde bipolaire au monde multipolaire

Question obligatoire

(Énoncés p. 327)

1. On peut citer comme crises de la guerre froide le blocus de Berlin-Ouest (1948-49), la guerre de Corée (1950-53) et la guerre du Vietnam (1965-73).

2. La crise de Cuba a lieu en 1962. L'aviation américaine découvre les missiles nucléaires soviétiques installés sur l'île de Cuba, menaçant les États-Unis. Le président américain John F. Kennedy entame le blocus de Cuba. Le premier secrétaire du PCUS, Nikita Khrouchtchev, finit par céder : les missiles sont démantelés.

3. La décolonisation de l'Afrique noire s'est faite globalement pacifiquement. Si le Maroc et la Tunisie obtiennent leur indépendance en 1956, l'Algérie n'obtient la sienne qu'en 1962 avec les accords d'Évian, après huit ans de guerre.

4. Les deux principaux acteurs français de la construction européenne après la Seconde Guerre mondiale sont Jean Monnet et Robert Schuman.

Sujets d'étude

(Énoncés p. 329)

SUJET 1

1. Il s'agit du projet IDS (Initiative de défense stratégique) qui permet d'intercepter les missiles nucléaires menaçant les États-Unis.

2. Le dispositif de dissuasion nucléaire n'est plus suffisant pour garantir la sécurité des États-Unis. Le programme de « la guerre des étoiles » doit protéger plus efficacement les États-Unis contre les armes nucléaires soviétiques grâce à un « bouclier spatial ».

3. La couverture du magazine montre le visage déterminé du président Reagan ; elle affiche le titre « défendre la défense » pour obtenir les crédits nécessaires et met en scène l'image de la destruction d'un missile à partir d'un satellite.

SUJET 2

1. Le président Bush évoque les attentats du 11 septembre 2001 contre les tours du *World Trade Center* à New York. Il annonce la riposte des États-Unis.

2. Les cibles des États-Unis sont désormais les réseaux terroristes internationaux.

3. Le président Bush envisage des « frappes spectaculaires » médiatisées et des « opérations secrètes » contre les ennemis des États-Unis.

Thème 3 • La France de 1945 à nos jours : une démocratie

Question obligatoire
(Énoncés p. 333)

1. Le rôle du GPRF à la fin de la guerre a été de restaurer l'autorité de l'État et de rétablir les libertés républicaines. Il était également chargé de faire redémarrer l'économie.

2. Il existe deux formes de décolonisation pour l'Afrique : une décolonisation pacifique pour le Maroc, la Tunisie et l'Afrique noire et une guerre d'indépendance pour l'Algérie (1954-1962).

3. « La Constitution de 1958 donne plus de pouvoirs au président de la République. » : le président de la République est le chef de l'État et des armées. Il nomme le Premier ministre et peut soumettre au référendum tout projet de loi. Il a également la capacité de dissoudre l'Assemblée nationale. L'article 16 de la Constitution lui permet enfin de prendre les pleins pouvoirs en cas de crise grave.

4. La République est une forme de gouvernement reposant sur une Constitution et dont les représentants du peuple sont élus par celui-ci.

La démocratie est une forme d'organisation politique où le pouvoir est exercé par les citoyens qui peuvent le déléguer à des représentants.

Sujets d'étude
(Énoncés p. 335)

SUJET 1

1. Le FLN (Front de libération nationale, créé en 1954) est à l'origine de cette proclamation.

2. Ce mouvement lutte pour l'indépendance de l'Algérie. Il veut restaurer un État algérien « souverain, démocratique et social » et le « respect [des] libertés fondamentales ».

3. Le FLN invite tous les Algériens à lutter pour obtenir l'indépendance, « par tous les moyens » jusqu'à l'obtention de celle-ci.

SUJET 2

1. En 1967, Lucien Neuwirth propose aux députés de voter une loi qui autoriserait la contraception.

2. Selon lui, cette loi permettra de « passer d'une maternité accidentelle » à une « maternité consciente et pleinement responsable ». Cela devrait également diminuer les avortements illégaux qui génèrent des cas de stérilité.

3. On peut citer les lois suivantes qui ont permis aux femmes d'accéder à une égalité de droit avec les hommes :
- 1944 : l'ordonnance sur le droit de vote des femmes ;
- la Constitution de 1946 définissant les principes d'égalité entre les sexes ;
- 1975 : loi Haby sur la mixité à l'école ;
- 2000 : loi sur la parité en politique.

GÉOGRAPHIE

Thème 1 • Mers et océans : au cœur de la mondialisation

Question obligatoire
(Énoncés p. 339)

1. Les mers et les océans jouent un rôle majeur dans le commerce mondial. 90 % des produits transportés le sont par voie maritime. La mondialisation du commerce par mer s'accompagne d'une baisse des coûts de transport et d'une augmentation des volumes transportés (porte-conteneurs géants transportant plus de 20 000 EVP).

2. La maritimisation est la part de plus en plus importante prise par les littoraux dans l'économie des pays riverains des mers et des océans.

3. On peut citer le détroit de Malacca, le détroit d'Ormuz, le canal de Panama et le canal de Suez. Ces passages stratégiques sont importants parce que les principales routes maritimes les empruntent (Asie-Europe, Moyen-Orient-Asie et Moyen-Orient-Europe).

4. « Les mers et les océans sont des espaces fragiles qu'il faut absolument protéger. » : les mers et les océans sont menacés par différents phénomènes. Les réserves de poissons diminuent à cause de la surpêche. L'exploitation du pétrole *offshore* et la densification du transport maritime augmentent les risques de pollution. On assiste, par ailleurs, aujourd'hui à un nouveau type de pollution : la pollution par le plastique. La plaque de déchets plastiques qui s'est formée dans le nord de l'océan Pacifique s'étend sur une superficie égale à six fois la France.

Sujets d'étude
(Énoncés p. 341)

SUJET 1

1. Les géants de l'Internet sont intéressés par les câbles sous-marins car 99 % des échanges intercontinentaux de données passent par ce vecteur. Les GAFAM pourront, ainsi, mieux contrôler les flux de données numériques.

2. Ces nouveaux projets relieront l'Europe et l'Afrique (Portugal à l'Afrique du Sud, *via* le Nigeria) et la France et les États-Unis (projet Dunant).

3. Ces pays et continents sont privilégiés car ce sont des marchés potentiels pour les GAFAM.

SUJET 2

1. Le détroit de Malacca est un étroit couloir maritime, large de 20 à 74 km et long de 700 km, situé entre la Malaisie et l'île de Sumatra (en Indonésie).

2. Le détroit de Malacca est essentiel pour les échanges internationaux : il voit passer près du tiers du commerce mondial. Il constitue le chemin le plus court entre l'océan Indien et l'océan Pacifique. Il permet de relier l'Europe de l'Ouest, le Moyen-Orient (pétrole) et l'Asie orientale. Un navire emprunte le détroit en moyenne toutes les huit minutes.

3. La lutte contre la piraterie dans le détroit de Malacca, très importante dans les années 1990-2000, a été très efficace grâce à la surveillance accrue des pays riverains (Malaisie, Singapour, Indonésie). On peut aussi citer l'intervention des grandes puissances (États-Unis, Chine, Japon) qui a permis de sécuriser cette zone sensible.

Thème 2 • Des territoires inégalement intégrés dans la mondialisation, en fonction des décisions publiques et des stratégies des entreprises

Question obligatoire

(Énoncés p. 345)

1. Centre de décision → Lieu où sont concentrées des fonctions de commandement (politiques, économiques, culturelles).

Hub logistique aéroportuaire → Aéroport où convergent et d'où repartent les marchandises.

Plateforme multimodale → Lieu d'échanges impliquant un changement de mode de transport.

2. Un pays émergent se caractérise par une croissance économique forte mais par la subsistance d'inégalités sociales et spatiales. Les BRICS (Brésil, Russie, Inde, Chine, Afrique du Sud), par exemple, sont des pays émergents.

3. On peut citer : Tokyo, New York, Londres et Paris.

4. « L'Afrique est un continent marginalisé. » : l'Afrique ne représente que 2 % du commerce mondial. Le continent se trouve à l'écart des grandes routes maritimes, même si certains grands ports (Lagos, Abidjan, Durban, Mombasa et Tanger) permettent d'exporter des matières premières agricoles, minières ou énergétiques. C'est l'Afrique sahélienne, en particulier les pays enclavés, qui souffre le plus de la marginalisation du continent.

Sujets d'étude

(Énoncés p. 347)

SUJET 1

1. New York est bien connectée au monde grâce à deux aéroports internationaux : J. F. Kennedy et Newark. L'aéroport de La Guardia dessert plutôt des destinations nationales. New York est également le premier port sur l'Atlantique de l'Amérique du Nord.

2. New York est la première métropole financière du monde avec ses deux bourses : le New York Stock Exchange (NYSE) et le Nasdaq.

3. New York accueille le siège de la principale organisation politique internationale : l'ONU. La ville dispose également des fonctions de commandement économiques et financières grâce aux bourses qu'elle abrite (New York Stock Exchange et Nasdaq), ainsi qu'aux grandes banques et aux sièges sociaux de FTN qu'elle accueille. On y trouve aussi la Silicon Alley (nouvelles technologies). Enfin, c'est une grande capitale culturelle avec Broadway, de nombreux musées (MET, MoMA, Guggenheim, etc.) et des médias puissants (New York Times, CBS, NBC, etc.).

SUJET 2

1. L'aéroport Paris-Charles de Gaulle a accueilli 76,2 millions de passagers en 2019. C'est le 1er aéroport de France et le 2e en Europe (après Londres). Ce hub dessert 328 destinations dans 119 pays.

2. L'aéroport Paris-Charles de Gaulle est un *hub* essentiel en Europe. Il est relié aux grandes capitales et grandes métropoles mondiales. Par exemple, cet aéroport est idéalement situé car « Paris se trouve à moins de deux heures de vol de toutes les grandes villes d'Europe occidentale ».

3. Les autres activités présentes à l'aéroport Paris-Charles de Gaulle sont le fret aérien (avec la présence du géant FedEx) et le courrier avec le grand centre de tri et d'expédition de la Poste.

4. Paris-Charles de Gaulle est une plateforme multimodale car elle est reliée par de multiples moyens de transports à son environnement local, régional, national et européen : « L'aéroport est accessible grâce à la proximité de l'autoroute A1, une gare TGV au cœur du Terminal 2, deux stations de RER, ainsi qu'une gare routière à Roissypôle près du Terminal 1 *via* des bus. » De plus, on pourra prochainement « rejoindre directement Paris intra-muros en 15 à 20 minutes » grâce à la liaison ferroviaire directe CDG EXPRESS.

Thème 3 • La France et ses régions dans l'Union européenne et dans la mondialisation : lignes de force et recompositions

Question obligatoire

(Énoncés p. 350)

1. La France se place au 6e rang mondial pour les exportations.

Elle exporte surtout du vin et du champagne, des avions, des automobiles, des produits chimiques et des parfums et cosmétiques.

L'Union européenne est la destination de 60 % du total des exportations.

La France reste très dépendante de son approvisionnement en pétrole (Moyen-Orient, Venezuela, Nigeria). Elle importe des produits industriels d'Asie et d'Europe.

2. La France est très présente dans le domaine culturel. Par exemple, la langue française est parlée par 321 millions de locuteurs dans le monde. La France exporte aussi ses œuvres d'art : en 2017, le Louvre d'Abu Dhabi a été inauguré aux Émirats Arabes Unis.

3. Les FTN françaises réalisent 60 % de leurs bénéfices à l'étranger. Michelin, L'Oréal, Carrefour et Danone sont des leaders mondiaux dans leurs domaines respectifs. La France accueille également des IDE venant du monde entier.

4. « La France est un grand pays touristique. » : en 2022, on a compté 90 millions de touristes internationaux en France. Cette dernière est la première destination touristique mondiale.

Le tourisme représente environ 7 % du PIB national et emploie plus de 2 millions de personnes. Les principaux sites touristiques français visités sont Disneyland Paris, le musée du Louvre, le château de Versailles et la tour Eiffel.

Sujets d'étude *(Énoncés p. 352)*

SUJET 1

1. Le site de Kourou abrite le Centre spatial guyanais (CSG) qui permet de réaliser les objectifs de l'Europe en matière de transport spatial de satellites.

2. Le CSG est chargé d'envoyer dans l'espace des satellites, en particulier des programmes européens : par exemple Galileo, ou, récemment, le télescope James Webb.

3. Le CSG joue un rôle important dans le domaine technologique pour le rayonnement de la France en Europe et dans le monde. En effet, il est la base de lancement choisie par l'Europe pour envoyer des satellites dans l'espace. Grâce à Ariane et à Kourou, l'Europe est bien placée sur le marché des lanceurs de satellites face aux États-Unis, à la Chine ou à la Russie.

SUJET 2

1. Le site de Marne-la-Vallée a été choisi pour implanter le complexe touristique de Disneyland Paris car la capitale est une ville attractive en Europe et dans le monde. Par ailleurs, Disneyland Paris a une position centrale en Europe de l'Ouest, d'où viennent principalement les visiteurs.

2. Disneyland Paris se situe à 30 minutes de l'aéroport international de Paris-Roissy-Charles-de-Gaulle. Le site est également bien desservi par tous les modes de transport : la gare TGV située à proximité, l'autoroute A4 ou le RER A qui relie le site au centre de Paris.

3. Disneyland Paris est un marqueur de l'intégration de la France dans la mondialisation car c'est le premier complexe touristique européen. Il accueille chaque année plus de 10 millions de visiteurs (9,84 en 2018), dont 56 % sont étrangers, la moitié d'entre eux venant d'Europe. Le parc accueille notamment 44 % de visiteurs français et 28 % de Britanniques. Disneyland Paris s'est imposé comme la première destination touristique européenne et comme une source de rayonnement de la France à l'international.

CONTRÔLE CONTINU

Première partie *(Énoncés p. 355)*

1. Le totalitarisme est un régime dans lequel toute activité (sociale, professionnelle, politique, économique, publique ou privée) est soumise à un contrôle par l'État ou par un parti unique. L'exercice du pouvoir est fondé sur la terreur et l'embrigadement des masses.

2. La guerre froide est une période de tension entre les États-Unis et l'URSS (et leurs alliés).
- Durant cette période, les États-Unis et l'URSS ne s'affrontent pas directement.
- La guerre froide débute en 1947 et se termine en 1991 par la chute de l'URSS.
- De nombreuses crises se déroulent durant la guerre froide : en Europe (pont aérien de Berlin en 1948-1949, construction du mur en 1961, chute du mur en 1989), en Asie (guerre de Corée en 1950-1953, du Vietnam en 1965-1973), crise de Cuba (1962).

3. a) Faux. Les accords pour mettre fin à la guerre d'Indochine sont signés à Genève en juillet 1954.
b) Vrai.
c) Faux. Les Trente Glorieuses sont une période de croissance économique au cours de laquelle le chômage est faible.

4. Plus de 80 % du commerce mondial circulent par voie maritime. Près de 50 000 navires transportant 10 milliards de tonnes de marchandises sillonnent les grandes routes maritimes qui empruntent des passages stratégiques (détroits et canaux transocéaniques). Le principal détroit, celui de Malacca, voit passer les 2/3 des flux de pétrole et de gaz.

5. Voir la carte corrigée, en bas de page suivante.

6. « La France est un grand pays touristique. » : Le tourisme est l'un des atouts majeurs de l'économie française. Avec un patrimoine riche et des aménagements variés (stations d'hiver ou balnéaires), le tourisme connaît une forte progression depuis les années 1950. On dénombre chaque année plus de 90 millions de touristes internationaux. Le tourisme représente environ 7 % du PIB national et emploie plus de 2 millions de personnes. Les principaux sites visités sont Disneyland Paris, le musée du Louvre, le château de Versailles et la tour Eiffel.

Deuxième partie *(Énoncés p. 356)*

Sujet d'étude 1

1. Le document 1 est l'allocution du général de Gaulle datée du 16 septembre 1959 sur le référendum d'autodétermination. Le document 2 est un témoignage de pieds-noirs sur leur départ d'Algérie pendant l'été 1962.

2. Rappelé au pouvoir en 1958, c'est lui qui a mis fin à la guerre d'Algérie. Cela se traduit par les accords d'Évian signés en 1962.

3. Trois solutions sont offertes aux Algériens :
- l'indépendance pure et simple ;
- la Francisation complète, telle qu'elle est impliquée dans l'égalité des droits : les Algériens seraient français de droit ;
- une autonomie donnée au gouvernement algérien en union avec la France.

4. Cette phrase évoque la fin de la guerre d'Algérie qui s'est traduite par les accords d'Évian signés le 18 mars 1962. Le cessez-le-feu est proclamé le lendemain mais de nombreuses violences subsistent jusqu'au départ d'environ 1 million de « pieds-noirs » pour la métropole. L'indépendance est proclamée le 5 juillet 1962, 132 ans après la prise d'Alger.

5. Les membres de cette famille doivent quitter les lieux où ils sont nés et ont grandi. C'est un véritable déchirement à cause des violences qui ont suivi les accords d'Évian.

6. La guerre d'Algérie commence par la création du Front de libération nationale (FLN) en octobre 1954, suivie des attentats de la Toussaint rouge (novembre 1954). Dès 1955, la France décide l'envoi du contingent pour « des opérations de maintien de l'ordre ». La IVe République ne réussissant pas à mettre fin à la crise algérienne, De Gaulle est appelé en 1958 pour régler le conflit. En 1961, il propose un référendum sur l'autodétermination de l'Algérie où le « oui » l'emporte. De Gaulle reconnaît alors le principe de l'indépendance de l'Algérie. Les accords d'Évian sont signés en mars 1962 et l'Algérie devient indépendante en juillet.

La guerre d'Algérie a été un conflit sanglant (250 000 Algériens et 30 000 Français tués). De nombreux actes de torture et des exécutions sommaires ont été commis. Les Harkis laissés en Algérie ont, pour la plupart, été victimes de représailles. Ceux qui sont venus en France ont été accueillis dans des conditions inhumaines. Un million d'Européens d'Algérie ont été rapatriés en métropole. Cette guerre a laissé place à une « guerre des mémoires » douloureuse entre les deux pays, chacun cherchant à imposer sa vision du conflit. Les relations politiques entre eux restent difficiles.

Sujet d'étude 2

1. Ce Manifeste est paru dans l'hebdomadaire *L'Express* le 6 juin 1996. Il est signé par dix femmes célèbres en faveur de l'égalité hommes/femmes.

2. En 1996, les inégalités entre hommes et femmes sont importantes dans le domaine politique : seulement 5 % des femmes sont sénateurs ou maires, 6 % députés ou conseillers généraux. Avec le scrutin proportionnel, 12 % d'entre elles sont conseillers régionaux et 30 % parlementaires européens.

3. Selon les auteures du texte, la France est classée dernière pour la représentation des femmes au Parlement, loin derrière les États scandinaves, l'Allemagne et l'Espagne. Dans l'Union européenne, la France est également la lanterne rouge pour la proportion de femmes élues.

4. Les inégalités touchent aussi les femmes au travail : elles sont les premières concernées par les licenciements et le chômage, total ou partiel. Les écarts de salaires avec les hommes persistent et l'accès aux postes de décision est plutôt réservé aux hommes. Ainsi, les postes de directions d'entreprises ou d'établissements publics qu'attribue le gouvernement sont rarement occupés par des femmes (seulement 6 %).

5. Les femmes demeurent sous-représentées dans le monde politique même si des progrès notables ont été réalisés grâce à la loi sur la parité de 2000. En 1996, 5 % des femmes étaient sénateurs ou maires, 6 % députés ou conseillers généraux. En 2019, elles sont 228 sur 577 députés (39 %). Le gouvernement actuel (2021) compte 17 femmes sur 31 ministres.

En ce qui concerne les femmes au travail, en 1996, comme aujourd'hui, les femmes ont en moyenne un salaire plus bas que les hommes (à travail égal) et elles sont davantage touchées par le chômage et le travail partiel.

La place des femmes dans la société a évolué positivement depuis 1945 : ainsi, l'égalité entre les sexes est reconnue par la Constitution de 1958. Pourtant, les violences faites aux femmes perdurent. La loi d'août 2018, qui renforce la lutte contre les violences sexuelles et sexistes, permet de mieux accompagner les victimes et de sanctionner plus fermement les agresseurs.

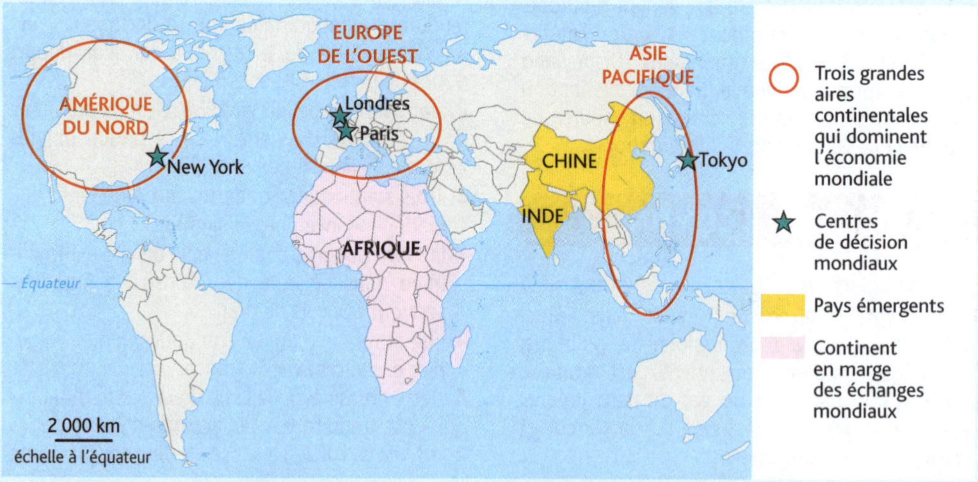

Langues vivantes

ANGLAIS

COURS

ESPAGNOL

COURS

1 Grammaire : quelques points importants

1 Les degrés de comparaison de l'adjectif

	Adjectif Court (1 syllabe ou 2 en *-y*, *-er* ou *-ow*)	Adjectif Long (2 syllabes et plus)
COMPARATIF		
Égalité	*as… as* *He drives* ***as fast as*** *she does.* (Il conduit aussi vite qu'elle.)	*as… as* *John was* ***as superstitious as*** *his dad.* (John était aussi superstitieux que son père.)
Infériorité	*not as… as* *It's* ***not as easy as*** *I thought.* (Ce n'est pas aussi facile que je le pensais.) *less… than* *Marcia is* ***less funny than*** *her sister.* (Marcia est moins drôle que sa sœur.)	*not as… as* *She is* ***not as fascinating as*** *she looks.* (Elle n'est pas aussi fascinante qu'elle en a l'air.) *less… than* *This exercise* ***was less difficult than*** *the other one.* (Cet exercice était moins difficile que l'autre.)
Supériorité	*…-er than* *The road is* ***narrower than*** *I had imagined.* (La route est plus étroite que je ne l'imaginais.)	*more… than* *Pigs are* ***more intelligent than*** *dogs.* (Les cochons sont plus intelligents que les chiens.)
Exceptions	*good* → *better* *bad* → *worse* *far* → *further* (UK) ou *farther* (US)	
DOUBLE COMPARATIF		
de plus en plus	*…-er and …-er* *You are* ***prettier and prettier!*** (Tu es de plus en plus belle !)	*more and more…* *Food has become* ***more and more expensive.*** (La nourriture est devenue de plus en plus chère.)
de moins en moins	*less and less…* *It is* ***less and less easy.*** (C'est de moins en moins facile.)	*less and less…* *Paul is* ***less and less attentive*** *in class!* (Paul est de moins en moins attentif en classe !)
ACCROISSEMENT PARALLÈLE		
plus…, moins…	*The...-er, the less…* ***The older*** *you get,* ***the less sad*** *you get.* (Plus on vieillit, moins on est triste.)	*The more…, the less…* ***The more patient*** *you are,* ***the less disappointed*** *you will be.* (Plus on est patient, moins on est déçu.)
SUPERLATIFS		
Maximum	*the… -est* *She is* ***the oldest*** *woman in the world.* (C'est la femme la plus âgée du monde.)	*the most…* *What is* ***the most*** *beautiful gift you were given?* (Quel est le plus beau cadeau que tu aies reçu ?)
Exceptions	*good* → *the best* *bad* → *the worst* *far* → *the farthest* ou *the furthest*	
Minimum	*the least…* *Chinese is* ***the least*** *easy language to learn in my opinion.* (Le chinois est la langue la moins facile à apprendre selon moi.)	*the least…* *India sells* ***the least*** *expensive cars in the world.* (L'Inde vend les voitures les moins chères au monde.)

2 La subordonnée relative

- La proposition subordonnée relative apporte une **information sur un groupe nominal** que l'on appelle **antécédent**.
- Elle est introduite par **un pronom relatif** qui dépend de la nature de l'antécédent (humain ou non humain) et de son rôle dans la relative (sujet ou complément).

A Le choix du pronom relatif

- Si le pronom relatif est **sujet** de la relative, il est placé avant le verbe de la proposition subordonnée. On emploie alors :

– *who* pour un **humain**

Ex. : *The actress **who** won an Oscar is Spanish.*
(L'actrice qui a gagné un Oscar est espagnole.)

– *that* ou *which* pour un **non-humain**

Ex. : *The house **that / which** was built last year is for sale.*
(La maison qui a été construite l'année dernière est à vendre.)

- Si le pronom relatif est **complément** de la subordonnée, on utilise :

– *that* (peu formel), *whom* (formel) ou Ø pour un **humain**

Ex. : *The man **that / whom / Ø** I met yesterday was very unpleasant.*
(L'homme que j'ai rencontré hier était très désagréable.)

– *that* (peu formel), *which* ou Ø pour un **non-humain**.

Ex. : *What did you do with the money **that / which / Ø** I gave you?*
(Qu'as-tu fait avec l'argent que je t'ai donné ?)

B Les deux types de subordonnées relatives

- **La relative déterminative** est une subordonnée **essentielle** au sens de la phrase. On ne peut pas la supprimer.

Ex. : *I have just found the keys **that** John lost last week.*
(Je viens de trouver les clés que John a perdues la semaine dernière.)

- **La relative appositive** apporte un simple complément d'information sur l'antécédent. Elle est placée entre virgules et peut facilement **être supprimée** sans compromettre le sens de la phrase.

Ex. : *My grandmother, **who** is 85, still plays tennis every Sunday.*
(Ma grand-mère, qui a 85 ans, joue toujours au tennis chaque dimanche.)

3 Modaux et substituts

La plupart des **modaux traditionnels** ne sont utilisables qu'au **présent**. Il faut donc utiliser des **substituts pour les autres temps**.

Modaux au présent	Substituts au passé	Substituts aux autres temps
CAN **:** **– possibilité,** **– autorisation,** **– capacité physique ou intellectuelle.**	***could*** *He said I could borrow him some money.* (Il a dit que je pouvais lui emprunter de l'argent.) ***was able to*** *I was able to play hockey when I was younger.* (Je pouvais jouer au hockey quand j'étais plus jeune.)	***be able to*** *John will be able to drive a car if you teach him.* (John pourra conduire si tu lui apprends.)
CAN'T **:** **– impossibilité,** **– refus de permission,** **– incapacité physique ou intellectuelle.**	***couldn't (could + not*** **: forme négative*)*** *Susan couldn't come with us, her leg was broken.* (Susan n'a pas pu venir, elle avait la jambe cassée.) ***wasn't able to*** *I wasn't able to run fast so I lost the race.* (Je n'ai pas pu courir vite et j'ai donc perdu la course.)	***not be able to*** *I haven't been able to travel a lot so far.* (Je n'ai pas pu beaucoup voyager jusqu'à présent.)
MAY **:** **– possibilité,** **– autorisation,** **– incertitude,** **– probabilité.**	***may have*** **+ participe passé** *The floor is wet, it may have rained last night.* (Le sol est mouillé, il a dû pleuvoir cette nuit.)	***might*** *They might be happy if you do that.* (Ils seront peut-être contents si tu fais ça.) *He told them they might leave.* (Il leur a dit qu'ils pouvaient partir.)
MAY NOT **– possibilité,** **– refus de permission,** **– probabilité,** **– interdiction.**	***may not have*** **+ participe passé** *The burglar may not have been very careful with his fingerprints.* (Le cambrioleur n'a pas dû être très prudent avec ses empreintes.)	***might not*** *Mum might not like it if you eat the whole cake.* (Il se peut que maman ne soit pas contente si tu manges tout le gâteau.)
MUST **– devoir,** **– obligation,** **– quasi-certitude.**	***had to*** *My brother had to put chains on his tyres because it snowed a lot last week.* (Mon frère a dû mettre des chaînes à ses pneus car il a beaucoup neigé la semaine dernière.)	***have to*** *My sister will have to hurry if she wants to be here at 9.* (Ma sœur devra se dépêcher si elle veut être là à 9 heures.)
MUSTN'T **– interdiction**	***was not allowed to*** *I was not allowed to watch TV in the evening before the age of 15.* (Je n'avais pas le droit de regarder la télé jusqu'à l'âge de 15 ans.)	***not be allowed to*** *If we don't obey mum, we won't be allowed to watch the movie tonight.* (Si nous n'obéissons pas à maman, nous n'aurons pas le droit de regarder le film ce soir.)

4 La voix passive

Comme en français, le choix de l'emploi du passif sert à attirer **l'attention sur autre chose que l'agent de l'action**, ce dernier peut d'ailleurs être omis.

A Les verbes à double complément

• Comme en français, les verbes du type *donner* (*give*), *offrir* (*offer*), *prêter* (*lend*) peuvent gérer trois noms : le donneur, la personne à qui l'on donne et la chose donnée.

• Quand en français la voix passive ne peut accepter que la chose donnée en tant que sujet, l'anglais accepte la chose donnée mais aussi la personne à qui l'on donne en tant que sujet.

	Français	Anglais
Voix active	Paul a donné un livre à Jenny.	*Paul gave Jenny a book.*
Voix passive	Un livre a été donné à Jenny par Paul.	*A book was given by Paul to Jenny.* (→ Le focus est mis sur l'objet.) *Jenny was given a book by Paul.* (→ Le focus est mis sur la personne qui reçoit.)

B Les tournures impersonnelles

Le français utilise beaucoup le pronom *on*. Cette tournure impersonnelle n'existe pas telle quelle en anglais. On a alors souvent recours au **passif**.

Ex. : *He is said to be rich.* (On dit qu'il est riche.)
On sait que cette actrice est malade. (*This actress is known to be sick.)*

C Les *phrasal verbs* ou verbes à particule

Tous les *phrasal verbs* peuvent être utilisés à la voix passive. Il faut seulement faire attention à ne pas oublier la particule.

Ex. : *Someone ran* ***over*** *my dog. (*Quelqu'un a écrasé mon chien.)
My dog was run ***over*** *[by someone].* (Mon chien a été écrasé [par quelqu'un.])
They will laugh ***at*** *me.* (Ils se moqueront de moi.)
I will be laughed ***at***. (Je serai moqué.)

5 *Present perfect* et *past perfect*

A Le *present perfect*

Attention !
Le **participe passé d'un verbe** est formé de la base verbale + *-ed* et figure dans la 3e colonne de la liste des verbes irréguliers.

• **Conditions de l'emploi.** Contrairement à l'idée reçue, le *present perfect* n'est pas un temps du passé. Il s'agit d'une forme verbale qui tient compte du passé mais qui permet surtout à l'énonciateur d'exprimer un constat au moment où il parle, ou de faire le bilan présent d'une situation due à des événements passés.

• **Formation.** On utilise l'auxiliaire *have* conjugué au présent et le participe passé du verbe.

Ex. : *I have been to Australia twice.* (Je suis allé en Australie deux fois.)
Jessica has never seen a koala. (Jessica n'a jamais vu de koala.)

• **Emplois.** Le *present perfect* sert à parler d'actions passées qui ont **des conséquences dans le présent**.

Ex. : *I have met with the manager to discuss the situation.*
(J'ai rencontré le manager pour discuter de la situation.)

• On l'utilise également pour décrire des actions qui ont **commencé dans le passé** et qui sont **toujours en cours** au moment où nous parlons.

Ex. : *I have lived in Montreal for 3 years.* (Je vis à Montréal depuis 3 ans.)

• Le *present perfect* est le temps idéal pour parler de ses **expériences**.

Ex. : *I've never visited London.* (Je n'ai jamais visité Londres.)
Have you ever watched Titanic*?* (As-tu déjà vu *Titanic* ?)

• Enfin, on utilise le *present perfect* pour parler d'une action qui **vient de se terminer** à l'instant.

Ex. : *She has just finished doing her homework.* (Elle vient de finir ses devoirs.)

B Le *past perfect* ou *pluperfect*

• **Conditions de l'emploi.** D'après le contexte selon lequel il est employé, le ***past perfect*** peut faire référence à notre **imparfait** ou à notre **plus-que-parfait**. Ce temps permet donc, dans un récit au passé, d'évoquer une action ou un fait survenus encore plus loin dans le passé.

• **Formation.** On utilise l'auxiliaire *have* au prétérit *(had)* et le participe passé du verbe.

• Ex. : *I hadn't thought about it.* (Je n'y avais pas pensé.)
She had already eaten when they called. (Elle avait déjà mangé quand ils ont appelé.)

• **Emplois.** Le *past perfect* est utilisé pour dresser un **bilan à un moment du passé.**

Ex. : *I had never been to London when I decided to move to Great Britain.*
(Je n'avais jamais été à Londres quand j'ai décidé de déménager en Grande-Bretagne.)

• On l'utilise également pour insister sur la **durée d'une action passée** dans une phrase au passé.

Ex. : *They felt bad about selling their house because they had lived in it for more than forty years.*
(Ils n'étaient pas contents de vendre leur maison car ils y avaient vécu pendant plus de quarante ans.)

Attention !

Pour traduire « depuis » en anglais, vous avez le choix entre *since* et *for* :
– *since + date*
He had lived there since 1999.
Il y vivait depuis 1999.
– *for* + durée
He had lived there for 20 years.
Il y vivait depuis 20 ans.

2 Le vocabulaire utile par thème du programme

1 Identités et échanges / *Identity and Exchanges*

Abréviations
qch : quelque chose
qqn : quelqu'un
sth : something
sb : somebody

A Noms et expressions avec des noms

un émigré an emigrant
un taux a rate
racines roots
un citoyen a citizen
la recherche du bonheur the pursuit of happiness
le seuil de pauvreté the poverty line
les riches et les pauvres the rich and the poor
réfugié politique political refugee
assimilation assimilation
le rejet rejection
l'acceptation acceptance
immigration massive mass immigration
quotas quotas
le délit de solidarité offence of solidarity
la curiosité curiosity
le partenariat partnership
l'incompréhension misunderstanding
l'acculturation acculturation
la société des castes caste society
une vague d'immigration a migratory wave
à la recherche d'une vie meilleure looking for a better life

B Adjectifs

hospitalier hospitable
invasif invasive
multiculturel multicultural
pessimiste pessimistic

C Verbes et expressions avec des verbes

braver un interdit to defy authority
dialoguer to converse/to discuss
diminuer ≠ augmenter to decrease ≠ to raise/increase
encourager ≠ décourager to encourage ≠ to discourage
envahir to invade
être dans le pétrin to be in a mess
être déclassé to be downgraded
être dépaysé to have a change of scenery
faire partie d'un groupe to be part of a groupe
intervenir to intervene
persécuter to persecute
refouler to repel
s'exiler to go into exile
s'identifier à to identify with
s'insérer to integrate oneself into
s'intégrer to integrate
s'opposer à to oppose sb/sth
se débrouiller to cope
se tendre to stiffen
subvenir aux besoins de to provide for
tenter sa chance to try one's luck
vivre d'expédients to live in hardships

2 Espace privé et espace public / *Private Space vs. Public Space*

A Noms et expressions avec des noms

la laïcité secularism
discrimination positive affirmative action
la foi faith
un écart a gap
l'égalitarisme egalitarianism
une évolution an evolution

sensibilisation awareness
les droits et devoirs rights and duties
au sein de la société within society
mon semblable my fellow-man
l'opinion publique public opinion
un poste à responsabilité a position of responsibility
la coopération cooperation
le trajet maison-travail the commute
la hiérarchie hierarchy
une mise en lumière a highlight
adaptation adaptation

B Adjectifs

casanier home-loving
égalitaire egalitarian
laïque secular
qui inspire confiance who inspires confidence
structuré structured

Attention !

Ne mélangez pas les adjectifs finissant en ***-ing*** et ceux finissant en ***-ed*** !
Tiring → *Fatigant* **Tired** → *Fatigué*
Frightening → *Effrayant* **Frightened** → *Effrayé*

C Verbes et expressions avec des verbes

dénoncer to denounce
différencier to differentiate
éduquer to educate
effacer les différences to erase differences
entrer dans la vie active to enter the labour (UK) market
faire carrière to have a career
jouer un rôle prépondérant to play a major role
mener à bien un projet to complete a task successfully
mettre au centre de to place sth at the heart
muter to transfer
s'affranchir de to liberate oneself from
s'arracher à to pull oneself out of
s'extraire de to emerge from
se dépasser to surpass oneself
se libérer de to free oneself from
se mettre à la place de to put oneself into someone else's shoes
se sentir en sécurité to feel safe
structurer to structure
vivre dans sa bulle to live in a bubble

3 Art et pouvoir / *Art and Power*

A Noms et expressions avec des noms

dénonciation denunciation
incarnation embodiment
un soulèvement an uprising
un avertissement a warning
l'art arts
un courant artistique an artistic movement
vandalisme vandalism
vandale a vandal
nationalisme nationalism
divertissement entertainment
une portée politique a political scope
la contre-culture counter-culture
les convictions beliefs
l'approbation approval
l'offre culturelle cultural offer
l'art dégénéré degenerate art
un engagement a commitment
des valeurs values

B Adjectifs

avant-gardiste avant-garde
disproportionné disproportionate
doué gifted
porteur de valeurs a vector of values
puissant powerful
talentueux talented
vandalisé vandalised

C Verbes et expressions avec des verbes

choquer to shock
contester to challenge
distraire to entertain
être l'essence de to be the epitome of
être surveillé to be monitored
faire allusion à to hint to
incarner to embody
interroger to question
manifester to protest
mettre qqn en garde to alert
passer sous silence to ignore
prendre une décision to take a decision
proclamer to declare
provoquer to provoke
se produire sur scène to appear on stage
sonner l'alarme to sound the alarm
symboliser to symbolise
taire qch to conceal something
tourner un film to shoot a film
vandaliser to vandalise
véhiculer to convey

4 Citoyenneté et mondes virtuels / *Citizenship and Virtual Worlds*

A Noms et expressions avec des noms

un arnaqueur a scammer
un espion a spy
un geek a geek
harcèlement harassment
manipulation manipulation
un préjugé a prejudice
prudence caution
fiabilité reliability
des données data
la vie privée privacy
perplexité puzzlement
mauvaises intentions bad intentions
la punition a punishment
la règle the rule
le flot d'informations the flow of information
une émission de TV a TV show
un reportage a report

B Adjectifs

bien intentionné benevolent / well-intentioned
dépendant addicted
inutile useless
isolé isolated
mal intentionné ill-intentioned
prudent cautious
tendance trendy
utile useful

C Verbes et expressions avec des verbes

accéder à la connaissance to have access to knowledge
contrôler to control
diffuser to broadcast
diriger to lead
encourir un risque to run a risk
endosser l'identité de qqn to take on somebody's identity
être critique to be critical
être perplexe to be bewildered
faire preuve de civisme to demonstrate good citizenship
falsifier to fake
mentir to lie
répandre to spread
s'indigner to be outraged
s'isoler to isolate oneself
se passer de qch to do without something
se replier to turn inward
se révolter to revolt
veiller to ensure

5 Fictions et réalités / *Fictions and Realities*

A Noms et expressions avec des noms

une croyance a belief
un fantasme a fantasy
une évasion an evasion
une identification an identification
l'inspiration inspiration
une lutte a struggle
les représentations representations
l'esthétisme aesthetics
entre la fiction et la réalité between fiction and reality
en deçà de la réalité underestimation
la soif d'aventure a thirst for adventure
un côté aventureux adventurous spirit
le train-train everyday routine
une source d'inspiration inspirational

B Adjectifs

archétypique archetypical
banal mundane
civilisationnel civilisational
concret concrete
dystopique dystopian
imaginatif creative
inspirant inspiring
moral moral
ressemblant similar
routinier routine
visionnaire visionary

C Verbes et expressions avec des verbes

affabuler to give one's imagination free rein
avoir soif d'aventure to be thirsty for adventure
concevoir qch to conceive sth
correspondre à la réalité to match reality
dépasser l'entendement to be beyond understanding
être profondément ému to be deeply moved
reprendre son train-train quotidien to be back to one's routine
s'inspirer de faits réels to be based on a true story

6 Innovations scientifiques et responsabilité / *Scientific Innovations and Responsibility*

A Noms et expressions avec des noms

les agissements actions
l'amélioration improvement
la démonstration demonstration
la destruction destruction
la divulgation disclosure
une éclipse an eclipse
des dommages damages
des recherches research
le gaspillage waste
l'innovation innovation
la manœuvre manœuvre
le 7e continent the 7th continent
le danger hazard
la réduction reduction
la résolution resolution
la biologie biology
l'écologie ecology
la génétique genetics
le nucléaire nuclear
la responsabilité responsibility
la robotique robotics
les produits jetables disposable items
dégâts irréversibles permanent damage

B Adjectifs

corresponsable co-responsible
démesuré excessive
divers diverse
divulgué disclosed
endommagé damaged
expérimental experimental
recyclé recycled
surpeuplé overpopulated

C Verbes et expressions avec des verbes

alléger la tâche de l'homme to lighten man's load
consommer to consume
courir un risque to run a risk
croître to grow
déboiser to deforest
forer to drill
manquer to lack
menacer to threaten
plaider pour qch to argue for sth
prendre conscience to become aware
recycler to recycle
rendre la vie plus agréable to make life more enjoyable
s'inquiéter to worry
se dégrader to worsen
se poser des questions to wonder
sortir du nucléaire to phase out nuclear energy

7 Diversité et inclusion / *Diversity and Inclusion*

A Noms et expressions avec des noms

un accès an access
la confiance trust
l'estime esteem
la maltraitance abuse
l'élévation sociale social advancement
la défiance distrust
la mobilisation mobilisation (UK)
les jeunes et les vieux the young and the old
une controverse a controversy
le cosmopolitisme cosmopolitanism
l'acceptation acceptance
le soutien support
une ethnie an ethnic group
la marginalisation exclusion
la similitude similarity
la particularité particularity
la reconnaissance acknowledgment

B Adjectifs

controversé controversial
défiant distrustful
maltraitant abusive
méfiant suspicious
métissé hybrid / mixed
sectaire sectarian

C Verbes et expressions avec des verbes

avoir beaucoup de choses en commun to have a lot in common
avoir une représentation fausse to have a misconception
contribuer à to participate in
être solidaire to be supportive
faire des efforts to make efforts
faire preuve de cohésion to demonstrate cohesion
insulter to insult
intégrer to integrate
maltraiter to abuse
marginaliser to marginalise
mépriser to scorn
métisser to mix
s'entendre bien avec to get along with
s'entraider to help each other
s'ouvrir à to open to
vieillir to grow old

8 Territoire et mémoire / *Territory and Memory*

A Noms et expressions avec des noms

la décolonisation decolonisation
un emblème an emblem
les frontières the borders
l'individualité individuality
un mythe a myth
un destin national a national destiny
la solennité solemnity
un deuil a grief
une plaque commémorative a memorial plaque
un opposant politique a political opponent
un intellectuel an intellectual
la grâce a pardon
un témoin a witness
le droit de connaître la vérité the right to know the truth
l'amnésie amnesia
le séparatisme separatism
une lutte sans merci a ruthless struggle
un crime contre l'humanité a crime against humanity
un criminel de guerre a war criminal
un résistant a resistance fighter

B Adjectifs

amnistié pardoned
controversé contentious
mythique mythical
traumatisé traumatised

C Verbes et expressions avec des verbes

amnistier to pardon
battre to beat
déclarer la guerre à un pays to declare war on a country
décliner to decline
enraciner to put down roots
entretenir la mémoire de qqn to keep somebody's memory alive
être sous le joug de to be under somebody's yoke
exploiter to exploit
faire un discours to deliver a speech
lutter à mort to fight to death
occuper un pays to occupy a country
oublier to forget
réduire en esclavage to enslave
régner de manière autoritaire to rule as a dictator
résister to resist
s'effondrer to collapse
séparer to separate
traumatiser to traumatise

1 Employer la préposition « a » en espagnol

1 Devant un complément de personne

• **La préposition « a » est utilisée devant le complément d'objet direct de personne ou d'animal.**

Exemples
Je visite mes cousins pendant les vacances. Visito a mis primos durante las vacaciones.
Il a rencontré ses amis dans la rue. Encontró a sus amigos en la calle.
Il entend les manifestants de loin. Oye a los manifestantes de lejos.
Nous sortirons ton chien ce soir. Sacaremos a tu perro esta tarde.

2 Devant un pronom

• **Le complément d'objet direct de personne peut être représenté :**
– **par un pronom indéfini** (alguien, quelqu'un ; nadie, personne ; cualquiera, n'importe qui) ;
– **par un indéfini, qui fonctionne comme pronom ou adjectif** (uno, una, alguno, alguna, quelqu'un ; ninguno, ninguna, personne ; todos, todas, tous, toutes, tout le monde) ;
– **par un pronom relatif** (quien, al que, quienes, a los que, etc., qui, que) ;
– **par un pronom personnel** (él, ella, etc.) ;
– **par un pronom démonstratif** (éste, ése, etc.).

Exemples
Je ne connais personne qui puisse le remplacer. No conozco a nadie que pueda sustituirlo.
Il a décidé de rencontrer le délégué du personnel à qui il avait donné rendez-vous. Ha decidido reunirse con el delegado de personal a quien había dado cita.
J'en vois quelques-uns dans la rue. Veo a algunos en la calle.

3 Avec des verbes indiquant un complément de personne

• **Certains verbes se construisent très souvent avec un complément de personne** : acusar (accuser), avisar (prévenir), ayudar (aider), bautizar (baptiser), condenar (condamner), convencer (convaincre), llamar (appeler), nombrar (nommer), etc.

Exemples
Le juge condamne les auteurs du vol. El juez condena a los autores del robo.
Elle appelle ses amies. Ella llama a sus amigas.

4 Pour indiquer un futur proche

• **Le verbe « ir » se construit avec la préposition « a » pour indiquer le futur proche.**

Exemple
Nous allons visiter le Pérou en février. Visitaremos (vamos a visitar) Perú en febrero.

2 Rapporter le discours de quelqu'un

• **Pour rapporter le discours de quelqu'un, il faut passer du style direct au style indirect.**

• **Un énoncé au discours direct rapporte les propos d'un locuteur**, qui sont présentés entre guillemets.

• **L'énoncé au discours indirect intègre les propos rapportés dans une phrase complexe.**

Exemple
El espectador afirmó: « Me gustó el concierto ». → El espectador afirmó que le **había gustado** el concierto.
Le spectateur a affirmé : « J'ai aimé le concert. » → Le spectateur a affirmé qu'il avait aimé le concert.

• La phrase complexe sera construite **à l'aide d'un verbe déclaratif** (decir, preguntar, afirmar, declarar, etc., – dire, demander si/de, affirmer que, déclarer que, etc.) **suivi d'une conjonction** (que, si).

• Lorsque le verbe déclaratif est au passé, le passage du style direct au style indirect comporte les changements suivants.

1 Changement de personne

• Le verbe, le pronom personnel, l'adjectif possessif et le pronom possessif passent **à la troisième personne**.

Exemple
Declara: « Me pongo mi pulsera preferida ». → Declara que **se pone su** pulsera preferida.
Elle déclare : « Je mets mon bracelet préféré. » → Elle déclare qu'elle met son bracelet préféré.

2 Changement de temps

• Il n'y a pas de changement de temps si le verbe déclaratif est au présent ou au futur.

Exemple
Le pregunta: « ¿Cocina usted en casa? ». → Le pregunta si [él] cocina en casa.
Elle lui demande : « Faites-vous la cuisine chez vous ? » → Elle lui demande s'il fait la cuisine chez lui.

• **Des changements interviennent lorsque le verbe déclaratif est au passé.** Le verbe de la proposition subordonnée sera à l'imparfait, au passé simple, au plus-que-parfait, au conditionnel présent ou au conditionnel passé.

Exemples
Respondió: « Trabajé en un barco ». → Respondió que **trabajó** (**había trabajado**) en un barco.
Il a répondu : « J'ai travaillé sur un bateau. » → Il a répondu qu'il avait travaillé sur un bateau.
Había declarado: « A los treinta ya habré hecho la película ». → Había declarado que a los treinta ya **habría hecho** la película.
Elle avait déclaré : « À trente ans, j'aurai fait/terminé le film. » → Elle avait déclaré qu'à trente ans elle aurait bien fait/terminé le film.

3 Changement de mode

- Si l'énoncé au style direct comporte un impératif, ou une notion d'ordre, il se transforme en subjonctif dans la phrase complexe (pour respecter la concordance des temps).

Exemples
Les ordena: « Abrid las ventanas ». → Les ordena que abran las ventanas.
Il leur ordonne : « Ouvrez les fenêtres. » → Il leur ordonne d'ouvrir les fenêtres.
Le dijo: « Quiero que vengas ». → Le dijo que quería que viniera.
Elle a dit : « Je veux que tu viennes. » → Elle a dit qu'elle voulait qu'il vînt.

4 Changement de complément de temps

- Le complément de temps subit des modifications :

ayer (hier)	→	**la víspera** (la veille), **el día anterior** (le jour précédent)
hoy (aujourd'hui)	→	**ese (aquel) día** (ce jour-là)
mañana (demain)	→	**al día siguiente** (le lendemain)
dentro de una semana (dans une semaine)	→	**a la semana siguiente** (la semaine suivante), **al cabo de una semana** (au bout d'une semaine)

Exemple
Afirma: « Mañana llegaré a Salamanca ». → Afirmó que al día siguiente llegaría a Salamanca.
Il affirme : « Demain, j'arriverai à Salamanque. » → Il a affirmé que le lendemain il arriverait à Salamanque.

5 Changement de marques de la langue parlée

- Les marques de la langue orale indiquant des émotions (sí, vale, ja ja, claro, ay, etc. – oui, d'accord, ha ha, bien sûr, zut, etc.) et des hésitations (bueno, pues, etc. – eh bien, etc.), ces dernières sont rendues à l'aide des verbes qui expriment ces émotions (aceptar, reírse, lamentarse, exclamarse, dudar, etc. – accepter, rire, regretter, s'étonner, hésiter, etc.).

Exemple
Dijo: « Vale, voy a la excursión ». → Dijo que aceptaba ir a la excursión.
Elle a dit : « D'accord, je vais faire l'excursion. » → Elle a dit qu'elle était d'accord pour/acceptait d'aller faire l'excursion.

3 Construire une phrase complexe

La conjonction de subordination introduit une proposition subordonnée et exprime une idée de cause (porque : car, puisque), **de concession** (aunque : bien que), **de condition** (si : si), etc.

1 Les subordonnées de cause et de conséquence

- **Conjonctions de subordination de cause** : porque, ya que (car, puisque) ; puesto que, dado que (étant donné que).
- **Conjonctions de subordination de conséquence** : de manera (modo) que, así que, con lo que, con lo cual (de telle sorte que, si bien que).

Exemples

Lo ha dicho porque quiere reunirnos este lunes. Il l'a dit parce qu'il veut nous réunir ce lundi.

La ayuda internacional ha sido insuficiente así que el Gobierno subió los impuestos. L'aide internationale a été insuffisante si bien que le gouvernement a augmenté les impôts.

2 Les subordonnées de concession et de condition

- **Conjonctions de subordination de concession** : aunque (bien que) ; por más que, por mucho que (avoir beau).
- **Conjonctions de subordination de condition** : si (si) ; siempre y cuando (pourvu que) ; a condición de que (à condition que), a no ser que (à moins que).
- Le verbe de la subordonnée de concession ou de condition peut être à l'indicatif (pour exprimer une action réelle) ou au subjonctif (pour exprimer une action hypothétique).

Exemples

Aunque envía su currículo no consigue el trabajo. Bien qu'il envoie son CV, il ne trouve pas de travail.

Si tuviera una caravana me iría de viaje. Si j'avais une caravane, je partirais en voyage.

3 La subordonnée de finalité

- **Conjonctions de subordination** : para que, a fin de que, de manera que (pour que, afin que, de manière à ce que).
- La subordonnée de finalité se construit au subjonctif en espagnol.

Exemple

Se toman medidas para que los ciudadanos no sean víctimas de la contaminación. On prend des mesures pour que les citoyens ne soient pas victimes de la pollution.

4 Conjuguer les verbes usuels diversement irréguliers

Infinitif	Indicatif présent	Subjonctif présent[1]	Impératif	Indicatif imparfait	Futur[2] (conditionnel)	Passé simple[3]	Gérondif	Participe passé
Andar						anduve…		
Dar	doy, das…	dé, des…				di, diste, dio…		
Decir	digo, dices, dice, decimos…	diga, digas…	di (tú)		diré… (diría…)	dije…		dicho
Estar	estoy, estás, está, estamos, estáis, están	esté…				estuve, estuviste, estuvo…		
Hacer	hago, haces…	haga…	haz (tú), haga (ud)…		haré… (haría…)	hice, hiciste, hizo…		hecho
Ir	voy, vas, va…	vaya…	ve (tú), vamos…	iba, ibas, iba, íbamos…		fui, fuiste, fue…	yendo	
Pedir	pido, pides, pide, pedimos…	pida, pidas, pida, pidamos…	pide, pida, pidamos…			pedí, pediste, pidió, pedimos…		
Poder	puedo, puedes, puede, podemos…				podré… (podría…)	pude…	pudiendo	
Poner	pongo, pones…	ponga…	pon (tú)		pondré… (pondría…)	puse…		puesto
Querer	quiero, quieres, quiere, queremos…				querré… (querría…)	quise…		
Saber	sé, sabes…	sepa, sepas…			sabré… (sabría…)	supe…		
Salir	salgo, sales…	salga…	sal (tú)		saldré… (saldría…)			
Ser	soy, eres, es, somos, sois, son	sea, seas…	sé (tú)	era, eras, era, éramos…		fui, fuiste, fue…		
Tener	tengo, tienes, tiene, tenemos…	tenga, tengas…	ten (tú)		tendré… (tendría…)	tuve…		
Venir	vengo, vienes, viene, venimos…	venga…	ven (tú)		vendré… (vendría…)	vine…	viniendo	
Ver	veo, ves…	vea…		veía…				visto

1. Le subjonctif présent suit l'irrégularité de la première personne de l'indicatif présent.
2. Le conditionnel suit l'irrégularité du futur.
3. La troisième personne du pluriel du passé simple sert de base à la formation des imparfaits du subjonctif.

5 Le vocabulaire utile par axe du programme

Axe 1 Identités et échanges – *Identidades e intercambios*

AXE 1
Identités et échanges
Identidades e intercambios

Fronteras e identidad(es)
Las fronteras regionales, nacionales, sociales, políticas, culturales; la identidad personal, social, nacional; la economía internacional; la financiación [*le financement*] de las Comunidades autónomas (CCAA).

Dificultades de la emigración
- El gueto, la exclusión, la incomprensión, las fronteras invisibles; la pobreza, la desigualdad.
- Emigrar, exiliarse.

Los viajes
El intercambio cultural; el turismo sostenible, el turismo de masa(s); el entorno natural.

Los movimientos de población
- La migración, el exilio; la emigración, la inmigración.
- El extranjero (el foráneo); el derecho de asilo, la hospitalidad, la acogida [*l'accueil*], la solidaridad.

La mutación de la identidad
- La pérdida de la identidad, la transformación de la identidad; la mediación.
- Acceder a la igualdad.
- Adoptar una identidad.

Los intercambios económicos
- La mercancía, el bien; la importación, la exportación; los paraísos fiscales; la evasión fiscal; las sanciones económicas; luchar contra el blanqueo [*lutter contre le blanchiment d'argent*].
- El proteccionismo, la movilidad, la repartición (la distribución). El comercio electrónico.
- La ascensión social, la regresión social.
- Comprar, intercambiar, vender.
- Aumentar, reducir los ingresos fiscales.

La globalización : económica, cultural
La globalización; los riesgos geopolíticos [*les risques géopolitiques*]; el multilateralismo, el bilateralismo, el nacionalismo, el populismo.

Ciclos económicos
- La crisis, la prosperidad (la bonanza) económica.
- La estabilidad, la inestabilidad política; el crecimiento económico [*la croissance économique*], la desaceleración [*le ralentissement*].

Axe 2 Espace privé et espace public – *Espacio privado y espacio público*

AXE 2
Espace privé et espace public
Espacio privado y espacio público

La escuela
El abandono escolar, el fracaso escolar; una atención personalizada, el programa de refuerzo [*les cours de soutien*]; el alumnado, el profesorado; el entendimiento entre profesores y alumnos.

La formación
- La educación, la formación inicial, la formación continua.
- Obtener un título; los estudios secundarios, los estudios universitarios; las aptitudes (el trabajo en equipo, la capacidad de innovar).

El mundo laboral
El mercado laboral; el trabajo « *on line* », el desarrollo tecnológico y digital; el contrato de trabajo, el contrato temporal [*le CDD*], las subvenciones para la contratación.

Lenguas y registros
- La lengua nacional, el idioma, lengua extranjera; lengua(s) oficial(es), lenguas regionales, el dialecto.
- Registro académico, corriente, coloquial [*familier*], argot.

Lugares públicos
- Lugares de convivialidad (el parque, la alameda, la biblioteca, la cafetería, la asociación, el club).
- Los espacios públicos (la calle, el barrio, las afueras, el centro comercial, la ciudad).
- Los espacios religiosos (la iglesia, la catedral, el templo, la mezquita, la sinagoga).

Lugares privados
Los espacios privados (la casa, el piso, el edificio, el hotel).

Igualdad y desigualdad
La igualdad (de género), la desigualdad entre el hombre y la mujer; la paridad, la equidad entre hombres y mujeres, la cuota de género, la brecha [*le fossé*] de género.

Movimientos
- El machismo, el feminismo, la violencia de género [*la violence faite aux femmes*].
- La emancipación. La manifestación.

Axe 3 Art et pouvoir – *Arte y poder*

AXE 3
Art et pouvoir
Arte y poder

Lugares de poder
- Las residencias oficiales (La Moncloa: residencia del Jefe del Gobierno, La Zarzuela: residencia del Rey).
- Los edificios institucionales (el Senado, el Congreso de los Diputados; la sede del gobierno regional).

La ideología
- El arte (cine, literatura…) comprometido, la resistencia, la contracultura, la vanguardia.
- La tradición, el arte oficial.
- La censura, la libertad de creación.
- Homenajear; criticar, censurar.

Formas de poder
La proyección de la cultura [*le rayonnement culturel*], el descubrimiento cultural, la dominación cultural.

El cine
- El cine (las películas de propaganda, las películas patrióticas); el actor, la actriz.
- La industria del cine; la plataforma de *streaming*.

El lenguaje artístico
- El lenguaje gráfico, cinematográfico.
- El trazo [*le trait*] grueso, fino; los colores, el blanco y negro.

La televisión
- El programa televisivo, el plató de televisión, el presentador.
- La serie de televisión, la miniserie.

La difusión
El éxito [*le succès*], el fracaso [*l'échec*], la receta del éxito; el taquillazo, el éxito de ventas [*le record d'entrées au box-office*].

La pintura
- El arte religioso, profano.
- El retrato [*le portrait*]; el cuadro (las figuras, la perspectiva, el motivo).

La literatura
La apología, la sátira, la dedicatoria; el premio Nobel.

La música
La ópera, el himno, el canto, la canción, el concierto.

El cómic
La historieta, el tebeo, la viñeta, la ilustración, el cartel [*l'affiche*], la caricatura; el lema [*le slogan*], el mensaje; la portada [*la couverture*]; el dibujante, el crítico, el guionista.

Axe 4 Citoyenneté et mondes virtuels – *Ciudadanía y mundos virtuales*

AXE 4
Citoyenneté et mondes virtuels
Ciudadanía y mundos virtuales

La tecnología
- La inteligencia digital, el poder (la capacidad) de almacenamiento [*stockage*]. Los algoritmos, la inteligencia artificial.
- El tutorial.
- Crear una cuenta (el usuario, la contraseña [*le mot de passe*]).

La economía virtual
La moneda encriptada, los pagos virtuales, la tarjeta de pago, los datos personales.

La vida en sociedad
- La duda, la objetividad, el maniqueísmo.
- La pregunta, la respuesta; la polémica, el debate. La cuestión social.
- Los videojuegos.
- Opinar, argumentar, denunciar. Contestar (responder), estar al tanto (estar al corriente). Convencer, explicar, darse cuenta; compartir un punto de vista [*partager un point de vue*].

La web
- La (página) web, el sitio web, el sitio wiki, las enciclopedias participativas.
- Los blogs, los foros.
- La democracia participativa.

Las redes sociales (las RRSS)
La comunidad global; el mundo real, el mundo virtual; la vida analógica, la vida digital.

Las ventajas
- La educación digital, el acceso al conocimiento, el aprendizaje colaborativo.
- La propiedad intelectual, los derechos de autor. La protección de datos.
- El trabajo « *on line* », presencial.

Los peligros
- La censura y el control de internet, el acoso virtual (el ciberbullying), el hostigamiento [*le harcèlement*] en las redes sociales; la brecha digital [*la fracture numérique*].
- El conformismo, las falsas informaciones, la manipulación.
- La usurpación de identidad, la identidad virtual, la e-identidad, el lanzador de alerta (el alertador).

Axe 5 Fictions et réalités – *Ficciones y realidades*

AXE 5 Fictions et réalités *Ficciones y realidades*

Los modelos
- El modelo ético, estético, político; el patrimonio cultural, el imaginario colectivo, el área cultural.
- La repetición de tramas y arquetipos; la creatividad, la originalidad.
- Crear un gusto uniforme.

La literatura
- La literatura, la mitología, las leyendas, las creencias; la ficción, la invención, la imaginación, la fantasía, la superstición; los misterios, los sueños.
- Crear, maravillarse, inventar.
- La ciencia ficción, la literatura realista, la literatura comprometida.
- La realidad, la verosimilitud.

El progreso científico
La investigación [*la recherche*] científica, las exploraciones, los descubrimientos.

Personajes
El héroe, la heroína; el superhéroe, el cantante, el actor, el militante de una ONG, el inventor, el político, la mujer/el hombre de negocios.

El deporte
La competición deportiva; el partido; los deportistas, los jugadores; el tenista, el futbolista. Las apuestas.

El voluntariado
El voluntario [*le bénévole*], las organizaciones no gubernamentales (las ONG).

Los valores
El valor [*le courage*], la honestidad, el altruismo, la confianza, la hipocresía, la maldad, el egoísmo, la desconfianza.

Las distopías
La opresión, la dominación, el colonialismo, el choque de culturas.

Las utopías
La sociedad justa, la igualdad, la liberación, la emancipación.

La nación
El sentimiento nacional, las figuras tutelares (los personajes históricos, los escritores, las figuras icónicas clásicas/modernas).

Axe 6 Innovations scientifiques et responsabilité – *Innovaciones científicas y responsabilidad*

AXE 6 Innovations scientifiques et responsabilité *Innovaciones científicas y responsabilidad*

Adelantos científicos
- La investigación genética, las vacunas [*les vaccins*], la clonación, los OGM (los organismos genéticamente modificados).
- La selección de plantas (resistentes a las sequías [*les sécheresses*], a las enfermedades); la lucha contra la desnutrición.
- Los robots, la fabricación en cadena.

Las nuevas tecnologías
- Las redes [*les réseaux*]; el 5G, la quinta generación; las zonas cubiertas; la cobertura.
- Los dispositivos conectados (el coche autónomo; los móviles; los electrodomésticos; los sensores).
- La demanda de servicios por móviles (los servicios sanitarios, financieros, educativos, laborales).

El transporte
Los medios de transporte, el uso compartido del coche, la ecología, el ecociudadano [*l'écocitoyen*].

La contaminación
- El desecho [*le déchet*], los gases de efecto invernadero [*les gaz à effet de serre*].
- El delito medioambiental; las consecuencias del calentamiento climático (la elevación del nivel del mar, los fenómenos climatológicos extremos, la desertificación).

La energía
Las energías renovables (la energía eólica, solar); los parques solares, eólicos; la factura eléctrica.

La ecología
- La biodiversidad, los circuitos cortos de comercialización (CCC), el producto ecológico, el crecimiento ecológico.
- Los recursos medioambientales [*ressources environnementales*]; la biodiversidad.

Tendencias sociales
- La sensibilización ambiental; la reducción del consumo (de carne), la dieta vegetariana (el consumo de frutas, verduras y legumbres); el sufrimiento animal, el movimiento animalista.
- La ONG (la organización no gubernamental), la movilización.
- Consumir, ahorrar [*économiser*], desperdiciar [*gaspiller*], reducir, recortar.

Las prácticas abusivas
- La alienación laboral, las jornadas laborales sin límites.
- El capitalismo tecnológico; el consumo excesivo, el hiperconsumo; los abusos de las multinacionales.

Axe 7 Diversité et inclusion – *Diversidad e inclusión*

AXE 7 Diversité et inclusion *Diversidad e inclusión*

Dificultades físicas y mentales
- La discapacidad, la minusvalía [*le handicap*], el discapacitado (el minusválido), la aplicación para los discapacitados visuales.
- La integración, la campaña de sensibilización, el voluntariado [*le bénévolat*].
- La movilidad, la libertad de movimientos, las barreras arquitectónicas.

Las mejoras
- La igualdad, la emancipación, la reivindicación, la lucha contra las discriminaciones, el reparto equitativo, la distribución de la riqueza, la recaudación de impuestos [*la perception d'impôts*].
- El desarrollo sostenible [*le développement durable*].

Los perjuicios
- El estereotipo, el tópico.
- El rechazo [*le rejet*], el desprecio, las discriminaciones (la riqueza, la pobreza, la precariedad, las desigualdades; los ricos, los pobres); la desigualdad salarial (el « techo de cristal » [*le « plafond de verre »*]).

Las minorías
- Los derechos de las minorías; el discurso antiinmigratorio, la retórica antiinmigratoria; la exclusión.
- La comunidad hispana, el sueño americano; la integración (de los extranjeros, los gitanos, los marginales).
- Las lenguas oficiales, las lenguas no reconocidas, los idiolectos, la lengua regional.
- Las remesas [*les envois d'argent*] de los inmigrantes, la dependencia financiera.

La inclusión
- La evolución de las sociedades, las categorías sociales, la diversidad cultural (lingüística, social, étnica), la influencia (africana, americana, caribeña, europea, indígena).
- El mestizaje, el multiculturalismo, el grupo étnico, las parejas mixtas, el colectivo [*l'association*].
- Reivindicar, relacionarse, afirmarse, integrarse.

Las generaciones
- Las jóvenes generaciones, los adultos; la tercera edad, las personas mayores (los mayores); las relaciones entre las generaciones.
- La ayuda, los servicios; un piso adaptado, una residencia de la tercera edad.

Axe 8 Territoire et mémoire – *Territorio y memoria*

AXE 8 Territoire et mémoire *Territorio y memoria*

Espacios nacionales y transnacionales
- Los países desarrollados [*les pays développés*]; los países empobrecidos (pobres, poco desarrollados); la degradación de las tierras, la escasez de agua [*la pénurie d'eau*].
- La extensión de cultivos; los espacios de bosques, los espacios urbanizados; el estilo de vida rural, urbano; la España vacía/vaciada.

Las edificaciones
- Los monumentos por los caídos [*les monuments aux morts*], los monumentos conmemorativos (el museo, la estatua, la columna).
- El barrio histórico, el patrimonio arquitectónico, la protección del patrimonio.
- Las edificaciones en ruina, las instalaciones modernas; la fábrica cerrada, las plantas del polígono industrial [*les usines de la zone industrielle*].

La historia
- La historia individual, el destino colectivo; el opresor, la víctima.
- La historia oficial, el deber de memoria, la Ley de Memoria Histórica (la reparación de las víctimas, las ayudas, la indemnización).

Las huellas de la historia
Las fechas de los acontecimientos más significativos, los periodos, los lugares de memoria, la arquitectura, la evolución temporal, los personajes históricos.

La frontera
Los espacios fronterizos (los espacios regionales, nacionales, transnacionales).

La memoria
- La amnistía, la amnesia.
- El espíritu de reconciliación; la dictadura, la represión.

El descubrimiento [*la découverte*]
- La conquista, la colonización, la esclavitud, el comercio triangular.
- La dominación, la independencia, el choque de civilizaciones, el sincretismo.

La herencia [*l'héritage*]
- El legado, el consenso; la rehabilitación, el rechazo, el homenaje; la herida, el trauma.
- Recordar, rehabilitar; rechazar, excluir, exiliar(se); integrar, dialogar.

Chimie, Biologie et physiopathologie humaines
p. 120 g (bas-gauche), p. 120 h (bas-milieu), p. 120 i (bas-droite), p. 158, p. 226 : © D.R.

Philosophie
Sauf mention contraire, ci-après, tous les portraits de la partie « Philosophie » sont crédités : © Photothèque Hachette. **p. 248 : Émile Durkheim,** © The Bridgeman Art Library. **pp. : 248 : Sigmund Freud,** © Keystone, Eyedea. **pp. 244, 251 : Martin Heidegger,** © BNF. **p. 244 : Hans Jonas,** Photo Bridgeman Images. **p. 244 : Claude Lévi-Strauss,** © INAPhotothèque. **p. 248 : John Locke,** cliché Hachette, © BNF. **pp. 240 : Jean-Paul Sartre :** © D.R.

Histoire-Géographie-EMC
p. 318 : © Heritage Images/Fine Art Images/akg-images ; **p. 323** : © akg-images ; **p. 326** : © The Image Works/Roger-Viollet ; **p. 329** : © *Time Magazine*/DR ; **p. 331** : © Bridgeman Images.

Autres photos et schémas : © Shutterstock.

Réalisation
Couverture : Stéphanie Benoit
Mises en pages : IDT et Cécile Rabataud
Schémas : IDT et Carole Fumat
Édition : Emmanuelle Saint

Relectures : Théodore Soulier (Chimie), Gwendoline Rousseau (Biologie).

Cartographie : Légendes Cartographie

ISBN : 978-2-01-722655-0
www.parascolaire.hachette-education.com

Achevé d'imprimer en juin 2023 en Espagne par Macrolibros
Dépôt légal : juillet 2023 - Édition 01